柯英——著

青囊诀

甘肃人民出版社

甘肃·兰州

图书在版编目（CIP）数据

青囊诀 / 柯英著 . -- 兰州：甘肃人民出版社，2024.9

ISBN 978-7-226-06036-0

Ⅰ.①青… Ⅱ.①柯… Ⅲ.①长篇小说—中国—当代

Ⅳ.① I247.5

中国国家版本馆 CIP 数据核字 (2024) 第 026903 号

责任编辑：马元晖
封面设计：孔庆明珠
书名题签：曹文海

青囊诀
QING NANG JUE

柯英 著

甘肃人民出版社出版发行
（730030 兰州市读者大道568号）
甘肃宏翔文化传媒有限责任公司印刷
开本710毫米×1020毫米 1/16 印张36 插页2 字数610千
2024年9月第1版 2024年9月第1次印刷
印数：1~1000
ISBN 978-7-226-06036-0 定价：128.00元

目 录

楔　子

霜降没落霜，却下了一场雨。

不久，草木枯寂，天地炎凉。

顶儿山庙的钟声反倒显得比往常浑厚了些，钟声从山顶飞出，如无形的刀，一声，一声，削薄了黄昏。

山下是太平堡，钟声隐约传来，吃斋念佛的居士们默念一声佛号，持家的妇妪听到，就知道要做晚饭了。

钟声响了十八下，每天如此，不多不少。紧接着，响起清脆的木鱼声，当、当、当、当，声声幽寂，气韵平和，不急不缓，徐徐如诉。当然，这木鱼声，只有身处山上才能听到。

山下是太平堡，一个山环水抱的村庄。

堡子里的甘草老人缓缓步行上了山，大口喘息，顺势坐在山顶洗心亭的石凳上，敞开土黄色纺布衣衫，手指随木鱼声的节奏在栏杆上一下一下地敲。一个十一、二岁的少年，跛着左脚焦躁不安地走动着，时而朝四处张望。

甘草老人说："知苦，莫急啊，老和尚一定会来。"

"你又没跟人家言传，他咋知道。"知苦怼了一句。

甘草老人轻笑了一下，不再多言，他知道老和尚的本事，只要把自己的想法在心里默念几遍，老和尚肯定能卜算到。

过了一阵，远处走来一个身影，黑瘦黑瘦的，像一截移动的焦木。果然苦瓠和尚。

和尚唱声佛号，双手合十施了礼。

甘草坐着举了举手，以示还礼。

知苦好奇地瞄了一眼，又瞄了一眼他背上的葫芦，这与他往日见到的药葫芦不同。和尚偶尔下山施药，常背一个枣红色的花生葫芦，而现在背的是一个米黄色的佛手葫芦。

"夫子，午后我看到一只喜鹊落在禅房前的柳树上，心里一合计，就知道你要来了，刚刚打坐念经，忽地听到你念叨的声音，果然是了。"苦瓠和尚说。

知苦吃惊地张了张嘴，欲问什么又没问出口。

苦瓠和尚似乎不经意地瞅了甘草老人一眼，对他的病便明白了几分。

甘草不说，他也不多问。几十年的相交，他们默契得像比邻而居的两株兰草。

他默不作声坐在甘草老人对面，从背上取下葫芦，又从宽大的僧衣里摸出一个桃核，乌溜溜的，轻轻一旋，开关打开，居然是两个空壳。

知苦好奇地拿起，闻到一股淡淡的酒香，讶异叫了一声："酒盅？"

和尚嘴角一动，笑说："要不要尝一口？"

知苦急忙说："爷爷病着，不能喝酒。"

甘草微微一笑，知道这个小孙子猴心不定，打发他自己去玩。他要跟和尚畅快说说话。知苦也不耐烦听他们谈经论道，自己跑到亭子外面寻草药、捉蛐蛐去了。

苦瓠和尚从佛手葫芦里倒出两盅酒，一盅推到甘草老人面前，自己手捏一盅，做了个请的手势。

甘草老人干咳两声，苦笑说："可惜啊，和尚，老夫再也不能陪你畅饮了。"

"贫僧眼里，穿肠而过的不过是一种让人解忧的水而已，既然开怀，何苦不饮？"苦瓠和尚一笑说。

甘草老人呵呵笑说："和尚又打禅机了。不过也好，有钱难买开怀，能与你对饮一杯，但也无妨。"

说罢，抓起盛酒的桃核，浅浅饮了一口。

苦瓠和尚说："对嘛，皮囊就是自家的道场，修修补补几十年，到头来，该来的迟早会来。"

甘草长叹说："是啊，人生一世，草木一秋，天道难违。"

苦瓠和尚念声佛号，又说："苍凉人间，五味杂陈，其实，每个人都病着，都在寻求疗疾养生之药，看开了，便是大自在。"

甘草沉吟一遍，点头道："和尚开导的是，到了这个年岁，该看开的看开了，该放下的也放下了。"

说罢，甘草拄杖起身，缓缓走到亭子边上，望着山下的太平堡。

太平堡三面衔山，弱水绕城而过，窝出一个环抱婴儿之势。曾有方士堪察风水，称此地呈山环水抱、龙争虎斗之势，不出王侯，必出将相。

此时的城堡、草木、庄稼、戈壁、沙漠均被夕阳的余晖涂成了橘红色，辉煌得一塌糊涂。绕城而过的弱水波光粼粼，泼了油漆一般。甘草久久凝视这个画面，默默收进心里。

他望着远方说："还想再听你给这里的山水把一把脉呢。"

和尚呵呵一笑："岂敢，岂敢，夫子面前，贫僧岂敢卖弄。"

苦瓠和尚为陇右人氏，性灵聪慧，但幼时家贫，生计无依，便跟随一个游方和尚出家，从关中到江南，游历了诸多地方，后因南方战乱又游走到西北，到了太平堡，见这里民风淳朴、顶儿山庙法相庄严，就挂单于此。多年游历中，苦瓠学识渐广，山、医、命、相、卜皆有造诣，堪为奇人。

苦瓠和尚虽然口里谦辞，仍然站到甘草老人边上，指点说，夫子请看，太平堡一侧是一衣带水的弱水，河岸之上是蜿蜒起伏的山脉，一山一水，如同一条显龙、一条暗龙；再看另一侧，北山山势龙腾虎奔，煞气凛凛。这就是山环水抱、龙争虎斗之势。你明白的，一阴一阳谓之道，和于阴阳，便是乐土。最妙的是，弱水在这里打了一个湾，便湾出精彩。术家看风水，讲求脉、势、形、气的格局。审脉，看的是山水的走向，断的是气的来去运行，气不自成，必依脉而立，脉不自为，必因气而成。审势，看的是山水的顺逆走向和来去大势，顺势叫乘气，逆势则无法可乘；审形，看的是山水的动静和形态，气者形之征，形者气之著，形态天成，自有富气。脉、形、势聚而为气，地有吉气，土随而起，支有止气，水随而比。太平堡山环水抱，好似龙从天降，四周水绕云行，为大吉之地，因此，这地方历来人旺财兴，双榜盈科。

甘草多次听苦瓠和尚讲过太平堡的风水，但苦瓠大都用的隐语，没有一次讲得这样透彻。苦瓠和尚大概是看出了他时日无多，详尽地跟他说了一气。

甘草说："印证太平堡的历史看，倒也有点意思。"

和尚附和说："这个地方不简单呢。"

太平堡是一个古老的城堡。西汉时，骠骑将军霍去病领兵万骑出征匈奴，横扫河西走廊，因太平峡地势险要，留下部分汉将屯兵守边。一直到明朝洪武年间，宋国公冯胜平定河西，大批将士留在河西长期驻守，最初设哨马营，后又在山下筑起一个太平城，叫太平守御千户所，下辖周边十多个村寨，直到雍正年间才改为太平堡。数百年间，太平堡倒也出过几个坐镇一方、叱咤风云的人物，不过，这几个家族最终还是渐渐衰落了。后人戏说，太平人当官，驴毛擀毡。意思是太过刚硬，做不成大事。细想也挺有意思，尚武之地、忠勇之后，自然多些刚劲憨直之气，哪里比得过南方人的心思缜密、精明算计。

两人谈说一阵太平堡的人事，又说到眼前的忧患，苦瓠和尚叹息道："虽然风水自然天成，但并非一成不变。贫僧经年堪察，此地浊气上升，清扰空明，气机逆乱，阴阳失衡，大有破局之势，至于何故，我也想不明白，天下大势，不是我辈能够预料的。"

甘草老人拈须笑说："苦瓠大师都想不明白的事，肯定是经天纬地的大事，唯愿天佑苍生，天下太平。"

"夫子一生活人无数，菩萨心肠也。一身病躯，依旧念念不忘苍生疾苦，好一个出自本心。"苦瓠和尚感叹道。

甘草沉默一会，说："祖训有言，医者，佛也，无佛心仁慈、无大悲恻隐、无舍身济世，愧医也。老夫一生行医，不敢有违祖训。如今大限将至，唯有一事放心不下，烦请和尚帮衬。"

苦瓠和尚唱一声佛号，道："但说无妨。"

甘草说："想我儿孙辈当中，能传我衣钵者，大概只有那个孩子了。"说着，指了指外面玩花弄草的甘知苦，又说，"这娃虽有残疾，但心性纯正，聪颖好学，自身患疾，更能体会常人艰辛，如若历经挫折，仍能保持本心，我甘氏医术可持久传世了。等我百年之后，烦请大师教诲一二，帮他把持好医道之路。"

说罢，他向苦瓠和尚拱手一揖。

苦瓠和尚双手忙合十还了一礼，说："善哉，善哉，老僧怎敢推辞。只是，那个人会不会来找他？"

甘草仰天怅望说："十年了，不知道你在哪里？"

他们说的是一个女人，知苦的亲生母亲。

"这是她留下的一册《青囊诀》，有机会传给他吧。"甘草说罢，从怀里掏出一本小册子，递给和尚。

和尚感慨说："青囊门的《青囊诀》可是了不起的秘笈，有人传言，'学透《青囊诀》，生死由我说'，若是传到江湖，少不了一场血雨腥风啊。"

"唉！人世间哪有安逸的时候啊，你方唱罢我登台，争王图霸几时休，将来的事，我们也无可奈何，天地自有公道。"甘草怅叹。

两人说着话，不觉间已是日薄西山，一轮硕大的夕阳悬在山尖上，摇摇欲坠，天地间半是明亮，半是灰暗，下一刻，万物渐渐笼罩在阴影中，模糊不清了。

一只老鹰飞过，在他们头顶飞旋一圈，叫了一声，向着落日飞去，渐行渐远。

甘草神色黯然，随口念叨说："苍鹰逐日落，浮生若草枯。罢了，罢了！"

苦瓠和尚稍一沉吟，念出一句禅语："一切有为法，如梦幻泡影，如露亦如电，应作如是观。"

甘草晓得这话出自《金刚经》，劝人看开生死，世间一切都如梦，如幻，如露，如电，只有看破真相，放下对一切人、事、物的执著，方能达到不生不灭的境界。

这时，知苦两手搂着一抱草药，灰头土脸地跑来，催促道："爷爷，该回家了。"

甘草戚然道："日头都落了，是该走了。"

说罢，向苦瓠和尚挥了挥手，一老一少彳亍而行。

日落西山，余光渐渐淹没在苍茫暮色中。

第一章

1

野水地土匪祸害太平堡那天早上，正巧是"甘之堂"老掌柜甘草出殡的日子。

那些年，各地都在闹匪患，西北边陲之地更甚。

"瘸三儿"甘知苦清楚记得，那时秋粮刚刚收毕，空荡荡的原野里一片狼藉。一大早，几只乌鸦落在门前的杨树上，呱呱地叫，让人心里瘆得慌。北风吱吱呜呜呜咽着，像个坏脾气的怨妇。院子里满是穿梭往来的乡亲，到处是嘈杂的人声，偶尔还有二胡、唢呐奏响丧乐，声声如锯，锯得他头昏脑涨。他看到不苟言笑的大伯甘若望的脸似乎更黑了，顶着孝帽子不间断跟前来吊唁的人们拱手作揖，虚浮的脸上陪着似是而非地笑。体态臃肿的大妈扯着嗓门大声训斥那些烧火做饭的丫头媳妇，大概是怕她们糟蹋了柴火或粮食。顶儿山庙里的苦瓠和尚一脸庄重，闭眼敲着木鱼，默默诵经。原本跪在灵前的堂兄弟、堂姐妹应景似的跪一跪，时而就不见了踪影，只有他老老实实跪着。小脚蹒跚的奶奶心疼他，拉了他一把说，瓜娃，别整天茶兮兮跪着，该吃吃，该喝喝。他嗯了一声，眼睛一酸，泪水又不能自主地流了出来。

疼爱他的爷爷走了，他满脑子都在想往后的日子该怎么办。他跪在灵堂前，时而瞅一眼棺木前方竖着的爷爷遗像，爷爷穿一身只有过年过节过大事时方可穿的皂青长袍，正襟危坐，面容清瘦，一双鱼泡眼平静的望着前方。时光仿佛一晃就过了七十多年，他跌宕起落的一生定格在了这一瞬，而人们还在回顾着他的往事。

甘草行医数十年，善缘广种，结了一个好人缘，不论达官贵人，还是乡邻寒友，都念叨他的好，念叨他某年某月治好什么病，念叨他护佑了一方百姓安康，他的丧礼，许多人都自发地前来吊唁，甘州、肃州等周边地方，但凡听到风声的达官贵人、曾经得到过甘草医治的人陆续赶了过来，要送他最后一程。

像堡子里往常老人过世一样，民间少不了"盖棺定论"的闲聊。围堆闲扯的人们七嘴八舌谈论着甘老爷子的传奇一生。

村里传闻，甘老爷子小时患了一种晕厥的怪病，他的父亲就是一名郎中，却无力医治，求遍周边的医家，始终没有办法。甘郎中带着十来岁的甘草负笈千里，到关中寻求名医。最终，得遇一位仙师，调治数月，治好顽疾，之后，甘草一头叩在仙师面前拜了师傅，学医七八载便得师傅真传，在一次蔓延甚广的疫疠中精心研制方剂，遏止了疫疠蔓延，年纪轻轻便被人们尊为神医。因逢战火连天、匪盗横行，家人担心他的安危，一封家书将他召回家。百姓看重他精到的医术，远近危重患者纷纷求医，他凭一颗仁心、一手妙术活人无数，名声渐渐传播开来，小小诊所不能应承求诊所需，地方宿儒乡绅力荐他创建了"甘之堂"。有一年，戍守县城的西北行营铁将军身患绝症，多方求医未果，听闻甘草声名，差人延请他治病，甘草素闻铁某人跟众多恶名昭著的官员一样，为人跋扈，滥杀无辜，便拒绝出诊，铁某人便指使部下将其强行带到兵营。甘草意欲为民除害，故意在十枣汤中加入了一味相畏的甘草，没想到，却以毒攻毒，弄巧成拙，铁某人的绝症反而因此得治。面对铁某人的感恩戴德，甘草义正辞严历数他的恶行，众人正为他担惊受怕，铁某人却幡然悔悟，从此，严格治军，守护百姓，率部镇肃匪患，在一场激战中杀身成仁。此事传开，甘草的仁义气节和精湛医术深得民心。

对于众人的闲谈杂论，甘知苦是无从听闻的，他已经在爷爷的病床前守了七天七夜，脑子里混混沌沌，一倒下就能昏睡过去。七十三岁的爷爷食道里长了个东西，病了大半年，自己医治无效，渐渐吃不下东西，便放弃了治疗。有天夜里，跟爷爷奶奶睡在一盘炕上的甘知苦，半夜里迷迷糊糊听他们谈话。奶奶说，人常说，医不自治，不行就到远处看看。爷爷说，不折腾了，大限已到，神仙也无奈，省一口是一口吧，这个瓜娃子还靠你养大呢。奶奶幽幽长叹一口气，不再说话。

最后几天，他交给最疼爱的孙子知苦一把拂尘、一只木鱼，神色庄重地说："敲敲木鱼，赶赶蚊蝇，我要睡个长觉。"然后躺在床上，默诵佛经，滴水不进，任谁劝都没用，家人劝说得烦了，他狠声说一句"别聒噪了，临终睡个觉都不安生！"他把死说得跟闲谈似的，谁也就不好再说什么。

知苦眼看着爷爷一天天消瘦下去，拉着他枯枝样的手，含泪问："爷爷你能不能不要死啊？"爷爷平静的告诉他："尘归尘，土归土，人总归就要去该去的地方。"知苦无法理解，更无法面对爷爷平静等死的状态，他第一次感受到了人生的无奈。爷爷说："你若痴心学医，就必须学会面对死亡，参透了死，方能看透生。生死夭寿，人间常态，想明白了，医病疗伤便会少了执念。"知苦当然想学医，他的志向就是像爷爷一样做个受人敬重的郎中，不过他现在还小，再过两个月才满十二岁，他只是在爷爷的教诲下，背了些脉诀、汤头歌、药性赋之类的口歌，将来怎样，还真不好说。

知苦守在爷爷床前，眼泪汪汪地看着爷爷的身体像离开泥土的草一天天枯萎下去，直到咽下最后一口气，脸上平静安详，睡着了一样。他曾经多么怕死啊，但看着爷爷走向死亡的过程，他居然没有一点怕的念头，还伸手捋了捋爷爷渐渐冰冷的脸，想让皱着的皮肤再舒展一些，可是枉然，爷爷脸上的皱纹像是刻上去的，任他怎样抚也抚不平。泪已经流尽了，只是心里有点不舍，像丢了什么。

祭祀仪式开始后，知苦步履踉跄地跟着众人，听从主持族老的摆布，进进出出、起起落落做完几项仪程，忽然眼前一黑，一头栽倒在地。众人赶忙扶起他，叫了几声，还是没有叫醒。大伙都同情这个苦命的娃，赶忙叫来甘若望，把希望都寄托到他的身上。甘若望把了把脉，皱着眉头说，"气闭了。"随后便急掐人中穴，未几，知苦悠悠醒转过来，睁开了眼，张了张嘴，想说什么却说不出话来，急得眼泪都流了出来。

甘若望叹了口气，无奈地搓着手。虽然他知道这种症状叫"暴喑"，但没有便捷的治疗手段，通常只能依靠用药来调理，但这个时节，他也顾不上开方用药。

人们纷纷叹息，这娃子命真苦，没了爹娘，腿又瘸着，再哑了可咋活啊。

苦瓠和尚听到音讯，跑过来看了一眼，摸摸知苦的脑袋，叹息一声："瓜娃子，人死不能复生，想开些吧。"

说罢，要过一根缝衣针，拉过他的左手，掐中手腕处的通里穴扎了下去，提插捻转几下，知苦还是发不出声。苦瓠和尚让他脱了鞋，又在脚指尖的至阴穴扎下一针，知苦吃疼，"呀"地叫出了一声。

众人悬着的心终于放下来，赞叹苦瓠和尚医术高妙。

随后，丧事进入入殓启柩程序，人们都忙碌开来。孝子贤孙跪了一地，帮忙的人各就各位，主事族老拉长声高呼："启——柩——"

话音刚落，忽听得城墙角楼上响起了"咚咚咚"的报警锣鼓声，短促，急切，让人惊心。

"贼娃子来了，贼娃子来了。"满街慌乱，一片声儿吼叫。

野水地的土匪是出了名的凶狠，一些村庄被抢掠过后，除了年轻的女人，少壮老弱全都被杀，在传闻中成了杀人不眨眼的魔鬼，平常，吓唬不听话的小孩也拿此说事："再不听话叫野水地的贼娃子抓了去。"

甘家老掌柜出殡在即，土匪突如其来，城堡内事先没有得到一点音讯，等到角楼上的钟声敲响，匪贼的前骑已经扬尘震地冲到了城门口，驻守太平堡的团练来不及防备，团总陈二棍率众赶到城门口，见匪贼来势汹汹，骑兵步兵乌乌泱泱，手下几十个稀稀拉拉的团丁根本不是对手，便下令关闭城门后跑得没了踪影。

惊恐的喊叫声仿佛给甘家大院扔了个炸雷，正准备启柩的人们顿时慌作一团，急忙扔下手里的活计，乱纷纷开始逃命。远方来的贵宾深知匪贼的歹横祸患，一时之间也没了主意，围在一起忧叹不止，想来想去，实在想不出退敌之策，唯有暂时保命为上。

堡子里的阎家屯庄专门为防匪而建，围墙高大厚实，大门上镶着牛眼大的铜钉，刀劈不开，火烧不毁，大门一闭，匪贼难犯。逃难的人们纷纷跑进阎家屯庄，寻救庇护。阎家是大户人家，在这危难时刻，自然敞开大门接纳了众人。

听着远处传来的叫嚣声，甘若望和孝子贤孙们张慌失措，原先计划好的出殡程序全都乱了套，请好的吹鼓手和杠抬都跑光了，族人也都丢下正办的丧事跟着逃难，一转眼，院子里就空空荡荡，只剩下苦瓠和尚、甘若望和大儿知勇几人。

甘若望心急如焚，但逝者长已矣，生者保命要紧，他无力阻拦逃难的人们，望着空寂的大院和醒目的大红棺木，唉叹一声，急忙催促苦瓠和尚和知勇去躲难。两人都没动，眼光看向里面，甘若望回头一看，知苦抱着老爷子的遗像踡缩在棺木前，母亲一手环抱知苦，祖孙俩嘤嘤哭泣。他唤他们去躲难，两人都没有应答他。甘若望迟疑了一下，恍惚看到父亲的虚影护在了知苦身上，还向他望了一眼。他迟疑了一下，揉揉眼睛，确实看到了父亲的虚影，若隐若显悬在半空。

甘若望心里顿时有点紧张，顿时为想去逃难的心思惭愧着，缓缓走过去，立在知苦一旁。

不多时，纷乱的马蹄声、脚步声、叫嚣声由远及近，土匪进了太平堡。

2

太平堡依山傍水，通达四方，向西，通往居延，也可达新疆哈密；向南，通往肃州府；向东，可达高台县，再往东，就是甘州府。行旅过客、商贸往来，皆假道太平堡，打尖歇脚，补济物资，有时也在高大的城门外摆开市场，进行交易，繁盛时期，如同边关集市，十分热闹。

甘知苦出生的时候，太平堡已见不到昔日风光。他年少的记忆中，时常在城门外看到衣衫褴褛的乞丐和逃难的路人，三三两两，踟蹰而行，他和哥哥们去城外的河湾地捡柴禾时，还时不时看到冻饿而死的路人，尸骨暴野，无人收敛，被野狼野狗撕扯得七零八散。偶尔看到过往的商旅车马驼队，都是行色匆匆，稍事歇脚，便匆匆启程。时不时会听到紧锣密鼓的报警声，锣鼓一响，城门即刻紧闭，堡里壮勇各持器械到城墙上拒敌。听乡亲讲，这几年占据肃州的军队被打散了，胆大的占山为王，小毛贼藏匿乡间，然后与地痞流氓结伙，专寻过往商队或防守薄弱的村寨抢掠，杀人越货，祸害百姓，甚至将整个村庄一洗而空。知苦还小，听得多了，对匪贼便心存恐慌，每逢锣鼓一响，就急里慌张到处躲藏。甘家老大知勇比知苦大五岁，喜欢舞枪弄棒，跟堡里拳师习武，每逢此事，总是手持一把铁刀，小小身躯挺在知苦面前，大气酣畅说，我来护你们周全！知苦就喜欢大哥这个勇武的样子，一看到他便心安了。他自小的愿望是长大后像大哥一样，习得一身好武艺，危难时能够保护家人，保境安民，可惜他身子弱，不是练武的料。

野水地的土匪进犯太平堡的时候，甘知苦本能地感到了惊慌和恐惧。当众人涣散时，一想到爷爷孤零零一人躺在棺木里，心里就难过。又看到小脚奶奶无助地伏在地上哭泣，更是伤心欲绝，心里唯有一念，哪怕是死，也要跟爷爷死在一起。

然而，土匪不但没有加害他们，反而帮他们埋葬了爷爷。

对于那天土匪进犯的事，人们有这样那样的揣测，总觉得三五个人能在土匪刀下活命已经不易，还让穷凶极恶的土匪为甘老爷子发丧，简直不可思议。真实的情况，连当事人甘若望等人都困惑不解。

那天，土匪闯进堡子时，围着紧闭的阎家屯庄威喝一阵，却也无可奈何，便把怨恨发泄在无主的空房子上，烧了几间茅草屋，抢了一些粮食，然后气势汹汹闯进甘家大院，居然看到还有人守着灵堂，匪首麻三略有些惊诧，瞪着牛眼睛吼了一声："呔，里面什么人，想陪死不成？"

如狼似虎的土匪一拥而上，把他们围了起来，乒乒乓乓拍着铁刀，甘若望抖抖索索跪在地上磕头求饶，说尽好话，土匪们冷眼相向，不为所动。

苦瓠和尚上前唱声诺道："阿弥陀佛！一念菩提，一念地狱，施主当以慈悲为怀，息灭恶念，好结善缘。"

麻三嗝嗝狂笑几声说："和尚，你当我是三岁小儿，念几句阿弥陀佛就能化尽一身杀业？老子也是被逼无奈才干这勾当，哪管得了死后上天入地。"

众匪嘻嘻哈哈大笑，拍着铁刀，吆喝他们拿钱消灾。

甘知勇怒目圆睁，双手握拳，意欲扑上去拼命，甘若望深知这个儿子拼命三郎的念头出来了，赶紧掬住了他的身子。

知苦尽管筛糠一样抖着，但始终没有放下爷爷的遗像。他不知哪来的勇气，跛着身子颤颤巍巍走到土匪前面，颤声说："爷爷爷爷……们，求求你们，先让我的爷爷安然入土，我这小命你们随时拿去。"

麻三俯了俯身子，打量了几眼跛足少年，咯咯一笑说："好，有种！这个小瘸子有胆量，我麻爷真不敢小看。那棺木里躺的是谁？"

知苦说："我爷爷。"

麻三睐了眼知苦怀抱的遗像，瞪大了眼睛，又揉揉双眼，伸长脖子仔细一瞅，顿时神色骤变，一咕噜从马上跳下来，二话不说，冲着棺木直通通跪了下去，磕了三个头，烧了一把纸钱，口里念念有词。

这……老大咋还跪下了？众土匪顿时懵了。

"全都过来，磕头！"麻三厉喝了一声，众匪马上跪了一地，齐齐向着甘老爷子的棺木磕头。

甘若望懵了，知勇、知苦和奶奶全都目瞪口呆。

苦瓠和尚双手合十，念了一声"阿弥陀佛"。

麻三爷站起身，从一旁捡起一条白孝戴上，作出一个出人意料的决断："弟兄们，我麻三麻烦大家，帮我把甘老爷子的丧事办风光了。"

土匪们不明所以，诧异地相互望望，但老大发话了，他们哪敢不遵从。于是，各自抄起锣鼓，抬起棺木，由甘若望父子带路，跟着麻三吹吹打打往甘家祖坟走去……

甘若望自始至终没想明白，杀人不眨眼的土匪怎么会大发善心帮他们办丧事。不过，对于这个跛腿的侄儿倒是有了另外的看法，小小年纪就敢面对强匪，哪怕是出自本然的孝顺，实在是难得的赤子之心。

土匪退了，来宾走了，堡子安然了，但麻烦却找到了甘家。

太平堡的团练本就有护卫一方平安之责，但土匪来犯时，他们跑了。现在土匪刚退，他们便出来耀武扬威。团保陈二棍听说一群土匪为甘老爷子送葬，开始大为惊讶，随后便哈哈大笑道："天助我也。"

绰号"胡日鬼"的心腹随从胡曰贵在一旁眯着眼想了想，忽然想明白了，奉承说："大人高明，既免除了不敌匪贼之责，又有了抓捕通匪之功，一箭双雕！"

陈二棍笑骂一声："妈了个巴子，老子的心思，是你个胡日鬼乱猜测的。哈哈哈，既然明白，那就去办吧。"

胡曰贵多么精明一个人，岂能不明白陈二棍的意图，骂他不过是掩人耳目罢了。于是，他应答一声，马上点了人马，凶赳赳、气昂昂到甘家抓人。

堡子里的乡亲虽然觉得土匪为甘老爷子送葬不可思议，但都明白甘家是清白的，他们平常受惠于"甘之堂"，自然有不少人出面说情，可官兵哪里肯听，"胡日鬼"放出狠话，谁要拦道，就当作同伙坐罪。这一唬，便没人敢出面说话了。甘家老大知勇要跟官兵拼命，被家人拦着，没有闹成，其他人敢怒不敢言，只能眼睁睁看着团丁抓捕了甘若望。

"慢着！"一个稚嫩的声音从人群中传出。

大家顺着声音望过去，甘知苦蹒跚走出，落落大方说："我伯父无罪，土匪是因我而来，我跟你们走吧。"

"知苦！"甘若望百感交集，想阻止他。

甘知苦面无表情地摇了摇头。现在，他也算是从土匪刀尖下过来的人，经历了生死，好像并不那么惧怕了。尤其是一直守着爷爷去世，他对死有了更深的理解，觉得人的生老病死就跟草木荣枯一样，跟医家讲的春生、夏长、秋收、冬藏一个道理，谁也无法抗拒。

"胡日鬼"嘿嘿冷笑两声说："既然有敢出头的，就一并带走。"

团丁领命，一拥而上便押走了甘若望和知苦。

甘家顿觉天塌下来一般，一家人愁眉苦脸，围着甘若望的岳父阎佩玉，请他拿主意。阎佩玉曾在外地当过知县，很清楚官府的勾当。俗话说，有钱能使鬼推磨，说白了，就是破财消灾。他指示甘家使点银两，打点一下陈二棍。

甘家人凑了银两，推选出两个上了岁月的族老去求情，但陈二棍早下了死令，不许任何人进营，甘家族老无可奈何，只好无功而返。

团练的牢房里，"胡日鬼"和两个兵丁正在审问甘若望父子，陈二棍走了进来，阴笑说："甘若望，你没想到有一天会栽到老子手里吧？"

甘若望愣怔了一下，他与官府无怨无仇，想不到哪里得罪了这个灾星。

陈二棍手拿皮鞭，狠狠在甘若望背上抽了一鞭，凶势势骂道："妈了个巴子，你不是硬气得很吗？今天我让你好好尝一尝硬气的滋味！"

甘若望突然想起一件事，没好气地说："哼，姓陈的，你就是一个小人，想要栽赃诬陷我，没门。"

两年前，陈二棍得了一种怪病，去找甘若望诊治，甘若望稍一诊断便看出他患了花柳病，厌恶他平日里祸害堡子里的姑娘媳妇，拒不诊治，陈二棍因此记恨。甘若望想到的就是这件事，除此而外，他跟这个姓陈的再无瓜葛。

陈二棍冷笑一声："你以为进了老子的牢房就能轻易出去？我今天就是以通匪之罪砍了你，也没人会为你鸣冤叫屈。"

甘若望瞪着眼睛，半天说不出一句话来。

陈二棍恶名在外，民间流传一句顺口溜：团练的牢房，阎王的刑场。进了团练的牢房，等于一只脚踏上了阴间的路，想活着出去很难。

得罪了陈二棍这个小人，看来是凶多吉少了。甘若望心凉到了极点，他已打定主意，如果事情没有转机，他便一力承担，一定要护得侄儿知苦周全。

甘若望有心要保知苦无事，陈二棍却不想轻易处置了他们，他还指望着靠缉拿通匪之犯去邀功请赏、升官发财呢。

3

没过几天，被陈二棍折磨得死去活来的甘若望和甘知苦又被押解到了高台县府。甘家人想尽办法，仍然救不了他们，只能听天由命了。

高台是肃州府下辖的一个县，在肃州和甘州之间，各相距约二百里，东来西往的公差多在此打尖歇息，迎来送往的事不少，知县王世琳忙得一塌糊涂。

这几天，正好是省府学政的书吏方亦圆奉命督查地方官学，王世琳不敢得罪，小心陪着。虽然方亦圆只是七品文官，可人家是从省城来的，算是钦差，地方上能不能多出几个秀才和举人，全在他的一面之词。方亦圆官虽不大，谱摆得不小，王世琳小心翼翼陪同几天，好吃好喝伺候着，好不容易送走这尊大神，便听衙役禀报，太平堡团练的团保陈二棍押着通匪的乱党分子前来报案，已被县丞大人关进牢房，可人犯叫冤不迭，非要面见知县申诉。

王世琳正值烦躁难耐，没好气地说："既然是通匪，砍了便是！"

边陲之地，匪患始终难以根除，一股股土匪聚众作歹，有的还与乡间土豪势力或地痞无赖纠结在一起，抢掠财物，滥杀无辜，百姓苦不堪言，官兵又无能为力，只要抓到匪徒，一般都要从快从重判决，以期震慑人心。

衙役得令，转身刚要走，王世琳又多问了一句："通匪的是什么人？"

衙役回了一声："太平堡甘之堂的掌柜"。

王世琳一听"甘之堂"掌柜，迟疑片刻，又对衙役说："把案卷给我送过来吧。"

"甘之堂"名声在外，他早就听说过，还一直存心要去拜访老掌柜甘草，却始终没能去成。

不一会儿，衙役便送来了案卷。

王世琳翻看着案卷，原来甘草老爷子已经去世，心里有点惋惜。当看到土匪帮甘家送葬一节时，颇感蹊跷，他怎么都想不明白，杀人如麻的土匪怎会大发善心？看表象，这甘家与土匪似乎真有脱不开的关系，处以死罪并不冤枉。

"甘之堂"历来悬壶济众，仁心仁术深得远近百姓认可，如果是一方土豪，为了各自利益通匪还说得过去，而说一个医家通匪，王世琳还是有点想不明白。

于是，他想见一见甘氏父子，看一看其中究竟有什么蹊跷。

稍事休整，王世琳升堂理事。

他看到一个衣衫褴褛的中年人和一个跛着腿的少年跪在大堂上，中年人虽然面容憔悴，但举止儒雅，看起来是良善之辈啊，少年瘦弱，还有腿疾，心里暗忖，他们怎么会是通匪之徒？

王世琳不动声色地查问缘由。先听甘若望讲述了土匪侵犯堡子的经过，渐渐听出了一点名堂。土匪入侵太平堡，众人皆逃命，而跛腿少年无畏地守着爷爷的棺木，实属赤子之心。但那些土匪何故要帮甘家办丧事呢？

他一针见血问出这一要害问题。

甘若望回答不出来，他原本揣测是麻三爷为知苦的孝心感化，也只是揣测，但没有依据。

这时，甘知苦挺了挺身子，有板有眼地说道："我爷爷一辈子行善积德，救死扶伤，义举感天动地，难道就不能让一群土匪感念？"

王世琳心里暗笑了一下，不染尘埃的少年心性啊，十分难得。只是这个理由太过于孩子气，难以呈堂证供，至于土匪怎么想的，除非抓到匪首麻三才能知道真相了。

他轻轻摇摇头，又问他们可否认识土匪中的什么人。父子俩都表示没有认识的人。王世琳心中已有了大致判断，凭他的经验，案情应该另有缘由，便问："民团的陈团总为何断定你们通匪呢？"

甘若望不假思索，便讲了曾拒治陈二棍花柳病，陈二棍借机报复。

王世琳盯着朴实厚道的父子俩看了一阵，又问了一番团练的作为，跟他平时听到的差不多，地方团练仗着手中有兵有枪，在各地作威作福、胡作非为的事屡见不鲜。如果甘氏父子所言不虚，那么，这桩案子显然是一桩诬陷案。他心中已有了判断，不打算再向陈二棍求证什么了。

又因牵涉通匪，不便轻易宣判，王世琳示意一旁的师爷记录好审理过程，让甘若望父子画押后，便退了堂。

甘若望没有听到知县明确宣判，回到牢房后更加不安，他深知通匪可是要杀头的大罪，如若坐实，这场劫难在所难免了，只是连累知苦这孩子，实在于心不忍。他晚饭也吃不下，只是唉声叹气，望着夜空发呆。

知苦还不晓得通匪的后果，劝说甘若望："大伯，我觉得知县是个明理的人，或许明天他会放了我们。"

"唉！知苦，你还小，不懂得官官相护的黑暗。如果有机会，你一定要好好活下去啊！"甘若望叹口气说。

知苦还是固执地说："明明是那个姓陈的诬陷我们，我不信天下没有说理的地方！"

"瓜娃子，这世道，你指望哪个官老爷给你老百姓主持公道！"甘若望愤慨道。

"谁说没有人主持公道？"

牢门外，一声浑厚的声音响起。紧随着，知县王世琳出现在门口。

他提着一个食盒，让狱卒打开牢门，走了进来。

忽然看到知县大人深夜前来，甘若望受宠若惊，赶忙起身行跪拜礼。

王世琳抬手一扶，免了跪拜，他便深深作了一揖。知苦却规规矩矩行了个跪拜礼。

王世琳在木凳坐定后说："没多大事，就是过来喧个谎。"

甘若望不解地望着他，恭敬立在一旁。王世琳让他坐下说话，他才坐在对面的草团上。

王世琳随意说："听闻甘之堂医术了得，我有一隐患想向甘掌柜求证。"

甘若望听他要诊病，便没多想，赶忙点头应承。

王世琳说："便秘日久，自度用方，先后试用经方、金元四家方，缓泻、峻泻、润肠、攻补兼施等法，时而有效，难以根除，不知何故。"

甘若望一听这位儒雅的官员竟然精通医理，不由得神色一振，肃然问道："大人懂医？"

王世琳淡淡说，早年潜心诸子经学，读书读到四十多岁才中了举人，被委派到千里之外的河西走廊任职，做了几年县丞才升任高台知县，仕途上晋升无门，遂效仲景之志，博览名家医籍，借以养生惜命。

甘若望听他闲谈随意，语气谦和，心里忽有几分亲近感，便向他拱手致意，又问他用过何方。

王世琳说，大小承气汤、调胃承气汤、麻仁丸、通幽汤、润肠汤等方试过，时而有效，时而不验，难以根治。

甘若望暗自揆度，这些都是通便泄下常用方，居然没有一个方子对症，看来情况实在有点棘手。

他让王世琳伸过胳膊请了脉，又看了舌苔，问过他的日常起居，心下暗忖，左关脉沉郁细弱，舌质红，舌苔淡白，显然病在肝气郁结之证，而肝经如何影响到肠道通畅，他又不好判断了。

王世琳看他暗自思量，也不催促，他的病症已属顽症，自己开方治疗了两年多都无法根治，不敢奢望甘若望一诊即准。

甘若望琢磨了一阵，又问："大人平时容易着急上火吗？"

王世琳点头说："身在官场，着急上火的事多了去了，自然难免。"

甘若望又想了一阵，断定是相火过盛，病在肝肾，遂说出一方：柴胡二两，黄芩二两，大黄一两，郁金二两，苁蓉四两，半夏一两，南星一两，紫菀一两六钱，郁李仁、生杏仁各二十四枚。

王世琳拿起方子，看了一眼，居然是疏肝理肺化痰的药，讶异地叫了一声："咦，便秘何故从肝肺论治？"

甘若望徐徐说："知犯何逆，随证治之。便秘是显象，而脉象、舌象、问诊都指向肝经有问题。大人素常操劳过甚，肝郁气滞，阴盛火旺，水火不济，火热生痰，痰阻肺腑，若不从根本论治，实难长效。所谓'欲求南风，先开北窗'，泻肝祛痰就是打开了北窗，而后南风自至。是否对症，大人一试便知。"

王世琳略一思索，连连称妙。他深知，只有精通医理、临床经验丰富的医家，才懂得变通施治，而不是头痛医头脚痛医脚。

两人又讨论了一阵医理药理，相谈甚欢，王世琳博闻多识，甘若望临症丰富，两相印证，各自都觉得受益良多，相识恨晚。

知苦在一边听得似是而非，好多医理药理他还不懂，只是在他们探讨医案时，隐约可感知到诊病用药的神奇。

次日，王世琳喝了甘若望开的药，只一剂就感到浑身轻松许多，基本可以断定甘若望辨证施治是对路的。寻医问药往往就是这样，求了数医无效，忽然碰到一个能看明了的医家，沉疴就有了治愈的可能。

甘若望和知苦的案子又拖了几天，王世琳找了个合适的理由驳回陈二棍诉讼，把两人释放了。

父子俩惊喜交加，连夜赶回家中去报信。王世琳想挽留他们多住两日，可两人归心似箭，便作罢了。

陈二棍的算计化作了泡影，气得牙痛，更是连王世琳也记恨上了。他原本打算再找个借口整治一下甘家，出口恶气，可是，有天夜里，一把狼首图案的飞刀神不知鬼不觉地插在了他的桌子上，附纸留言：敢动甘家，取尔狗头。陈二棍一看匕首图案，吓出一身冷汗，这不是野水地"野狼帮"的标志吗？人家能轻而易举进得了营地，要是取他性命岂不是小菜？想到这些，陈二棍即便有恨，也不敢轻举妄动，但心里对甘家越发的记恨。

4

谷雨过后，草木萌发，河西大地一片锦绣，自然万物迎来了新的生机。

吃过早饭，甘若望哼着小曲，心情愉悦地带着小儿知信和侄儿知苦前往御马湾采药。

甘家的医术传到他手里已经是第三代了，一代代的传承都是靠言传身教来完成，他也沿袭了这个做法。原本他是想把甘家的医术传给长子，可长子甘知勇喜欢舞枪弄棒，不爱读书，一直跟着堡子里的拳师关大刀习武。老二甘知愚倒是热衷读书，却一心向往仕途，经历了变故，甘若望对世道看得更明白了，不管什么时候，但凡家人捞个一官半职，别人便不敢轻易招惹，便狠下心来送老二去县城的书院读书。唯有小儿知信守在身边，而他却又心性浮躁，是个游手好闲之徒。别无选择，他只好强拉着小儿知信，又带上知苦，让他们相伴而行，也想趁机磨砺一下小儿心性。

祖训有言，习医入门三件事：识药、制药、问脉。甘若望自然是从识药开始传授医术。

传说御马湾是汉代驻军的牧马场，遗弃后成了荒滩野地，杂草丛生，狐兔出没，是采收草药的理想之地。

学医入门，识药是基本功。草药制成后装在药匣里尚好识别，但长在田地里往往对面不相识。比如蒲公英，干枯的药材基本是揉成一团，而田地里的蒲公英蓬勃生发，枝叶舒展，与成药完全是两个样子。而且，采药采的是时令，不依时采取，与朽木枯草无疑，"三月茵陈能治病，五月蒿子当柴烧。"说得就是这理。

甘若望带着两孩子，一路走，一路教他们认识生长在田野里的药材，从形态、叶柄、花果、根茎、气味等诸方面逐个辨识。每一味药材都有各自的药性，即通常医家说的"五味四气"，甘若望时而让他们亲口尝一尝各种草药，辨一辨"酸咸甘苦辛"和"寒热温凉"。对于新奇事，孩子总是格外欢喜，知信和知苦都是十一二岁的少年，玩着似的，争抢着采摘草药尝试，相处倒也融洽。

甘若望随时随地讲述草药的采收时令和采摘部分，有的是花，有的是茎叶，有的是根，有的是皮，有的是全株，这些常识，只有实地采收过，才能全面认知。同时，他还因势利导，教他们辨识草药"酸收、苦降、甘缓、辛散、咸软"的药理，这就牵涉到用药了，理解起来便有些费劲。

知苦本已熟记了《药性赋》，读过了《神农本草》，自小随祖父采药，颇为勤苦，经甘若望一指点，如洪炉点雪，了然于心，得心应手地识别起了草药。知信就相形见绌，看着知苦显摆，心里很不服气。

甘若望时不时考较一下两人的悟性，他指着一种红茎绿叶的草问："这个草的药性如何？"

两人各采了一株琢磨，都试着咬了一下，放在舌尖上品咂。

知信尝了一下便说："味酸，主收涩。"

甘若望点了点头，看向知苦。

知苦又挖出草根，咬了一下，说："茎味酸涩，红色，主心；叶味淡，绿色，主肝；根味咸，黑色，主肾。这个草药可入心、肝、肾，既能止涩，又能固本。"

甘若望颔首微笑道："好，心细，机变，孺子可教也。"

知信不服气地说："若是前面说连根带草，我也能辨识出来。"

甘若望失望地摇了摇头，又指着一丛高大的芦草问："这个草，哪个部分入药？药性如何？"

两人又琢磨半天，都说出根部入药，性平，味淡。知苦又延伸说，味淡利水，而且芦草中空，应该能清火。

甘若望点了点头，问知信："咋样？两相比较，高下立见，你知道自己的差距了吗？"

知信无话可说，心里却不服，觉得这个瘸三儿抢了他的风头，便冷着脸，暗自琢磨着如何出了这口恶气。

甘若望看着心灵手巧的知苦，便想起岳丈阎佩玉说过的一件事。

岳丈辞官归野，在太平堡办了私塾，教授一些孩童度日。作为货真价实的秀才，他的学问自然没得说，诗文词赋样样精通，还写得一手好字。"瘸三儿"刚送去时，阎佩玉并不看好，一来是他的身子弱，恐将来难成大器；二来这孩子性情寡淡，只顾蒙头读书，不善言辞。别的孩子打打闹闹，他常在一边嘿嘿痴痴，学生常哄笑欺负他："瘸子跑不远。"后来，他便怼上一句："跛子登天，一步三千。"学生们读书少，不知出处，都无说可话。阎佩玉听到了，暗暗吃惊，这话显然是"跛子爬山，一步三险"的衍化，想不到这小子还有机变，脑子挺灵光。再后来，阎佩玉考验弟子的学问识见，问："尔等读书识字意欲何为？"众弟子或言考取功名，或言光宗耀祖，知苦脱口而出："学得文武艺，货与帝王家。"阎佩玉颔首微笑，又出一联："学海泛舟勤作楫"，众生抓耳挠腮，或平淡应对，知苦思索一阵，对曰："医道无涯心为岸"。阎佩玉讶然，拊掌叫好。短短四五年时间，知苦已将蒙学教材背得滚瓜烂熟，课余，尤喜医书，偷偷将祖父收藏的《汤头歌》《药性赋》抄录背诵，阎佩玉便对他另眼相看了。见到甘若望，感叹说："假以时日，这娃子不为良相便为良医。"甘若望苦笑道："即便有一肚子学问，可他是个不说话的闷葫芦，腿脚又那样，将来咋办啊。"阎佩玉拈须微笑说："刚则易折，柔则长存，说不定能成大器呢。"

如今看来，知苦这孩子心性沉稳，悟性极好，还真是个学医的好材料。

甘若望除了采药、制药，免不了经常出诊。病家有请，无论远近他都得去应诊，尤其冬春疾病流行，日夜奔波不休，忙碌不堪。他带着知苦、知信教了几天，便放手让他们去采药了。

　　两人背着药篓出了门，一到野外，知信就无拘无束了，原先埋在心里的怨恨像青蛇一样冒了头，指派下人一般吆喝道："瘸三儿，你给我好好采药，不然回去不给你饭吃。"

　　以前有祖父庇护，甘知信虽然对知苦颇有怨言，但还不敢轻慢，现在，他欺负知苦就是家常便饭，知苦只能忍气吞声，不然还真要挨饿了。

　　太平堡周边草木繁茂，飞虫走兽众多，可寻的药材不少。爷爷活着的时候就带他采药，大多草药他都认识，午时，知苦便采满了药篓。而回家的路上，大半又被知信抢了去。他腿脚不灵便，总是比知信慢小半个时辰到家，知信已在母亲面前搬弄了是非，看到知苦背回来的只有小半篓药材时，伯母就没有好脸色。知苦眼噙泪水，倔强地扭过头默不作声。

　　知信欺负知苦的事，最终被知勇听说了，他最清楚这个好吃懒做的弟弟是啥德行。找了个空闲，故意等在半路上，正好看到了知信拦着知苦抢药材，二话不说，上去就把他摁在地上拳打脚踢，知信哇哇嚎叫，连声告饶。知苦看着知信又哭又喊，不由得心软，赶忙劝住了大哥。

　　知信爬起来，一溜风哭喊着回到家，一头扎向母亲便哭诉："瘸三儿伙同外人欺负我，我再也不去采药了。"

　　阎氏护犊心切，在大门口拦着知苦，大骂了一顿，晚饭也不给他吃。

　　俗话说，半大小子，吃死老子。正是长身体的年龄，一顿不吃便饿得慌。知苦跑了一天，早已饿得前心贴后背，最后，还是小脚奶奶怜惜他，悄悄塞给他两个窝窝头。

　　不久，甘若望知道了事情的经过，喝叱了甘知信一顿。为了避免再生是非，打发知信跟伙计去学制药，让知苦独自去采药。

5

　　知苦背着药篓，手持药锄，腰束一股麻绳，带着一只叫"狼牙"的土狗，一跛一拐，四处寻药，走遍了太平堡周边的河湾、树林、沙漠和山谷。常日里风吹日晒，知苦晒得黑瘦黑瘦。小脚奶奶疼惜这个苦命的孩子。甘若望却说，吃得苦中苦，方为人上人，这点苦，他得受。知苦听到他们的唠叨，嘿嘿一笑说，没事的，我觉得自己见风就长呢，你们看，我是不是长高了？奶奶细细一打量，还真长高了一截，两腮长出了淡淡的胡子，只是身子有些单薄，看上去像一株细高杨树。

端午前后，知苦到御马湾采收艾草，碰到了柳家醋坊的丫头紫苏。她家做醋，也养猪，家里给她安排的一个活计，就是每天弄一筐野草喂猪。知苦看到她正扯灰条，喊了她一声："勺子，灰条寒凉，猪吃了会拉稀。"

"勺子"是知苦最常说的土语，大概是傻、笨的意思，不过用方言说出来，又不完全是那个意思，反而像一个亲切的昵称。

紫苏抬起头看到他，脆生生叫了声"知苦哥哥"。

知苦一跛一跛走到她面前，指着旁边一些野草："猪耳朵、苦苦菜、稗草、委陵菜，这些都是猪爱吃的。"

紫苏仰着向日葵样的小圆脸，笑眯眯说："知苦哥哥，你懂得真多！"

"狼牙"跳跃着跑来，围着她转了两圈，她想摸摸"狼牙"，小手试探着捋了捋"狼牙"的背，"狼牙"嗅嗅她，低鸣一声，算是认可了她。

知苦说罢，没有逗留，继续朝河湾草茂处走去。紫苏赶忙提起自己的草筐，追着他说："知苦哥哥，我以后就跟着你了。"

紫苏喜欢花花草草，在自家院子里种了不少花草，一院芬芳。跟在知苦后面，一见花草就叽叽喳喳地问这问那，知苦知道她心里有草木，就耐心地指着她认识各种草药，每认一种药材，就教给她一首歌诀，比如甘草："甘草甘温，调和诸药，炙则温中，生则泻火。"比如黄芪："黄芪性温，收汗固表，托疮生肌，气虚莫少。"比如麻黄："麻黄味辛，解表出汗，身痛头疼，舒筋活血。"诸如此类，不一而足。紫苏记性好，教两遍就记住了，觉得颇有趣，追着问三问四。紫苏还知道了自己家酿醋的醋糟也是一味中药，当遇到气滞风壅引起的手臂脚膝疼痛时，用炒醋糟包裹外敷，三两天就能见效。

跟着知苦，紫苏感到自己的生活突然有意思多了，仿佛暗室打开了一道门，透出一缕光亮。

一天下午，知苦从顶儿山采药下来，看到阎家屯庄的小放牛娃谷子坐在路边嚎啕大哭，旁边躺着两只羊，肚子膨胀，口吐白沫，四肢抽搐。知苦便停步问一声。谷子仿佛见了大救星，拉着知苦哭诉，两只羊不知吃了什么，突然就这样了。

知苦放下药篓，蹲下身子查看了一阵，似乎是中毒的症状。

谷子哭哭啼啼央求道，"知苦哥，求你帮帮忙吧，不然，回去东家会打死我的。"

知苦想了想说，"我也没有好办法，不过有个偏方可以试试，只能死羊当活羊医了。你腿脚快，赶紧去附近借个锅和碗来，我们先挖点甘草。"

谷子一听有希望，撒腿就跑。等他借来锅和碗，知苦已经就近挖了不少甘草，切成了段，还从盐碱地挖来了一块芒硝。两人用打火石燃着一堆火，迅速煎熬甘草水，边煎边融芒硝，凉下来就往羊的嘴里灌，忙活了半个时辰，灌了数次，一锅药水灌完，两只羊痛苦地满地打滚，上吐下泻。

谷子顿时吓得变脸变色，连声叫苦，"完了，完了，没救了。"

知苦绕着羊转了两圈，笑骂道，"你个勺子，啥完了，你看着，不过一袋烟工夫，保证没事。"

谷子半信半疑，紧张地看着，过了一阵，两只羊居然挣扎着立起，虽然四肢还在颤抖，但开始寻草吃了，还咩咩地叫了几声，像感谢他们似的。

顿时，谷子喜出望外，对知苦感激涕零，不由分说，抢过他的药篓背起来，就赶着牛羊回家。

从此，他也成了知苦的小跟班，每天把牛羊赶进湖滩没事干，也会抽空帮知苦采药。知苦虽然腿脚不便，干活却不惜气力，一边采收药材，一边还帮紫苏打猪草，帮谷子捡牛粪。三个少年走在一起，玩玩闹闹，各自的活轻松做了，玩乐也没耽误。在玩闹中，紫苏和谷子跟知苦学习识字和算术，还认识了不少草药。穷人家的娃，能识字算数也算是一个大本事。谷子虽然有点憨，下死功夫记诵也能记住不少，可长了本事。知苦还带着他们挖野菜，他经常吃不饱，肚子饿了，只好挖野菜充饥，好多草药本就是适宜的野菜，如野胡萝卜、锁阳、苁蓉，洗净泥沙就能吃，还有枸杞，茎叶花果都能当菜吃。运气好时，他们还能挖到土猪洞，偶尔可抓只土猪开开荤。

累了，他们躺在大柳树下乘凉，闲话着未来的畅想。谷子说，长大了，我要养一大群牛马，娶个媳妇，生一群娃，教他们识字习武。知苦问，然后呢？谷子说，做东家啊，买一大片地，养更多的牛马，让每个娃都吃饱穿暖。紫苏嗤嗤笑说，谷子，你说梦话呢吧？你们家穷得叮当响，拿什么养一群牛马？谷子嘿嘿地笑，又说，要不，就像劁猪骟牛的何大麻子，走东窜西，吃香喝辣。何大麻子是村里的兽医，每年春秋时节，常被人家请去劁猪骟牛，完事后提一串剜下的猪蛋、牛蛋，回家用辣椒、大蒜爆炒一盘，再喝几口烧酒，美滋滋的。知苦鄙夷一声，说，勺子，人活一世，就为了混吃等死？你知道一只青蛙坐在井里看天，看到的天有多大吗？只有井口那么大！你在太平堡也不过是一只坐井观天的青蛙。谷子不服气地问，知苦哥的天有多大？知苦想到未来，他最期望的是像村里的说书人讲秦叔宝、尉迟敬德一样，骑大马，走天下，干一番惊天动地的伟业。可是，天生这样一副身子，他是无法实现这个梦想了，只能是像祖父希望的那样，做一个悬壶济世的医者。

紫苏听了知苦的梦想，忽闪着水汪汪的大眼睛，痴迷地望着他说，那我就做知苦哥哥身边的小药僮，一辈子跟随你治病救人吧。

知苦可不敢胡乱答应什么，他自己将来怎样还两眼茫茫呢。

6

"甘之堂"后院有个药房，专门用于加工制作生药。知苦正在药房里灰头土脸地切制药材，郑大吉在一旁指指点点。

郑大吉二十来岁，是甘家的伙计。那一年，他随母亲逃荒到了太平堡，母亲病死了，他的生活没了着落，甘若望收留他，让他在家做长工，顺便也教他一些制药、用药的常识，几年过来，他已是个熟练的制药师。

加工处理药材，确是一个费神劳力的差事。采回来的生草药大都不干净，附着泥土和其他异物，或有异味，或有毒性，或潮湿不宜久存，必须经过一定的分拣、清洗、炮制处理，方可达到纯净、矫味、降低毒性和干燥不变质。通过炮制，还可增强药效、改变药物性能，便于调剂制药。

知苦对药材加工十分上心，祖父活着时念叨的两句话："修合无人见，存心有天知。"祖父告诉他，这是京城老字号药店同仁堂祖上传下的训条，意思是说，中药采制在无人监管的情况下，做药材不可违背良心，上天在看着呢。祖父知道的典故多，曾给他讲过不少做医家的道理，他都记着。

"甘之堂"除了跟走南闯北的驼帮卖一点本地没有或炮制加工复杂的药材，大多药材都是自制，几代人已经摸索出了一整套药材炮制的法则，还珍藏了多个成药秘方。他们常用的药材炮制法有五类：修制、水制、火制、水火共制和其他制法，目前，知苦要做的活只是简单的修制，其他的秘法，甘若望还没想好要不要传授于他。

修制药材，就是对草药进行纯净、粉碎和切制处理，像甘草、地骨皮、黄芪要先清洗根上的泥土，然后切片或切断，每个环节都又脏又累，平常医馆都是下人干的活。

一大早，郑大吉指使知苦淘洗、晾晒完前一天采回的草药，就让他切制一堆晾干的甘草、黄芪，这些生药先要剪去细枝末节，然后再切制。他一手握着切药小铡刀，一手把草药往里送，这些药材标准的切法是切成马蹄口，分寸必须把握好，切出的药材才能薄厚均匀。他不愿粗制滥造，每一样都用心去做，花的功夫就比别人多了许多。

郑大吉唠叨道，做这么细，你一天能切几斤啊。

知苦怼道，我想做细咋了，你管得多。

郑大吉不好再说什么，到一边磨制天花粉去了。

知苦每天做的就是将生药进行洗、晾、挑、筛、簸、刷、刮，去掉泥土杂质和非药用部分，然后用捣、碾、研、磨、锉等法粉碎药材，或者把药材切制切成片、段、丝、块等便于药物有效成分溶出的形状。对于一个十来岁的孩子，一直做这些枯燥的活计的确磨人。但他想学医术，这些活又不得不做。祖父曾跟他说过，业医治病，不仅是一种谋生手段，而且是一种修行，是一辈子的事情，若不能超出物欲名利的羁绊，便不能以平常心对待患者，更谈不上精诚专一钻研医术。那时，知苦还不明白这些话的深意，但"精诚专一"的道理他还是记住了，具体到制药这类活计中，知苦更不敢马虎。

忽然，甘知勇风风火火跑回家来，拉着知苦就走，边走边拍打着他身上的草末灰土，说："快跟我走一趟。"

知苦担心今天的活干不完大妈会断他晚饭，急忙说："大哥，我的活——"

他话还没说完，知勇就抢过话头说："傻兄弟，那些活你永远也干不完，别管了，我护着你。"

知勇带着他到了城隍庙前，那里围着一群人，一个胡子拉碴的接骨匠正给人治腿伤。伤者是堡子里的泥瓦匠老宋，帮人拾掇房子时不小心摔伤了腿。

接骨匠一边为老宋接骨，一边高声吆喝："看一看，瞧一瞧，祖传秘方，消肿止痛，活血化瘀，续筋接骨，免费试用，包治有效。"

知苦好奇地看他接骨的手法，接骨匠一手托着老宋的腿，一手漫不经心地触摸伤处，还时不时跟老宋说句玩笑话，忽然，手下动作加快，一拉，一捏，只听"咔"人一声，老宋惊叫一声，骨头就接好了。他试着站立起来，顿时惊讶得合不拢嘴，只这么一下，他居然能站立了。

围观的众人也都惊叹连连，围着老宋看了又看。

接骨匠取出一瓶药水涂抹到老宋的伤处，叮嘱了一些注意事宜，算是把一个断腿医好了。

知勇拉着知苦挤到前面说："老师傅，你看看他的腿还能治不？"

接骨匠抬头看了看知苦的腿说："陈年旧患了，说实话，不好治。"

知勇一听，有些泄气，不满地说："你不是说能够续筋接骨、华佗再造吗？"

接骨匠冷哼一声，说："我又没说不能治。他这个情况，需要把骨头敲碎，重新接骨，我敢治，你们敢试吗？"

知勇望望知苦，确实不好作主了。他很想让知苦像个健全人一样行走坐立，但敲碎骨头，那得受多大的罪，何况能不能接好还是两可，谁敢试啊。

知苦对自己的跛脚早已不抱希望，习惯了一高一低走路，似乎也没什么影响。他对接骨匠的话也不在意，而是看中了他的医术，嗫嚅说："老师傅，我想跟你学接骨，可以吗？"

接骨匠冷笑一声，说："可笑！你想学我就要教你？我张三分这祖传秘术岂是轻易传人的？"

说罢，再也不理会他，又开始吆喝卖药。

知勇还想跟张三分理论一番，知苦拉了拉他的衣角，止住他。生在医家，他自然清楚"道不轻传"的古训，医家自持的秘术都是保命本事，大都不外传，这个张三分自然也不会轻易传他接骨术。

他们在旁看了阵热闹，知苦尽管十分眼馋张三分的接骨术，但张三分不传，他只能暗叹无缘了。看了一阵，知勇还想让接骨匠帮知苦治一治，但接骨匠说了一句话，就让他们彻底失望了："要治也可，五百两银子，还要在床上躺半年。"

一听这话，知苦便拉着知勇掉头就走，且不说五百两银子哪里去筹，仅躺半年时间，估计就会让他饿死了。知勇唉叹一声，去了武馆。知苦独自回了家。

甘若望黑着脸等在医馆门前，看到知苦脚高步低走来，没好气地说："学会偷懒了？这点苦都吃不了，还想学本事！"

知信倚着门边，朝他挤眉弄眼。

知苦一想就是知信搬弄是非，他顿时没了解释的心思，悄咪咪抿着嘴，低头走向药房。

甘若望看着他倔强的背影，一时又不好说什么了。

7

夏天到了，顶儿山的山银花遍山烂漫，正是采摘的好时节，还有夏枯草、猫爪草、红花的采摘都不能错过时令。医家代代相传的医术，自然也有采药的时令。

知苦去顶儿山采药时，顺便去了一趟苦瓠和尚的禅房。

一个多月前，和尚交给他一本关于脉诀的小册子，让知苦领悟后再来找他，他的期望是知苦少则三个月初步领悟，这已经是很高的悟性了。

和尚一见他，便有点诧异。望、闻、问、切是辨证施治的基础，而脉诊更是分阴阳、定虚实、订治则的依据。医家如不懂脉诊，施治便是盲人摸象。学医入门，在脉诊一技上，很多人都需要一两年甚至数年的摸索才能窥得真谛，他不敢相信这个少年郎一个多月会领悟什么。

"小子，我问你，诊脉布指有何讲究？"和尚开口问道。

"诊脉下指，首以中指定关部，而后食指定寸部，无名指定尺部。部位取准，三指均衡用力，探寻三部脉象，比较左右脉象变化，为总按。如某部脉象异常，则用单指寻按，反复感应脉象性状，谓之指目。"

这些法则，知苦早在谷子和紫苏身上练习过无数次，已经了然于心，便滔滔如流讲了出来。

和尚又问："三部九候怎么讲？"

"寸、关、尺为三部，每部又有浮、中、沉三候，共九候。右寸候胸中、肺，左寸候心、包络；右关候脾、胃，左关候肝、胆；两尺候两肾，左尺配小肠、膀胱，右尺配大肠。"

和尚点了点头，又问："持脉和运指有何讲究？"

知苦答道："持脉应慎容止，专念虑，调鼻息，全神贯注，以己度人，一息四至为常脉，过强过弱为病脉。运指揆度有三法，曰举、按、寻。举即轻手候脉。脉见于皮肤之间者，以察阳气之盛衰；按即重手下按候肌肉之间脉象。以察阴气之盈虚；寻即不轻不重推寻血肉之间脉象，以察脾胃之强弱。"

和尚有点讶异，没想到这娃能领悟得这样详尽，微笑颔首，再问："常脉应指怎么讲？病脉怎么讲？"

知苦略一思索，答道："常脉平滑柔软，不浮不沉，不大不小，不强不弱，不快不慢，有弹性而不强硬；病脉则或浮或沉、或大或小，或强或弱，或快或慢，有的如琴弦一样硬绷绷，有的如珠子一样滚动，有的如绳索或蛇行一样的感觉。"

和尚心里更加吃惊，但他按捺住内心的兴奋，继续考较："右寸弦滑或浮大滑数，主何症？"

知苦挠挠头，有点为难地说："浮大弦滑为表热，可能是肺热咳嗽吧。"

和尚脸色肃然，沉声道："小子，我再要听你讲可能、大概之类的说辞，马上给我滚回去。医术救人于一时，必须断症精准，医家心里、嘴里绝对不能有模棱两可的想法。"

知苦顿时有点脸红，悄咪咪低下了头。

和尚顿了顿，语气和缓地说："不过，一个多月能领悟这么多，你也算用心，今天就不责罚你了。医无止境，一个脉诊，多少人琢磨一辈子都琢磨不透，即使一些大医名医，遇一复杂病情都难以持脉定论，你虽然记住了，但临症欠缺，切不可自满，要继续深悟细思，达到化境。"

顿了片刻，和尚拿出一本靛青色封面的小册子，神情肃穆说："这是故人旧物，该给你了。有了前面的基础，想必你还能悟出点东西。"

知苦双手恭敬接过，一眼看到封面题写着《青囊诀·识症》，心里便有种异样的感觉。他并不是多么眼热这本医术秘笈，而是有一种莫名其妙的气息，像是多少年前就见过一样。

和尚又指点了知苦学医中遇到的一些困惑，知苦大有豁然开朗之感。

临下山时，和尚送他一册手抄的《伤寒杂病论》，嘱他用心研读，对照脉诀再三揣度，明晓医理，为日后精进打好基础。

知苦谢过和尚，下了山，碰到打猪草的紫苏，她走路有点扭捏，几次想跟知苦说什么，话到嘴边又说不出来，走了一段，她就蹲下身子，捂着肚子，一脸痛苦。

知苦转身一看，急问她咋了。

紫苏脸色绯红，轻声说，肚子痛。

知苦急忙过去，蹲下身子说："来，我给你把个脉。"

紫苏满脸彤红，硬挤出蚊子样细小的一句话："我来月事了。"

知苦顿时尴尬得闹了个大红脸，站起身想了想，丢下一句话："等我一会。"

说完，放下背篓，脚高步低地朝山崖边跑去。

紫苏不明其故，找了个干燥的地方坐下来，揉着肚子。

小半个时辰后，知苦顶着一头汗水跑回来，一手拎着草叶包着的一包东西，一手用宽大的牛蒡叶掬着水。

他打开草叶包着的东西，是一种灰不溜秋的颗粒，像老鼠屎。他抓了五六粒，送到紫苏嘴边，紫苏闻到一点腥臭味，犹豫了一下，还是张开嘴，含进去，知苦又让她喝了口水，冲了下去。

紫苏皱着眉品了下，有点咸苦，又有点土腥，她从来没见过这个奇怪的药，好奇地问："知苦哥哥，你给我吃的该不会是老鼠屎吧？"

知苦捂着嘴哈哈大笑："你猜得也差不多，是兔子屎。"

紫苏马上恶心地吐口水，气急败坏叫骂："甘知苦，你个坏蛋！给我吃这么恶心的东西。"

知苦抹了一把头上的汗水，作出无辜的样子说："我费劲巴力给你找来的良药，咋就成了恶心东西。"

紫苏仍然不依不饶："你就坏，恶心死了。"

知苦又笑了一阵，解释说："这个兔子是岩兔，又叫寒号鸟，粪便很干净，叫五灵脂，药性诀说，五灵味甘，治血滞腹痛，应该很快就能止痛了。"

紫苏听他解释一番，一脸委屈才舒展开来。

说笑一阵，紫苏眉头舒展，肚子也不痛了，仰着笑意盈盈的小脸说："知苦哥哥，你太厉害了！"

"现在不骂我坏人了？勺子！"知苦笑骂一句，把剩下的五灵脂包好送给她，又嘱咐了几句用药事宜，然后去采药了。

乡间的日子平平淡淡，无外乎日出而作、日暮而息，每天都重复着昨日的样子。唯有不安分的孩子不甘寂寞，贫穷也限止不了他们寻乐的天性。晚饭后，天色尚早，一群孩子聚在文庙前的大槐树下玩一种叫"斗鸡"的游戏。玩者一腿独立，一腿蜷起，两手掬住，用蜷起的腿部与另一方冲撞战斗。

由甘知信和阎家的三小子各自挑人，分成两方，先各出一人打擂台，胜者赢，负者下，轮流上阵。

前面两轮，阎家三小子派出的春生略占了上风，甘知信便咋咋呼呼自己上阵。春生看起来精瘦，却颇有力气，甘知信不敢莽撞，跳来跳去满场子周旋，春生一直追着他，想把他一举撞翻。甘知信突然转身迎上去，冲撞到一起时，一手的肘部故意高抬，击在春生的鼻子上。春生疼不可忍，败下阵来，手捂着鼻子，鲜血直流。

甘知信趾高气扬，冲对方叫嚣："谁敢上，上一个，老子拿下一个。"

阎家三小子的一方高声指责："甘知信，你犯规，不要脸！"

"谁说老子犯规了？有本事出来单挑！"

正嚷着，那边有人惊呼："快，春生的鼻血止不住了！"

知苦在一旁看热闹，闻言，走了过去，看到有人用棉花塞住了他的鼻子，但是，血又从嘴里流了出来，春生满嘴的血，胸前的衣服都浸透了。

众人都慌手慌脚围着春生不知所措，甘知信用手拨开众人，上前一看，作模作样地把了把脉说："我爹肯定能治，谁去抓付药？"

众人顿时不作声了。看着春生血流不止，邻居的孩子急忙去叫春生的父母。

知苦灵机一动，忽然想起一味"血余炭"的药，但不知能不能应症。只好事急从变，便说："我有个法子，想用春生的头发试一下。"

甘知信听他说用头发止血，嗤地一笑，含讥带讽说："哟，瘌子大神医出手了，用头发止血，天大奇闻。"

知苦冷哼一声怼他说："那是你没见识。"

谷子也附和说："那是你没本事。"

接着，知苦吩咐谷子就近找来剪刀和打火石，先剪下春生的一绺头发，然后把头发烧成灰，即所谓的"血余炭"。他让春生仰起头，将"血余炭"尽数吹进了他的鼻孔。

这时，春生妈连哭带喊跑来了，看见儿子满脸是血，止不住锐声大哭。

甘知信"哎哎"了两声，对她说："你赶快抓药去，别看瘌三儿故弄玄虚，耽误了可是会要命的。"

春生妈突然醒悟过来，止血要紧，耽误不得。她急忙向甘知信道谢："三少爷，谢谢你的好心！"

她刚说完，正愁苦没钱抓药，旁边看着的谷子忽然惊喜地叫道："咦，血止住了！知苦哥牛啊！"

她再看时，果然不再流血，顿时激动地跪倒在地，连声说："谢谢知苦，谢谢知苦！"

知苦忙俯下身子拉起她，劝说道："春生妈，你不要行这大礼，我一个小辈可受不起。"

甘知信像踩了蛇，咋呼一声："甘知苦，你竟然偷学我们甘家的医术！"

知苦鄙夷地瞅了他一眼，冷声问："既然是你们甘家的医术，你咋不会？"

众人顿时哄堂大笑，纷纷指责他："太不要脸！没本事还装大尾巴狼！""甘之堂的脸都被他给丢尽了！"

甘知信羞愧得无地自容，狠狠剜了知苦一眼，灰溜溜走了。

8

夏末的一天下午，知苦的奶奶靠在门扇上打了个盹的工夫就永远睡着了。知苦从此没了依靠，伤心了好些日子，做事也没有心劲，对将来更加茫然。

也不知甘知信说了什么，第二天，知苦就被大妈关进药房，罚他每天加工必须处理完三担草药，否则没有饭吃。

一担干草药约有四五十斤，三担可不是个小数目，平常，郑大吉这个大小伙一天最多才加工两、三担，显然超过了知苦的极限。

在枯燥的修制药材中，他一边做工，一边默诵着医典。苦瓠和尚讲过，这些东西要熟记于胸，倒背如流，将来从医才能心到意到，融会贯通。知苦习惯了一边做事一边默记，现在正好清静，就当是自己的修行。他一遍遍默诵《药性赋》《脉诀》《伤寒杂病论》。尤其是和尚大师父给他的《青囊诀·识症》，他看了几遍，就感到非同一般，平时一些模糊不清的东西，刹那间，仿佛电石火花闪过，他一下子觉悟了。比如脉象的辨识："浮脉轻按即见，表实，亦主里气内虚。沉脉重按乃见，主里实，亦主里气内虚。迟脉一息三至，主虚寒，亦主在脏之病。数脉一息六至，主实热，亦主真寒假热……"又如望色总诀："肾亏眼眶黑，肺热准头红，肝盛两眸赤，寒喘两颧乌。多风蓝眼白，痰湿眼中黄，多痰眼眶肿，寒胃口唇青，肾绝耳黑槁。湿盛面皮黄，肝热皮毛燥，脾热眼颧红，夹色眼昏暗，足伤月脖沉……"

这些诊病法，简洁明了，执简驭繁，确是医家不易轻传的秘诀。他暗暗惊奇，心里猜想，这本书应该还有用药治则的秘诀吧？如能学得此中秘术，想必医术大成指日可待吧？

他渴望习得一身好医术，而"好汉架不住三顿饿"，眼前的饥饿却让他头昏眼花，无法心静了。因为完不成定额，伯母每天只给两个窝窝头，过了几天，知苦实在饿得受不了，但倔强的他又不愿低头求饶。饿了，就嚼一点药草，勉力支撑着，但毕竟是草，吃得他直泛酸水，又是长身体的时节，不吃粮食，根本满足不了身体的需要。他饿得腿脚虚浮，像踩在棉花上，有时，一头栽倒，再也不想起来。可过不了多久，空荡荡的肚子又闹得难受，他不得不醒过来，恨不得把那堆草药全吃了。时而，他感觉自己轻飘飘的，渺小得像一粒草籽，被风挟裹着，向一个很遥远的地方飘呀飘，像窒息了一样，上气不接下气。到了第五天，知苦摇摇晃晃搬东西，脚下被什么绊了一下，一头栽倒，就起不来身了。

知苦做了一个长长的梦。他经常做这个梦，像是温习一样。梦里，他是那么小，像个巴掌大的婴儿，一个面目模糊的女人抱着他，拼命地跑，一群青面獠牙的恶鬼在后面追，女人抱着他，跑得气喘吁吁，好多次差点被恶鬼抓着，他要求女人放他下来自己跑，女人不许，硬是流着泪，拼尽全力奔跑，一直跑到了悬崖边，无路可逃。眼看着恶鬼狞笑着围了过来，女人一咬牙，抱起他，一跃，跳下了山崖。他们在空中飘呀飘，飘着，飘着……一滴泪水打湿了他的梦，他醒了，睡在炕上。

紫苏脸对脸看着他，泪眼朦胧。要不是知勇大哥把知苦从药房带出来，她都不知道知苦受了惩罚。

这时的知苦两眼深陷，猛看上去像两个黑窟窿，脸上皮肉松弛，她心里叫着"知苦哥哥"，抚着他的脸，心如刀绞。

知苦感受到脸上的滑腻和酥痒，心里一暖，有气无力地说："我好想妈妈。"

紫苏再也忍不住了，扑在他身上嚎啕大哭。她知道，甘知苦心里一直纠结着没见过面的父母，除了爷爷曾告诉过他的一个秘密，再没有人对他说过他的父母的事，他最大的心愿是见到父母。可是，在他无依无靠、伤心难过的时候，他的父母又在哪里啊？女孩心思重，她想尽自己所能给予他一点安慰，但她又实在无能为力给他支持，只能这样静静陪着他，让他心里好受些。

知勇一心想护着知苦，但面对母亲和亲兄弟，他又做不出多么绝情的事，除了揍一顿知信出口气，再也没法帮他什么。

甘若望刚开始只听了知信的一面之词，对知苦偷学医术一事耿耿于怀，后来，又听别人说起知苦用血余炭为春生止鼻衄的疗法，倒是出乎意料。尽管心里惊叹这娃的聪慧，但对知苦那闷葫芦的倔性子却有些不待见。如今知苦病倒，他自知理亏，便前来看了一次，给知苦把了把脉，送来几副草药，算是尽了心。

知苦身子皮实，睡了两天便缓过劲来，没事便晒晒太阳，看看医书，试着做做常用的药丸，从来没有过的轻松。偶尔想一想未来，又茫无头绪，苦恼的还是自己，所以不去想，得过且过。

谷子来喊他去看热闹，说是城门口来了一群逃荒的人，好多人都在看。知苦正好闲着没事，随手拿了自制的一些药丸，跟他出了门。

路过春生家时，知苦想起那个倒霉的孩子，特意朝那里瞅了一眼，谷子幽叹一声："春生死了。"

"死了？"知苦吃了一惊，不就是流鼻血嘛，怎么就死人了？

谷子边走边说，那天之后，春生时不时就会流鼻血，找你大伯看过，吃了几副药，不顶用，还是流血不止，鼻子、嘴里都是血，最后血流尽了，人也就没了。临死的几天，天天哼一首歌谣，听到的人都心里酸溜溜的。说着，他学着哼唱了几句：娘啊娘，儿患绝症命不长，养育之恩来世偿。儿死后，你要把儿埋在那高岗上，将儿的坟墓向家乡，儿要看爹娘笑口张……

凄婉的音律，扎心的唱词，知苦听着像针扎一样的疼，不由得想到自己，想起了从未谋面母亲，顿时眼里有点酸涩。

谷子赶紧住了口，连忙向他赔不是："知苦哥，对不起，我不该讲这晦气的事。"

知苦不好意思地抹了把眼泪，讪讪说："没事的，有时间我们去春生的坟上看看吧。"

见知苦神情舒展，谷子马上松了一口气，两人继续向城门口走去。

太平堡的城门口集聚着一群人，挑着行李的担子搁置一边，男男女女全都衣衫褴褛，面黄肌瘦，还有奄奄一息的人躺在地上，个个都露出胆怯而乞求的眼神。几个瘦得皮包骨头的孩子头上插着草标，那是要卖出的标志。堡子中有人已经上去盘问行情，孩子面无表情，他们的父亲或母亲争着抢着谈价，有人说出五升米谷，便有人说三升也行，生怕卖不出去。

一个守城的团丁语气严厉地盘问他们的来历，从人群中走出一个胡子硬撅撅的老汉，佝偻着腰向兵勇拱手行礼道："我们从关中来的，庄稼绝收了，到处都在打仗，兵荒马乱，实在过不下去，只好外出讨个生活，走到这里，实在走不动了，请各位大人、各位大爷、大婶行个好，给口吃的，给个安身处。"

老汉一口气说完，就累得上气不接下气，咳喘不止。

团丁大概见多了逃荒人的人，仍旧面无表情地吆喝："快快走开，该上哪上哪去，如果惹恼了我们陈大人，有你们好果子吃！"

逃荒的人又饥又渴，失去了耐心，纷纷站起来，向前涌去，硬要闯进城去。团丁拦不住，一退再退。

这时，陈二棍带着一队人马到了，不由分说，一声令下："给我打！"

如狼似虎的团丁，抄起手里的棍棒就向人群冲过去。

逃荒的人本就有气无力，腿脚都迈不开，哪里来得及抵抗或逃跑，纷乱中，一些人就倒下了，哭爹叫娘，嚎叫不止。

知苦远远看着那些可怜的人，摇头叹息，心里无端地生出对这些官兵的厌恶，暗骂了一句，妈的，遇上土匪如鼠，碰到落难的百姓如狼，这些混账东西！

团丁乱打一气，退到一边，嘻嘻哈哈看他们垂死挣扎。

惊慌失措的人们，相互搀扶着向远处走去，被打伤的躺在地上痛苦呻吟，打死的也没人来管，尸体就摆在那里。

陈二棍看了一眼渐渐远去的人们，留下几个团丁守着城门口，收兵回营了。城门口像刮了一场飓风，来也匆匆，去也匆匆。

看热闹的人都不敢前去，只是远远看着。这时，一个瘦弱的身影一跛一跛向死伤者走去。

谷子一看知苦上前，他也硬着头皮跟了上去。

那些人见过来的是两个少年，其中一个还是跛子，都没有在意，有人还哀求少年救命。

知苦冲他们点点头，上前一一检查，死者且放一边，伤者要么头破血流，要么身上有硬伤，他对几个伤者做了简单包扎处理，就再也无能为力了。

忽然，一只手揪住了他的裤子。

他转身一看，抓着他的是那个胡子硬撅撅的老汉，他躺在血泊中，奄奄一息。

知苦蹲下身，看到老汉苍白面孔的刹那，恍若曾经遇见，竟然有一缕熟悉的气息。老汉病势危急，他来不及多想，赶忙取出仅有的一粒回阳救逆丹，给老汉服了下去。

片刻，老汉悠悠醒转，弱弱问："回阳救逆丹？娃是医道中人？"

知苦应了一声，仔细一查，老汉背上湿洇洇一片，应该是脏腑出血的症兆。

老汉缓了口气，挣扎着坐起身说："我宋青山生在乱世，遗憾一身医术无用武之地，如今时日无多，唯有一个心愿未了，烦请小娃帮我找到一个叫宁青梅的人，将这个交付于她。"

宋青山从怀中掏出一个油纸包，展开，是一本靛蓝色的册子，上书：《青囊诀（下卷）》。

知苦顿时眼睛一亮，怎么跟大师父给他的《识症》封面一模一样？

宋青山看他两眼发直，有气无力地说："你身体有疾，而且是大病初愈，还敢在这时候出头救人，倒是持有本心，这本秘笈你可以学习，望你信守承诺，如果有缘，帮我找到那个人。如果无缘，便归你所有吧。"

知苦本想推托，可宋老汉的一番话又让他无法推却了。这临终托付，既是期望，又是信任，像一尊千斤鼎，不由分说重重压在他的身上。

宋青山把油纸包递给知苦后，像完成了重大使命，猛然吐了一大口血，喘息沉沉，如火烬渐息。知苦急忙对着他的耳朵，把自己有《青囊诀·识症》的事说了出来，老汉眼里闪过一抹讶异，来不及说出想说的话，一口血水上涌，就断了气，脸上满是不甘和迷惘的神色。

知苦跪在没了气息的老人面前，轻轻合上他的眼，心里有说不出的悲痛，如果能及时给他一口吃的、一口喝的，也许他不至于命丧于此，可是，乱世之中，他一个小小少年又能如何啊！

心怀对一个医家的敬重和对苦难者的同情，知苦向阎员外求了几领草席，叫上知勇和谷子，把宋青山和几个死去的逃荒者埋在了城外的荒山下。

9

沙，沙，沙，一群人扶老携幼，沿着弱水踉跄而行，时而有人饿昏瘫倒路边，坚持下来的相互鼓励，一直朝着前方迈进。有人告诉他们，只要沿河走下去，一定能找到野水地，到了野水地就有了活下去的希望。

野水地。逃难的人们念叨着这个陌生的地名，坚定的向前走去。

弱水西流，横穿大漠，在下游有了多个分叉，湖泊密布，沟壑纵横，形成了大片大片的芦苇荡和胡杨林。绿洲之外，则又是空旷无垠的戈壁和大漠。

野水地是一片无主之地，后来被麻三爷率领的土匪占据，在沙漠与弱水相邻的一片胡杨林里，搭起数十个窝棚，自号"野狼帮"，远近无家可归的、逃荒逃难的、作奸犯科无路可走的，纷纷投奔，归于麾下，匪帮的势力渐渐壮大起来。

众匪首正在大厅议事，一个精瘦黝黑的汉子疾步走进议事大帐，向麻三爷及众匪首报告："麻爷，又来了三十多号逃荒的，有老有少，好多人身上带着伤，暂时安置在外营。"

"黑旋风，你他妈咋又招人了，咱们能养活起吗？"坐在麻三爷一旁的二当家邱千牛叫骂了一声。

黑旋风是巡逻小队的头目，他硬着头皮将情况如实禀报："这些人没有活路了，死活赶不走，只求有碗饭吃，杀人放火，干啥都行。"

邱千牛冷哼一声："啥人都收？咱干得的刀尖上舔血的买卖，养不了闲人。"

长着稀疏山羊胡的军师路无涯摇摇手中羽毛扇，看了一眼上首的麻三，徐徐道："流民越来越多，看来世道越来越乱了。二当家，日子如能过下去，谁个愿意来当土匪？"

邱千牛还想说什么，麻三爷嘀嘀大笑打断了他的话，道："军师说得对！世道越乱，咱们的日子越好过。也好，也好，正好狼心山下新开了一片地，正缺劳力。黑旋风，去找宁神医给他们瞧瞧，治好了都给我种地去。"

麻三爷一说话，其他人都不好再说什么了，黑旋风领命退出，去找宁神医。

一片高大的沙丘下有片胡杨林，十来株数百年的胡杨和次生的小胡杨郁郁青青，最高大的一棵胡杨树下有个篱笆小院，背依胡杨树搭着一座白色的帐篷，院子里一排支架上晾晒着草药。篱笆外整出几分地，分门别类种着花花草草。原木搭起的大门门楣上，挂着一块匾，上书"青囊药圃"几个清秀的小篆字。一个婷婷婷婷的女子头戴面纱正在药圃中修枝剪叶，透过面纱隐约可见女子姣美的容颜。旁边，一高一矮两个使女忙着给草药施肥培土。

这个小院的主人就是神秘的宁神医。

宁神医从不以真实面目示人，人们也不知道她的来历。据说，当初宁神医被麻三爷半道上打掠来时，意欲娶作压寨夫人，但宁神医宁死不从，麻三爷想要强迫，宁神医纤指一挥，麻三爷便晕了过去。有人说她有药功，也有人说她会邪术，总之，麻三爷知道了她的厉害，更加敬重她骨子里的这份清冷和傲气，又惜重她一身不错的医术，专门给她选了一处清静的住处，让她种药制药，护佑弟兄们安康。土匪们过着打打杀杀的日子，有这样一位医术高明的医者，无数人都从中受益，都尊她为神医。看着天鹅般优雅的宁神医，曾有一些粗野的家伙想占她的便宜，但都被她弹指一挥间放翻了，其中两个无赖身中剧毒，鬼哭狼嚎，痛苦地叫了一天一夜就便了气。此后，众人知道这个女人不好惹，但凡有点想法的家伙，都悄悄收起了贼心，再也不敢冒犯她。

黑旋风走到青囊药圃，见过宁神医，恭恭敬敬将麻三爷吩咐的话说了一遍。

宁神医不愿做杀人放火的勾当，但对于治病救人则尽力而为。她清冷地点点头，让使女木香准备了药箱，便随黑旋风一同去外营看病。

外营其实就是野狼帮设置的第一道关口，用枯死的胡杨木、红柳枝扎成篱笆，圈起一个营盘的样子，里面有一些树枝搭建的低矮窝棚，用于轮流值守人员临时住宿或安置外来者。

此时，三十多个蓬头垢面的男女老少围坐在一棵胡杨树的阴凉处，神色不安，四处张望，几个上了年岁的男人有一搭无一搭地悄声说话，女人和孩子都疲惫无力地躺在地上。

突然，一个蒙着面纱的俏丽女人出现在了他们面前，众人不由得精神一振，男人们暗忖，土匪窝里咋还有这么漂亮的女人？孩子心中惊叹，该不是画中的仙女姐姐下凡了吧？

黑旋风扫了一眼众人，沉声道："老大请宁神医来给你们看病，都给我安分一点！"

宁神医轻移莲步，平静走过去，看了看众人的伤情，大都是棍棒打击的硬伤，也有头破皮破的外伤，有几个伤者还经过了简单处理，便问了一句："你们从哪里来？遇了啥事？"

一个上了年岁的男人赶紧恭敬地向她鞠躬请求道："神医，救救我们吧！日子实在过不下去了，到处打仗，到处抓人，到处杀人，我们打河东逃难过来，好不容易逃到在太平堡，又被狗日的官兵打了一顿，好几个人命都丢在那里了。"

宁神医微微点头，指着一个头上有伤的小伙问："你这伤是谁包扎的？"

小伙子一听仙女姐姐跟他说话，有点紧张地说："是、是……太平堡的一个后生。"

宁神医看出这个包扎的手法虽然专业，但很生涩，也没太在意，接着吩咐木香拿出自制的外伤药膏，给几个伤者涂上。

她依次看了几个瘦骨伶仃的孩子。这些孩子大都是饥饿所致的虚弱，如不及时医治，恐怕过不了多久都会饿死。有一个女孩眼孔深陷，面无血色，已是胃气败坏，连喝水都会吐出来，估计很难活下去了。她抚了抚女孩的头，轻叹一声："唉，危矣。"

女孩的母亲听她叹息，情知不妙，赶忙跪倒磕头求告："神医，求你救救我娃吧，求求您！"

宁神医摇头叹息道："太晚了。"

女孩抿了抿干裂的嘴唇，蚊蚋似的小声嘀咕："要是宋神医还在就好了。"

宁神医原本不想多说什么，听女孩念叨所谓的"宋神医"，就多问了一句："宋神医是谁？"

女孩的母亲解释说："宋神医也是打关中逃难过来的，遇到我们，便一同搭伙，一路治好了不少人。可惜，在太平堡，他被打死了。"

宁神医愣怔一下，心里猛然一紧，追问一句："宋神医多大年纪？叫啥名字？"

那个上了年岁的男人接上话头侃侃说道："四十来岁，一嘴硬撅撅的胡子，只说自己姓宋，谁也不知道叫什么名字，不过，一身医术十分了得，有时候，在病人身上拍几下病就好了。"

"青山？！"宁神医失神地惊叫一声，顷刻心如刀绞。虽然相貌不能断定，但从年龄、医术来看，怎么都像她日思夜想的那个人！

她的心里顿时如煮汤药，苦辣酸甜，五味杂陈，眼神幽深望着太平堡方向，喃喃自语：是你吗？会是你吗？

夜色苍苍，十多个轻骑护卫着一个头包面纱、青衣青裤的女子，悄无声息摸进太平堡，敲响了"甘之堂"的大门。

伙计郑大吉打开门，没来及发出声，就被黑衣人一击刀掌敲晕了。

青衣女子径直走向有亮光的厢房，推门而入，刚刚起身的甘若望被吓了一跳，一看她身后的几个黑衣人，想叫却叫不出声，喏喏问道："你们深夜而来，所为何事？"

青衣女子冷冷问道："甘老掌柜呢？"

甘若望不清楚他们是什么人，赶紧回话："去年过世了。"

"过世了？他怎么就过世了？！"青衣女子失望而又不甘地喊出了声。

甘若望局促不安，以为这些人是来找甘家麻烦的，便不敢多言。

这时，院子里有人大喝一声："什么人？"

紧接着就听到了乒乒乓乓的打斗声，不用说，肯定是知勇跟深夜来访者打起来了。

甘若望怕对方人多势众知勇吃亏，隔着门窗急忙叫道："知勇，不得无礼，快住手！"

青衣女子一挥手，外面的护卫也住了手，把知勇带了过来。

就着灯光，青衣女子打量了一眼甘知勇，又叫过一个头上包扎着纱布的小伙子问："是他吗？"

"不是。"小伙子说。

青衣女子又转向甘若望问道："前两天，城门口救人的那个小子呢？"

甘知勇看他们很凶的样子，生怕对知苦不利，急忙抢着说："什么救人的小子？没听说过。"

青衣女子冷哼了一声，厉声问："那个小子呢？"

甘若望一看这些人杀气腾腾，哪敢隐瞒，如实说道："我们怕他惹恼了官家，打发他躲到顶儿山庙里去了。"

青衣女子叹了口气，放缓声又问："他是不是老甘掌柜收养的那个娃？"

甘若望愣怔了一下，这个孩子的身世，老爷子一直讳莫如深，从来没对外人说过，这个女人怎么会知道？而面对他们压得喘不过气来的气势，他只想尽快把他们打发走，便开口说："老爷子没说过他的身世，只说是捡到的，给他取了个名字叫甘知苦。"

知勇气急败坏地冲甘若望说："爹，你咋这样！"

青衣女子顿时气息加重，攥紧了两手，长舒一口气，压抑着内心的激动，说："好！很好！你们甘家对我有恩，来日再报！今日事急，我先去找那娃了。走，去顶儿山！"

黑衣人鱼贯退出，簇拥着青衣女子往顶儿山而去。临出门时，她一指甘知勇说："甘家，就这小子还有点老掌柜的血气。今天的事，还望你们守口如瓶。"

甘若望早已出了一身冷汗，老脸一红，哪敢多言。

一行人趁黑悄无声息出了太平堡，急急赶到顶儿山，不料，苦瓠和尚已在前一天带着知苦云游去了，两个守寺僧人也不知道他们的去向。

"宁神医，要不要继续追踪？"一名属下请示。

宁神医怔怔望着茫茫夜空，长叹一声："唉！罢了！人海茫茫，再追下去不过是大海捞针，回吧！"

第二章

1

一场秋雨一场霜。几场雨过后，就到了白露，天气马上转凉，杨树叶子枯黄了，凋落了，露出光杆的身子。棉花、高粱、糜子次第归仓，田野里空空荡荡。

知苦脚高步低地跟着苦瓠和尚从西往东走，所经之地，水瘦山寒，万木萧条，一切都是灰蒙蒙的样子。

苦瓠和尚边走边问："小子，看出天地的病气没有？"

知苦摇摇头，如实说："我看不出来。"

苦瓠和尚又问："那我再问你，人为什么会生病？"

知苦一愣，病确实不是人生来之物，人为什么会生病呢？这真是一个令人深思的问题啊。

苦瓠和尚接着说："黄帝曰，夫百病之所生者，必起于燥湿寒暑风雨，阴阳喜怒、饮食居处。你看，古人说得多明白，人生病有三个起因，一是天之六气，只要沾染上燥湿寒暑风雨之一，就会得病；二是自身阴阳失衡，喜怒无常致病；三是生活习惯致病。天地也是同样，阴阳四时者，万物之终始也，死生之本也，从之则生，逆之则亡；从之则治，逆之则乱，这就是天道。"

知苦好奇地问："师父，如何看出天地的病气？"

苦瓠和尚徐徐说："善医者，人与天地相参，木火土金水对应五脏，风寒暑燥湿火对应六经，这叫五运六气。无病是平气，太过和不及便是病气，这是诊病的一个大方向。你看这草木衰败、哀鸿遍野之象，显然是正气不足，浊气上升，天地之气已然败坏，正道是一片沧桑，随之魍魑魅魍魉就会登场，天下免不了一场浩劫啊。"

知苦听着苦瓠和尚的提点，好多东西虽然还不明了，但对师父说的道渐渐开悟了。他忽然想到两句古诗："万物静观皆自得，四时佳兴与人同。"这与大师父所说的"虚静"似是一个道理，只是"观"的人不同，看到的东西不一样罢了。至于大师父说的"天下浩劫"，他根本琢磨不透。

苦瓠和尚说："天地、人事、草木都是一理，盛极便衰，衰极必变，医病救人，就是把握所谓的天道，你只要彻悟了天之道、人之道，便万法归一，存乎一心，用之无穷。"

和尚说的话太深奥了，知苦闷着头用心琢磨，一时半会理解不了多少。

数日前，苦瓠和尚应甘州大佛寺主持净空之约，打算在药师佛圣诞日这天为众生讲经，给苦难中的百姓一点慰藉。他顺便把知苦带出来，想让他多一些历练，开阔一下眼界。

这天黄昏，他们到了甘州地界，投宿到沙河附近的一个寺庙里。寺不大，年久失修，有点破败，只有师徒二人。出家人四海为家，投宿寺庙是寻常事，可这寺庙的师徒二人见他们前来投宿便面露为难之色，苦瓠和尚开玩笑说："主持，一顿清茶淡饭该不会管不起吧？"

脸皱成桃壳样的主持搓着手苦笑说："贫僧悟能见过大师父！大师父见笑了，我师徒二人正为今天的晚饭发愁呢，不然，也不会为难了。"

苦瓠和尚没想到一句玩笑话道破他们的窘迫，一时无语。

知苦也看出这师徒俩面黄肌瘦，实非妄语，一时不忍，上前说："师父，且容我们住宿一夜，我们有干粮，勉强可充饥一顿。"

苦瓠和尚怜惜地看了悟能师徒一眼，默许了知苦的主张。

"善哉！善哉！多谢小施主！"悟能殷勤施礼，将苦瓠和尚请进寺庙。

绕过照壁，对面是大雄宝殿，两旁各有两间低矮的土坯房，应该是和尚们住宿之处。悟能把他们引进一间低矮的土坯房，不安地道："大师父、小施主，条件简陋，你们将就一下吧。"

苦瓠和尚随意问道："甘州也是鱼米乡，你们咋会如此不堪？"

悟能唉声叹气说："大师父有所不知，听说又要打仗了，甘州府新来的大人加征赋税，新粮刚下来就被官府征走，老百姓哪有余粮敬菩萨表善愿啊。"

一路过来，苦瓠和尚也不时看到逃荒的百姓，明白老百姓的日子并不好过，一切全在他意料之中。他这次云游，只是想印证自己卜算的一个卦象。

知苦拿出干粮分给悟能师徒俩一些，让他们去烧水。

他打量了一眼房间，只有半盘炕、一个长条凳，墙角里堆着一些瓦罐、木桶之类的杂物。炕上铺着一张芦苇席子，卷着一团破麻布被子，但再不济，总强过了风餐露宿。

苦瓠和尚也不多讲究，放下行李，脱鞋上了炕，头枕破麻被放平自己，未多久就打起了鼾声。一天步行数十里，他确实累了。

知苦精力旺，看天色还早，步行到外面，见大殿里有人影晃动，走过去才看清是几个落魄的穷苦人，大概也是投宿过夜的。

他又走了几步，忽然闻到一股药味，是那种有点霸道的香味，他闻了闻就能确定是大黄，只有这别称"川军""将军"的大黄才可熬出很冲的药味。大黄为泻下之劲药，什么人用这猛药？他循着气味走去，在大殿后面看到一个茅草屋，气味正是从那里散出。

他刚走近茅草屋，一个驼背的小老汉从屋子里钻出来，揸着两只乌黑的手，警惕地问："干啥？"

知苦看他面目不善，呐呐道："我闻着有药味，看看。"

小老汉看他是跛足，不悦道："买药就掏钱，不买，走开！"

知苦猜想，他大概是卖药膏为生的江湖郎中，也没停留，便转身走开了。

回到房中，等小和尚来送开水，一问，果然猜得没错，那就是一个江湖郎中，姓刘，人称刘罗锅。借住在庙里，平常制作药膏走街串巷卖药为生。

这种人平常专门摇着铜铃铛沿街叫卖，老百姓又叫称作铃医。

苦瓠和尚睡得正香，知苦没有打扰，先就着开水吃了点干粮，便趁着天光坐在门前的石头上温习宋青山临死前交给他的那本书。他一直记着老人临终的托付，想找到一个叫"宁青梅"的人，可人海茫茫，不知何年何月才能相逢，这成了他心中最大的遗憾。

大师父对《青囊诀》的评价极高，说是医家千古第一奇书，堪比兵家的《孙子兵法》、木工的《鲁班书》，有传言说，"学透《青囊诀》，生死由我说"。大师父还说，全套的《青囊诀》应该有诊法、内科、外科、骨科等内容，能习得其术，绝对是神乎其技。不过，能得到这半本书，还有《识症》，已经不错了，将来说不定有大机缘，能够得见全本。

知苦不敢贪全，他还只是入门的水准，根本啃不动那么多高深的学问。这半本书主要是祝由术和单方杂法，内容十分庞杂，祝由术玄之又玄，以他的根基，尚不得其法门。他便跳过此节，专看后面的单方杂法。

这些内容就有趣多了。单方，讲单独一味药可治大病。比如，用茜草为膏专治吐血、劳瘵、血亡行，用青藤为膏治一切风疾，用小鸡蛋壳治狂走伤寒，用鱼腥草治咳嗽，用香樟树皮治心疼，用田螺治水肿，用鸽粪治哮喘，用生地黄治耳鸣，用大黄治风热牙痛，用紫花地丁治疔疮，用大南星治恶疮……

方虽简，但法不简。就茜草治吐血来说，要用洗净晒干的茜草一斤，磨成粉末，入生蜜二斤，制成膏，以器皿盛放，不得犯铁器。每日蒸晒一次，九蒸九晒方好。患者用时于五更面东而坐，不得语之，以匙抄药四匙食之，良久以稀粟米汤压之。药宜冷服，米汤也勿大热。其他各方均如是，都讲究一个"法"字，不得法，药便也没用。杂法中，有针法、灸法、熏法、贴法、蒸法、熨法、吸法等有意思的治疗法术，一时半刻，他也不得其法，只当医道奇案看看热闹。

他正看书出神，忽见一个蓬头垢面的女人抱着个孩子走进寺庙，急急匆匆朝大殿后面走去。

不一会，听到那边传来哭泣声和吵嚷声。

知苦细细一听，似乎是那女人哭着求刘罗锅为她的孩子治病，而刘罗锅则因为她没钱不给药。

女人的哭声撕心裂肺，看来是实在无可奈何了，只能尽一个作母亲的本能，哭着救告刘罗锅。

知苦越听越不是滋味，爷爷从小就教他"医者仁心"，没有仁心，枉为医者。他实在忍不住了，就起身走过去，看到女人跪在地上，哭哭啼啼向刘罗锅磕头求救，大殿那边的几个穷人也围过来看热闹。一个老汉还帮腔说："刘郎中，你就可怜可怜这孤儿寡母，给点药吧。"

刘罗锅冷哼道："我可怜她，谁可怜我？你们一个个的，吃不上，喝不上，谁给你们一口了？"

那个老汉顿时语塞，说不出话来。

"可怜你枉活了几十岁，还没活明白一个理！"知苦出声说道。

刘罗锅一看又是那个十来岁的跛子跟他说话，没好气地说："你个小瘸子！阴阳怪气地胡沁个啥！"

知苦身子一挺，直起腰说："我说你几十岁了没活明白一个天理！身为医家，不思治病救人，眼里只有身外之物，你愧对医术传承，愧对医家名声！"

刘罗锅被一个孩子说教，脸色涨红，破口大骂："老子就是个卖药为生的，管你什么医家不医家的，关老子屁事！"

知苦不急不恼，冷声问道："我且问你，你不是医家，何来卖药一说？你的药膏又依何理治病？"

刘罗锅被呛得脸白，气急败坏地说："我卖得是祖师爷传下的秘方，咋就不能治病了。"

知苦颇有深意地一笑说："大家都听明白了，这个人既然不是医家，卖的药还管用吗？"

刘罗锅没料到这个小瘸子居然来了这么一手，就差一句"江湖骗子"没有说出口。这事如果传出去，他的招牌就全砸了。他赶紧补救说："好好好，小瘸子，让你见识一下爷爷的厉害！"

说罢，他从怀中掏出一个小瓷瓶，倒出一粒乌黑的药丸，塞给跪在地上的女人说："用姜汤喂下，半个时辰见分晓。"

他又想起什么，转身进了茅屋，端出半碗水，调了一点姜粉，伸出一根发黄的指头搅了搅，递给那个女人。

女人停住啜泣，生怕刘罗锅反悔，赶忙给孩子服了药，又眼含热泪，感激地向知苦望了一眼。

知苦走上前说："孩子啥情况？不介意我给把个脉吧？"

女人顿时诚惶诚恐，恭敬地向知苦说起孩子的病情：发烧，恶心，呕吐，连续三天水米不进。

知苦把了把脉，脉象浮紧洪大，两颧乌，准头红，是表证热证，结合症候，应解表发汗，治方麻黄汤。

刘罗锅抱着膀子嘲讽说："毛都没长齐，就装模作样地给人看病，你们谁见过这么小的郎中？"

知苦悠然开口道："脉象浮紧洪大，为风寒袭表、营卫失调，故呕逆发热。我说得可对？"

说得对吗？关键是刘罗锅也不知道啊，他的用药全凭经验，与传统医家不是一个路子。心说，今天遇鬼了，一个小瘸子咋这么精明。

知苦心性纯良，也没为难他，静静观察用药的效果，众人也等着。

一会儿，女人怀里的孩子渐渐醒了过来，喘息也没有刚才那么粗了，精神明显好了些。孩子睁开眼就细声说："妈妈，我饿！"

众人都吃了一惊，刚才女人已说孩子三天水米不进，现在就吃了一丸药，居然有了饥饿感，证明刘罗锅的药确实管用。

知苦也感到不可思议，即使按照他刚才的诊断用药，至少也得几个时辰，甚至一两天才能见效。

"怎么样？小子，爷爷的药不假吧？"刘罗锅见识了知苦刚才的水平，不敢再叫他小瘸子，但语气还是傲慢无礼。

"嗯，的确出人意料。"知苦也不执着于他先前的态度，肯定了他的本事。

一场纠纷化解了，女人抱着孩子再三感激地向刘罗锅磕头，又要向甘知苦磕头，知苦急忙扶起她说："你快别折我寿了，今天你算是遇上了一个还有良心的郎中，再向他磕个头吧。"

这小子是夸我？刘罗锅听着是那个滋味，似乎又不是那个滋味，自嘲地摇摇头，转身进了茅屋。

2

次日醒来，知苦向苦瓠和尚说起刘罗锅用一粒丸药治好那个孩子的事。他对刘罗锅那粒丸药很好奇，从昨晚纠结到现在一直没想明白，还打算早起问问刘罗锅，可是，刘罗锅一大早就没了踪影。

苦瓠和尚说，游医中有江湖骗子，也有身怀绝技的良医，不管咋样，他们都有一门独到的秘术，就是制作膏丸散药。游医的祖师爷是药王孙思邈，在用药上往往药简效实，大多游医都是穷苦人出身，有的还是乞丐，为了活下来，他们积累了不少可治病的旁门左道，一代代口耳相传，成为医道的一个偏门，你爷爷当年就跟游医学过不少东西，等你基础扎实了，那些东西可传于你。

知苦何尝不想多学一点傍身的本事，多一点方术，治病救人便多一个手段，要知道学医一途，大都是家传庭训，没人传授，什么都学不到的。大师父愿意教他，他自然满心欢喜。

他们要赶到甘州城里去，不敢耽误，便与悟能师徒打了声招呼，就离开寺庙赶路了。

一路上，时而遇上挑着菜担子、挑着柴禾进城去卖的农人，也会碰上背着破烂行李卷、带着儿女逃荒的流浪者。苦瓠和尚有时跟他们攀谈几句，但凡说起生计，每个人都有不如意，苦瓠和尚只能徒增叹息，后来便不问了，自顾走路。知苦腿脚不便，走不快，他们期盼能碰上个便车。可是，走了小半天，依旧碰不到一辆车。

好不容易碰上个进城拉货的牛车，苦瓠和尚拦下车，言明搭个便车。车把式长着老鼠一样精明的小眼睛，看了看跛足的知苦，倒是痛快地答应了，不过，要问他们要几个茶水钱。苦瓠和尚暗叹人心不古，无奈地应了他。

二人上了大轱辘牛车，坐稳后，车把式吆喝着前行。突然多了两个陌生人，车把式就不自在了，不时找话跟他们拉扯。打问他们从哪里来，到哪里去，去干什么。知苦早得了苦瓠和尚的嘱咐，轻易不与人深谈，只是淡淡应付。但耐不住车把式是个话痨，你不多说，他自己会滔滔不绝地讲说传闻故事。他说，你们听说了没？前些日子，南城巷的王家米铺遭了贼，掌柜一家老小都被抹了脖子，可惜了偌大家业转头成空，更可惜的是王家那个丫头，十七八，水灵灵的一朵花，啧啧，也死了，唉！这仇家，听说还就是因看上这丫头而引起的，偏偏这丫头自个有相好，争风吃醋，红颜祸水啊，害了一家人。说来也怪，随后，城里有好几个年轻女子失踪了，闹得人心惶惶，城防也加紧了盘查，进出城都会被查问登记的，你们要有个准备。他又说，最近，好像从京城来了个什么大人物病了，到处找郎中，听说，谁要能引荐治好病的郎中，会给十两银子的酬谢呢，我原本想把村里的赵大疙瘩介绍过去，可这瞎怂胆子小，不敢去，我看他也是没那个本事……

听着车把式唠嗑，苦瓠和尚没有搭话，知苦倒是好奇地问，这个大人物得了什么病？车把式说，谁知道呢，只听传言道，这个人病得不轻，州里大小官员都慌了手脚，到处找郎中呢。

知苦望了苦瓠和尚一眼，跃跃欲试的神情。

苦瓠和尚摇摇头，这孩子还是心性单纯，不知江湖险恶，贵人求治哪缺了高明的郎中，不治，定然是难治之症。他不好打击知苦的一片赤心，只好给他讲道理："人常说出家人慈悲为怀，你理解什么是慈，什么是悲吗？慈是善念，悲是拔苦，有善念固然是好，但还得有拔苦的能力，没有能力，仁心善念都是空谈。"

知苦在心里琢磨了一番，师傅说得确实有道理，自己还是肤浅了。

有这样一个爱唠嗑的车把式，一路倒也听了不少甘州的风俗。

路越走越近，人越来越稠，甘州城触目可及了。

高大坚固的夯土城墙，比太平堡的城墙高了两倍，墙外有护城河，宽约三五尺，一人多深。城门是青砖砌成，上面有阙楼，驻着兵弁。知苦心里惊叹了一声，真是固若金汤。

城门口果然有官兵检查，逐个查明身份，登记造册。城门口贴着悬赏医家的公告，苦瓠和尚报了医家的身份，官兵以为是为悬赏而来，便没有为难，放他们进了城。

苦瓠和尚带着知苦入驻甘州大佛寺，净空主持率众僧迎接，给予了苦瓠和尚很高的礼遇。知苦大为诧异，他的确没想到大师父在佛门的名声和地位如此显赫。

甘州大佛寺是西北有名的大寺院了，从西夏创始就是皇家寺院，好几个皇帝为其敕赐过寺名，室内卧佛堪称天下之大，观者无不称奇。能够被这个大寺院的主持迎接，那肯定是高僧无疑了。苦瓠和尚的足迹纵横大江南北，又精通山、医、命、相、卜诸法，能请到他讲经说法，也算是大佛寺的一大殊荣。

安顿好住处，净空主持和苦瓠和尚商讨讲经事宜，知苦无所事事，在小沙弥的带领下转了一圈寺院，兴致缺缺，就告了一声，独自出了寺院。

大佛寺一旁就是南城巷，铺面林立，游人众多，一眼看去，有香火铺、古玩铺、米面铺、杂货铺、药材铺、铁匠铺、毡铺……大凡跟百姓生活相关的买卖似乎都集中在这里。知苦想起车把式说过招了灾的王家米铺，向人打听了一句，就遭了周围一群人的白眼，每个人都是警惕的眼神，像是看一个傻子一样。知苦意识到这里不是乡下，有些事不能随意打听，赶忙闭了嘴。

他漫无目的地在街上闲逛。街道上多是高大的杨柳，枯黄的树叶随风飘落，遍地散布了一层。踩着枯叶，深一脚浅一脚往前走，走着走着，就走到了总兵府前，又看到了悬赏医家的布告，一旁立着几个人，悄声议论着什么，显然是刚从总兵府出来的郎中。

一个憨厚的中年汉子问："葛先生可诊断出什么病症？"

一个面庞清瘦的老汉说："唉，不好说，不好说。腹满，不思饮食，坐卧不安，看以阳明实症，前面的医家依此用药却不能见效，真是棘手啊。"

另一个灰白胡子的老汉接着说："是啊，这个病实在是不好治，贵人身体金贵，咱们还是静观为妙。"

中年汉子又说："听说，他们请了省国医馆的骆神医过来，不知道明天有没有机会观瞻一二。"

清瘦老汉说："嗯，我也听说过，骆神医这人医术了得，经手的病患没有不见好的，咱们明天早些过来，相机而行。"

几个人说着话，陆续离去。知苦对这个疑难杂症也是满心好奇，很想看看他们口中的骆神医怎么诊治。

可是，他一个乡下小子，怎么进得了总兵府呢？

晚些时候，知苦找到苦瓠和尚，说了自己的见闻，特意提到了骆神医来甘州诊病。苦瓠和尚笑笑问："你是不是想去观瞻？"

知苦不好意思地点点头。

苦瓠和尚说："小事一桩。"

说罢，提笔写了一封信，嘱他去找"回春堂"的刘半仙，再三叮咛他只许静观，不要出头。

3

第二天早起，正要出门的刘半仙从下人手中接过一个跛足少年递上的书信，展开一看，神情便有些激动，急切地叫过知苦，问道："苦瓠大师是为贵人治病而来？"

知苦将苦瓠和尚来大佛寺讲经的事说出，刘半仙沉吟片刻，老脸堆笑道："看来，大师不愿为凡尘所羁啊！不过，老朽又有机会向苦瓠大师请教了！小娃，你先随我去看看骆神医的手段吧。"

一行人步行到了总兵府，看到门前有几十个医家、郎中来回徘徊，三三两两凑在一起，议论着骆神医治病的事。知苦还在人群中看到了一个熟人，刘罗锅。

刘罗锅也看到那个跛足少年跟"回春堂"的老掌柜在一起，惊奇之余，眼里露出一丝羡慕。

熟识的医家都上前跟刘半仙打声招呼，刘半仙一一点头回应。"益寿堂"的掌柜、"灵药堂"的坐堂先生凑到跟前，神秘地说，听说，今天只许进去十个人观瞻，你老肯定没问题，只是其余几个名额不知怎么分配呢。

这时，总兵府的管家伫立在门前，对今天进府观瞻的医家进行筛选，名额有限，这几十个人就得权衡各方利益了。

最终，选中了"回春馆""益寿堂"等几个城中大医馆、药铺的坐堂大夫，还有名声响亮的几个民间郎中，其中有知苦见过的那个姓葛的清瘦老汉，听刘半仙说，好像是出身一个中医世家。

没念到名字的众人一片唏嘘，大为失望。

刘罗锅也没选上，眼瞅选中的人即将进府，他疾步跨上前，手举着一个小瓷瓶说："管家，我刘罗锅有神药，关键时刻会起死回生，你不让我进去会后悔的。"

管家打量了他一眼，又瞅瞅他手中的药瓶，思忖了一下，冷冷说："你也进来吧，但不许多言。"

刘罗锅长吁一口气，暗自欣喜。俗话说，富贵险中求，他这一着算是押着了。

临进门时，守卫把知苦拦下。刘半仙只好转身解释："这是我的小弟子，跟着看看，不碍事的。"

管家朝守卫点点头，守卫就放行了。

管家把他们带到客厅，总兵萧阿赫和骆神医已坐在那里喝茶。

知苦从两人相貌神态上基本猜了个大概，那个身材魁梧、穿着戎装的应该是总兵萧阿赫，另一位穿藏青色长袍的儒雅老者是骆神医吧？

果然，刘半仙和众医家先向总兵大人施礼后，又向骆神医问好，骆神医跟众人也不大熟，只是轻描淡写地拱了拱手，作为礼节性的回应。

萧阿赫着实有点郁闷。数日前，监察御史王朗到甘州巡察，还带着醇亲王的二贝勒随行。原本没有二贝勒什么事，可能是在京城无聊，借此机会，悄悄跟关系甚好的御史王朗出来游山玩水。萧阿赫格外重视，小心陪同，好吃好喝恭敬伺候。这个二贝勒什么样的山珍海味都吃过，但一吃到祁连山草原上的羊肉、牦牛肉就喜欢得不得了，大块吃肉，大碗喝酒，好不快活。可是没过几天，他就身染重疾，水火不通，一病不起。王朗是私自带二贝勒出来，担心他出事，但又不敢声张，给萧阿赫交代了事情的严重性，只能私下找郎中诊治。萧阿赫身在官场，自然清楚其中的利害，悄悄请了城内医家诊看，却无一应验。而监察御史的考评又关系他的前程，如果二贝勒在他这里出了差错，估计滚回家养老都算轻的，能不能保住项上脑袋都在两可之间。无奈之下，发布悬赏，寻觅民间高手。名利所驱，顿时四方云动，治下各县纷纷举荐医家前来应诊，还有不少民间郎中自荐而来。

萧阿赫不着痕迹地向管家使个眼色，精明的管家马上领会了主子的意思，转身向骆神医谦恭地问："骆神医，人都到齐，是否开始诊断？"

骆神医扫了众人一眼，淡淡说："那就开始吧。"

管家带着他们出了客厅，绕进前面一个小院子，就见一个穿着奢华却精神萎靡的青年躺在躺椅上晒太阳。知苦揣度，大概是那个贵人吧？

他眼睛沉涩，勉力睁了睁，认出是总兵府的管家，再看了他身后的一群人，想到是请来的医家无疑。有气无力地挥了挥手，就喘息起来。

骆神医凝神望了一息工夫，举手作揖，隐晦地道声"得罪"，便上前把脉，两只手臂轮换着把了一会，又不确定，再次把了把，又看了看舌苔，神情就有些凝重了。

知苦隔着众人，偷觑了贵人几眼，心里对照着《识症》中的"望色诀"暗忖：湿盛面皮黄，脾弱神不壮，腹疼白面唇，眼沉防肠风。

他轻声念叨，别人没听到，但站在他旁边的刘罗锅却听清了，惊讶地看了他几眼，嘴唇微微张了几张，最终没有说什么。

此时，骆神医已经开始问诊了。尽管已经听总兵府的家医述说了患者病情，他依旧不敢托大，不厌其烦地问了几个问题："病家何时发病？当时症候如何？"

贵人身边的小厮说："贵人大约七天前身体不适，发热，头痛，恶心，没胃口。"

"有没有汗？二便如何？"

小厮说："没汗，二便……好像也正常。"

"到底正常还是不正常？"骆神医神情严肃地追问了一句。

小厮结巴着说不出话来。贵人勉强开口说，大便有点干。

"现在有哪些不适？"

小厮本想说话，骆神医一个眼神制止了，他想听病家亲口说出来。

贵人强打起精神，想到哪说到哪："心窝子里像汪着水，晚上胀痛难眠，腹泻，没精神，也不想吃东西，午后发热、头痛，晚上盗汗……就这些吧"

骆神医问完，迟疑了一下，又面向众医家说："各位可有需要问诊的？"

在骆神医面前，没人敢造次，况且，他们当中的大多数人之前就已经应诊过，也开过方，都没有应验，显然是药不对症。

骆神医让总兵府家医取过前面大夫开过的药方，仔细翻看着，共有五张方子，足足看了一盏茶的时间，才抬起头说："咱们到前厅商议吧。"

避开患者，众人到了前厅，骆神医就沉着脸说："桂枝汤？这是哪个庸医开的方子？一开始就搞错了方向，越治越坏！"

知苦一听，心中暗暗惊讶，听小厮说的症候，一开始不就是太阳中风证？不是吗？

而总兵府的家医听到骆神医的话，顿时把头埋下，暗忖，他难道真看走眼了？

骆神医不管他们怎么纠结，也不顾及他们的脸面，一一推理道："病家开始应该病在阳明，胃家实，再加上水土不服，饮食不节，多食大热大寒之物，出现呕逆、便燥、不思饮食等症，胃气上逆又导致发热、头痛。可惜，第一个人诊断错了，用药不慎，后面的人跟着一错再错，又用大补之药，湿热秽浊内郁，三焦堵塞，蒙蔽神明，转成了少阴亡阳内闭危候，越治越坏了，难治啊。"

除了萧阿赫及几个下人，在场的都是医家，一听人家把病情分析得头头是道，不管听明白没有，心里先怯了，尤其是刘半仙及一众诊治过的大夫无不汗颜。萧阿赫则怒目而视，这群庸医害得自己担惊受怕这么多天，恨不得即刻把他们杖毙了。

但贵人危在旦夕，还得求着医家救治呢，他只能把怒火压着，恭敬地看向骆神医："骆先生，拜托您了！"

骆神医摆摆手，说："不是老朽不治，只是这病情有点复杂了，速效很难，彻底治愈恐怕得十天半月。"

萧阿赫有点失望，但转念一想，贵人的病好在可治，那也算是阿弥陀佛了。

这时，忽然有个声音从人群中传出："骆神医，我这有一丸药，你看可不可试试？"

众人回头一看，正是最后厚着脸皮挤进来的刘罗锅。

骆神医看到他，皱了皱眉头，不悦地问："你是何人？所持何药？"

刘罗锅挤着小眼睛，自顾自嘿嘿一笑，上前说："在下铃医刘罗锅，给贵人献牛郎串一粒，腹中积滞，服下可除。"

骆神医一听是铃医，眼中露出鄙夷的神色，摆摆手说："好意领了，你那丸药……还是免了吧。"

铃医身份轻微，刘罗锅习惯了世人的轻视，他本就抱着两可的想法，如能被看中就得好处，不被接受也无所谓了。他收起药丸，再无留意，面无表情地拱手告辞。

萧阿赫向管家使个眼色，管家即刻心领神会，看似送客的样子，跟刘罗锅出去，花一两银子买下了刘罗锅手中的药丸。

知苦觉得再留下来也没什么意义，骆神医既然能分析出病症，治好这病只是时间问题。他还有话要问刘罗锅，悄声跟刘半仙打声招呼，随后也出去了。

刘罗锅并没走多远，出了门就被等候在外面的众医家、郎中围住，打问里面的情况，熟悉他的游医还用术语暗戳戳问他可有"捞爪"（注：

赚人财帛的暗语），他答一声"夹草"（注：卖药），众人不明所以，怔怔地听着。

知苦出来后，在一边等了片刻，刘半仙就摆脱了人群，向他走过去，用只有两人能听到的低声问："阁下几顶几串几截？"

"啊？什么几顶几串几截？"知苦莫名其妙。

刘半仙瞪着一双小眼睛问他："你不知顶、串、截，可怎么会铃医的望气诀？"

铃医的望气诀？知苦更是不知所谓。他急于知道刘罗锅手中的丸药是么回事，反过来问他："你昨天救那个孩子的药丸是什么？"

"青囊丸啊，你不会不知道吧？"刘罗锅忌惮地看着他说。在铃医的帮派中，能被传以"识症"全套秘诀的，大都是帮主的子女或特殊之人，这个跛足少年，会是哪一帮中的子弟呢？

知苦若有所思地念叨一声"青囊丸"，忽然觉得刘罗锅身上有很多东西值得他探究一番。

4

骆神医开方用药后，二贝勒服了两天，仍不见起色，监察御史王朗差事已经办完，返回在即，二贝勒的病情却依然顽固缠绵，骆神医也没有效速之法，萧阿赫急得团团转。

他端详着从刘罗锅手中药丸，久久难以决断。管家说，这丸药叫"牛郎串"，那个铃医说了，吃下就立马见效。

"大人，要慎重啊，江湖郎中语大心野，不可信。"家医站立一旁，轻声提醒说。

萧阿赫话说："假若如他所言，咽下立见分晓，是不是试一试？"

他看了家医一眼，忽然有了主意："要不，你先尝一尝，分辨一下药的配伍？"

家医被吓着了，身子一缩，低头喃喃："这……"

萧阿赫打定了主意，就不容他退缩。从小瓷瓶中取出梧桐子大小的药丸，抠下一小片，递给家医。

管家又补了一句："要用姜汤冲下。"

这个容易，不一会，下人就送来一碗姜汤。家医在萧阿赫的注视下，极不情愿地服下药，品了品，有点苦，大黄和黄连的味道，除此而外，他再品不出用了什么药材。

暂时看不出什么不适，萧阿赫让他观察了一个时辰，仍没有不适，他便拿起药瓶，去找二贝勒。

当着二贝勒的面，他自然不说是从铃医手里卖到的药丸，另编了个理由，自称是从别处求得的珍藏秘药。二贝勒不作多想，便用葱姜汤服下。

仅过了半个时辰，二贝勒忽然感到一阵恶心，随即呕吐出一滩污秽，室内顿时充满熏人的臭气，众人纷纷掩鼻。

萧阿赫顿时大惊失色，暗道不妙，若是吃错了药，他的罪过可就大了。

紧接着，二贝勒急呼要出恭。下人硬忍着熏人的气息，赶急上前搀扶，可是，只听"扑哧"一声，二贝勒已忍不住水火之急，一股黄黄绿绿的液体顺着裤腿流了下来，室内臭气熏天。

萧阿赫一看，吓得脸色恍白，哪顾得上又脏又臭，急忙上前扶住二贝勒，忐忑不安问："贝勒爷，咋样了？"

二贝勒丝毫不顾及形象，长舒一口气，舒畅地说道："啊——痛快，终于痛快了。"

萧阿赫这才松了口气，心里的一块石头终于落了地，赶忙安排下人搀扶二贝勒去清洗。

送走二贝勒，一低头，看到鞋子踩在一滩黄黑的污秽上，萧阿赫又恶心得不行，急忙叫人清理了污秽，换了衣着，去向监察御史王朗禀告。

王朗听完他的话，十分吃惊，他知道二贝勒的急病难住了无数医家，连省城来的骆神医也踌躇不已，不解地问："何人所出良方？"

萧阿赫不敢隐瞒实情，就将服用铃医药丸的事讲了出来。

一药见效？王朗顿时被这个药丸震惊到了，这样的医家，在京城都很难寻到。他一时兴起，想要见见那位出售药丸的铃医。

萧阿赫自然明白王朗的心意，这些达官贵人都怕疾病缠身，如能搜罗到应急秘药，便多一个保命的手段。于是，他即刻打发管家速去寻找那位铃医。

刘罗锅却不知自己无意中失去了一次结交权贵的机缘，他也没料到萧阿赫能用他的药丸，而且有出奇的效果。

这时，他早已离开甘州，背着褡裢行走在焉支山下的一个村子中，身后跟着甘知苦，一跛一颠。

那天从总兵府出来，回到大佛寺，知苦便跟苦瓠和尚说了骆神医诊治的情况，又说了刘罗锅的"青囊丸""牛郎串"的事，苦瓠和尚神色平静，未置一评，看知苦欲言又止，笑问："是不是对铃医感兴趣了？"

知苦不好意思地挠挠头说："师父，我听刘罗锅说话，感觉那本《青囊诀》似乎跟铃医有莫大关系，我想跟着他学一学。"

苦瓠和尚担忧他基础未稳，怕走偏了路，但又听刘罗锅说的话与《青囊诀》有关，也有点意动，沉吟片刻，说："好医家是吃百家饭的，医术大成，需要多方求益，博采众长，这个铃医说不定有真本事呢。"

知苦欣然说："师父，你同意了？"

苦瓠和尚笑着说："你且去找他，他的看家本事肯不肯出手，就看你的造化了。"他心里早已看明白，这个铃医十有八九不会传授秘术，知苦跟随一二日便会无功而返。

知苦毕竟涉世未深，对人情世故并不深究，仍沉浸在自己的向往中，说道："师父，我一定能跟刘罗锅学到本事。可我要离开你了，回来找不到你咋办？"

苦瓠和尚说："师父能护得了你一时，护不了你一世，出去历练历练，也是你的造化。我的事一了就先回去，你自己能找回家不？"

知苦犹豫了一下，点头说："应该可以。"

苦瓠和尚从随身携带的布袋中拿出三个小瓷瓶，都是外出远行人常备的防身药，一一跟知苦交代说："这个是五苓散，遇上水土不服时服用。这个是四逆丸，回阳救逆的药。这个是我摸索出来的一个自卫秘药，若遇到凶恶歹徒或恶狗挡道，捻一撮于手心，三五步内朝对方迎面撒去，会让对方疼痛难忍，自己即可脱身。"

知苦惊奇地张大了嘴巴："师父，有这等秘药？平时你咋不教给我？"

苦瓠和尚肃然说："医术是用来救人的，不是害人的，你若心术不正，教给岂不是害人不浅？如今，为了让你有个自保的依傍，才不得已拿给你，非到万不得已，千万别乱用。"

知苦低头摩挲着小小的药瓶，琢磨着如何向师父求得秘药的配方。

苦瓠和尚似乎能猜得透他的心事，说："配方的事，你就别惦记了，时机成熟，我自然会告诉你。哦，对了，如果伤了无辜，用菜籽油清洗眼睛、用清水冲洗疼处即可。"

知苦欢欢喜喜谢过师父，去找刘罗锅了。临行时，忽然想起一件事，又对和尚说："师父，求你件事——帮我打听一个叫宁青梅的人，我得把那个老人的遗愿了结了啊。"

5

就这样，知苦开始跟着刘罗锅游走四方，浪迹江湖。

刘罗锅是老江湖了，平时自由散漫，无拘无束，确实不愿被一个跛足的毛头小子拖累，但无论他用怎么难听的话怼他，甘知苦始终像块粘皮糖，不远不近地跟着他，想甩开他，甩了几次，甘知苦最终都能找到他。渐渐离甘州城远了，刘锣锅看他一颠一跛的，心里不忍，只好任由他跟着，走村串巷，摇铃卖药。尽管他的药很低廉，但还是买不起药的人居多，尤其远乡僻壤的百姓，生计艰难，生了病宁可死扛，也舍不得花钱买药。

已是深秋时节，天气渐渐转寒，两人一路走过，饥一顿，饱一顿，风餐露宿，十分不易。知苦走着走着，好几次都想打退堂鼓，可一想到跟师父夸下的海口，又不服气地跟紧了刘罗锅。

这一天，他们刚进入焉支山下的一个破落村庄，刘罗锅串铃一摇，村人就知道来了游医。片刻，一个老妇人从柴门急匆匆出来大声疾呼："郎中，郎中，快救命！"

刘罗锅和知苦还未来得及问清情况，被她连拉带拽带进一个土土的院子，进门就隐隐听到哭声。

推开破旧的房门，只见一个年轻女人和两个孩子嘤嘤哭泣，炕上躺一个胡子拉碴的男人。看样子，应该是老妇人的儿子、年轻女人的丈夫。他双眼紧闭，面无血色，任女人和孩子大声叫唤，全无反应。

刘罗锅看了一眼，伸手试了试呼吸，就摇了摇头。

知苦也上前把了把脉，很沉，很微弱，是心气衰竭、阳气脱绝的凶险病兆。

刘罗锅说声"抱歉"，转身就走。

老妇人长哭一声，急忙跪在了他面前，哭泣着的年轻女人和两个孩子也都一骨碌翻身下炕跪在了他的面前。

刘罗锅大概见惯了生死，不为所动，只是有点怜惜地解释："这个情况，哪怕是神仙都无能为力了。"

一听这话，这家人全都大惊失色，女人娃娃哭得更凄惨。

知苦看不下去，望着刘罗锅说："刘大叔，真没办法了吗？"

刘罗锅有点气恼，明显是死证，你当自己是起死回生的神仙？他瞪了一眼，没好气说："但凡有点办法，谁不愿积点功德。"

知苦顿时觉得自己医术太弱，又望了一眼伤心欲绝的一家人，心情沉重地跟着刘罗锅往外走。当走到院门口时，他忽然看到屋侧种着一垄葱，半枯半绿立在寒秋中，心神电转之际想到一个偏方，叫了一声："等一下。"

说罢，他去拔了两根葱，又转身进了门，急忙跟伤心欲绝的老妇人要了个碗和杵，迅速把两根葱的葱白捣成了泥，冲了少许水，再找一块干净的布子，将葱白泥绞出液汁来。

刘罗锅本来想走开，但看他鼓捣这个，又想看个究竟，便抱着膀子冷眼旁观。

弄好半碗葱白汁，知苦端过去，对年轻女人说："大嫂，来，想办法把这个灌进去试试。"

年轻女人已经毫无主意了，只要有一点希望，她便毫不放弃，不假思索地接过去，让婆婆扶起男人，强行掰开男人的嘴徐徐往里灌。男人没有下咽意识，她便一点一滴地喂，碗里的汁液越来越少，直到全部灌完，男人还是没有反应。

又等了片刻，男人还是没有动静，知苦也没了主意，有点失落，正黯然转身离去，忽然，男人一声轻咳，他的女人惊喜地叫出了声："啊，他咳了！"

冷冷旁观的刘罗锅瞪大了那双小眼睛。就地取材、方便效验，这不就是游医的手段吗？这个跛小子究竟是装呢，还是装呢？

又等了一盏茶的工夫，那男人悠悠醒来，一家人惊喜交加，在老婆婆带领下噗通噗通跪在知苦面前。

知苦着急地说："使不得，使不得啊。"

老婆婆哽咽说："小先生，你担得起，你救了我儿子，等于救了我一家，没了他，这个家就散了。"

刘罗锅对人情世故看得明白，劝他说："这一家人实在，你就受了吧，不然，他们心里过意不去。"

老婆婆硬是让全家人给他磕了三个头。

知苦虽然受了大礼，还是向他们躬身还了礼，说了声"医者本心"。

这一举动，让刘罗锅也颇有触动，暗忖"医者本心"的心性，自叹不如。

这户人家姓杨，老婆婆对儿子讲述了他们救治的过程，刚缓过气的儿子又是一番感谢。杨家也是穷苦人，拿不出钱来，便尽其所有，拿出青稞、豌豆，为他们炒了一袋"干粮"，算作酬谢。

推让一番，知苦接受了他们的好意。出了杨家，刘罗锅迫不及待地问："你用的什么秘法，我咋看着这么管用呢？"

知苦本想直接告诉他，临时又多了个心眼，怏怏不乐道："刘大叔，你这就不地道了，我都告诉你好几个方子了，问你个青囊丸、牛郎串的配方你咋藏着掖着不讲。"

刘罗锅瞪了他一眼，骂骂咧咧地："小兔崽子，算计到老子头上了！我即便告诉了你配方，没有秘法，你也枉然。"

知苦一愣，配方还有秘法？

刘罗锅说："铃医的用药是方、法一体，仅有方，不得法，仍不应验。"

他这才听明白，这个医术怎么跟自己手中那本《青囊诀》的记载那么相似？

在他眼里，医术就是拿来救人的，不论多好的医术，藏着掖着终究无用。有了这心思，知苦也不纠结，直接告诉了刘罗锅葱白汁治疗心疾的法则，附带又告诉了他另一个治心病的单方：猪心煮柏叶，立效。

刘罗锅得了两招秘笈，喜笑颜开，再次跟知苦讲起了条件："你拜我为师，我便将秘方教给你。"

刘罗锅游走江湖，为了生存能屈能伸，啥样路数都可来的，一路走来，要么想赶走知苦，要么想收他为徒，而知苦有自己的思量，师者，人之范也，刘罗锅医术再好，但德行有亏，在他心中还不足以为师。

知苦默不作声，低头走路。刘罗锅也不好意思强迫，一直忌惮这个跛足少年的身份，如果真是某派某掌门的公子，他将来会无法面对。

一老一少沉闷走了一段，刘罗锅主动放下架子，跟知苦主动讲了青囊丸和牛郎串的秘诀。

牛郎串：黑丑、槟榔、大黄各等分，为末，姜汤下，泄后即止。歌诀：仲景书中有奇方，便是铃医牛郎串。腹中积滞最难受，通通畅畅把家还。

青囊丸：香附、乌药为末，水糊丸如桐子大，随症加减。外感，姜葱汤下；内伤，米汤下；气病，木香汤下；血病，酒下；痰病，姜汤下；火病，白滚水下；头痛，茶下。歌诀：游医祖方分阴阳，男用黄鹤女青囊。挟技游走治百病，尚撑绝秘手中丸。

知苦又问到"黄鹤"为何物，刘罗锅看避不过去，顺便把"黄鹤丹"也讲了，只不过是把青囊丸配方中乌药换成黄连而已。

知苦默记了两遍，就记下了这三个方术，十分开心，笑吟吟向刘罗锅道谢。对于靠秘方谋生吃饭的刘罗锅来说，能从他嘴里掏出一两个秘方可不是易事。

一路上，知苦不断打问铃医的事，刘罗锅心情好的时候也跟他说几句，渐渐，知苦初步搞清了铃医的渊源。

铃医虽然同宗一个祖师，但流派众多，各门派独行于江湖，自行招纳弟子授以秘法。他们的神技名曰"三大法门"：顶、串、截，有九顶、十三串、七十二截之目。据说，铃医中几乎没有全知者，均是根据各自在门派中的地位，授以几顶、几串、几截秘法。地位越高，掌握的技法越多。刘罗锅地位不高，仅得两顶、三串、十一截之术，他所说的"青囊丸"是其中一截、"牛郎串"是一串。尽管他所学有限，但在医家各承家技、秘不外授的医道中，他也足以游食江湖了。平常人家，如能得一张秘方、一药制法都能矜技荣世，他所会的自然不止一法。

6

焉支山是祁连山的一个支脉，在甘州和凉州交接处，盛唐代边塞诗人常常提及这个地方。山中草木葱茏，药草满山，秋末冬初，正是采药的好时节。刘罗锅打算应时采些药，制点药。

到了山脚下在峡口村，刘罗锅带着知苦暂住在陈姓人家。陈老倌患有哮喘，服了刘罗锅的药丸，多年的哮喘居然好了。陈家人感激不尽，拾掇好房室，烧好热炕，殷勤劝他们留宿。

病人的口碑就是好医家的活广告。不久，村人听说来了个有本事的游医，陆续带着患者来找刘罗锅就诊。

季节交替之际，大都是外感风寒、头痛脑热之类的时令病，刘罗锅就用一个青囊丸，变换着服药方式便能应对，药丸简单有效，村人只需几个铜钱就能买。病情轻微的，刘罗锅给出了更简单的偏方：葱白或薄荷，加生姜几片，煎水喝过发汗。如有咳嗽，用紫苏、花椒煎水喝。这些草药都是村里寻常之物，乡亲着实感激刘罗锅的医术。

偶尔遇到几个复杂的症状，刘罗锅的药丸治疗范围有限，也无能为力。但他装着一肚子民间子偏方，时不时给患者出出主意，只是用平常不过的单味药也能治病。

比如，有人腹泻不止，他让人用黄连烤焦，研末冲服。

有人偏头痛，他让人用雄黄、焦麻黄研末，用纸捻蘸药搐鼻，左痛搐右，右痛搐左，两边痛交替搐；或者用荞麦粉醋调敷太阳穴。

有人胃痛，他让人用苦豆子烤焦，研末冲服。

有人脚汗多，他让人用白矾研细粉，搽脚掌心。

有人耳底流脓水，他让人用五倍子焙黄，研末，香油调敷。

有人患无名肿毒，他让人豌豆研细末，醋调敷……

知苦听着，看着，十分惊讶，没想到其貌不扬的刘罗锅，居然有这么多治病的招数，这种简便用药彻底颠覆了他的认知。

开始，村人还不信他所说，回去一试，确实有效。不花一文钱就能治好病，对穷苦百姓而言，真是受益无穷。于是，这些简便易行的偏方便在远近传开了。

铃医走方以廉、验、便为上，通常不取贵重药材，随时随地取材入药，但铃医水平良莠不齐，又多重利贪财，时出江湖骗子，权贵之家往往看不上他们的伎俩，老百姓诟病的也是这一路货色。刘罗锅用最简便的草药，甚至食材就治好了一些患者，在远乡百姓的认知中，他就是"神医"。

一传十，十传百，远近百姓纷纷闻名前来找这个"神医"看病。

刘罗锅自带的药快用完了，前来看病的人络绎不绝，陈老倌就给他出了个主意："十字路的'济世药铺'药材齐全，掌柜齐大善人平常都会给平民施药，不妨跟他买点药材。"

刘罗锅本想自己上山采些药，可一直没时间，也只能依陈老倌的所说，去"济世药铺"买点药材了。

"济世药铺"开在镇上十字路口，三间门面，旁有侧门，通向后面的院落，远远就看到药铺的杏黄色幡旗迎风招展。

陈老倌带着刘罗锅和甘知苦走进药铺，一个二十来岁的阔脸男子笑脸迎了上来，操一口京腔说："客官需要什么？"

陈老倌向刘罗锅和知苦介绍，他就是掌柜齐大善人。

齐大善人打量了刘罗锅和甘知苦几眼，操着一口外地口音，拱手笑说："莫非阁下便是人人相传的神医？"

刘罗锅摆摆手，淡淡说："那都是乡亲抬承，哪来的什么神医。"

齐大善人呵呵笑着，作了个有请的手势。

知苦跛腿跟在后面，瞄了几眼齐大善人，总觉得这人的笑得有点勉强，像戴着一个面具。

药铺的伙计端来了茶，刘罗锅没多客套，随口说出了几味要买的药："陈皮、熟地、茯苓、白术、当归、党参、黄芪各半斤，黑丑、槟榔、香附、黄连、黄芩、大黄各一斤。"

齐大善人马上提笔记下来，然后又在黄芪、黄连、黄芩、大黄几味药上画了个圈，说："这几味药，山上随便采到，我就不让你们多花冤枉钱了，前面那山就叫大黄山。"

陈老倌也附和说："就是，咱们这儿的山就叫大黄山，药材不少呢。"

刘罗锅有点意外地"咦"了一声，对齐大善人作个揖说："齐掌柜真是大善人啊，谢了！"

然后，他们坐下喝了杯茶，伙计很快抓好了药。刘罗锅付过钱，三人出了药铺。

回去的路上，刘罗锅问到齐大善人是哪里人。陈老倌说，齐大善人本名叫齐永贵，听说是从京城附近过来的，一直做药材生意，到峡口开药铺也有几年了，村人病了买不起药，他会给白白送药，乡亲从山上采到药，他也收购，比卖到外面还值钱。

听他一说，知苦对齐大善人的印象倒改观了不少。

起风了，冷飕飕的西北风直往衣服里钻，知苦不由得打了个寒颤。眼看冬天到了，身上的衣服一天比一天单薄。刘罗锅似乎心情不错，很大方地拿出钱，在路边弹棉花店买了几斤棉花，又扯了两丈土布，准备给自己和知苦做身棉衣。

"济世药铺"的掌柜齐永贵目送他们远去，返回室内，脸上马上布满寒意，叫过伙计问："查清了没，这个郎中啥来头？"

几天前，刘罗锅"神医"的名声传开时，伙计就得到齐永贵的指令，派出人马开始追查刘罗锅和甘知苦的来历，一路追查过去，很快弄清了刘罗锅和甘知苦的底细。他说："罗锅子姓刘，人称刘罗锅，甘州人氏，江湖郎中，卖药为生。那小子是肃州太平堡人，在甘州碰到刘罗锅，就一直跟着。"

齐永贵冷哼一声说："你给我盯紧了！敢在我的地盘上抢食，不给他们点颜色看，不知道马王爷长几只眼！"

这个齐永贵其实是青囊门掌门齐天寒的侄子，他假借做药材生意，奉命追查宋青山、宁青梅夫妇的下落。峡口村恰是东来西去的贩夫走卒必经之处，他便在十字路口开了家"济世药铺"，一边看病卖药，一边打探消息。十几年过去，他借做药材生意跑遍了西北各地，却始终查不到一点音讯，掌门斥责他无能，他也有点丧气，便想尽一切手段加紧追查，任何一点蛛丝马迹都不放过。

7

初冬时节的大黄山一片枯寂，除了云杉还有点青墨，其他花草树木都已凋谢，枯枝败叶迎风摇摆，山间小溪凝结薄冰。虽然不适宜赏景，但采药恰逢其时。

刘罗锅和甘知苦一早就上了山，各自背着药篓，手持锄头，沿陈老倌指点的方向，一直往深山里走。

刘罗锅有意考量甘知苦识药的水准，让他走在前面。

他哪知道，知苦自小就跟随爷爷识药，还有独自采药的经历，早已对一般的药材熟悉无比。

知苦很快就找出了甘草、黄芩、大黄、黄连、当归等好几味药材，还认出了不常见的土木香、地榆、贯众、苦楝子，顿时让刘罗锅大吃一惊，这些药材他平时也会用到，但实地采收还是第一次。

两人一路寻着，碰到好药材便收一些，很快，七七八八收拾了大半药篓。

"咦，那边怎么还有绿草红花？"知苦望着前方一处地方说。

刘罗锅放眼一看，果然看到一片将枯未枯的绿色，还有星星点点的花朵绽放，他也有些惊奇。

两人过去一看，只见一大片白色石灰石，周边的草木都已枯萎，只有土炕那么大的一片乱石中长出的草依旧青绿，还开着花。

草，不过是平常的白茅草；花，不过是常见的野菊花，没什么特别之处。

刘罗锅端详半天，也想不出所以然。

知苦随意用锄头刨了刨花草下的泥土，居然湿涸涸的。又往深里一刨，竟看到热气往外冒。他觉得古怪，继续刨，挖到半人深时，忽然挖到了裹着泥土的淡黄色石头，还带着一股腥臭味。

刘罗锅惊叫一声："石硫黄！"

知苦不识此物，但知道硫黄这味药，便问："你咋知道是硫黄？"

刘罗锅很激动，急忙趴在地上挖了一会，笑呵呵地讲了一个故事：京城有个花匠，琢磨着怎么让花冬天开放，以便卖个好价钱，有一次前往王府送花时，看到假山旁一丛花开得很艳，就问管事是何缘故，管事不明所以，只说这里的土不一样。花匠就近看了半天，闻到了一股硫黄味。回去后，他请教医家，知道了硫黄大热，自身能散发热气。于是，就在花下埋上硫黄，花就冒着严寒被催开了，在大冬天卖了一个好价钱。

石硫黄可是难得的药材，古人炼丹少不了它，延年益寿的金液丹、真元亏惫的黑锡丹、温肾逐寒的半硫丸，都会用到硫黄。意外地挖到硫黄，真是捡到宝了。

知苦也知道硫黄难得，兴奋地挖了起来。刘罗锅也挥着锄头一起挖，不多时，就挖出了一堆硫黄石。

望着一大堆硫黄石，刘罗锅又犯难了，东西是好东西，可以他们两人的实力，这么多石头肯定背不出去。想了半天，只好各选了几块质地纯净的硫黄石，塞进了背篓里。

不觉已是太阳偏西，他们也采收够了应需的药材，吃了点干粮便开始返回。

两人背着沉重的药材，走走歇歇，加上知苦体弱足跛，走路缓慢，快出山时已是黄昏。

眼看到了出山的山嘴处，只要转过一个弯就能望见村庄，突然，斜刺里冲出两只凶恶的狼狗，向他们狂吠猛扑，完全是要他们命的样子。

两人一下子慌了神，急忙扯下背篓来挡。可是，恶犬体格强壮，只是一个跳跃，便轻而易举躲过他们的阻挡，张着獠牙咬向他们。刘罗锅用力甩出背篓，连滚带爬找躲避的地方，其中一只恶狗紧追不舍，猛扑上去。

知苦腿脚不便，另一只恶狗扑过来时，摔了个趔趄，伸手护头的瞬间，摸到了腰间的小瓷瓶，这是他早上出门时特意带着自卫秘药，师傅给他后一直没用到，这次进山，为了以防万一就带在了身上，不管有没有用，现在只有靠它救命了。他就地一滚，避开恶狗的撕咬，顺势取出秘药，倒了一手心，瞅中猛扑过来的恶狗撒了过去。

一跃而起的恶狗顿时摔到地上，一边痛苦地狂叫，一边胡乱翻滚，再也凶不起来了。

知苦顾不上管它，又倒了一手心药粉，朝刘罗锅那边赶去。那只猛追刘罗锅的恶狗也许是看他体弱身小，忽然掉头朝他猛扑。知苦毫不犹豫地撒出药粉，这只恶狗也翻滚了一圈，趴在地下满地打滚。

刘罗锅掩着被撕破的衣服，狼狈地走过来，抹着头上的汗水，惊讶地瞪着眼睛说："你还有这等本事？"

知苦拍拍身上的土，嘿嘿一笑说："师傅给我的，我也没想到这么厉害。"

刘罗锅顾不上多说，看着两只胡满地乱滚的恶狗，咬牙切齿地挥动锄头，扑上去就敲断了狗腿，还不解气，要往死里整，知苦拦住他说："狗仗人势，这不是恶狗的错，应该是有人想害我们。"

刘罗锅爬上山坡朝四周瞅了瞅，天光昏暗，影影绰绰看到了一个人急速朝山下跑了。他气急败坏地叫骂一气，走下山坡，两人重新收拾好散落的药材，背起药篓往村里赶去。

回到陈老倌家，刘罗锅仍是一肚子气，骂骂咧咧地说了一阵，让陈老倌张罗人手去把两只恶狗抓来炖了吃。

陈老倌的儿子一听有狗肉吃，早就急不可耐，马上拿上绳索，叫了邻居朝山上跑去。

天黑下来后，几个人抬着奄奄一息的狗回来了，一进门，就有人嚷嚷说："看样子是济世药铺的护院狗，咋就跑到山上去了呢？"

陈老倌借着灯光瞅了瞅说："没错啊，就是济世药铺的狗，这周边再没有这么凶的狗，一般人家最多就是养个土狗。"

刘罗锅又想到齐大善人那张笑眯眯的脸，怎么也跟放狗咬人联系不起来，心里直犯嘀咕，莫非他们给村人治病抢了人家的生意？但也不至于要置他们于死地吧？人心难测，还是尽快远离是非之地为好。

他把这个想法跟知苦说了，知苦忽然觉得这个齐大善人太可恶了，如今，又打死了他家的狗，说不定还会出什么幺蛾子呢。

吃了一顿狗肉，两人连夜处理了下药材，就向陈老倌辞行。陈老倌还要挽留他们，可一听刘罗锅的分析，又怕招来无妄之祸，就给他们准备了些干粮，送他们上了路。

他们怕齐大善人派人追杀，没有走官路，只挑偏僻小路走。天寒地冻，路上行人稀少，一老一少都是孤苦相，也不怕强人打劫，遇上村镇就卖药看病，没生意就赶路，刘罗锅打算赶在过年前到省城去。知苦开始还想回家，可一想到回去后寄人篱下的不自在，还是觉得跟着刘罗锅四处逛着无拘无束，虽然风餐露宿、衣食常忧，但能够见世面、学本事，他也没有怨言。

快到永昌城的时候，他们遇到了一队追捕流寇的官兵。先是看到一群众人没命地跑过来，他们正觉得奇怪，马上看到尘土飞扬，一队骑兵挥着刀追了过来，喝声如雷，跑得慢的人随即被砍翻了。刘锣锅一看不妙，叫了声"快逃"，根本顾不了知苦，自己先撒开腿向另外的方向逃命。知苦腿脚不便，看着滚滚尘埃越来越近，顿时神慌意乱，不知所措。

8

这段日子，宁神医心事重重，每天怅望着太平堡的方向，一脸忧郁。没有人知道她在想什么，只有她清楚，那段记忆已经刻骨铭心，这辈子都不可能忘记了。

那一年，义和团兵败如山倒，朝廷四处抓捕乱党，青囊门未能幸免。

青囊门是义和团的一个分坛，隐于南阳宁家庄，曾是古医世家的大门派，掌握着天下最全面的医术秘笈。到了第十五代的传人宁掌门手中，战乱四起，民不聊生，青囊门很难独立世外。这时，红灯照的掌门朱红灯找上门来，劝说宁掌门参加义和团，挽救家国于危难。宁掌门本就有家国情怀和一腔热血，跟朱红灯不谋而合，答应为义和团提供医疗援助，为苦难中的天下黎民尽一分心，出一份力。

起义开始后，宁掌门率众弟子参与了义和团伤员的救治，他们的高超医术活人无数，但也有无数弟子死于战火。后来，战事渐渐对义和团不利，马上人心浮动，二当家齐天寒一直心存二心，觊觎青囊门秘术已久，乘机拉拢门下弟子，积蓄自己的势力。起义失败后，朝廷开始清理乱党，齐天寒暗中投靠官府，出卖了宁掌门，准备自立门户。宁掌门发觉时为时已晚，属下门人大都被齐天寒威逼利诱，没有可靠之人可用，情急之下，急忙把青囊门秘笈塞给女儿青梅和嫡传弟子宋青山，安排他们从暗道逃出。

此时，朝廷兵马已经围住了宁家庄，全身而退绝无可能，为了守住青囊门的秘术，宁青梅和宋青山别无选择，强忍生离死别的悲痛，眼含热泪，踏上了逃亡之路。

他们隐姓埋名，一路向西，逃到了陕西，还未来得及喘口气，又被尾随追踪的爪牙发现了，宋青山利用药功秘术解决了尾随追捕的几个爪牙，暂时躲过了劫难。这时的齐天寒为了得到青囊门的秘笈，早已与官府勾结，把宁青梅和宋青山的画像散布各地，散布爪牙追踪不休。宁青梅和宋青山毫无立足之地，又继续逃亡，尽力避开集市和村镇，一直往西走，最后躲到了陇右深山中，与世隔绝，相濡以沫。他们搭起茅屋，刀耕火种，开辟出几亩薄田，勉强维持生计。刚过了两年安稳日子，厄运又降临到他们头上。

那年，他们的孩子一岁多，忽然感染风湿，高烧不退，昏迷不醒，平常草药无济于事，必须要用到人参、天麻、独活、黄连之类的药物。宋青山哪顾得上多虑，急急忙忙下山去寻药。他在县城里转悠了半天，找了几家药铺才凑齐药材。恰巧一家药铺掌柜受了齐天寒爪牙的暗托，发现买药的人跟画像上的男人肖似，便使人暗中跟踪，一直跟到了小山村，发现了两人的隐居处。

次日夜晚，宋青山夫妻刚给孩子喂完药睡下，忽然听到邻近猎户家的狗狂吠不止。因逃亡养成的习惯，宋青山不敢大意，急忙起身出去查看，隐隐听到一阵马蹄声由远及近。他暗道一声"不好"，匆忙进了茅屋，将危情知之宁青梅，两人胡乱收拾些衣物，抱起孩子就往外跑。

好在他们对周边的地形熟悉，趁着夜黑天高，踉踉跄跄跑了一气，总算再次甩掉了官兵的追捕。

天亮了，孩子高烧依旧，呻吟不已。宋青山看看四周，前不着村，后不着店，眼前只是一片荒山野岭，干旱的山坡上连野草都很稀疏，根本没有隐身之处。而青囊门爪牙和官兵肯定不会善罢甘休，既然发现了他们的行踪，必然大举搜查，形势所迫，宋青山情急之下想出一个办法，由他留下来引开恶人，让宁青梅抱着孩子继续向西跑，找个药铺为孩子治病。

宁青梅说啥也不答应，她清楚地知道，如此险恶情形，宋青山留下来肯定凶多吉少。

宋青山劝说道："青梅，齐天寒的目的是秘笈，拿不到秘笈，他不会罢休，为了师傅的遗愿，为了咱们的孩子，你也要好好活下去。"

宁青梅泪流满面，哽咽说："家没了，天下之大，却没有容身之处，如果再没有你，我活着有啥意思！"

宋青山强忍着悲痛，安慰她说："放心吧，我不会跟恶人面对面冲突，一旦引开恶人，我随后会赶上你们。"

宁青梅实在不忍分开，可孩儿浑身滚烫，高烧不降，只好无奈作出抉择，拿出包袱中的一册《青囊诀》，塞到宋青山手里说："如果咱们走不到一起，日后，孩子长大相见，此为信物。"

此日一别，乱世当中再相见已是遥遥无期，宋青山神色凝重，来不及多想，接过书册，塞进怀里，抱了抱宁青梅和孩子，就催促她速速离开。他则返身往回走，打算引开追兵。

宁青梅忍着悲伤，深情地望了望他的背影，声嘶力竭喊了一声："要活下来呀！"

说完，一咬牙，抱起孩子，眼含热泪，继续往西面逃亡。

一晃十多年了，每每想起往事，她都会哭醒。

自从在甘家确认了甘知苦的身世，宁青梅断定甘知苦就是当年托付给甘掌柜的儿子。她怎么都没想到，自己苦苦寻找十二年的儿子近在咫尺，却无缘相见。她便万分自责，恨不能立刻母子相认，了却一番相思之苦。

然而，刚得到消息，甘知苦便跟苦瓠和尚云游去了。

宁青梅所有的心思都放在了寻回儿子的身上，日思夜盼，只盼着儿子尽快回来。

又过了一个月，苦瓠和尚回来了，却没有甘知苦回来的消息。

宁青梅再三打听，只知道甘知苦跟一个铃医走路了，却不知去向，她顿时愁得茶饭不思，一刻也等不下去了，决心要想法出去寻找自己的儿子。

木香和沉香两个侍女知道了她的心思，怎么劝不住，只好通报给了麻三爷。

野水地的"青囊药圃"中，一张整块胡杨木做成的简易木桌，旁边是四个胡杨木做成的木凳，麻三爷大马金刀端坐在上首，喝着茶。宁青梅坐在下首，面色戚然。

麻三爷饮完一杯茶，木香上前添上水，便下去了。

"没想到啊，甘老爷子居然是你的恩人。"麻三爷开口道。

"十多年了，没想到他就在太平堡啊。"宁青梅幽叹一声。

麻三爷威严的脸上露出几分柔和的神情，搓着手说："如果早知道，我就把他带过来了。唉，说起来，我也一样，错过了对甘老爷子的报答。"

宁青梅问："甘老爷子也有恩于你？"

那天晚上，宁青梅请求麻三爷给她派几个人手去一趟太平堡，麻三爷派黑旋风带人协助，回来后，也听说了麻三爷为甘老爷子送葬的事，隐约感到他跟甘老爷子之间有着不一般的交情，只是不便打听。

麻三爷啜了口水，徐徐道来："说来话长。我原本是一个本本分分的长工，有一年，母亲病了，借了恶财主三两银子，全家人一直还债，一直还不清，大概过了三五年，那个恶霸硬逼着我家还清借下的债，利滚利滚到了三十两，父母气不过，告到了衙门，结果，狗官也不讲理，跟恶霸串通一气，把我父母打了一顿板子，父母回到家就一病不起，没多久相继走了。恶霸仍然揪住旧债不放，逼着我家婆娘去做小，我一气之下，杀了恶霸全家，开始亡命天涯。官府的追捕紧追不放，我一路逃难，不停地往西边跑，饥寒交迫，饿昏在路边，恰巧，那天碰上甘老爷子出诊路过，幸亏他出手，救下贱命一条。我缓过劲来，又不愿连累好人，没处可去，就投靠了一个胡子，勉强活下来了，再后来，打打杀杀地，就带着一帮弟兄打到这里，且有了一片安身之所。"

麻三爷回忆往事，仍是一腔恨意，重重地捶了一拳木桌。

宁青梅想不到麻三爷也有这样一段凄婉的伤心事，又想到自己的仇恨，更是心里堵得慌，幽叹一声："这世道，恶鬼当道，好人难活，不乱由不得！"

片刻，麻三爷从悲愤中缓过来，说到正事："你的事我都知道了，目前兵荒马乱，你一个女人，还是别出去为好。"

宁青梅说："好不容易寻访到他的消息，如果再有个三长两短，你让我情何以堪？"

麻三爷说："不经风雨难成人，不受磨炼难成钢，好男儿总要独自面对苦难，说不定，这场磨砺对他大有好处呢。再说了，你就算是出去找，茫茫人世，你如何找得到？"

宁青梅低头无语，想了想说："我总不能眼看着他在外面受苦吧？哪怕出去打听点什么，都比死等着强。"

麻三爷摆摆手说："先不急，如今的肃州府又换了个狗官，可能要对咱们动手了，切不可大意。"

麻三爷能拉起这支匪帮也不是个简单的人，他早在太平堡、高台、肃州等关键要害处安插了眼线，各地的消息源源不断传来，他们便能随时判断官府的动静。

这事，宁青梅隐约知道。线人传来情报，证明眼下野水地正面临着一场躲不过的劫难，她也不好以一己私利祸及众人平安，只好强压下心中思念，再图机会。

不久，肃州府果然出动官兵围剿野水地，切断了野水地与外界的联系，但野水地的匪众早已习惯了与官兵周旋，等官兵赶到，他们已有了防备，迅速转移到了别的地方。野水地地旷人稀，官兵根本找不到匪众的影子。围剿了一段时间，官兵徒费粮草，一无所获，只好草草收兵。

宁青梅等啊等，一直等到年底，仍然没有等于到知苦回到太平堡的消息。过了年，还是没等来知苦的消息，宁青梅日夜焦虑不安，时而揣测着他冻着了没有，时而揣测着生病了没有，时而揣测着挨饿了没有，时而揣测着受人欺负了没有……难以预料的苦难，一个跛腿的少年，他该怎么面对啊！

　　听说军师路无涯会占卜，她去卜了一卦，卦象显示"泽水困"。路无涯解释说，她所测之人身处困境，很不容易解脱，只能静待变通。宁青梅又问，何时才能脱离困境。路无涯说，目前看不到前景，一片混沌。宁青梅不好再问什么了。

　　此后，宁青梅时刻留意野水地收留的逃难者，只要是从东面逃难过来的人，她便想方设法打听一个跛子和一个罗锅的消息，这是这她从苦瓠和尚口中得到的唯一线索。她凭高超的医术治愈了不少病人，在野水地积蓄了不少人脉，只要她想打听的事，总会有人帮忙。不久，黑旋风打听到一个消息，有人倒是见过一个罗锅带着一个跛子卖药为生，但当时遇上了官兵追捕流寇，流民一哄而散，各自逃命，罗锅和跛子有没有逃出生天，他们也不得而知。

　　这个坏消息，又加剧了宁青梅的担心，她恨不得插上翅膀，飞越万里，即刻找寻到甘知苦的下落。

9

　　在太平堡，甘知苦的离去并没多少人关注，但紫苏、谷子几个要好的伙伴和甘知勇还是放心不下，时常打听他的下落。问过苦瓠和尚，只知他跟一个游医走了，到底去了哪里，苦瓠和尚也说不清楚，他们几个就有了牵挂，商量着要外出去寻找甘知苦，但他们从未走出过太平堡，根本不知道方向。

　　直到过了年还没有音讯，苦瓠和尚也有些不淡定了，受老友所托，要护他周全，一念之差却放任知苦离开，时间一长，他不由得担忧起来，便写信托甘州、凉州的熟人寻访。几个月去，仍然没有消息，宁青梅和几个孩子又时不时前来问询，苦瓠和尚便坐不住了，只得外出去找寻甘知苦的下落。

　　有人忧愁有人喜，世间之人不可能讨得人人欢心，对于甘知苦的离去，最开心的莫过于甘知信了，没有了比照对象，他小的日子过得越来越滋润。

　　这一天，甘知信正在赵家茶馆的一个包厢里和人打牌，毫无来由地打了个喷嚏，骂骂咧咧地念叨一句："妈的，哪个瞎怂背底里咒老子！"

　　牌桌上一个痞子开玩笑说："不做亏心事，不怕鬼敲门，甘老三你平时坏事做多了。"

甘知信贱兮兮笑说："贺大哥说笑了，我哪有啊，只不过如今老头子对我左看右看都不顺眼，时不时拿我跟那个瘸三儿比。那个瘸子都不知死到哪去了，老头子还是拿他说事，我咋就这么背呢。"

姓贺的痞子鄙夷地看了他一眼说："你还真不如瘸三儿。"

甘知信顿时哑口无言。原先"瘸三儿"在的时候，他总觉得甘知苦抢了他的风头，想方设法对付他。"瘸三儿"走了，他以为要出人头地了，结果还是处处被人轻视。学医，学得似是而非，没人敢找他看病；做事，做得拖泥带水，谁也觉得他不靠谱。就连家里的伙计郑大吉都敢小看他，想比，又比不过，人家好歹还会制药，还跟老头子学了点治病的真本事，他真没有能拿出手的本事啊。

甘若望原本对他抱有厚望，希望他能承袭甘家的医术，可是带了一两年，才发现这个儿子早已在家人的娇惯下长歪了，心性轻浮，怕苦怕累，不是一个医家应有的本性，渐渐对他生出了失望之心，平时也没有好脸色。

打了几圈牌，甘知信手气不好，一连输了几把就没了好心情，很快，身上的银钱输光了，向别人借了一串钱，不久又输了。他已经打了好几个借条，牌桌上的人就没了好声气，恶声恶气催促他想办法还钱。以贺老大为首的这帮混混啥狠事都做得出来，甘知信不敢打打马虎眼，赌气回家去找钱。

到了医馆，只看到郑大吉在忙，甘知信大大咧咧走过去吩咐道："给我拿两串钱来。"

郑大吉忍着他的骄横，好言相劝道："少爷，你收收心吧，甘家的传承全指望你呢。"

甘知信哪听得进他的劝告，还当是说教他，顿时没好气说："我的事不用你管，你一个伙计管得真多！"

郑大吉摇摇头，眯着一双细长的眼睛轻蔑地看着他，不再多言。

甘知信闹了个没意思，出了医馆，悄悄溜进家里，翻箱倒柜寻摸值钱的东西。他不是第一次翻找了，每次只拿几件，不让父母发现异常。

他揣了几个玩意儿，刚想溜出去变卖，又一想自己拿出的东西多了，迟早会被父母发现，忽然想起郑大吉的轻蔑眼神，心里发恨，想出一个主意，随即返身到家拿出一本医书，趁人不注意从侧门溜进医馆，把医书藏进了郑大吉的住处。他知道郑大吉一直眼热甘家医术，这个东西正好可以拿捏他。

甘知信做好这一切，暗暗自得，便出门鬼鬼祟祟进了当铺，变卖了东西，然后去赵家茶馆还了那几个人的债。出来后，怕两手空空回去无法交待，心里有点虚。眼珠子一转，又生一计。

他去了外公家，找到刚放牛回来的谷子，借口医馆收购他平时采集的药材，把谷子积攒下的一草筐药材全拿走了。

回到家，正赶上阎氏破口大骂贼人，甘若望脸色阴沉，郑大吉鸦悄无声垂手而立。

看到甘知信背着一筐草药回来，甘若望用审视的眼光扫了他一眼，沉着脸问："你整天胡野？家里丢了东西知道吗？"

甘知信心虚地扫了郑大吉一眼，说："我去寻药了，没在家。"

郑大吉双目圆睁，刚要开口说话，甘知信紧赶着堵住了他的嘴："郑大哥一直在家，咋不问问他干了啥。"

甘若望多疑的眼神看过去，郑大吉急忙辩白："我一直在医馆忙，门都没出过。"

甘知信阴恻恻说："蔫驴的鬼多，谁知道平时暗戳戳惦记啥呢。"

郑大吉马上不镇定了，冲他嚷道："三少爷，你说话得凭良心，平白无故诬赖人可要出事的。"

"我怎么平白无故诬赖人了？不妨搜一搜，看看你有没有藏私。"甘知信忽然变得理直气壮了。

说罢，扔下药草筐，带头朝郑大吉的住处走去。

甘若望将信将疑地看了眼郑大吉，也跟了过去。

进了屋，甘知信装模作样翻腾了一番，似乎不经意地抬头瞅了眼房梁，"咦"了一声："那里好像有东西。"

郑大吉往上一瞅，不由得心里一紧，似乎被这小子阴了一把。

甘知信踩了个凳子，从房梁上取下一本书，递给甘若望。

甘若望顿时恼怒地喝问一声："郑大吉，你给我说说，这个东西咋到了你这！"

郑大吉扑腾一下跪倒，声泪俱下说："老爷明鉴啊，大吉忠心耿耿，哪敢妄想啥，这都是三少爷……"

甘若望冷哼一声："人赃俱在，还要攀咬别人，我儿子难道会偷自己家？"

郑大吉又急又气，浑身发抖，急赤白脸说："真是三少爷啊，他下午还回来了一趟……"

甘若望再不想听他辩解，语气凌厉说："升米恩，斗米仇，没想到我甘家竟养了个白眼狼！到底咋办，你想好了给我个交代！"

说罢，怒气冲冲转身便走。

甘知信心中窃喜，不怀好意地冲他笑笑，也随着走了。

郑大吉两眼无神地坐在地上，越想越可恨，越想越可怕，渐渐想明白了，他一个下人，甘家要拿他替罪轻而易举，如果送到官府，任由他千张嘴也说不清了。反正身无牵挂，只能一走了之，如此无情无义的甘家，实在没啥值得留恋。

夜色如晦，郑大吉打定主意，当机立断，匆匆收拾了几件衣物，背起包袱就开始跑路。

10

肃州城以钟鼓楼为中心，分为东西南北四大街，最热闹的莫过于东城门的顺城巷、南面的南门小十字、西大街的药王庙街、北大街的关帝庙十字。四大街用碎石子铺垫，并不算宽，仅能容两辆马车并排通过，两旁的铺面并非整齐划一。门面也是脸面，富贵人家大都有出水飞檐，气势庄重；平常人家不过是略有出檐的土木结构，看上去就矮了一截。

两个小乞丐从东城门进来，瘦高个的给跛脚的少年说着什么，跛脚少年东张西望，看街边摊点售卖的物品。街边的闲人也朝他张望，还有人对他们指指点点，嘻嘻哈哈，他们见怪不怪，走走停停，走过东大街，一直走到西大街的药王庙街口，两人停下来，看了看四周来往的行人和摆摊卖药的游医，瘦高个说，就这里了。跛足少年说，那就开张吧。

说罢，跛足少年找块石头坐下，摊开一块土布，摆出一些瓶瓶罐罐，压上一张写着价目的麻纸：牛郎串三文，青囊丸五文，止痛散十文，跌打丸五文……

这个跛腿少年正是甘知苦。那场官兵追捕流寇的混乱中，他腿脚不便，没跟上惊慌逃窜的刘罗锅，最终与刘罗锅走散了。慌乱中，一个绰号毛驴子的小乞丐拉了他一把，急忙躲到一旁的坟地逃过了一劫。官兵离去后，毛驴子问清他的来历，倒也热心，陪他四处找寻刘罗锅，寻了一路，却找不到他的踪影，甘知苦一下子没了主意。毛驴子在外面闯荡久了，无所谓地说，先找个能混饭吃的活，让自己活下来再说吧。于是，他们一边流浪，一边寻活，在砖窑出过苦力，也给财主家打过短工，实在无奈时，便凭甘知苦学得的几个药方弄药丸散剂卖两个饭钱，数月流浪，他跟毛驴子终于走到了肃州。

甘知苦的药丸散剂价格低廉，倒也吸引了一些过路行人，没多久，他们卖了十几文钱，在一个烧饼铺买了几个饼子填饱肚子，甘知苦想要寻找回太平堡的便车回家，便与毛驴子分了手。

甘知苦蹒跚而行，走过一座道观，看到门前围了一圈人，就凑过去望了一眼，只见一个穿着破旧长袍的邋遢汉，辫子盘在头顶，目光透着精明，蹲在路边摆弄各种瓶瓶罐罐，身边竖着一个旗子，上面歪歪扭扭写着四个大字："华佗再世"。他一手摇着项圈似的虎撑子，一边嘴里吆喝："祖传秘方，专治疑难杂症。走过路过，不要错过。""瞧一瞧，看一看，跌打损伤，立竿见影。"

知苦看着卖药的汉子有点眼熟，一时又想不起有哪里见过，出于对骨伤治疗的好奇，想停下来看看这个人的本事。

这时，卖药的游医拉过旁边绑着的一只公鸡，毫不犹豫地掰断了一只鸡腿，公鸡惊慌而疼痛地尖叫，扑棱着翅膀难以站立。他打开一个陶罐，抓出一撮红色的药粉，敷在鸡腿上，又打开一个瓶子，倒出一些浑浊的药水涂在伤处，用手捂了片刻受伤的鸡腿，然后松开手，公鸡居然稳稳当当站起来了，颇感意外地"咕咕"了两声，表演似的围着场子走了一圈。

众人被他的一手绝活震撼，啧啧惊叹。

游医瞅了瞅人群，看到一个蓬头垢面的小乞丐一脸痴迷地看，便指着他说："你过来。"小乞丐忐忑不安地移过去，游医指示他将破烂的裤子卷起，露出一块疤，伤口腐烂，一包脓血，看着便恶心。游医不由分说将他按在地上，仍用治了鸡腿的那个瓶子倒出些药水，涂在伤口上，血水嗞嗞嗞泛起水花，小乞丐大概是受了疼，龇牙咧嘴，但仅仅抽袋烟的功夫，在众人的注视下，小乞丐的伤口居然神奇地结了疤。

众人又是一阵惊叹，随后就有人开始掏钱卖药。

游医从旁边的褐子褡裢里拿出一些小药瓶，卖与众人。

知苦实在想不通，什么样的药水这样厉害，能让伤口顷刻止血结疤？他挤进人群，凑到游医身边呐呐问："大叔，你这药是啥配方？"

游医像看一个傻子样盯着他看一眼说："嗛，祖传秘方，概不外传。要不，你跪下叫我三声爷爷？"

知苦受了奚落也不气恼，一本正经地说："我要是跪下叫了，你是不是就会告诉我？"

游医"呸"了一声说："想屁吃呢，告诉你？我不吃饭了？去去去，瘸子也来捣乱！"

众人看着跛脚的甘知苦一片哄笑，有人开玩笑说："郎中，你有本事把他的瘸腿给治好了。"

游医盯着他的腿看了几眼说："治是能治，但先要把他的腿重新打折，你问他能出得起诊费吗。"

他这么一说，知苦蓦然想起，在太平堡时，知勇哥曾拉他治腿，见到的就是他，好像叫张三分，当时还想跟他学接骨呢。

知苦看出他的确有些本事，又动了想跟他学骨伤的心思，但怎么才能让这人心甘情愿呢？他略一思索，便有了一个主意，说："那我买点你的药，行吧？"

只要是买药，张三分自然喜欢。知苦拿出身上仅有的几个铜钱，买了一小瓶药水和一包散剂，就出了人群，坐在道观前的石阶上琢磨起药来了。

他记得自己手中的那本《青囊诀》上有治疗骨伤的秘方，从贴身的衣兜里掏出那本书，翻看了几眼，看到三方：一方生肌散，以血竭、白芷、密陀僧、雄黄、赤石脂、龙骨为末，敷伤处。一方接骨法，用当归、白芷、草乌为末，温酒调服一钱，随后用糯米粉调牡蛎米粉涂伤处，或用生雄鸡一只，捶烂贴，外用木板夹定，毋令移动。还有一方是正骨紫金丹，用到了十二味药，其中几味还是轻易找不到的。

他细细辨别那瓶药水和散剂，散剂倒是有点雄黄、密陀僧的味道，而那瓶药水却难以揣摩。跌打损伤作为一门独特的医术，用药和治疗法则与岐黄之术还是有区别，知苦不敢妄自揣测。骨科是医术中独特的一个门类，世间意外伤筋动骨的患者不少，知苦迫切想跟张三分学会这门独特的医术。

等到围观的人散尽，张三分收起摊子，准备回家，知苦慢慢踅过去，随口念出歌诀："血竭白芷生新肉，陀僧退水雄黄收，石脂龙骨合伤口，生肌散中不可少。"

背着褡裢欲走的张三分顿时定住身，满脸惊讶地望着知苦问："小子，你怎么知道这个秘诀？"

知苦冲他笑了笑说："我知道的不止这一个呢。"

说着，又念出一首歌诀："正骨紫金竭儿莲，大黄丁香木香联，归芍苓草丹红花，活血生血此方研。"

张三分马上不镇定了，一脸紧张地问："你还知道几个秘诀？"

知苦抹了把脸，装出一副神神道道的样子说："多着呢，祖师爷传下来的。"

跟着刘罗锅是混了几个月，他也学了不少江湖的门道，拿捏着说话的分寸，赶着张三分上套。

张三分笑呵呵说："小子，我请你去烧酒巷吃王阿五的羊杂汤，如何？"

王阿五的羊杂汤是肃州很有名的吃食，平常人家可吃不起，张三分哄他吃羊杂汤，肯定是动心了。

知苦笑嘻嘻说："张大叔，你是不是想问这几个方子的事？"

张三分还想着他一个孩子，忽悠一下就能哄到手药方，没料到他人小鬼多，居然还知道他姓张，惊讶地问："你怎么知道我姓张？"

知苦一笑，奉承他说："你大名鼎鼎，谁不知道呢。"

张三分有点得意地说："那是！我张三分别的本事没有，接筋接骨还是有点绝活的。"

知苦笑了笑说："我手里有不少秘方，可以跟你交换一些东西，每给你一个秘方，你要教我学一招接筋接骨的手法。"

张三分顿时有点犹豫。俗话说，教会徒弟，饿死师父，他们这个吃饭的本事可不能轻易外传。

知苦早从刘罗锅身上明白了这个道理，在张三分犹豫的时候，他又说："你放心，我不会以此谋生，只会给你更多的谋生手段。"

张三分想了想，这买卖听起来很划算，笑骂道："你个小鬼头，真会算计。好吧，我答应你。"

11

确定了要跟张三分学本事，知苦的回家计划就搁浅了，他打算先在肃州找个糊口的营生，让自己能吃饱肚子再说。

他沿着大街四处逛着，走了一段，看到了一家医馆，匾书"杨氏医馆"。

此时，已是夕阳西斜，没有多少患者求诊了。知苦一跛一跛走进去，便引起了坐堂先生的注意："看病？还是买药？"

知苦望着长寿眉的坐堂先生笑笑，说："我随便逛逛。"

"乡下来的？逛就去逛卖场，医馆有啥逛的，去去去！"坐堂先生看他一脸憨相，穿着破烂，鄙夷地挥手赶人。

知苦没理会他，仰着脸好奇地瞅着排列整齐的百眼柜，瞅着高大宽敞的抓药台，瞅着盛放膏丸散剂的瓶瓶罐罐，又瞅瞅坐堂先生光亮水滑的案几，心里暗暗感叹，自己要能有这个医馆，多好啊！

看了一阵，正犹豫着怎么开口请求人家收留，忽然有人连声惊叫："二先生，不好了，快救人啊。"

随后，只见一个二十来岁的年轻人背着一位老人气喘吁吁跑进来，将奄奄一息的老人平放在长凳上。

这位被称作"二先生"的长寿眉老汉是杨氏医馆的二掌柜，名叫杨玉山。他慌忙起身，认出是上午诊治过的病人，当时因他脊背怕冷、手脚凉、浑身疼、骨节疼，诊断为寒证。

年轻人一边擦汗，一边喘息着说："二先生，晌午抓药回去，午后煎熬喝了一次，还没半个时辰，人就浑身发抖，嘴里还吐白沫，紧赶慢赶送过来，就昏过去了。"

知苦闻言，看了看病人的气色，不由地出声说："中毒了。"

杨玉山一听这个乞丐般的跛子指点病情，没好气地瞪了他一眼："你懂个屁，滚一边去。"

病人脸色蜡黄，浑身抽搐，小伙子急得直跳脚，连声催促杨玉山快想办法。

杨玉山急忙从抓药台找出药方，嘴里念叨说："脊背怕冷、手脚凉、浑身疼、骨节疼，用药是对症的啊，怎么会这样？"

知苦略一思索就明白了，这个先生肯定是开了温经散寒的附子汤。《伤寒论》云：少阴病，身体痛，手足寒，骨节痛，脉沉者，附子汤主之。他忍了几忍，还是忍不住开口说："附子中毒了，快先解毒，不然来不及施救了。"

杨玉山吃了一惊，这个瘸小子居然能说出他的用药，不简单啊。再一细看，患者的症状确实是中毒的迹象。

现在救人要紧，不是计较的时候。他不好意思地冲知苦笑笑，赶忙吩咐药僮急煎绿豆二两、甘草一两。

药僮正要抓药，知苦又出声喊道："煎药来不及了，剂量也不足。绿豆四两，研成粉，甘草粉二两，用开水调和灌服，要快！"

药僮眨着眼睛，望向杨玉山，等待他的指点。

杨玉山不由得眼睛一亮，急忙吩咐："就按这小子说的做。"

等待药僮弄药的时间，杨玉山放下身段，谦和地看向知苦问道："可否告诉老汉，你是哪家的小子？"

知苦看着老汉态度谦和，心里没了成见，爽快答道："先生过奖了，我就是个乡里来的野小子，太平堡的。"

"哦，太平堡？甘之堂的名医甘草先生你可知晓？"

知苦没想到他居然知道爷爷的名讳，如实说："那是我爷爷，去世了，现在是我大伯坐堂。"

"失敬失敬，名医之后，怪不得出手不凡！"杨玉山拱了拱手。

知苦不好意思地笑笑，还了一礼。这种情况下，并不是知苦医术有多高明，只不过跟爷爷出诊时，见识过这类急症，恰逢其会。

须臾，药僮将磨好的药粉调和端来，杨玉山接过，与那个年轻人联手，将汤药强行灌进老人口中。

等了半晌，昏厥老人的嗓子里发出"呃呃"呕逆声，像是反胃。知苦叫药僮拿痰盂过来，药僮不明其故，用眼光征询坐堂先生意见。

杨玉山恍然醒悟，让他赶紧拿过来。

药僮刚把痰盂拿来，老人猛然吐出一大口黑乎乎的东西，接着，又"呃呃呃"吐出几口，稍作停留，忽地像开闸放水样，"呱啦"一声，吐出了一大滩秽物，连中午吃下的菜叶都吐出来了。

杨玉山不由在心里慨叹，这小子心细如发，真是难得的学医奇才。

吐完之后，老人缓缓睁开眼，茫然地望望几个人，有气无力地问："我这是在阴曹地府？"

众人见他已度过危候，皆哄堂大笑。

杨玉山开玩笑说："你个老鬼，在阴曹地府走了一遭，阎王爷看不上你，又放你回来了。"

老人缓过气来，精神好多了，看上去也就五十多岁，他拱手向杨玉山道谢："二先生，谢谢你的救命之恩！"

杨玉山呵呵笑说："要谢，你们就谢这小子吧，老汉不敢居功。"

年轻人知道事情的缘由，便代父亲向甘知苦致谢。甘知苦忽然看到他的胳膊上碰破了皮，血糊糊的，便想试试从张三分那里买到的止血药。

他拿出药，说明缘由。年轻人看他治好了父亲，信他的医术，不假思索地伸出胳膊，愿意一试。

知苦将药粉涂在小伙子的伤口上，但并没有出现那种立竿见影的效果，年轻人还有点烧灼的疼。

杨玉山老道地说："你被江湖郎中骗了。他们所谓的神药，不过是一些硫黄之类的矿石粉和草木灰，暂时有效，但可能会引发破伤风。"

知苦讪讪地，顾不上追究张三分的不是，赶紧让药僮拿来盐水冲洗。

过了一会，父子俩都没事了，道谢后就告辞了。

目送两人离去，知苦转身望着杨玉山，有点为难地说："先生，我想求你个事……"

杨玉山和善地笑笑说："什么事呀？你说，我若能作主，绝不推辞。"

"贵医馆收不收学徒？我想找个安身的地方。"知苦不好意思地挠挠头说。

经过刚才的一番折腾，杨玉山对知苦颇有好感，况且，还是一个懂医药的小子，便笑说："我以为多大事，这还不容易，你就安心来吧。"

于是，甘知苦留在了杨氏医馆做徒工，暂时被安排到后堂加工药材。

后来，知苦才知道杨氏医馆是肃州城里最大的医馆，传承于医道世家，已传三代，现在是杨家弟兄俩杨祝山和杨玉山坐镇。杨祝山是肃州城里的经方派名师，兼着肃州医政，平常很少坐堂，只有遇上达官贵人邀约，他才出诊，大多时间都以教导弟子和应酬为主，他带出弟子无数，形成了一个庞大的医道中人的圈子。医馆这边主要是杨玉山负责日常，他们带的弟子，既要学医，同时也是医馆的伙计。

12

找到了营生，甘知苦就心安了，杨氏医馆没事的时候，他便去找张三分学本事。

"张大叔，你那药粉咋糊弄人呢！"知苦一见面就抱怨说。

张三分正在租住的院子里捣鼓药材，抬起头骂骂咧咧说："放屁，我哪个药糊弄人了？"

知苦拿出给那个年轻人涂抹剩下的止血药粉，讲了当时出现的症状，说："这药不对路啊，病人疼得直叫唤呢。"

张三分冷哼一声说："你咋知道不对路？要的就是像火烧一样的效果，只有烧灼，才能很快就把血凝结住。"

知苦不好意思地吐了吐舌头，又看他手里正捣鼓的药，惊诧地说："这是杨树皮吧？这也能当药？"

张三分啐了一声，说："亏你是学医的，杨树皮咋了？世间万物皆是药，就看你会不会用。"

知苦瞅了瞅院子里堆放的草木，有杨树皮、榆树皮、杏树皮之类，好奇地问："这都是你用来治骨伤的药？"

"咋了？不行吗？没见识！"

"我咋觉得那么不靠谱呢。"

"啥？不靠谱？要不，我给你治一下腿，只要你能忍得了常人难忍之疼，我打折你的腿，重新给你接好，咋样？"

知苦吐了下舌头说："还是算了吧，我可不敢给你当药人。"

张三分得意地说："小子，这可是我的绝活。趁今儿个高兴给你说道说道，接骨有一个秘方叫五皮散，就是把杨、柳、桑、杏、桃五种树皮熬成膏，用来外敷。还有一种办法就是杨树皮九泡九晒，碾成粉，与熟糯米粉捣在一起，做成药粉外敷，可以止疼痛、壮筋骨、长新肉。"

听他说得天花乱坠，知苦都有些想让他治腿了，可转念一想，万一治不好呢？在他的认知范畴中，还是不敢肯定这些树皮能把骨头接好。

张三分说完，看他发愣，问道："你那些骨伤秘方是谁传给你的？"

知苦回过神来，迟疑了一下，没有说出《青囊诀》的来历，编个理由说："我爷爷传给我的。"

"嗯，听起来确实有道理，你给我写一个我试一下。"张三分说。

知苦便找来纸，把生肌散和接骨药的方子写了出来。

生肌散：血竭、白芷、密陀僧、雄黄、赤石脂、龙骨为末，敷伤处。

接骨药：当归、白芷、草乌。

写完，又给他讲了使用法。张三分高兴地拿着药方看了又看，凭他对药材的理解，这两个秘方应该相当厉害。

知苦忽然想起一件事，问："张大叔，我看你药里用硫黄，你知道硫黄石咋炮制吗？"

张三分眼睛一亮，问："你有硫黄石？"

知苦知道装不过去，挠挠脑袋说："我捡了几块，不知道咋弄成药。"

张三分眨了眨眼睛笑说："你拿来给我给你弄。"

知苦看他眼光狡黠地闪烁，撇了撇嘴说："行倒是行，但你不会骗我吧？要不，你先给我讲讲炮制方法，如何？"

张三分嘿嘿一笑说："小兔崽子！别人要问，我绝对不说，对你小子我就讲一讲。最简单的是和豆腐煮或与萝卜煮，一直煮到豆腐变黑绿、萝卜煮烂，清洗出来晾干碾末就成，但这种硫黄不太纯净。还有一种办法是水飞法，知道水飞吗？就是把硫黄碾末，放在坩埚中煮，水沸时倒进清水里淘洗，过滤掉杂质，继续放在坩埚里煮，然后再用水飞，一直重复九次，制出的硫黄才是上品。"

知苦听他一讲硫黄的炮制，马上明白了，但这个制法确实复杂，他便大方地跟张三分说："我明天把硫黄石拿给你炮制，制好了你分我一半就行了。"

"这还不错嘛，你小子就是聪明。"张三分满意地夸了他两句。

知苦跟张三分学到了真东西，高高兴兴地回到杨氏医馆去干活。他自认为在老家就做过加工过药材的事，应该是轻车熟路，可是，当他见到杨家后堂加工药材时，方知自己是井底之蛙，许多东西他才长见识呢。

杨氏医馆的后院是"7"字型建筑，带个小院子，上堂的三间屋子是药材库房，旁边的厢屋，两间存放生药和杂物，一间安排徒工住宿，知苦和另一个伙计李少峰就住在这里。

李少峰二十出头，是杨家的远房亲戚，因家境贫寒，十来岁就被送到杨氏医馆学医，做学徒已有七八年了。

知苦见到李少峰时，他正在加工艾绒，边干边教他艾绒的制法：先把干枯的艾草摔打去了粗枝败叶，再用棒槌敲打，边打边拣去杂质，直到把艾草捶打成毛茸茸的样子，一堆艾草加工出来，实际有用的艾绒只有很小的一团，三十斤干艾草才能加工一斤艾绒。

李少峰做了一阵，问知苦："学会了吗？学会了就干起来。"

知苦只看了一会儿就会了，拿起一束艾草捶打、加工，很快制成了一团艾绒。

李少峰看他熟练的手法，反倒有点意外，就问他："你学过加工药材？"

知苦也没隐瞒，如实说："学过一点。"

李少峰有意考验他，指着两个大口的陶盆说："那里有水制的生药，你先加工成切片，等会儿大少爷还要法制。"

知苦走过去，看到陶盆上面覆盖着一层稻草，湿湿的，揭开后，分别是闷湿的地黄和黄连，抓了一把一捏，药材浸透恰好，不干不水。

他知道，这是水制法的一种，就是把坚硬的生药闷润软化，易于切片加工，在老家时也常用。

李少峰见他对制药感兴趣，就一边干活，一边跟他聊药材的炮制："水制法除了泡制，还有漂洗、浸泡等法子，就是用水或其他液体辅料处理药材，达到清洁药物、软化药物、调整药性的目的，比如，乌头、南星有毒，要通过浸泡漂洗，除去毒性；紫河车、五谷虫、人中白等生药有腥臭味，要漂去瘀血，以无腥臭气味方可入药。此外，还有蒸、煮、火制、制霜、水飞、发酵等法，好多制药秘术掌握在杨家人的手中，轻易不外传。"

知苦边听边干活，跟李少峰闲聊了一阵，倒长了不少见识。用了大半天时间，他把两盆生药切成了片剂，边切边晾，晾了两蒲篓。

下午，杨祝山的儿子杨悦到了医馆，年龄与李少峰相差不大，相貌清秀，风度翩翩，举手投足，从容优雅。

他看了看新来的伙计甘知苦切制的生药，满意地点点头，夸了一句："不错啊，薄厚均匀，纹理清晰。"

李少峰上前问："少爷，开始吗？"

杨悦点了点头，李少峰便去做火制的准备。

知苦这才注意到，后院的拐角有间小茅屋，平时兼作伙房用，其实是杨家的制药房。有一个上面覆着青瓦的炉灶，原来是炒药用的。

今天杨悦心情不错，居然允许新来的伙计知苦也上前帮忙。

李少峰在伙房里燃起炉灶，指使知苦搬来一袋土，倒在青瓦上面，摊平。又把需要同一批加工的药材如熟地、黄连、甘草搬了过来。

看那土很不一般，焦黄，细腻，摸在手里有点绵软。知苦初以为是多年积下的尘埃，后来听李少峰说，这叫"老土"，用的是百年老城墙的土。杨家制药讲究，专让人找那些年成久远的土墙，把阳光晒焦的土挖来制药，而炙完药的土，也是一味药，杨家二掌柜擅长治脾胃，就以这炒过药的黄土为主药配伍，名曰"黄土汤"。

杨悦不苟言笑，做事很专注，一面用木制炒勺翻土，一面用手试着土的温度，火候一到，他便让李少峰改用文火，把生甘草放上去。他则加快了手下的节奏，不住地翻搅土和药材，一会儿，有了"哔哔吧吧"的声响，生药渐渐炒成黄色，茅屋里充满了甘草的味道。

炒到半白半黄时，杨悦迅速捡一片放嘴里咬一下，觉得火候差不多时，马上叫停，便连土带药扫进篾篓里，靠黄土的余热煨了一会，筛掉黄土，炙甘草就成了。

茅屋太热，杨悦出了一身汗，便脱了外套，只穿件背心挥臂大干，全无富家子弟的娇骄二气，这让知苦不由得高看一眼。

接着依法炙地黄、黄连，就是把握火候的问题，只不过炙好后多了一道工序，杨悦拿来两个罐子，倒出汁液，分别喷在了炙好的地黄和黄连上，然后密封闷润。

这些都是杨家的独家秘术了，李少峰也不知道用的什么液汁，只是按工序做事。

后来，知苦在《青囊诀》上看到记载的制药秘法时，才知道这些制药颇有讲究：老土炒药倍增功，盐炒熟地助养肾，姜汁黄连抑苦寒，胆汁炮连苦寒增……

而此时的知苦根本没有入门，哪想得到制药还能翻出这么多花样来。

他看着满脸汗涔涔的杨大少，又想起甘知信。同样是医道世家，杨家的后人守正笃行，勤勉务实，甘家那位少爷却游手好闲，不思进取，不知如今怎么样了呢？

13

立秋后，天气凉了，知苦仍穿着单衫，冻得直打哆嗦。张三分看不过眼，路过杂货店，给他买了件羊皮背心，知苦感激地对张三分连声说谢。

张三分望着这个落魄的孩子直叹息说，唉，生活啊，就是父母把你生下来，你要想办法活下去，要照顾好自己，别苦了自己。

知苦"嗯"了一声，眼中一热，心里一下子暖和起来。

今天是中秋节，杨氏医馆给知苦放了假，他便寻着张三分来学正骨。大半年来，他跟着张三分学了不少本事，处理简单的骨折、损伤已不成问题。

张三分寻思着今天进出城的人多，特意选在东城门的顺城巷口摆摊，带着他现身说法。

一晃几个月过来，张三分对这个实诚、谦和的小子越来越满意，只要一有机会，便给他讲一点骨科的绝活。正好生意还没开张，闲着没事，他就跟知苦说了一堆接骨正骨的秘法：骨之截断、碎断、斜断，筋之弛纵、卷挛、翻转、离合，虽在肉里，以手扪之，自悉其情，法之所施，使患者不知其苦，此为手法也。

听他脱口而出的古文语句，知苦惊叹不已，根本与平常那个行游江湖卖药为生的张三分联系不起来，仿佛两个人。

张三分又结合前面治疗的患者说，具体的手法你也学了个七七八八，不外乎摸法、接法、端法、提法、按摩法、推拿法，关键是你得熟悉人体的骨头筋肉，一旦临证，才能机触于外，巧生于内，手随心转，法从心出。

这些手法，知苦倒也清楚，至于后面的说法，大概是师传一类的秘法，只是每人悟性不同，所悟肯定也有不同。

说完这些闲话，张三分不管他是否领悟，就让他开始张罗买卖。

城门口不断有行人往来，顺城巷的摊点也陆续摆了出来，知苦站在高处，冲来往的行人叫卖："祖传秘方，专治疑难杂症。走过路过，不要错过。"

有人停下来问药，有人过来看热闹，城门口来往的行人多，吆喝大半天，卖出一些药。知苦有点口渴，拿过张三分的水皮囊，喝了几口，又接着吆喝。

日上三竿，天气就有些闷热了，往来行人稀稀拉拉，知苦见有人进城，就叫两声，无人时便在一边看张三分给病人治骨伤。

一会儿，看到有马车进了城，他就例行公事地吆喝了两声。

忽然有人叫他："知苦哥，真是知苦哥啊！"

知苦大为惊讶，循声望去，黑不溜秋的谷子坐在一辆马车的车辕口，一脸兴奋的叫他，车上拉着伯母阎氏。

谷子跳下马车，高兴地说："快两年了没你的音讯，大家还以为你出了事，没想到在肃州混呢。"

知苦忽地见到小伙伴，心情格外激动，拉着谷子的手问："哇，长高了，壮实了，好样的！你们咋来肃州了？"

阎氏打量着他，看他长高了一大截，脸上有一圈淡淡的络腮胡，看上去比实际年龄老成。她不经意遇上了，就不好带情绪，淡淡说了声："你这娃，在外面受苦也不给家里带个音讯。"

相隔三年多时间，早已冲淡了记忆中的不快，知苦悦声问了伯母好。

谷子拉着他叽叽咕咕说了半天，大意是，云青小姐生了孩子，满月了，阎氏要来看闺女，家里派他赶车过来。

知苦这才知道，姐姐云青前一年已出嫁到了肃州，姐夫王嘉义在肃州中标营做把总。

既然碰上了，知苦也想去看看姐姐，就跟张三分打声招呼，跟他借了点钱，到旁边杂货店买了包红糖，跟着马车去姐姐家。

他和谷子牵着马走，谷子给他说了一路往事。大哥知勇补了壮丁，到西域当兵去了。苦瓠师傅为了寻他，跑遍了河西走廊。团练使陈二棍要找甘家的麻烦，被野水地的麻三爷教训了一顿。甘家的伙计郑大吉偷家，事情败露跑了。紫苏天天念叨要找你呢……

知苦不曾想到，自己离开太平堡三年时间，竟然发生了这么多事情，在他来看，只觉得三年时间过得太慢，每一天都煎熬着过。

寻到姐姐家的院子。那是一座带着后院的老房子，谷子在后院卸了车，把马拴在一旁的拴马桩上，去操心喂马的事。知苦帮伯母提上大公鸡和一篮子鸡蛋，进了二道门，上边是堂屋，两旁是对称着的厢房。

王世琳和妻子笑脸迎了出来，说着客套话："哎哟，亲家母，大老远的，把你们惊动来了。"

阎氏笑吟吟说："添丁加口，大喜事，能不来吗？亲家，你怎么有空回来了？"

王世琳笑说："正有公务向州署禀报，顺便回家看看。"

刚才在路上，知苦已清楚了姐姐的公公是王世琳，他曾经见过见面的，犹豫片刻，规规矩矩行了一礼，叫声："王大人好！"

王世琳这才转头看向他，面目有些生，一时想不起来，再一看他的跛腿，马上想起几年前见过的那个跛足少年，有些不确定地问："你是亲家那个侄子……"

"我叫甘知苦。"他自报家门。

"想起来了，你就是那个孩子。别见外，就叫伯父吧。"王世琳微笑地望着他。

老两口把阎氏和知苦让进了堂屋，沏了茶，在一旁的陶盆里点燃几束艾草。虽然很想看看姐姐的小宝宝，可是有讲究，远方客人登门探视，不能贸然进产妇坐月子的屋子，要经过艾草香薰之后，方可接触。他们先沐着艾烟的熏染，闲话家常。

姐姐的婆婆听说知苦学医，顺口问了一句："娃，可有啥下奶的法子？"

知苦想了想说："猪脚炖黄豆，一只猪脚，两把黄豆，两片生姜，一根葱，或者再加几个羊角奶。不过羊角奶要到野外去寻，这个季节也不好找。"

王世琳读过医书，但这个药方并不在经方、局方记载，便问："贤侄，这个药方源于何处？"

知苦答到："我只是在一本书上看过，大概类似于民间偏方吧。"

"嗯，配方不错，猪脚补血滋阴、通乳益气，黄豆健脾利湿、益血补虚，应该大有益处。"王世琳拈须分析药理。

他们说着闲话，很快，袅袅艾烟弥漫整个堂屋，身上也熏染了艾香，他们可以去看宝宝了。

知苦和伯母起身，在云青的婆婆陪同下，走进西厢房。云青早听到他们说话的声音，欢欣雀跃，起身打招呼。

知苦高声喊了声"姐姐"，阎氏赶紧捂住他的嘴，小声训斥："不能惊吓了小宝宝，小声点！"

知苦吐了吐舌头，看着熟睡的小不点掩嘴笑了。

娘俩小声地说着话，知苦无所事事，坐了一会儿，就起身去寻谷子。

刚出门，碰上来回踱步的王世琳，叫住他，把他带到书房，略问了几句他的经历，又问了一些医学问题，总觉得这孩子学得太杂，但好多医术似乎是铃医一脉。他有意要提点一下知苦，便问："你学医这么庞杂，有什么打算？"

知苦想了想说："就像大师父说过的，要把医道的路走宽一些。"

王世琳又问了一句："何为医道？"

甘知苦不假思索，说道："医道者，悬壶济世，治病救人。"

王世琳说："这样理解也不错。"略一停顿，他又说，"但大医心中的医道，乃拯世、仁术、修命之学。"

知苦不解地看着他，一脸懵懂。

王世琳有意提携他几句，停顿片刻，便说："济世救人，是医家根本；医者还需心怀仁爱，修心养德，德高则名盛，名盛则路广。贤侄啊，你要切记，凡乡井同道之士，不可生轻侮傲慢之心，年尊者，恭敬之；有学者，师事之；骄傲者，逊让之；不及者，荐拔。这是前朝医家所言，至理之言啊，切记，切记。"

听了这番话，知苦对王世琳的学问十分敬佩，虽然有些道理他还不太明了，但他记在了心里。

知苦毕竟还是孩子心性，想到杨氏医馆的排场，便随口问道："伯父，肃州城开个医馆得多少银子？"

王世琳眯着眼看了看他，问："你想在肃州城开医馆？"

甘知苦不好意思地笑笑说："我估计开不起吧。"

王世琳不经意地看了眼他的腿，轻轻摇摇头，又略为沉吟，说："事在人为，说不定也是一条出路。年轻人就应该到外面闯一闯，只有走出你那个小小的太平堡，你才知道世界有多大。"

听了王世琳一番话，甘知苦欣喜地眨着眼，然而，刹那间，亮晶晶的目光又暗下来，幽幽说："我估计很难，没有人会支持的。"

王世琳看着踌躇满志的小伙子，笑说："不要紧，我有空跟亲家公说道说道，也许就说通了呢。"

想到王世琳的博学机辩，又是场面上的人，甘知苦似乎看到了希望，心里顿时萌生了一粒济世救人的种子。

次日，阎氏要回太平堡去，王世琳挽留再三，她执意要回，只好作罢。

知苦本打算跟他们回家一趟，可是张三分突然病倒了，他身边又没人照顾，知苦便无法离开了。不管怎样，张三分也算他半个师父，危难时候，他怎能不管不顾呢？

14

时光如水，不觉就流淌到了年底。知苦在杨氏医馆干了一年，学会了好多药材的炮制法子，跟张三分学会了正骨和治疗跌打损伤的不少手段，当然，他也给张三分奉献了不少谋生的秘方。孤独寂寞的时候，看一看《青囊诀》，似乎冥冥中有一种安神镇静的力量，马上就抚慰了他内心的焦灼，提醒他为了一个生命之诺也要好好活下去，努力活出个人样。正如张三分对他说的，生活，生下来，活下去。这世道，虎狼当道，要活下去，就得有保命的本事。他一个腿脚不便的人，本身就被人轻视，如果再没点本事，往后的岁月可就是雪上加霜了。

雪后的一天早上，喜鹊在医馆前的树梢上叽叽喳喳叫了半天，知苦和李少峰议论了一阵"喜鹊叫，好事到"的闲话，开始忙活起来。

快到午时，果然好事到了。

医馆的药僮急匆匆过来叫知苦，说有人找他。

知苦蹒跚走出，看到医馆前背对门立着一个身穿戎装的人，手里拉着一匹枣红马。

"大哥！"他认出是甘知勇，惊喜地叫了一声。

知勇转身迎着他大笑说："呵呵，长成大小伙子了。要不是云青说你在这里，我还不知道呢。"

几年不见，知苦的确长大了，过了年就十八岁了，一脸淡淡的络腮胡，面相看着又显老，自然比同龄人成熟。

久别重逢，兄弟俩有说不完的话。知苦向杨二先生告了假，就跟知勇走了。

知勇这次是立了功，擢升千总，上司准许他回家探亲，昨天才回到肃州。探望云青时，听说他的这里，便寻了来。

见到一直维护自己的大哥，尤其是一身戎装的大哥威风凛凛，颇有大将军气概，知苦很高兴，吃了多少苦，受了多少罪都显得无关紧要了，关键是还好好活着。

知勇的随从孙猴子牵着马跟在后面，兄弟俩一路走着，说了一路的心里话。

正走着，知勇想起一件事，他觉得应该让知苦知道："野水地有个宁神医曾找过你，可能跟你有莫大的关系，她后来再找你没有？"

知苦愣了一下，从来没人告诉过知苦这件事，他也不知道宁神医是什么人。忽然，他想起了给他《青囊诀》的宋大叔，临终前托付他找的人叫宁青梅。心中一动，问知勇："宁神医叫什么名字？"

知勇也不清楚宁神医的名字，他也只是听说这位宁神医医术了得。

"宁神医。"知苦默念了两遍，便记下了这事，准备找个机会到野水地找一趟宁神医，既然答应了宋大叔，就必须践诺。

他们到了云青家，云青正在收拾东西，准备随他们一起回家。老家带来书信，说是过年前老二知愚也要回家，他已候补为甘州府东乐县县丞，过了年就要上任，甘若望的意思是借机办一场喜宴，一是过个六十大寿，二是两个儿子升官，都是光宗耀祖的大喜事，必须热闹热闹。

姐夫王嘉义不在家，云青解释说，军务紧急，他正在追击一群从祁连山南部下来的流寇。

这件事知苦听医馆的伙计念叨过，听说有一支土匪一路烧杀抢掠，祸害了好几个村子，闹得人心惶惶。这几天肃州城里街道巷尾都在谈论。

快过年了，知勇和知苦置办了点年货，租辆马车，半天时光，便带着云青和小侄子回到了太平堡。

甘家喜事连连，儿子、女儿又都回来，一下子热闹了，邻居、乡亲前来道贺，人们进进出出，络绎不绝。乡亲见多几年未见的甘知苦，都吃惊地说："哎哟，这娃还活着啊，兵荒马乱的，能活下来就好。"

甘知苦淡淡应付着，又不喜交际热闹，便找了个空躲了出去，上顶儿山庙去看苦瓠和尚。

"你好大的本事，自己能闯天下了？平安与否也不捎个信回来，当我们是空气？"一见面，苦瓠和尚就冷着脸训诉了他一顿。

知苦已知道了大师父为寻他跑遍河西走廊的事，满面愧疚的神色，低着头不敢多言。

"何为医者？古人云，上通天文，下通地理，中通人事，可以为医也。你做到了哪样？天文、地理先不说，人事你又懂几分？"苦瓠和尚继续教导说，"想做一个好医家，首先要学会做人，单丝不成线，独木不成林，人情世故这些要注意维护，如果连周边的人事都弄不顺当，也没人会找你看病。"

知苦知道了自己的短处，红着脸说："弟子记住了。"

苦瓠和尚顿了顿，面色转暖，问了他几年的阅历。

知苦把跟刘罗锅学铃医用药、跟张三分学骨伤疗法、跟杨氏医馆学制药的经过细说了一遍。

苦瓠和尚点点头，又问他那些医书读得怎样。

知苦说，身边一直带着师父送他的医书，还有那两本《青囊诀》，有空就诵读默记，受益匪浅。

苦瓠和尚有意考较他，问道："有女经期冲水，夜间发寒战，继而沉沉入睡，人事不省，脉细微欲绝，手足厥逆，当为何症，如何治之？"

知苦略加思索，说："此症是阴寒过盛，阳气大衰，气血凝固之故，当拟四逆汤急救。"

苦瓠和尚点了点头，又问："有人偶感风寒，迁延数日，病依旧，身凉，四肢厥逆，咽干声哑，默默欲眠，目不能闭，精神冒郁，反侧不安，当为何症，如何治之？"

知苦思索半天，嘻笑说："风寒内侵，深入脏腑，这也是厥逆证吧？"

苦瓠和尚哼了一声，说："断病岂能儿戏？胡乱猜测，枉顾性命！这已经是热深厥深的急证，误诊就会害人。这证是阳亢盛导致的厥逆，平时热积于内，津液蒸发已干，又发汗过多，津液重竭，转属阳明，当急投以大承气汤下之，再用黄连解毒汤清热，复用黄连犀角汤善后，方可转危为安。"

知苦汗颜，羞愧难当，不敢抬眼看大师父的目光。

冷了片刻，苦瓠和尚才和颜悦色说："这几年的历练大体上还算不错，看来你确实下了功夫，不过，医路漫漫，切不可急于求成，要不断学习领悟，积少成多，集腋成裘，慢慢才能把自己养成大医。"

知苦低首垂手说："大师父，我记住了。"

苦瓠和尚又一脸严肃地说："你有《青囊诀》的事，千万别向外人透露半分，否则，会引来杀身之祸。这本秘笈，不但青囊门的人在追查，官府也插手，还有医道江湖中人也在到处追踪下落，如果露出消息，你这辈子都难以平静了。"

猛然一听，知苦吓了一跳，想不到这本秘笈会牵涉到如此多的是非，幸好他慎重，从未示人。

说到《青囊诀》，知苦蓦然想起宋青山老人临终的托付，忙问："师父，托你打听的人可有着落？"

苦瓠和尚迟疑片刻，才说："找是找到了，还可能牵涉到你的身世，你要有个思想准备。你目前还没有自保的能力，如果让你们相认，还不知是福是祸啊。"

知苦看着师父忧虑的神色，又听他说出这番出乎意料的话，心里顿时如沸水翻滚，他既想了结压在心里的这桩心事，又想解开自己的身世之谜，可一本《青囊诀》又牵涉到他的安危，他又有些犹豫不定了。

苦瓠和尚沉思半晌，说："且不急，机缘到了，自然会见到她。"

师徒两人又说了一阵闲话，知苦请教了一些学医的困惑，就带着爷爷当年留下的一本药证手记，心情沉重地下了山。

快到家门口时，看到在路边来回徘徊的紫苏，她红着脸叫了声："知苦哥哥。"

女大十八变，紫苏已出落成一个俊俏的姑娘，两条乌黑的发辫垂在胸前，红扑扑的脸蛋上一抹娇羞，朴素的衣着难掩其端庄秀丽。

知苦不好意思再叫人家"勺子"，想开口叫"紫苏"，又觉得唐突，犹豫了一下，叫了声"柳小姐"。

紫苏听到这生分的称呼，脸色一僵，嗔怒地瞪了他一眼："你能不能好好说话！"

知苦挠挠头，憨憨一笑说："你个勺子，都长成大姑娘了，还这么野蛮。"

紫苏掩嘴而笑，这才是她认识的知苦哥哥嘛。

"知苦哥哥，听说你跟着江湖郎中四处流浪，吃了不少苦吧？"她关心地问。

知苦没有否认，只是说："也学到了不少东西。"

紫苏忽然想起一件事："我姑姑家的八斤病了，时不时流鼻血，看了几个郎中都没办法，能不能请你给看看？"

知苦顿时想到了因流鼻血而死的春生，刚受了师父的教诲，他不敢妄测，只说让他的家人带到医馆来看看。

来往的行人不时朝他俩看，众目睽睽之下，两人都不大自在，又说了几句闲话，就匆匆分开了。临走时，紫苏红着脸塞给他一个荷包，绣的是一对鸳鸯。

知苦已是婚娶年华，自然明白她的心思，但他又想到自己的事没有长辈作主，不由得叹了口气。

15

第二天早上，知苦因为跟紫苏有约定，早早等候在医馆。

甘知信看他进来，阴阳怪气地说："哟，哪阵风把瘌三儿神医吹来了。"

等候看病的几个人齐刷刷看向他，对这个好几年没见的瘌三儿充满了好奇。

知苦冷哼一声，没搭理他，自顾自走到百眼柜前，一一查看药材，时不时抓起药材闻一闻，看得直摇头。他在杨氏医馆制过药材，一看、一闻这些药材的成色就知道了品位，"甘之堂"的药材的确没法跟杨氏医馆相比。

正查看着，听甘知信给一个妇人诊断："烦躁，睡眠不好，没有食欲，你这是脾土虚弱、阴阳失衡，给你开个补中益气汤吧。"

知苦瞅了一眼，那妇人面皮毛燥、两颧赤红，显然是气郁化火之证，根本不是他诊断的那样。

甘知信草草问了两句，就要为她开方。

知苦实在看不过眼，出了声："治病必求于因，你问清楚了吗？"

转头又看着妇人问："你是不是跟人生了气？心胸烦闷、腹部胀满，偶尔噫气？"

那妇人惊讶地看向他，急忙说："是呀，前两天跟家里人吵了架，着了一肚子气，就感到不舒服了。"

知苦说："你这是气郁化火，火热扰于胸膈，累及脘腹，宽胃肠之气即可解。"

甘知信气恼地说："你个瘌三儿，猪鼻子插葱装什么象！你说得那么高深，你给开个药方看看！"

知苦随口说："栀子三两，厚朴四两，枳实三两，大黄二两，一副见效。"

甘知信呵呵冷笑："就这么简单的四味药？也能治病？"

知苦有点无语，没好气地说："经方中的栀子厚朴汤，没学过了？"

甘知信这才后知后觉地想起经方原文："伤寒下后，心烦腹满，卧起不安者，栀子厚朴汤主之。"但不对啊，栀子厚朴汤的原方不是这样，只有三味药，他质疑道："经方中没有大黄。"

知苦真替他默哀，学医这么僵死，会看病才怪。因有患者在旁，他还是多解释了一句："四味药是君、臣、佐、使，有什么问题？"

甘知信吃了憋，气乎乎地叫："下一位。"

等候的患者刚才都听到了知苦的诊断，哪能听不明白孰优孰劣，即刻对于甘知信的呼叫置之不理，走过来要知苦给他们诊治。

知苦也是年轻好胜，众人一夸赞就有点兴奋，撇下不服气的甘知信不管，毫不推辞地坐下为他们诊断，好在这些患者没什么疑难杂症，知苦谨慎诊断，对每个人的病情都给分析了个七七八八，顿时得到众人的认可。

诊治差不多快完的时候，紫苏陪着她姑姑和八斤过来了。

甘知信见到紫苏，眼睛顿时一亮，上前大献殷勤，问这问那。

紫苏一脸冷淡，不想多跟他说一句，直接走到知苦面前，把孩子推出说："知苦哥哥，我弟八斤，你给看看。"

八斤十三四岁，身体有点单薄，脸色蜡黄，像唱戏画了妆样涂了一层油，知苦看了一眼，不由地皱了皱眉。

刚才被知苦抢了风头，甘知信一肚子气，看到这孩子，便断定知苦无从下手，有意给他难看，便说道："哟，这不是八斤吗？我爹都没办法治好的病，你想找他治？我把丑话说在前面，如果你找他治，以后我甘家的医馆再不会给你们看病。"

紫苏的姑姑有点犹豫地望着知苦，一时不好决断。

知苦也不着急，等她的选择。有时候，患者的信任也是治疗的重要因素。如果患者没有信任度，给他开一疗程七天的药，人家吃两天无效就可能再不服药，医家的努力就会前功尽弃。

紫苏着急地暗暗"咳咳"了几声，催促姑姑表态，姑姑又看了一眼从容不迫的知苦，才咬着嘴唇点了点头。

知苦微笑，让八斤坐在对面，把了把脉，又问发病情况，紫苏的姑姑啰哩啰嗦讲了一大气，唉声叹气的，没多少有用的信息。

治病必求于因，知苦不得不再次细问："有没有口干口苦？""小便颜色咋样？""病发作时都有啥症候？""最早发现流鼻血是啥时候？"

紫苏的姑姑一一作了回答，知苦边听边想，渐渐有了诊断结果和用药思路。

诊断之后，他又半晌无语。

紫苏的姑姑看他神色凝重，吓了一跳，忙问："知苦，是不是不好治？"

知苦没有回答她，低头在纸上写写画画。八斤的情况的确棘手，十来岁的孩子，不知何故导致肝气郁结，开始治病时，医家识症不准，没把郁结打开，后面热邪深入，导致郁热化火，迫血妄行。按这症候，凉血止血的药肯定没少开，经方中的"奔豚汤"就是针对性的方剂，甘若望也治了很久，用药应该不离这个法则。

甘知信见他半天无语，以为难住了，立刻讥讽道："看把你能的！你以为你是神医，啥病都能治！"

紫苏和她姑姑顿时紧张起来，八斤这个病，连当了大半辈子郎中的甘若望都没办法，知苦哪能相比？紫苏的姑姑手心里攥出了一把汗，如果知苦也没了办法，甘之堂又不收治，今后要到哪里去求医啊？！

知苦对这个小心眼的堂兄弟实在不能容忍，医术不好则罢了，基本的医德都没有，在患者面前肆意乱讲，扰乱视听，已经失去了为医者的本心。冷冷瞪了他一眼，说："闭嘴！以小人之心度君子之腹，你就这点能耐！"

知苦没空理会他们的揣度，径自去甘若望平时诊病的桌子边，翻找着这个孩子的药方。

甘知信更加证实了自己的想法，这个瘸三儿看来是没办法了，想抄袭他老爹的处方。他怎能放过这个挤兑的机会，讥笑道："啧啧，没门道了吧？想抄方就明说嘛，何必装模作样。"

知苦不理睬他，埋头翻找了一会，就找到了这个孩子的药方，看了一眼，便自言自语说："果然是奔豚汤，怎么会没有效果呢？难道是诊断有误？"

这时，一个深沉的声音从门口传来："不错啊，见症就能想到这个方子，实属不易！"

甘若望说着话，从门口踱进来。他已在门口站了半天，听到了知苦跟知信的对话，也看出了知苦的水平。

甘知信看到老爹来了，顿时有了底气，急忙告状："爹，瘸三儿不自量力，还想偷方。"

甘若望脸色一沉，喝了一声："闭嘴！你什么德性我不知道，别自取其辱了！"

受了责骂的甘知信，怨恨地看了知苦一眼，闪到了一边。

甘若望看着知苦，心情复杂地说："没想到啊，几年的历练，你这水平都可以坐堂了。"

知苦并未理会这些，神思依然停留在八斤的病情辨证上，当着甘若望的面，把自己诊断的情况又分析了一遍。

"郁热化火，迫血妄行……"甘若望低声念叨着，忽然想明白了一点，这个病仅仅凉血止血还不行，要除老根子，还须从肝论治，清肝平肝。

知苦虽然理清了思路，但眼界还是不够，一时想不到更好的方子，诚恳地问："大伯，我觉得奔豚汤的治则是对的，但清肝平肝用何方为妙？"

诊断一明，方随法出，甘若望心中早已想到了龙胆泻肝汤的方剂，便念出几味道药："龙胆草、黄芩、山栀子、泽泻、木通、当归、生地、柴胡、车前子、生甘草。"

知苦一听就明白，这个方子的用药以泻下、清火为主，用来清肝平肝再好不过。

再看看八斤和他母亲的穿着，就知家境并不好，这两方合并就有十七八味药，费用不菲。略一思忖，便把甘若望拽到一边，小声说："大伯，请你考虑一下，能不能给他们行个方便？"

甘若望有点为难，但又不好驳他一片赤心，徐徐说道："全免是不可能的，倒可以适当地减一点费用……"

知苦想他是误会了，只好直接说："我是说，我先给他们一个民间验方，低廉，便捷，如果效果不佳，再请你给他开药，可否？"

甘若望松为自己的狭隘不好意思，又对他所说的低廉便捷民间验方很感兴趣，马上爽快地答应了他。

可是，等到知苦开出所谓的民间验方，顿时让他哭笑不得。

知苦告诉八斤母子，回去用独头蒜，捣烂，摊平作铜钱大小，左鼻出血贴左脚心，右鼻出血贴右脚心，两鼻出血贴两脚心。

然后，又开了一个药方，只有三味药：生地黄、茅草根、芦根。写出药方，嘱咐他们，茅草根、芦根可以到湖滩里去挖，正好用这冬天的凉性，鲜生地没有，就在药店卖点干生地用。

甘若望无语，这方子确实是低廉便捷，药材几乎不花钱，随地可取，但他实在想不通这是什么治法。

紫苏也是十分不解，就这么简单的蒜泥外敷和三味药，能治病吗？

知苦一看他们的神情，就明白他们心存疑惑，直言不讳道："我也不敢保证治愈，但效果肯定有的。先依此法治疗一个疗程，如果不验，可以来找我大伯重新开方。"

甘若望看他应对自如，暗自点头，这孩子做事有法有度、少年老成，有做大事的气度，"金鳞岂是池中物，一遇风云便化龙。"说不定，将来他碰上大机遇，会有更大作为呢。

16

知苦能治病的名声，几天就传遍了太平堡。

那个胸闷腹胀的妇人喝了知苦开的一剂栀子厚朴汤，第二天就全好了。

八斤的母亲回去后就让男人挖来了茅草根、芦草根。次日早上，八斤洗脸时又流鼻血，他母亲熬了三味药给八斤喝，并按知苦的嘱咐用蒜泥外敷，时间不长，居然止住了流血。八斤的母亲喜不自禁，逢人就说："甘家出了个小神医啊！"

恰好，甘家要大摆宴席，庆贺甘若望六十大寿和两个儿子升官，来了不少宾客，那个妇人、八斤的母亲也去帮忙，跟乡亲一说道，众人感叹不已。只有春生的母亲想起春生的死，暗自垂泪，凄凄恻恻念叨说："如果当时遇上知苦，说不定春生就有救了呢。"

就这样，一传十，十传百，知苦好医术的名声就传出去了。

一大早，"甘之堂"前张灯结彩，聚集了好多乡亲，左邻右舍按照太平堡的习俗都来帮忙，男人帮着杀猪宰羊、劈柴挑水，女人帮着捡菜淘洗、烹蒸煎煮，稚子三三五五穿梭在人群中追逐嬉闹，间或碰翻了什么东西，传出一两声妇人的责骂，大院里喧嚣而喜庆。

远亲近邻、乡绅贤达、官差驿使、同道中人……纷纷前来恭贺，室内高朋满座，笑语盈盈。两鬓斑白的甘若望穿一身簇新的青绸缎长袍，精神抖擞，满面笑容，一一同来宾揖手问好，礼让进屋里喝茶闲谈。

王世琳下车伊始，甘若望远远迎上前去，作揖问好。他拱手道了一声贺，奉上一幅前朝画师冯子美的《八仙过海图》作为贺仪。甘若望道声"亲家公客气了。"

他点头致意，踱到大门前，驻足看了看门口的对联，朗声念出：

悬壶济世不负六秩光阴

仁心厚宅弘广三世门楣

他颔首"嗯"了一声，问："阎老爷的手笔吧？"不待他人答应，他又自顾自地念叨，"老家伙的字还是这么有劲，联也工整，用心了。"

走进"甘之堂"，是一个二进院落，前面一个小院子，中间竖一块照碑，绕过照碑，上有堂屋，正中悬挂一匾，题写着"忠孝仁慈"四字，字体雄浑敦厚，骨力劲健。

王世琳进了厢房，一帮耆宿旧好、乡贤老者坐在那里筛茶品茗、话古论今。

上首坐着甘若望的岳父阎佩玉，面容清瘦，胡子花白，一双细小眼睛却十分有神，看到王世琳，微笑着招了招手："老夫子，别来无恙？来，坐这，说说近来可有什么大作。"

还有相互认识的老者，看到肃州府高台县知县王世琳，客气地打着招呼。王世琳走过去，拉着阎佩玉的手坐在一处，开始对那副对联评头论足。

座中有一个长相富态的老头，自称肃州府来的粮商，姓白，祖上曾是太平堡人。他早年离开太平堡经商，对甘家的事不知情，笑问"三世门楣"当作何解。

王世琳说："阎老爷，你那对联也有问题，你不算一算，从若望的爷爷开始，到现在的小辈，已经是第四代了。"

"可不能这么讲，娃们还没独当门户，算不上一代医家。"阎佩玉一脸认真地说。

侯家油坊的侯老头快人快语道："你们没听八斤的娘说，知苦这孩子学了一身好医术，连甘郎中看不好的病都看好了。"

"是吗？快说道说道。"王世琳对疑难杂症的治疗最感兴趣，听闻，马上催促侯老头说说事情的经过。

侯老头就把自己知道的、听说的情况讲了一遍。

王世琳拈须微笑说："我就说嘛，这孩子机灵，阎老爷最是清楚，书读得好，有悟性，学医也是好苗子，将来能成大器。"

阎佩玉笑着点点头说："是个好儿郎，同龄人中格外聪明。"

王世琳又说："他心大着呢，想在肃州开医馆。"

阎佩玉担忧道："只是这世道有点乱啊，既要保全自身，又要精进医术，知苦那身子……恐怕没那么容易啊。"

"要说呢，生在这个世道，谁都不容易，就看他自己的造化了。"王世琳说。

两人说着甘知苦，别人插不上话，静静地听。

又有人提起知愚和知勇，夸赞两个儿郎各有本事，一个中举当官，一个疆场立功擢升，甘家的祖坟里冒青烟了。

"可不是嘛，这知勇一心当兵，现在可好，建功立业了，老柳头，你家也沾光了。"侯家油坊的侯老头说。

柳家醋坊的柳老头嘿嘿笑着说："还未定呢,这事还在半路上说着。"

经他们一说,大家这才想起,前些日子,甘家向柳家提亲的事。柳家的丫头紫苏年已十六岁,向日葵一样鲜亮。乡里姑娘一般十五六岁就出嫁了,柳家的女儿长得俊,就想攀个好人家。

王世琳兴致勃勃,笑问："相看上了哪个公子?"

侯老头说:"听甘郎中家的说,要给知勇提亲。柳老头,我说得对吗?"

柳老头叹息说:"关键是丫头想不通,把人作难的。"

肃州粮商白掌柜听着有趣,感叹道:"甘家这几个小子都有本事得很,一个致仕为官,一个跃马沙场,一个行医济世,文的武的,齐全了。"

阎佩玉呵呵一笑,得意地说:"你白掌柜忘了?太平堡的风水好嘛,自汉将赵通开疆驻守,到明朝冯胜公建城立制,咱这弹丸之地上,不是戍边将士之后,就是中原充军流徙之裔,哪一家没几个顶天立地的汉子?你们白家还出过九门提督呢,是吧?"

白掌柜点头称是,这的确是老白家的骄傲,可惜后人却没有一个争气的,辱没了一代官宦门风。

一说到历史,谁家祖上都有点光彩的故事,一帮老汉你一言我一语说个没完。

但此时,紫苏在大门口正在作难,昨天,甘家托媒婆上门说亲,父母没问她的想法,竟自作主张要把自己许给甘家老大。

她在墙角边探头探脑地张望半天,正好谷子挑着一担水过来,便拉住他,让他去叫一声知苦。

谷子嘻笑一声,顽皮地冲她做个鬼脸。紫苏嗔怒地打了他一把,谷子笑着挑水走了。

一会儿,知苦一晃一晃地走到墙角边,看到紫苏低着头拧一块手绢,心里也是五味杂陈,轻轻叫了一声:"紫苏,你怎么来了?"

紫苏抬起头,一双丹凤眼幽怨地盯着他说:"你就是个木头!你不知道我的心思?"

知苦难为情地低下了头,嚅嚅道:"其实……我大哥人也不错,又当了官。"

"哼!你……没心没肺。"紫苏冷哼一声。

知苦叹口气说:"……我这样子,配不上你。"

"我看上的是你这人,瘸条腿又怎么了?这么多年,风里雨里、山谷野地,我们不是一样走过来了?你怎么就这么狠心,把我当东西让来让去？"紫苏气恼地叫嚷。

知苦看看左右，生怕别人听到，劝她说："小声些。"

"我就要说，我就要大伙都知道，我紫苏看上的人是甘知苦。"紫苏气呼呼说完，捂着嘴，哭泣着跑了。

知苦本来就不善言谈，被紫苏呛了几句，心里乱糟糟的，望着她远去的背影，更不知道说什么好。他最初知道家里要给大哥提亲的确十分高兴，但听说相中的柳家丫头，他的心里就不是滋味。太平堡有个风俗，家有长兄不娶，兄弟不可逾越，否则流言蜚语会让他一辈子抬不起头来。知苦没有了爷爷奶奶照护，连找人提亲的资格都没有，哪有能力改变什么啊。

甘知信恰好看到这一幕，最清楚他们的关系，便笑话他："癞蛤蟆想吃天鹅肉，门都没有！"

知苦没有好心情，反讥一句："有些人想吃屁连屁都没有。"

这时，院子里宴席的主事人高呼一声："开席喽！"

各项繁琐的仪式进行完毕，宴席正式开始，主宾相敬，其乐融融。甘若望和知勇、知愚依次敬酒，每至一桌，来宾少不了说些喜庆的话，夸几句父贤子贵，尤其对有了功名的知愚和知勇，大家满眼都是钦慕和敬重。

冬日天光短，过了未时，太阳一偏西就起了风，冷飕飕的西北风卷着枯草，天色渐暗。

寒冬无农事，吃席的人图的是热闹，可不管天晴天阴，依旧划拳饮酒，吵吵嚷嚷。

正当觥筹交错、杯盘狼藉之时，平时常在外做生意的常二转子忽然慌里慌张跑来，找到甘若望说："大事不好了，有一队土匪朝太平堡冲过来！"

周边的人听到音讯，顿时大乱。

不好，贼寇来了！乡亲们惊恐万状，匆匆离席，乱声呼儿唤女，场面一下子乱了。

甘知勇挽着衣袖，正和年少时的几个玩伴猜拳，已有几分醉意，看到众人慌乱不堪，立刻拿出带兵的气势，跳到院子中间大喝一声："肃静！"

众人被他的气势所慑，顿时安静下来。

甘知勇冷峻的眼神中透出刚毅，如同战场上指挥自若的将军，朗声道："贼寇来犯，打回去便是。"

跟他站在一起的高三娃、罗成子等几个小伙子也情绪高涨，高声喊叫："杀贼！杀贼！杀贼！"

有人怯怯问："贼人来势汹汹，能行不？"

甘知勇冷哼一声："没有三把神沙，岂敢倒反西岐，你们听我的将令即可。"

随后，他作出一项项安排："孙猴子，速去打探贼情。外公和老二组织老弱妇幼迅速往后山撤离，父亲和知苦就地抢救伤员，保长组织乡勇团自带趁手器械，在城隍庙前集合。"

被他称作"孙猴子"的随从身手敏捷，早一溜烟跑出去打探消息，其他人都按安排各自从事。

知苦看着大哥运筹帷幄的样子，顿时热血沸腾，曾几何时，他就梦想过有朝一日能随大哥抗拒来犯之敌，守护家园，保境安民。这一天，终于让他等到了！

第三章

1

太平堡的后生向来崇武尚勇，好战善斗，农闲时，常有习武之人带着一帮人演练，组成乡勇团，在兵荒马乱时保境安民。此时，乡勇们一听锣鼓猛响，已知贼兵犯境，各自习惯性地抄起大刀、木棍、铁锹、锄头、红缨枪之类的兵器，腾腾腾往城隍庙跑。

甘知勇提一把寒光凛凛的鬼头刀快步走来，身后跟着从甘家大院出来的一众青年，手里握着各自找寻的趁手家什。

片刻，孙猴子迎面狂奔过来，气喘吁吁地报告："贼人有骑兵和步兵，约三五百人，快冲到城门口了，驻守太平堡的怂兵一见贼众汹汹，早没了影子。"

甘知勇一听，心里把这帮怂兵骂了个遍，而当务之急是御敌，来不及计较这些了。但是，依托坚固城墙拒敌肯定来不及，与贼寇正面作战也没任何胜算，唯有智取一法。他略作盘算，跳上城隍庙的高台，临时点将，把所有壮丁分成三组，第一组由他带领，正面迎敌；第二组由孙猴子带领几个身手敏捷的青年，迅速爬上屋顶用石头瓦片弓箭鸟枪袭击；第三组由高三娃带领乡勇团，利用巷道布置机关，见机行事。

此时，众人慌乱无序，面对杀人不眨眼的贼寇，对这场匆促的抵御仗毫无信心。一听甘知勇的部署，众人虽然心里不安，但还是服从调遣，迅速跟随分组，各就各位。

甘知勇观察了一下地形，太平堡就一条东西向主干道，守住主干道，贼人就无法前进。于是，他吩咐自带的人员就近取车辆、石头、木头、麦草等，在主干道设置了三道障碍，每一道障碍留十来人埋伏。

刚刚布置妥当，贼众的骑兵已经挥刀催马冲了过来。

甘知勇一肩扛刀，独立路中，轻蔑地冲贼首勾勾指头，断喝一声："何方贼寇，报上名来，爷爷手下不斩无名之辈。"

贼首是一个高大威猛、满脸横肉的恶汉，手里提着一把长柄刀，后面跟着三四十骑手握利刃的随众，还有步兵陆续赶来。他哈哈大笑几声，刀尖一指，两旁跃出四骑，疾风般冲甘知勇扑过来。

眼看贼骑挥刀杀来，甘知勇就地一滚，手起刀落，砍断前面两骑的马腿，两贼人惨叫一声倒在马下，后面的两骑也没来得及勒住，马翻人仰，被甘知勇轻而易举抹了脖子。

一路抢掠过来，贼匪从未遇到过强敌，今天突然受阻，贼首感到不可思议，怒喝一声"上"，自己率先催马冲了过来。甘知勇也不恋战，转身一跃，跳进第一道障碍。

贼骑无法跃过，立刻勒马叫器，催促后续的步兵前来开路。

一群头戴瓜皮帽的步兵挥刀蜂拥而上，刚要搬去障碍，被埋伏在两侧的乡勇突然袭击，死伤十多个，惨叫连连。

随之，更多的贼众冲了过来，甘知勇也不恋战，即刻挥手让乡勇往到第二道障碍后撤。

贼众搬开障碍，瞬时追了过来，有个别乡勇受了伤，知勇和其他人奋力抢救，才将受伤的人拖到后方。

第二道障碍以麦草为主，垒成半人多高的草墙。贼首一看，哈哈大笑，挥动大刀催促骑兵前冲。忽然，一束束燃烧的麦草凌空飞来，有的击中马身，有的击中骑者，马受惊而撅，又有不少骑者惨叫落马。贼人步兵冲过来，甘知勇下令乡勇点火。顿时，麦草墙变成了一片火海，贼众望火怒骂，却也无奈。

等到火熄，乡勇无损一兵一卒，已经撤到了巷道口。两次小胜，众人对甘知勇的指挥渐渐有了信心。

贼众赶过来，看到眼前挡着一堆木头，不知何意，愣怔着。有了前两次的教训，贼首这次不敢大意，挥刀让步兵先上。步兵畏首畏尾，慢慢靠近，刚走近障碍，"哗啦"一声，木头飞滚而下，来不及躲避的贼敌被压倒一片，又死伤数人。障碍后面，几个人影倏忽一闪，跑到巷子里去了。

没料到被一伙乡勇挡住，贼首气得哇哇直叫，挥刀催促贼众一拥而上。

乡勇在高三娃的带领下，早已在巷子里设置了各种机关。隔一段挖坑设置陷阱，隔一段埋着竹签、三角铁钉，隔一段撒上火药引火焚烧，贼众防不胜防，惨叫声不绝于耳。同时，孙猴子带领的一队从房顶上扔飞石、掷瓦片，打死打伤无数贼人。贼首也被石块击中头部，鲜血直流，满脸狰狞，一看情形，知道遇上了强人，命人放箭乱射一阵，纷纷后退，裹足不前。

乡勇虽然暂时占了上风，毕竟贼多势众，乌泱泱围上来，形势顿时紧张起来。贼寇吃了几次亏，也不敢贸然进攻，只是围着，原地叫嚣。

两方人马对峙在村巷口，眼看天色就暗了下来。

甘知勇手挂大刀，石雕一样立在房顶上，神色凝重地观察贼方动静，思索对策。眼下形势，贼寇一旦蜂蛹而上，乡勇断然没有抵抗力；没有外援，仅凭数十个乡勇根本无法解围。

暮色渐浓，寒气袭人，饥饿和严寒相逼，两边都有些骚动不安。贼匪也想速战速决，采取人海战术，组织了几次冲锋，乡勇拼死抵挡，陆续有人受伤，知勇提着鬼头刀杀成了血人，可贼人仗着人多势众，一次次叫嚣着冲锋。乡勇边战边退，渐渐退到了西城门边，如果实在不能抵抗，就准备弃城逃命。

这时，一阵纷乱的马蹄声由远及近，伴随着震天动地的喊杀声。

贼众顿时惊慌，马上掉转马头准备撤离。

有人来支援了？知勇暗喜，不管何人，来的正是时候。

甘知勇顿时有了主意，他让乡勇将装好煤油的陶罐向贼人投掷，陶罐落到贼人群中轰然破裂，煤油四溅，沾满贼人衣着。贼寇还没反应过来，一束束点燃的火把疾速飞来，顿时，落在人群中形成一片火海。贼寇大乱。

甘知勇大喝一声"杀！"

众乡勇操起家什一跃而起，贼人一声呼啸，抱头鼠窜，一些落在后面的贼人还是被石头、瓦片击中，扑倒在地，哭叫饶命。

这时，一队人马从外围冲过来，大声叫喊着"杀贼"，纷乱的马蹄声如擂战鼓，溃不成军的贼人没命地疯跑。

天色渐暗，援军追逐了一阵，恐中埋伏，叫停了追兵。顷刻，四散的贼人没入荒野黑暗中。

甘知勇朝那队人马迎过去，一看到带队的将领，喜不自禁，远远叫了声"妹夫"。

骑马的年轻将领正是肃州中标营把总王嘉义。他率一队人马追踪这股贼匪，直追到这里，才彻底与他们遭遇。

"大哥好身手啊，竟然敢组织乡勇自保，不愧是带过兵的将军！"王嘉义大笑着赞叹一声。

甘知勇哈哈一笑说："多亏了妹夫及时赶来，否则还不好对付。"

王嘉义看他一身血污，忙问："没啥大碍吧？"

甘知勇拍拍身子，说："胳膊上挂了点彩，没事。"

"好样的！等下要听你好好讲一讲边疆立功的事迹。"

王嘉义说罢，跳下马，跟手下交代了清理战场的事宜，与甘知勇并肩向甘家大院走去。

夜幕降临，一轮圆月缓缓升起。

太平堡的危机平息了，但街上仍不平静。

清理战场后，击杀贼寇四十多人，生擒三十多人。甘知勇稍加审问，便清楚了这支贼寇的来历：原来是从西宁流窜而来的胡人，他们一路抢掠，向西而行，准备前往哈密，声援维族人的叛乱。

甘知勇冷笑一声，真是巧了，他所在的军营正好在哈密与维族残部作战，没想到千里之外，居然还能碰上维族人的势力。他下令，死尸全部运到乱葬岗掩埋，伤者先行治疗。

太平堡武功最好的高三娃和罗成子带着乡勇，团团围住捉拿的贼人，叫嚷着砍头示众。

这时，甘知愚也带着避难的乡亲回来了，深受贼匪祸害的乡亲，对这帮贼人恨之入骨，也是一片声叫嚷着砍头，纷纷捡起土块扔他们，有人甚至脱下鞋上去乱打一气。贼人吓得瑟瑟发抖，直呼饶命。

王嘉义正与王世琳、甘若望等人在院子里说话，忽听外面吵吵嚷嚷，急忙出来，看到乡亲围着贼人出气，马上明白了怎么回事。

王嘉义与甘知勇商量说："大哥，把众犯交我押解到肃州府公开宣判，以儆贼势，你意下如何？"

甘知勇沉吟片刻说："我倒有个两全之策，妹夫可否成全？"

王嘉义的任务是平息贼患，任务完成了，其他也就不再纠结，爽快说："哦，讲来听听。"

"我想把这些贼人收编了，带到边疆去充军，既解决了边疆兵力短缺问题，又能给官府和百姓一个交代。"

王嘉义清楚当下征壮丁的难处，大笑道："看来，大哥确有大将之才，想问题就是比别人长远。不过，收编这些为非作歹的贼人可要费点神。"

他的话刚一说完，另一个声音从背后传来："不可！家有家规，国有国法，贼人作乱，危及国运，应当杀一儆百，以儆效尤，决不能心慈手软。”

王嘉义扭头一看，是刚刚晋升甘州府东乐县丞的二舅子甘知愚，他正襟而立，一脸认真。

王嘉义呵呵一笑，把问题推给了知勇。

甘知勇看着甘知愚说：“我的好兄弟哎，庙堂那么远的，你一个小小的县丞岂能驾驭得了天下大势，别那么迂腐了。你以为贼人是这么容易震慑的？咱们杀了成千上万的贼寇都杀不了他们的嚣张气焰，就这么几个毛贼，还能成气候？”

“你你你……我绝不允许你把这些贼人带走，我要让官府来办案。”甘知愚脸面被打，气急败坏地说。

甘知勇也没好声气，悻悻说：“如果官府衙役争气的话，世道也乱不成这个样子。”

“反正只要有官府在，你就不能私自处置匪贼。”甘知愚针锋相对地说。

“你知道边疆将士有多艰难吗？赤地千里，人烟稀少，多少人血洒疆场，白骨成堆，好多年征丁补给基本落空，你说得再好，现在给我征一队兵马来如何？”

“征丁是地方官的事，与这些贼犯不能混同一谈。”

王世琳本不想参与小字辈们的争论，想看看他们处理事情的能力，没料到弟兄俩为匪贼的处置争吵不休，就不得不出面干预，息事宁人地摆摆手，让他们停下来。他是高台知县，发生在地方上的事有处置权。他支持知勇招募这些俘虏当兵，连年战乱，地方征兵相当困难，如果能征服一众俘虏，确实是一个两全的办法。

这时，驻守太平堡的团练使陈二棍带着他的人马赶了过来，远远向几个人行了跪拜礼，眨巴着三角眼谄笑道：“县官大人、甘将军、王把总，几位大人英威神武，足智多谋，大破贼敌，保境安民，居功至伟，万民之福……”

甘知勇不耐烦地打断他说：“马屁就别拍了。我问你，贼寇来犯时，你的人马在哪里？”

被甘知勇的威势所慑，陈二棍不由得冷汗直冒，赶紧求告道：“贼多势众，末将恐不力敌，为保全兵士，只得……撤离。末将知罪，请甘将军惩处！”

甘知勇冷笑："你还是爱兵如子的福将了？哼，胆小如鼠、苟且偷生的东西，如果是我部下，今天定取你狗命！"

陈二棍头捣蒜一样不停地叩头，吓得大气不敢出。

甘知勇又向跪了一地的土匪喝道："尔等是等着砍头示众，还是愿意随我去当兵，自己选择。"

贼众大都是被迫当匪的穷人，跟谁都一样是为了混饭吃，为了保住头上的脑袋，跟着当兵也未尝不可。他们相互看了看，纷纷叩头称是。

"好！现在，这些人都是我征的兵，谁要带走，军法从事！孙猴子，你给老子看好了，谁动一个就让他去充军。"

甘知勇说罢，威严地挥挥鬼头刀，拉着王嘉义走了。

陈二棍转着三角眼瞅了瞅尴尬的甘知愚，看看暴怒的甘知勇，觉得这两兄弟深有意思，心里盼着他们斗起来，就没自己什么事了。他谄笑着上前说："大人，这事？我看让他们去充军也好，以贼杀贼，也是权宜之计。"

甘知愚一肚子气正没处撒，看到陈二棍就恶心，没好气地训斥说："文官贪赃，武将苟且，有你们这些腌臜东西，还怎么为朝廷效力！你且如实检讨，上报县衙，若有徇私，定不饶恕！"

说完，他也气呼呼进了大院。

陈二棍平白受了甘氏两兄弟的气，心里窝着一肚子火，望着他们的背影阴鸷地冷笑一声，心里嘀咕，哼，你个白面书生还管不到老子头上！我就不信你们能压制老子一辈子！老子早晚要出了这口鸟气！

陈二棍没好气地一挥手，团丁们灰溜溜踏着月色走了。

<h2 style="text-align:center">2</h2>

"甘之堂"内，松烛摇曳，影影绰绰。俘虏的伤者斜躺横卧，血肉模糊，个个如同砧板上的鱼，痛苦不堪的呻唤声此起彼伏。

从惊慌逃难中回来的甘知信一看这阵势，瞠目结舌，惊叹道："老天，这几十号伤员要治到何时？"

医馆平常很少遇到刀伤枪伤的患者，即使有，也没有这么血腥恐怖的场面。甘若望尚在屋里陪着远方来宾，甘知信又没有能力处理跌打损伤，只有愁眉苦脸地望着伤员发牢骚。

这时，甘知苦走了过来，看到一地伤员也是倍感头痛。不过，他跟张三分学了好长时间骨伤治疗，正好借机练练手。于是，叫过谷子吩咐道："帮把忙，快干活。"

谷子嘿嘿一笑，转身叫来另一个伙计，按知苦的吩咐配药、清洗伤口、锯木夹板，做好救治准备。

一般的头破血流、皮开肉绽的皮外伤，只需清洗伤口，敷以治疗外伤的生肌玉红膏即可。"甘之堂"有甘氏生肌膏，祖传的外伤秘药，平常伤口，几日即可痊愈。但是，这几十号伤者，而且有大面积创伤，现成的生肌膏根本不够用。况且，还有烧伤的、箭射的、刀砍棍敲的、断胳膊瘸腿的……凭那些有限的药膏完全解决不了问题。

没有可用之人，知苦便叫过甘知信，现场示范了外伤处理的方法，让他尽快帮忙。伤员太多，众人都在忙，甘知信没别的选择，只好开始学着清洗和包扎伤口。

伤员太多，几个人忙不过来，知苦又叫紫苏和几个姑娘媳妇过来帮忙，胆子大的留下包扎伤口，胆小的帮着搬运固定骨伤用的东西。

甘知勇安顿好王嘉义带来的兵丁和看管俘虏的事，才过来疗伤，刚进门，谷子先看到他浑身是血，惊呼一声："勇哥，你这是咋了？"

众人都转头去看，甘知勇满脸血污，那身血迹斑斑的衣服更是吓人。紫苏望了一眼，也紧张起来，呆呆望着他。

甘知勇拍拍谷子的脑袋笑说："没事的，贼人的血。挂了一点彩。"

知苦看了一眼，让帮忙的姑娘媳妇们先清洗一下伤口。几个女人推来搡去，把紫苏推了出来。

紫苏羞红着脸，扭头不语，默默站到另一边。

甘知勇望了眼紫苏的方向，欲言又止，尴尬地咳咳两声。

甘知苦看到了，忙出声说："我来吧。"

他看了看甘知勇胳膊上的伤口，只是简单的刀剑划伤，皮外伤，问题不大，用淡盐水清洗了一下，涂上药膏，作了包扎。

甘知勇看他手法灵巧，处理起来得心应手，不由得赞叹一声："哎呀，三弟威武！要不跟我去当军医如何？"

甘知苦说："拉倒吧。你现在，快想办法让你这些兵吃上晚饭吧。"

甘知勇嘿嘿一笑，拉住甘知苦说："三弟，要不你就从了我吧，跟我去当军医如何？"

"去！我只想当个济世救人的大夫。"甘知苦不屑地说。

甘知勇调皮地行了个江湖礼仪，说："三弟忙吧，末将巡夜去了。"

接着，治疗受伤的俘虏贼人，那几个姑娘媳妇都不愿帮忙，甘知苦也十分纠结。他对匪贼本没什么好感，甚至恨不得杀了这些为非作歹的贼人，但看到那些人一个个血里胡拉，哭爹叫娘地跪地求救，他又心软了。

谷子咬牙切齿地说："知苦哥，这些天杀的贼人，死了活该，还救他们干啥！"

甘知苦皱着眉头说："我何尝不想杀了他们，但人命至重，为医者，必先敬佑生命，救死扶伤。"

谷子还是想不通，但知苦要治，他二话不说就跟着干。

那些受伤的贼人听到这个医者要救治他们，全都跪在地上高呼："先生活菩萨啊，谢谢活菩萨救苦救难！"

甘知苦又气又笑，大声喝问："治好了伤，你们能否改邪归正？"

到了这个地步，俘虏们都想明白了，不管怎样，先保命要紧，急忙表态："先生救我们吧，我们愿意跟随大爷去当兵吃粮。"

甘知苦不作多想，治病要紧。跛着腿，挨个检查了伤者情况，按轻重缓急分了类，让留下配合的乡勇把危重者抬到一边，轻伤者放到另一边。稍作考虑，目前的情况，首要是止血，赶忙吩咐甘知信给每一个伤者涂止血药。

甘知信摸索半天，储药的罐子里只剩不多一点止血散剂。甘知苦一边接过药罐给重症患者敷药，一边吩咐他把止血草、血竭二味药碾成粉剂，将乳香、没药炼化与药粉混合。

救人如救火，这时的甘知信不敢怠慢，动作利索地抓了止血草、血竭，直接丢进药碾槽里，叫过一个乡勇帮忙碾药，自己则把陶罐架在火炉上炼化乳香、没药，一会儿，室内飘出松香与鱼腥混合的味道。

混合好四味药，他将半罐子药膏拿给甘知苦："你看行不行？"

知苦用手指蘸一点拈了拈，似不太满意，但应急图快，只能这样了，便说："凑合用吧。"

然后，又吩咐他赶紧制作生肌膏，并随手写下一方。

甘知信一看，方中有白芷、甘草、当归身、血竭、轻粉、白占、紫草，而且用量不轻，大有把医馆掏空的架式，便心疼得要命。他不知"白占"为何物。甘知苦说，蜂蜡啊。随后又扶额说，没有蜂蜡就用黑醋吧。甘知信说，轻粉也没有。甘知苦想了想说，用芒硝吧。这个东西盐碱地多的是，倒也不难找。

他一刻不停地给伤者敷药膏，累得满头大汗，脸上、手上、衣服上沾了不少血污。用了甘氏止血膏，既能止血，又能止痛，前面的重伤患者敷了药，很快见到实效，血流慢慢凝结，也没有那么疼痛了，呻吟喊叫声稍有舒解。

过了一阵，甘知信配好了生肌膏的药材，却不知怎么熬制，急得团团转。这类秘方的制作，他平时根本接触不到，都是老爹亲自操作。这也是医馆自古形成的规则，每个医学世家都有自己的独门绝技，平常秘不示人，只能传子传孙，"甘之堂"也不例外。

"郎中，快，有人昏过去了。"那边惊叫一声。

甘知苦一跛一拐地去查看，只见一个中了箭伤的人昏倒在地，口吐白沫，抽搐不止。他拉起患者的手，把了把脉，翻看了一下眼皮，半天没有反应。

正好被赶来的甘若望看到了，他淡淡说："已经没救了。那一箭射到了心肺，箭一拔，气就泄了。"

甘知苦擦了把手上的血迹，惋惜地望了几眼伤者，又无奈地摇了摇头。这已经是今天碰到的第三个死者了，第一次碰到，他还有些伤神，后面就感到无奈了。他又想起爷爷当初说过的话，只有面对死亡，才能理解生命。此时，眼看着患者死在面前，知若深感生命的脆弱和医者的无奈。

此时已是月上中天，西北风甚紧，寒气凛冽。饥寒，加上伤痛，几个断胳膊断腿的俘虏疼得直哎哟呻唤，甘知苦赶紧走过去查看，让一旁帮忙的人端来淡盐水，准备好长短不一的木板和干净布带。他不顾伤者身上散发出的血腥和恶臭，神情专注地擦洗伤口，涂上断续膏，用木板固定了伤肢。花了一个多时辰，才将七八个重伤者处理好。

夜色渐浓，经历了一场战乱的人们终于安定下来，可是都难以入眠，受伤的人家需要照料，俘获的贼人需要看守，巡夜需要轮流置守，肃州中标营的兵马也需要安置，大家都难以平静。

一盏马灯一直在诊所亮着，守着伤病员的知苦正斜倚在诊桌前打盹，紫苏抱着一床被子轻轻走来，轻轻盖在他身上，知苦马上惊醒了，看到她，顿时没了睡意，想跟她说点什么，却又不知从何说起，千言万语只轻轻说了声"谢谢你"。醒着的人都看着她，紫苏羞红了脸，深情地望了他一眼，一扭身就走了。

3

次日，宾客相继离去，王嘉义也带着肃州中标营的弟兄们回去了，俘获的三十多个贼人全都转到城隍庙看护起来，甘家大院又恢复了往日平静。

王世琳要回高台城去，临行前，特意跟甘若望说了甘知苦想在肃州城开医馆的事。

甘若望一脸为难地说："知苦身体有疾，性格执拗，太过忠厚，不会应酬场面的事情，从医看病和经营医馆不可同日而语啊。"

王世琳说："自古医家万人求，你多虑了。知苦只要立定脚跟，放开眼界，不患无用武之日。若将其庇护腋下，终其一生不过是个乡医。桃源虽好，不是久留之地，医家的本事须在阅历人事中增进，且让他展翅飞翔，哪怕碰得头破血流，至少是一介地方名流。"

王世琳毕竟在场面上行走，见识广博，眼界开阔，说出的话句句点中要害。

甘若望不是没有想过，风风雨雨几十年，深知从医的局限，越是小地方越没有拓宽眼界的去处。医道如登山越海，走着走着，就淘汰一批，渐渐剩下的同行者就不多了。他年轻时的梦想何尝不是跨州越省，悬壶济世，一心成就大医者的宏愿，但是，战争、匪患、瘟疫、饥荒等不可预设的天灾人祸，以及无力承担的开馆费用，总是无来头地阻断前行的脚步，他只能苟延于太平堡，挣得一点乡绅的体面。

"唉，亲家公所言不无道理！俗话说，医家老来香，只怕他年少不稳，恐怕还得历练几年呢。"甘若望说。

王世琳说："这娃很有主见，不妨叫他过来问问他的打算。"

一会儿，知苦到了他们面前，看看大伯的脸色，又望望王世琳，不知他们用意。

甘若望喝了口水，问道："知苦，你现在也有了独立行医的本事，下一步有何打算？"

知苦稍作思索，便说："十多年来，幸有祖父庇护，明医理，知伦理，阅人事，教养之恩，念兹在兹。唯有医学一事，困惑愈多，虽持方治病偶有妙手，但每临重症，时有坐井观天之感。我一直想，如果每个医家各持家技循环下去，医学的路就会愈走愈窄，只有走出这弹丸之地，只有到更广阔的天地中去历练，才能拓宽眼界，走出自己的路来。"

听他说完，甘若望心中一凛，没想到这孩子竟然藏了这么深的心思，所思所想十分通透，的确是个有想法的人。

王世琳拊掌拍了两下，连声叫好，感叹说："有这胸襟气度，假以时日，必成大器！"

甘若望笑说："小儿信口雌黄，老夫子别见笑就是了。"

王世琳神色端庄说："古往今来，有志男儿独善其身、兼济天下，但穷者无数，达者寥寥，多少人怀有兼善天下之志，却无兼善天下之柄，唯医者悲天悯人，仁民爱物，可以持医术兼善天下。知苦贤侄，在为往圣继绝学的医道上，你要慎终如始，保持初心啊。"

知苦念叨一声"持医术兼善天下"，深深一揖，说："世伯教诲的是，侄儿铭记于心。"

王世琳又说起一事，听闻江湖人士相传，有一本秘不传世的医书，叫《青囊诀》，正所谓"学透《青囊诀》，生死由我说"。《青囊诀》是青囊门的秘笈，当年青囊门参加义和团，凭着独特的医术救人无数，后来，门派内发生内斗，掌门身死，秘笈被他的女儿和关门弟子带走，从此下落不明。知苦往后留心一番，若有缘得见，也是一大造化。

知苦忽地听到《青囊诀》，心里一惊，难道江湖上已经开始追寻这本秘笈下落了？凭着对王世琳和甘若望的信任，他想到有些事迟早会让他们知晓的，便坦然说自己就有两卷《青囊诀》。

王世琳闻言，大吃一惊："《青囊诀》？你有……两卷？你可知道江湖上有多少人追查这部医书的下落？"

甘若望虽然没有听过这部秘笈，但看王世琳的表情，就知道这医书非同寻常。

王世琳接着说："没想到你小子有这机缘，能得到两卷，极大造化啊。"

甘若望忽然想起一件事，就说："野水地有位宁神医来寻过知苦，莫非跟这件事有关？"

知苦再次听到宁神医，心中仿佛有根琴弦"铮"地响了一声，他马上不淡定了，急忙问："宁神医的名讳是？"

甘若望摇了摇头，他也不知道宁神医的名字。

王世琳闭目一想，顿时明了，说："青囊门的前任掌门就姓宁，你这娃，难道还跟青囊门有缘？"

甘若望话到嘴边，犹豫了一下，还是没说出来。

知苦又想起大师父说过的话，一下子陷入沉思，心里暗想，看来，为了宋青山老人的临终托付，为了神秘的宁神医，非得去一趟野水地了。

4

甘知勇说好要陪知苦去一趟野水地，可是，紧接着，他就遇上头疼的事。

家里托媒人给他说亲，说的是柳家醋坊的丫头紫苏。通说了两次，柳家老两口都没意见，关键是紫苏说不通，一说婚事就寻死觅活，不愿嫁给甘家老大。柳家清楚自家女儿自小与瘸三儿感情好，但为父母者，考虑儿女婚姻更务实，他们只相中了甘家老大，威武神勇，又有功名，前途无限，自然是乘龙快婿。

甘知勇刚开始并不知道父母托媒给他相媳妇，后来知道相中的是柳家丫头，便推脱这门亲事。他知道知苦打小就跟这丫头感情好着呢，自己再不济，也不能跟兄弟抢媳妇吧？

他便以忙着征兵为由，极力推脱这事。

事情也确实繁多，一方面，要驯化那些俘获的土匪，另一方面还得逐个验证招收的新兵，他实在没时间去相亲。

知苦也听说了家里的安排，为了避免尴尬，去了一趟顶儿山，找苦瓠和尚学了几天针灸。他一直看那卷《青囊诀》，对神奇的针灸十分好奇，却碰不到个好师父，只好找大师父求教了。针灸不仅是一门独特的医术，而且针灸针十分难得，那是要用上好的银子来打磨，一套九针，根据长短大小分为镵针、鍉针、圆针、锋针、铍针、圆利针、毫针、长针和大针，而且有些针不只是一根，像使用较多的毫针、长针，需要准备若干根，因费用极高，有的医家一辈子都攒不够一套银针的银子。苦瓠和尚在针灸方面只是平常水平，只教了他一些基本针法，拿出他珍藏的银针送他大小三根毫针，用一个羚羊角吊坠装了，挂在他脖子上。

甘知勇的征兵公告发出后，没想到出乎意料的顺利。

太平堡的儿郎多有血勇之人，他们见识了甘知勇率众打退贼寇的勇猛，又羡慕他在边疆立功擢升，征兵公告一出，乡勇团的高三娃、罗成子等壮汉毫不犹豫地报了名。穷苦人家的孩子没有出路，大都给财主当长工，如今有了甘知勇这个活样板，太平堡所辖的上下九堡陆续又有三十多个精壮汉子前来报名，加上三十多号俘虏，筛选了几个有劣迹的、身体弱的，然后逐个登记造册，向高台县府呈递了招募兵丁的报备手续。

兵役和徭役历来是压在百姓头上的两座大山，县府历年征兵最为头疼，现在有人能征到兵员，县府乐见其成，王世琳早早给县丞打了招呼，没多久，就给了甘知勇批复。

甘知勇拿到批复，就相当于拿到了过关凭证，经行州县会核实放行，驿站、兵站都会提供粮草食宿。

眼看他的探亲假期限已到，行程紧迫，陪知苦去野水地的事就耽搁了，他要带着六十多号人马远赴新疆了。

临行前，知苦突然冒出来说要跟随他去西域见见世面，历练历练。知勇自然欣喜，巴不得知苦跟他去当军医。

出发这天，天色阴晦，灰云弥布，压抑得人喘不过气来。劲烈的西北风吹着尖厉的哨子，打在脸上，刀割一样，人们裹紧衣衫，但身上的衣服仿佛冻透了，没有一点暖意。

紫苏从人群中钻过去，快步走到马车前，将一条亲手织的羊毛围脖塞给甘知苦，俏脸酡红，来不及多说一句话，那边已催促马车启程了。

比紫苏更不幸运的是宁青梅，她得到消息晚了一步，从野水地急匆匆赶过来，马车已经走远，她也是身不由己，没法追着兵车赶过去，望着迢迢长路，黛眉深锁，叹息一声。

五辆拉着兵丁的马车一路向西，碾起滚滚尘土。

甘知勇一路不停地催促马夫加快赶路，想尽快赶到下一个驿站暖暖身子。一些人受不了冻，下车跟着跑，迎头吃了冷风，又气喘吁吁，但好歹强过静卧在车里挨冷受冻。

午后，赶到了盐池驿。这是一个小驿站，四周都是盐田和荒野，一些耐旱耐盐碱的沙枣树、榆树落光了叶子，光秃秃枯立原野。周边没有多少人家，孤零零一处低矮的馆舍，风沙笼罩下，远远看去有点虚幻。

因有官方通行文书，驿站不敢怠慢，上了年岁的老驿官王砂锅子跑前跑后招呼，每走几步，便咳喘连天，嗓子里像装着走风漏气的风箱。

众人冻坏了，跳下马车就往火堆旁挤，恨不得直接抱着柴火取暖。

甘知苦下了车，手脚麻木，打了个冷战，看了眼咳喘不休的老驿官说："大爷，熬一盆姜汤来驱驱寒吧。"

老驿官点头哈腰地苦笑解释说："老爷，没有姜啊。"

甘知苦看到墙上挂的红辣椒，便说："那就用辣椒和葱煮一锅拌面汤吧。"

老驿官喏然应答，佝偻着腰就要去伙房。

甘知苦又好奇地问："大爷贵姓？咋就你一个人忙前忙后？"

老驿官恭敬答道："在下人称王砂锅子，驿差病了，起不来床。"

甘知苦讲明自己是医家，想过去看看，王砂锅子伸手搀扶他，甘知苦摆摆手不让，随他走进小屋，昏暗的光线中，看到土炕上躺着一个人，压了两床褐子被，人还是冷得直打哆嗦。他伸手摸了下炕，火烫火烫。扳过那人一看，是个精瘦的小伙子，脸上彤红，显然是发烧了。他又拉过小伙子的手，把了下脉，浮、弦、洪、大，疟疾的症状。他皱眉问王砂锅子："病成这样，咋不找郎中？"

王砂锅子苦瓜样的脸上挤出一丝苦笑说："穷乡僻壤哪有医家，跟近处村里郎中讨了两服药，喝过没反应。"

王砂窝子又说，这是他的侄子，叫锁阳。

甘知苦看着昏迷不醒的锁阳，叹息一声："再不治会死人的。"

乡下缺医少药，遇上疟疾这类复杂的急性病没办法医治，只有抗着，抗不过去就只能认命。

又瞅了一眼王砂锅子说："你的哮喘也很严重，得抓紧时间治一治了。"

王砂锅子看甘知苦的年貌有些老成，也没多疑他的医术，把他当成了军医，不由得眼前一亮，看来今天是遇上贵人了。他连忙跪倒在地，边叩头边求告："小的三生有幸遇到老爷，求老爷垂怜，妙手施救！"

甘知苦搀起他说："你且去熬汤，我先治这人。"

王砂锅子出去后，甘知苦搓了搓手，渐渐暖和了些，便取出随身携带的刮痧板，开始施治。他飞快地在锁阳的手三焦经、手少阴经等经络刮痧，又取出大师父给的银针，在锁阳的少商、耳垂穴放了几滴血，过了一会，锁阳微微睁开了眼，迷迷糊糊见有人为他施治，说了声谢。

知苦在放血治疗的时候就在琢磨，如果针灸术高明的话，是不是更便捷？他想，应该深入学一学针灸了。

王砂锅子把拌面汤熬好的时候，锁阳已经清醒过来，一骨碌翻起身，倒头就拜。王砂锅子进门看到这情形，惊讶得半天合不拢嘴，这这这……就能治好病，神医啊！

甘知苦却摇头说："烧是消退了些，但还没完全好。给你两粒丸药，你找荆芥、防风、麻黄各一把，加到拌面汤里再煮一阵，给他喝一海碗，明天准能退烧。我再开了方子，赶紧抓了药来吃几天，疟疾才能全好。还有你的哮喘方子，晚些时候到我房间来取。"

荒野小店，基本没药医治，一个小小的伤风都可能要了命。他只能用民间偏方先稳住病情，驿站的草料中应该能找到防风、荆芥之类的野草。他怕王砂锅子认不出来，特意到草料中找出几种所需的草药，交代了一番。

拿到知苦给的丸药，两人千恩万谢，不知道怎么给他酬谢才好。

甘知勇等了半天不见甘知苦，寻了过来，才知他给驿差治病，自作主张说："酬谢就免了，拿瓶烧刀子来，晚上咱哥俩喝两杯，没问题吧？"

王砂锅子赶忙赔笑答应："岂敢，岂敢，应该，应该。"

走出小房子，甘知苦半晌无语。知勇猜他是为穷人无力治病而难过，便劝说他："世上穷人无数，病患无数，你哪能都治得过来，经见多了，就那样了。"

甘知苦还是不能释怀，默默走着，他打个喷嚏，有点伤风的迹象，得赶紧喝辣拌面汤驱寒了。

歇息停当，甘知苦检查了伤者的情况，轻伤的大都开始结疤，重伤的也没出现化脓、破伤风的症状，一切向好。他拿出随身携带的药膏，给他们换了药，嘱咐了一些禁忌事宜，便同甘知勇去喝酒。

次日，天刚蒙蒙亮，人们还没睡醒，孙猴子惊慌失措跑来报告，有六个贼人跑了。

一听情况，甘知勇顿时火冒三丈，迅速穿好衣服，蹬蹬蹬地跑了出去。甘知苦随后也跟了过去，一出门，灌了一嘴寒风，冷得直哆嗦。

太平堡招收的高三娃、罗成子等一些汉子，都是练过武的，身手不错，他们手持钢刀，气势威严，把那俘虏的人员压制在院子里，鹌鹑样抱头蹲了一圈。

甘知勇黑着脸看睃视一圈，指着一个憨厚的壮汉问："马大棒子，咋回事？"

马大棒子赶忙跪下叩头说："大人，不关小的啥事，他们……他们早就有二心，想找空开溜。"

"为啥早不报告？"

"他们……惹不起，谁说要弄死谁。"马大棒子吞吞吐吐。

甘知勇脸一黑，大声骂道："妈的，这帮述东西！早知道统统宰了省事！"

那帮人一听，脸色陡变，纷纷跪倒求饶。

乌蒙蒙的清晨，驿馆的小院里落了一地清寒。

甘知苦拉过一个看上去老实的小伙子，问了一下情况，才知道逃跑的六个人都跟败走的贼首关系密切，看来是有计划地逃遁。他又问了六人逃跑的方向和时间，小伙子如实说，这几人私语，好像是要到居延去，半夜三更偷偷起来走的。

甘知苦一听，顿时大惊，把甘知勇拉到一边分析说，这几个贼人要去居延，肯定和贼众的去向是一致的，他们不敢正大光明地走官道，只能从居延前往新疆，那里人烟稀少，穿过大漠就能到哈密、吐鲁番。

甘知勇也想到了这一点，可气的是这些怂货贼心不死，公然逃跑，动摇军心。他很想把剩余贼人就地正法，省得一路闹心。

甘知苦劝说："医家讲，克敌者存乎将，去邪者赖乎正。我觉得，这些人身上还是缺少一些正气，现在从严管束，像熬药一样，熬到一定火候，他们才能成为真正的兵。"

甘知勇讶异地瞅了眼知苦，没想到他一个医家也如此通晓行军驭人，便竖起拇指称赞道："兄弟这才学，给个大将军都能当得稳稳当当！"

"去！说正事，你准备怎么办？"

甘知勇觉得现在去追逃兵为时已晚，最好是能快马加鞭将消息送到哈密大本营，让大帅出兵围堵剿灭了这股贼寇才算解气。

两人如此这般谋划一番，甘知勇立即摊开纸笔，将贼寇的来龙去脉写成军情简报，派孙猴子快马加急，先行去送情报。

部署完毕，天已大亮，仍然阴风怒号，寒气逼人。两人走到众人面前，看了看仍然跪在地上瑟瑟发抖的众贼，相视一笑。知勇大手一挥，示意高三娃等人放下刀，大喝一声："吆，都听好了，逃走的怂货没有好下场！你们当中，想走的立马站出来，本官给你机会，如果还想逃跑，抓回来我让他生不如死！"

众俘房偷偷觑了一眼甘知勇，看他没有斩杀他们的意愿，遂放下心来，争先恐后表态："谢大人不杀之恩，今后全凭大人调遣！"

"起来吧，吃过饭马上出发。"

甘知勇挥手让他们散去，又对高三娃、罗成子等人作了一番叮嘱，才去自己的房间洗漱。

早饭只是清汤寡水的小米汤，每人一块石块样坚硬的麦麸饼。小驿站本来就穷，这五十多号人马，一天就吃光了他们大半个月的口粮。

将就吃过饭，天上飘起了雪花，狂风卷着雪沫飞舞，像凌厉的箭矢，吹打在脸上生疼。旷野里，寒风鬼哭狼嚎，路边的芨芨草全都顺着风匍匐在地，抬不起来头。高三娃把队伍集结起来，等候甘知勇的命令。

众人望着天上纷飞的雪，听着刺耳的风声，先有些胆寒，袖着两手，瑟瑟发抖，都祈盼今天不要出门。

甘知勇看了看天，也有歇息的想法，反正迟一天，早一天，也不是啥大事。这鬼天气，出门不冻死才怪呢。

可甘知苦却说："机会来了。炼药炼形，练兵练魂，把他们拉出去，跑上十里地，歇息半晌，再跑十里地，三十里一驿，每天跑二三十里，如此练着，一路过去，这些人就熬出味来了。"

甘知勇一想，对啊，不经一番寒彻骨，哪来梅花分外香。拉出去练！

于是，除了一些伤筋动骨不能跑路的伤员坐马车殿后，其余人等全都卸下装备，喝了一碗辣椒水，迎着风雪狂奔起来。

不跑不行啊，天太冷了，慢走恐怕要冻僵的。

王砂锅子和刚能起身的锁阳望着这些不要命的官兵，瞪大了眼睛，他们接待了多少过路官员、使者、衙役，实在没见过这样管束严格、不循常规的队伍。

等人群走开，他们看到甘知苦正要上车，忙跑过来，将一个小布袋呈给他说："恩公，荒野之地，无以为报，这是秋天晾下的枸杞和三九天挖下的锁阳，还有一些甘草，恩公可能有用。"

甘知苦打开瞅了一眼，品质不错，保存也用心，尤其那锁阳和甘草，称得上是沙漠里的极品，一根胳膊粗的甘草，至少是几十年、上百年的老货，全都是好东西啊。

他收下东西，转身上了车，忽又停下，对王砂锅子说，你们将周边能用的药材都按季节采收下来，送到太平堡的"甘之堂"，他们会给你一个好价钱。

说罢，喝令车夫驾车西去。

王砂锅子的嘴仿佛被西风冻住了，一个感谢的字没来得及说出口，马车就远去了，他和个子细瘦的锁阳站在茫茫雪野里，望着远去的车影使劲地挥了挥手。

5

一群临时招收的乌合之众，经过一路训练，行军走路脚下生风，站立起卧动作麻利，渐渐有了当兵的样子。十多天后，经过肃州府，出了嘉峪关，一路上，白雪皑皑的祁连山绵延起伏，风雪弥漫的戈壁滩荒无人烟，老人们常说，"出了嘉峪关，两眼泪不干。"

知苦到了这里，才体会到老话不虚。

幸好都是些吃惯苦的汉子，粮草准备又充足，顶风冒雪行了数日，终于顺利抵达沙州府。

到了这里，队伍需要休整一天，为后面的路途置办粮草。因为一出沙州，全是戈壁沙漠，数百里之内无法补给。

甘知勇跟府衙办完交接手续，安排人马住进当地驻军营，然后带着甘知苦和随从骑马前往集市。

尽管天气晴和，但塞外的朔风仍然劲烈，人们都穿着臃肿的棉衣或肥大的羊皮袄，裹得像胖胖的粽子。也有贫穷不堪的人，破衣烂衫，面目浮肿，拉着打狗棍沿街乞讨。集市设在南关，十分热闹，粜粮卖米的、卖牛卖马的、卖布卖皮货的、卖各种农具器械的、卖各种小吃的……全都扯着声叫卖，各种声音混成一片。汉人、西域的胡人，都在这里买卖交易，而且，好多摊点还是胡人经营。

他们把马寄放在大车店，走进集市。甘知苦第一次看到这么多胡人，瞅着他们高鼻子、深眼窝的样子，十分好奇。他们出售的东西，内地很少见到，颜色鲜艳的布料皮货、制作奇特的玉石玛瑙、形状夸张的馕饼撒子……全都是他平时没见过的东西，他想卖件玉镯，带给紫苏，甘知勇拦着他说，到了西域，这些东西很平常，到处都有。甘知苦一听，就收住了手。

他们一路走，一路打听着物价，好多货物竟比内地还便宜。甘知勇解释说，这是关外的第一个集市，出关进关的人多，他们薄利多销，而且大多货物都是自产自销，自然比商贩几经转手的买卖便宜多了。

甘知勇轻车熟路，找到卖大饼的商贩，订了足够六十个人吃十天半月的口粮，又跟杂货店订购了大葱、生姜、辣椒等菜蔬和调料，还采购了几大包草料，甘知苦也采购了一些常用药材，他们让随从一并送到军营。

哥俩转到西北面一个角落里，见围着一群人，走过去一瞅，竟然是卖儿卖女的。地上跪着几个蓬头垢面、表情冷漠的孩子，有男孩，也有女孩，待价而沽。

甘知勇说："走吧，没啥看头。"

甘知苦吃惊地问："咋还有卖人口的？"

甘知勇见怪不怪地说："这里是三不管的地带，胡人可以来卖自己的奴隶，当地过不下去的百姓也可以卖儿卖女。"

甘知苦问："官家不管吗？"

甘知勇对这些情况是熟悉的，说："兵荒马乱的，活人不容易，官家哪管得过来。有的穷人家过不下去日子，儿女总不能等着饿死吧？胡人呢，奴隶是自家的家产，可以随意买卖，谁又能管得了？"

一个穿着绸缎长袍的老胖子，正围着一个十二三岁的姑娘讨价还价，想把她买去做使唤丫头。姑娘满眼泪花，求告不要卖她。旁边瘦叽麻达的男人面无表情，踢了她一脚，姑娘泣不成声。

甘知苦心里不忍，上前训斥道："你这人咋当老子的，丫头养这么大容易吗？你有没有良心！"

甘知勇对他耳朵悄声说："这不是亲老子，二道贩子。"

甘知苦看了他一眼，疑惑问："从何看出？"

甘知勇说："你慢慢看就知道了。"

那瘦男人鞠躬作揖，一脸苦相地求告："老爷行行好，买了她，给她口饭吃吧。"

老胖子不耐烦地说："一吊钱，卖不卖？不卖就罢了。"

一个大活人，才一吊钱？一吊钱，也就能买几升麦子，这也太离谱了吧？甘知苦震惊不已。

瘦男人犹豫了半天，咬咬牙讨价："老爷再添几个吧，这丫头洗衣做饭打杂伺候人啥都能干，过一两年还能给你生养，再添几个吧。"

老胖子抬起丫头的下巴瞅了眼，相貌看上去还算清秀，只是身子瘦，便开口报了个价："给你一斗麦子，卖就卖，不卖拉倒。"

一斗麦子，仅是平常人家一两个月的口粮，还要夹杂一些野菜杂粮什么的，人命就贱到了这个地步？

甘知苦听不下去了，上前跟那老胖子理论起来："你这人太不讲理了，这么大的丫头，你给他一斗麦子，毫无道理！"

老胖子一看是跛腿的家伙，阴笑着说："哎哟，这是哪家瘸子？这么怜香惜玉的，你阔绰，你来买。"

众人都看向他的瘸腿，甘知苦满脸彤红，指着老胖子质问："如果是你的丫头，你心里好受？"

"我呸！本大爷吃喝不愁，卖儿卖女？笑话！"

甘知勇在一旁看不下去了，冷笑一声说："那也说不上，月有阴晴圆缺，人有旦夕祸福，说不上一夜之间，你就一无所有了。"

老胖子面色一冷，指着他说："你咒我？我弄死你！"

他使了个眼色，身后两个身壮的家丁围了上来。

"哟嗬，我看你咋弄死我，老东西，给脸不要脸！"甘知勇骂了一声，抬腿就将两个家丁踢翻在地。

老胖子一见势头不妙，转身就跑，边跑边喊："小子，你给老子等着！"

旁边有人劝他们说，快跑吧，你得罪了范师爷的公子，他的家丁一来，你们想走就晚了。

甘知勇略一打听，这个范师爷竟然是甘新粮备道的师爷，手里有点实权，盘剥克扣军粮的事没少干过，他家的财产大都是这么积淀起来的。弄清楚了这老家伙的底细，知勇的心里马上有了主意。

甘知勇有意帮甘知苦找回面子，扔给那瘦男人两吊钱说："我们正好缺个烧火做饭的，跟着吧。"

瘦男人点头哈腰，再三道谢，推了小姑娘一把，嘻哈说："你遇上贵人了，还不道谢！"

甘知苦问他："这是你丫头吗？"

那人讪讪一笑，说："也算是吧。"

甘知勇虎目一瞪，那个瘦男人只好老实说，丫头叫豆子，十二岁，的确是家里穷得揭不开锅才卖给了人贩子。

吃惯了苦的丫头，观言察色还是很在行，她觑了眼买她的人一脸善相，倒也放了心，低头走到知苦身边，叫了声"贵人"。

甘知勇到大车店取了马，让甘知苦带着小姑娘先回，他有事要办，骑马往另一个方向走了。

众人看到甘大夫捡回来是一个脏兮兮的丫头，好奇地围过来看。甘知苦驱散众人，吩咐店家打来一桶水，安排她去洗浴。

等她洗完澡出来，众人眼前一亮，哇，一个挺俊俏的小丫头呢，只是营养不良，身体还没有长开，显得有点瘦弱，像豆芽菜。豆子羞涩地低着头，捻着衣角，还不知道自己到了什么地方，突然被一群大男人围观，心里忐忑不安。

甘知苦心想，既然把这丫头带回来了，就得给她个名分，于是对众人说："我认的干女儿，不准欺负她，否则我定饶不了！"

豆子也懂事，生涩地叫了一声"干爹"。

众人一听，再不好意思围观，嘿嘿笑着四散开去。知苦给豆子安排了住处，看她穿着寒酸，有些不忍，带着她去买了身衣服，穿戴起来，倒是个俊俏丫头。

甘知勇一整天没见人，到了吃晚饭的时候才浑身酒气地回来。进门就嘿嘿笑着说："今天做成了一笔大买卖。"

甘知苦问他做成了什么买卖，甘知勇又不说了，倒头就睡。

夜，渐渐黑下来，兵营里寂静无声。

睡到半夜，甘知苦迷迷糊糊听到甘知勇起了身，以为他解手去了，没有在意，继续睡了，甘知勇什么时候回来的也没注意。

第二天吃早饭时，甘知苦听兵丁们议论，范师爷家被贼人打劫了。

他出了兵营，街上的老百姓悄声细语地闲话，贼人杀了范家老鬼和他那飞扬跋扈的儿子，把若大家产洗劫一空，家里乱成了一锅粥。说者，听者，都是一脸神秘的样子，仿佛得了什么恩赐似的。

甘知苦忽然想到人口市场上买豆子时，有人说起过范师爷，联想到大哥说的大买卖，暗忖，难道这事与大哥有关？

他吃惊不小，大哥可是官府的兵啊，怎么可以勾结土匪，祸害百姓呢？被人知晓，可是杀头的大罪。他忍不住去问。甘知勇打着哈欠刚起身，摆摆手作了个"嘘"的手势。

他关起门来，小声说："三弟，这你就不懂了，姓范的不是好东西，他克扣咱们军粮不是一天两天了，官府治不了他，咱们只能以黑制黑，让贼人来教训他了。"

甘知苦确实不明白其中隐情，唉叹一声，这世道，法纪无常，越来越弱肉强食，让好人也不得不作恶。

早饭后，甘知勇将置办的粮草、水桶和柴草装了一辆车，其他人挤在另四辆车上。

豆子歇息一夜，看上去清爽。这孩子虽然还认生，但嘴甜，见了年老的叫大伯，见了小的叫叔叔，更小的叫哥哥，几十号人都被她的叫得心里舒畅。

甘知苦本想给她点盘缠，让她回家去，毕竟是带兵行军，带个丫头也不方便。可豆子死活不答应，她再也不愿回那个穷家了，怕回去再次被卖了。众人劝说，带着吧，就当收了个烧火丫头。知苦说，既然大家都喜欢，那就让大家来疼爱这可怜的孩子吧。

出城十几里，翻过一个沙坡，有一片树林。树叶落光了，但林木茂密，仍然看不透树林那边。队伍在林间小路走了不远，只见旁边摆着一大堆东西，有两个蒙面人在旁立着。看见甘知勇骑马走过，两人迎上前抱手一揖，指了指东西，二话没说，打个手势，一溜烟消失在密林中。

甘知勇让能跑路的都下了车，腾出三辆车来，吩咐众人把东西全部装了车。有粮食马料，有布料皮货，也有金银珠宝，三辆车装得满满当当。

不明缘由的兄弟看得两眼冒光，悄声问三问四，打听和猜测这些东西的来历。高三娃、罗成子等十来个心腹肯定是知道，但他们佯装不知，缄默不语。

甘知勇也听到了他们的嘀咕，断喝一声："嘴都给我闭严实了，谁要不想活，现在就把头伸出来！"

众人吐了吐舌头，再也不敢胡乱打听猜测，但每个人心里都有了一份惦记。

6

这支队伍在戈壁大漠中行进了七八天，天寒地冻，风雪交加，条件异常艰苦。豆子窝在车里，依然冻得瑟瑟发抖，甘知苦用自己的羊皮袄包裹了她，取下紫苏送他的羊毛围脖围在豆子脖子上，温和地说："神仙也怕脑后风，荒山野岭的，千万别冻着了。"

缺少爹娘疼爱的豆子顿时眼圈发红，被卖身的失落渐渐淡了。

路途越来越难行，好在有了前面十多天的高强度训练，这支队伍中，多半人的身骨都强健了不少，抵御风寒不在话下。身体稍有不适的，甘知苦给一些散剂膏丸也能解决问题。那些腿折胳膊断的，都被知苦整治得差不多了，张三分教给他的手法还是挺好用的。只是两个伤情严重的没能挨过严寒，一个当时就冻僵了，还有一个断了腿的小胡子，伤口没有愈合，又受了风寒，一直高烧不下，渐渐昏迷不醒，小胡子坚持到了第八天，就没气了。甘知勇让众人把他埋在一个高大的红柳堆下，立了个牌子。

这样一个小小的善举，让那些俘虏过来的汉子感动得稀哩哗啦。他们从青海一路走过来，打打杀杀，多少弟兄都折在半路上，但死就死了，扔在路旁没人理，活着的人也如同孤魂野鬼。现在不同了，共同经历了生死，他们像是有了家的感觉，有了归属感，病了有人惦记，死了有人记挂，这兵荒马乱的世道，有这样一帮生死相依的兄弟，他们仿佛撞了大运。

行军途中，他们时常在路旁看到冻死、饿死的行旅人，还有的森森白骨，触目惊心。知苦和太平堡出来的弟兄们从未见过这样惨烈的场面，越看越心凉。在星星峡谷，他们还看到了一辆牛车，赶车的人冻死在车里，牛也死了，全都冻得僵硬。知勇让手下就近掩埋了死者，收拾了车上可用的东西，然后又将冻僵的牛肉大卸数块，牛车砸碎当烧柴，架起锅来，煮了一锅牛肉，补充了体力。剩余的肉则带着一路充饥。

星星峡是条千年古道，两边峰峦叠嶂，谷中丘壑纵横，还有大段大段的戈壁沙漠，途经此路，确实不易，渴死的、饿死的、遭遇匪贼杀死的人屡见不鲜，途中白骨累累。前人倒下了，后来者可以毫无忌惮地分享死者的遗物，想方法设法活下去，这也是荒野之地生存的硬道理。有的商队和行者，在没有粮食和水的时候，甚至不惜将同伴杀死，吃人肉维持生存。因为路途凶险，这里也成了强盗贼寇出没的地方，贼人一律轻骑，呼啸而来，如风而去，商旅行者防不胜防。当年左公宗棠率湘兵进疆，尚有强匪敢拦路抢劫，平常商旅要走这条古道更是胆战心惊。

甘知勇的队伍经过的时候，峡谷口已经有几支商旅驼队等候着，他们打算多集结些人马一同度过险地。看到这支着装不一的队伍过来，他们的领队跟走在前面的知勇打了招呼，表明意图，想跟着队伍一并过星星峡。知勇没有停顿的意思，冷冷说了声，想跟就跟着吧。

他仍然一马当先，走在前面，马车和队伍随后，那几支驼队的人相互望了望，最终跟了上来。在他们看来，这些人不像当兵的，也不像做买卖的，可是身上却有一种天不怕地不怕的气势，跟着他们应该没错。

有个拉骆驼的汉子很活络，靠上前跟在甘知苦的车后问这问那。知苦抬头看了看，他穿着破毡衣，戴一顶旧毡帽，吊着旱烟袋，说一口肃州话，显然是从肃州出来的。知苦问他贵姓。他嘿嘿一笑说，啥贵姓，人称老莫。知苦又问他到西域做什么。他说，要到哈密去送皮货。知苦问他们的生意如何。老莫说，将就吧，一年里平顺些，还能有两个积蓄，若是不顺，遇上强盗抢掠、官府加征赋税，日子都过不下去。旁边的那些骆驼客也跟着你一言我一语地诉苦，有的说，世道不太平，买卖人就是提着脑袋挣几个活命钱；有的说，过一道关卡剥一层皮，官差心太黑了；有的说，贼人太多，哪里都少不了强征暴敛的坏怂……知苦听着他们的感慨，觉得这世上，他不熟悉、不了解的生活实在太多太多。

在峡谷里走得久了，便有些单调和寂寞，骆驼客们撺掇老莫唱个小曲子解解闷。

老莫确是个活泛人，他也不推辞，开口就唱：

　　一（呀）更的月儿往上升啊

小哥哥不上那妹妹的门呀

心里那就膈应应呀，

（合）哎哟心里那就膈应应呀

二（呀）更的月儿渐渐儿高啊，

小妹妹等哥哥快来上门呀

心里那烧得慌呀，

（合）哎哟心里那烧得慌……

老莫嗓音粗励沙哑，像锯子拉锯湿木头挤出的声音，但听起来颇有情调，骆驼客们听得前俯后仰，嘻嘻哈哈，关键处一片声儿合唱，荒凉的峡谷中顿时有了几分热闹和浪漫。

知勇的队伍里，那些俘虏过来的人，原本也听惯了各种小调，被老莫的小调吸引，跟着叫好。还有人叫嚷着，让老莫唱一个更刺激的。

老莫想了想，又挑一个荤的开唱：

小妹子么哟哟，

十七八呀，

倒坐门坎把花呀扎，

公鸡要把母鸡子压呀，

妹妹的心里如刀扎呀。

呀呀依来咳子哟，

妹妹的心里如刀扎呀……

他一唱到关键处，那些骆驼客跟着合唱，嘻嘻哈哈，流里流气。

豆子大概在乡里也听过这类小调，知道不是什么好话，听得脸红耳臊，捂住了耳朵。

甘知苦看到后，明白了这个丫头脸皮薄，心里干净，便对老莫说："老莫，这种野调调就别唱了，要唱就唱点正点的，《珍珠倒卷帘》《韩信算卦》什么的。"

骆驼客不答应，就要听野的、刺激的、带劲的，说什么荒山野岭，不听野的不过瘾。

甘知苦无语，与这些粗人打交道有理也说不清。

甘知勇听到知苦跟那帮人白费口舌，转过马头，瞪着大眼喝了一声："呔，想唱野调就滚远点，要是跟着，就别跟那野猫叫春似的嚎叫！"

骆驼客一看这人的气势，眼神都能杀人似的，都噤了声。

两旁都是光秃秃的丘陵，沟壑中积雪深厚，路旁枯草连片，疾劲的

风声呼呼吹着。太阳落山的时候，人们终于走到了一处可以歇息的地方
——三棵树。

因为这里有三棵胡杨树，过往的行者就把这里叫作了三棵树。胡杨
很有年月了，其中一棵树，一个人都抱不住。冬天落光了叶子，高大的
躯干直插蓝天。树下有一个泉眼，渗出的水形成一片小小的湖泊，曾是
过往行者歇息、饮马和补充饮水的地方。如今天寒，湖面结了冰，明晃
晃的，像一面硕大的镜子。

甘知勇考虑到知苦的身子骨弱，让他带着豆子坐在车里，吩咐高三
娃带个人去看看，能不能凿开冰取水。

高三娃便叫了力气贼大的马大棒子，拿着钢刀铁矛往冰湖上走去。
两人卯着劲凿了几处，只凿出一些冰屑。冰冻得太厚，根本凿不透。

实在没办法，就取了冰上的积雪，倒进铁锅，捡周边的枯草来烧火
化雪。走了一整天，人且不说，马已经渴得直喘粗气，烦躁不安地嘶鸣。

那些骆驼客也一样，取了积雪，直接喂骆驼吃。骆驼没有马娇气，
冰冷的积雪嚼在嘴里，几口就咽下去了。他们没有锅，就有铁皮缸子烧
开水，就着炒面吃。没有器皿的，一把雪一把炒面，也能吃得下去。饥
饿时，哪讲究那么多，能填饱肚子就是天大的事。

人困马乏的兵丁和骆驼客围着熊熊篝火坐下来，一歇息，就不想起
来了。有的填饱肚子便围在一起抽旱烟，有的缠着老莫变把戏。

老莫这个日鬼人，把围在脖子里的毛巾取下，三折五折就折出一只
兔子，然后放在地上，嘴里念叨一阵，兔子竟然跑动起来。众人看着新奇，
惊叫不止。豆子看着，惊讶地叫出了声。甘知苦看了看，解释说，这是
奇门遁甲术。老莫"咦"了一声，没想到还有人识得他这把戏。

他们正热闹起哄，忽然，旁侧的山坳里腾起一股沙尘，杂乱的马蹄
声由远及近。

"不好，贼人来了！"有人高呼一声。

众人惊悚四起，慌里慌张向沙尘处张望，手脚麻利的几个驼驼客撒
开腿就跑，一时慌乱不堪。

不时，一群骑马的贼人出现在视野中，挥舞着明晃晃的马刀，向他
们奔来。骆驼客们顿时吓得六神无主，急忙丢下东西，一溜烟向山坳里跑，
这时候，遇上杀人越货的强盗，他们也顾不上自己的货物了，只顾着逃命。
甘知勇的队伍也有些惊慌，但毕竟都经历过与贼匪的战斗，没有吓得抱
头逃窜。

此时，天色已渐渐暗了下来，看不清对面有多少人，只听得马嘶人吼，似乎不少。

众人皆听从甘知勇的吩咐，把车辆横摆成防御屏障，作好战斗准备。众人从车里抽出钢刀长矛，自觉列队站在屏障后面。遭遇突然袭击，排兵布阵已经来不及。甘知勇知道荒野地带的贼众都是野人，对过往商旅向来心狠手辣，今天难免要拼死血战一场了。他转头叫甘知苦带着豆子先找地方躲起来，万一情况不利，赶紧逃命去。

甘知苦也吓懵了，赶紧把豆子藏到马车底下，叮嘱她保全自己。他摸索到一根棍子，跛着腿抖抖擞擞靠到知勇身边。这个时候，他尽管胆怯，但还是选择与一路走过来的弟兄们站在一起。

甘知勇看了他一眼，没有说什么。看着越来越近的贼骑，已经没有时间再作安排了，就冲众人高声喝道："今日杀敌，论功行赏，杀贼一人，赏银十两！"

甘知苦观察了下地形，一马平川，没有遮挡，实在不利于与骑兵对决。突然，看到篝火边铁锅里沸滚的开水，顿时有了主意，转身对甘知勇说，舀开水泼贼人的马，马受惊，其阵脚就乱了。

甘知勇听这主意不错，即刻作出部署。高三娃带着十多人寻了木盆、木瓢、木碗及骆驼客扔下的器皿，舀了开水朝先冲过的贼骑泼过去，马匹被烫，一下子惊厥，掉头乱撞，不少骑者落下马来，高声惨叫。近处的，被高三娃等人冲出去结果了性命。一锅开水，硬是挡住了贼骑的一波冲击。受了惊的贼众不敢冒进，退了回去。

眼看贼众退却，众人不由得松了一口气。

甘知勇冷静地看了看对面贼众，说："虽然暂时阻击了贼众，但持续下去，等贼人看清形势，恐怕就凶多吉少了，活命要紧。"

众人都清楚目前的局势十分不利，主张赶紧撤离。

甘知勇声严厉色说："跑？能跑过骑马的贼人吗？要知道，贼心不死，你只要逃，他就非追杀了你。只有强硬到底，才有一线生机。"

西域的战争，甘知勇最有发言权。众人听他分析得颇有道理，再无他法，只有打起精神来准备迎敌。

知苦沉思一番，摇头说："硬拼不是办法，得想个万全之策，跟贼敌周旋。"

甘知勇冷静一想，确有道理，这几十号人马，硬拼马贼只有死路一条。顿时，晶亮冰湖映入眼帘，他想到了一个办法：贼骑难以在冰面上驰骋，只要把他们引下马来，面对面拼杀，估计他们占不了什么优势。于是，马上吩咐众人把要紧的东西搬到冰湖上去，把自己的坐骑和驾车的骡马解开缰绳，拍了一巴掌，让它们朝西边跑去。

甘知苦赞叹道："避其锋芒，相机而动，好策略！"

甘知勇惊讶地问："医书上也讲兵法？"

甘知苦说："施方用药如排兵布阵嘛，对付疾病跟对付敌人一样。"

甘知勇嘿嘿笑说："看来我以后要跟你学学医道了。"

闲话几句，便部署得当，不一会，贼骑就冲了过来，到达冰湖边，看到湖中心一堆人手持利器，严阵以待，马却冲不过去，呜里哇啦叫嚣一阵。他们的目的是抢东西，拼命也是迫不得已，现在，他们顾不上跟冰湖中的人较劲，都冲过去抢掠东西了。那些骆驼客逃命跑散，货物却带不走，让贼人白白捡了便宜。甘知勇的马车上，除了草料、粮食，再没什么值钱的东西，贼人拉了马和骆驼，驮了粮食货物，就一溜烟往山坳去了。

甘知勇和众人眼睁睁看着贼人抢掠了东西大摇大摆撤离，气得咬牙切齿，却又无可奈何。西域就是强者为王，从秦汉到隋唐，再到如今的各种势力，都是弱肉强食、凭实力说话。

看着贼众渐渐远去，众人才走出冰湖，长舒一口气，感慨有幸保住了一条命。甘知苦惦记着豆子，掀起车底一看，她还趴在车轴辘下，也许是天黑，也许是她太瘦小，并没有引起贼人的注意。豆子又冻又恐惧，瑟瑟发抖，他忙脱下自己的皮袄，包裹在她瘦弱的身上。

骆驼客们原本没跑多远，听到贼人已退，都从四下里钻了出来，可是，货物和骆驼却无一幸存，全被贼牵走了。几个商贩捶胸顿足，号啕大哭。

甘知勇看了一眼，不屑地说："贼人一来就逃命，贼人走了又惦记财物，庆幸去吧，今天还好捡了条命。"

商贩们一听，哭喊也讨不回来货物了，两手空空回去，更无法向主家交差，如果再遇上贼人，活命都是问题。他们一时没了主意，老莫和几个人商量着要投靠这支队伍，其他人还是拿不定主意。商量好了后，老莫和几个人走到甘知勇面前，请求收下他们。甘知勇看着这些散漫的商贩，不想搭理他们。可老莫"咚"地跪在地上，其他人也跟着跪下来，指天发誓："小人愿追随大人，鞍前马后，决不退缩！"

甘知勇没想到他们会来这一出，皱着眉喝了一声，"起来吧，先跟着，黑天抹地的，你们地形不熟，别走丢叫狼吃了。"

其他商贩看到甘知勇收下了老莫等人，顿时有了被遗弃的感觉，纷纷跪下来请求收下他们。甘知勇心里暗喜，马上就到大本营了，这又收了二十多号人马，不亏。但他语气中仍然冷冷的，说："话先说在前面，若有人打退堂鼓就早吭声，否则军法无情。"

众人赶紧应喏，生怕甘立勇反悔似的。

这时，高三娃和罗成子等人已经寻回了打跑的骡马，套了车，把剩余的东西搬上车，赶紧离开了此地。虽然众人都揣测贼人得了好处，不会再回来了，但甘知勇依旧不敢大意，残酷的战争教会了他慎微慎细，一步失算步步失算，这么多人的性命，全在他一念之间呢。

<h1 style="text-align:center">7</h1>

天亮后，人们从地窝子里爬出来，一看周边还是光秃秃的丘陵和白皑皑的雪，远处仍是一眼望不到边的戈壁沙漠。

刺骨的寒风呜呜咆哮，风卷着雪沫嘶嘶而鸣，一马平川的戈壁上空空荡荡。

昨夜，幸好甘知勇带大家找到了这些地窝子，要不然，一夜过去，凛冽刺骨的寒，冻都能把他们冻僵。这一带的情况，甘知勇十分清楚。刚进西域打过仗，他们挖过不少地窝子。这是最原始、最简单的住宅，原始人都会的东西，但行军打仗中，就这么原始简单的住宿，却又十分奢侈，在寒冷的冬夜，许多人因为住不上地窝子，一夜过去就冻死了。那些地窝子大都是黄沙淤积，清理了一下，人就能钻进去，所以，这一夜，靠这些昔日留下的地窝子，他们躲过了严寒侵袭。

但清点人数时，还是发现有三个身有旧伤的体弱者冻死在了地窝子中，众人感叹唏嘘。

一早起来，甘知苦感觉头昏脑涨，晕晕乎乎，豆子也叫唤着头疼，再看其他人，不少人伤风打喷嚏，应该受了风寒的症状。他取出几粒丸药，让豆子吃了一粒，自己也吃了一粒，把剩下的分给了病情严重的几人，然后让值勤的人员收集积雪熬汤驱寒，用了大把的姜、葱、辣椒，又加了盐池驿驿官送的锁阳、甘草，熬了美美一大锅，既可驱寒，又能补虚。

甘知勇又吩咐将昨夜贼人没带走的一点炒青稞和豌豆全拿出来，每人分了半碗。折腾了一夜，大家都饿了，便就着姜汤，胡乱往嘴里填。喝了滋补汤，顿时浑身冒汗，一夜的寒气如同蒸发了，人人都感到浑身通畅。

豆子穿着甘知苦的宽大皮袄，心里暖暖的，又觉得很不安。她用大木碗舀了姜汤，端给了知苦："干爹，我拖累你了……"

甘知苦知道她的心意，接过汤碗，拉她坐在旁边说："傻丫头，只要你没事，比啥都好，等安稳下来，我给你找个好人家。"

豆子心中一热，泪水盈眶，却不乐意听他把自己送人的话，撅起了嘴。

知苦将自己碗中的豌豆分给了她一些，抚了下她的头，安慰说："你不乐意，那就跟着我们，过一段日子，我带你回家。"

豆子笑了。有了回家的期盼，哪怕是跟着恩人做个使唤丫头，整天端茶倒水、洗衣扫地，她都乐意。

知苦做事本就细致周到，经过一路跋涉和艰险挑战，想事情更加成熟稳重。他提醒甘知勇，昨夜给众人的许诺，要兑现哦。还有，那帮新加入的商贩，要抓紧登记了。

甘知勇看了眼黑瘦而精神的三弟，十分欣慰，这一路不仅是带了一位军医，还是一位军师呢。他站起身，看了看远处，朗声说："再走一天多时间，咱们就能到目的地，回家了。"

走了二十多天，终于看到了希望，大家精神为之一振，准备一鼓作气，走完最后这段路程。同生共死的经历，让这帮乌合之众一时之间格外融洽了。

甘知勇手一挥，做了个集合的手势。高三娃大嗓门喝道："集合！"

众人迅速列队，站成整齐的一排。那二十多个商贩也跟着站在一边，不过稀稀拉拉，没一点当兵样子。

甘知勇顾不上管这些琐事，他要趁进入大本营之前，先把那些金银珠宝分发了，不然，一进军营，这些物资都会充了公。他当着众人的面，宣布了两件事：一是所有金银财物，扣除一路花销，全部论功行赏，并提前发一个月的军饷。二是新加入人员马上登记，发半个月的军饷。公布完毕，众人欢欣鼓舞，各人算计着领到赏银，如何到哈密城里受活一番。

甘知勇指定几个人清算账目，登记新兵。

不到半个时辰，一切准备就绪。甘知勇让高三娃、罗成子打开箱子，先行论功行赏，对一块劫取了范老儿家的十几个人赏了一笔银子，又对一路上忠心耿耿、用心出力的人打赏，当然也包括那些俘虏过来的人在内。最后，每人发放了一个月、半个月不等的军饷。那些刚加入的商贩能领到饷钱，十分意外，一下子有了跟定知勇的信心。

分赏完毕，甘知勇把剩下一点银钱交给甘知苦保管，实则是作为他和豆子到哈密的生活费用。因为他们不是兵丁，住不到军营中去，一切花费都需要自理。

队伍重整旗鼓，开拔出发。因不到一天半的路程了，每个人都走得格外起劲。

车里面还剩些草料、柴草和冰块，车夫打算扔了，知勇喝住了他。戈壁大漠中行军，最怕的就是断水断粮草，如今粮食没了，唯一保命的也许只有那点马料，至少能让大伙填饱一顿肚子，赶在明日午时到达大本营。

渐渐，天气转晴，太阳出来了，人们身上暖和起来。离哈密大本营越来越近，他们再不惧贼人抢掠，又都领了赏银，还计划着到哈密城里找乐去呢，所以全都甩开步子赶路，走得轻松而快活。老莫还不时吼两嗓子《小放牛》《刮地风》之类的小调，沧桑的小调在戈壁荒漠中久久回荡。

第二天午时，众人赶到哈密城下。城门守兵远远看到来了几十号人马，还以为是匪贼来犯，早就严阵以待，做好了迎敌的准备。等这群人到了近处，穿着不伦不类，有的穿着破旧的皮袄，有的裹着破烂的麻布或皮毛褐子，不过是一群乌合之众。守城的兵丁望着他们哈哈大笑。

但非常时期，这几十号不明身份的人来到城下，戍兵断然不能让他们进城。

在城门下对峙了许久，甘知勇亮出自己的腰牌也不管用，只好让传令官带他去向总兵大人面陈。

总兵姓徐，甘肃陇西人，中过武状元，一直在西域带兵打仗。他一听是甘知勇曾带了一队人马来投军，喜出望外，亲自到城门口迎接。因为一些甘新道官员的贪腐无为，这个时候，从内地招兵过来真不是件容易的事。

见到徐总兵，甘知勇行了礼，简要报告了招兵的情况和一路西行的情况。徐总兵听他如何在太平堡拒敌并收服贼众，如何一路化险为夷，更是刮目相看，拉着他的手左看右看，在他肩上捶了一拳，爽朗地笑说："好小子！"

他即刻传令众将官大厅前听命，然后带着甘知勇出了总兵府，与将官前往城门口迎接这些特殊的新兵。

众人远远看见足有一哨营的人马，都一惊一愣的，看向甘知勇的目光就多了一份内涵。

孙猴子听到甘知勇回来了，一溜烟跑过来，见徐总兵在场，不敢靠近，远远望着甘知勇傻笑。

徐总兵见状，招他过来，夸了他两句，点着甘知勇说："好样的，人在千里之外，就将一件大功挂在了军功簿上。你让孙猴子报告的那股贼匪，果然奔着哈密来了，一进疆就被我们消灭，抓获的俘虏发配到巴里坤去屯田了。"

那些跟随甘知勇过来的俘虏一听，倒嘘一口凉气，万幸没有跟着逃跑，要不然，那下场真是惨了。

甘知勇嘿嘿笑说："将军神勇，谅他们也逃不出将军的手掌心。"

徐总兵听着心里舒坦，哈哈大笑。转身面对众将官严肃地下令："参将甘知勇，从今天起擢升守备。"

从千总到守备，相当于从七品升到了正五品武将，甘知勇这一荣耀实属不易，众人一片声欢呼叫好。军营就是凭实力说话的地方，甘知勇有了这些军功，擢升他自然没有人反对。

然后办完兵员交接手续，吃过了总兵大人的接风酒，甘知勇向徐总兵告假，要去安排甘知苦的事宜。

徐总兵已经听说了甘知苦一路医治伤员和出谋划策的事迹，很想见识一下这位医术高明又懂战略的医家，更有心将他留在军营效力。甘知勇知道三弟志不在此，推辞说，他是闲散惯了的人，身体有残疾，没有从军的愿望。徐总兵通情达理地说："另当别论，我见见他总可以吧？"

甘知勇不好驳回上司，只得答应，只是心里有点隐隐的担忧。目前军中正缺人才，以三弟的才识和能力，肯定会得到总兵大人赏识，如果徐总兵威逼三弟从军，他是一点办法都没有的。

8

哈密城里仍然弥漫着过大年的气氛，大户人家的门楣上挂着红灯笼，家家户户贴着鲜红的对联。街上到处可见维族人，他们穿着色彩鲜艳的衣装来来往往，大不同于内地。也有来自中原的商人开了商铺、酒肆、当铺，沿街铺面林立，开了门的小商小贩站在路边吆喝着，招徕过往行人。过往行人少，店铺有点冷清。

甘知勇带着甘知苦和豆子边走边介绍着西域的风土人情。豆子挽着甘知苦，颇感新奇，走走看看，问这问那。他们品尝了维族人的抓饭和馕，又给豆子买了新衣新鞋，小姑娘穿上花棉袄、小皮靴，梳着小辫子，看上去十分可爱。她俏皮地给知苦和知勇道个万福，说声"谢谢干爹，谢谢干爸。"乖巧活泼的样子，引得两人哈哈大笑。

游玩累了，甘知勇带他们在兵营附近寻到一家挂着"西域客栈"的大车店，临时住下。甘知勇看起来跟老板娘很熟，开着玩笑，吩咐她招呼好客人。客栈老板叫索维娅，是一个风骚而活泼的维族女人。听说，新婚不久，她的男人在战乱中死了，她便靠经营这家客栈勉强度日。

索维娅瞥了眼一脸络腮胡的知苦，抛了一个媚眼，嘻笑说："好的，千总大人，奴家全力服侍好这位老爷。"

她的眼睛毛茸茸的，看着人就自带三分勾魂的魅力。甘知苦被她盯着看，脸上直发烧。

车马店是一个大院子，进了大门，又分前院和后院。前院是客房，有单间，也有大通铺。后院是马厩车棚，存放客家的牛马和车辆。经商的有钱人大都住单间，赶车的脚户、过路的行者都是多人合住在大通铺。甘知苦和豆子住在一个拐角的单间，紧靠索维娅的房间。据她说，平常这间屋子平常是不对外租住的，专门用来接待贵客。

安顿妥当，甘知勇对甘知苦说了徐总兵要见他的事。甘知苦一听就直叫不妥，他实在不想见这位总兵大人，如果到时候徐总兵硬要逼他表态，就有些为难了。知勇说，先不急，说不定过些日子他就忘了这事。

哈密虽然平定了维族人内乱，但仍然不太平。甘知勇向他交代了一些注意安全的事宜，便回军营去了。

索维娅观察着甘知苦，发现这个年轻人虽然腿脚不便，但谈吐儒雅，与平日里接待的贩夫走卒、兵痞游勇截然不同，心里不由得生出些许好感，每天热情地招待他们，拿出葡萄干、无花果、巴旦木、大红枣等干果，塞给乖巧的豆子说："吃，西域的特产。"

豆子从小生活在贫苦人家，哪见过这种零食，望着就眼馋，但又不敢吃陌生人的东西，望了眼甘知苦。甘知苦从她的眼里看出了热切，对索维娅说："老板，干果的钱一并记在账上吧。"

索维娅嘟着嘴斜了他一眼说："你这老爷好没意思，人家给小孩子个零食，你绷个脸干吗？"

说完，抓起一把干果塞到豆子手里。又抓起一把，伸到甘知苦面前，甘知苦本能地想拒绝，一看她水汪汪的眼睛，又不好拒绝，接了过来。

一瞬间，他从她身上闻到一种奇异的香味，凭他对中草药味的敏感，这种既甜香又苦涩的味肯定是某种花草的味道，但一时又辨不出来。

索维娅被盯着看得不好意思了，干咳一声。甘知苦回过神来，不好意思地别过头去。

没想到索维娅手指挽着乌黑的发梢，直愣愣问："老爷，奴家长得好看吗？"

"咳咳咳……那个……"甘知苦从没见过这么放浪的女人，不知道该怎么接她的话了，干咳了两声，红着脸说，"我是好奇你身上那香味，不知老板娘用啥香料？"

索维娅一看这男人脸红，觉得有趣，故意逗他说："想知道啊？晚上来奴家的屋里，我告诉你。"

甘知苦实在受不了她那风情万种的眼神和放浪的话语，结结巴巴地不知说什么好了，脸更是火辣辣地烧。他急忙找借口出了房间，到客栈外面遛了一圈。

客栈旁有家铺面，门楣前挂着一个"医"字的旗号，旁边是维族语。甘知苦无所事事，拐了进去。只有一间半大的格局，一个药柜、一张床和种种器械占据大半，一个戴着白帽子的维族老汉正在给患者施治。患者趴在木床上，老汉往患者腰部涂一种浊黄的药汁。他在一旁好奇地看着，老汉抬头有意识地看了看他的腿，用维语跟他说话，他听不明白，旁边有个汉人大爷翻译说："大夫问你是不是治腿。"他说："不是，就是看看。"他又问那个大爷："这个人怎么了？"汉人大爷说："腰痛，起不来身。"

维族大夫不紧不慢地涂完药汁，在上面敷了一层麻油纸，然后又从药箱中抓出一把粉剂，撒在上面，点燃油灯，从一旁抽根麻杆引火，一靠近那些药粉，"忽"地一下燃起了火焰，患者疼痛不堪，惊叫一声，大夫一口吹灭火焰，又拍了几下患者的脊背，说："起来吧。"患者慢慢翻过身，一下子坐了起来，惊讶地说："诶，好了！"

甘知苦看着维族大夫治病手法奇特，十分惊奇，不解地问："大爷，这用的什么药？"

维族大夫表情冷淡地摇摇头，不愿多讲。

甘知苦想跟他买一点药，维族大夫看了看他的腿，根本不是他的药能治得了的，说啥也不卖。甘知苦揣测他可能是守着自家秘方，不愿示人。

他一脸郁闷地回来，被索维娅看到，问他怎么了。他将维族医馆看到的情形讲了一遍，又直叹维族人医术的奇特。

索维娅嘿嘿一笑，也不多说什么，转身就走。

过了一会，她回来举着一个小瓷瓶，递给他说："是这个吧？"

他惊喜地接过，看了一眼，倒出一点药汁在皮肤上试了一下，是白酒泡药，有点火辣辣的感觉。他问索维娅酒里面泡的什么药材。索维娅说，大概是鹿血、雪莲、野西瓜之类吧，都是西域常用的止痛药。

甘知苦感激地向她道了声谢，开始琢磨这药酒的成分。豆子没事可做，好奇地跟着索维娅招呼客人，烧水倒茶，很快习惯了打杂的生活。

他们在客栈住了几天，逛遍了哈密的集市、街巷，看惯了西域人的样子，也就不觉得有啥新鲜了。每天无所事事，甘知苦觉得有些无聊，便打听哈密的名医，想跟着学一点绝活。

索维娅说，哈密两大神医，一是你见过的维族麻老汉，专治跌打损伤；二是满族的"那神针"，有一手祖传的针灸绝活。这两个都是怪人，从不收徒弟，估计你也没戏。

甘知苦虽然知道人家道不轻传，但心里不甘，决定试一下再说。

想了一夜，他决定先找麻老汉试试。治疗跌打损伤的药，主要是配方的问题，只要知晓了药物配伍，制作倒也不难。他想用自己掌握的简易验方和经方时方换取麻老汉的配方，请索维娅当个中间人。索维娅干事利索，很快把甘知苦的想法跟麻老汉说了一遍，麻老汉直摇头。甘知苦干脆不说交易的事了，爽快地将一册手抄的民间验方拿给麻老汉，请他抽空对照一下。麻老汉不认识汉字，推脱不收。甘知苦也不强求，最后还是把册子放下，让他找人译过来看看。

出了门，索维娅还怪他太憨，轻而易举就把珍重的药方交给了别人。在她的认知中，医家的独到药方都是家传珍宝，轻易不示人。但甘知苦却想得开，既然是用来治病救人的药方，何不分享给医家，让更多的患者受益。

哪想到，仅过了两天，麻老汉匆匆找到客栈，一见面就竖着拇指叫嚷："雅克西！雅克西！"

通过索维娅翻译，甘知苦才知道麻老汉请人译了中原的验方，十分惊奇，这里面记载的病症明了，用药简朴，好多常见病三两味药就能治愈，实在是"中原神方"，他愿意用拿出三个治疗跌打损伤的独家秘方作为交换。

甘知苦心里欢喜，也学着麻老汉的语气笑说："雅克西！雅克西！"

索维娅深感意外，他居然凭几张民间偏方就换得了麻老汉的祖传秘方，顿时对这个憨憨的瘸腿男人有点另眼相看了。

9

几天后，知苦打算跟"那神针"学针灸，却没有那么顺利。

"那神针"是满族人，那姓出自满族贵族纳拉氏，其祖上曾当过宫廷御医。他当年跟随左宗棠大人进疆平定叛乱，因他身怀针灸神技，救人无数，颇得当地人尊重。战争结束后，他留在新疆，开了医馆。

对于找上门来学习的这个跛腿青年，"那神针"根本看不上眼。可甘知苦偏偏是一根筋，认准的事非要坚持到底，不管"那神针"态度如何，他每天都来医馆。进了门，碰上什么活就干什么活，患者来了，就站在一边静静地看。

"那神针"也不加以阻拦，在他心中，针灸岂是看上几眼就能学会的，量他怎么看也是白费功夫。

岂不知，知苦一直翻看《青囊诀》的针刺内容，开始看不明白，但看得多了，渐渐就悟出了一些东西，边看边用木棍在自己身上点刺找穴，已经把经络、穴位记得差不多了，现在旁观"那神针"针灸，就是学他的手法和穴位配伍。

大概一月有余，甘知苦突然对他说："那师父，从明天起，我就不过来了，你多保重！"

说罢，给"那神针"作了个揖。

"那神针"一愣，这些日子，他已经习惯了这个青年帮医馆打杂，一听他不来了，不明所以地问："不来了？"

甘知苦说："嗯，我在你这学了不少东西，谢谢你！"

"那神针"不相信，问他寻经配穴的法则、临床治疗的辨证取穴、补泻针法的运用，甘知苦回答得头头是道，像是跟着他学了数年似的，但他十分深厚的功底，又绝非短短十来天就能看会的样子。

"那神针"问他："你到底学会了什么？"

甘知苦说："明标与本，论刺深刺浅之经。"

那神针"一怔，这话是针灸经典《标幽赋》中的金句，是说只有明了经络的标与本，才能明白刺深刺浅的道理。对这种玄妙的领悟，恐怕只有高明的针灸师才能达到。他不相信这个瘸腿的年轻人会有那么高的造诣，正好有个患者被人搀扶进来，他想试一试甘知苦的水准，就让他上手治疗。

甘知苦也不矫情，上前作了诊断。这人是腰腿疼，走不了路。他让患者褪下棉裤，靠着桌子站立，上取秩边、环跳二穴，下取委中透承山，用三寸的长针深扎，那人触电样浑身一抖。留针片刻，他再次提插捻转，一番行针，在患者连声惊叫的战栗中起了针。患者穿好棉裤，试着走了几步，居然不用搀扶就能走路了，嘴里不停地惊叹。

"那神针"颇感吃惊，只用三针就能治好腰腿疼，而且不留针，他自己都难以做到，看来，这个年轻人的确是有点本事。

甘知苦谦和地说："这只是初步治疗，用强刺激疏通经络，要想彻底治愈，还得针灸几次，调理好阴阳。"

"那神针"终于相信，这个年轻人虽然手法生疏，但针灸之术可以出师了。他感慨地赞叹道："奇才啊，真是奇才！"

"那神针"有了惜才之心，便想留住他，但知苦心不在此，他迟早要回家去。

索维娅听说甘知苦死皮赖脸就把"那神针"的针灸术学到手了，更加惊讶，甚至有些莫名的欢喜。这些天，她从豆子嘴里知道了甘知苦西行路上的好多事，竟然有点放不下他了，只要一日不见他的影子，心里就觉得少了点什么。

知苦闲着没事，正好手头有点银两，便托索维娅找了个银匠，打制了一套银针。末了，又觉得还缺点啥，想了想，记起《青囊诀》中有用到五寸、七寸金针的记载，他不知道金针是什么样子，但还是提出了按毫针粗细打制一根五寸金针的要求。匠人手艺不错，这点要求难不倒他。没过半月，银针和金针都打造好了，银针装在一个木制盒子里，金针过长，单独放在外面。知苦拿到手里，十分喜爱，但又苦恼金针没处安放，想了想，把金针绕在手腕上，权当一个装饰物。

回到客栈，索维娅无意中看到了，开玩笑地说："甘老爷，这个金镯子真好看，奴家也想要一个嘛。"

知苦解释说："这是金针，治病用的。"

索维娅边抛媚眼边撒娇道："我就想要一个嘛。"

遇上这个妖精一样的女人，知苦实在没办法应付，好在他还有积蓄，只好拿出一点金子，哄着她自己去找银匠打制。

有一天，甘知勇过来看他们，寒暄几句饮食起居，就说起正事：徐总兵身体不适，要请他进府诊病。

甘知苦马上纠结起来，但不去又不行。

索维娅紧张地问他有没有麻烦。他神色凝重地说："如果今天出不了总兵府，豆子就拜托你照看着。"

甘知勇哈哈一笑说："没有那么可怕，就是看个病而已。"

他们出了客栈，走到总兵府。进了高门大院，前院大概是平常办理公务的地方，建筑十分宏阔，院落也开阔，栽种着几棵大柳树，还有一片空着的花圃。又穿过一道圆形拱门，到了后院，像一个四合院，上面三间堂屋，两边各有厢房。甘立勇把他带到了一边的书房里，一个高大魁梧、面相威严的中年人正坐在那里喝茶。看他蹒跚进来，抬起头，有意无意看了看他的腿。

知苦揣摩，这位大概就是徐总兵吧？他感觉徐总兵注意到了他的腿，佯作站立不稳的样子，对总兵作揖问好。

徐总兵见知苦一脸络腮胡的老相，与甘知勇的魁梧精练相比完全两个样子，心里讶然。对他点点头，面无表情的抬手示意他坐到自己对面："坐下说，不要拘束。"

知苦自小到大哪见过这么大的官，一种无形的压力由内向外散发，惴惴不安地虚坐在对面的凳子上。

徐总兵威严的脸上露出一丝微笑，善解人意地跟他拉家常："小伙子，别紧张，咱们也算是老乡。听说你一路西行，不但救治了不少病人，还懂排兵布阵？"

知苦愕然，不是看病吗？咋又扯上了排兵布阵，徐总兵莫不是试探他？他赶忙欠身解释："大人误会了，草民哪懂什么排兵布阵，主要是大哥英武，带兵有方。"

徐总兵说："用方施药如排兵布阵，这是你说过的吧？"

知苦望了眼立勇，对方只是掩嘴笑着。他不好否认，就说："哦，这是古代医家的比方。"

徐总兵呵呵一笑说："上医医国，亦可医兵。来，帮我排兵布阵一番。"

说罢，伸出手臂，让知苦把脉会诊。

大人诊病，立勇知道自己不方便留在那里，马上作揖告辞，徐总兵挥了挥手，他便走了。

知苦看了看他的气色，红润光洁，印堂明亮，声说话音高亢，并没有患病之象。他将三根手指轻轻搭在徐总兵的手臂上，把了片刻，两寸脉浮而紧，病在肝脾。他本想问诊饮食、二便、下焦湿热等几个细节，又怕唐突，没有问出口，让徐总兵张口看了看舌苔，水湿发黄，印证了最初的判断，便说："大人的脉象是湿邪郁结，应是风湿之症。"

徐总兵点头说："军医看过，也说是风湿所致，服了好长时间的药，并不见效。"

知苦本打算装愣充傻，不想过分表现，但一看到病症，就只剩下怎么治好病的想法了，便问："平常感到哪里疼痛？"

徐总兵说："一身上下，无不作痛，从脊背到腰膝两腿，疼痛好像走来走去，骨节空隙处虫子咬着了一样疼，实在难受。"

知苦又问："大人平常饮酒如何？"

"酒乃吾之所好，三天不饮，浑身不自在。"徐总兵坦言。

知苦心中已明了。这是痛风之症，又叫厉节风，酒客湿本内积，而汗出当风，则湿复外郁，内外相召，流入关节，风血相搏者，血为风动，故游窜疼痛。

既然病程已久，肯定有医家开过药方，知苦想看看前面的医家如何施治，便问："可有药方？"

徐总兵让手下拿过两个药方，知苦接过看了一眼，一个是祛湿名方"五苓散"加活血化瘀的药。另一个甘草附子汤加黄柏苍术汤，用来排解湿热蕴毒窜行经络之症。按理说，这两个方剂应该有效，而久治不效，可能与他病不忌口有关。

徐总兵看他沉思不语，问："可有办法治愈？"

知苦迟疑了一下说："风湿浸入骨髓难以祛除，把握不大，关键在于大人你能否克制。"

徐总兵愣了一下："克制什么？"

知苦说："忌酒，忌房劳，忌羊肉之类湿热之物。"

徐总兵半天无语，很难抉择似的。

知苦心想，这种大人物平常肯定自由散漫惯了，如何不把后果说透，估计再怎么用药也无济于事，便说："此病是顽症，一次两次治疗可能见效，但随后会反复发作，如不能绝根，风湿会渐渐深入，再犯必不可救逆，最后会引起中风偏枯。"

徐总兵算是听进了心里，下定决心说："好，我忌。"

知苦斟酌了一会，想起刘罗锅说过的铃医治疗浑身疼痛的丹方——并祛丹，遂写下一个药方：黄芪一两，白术五钱，茯苓五钱，甘菊花三钱，炙甘草一钱，羌活五分，防风五分。三剂。

知苦说："大人先服三剂，如若见效，我再为大人开方调理。"

徐总兵听他解说了病机和用药药理，颔首微笑。转而又问："小伙子还看出老夫其他啥问题没？"

知苦摇摇头说："大人身体无恙。"

徐总兵叹息说："心病啊。"

知苦说："心病还须心药医，草民恐怕无能为力。"

徐总兵看着知苦，心里有点恍惚，这个年轻人的身上似乎集结着一种说不来的清纯之气。

他有意考量一下甘知苦的见识，说："新疆虽已建省，但局势不稳，像一个大病的老汉，你可有良方？"

知苦思忖半天，斟词酌句地说："大人为难草民了。如果是久病之人，我只能说，久病必瘀，久病必虚，这个症状不是三两天造成的。"

徐总兵眼前一亮，问："可有良方？请讲。"

知苦只好借病说病："岂敢，岂敢！就治病而言，久病之躯，急则治标，缓则治本。情急势危，可能得标本兼治，既要通瘀，又要补虚，双管齐下，才能奏效。"

"好一个标本兼治！好一个双管齐下！"徐总兵赞叹一声。

"大人过奖，草民只是讲医理而已。"知苦谦虚说。

徐总兵手指扣击着桌面，沉吟一会，徐徐开口："下医医人，大医医国，小伙子一肚子才学，不施展可惜了。朝廷正是用人之际，可否在我军中效力，在边疆成就一番大业？"

知苦忙说："蒙大人错爱！草民只会治病救人，世事经略一概不懂，况且，我还得回去侍奉父母、养家糊口。"

徐总兵脸色一沉，有点不悦地说："年轻人，我这总兵府的大门可不是好进的，多少人想破脑袋往里面挤都挤不进来，送你一个大好前程，你要懂得珍惜才是。"

知苦颤颤巍巍站起身，一手扶着跛腿说："草民身体有疾，万望大人体谅。"

徐总兵又瞅了眼他的跛腿和相貌，似乎有些释然了，语气和缓地说："你回去考虑考虑吧。"

知苦如坐针毡，生怕徐总兵强迫他从军，当即把他留在总兵府，赶忙告辞，脊背上已经汗湿。

亲兵将知苦客客气气送出总兵府，索维娅正带着豆子焦急不安地向门口张望，一看到他，豆子远远叫了声"干爹"，索维娅也如释重负地松了口气。

在这异地他乡，还有人如此牵挂他的安危，知苦不由得心里一热，走过去，对索维娅笑了笑，拉起豆子的小手，抬步向客栈踱去。

索维娅没有问他什么，看到他毫发无损地走出来，心里顿时一宽。

10

晚饭时，索维娅张罗了一盘手抓羊肉，还拿了一坛老酒。

她很麻利地收拾好炕桌，摆放碗筷，把羊肉、酒菜全摆上去，劝知苦脱鞋上了炕，也把豆子安置到最里头，自己坐在下首。

豆子一一把筷子递到他们手中，睁着亮晶晶的眼睛看看这个，看看那个。

这些日子，索维娅对这个乖巧小丫头的格外用心，穿的、用的、吃的，给了一大堆，闺女长、闺女短的，哄得小丫头整天"干妈"长、"干妈"短得叫个不停，甘知苦纠正了几次，她也不改口，他就懒得管了，由着她叫。

见干妈做了好吃的，豆子早已按捺不住，毫不客气地伸手就抓了块羊排啃了起来。

索维娅顺顺她的头发，笑说："还是我们家豆子懂事。"说完，向知苦抛一个媚眼，挑了一大块羊肉递到他面前。

知苦有点尴尬，不得不接过吃了几口。

索维娅起身打开酒坛，拿出乌黑的夜光杯，倒好酒，双手捧起酒杯，恭恭敬敬地敬给知苦，说："远方贵客，你沐浴神的光辉临幸小店，奴仆索维娅敬你一杯美酒！"

知苦看她从未有过的郑重神情，受宠若惊，赶紧接过来，一饮而尽，呛得干咳，豆子赶忙起身给他拍拍后背。

索维娅掩嘴轻笑。本来，这一杯酒不该这么喝的。她想等一会再捉弄他一下。

她又恢复肃穆的表情，端起第二杯酒，说："尊敬的老爷，第二杯美酒祝你一生平安！"

知苦不明所以，迟疑了一下，一看她炽热的目光，不得不接过，一饮而尽。

她又倒了一杯，仍然表情肃穆地举过头顶，说："第三杯美酒醇又香，愿神赐福于你！"

知苦见她如此郑重，实在难以启齿推脱，忙接过，舒了口气，一饮而尽，眉头紧皱。

豆子被他痛苦的表情逗乐了，掩着嘴嗤嗤地笑。

索维娅坐下，又恢复了风情万种的样子，极力劝他们吃菜。

老酒确实醇烈，几杯入肚，如火烧一般，知苦赶紧吃了几口菜。压酒。

索维娅又倒好酒，对知苦说："按照汉人习俗，老爷也该敬奴家三杯吧？"

知苦不好推辞，忙说："是是是，我得敬你三杯，来而不往非礼也。"

他端起杯子，学着索维娅的样子给她敬酒："第一杯，感谢你的热情关照！"

索维也娅接过酒杯，用手指蘸了一点，敬天；又蘸了一点，敬地；再蘸一点，在知苦的额头一点，敬对方。

一抹清凉滑腻的感觉划过，知苦的脸又红了。

索维娅看在眼里，暗自好笑，端着酒到了房门口，抛向天空，回头向甘知苦解释说："维族人第一杯酒要敬神的，不敢独享。"

知苦无语，有一种被捉弄了的感觉。但他话已说出，还得进行。又端起第二杯，敬给她说："第二杯，祝你生意兴隆，财源滚滚。"

索维娅接过酒，又端起另一杯递给知苦说："开车马店，接百家客，客人都是奴家的财神，这一杯要互敬的。"

知苦怕拂了她的好意，赶忙接住，与她对饮而尽。然后端起第三杯说："第三杯，祝你平安长久，洪福齐天。"

索维娅接过，又端起一杯说："第三杯，维族人的习俗得手挽手儿喝，喝了这杯酒，咱们就是兄弟姐妹了。"

知苦一听，脸臊得慌，接也不是，不接也不是。

"看来老爷是看不起奴家了。奴家这残花败柳，怕污了老爷名声吧。"她嘟着嘴，一脸委屈的样子。

"哪跟哪啊，我哪里看不起你了。"知苦红着脸解释，勉强接过第三杯酒。

索维娅大方地挽过他的手臂，两眼放光，与他面对面一饮而尽。豆子看他们亲密的样子，不忍看，赶紧双手捂住了眼。

知苦又闻到了她身上好闻的香味，不由自主地多嗅了几下。

索维娅不易觉察地笑笑，看向知苦的眼神风情万种，百媚千生。

知苦红着脸，赶紧低头吃菜，借以掩饰心中的慌乱。

索维娅倒好酒，要敬豆子。

豆子两手掩住嘴巴，说啥也不喝，知苦也阻挡不让她喝。

索维娅说："女孩儿十二三就成人了，维族的孩子都能喝的。"

知苦再三阻拦，不让豆子喝。

"那行，豆子不喝酒，去我屋里睡觉吧。"索维娅说着，就不客气地支使走了豆子。

知苦本来要护着豆子不喝酒，何况这种场合，让一个小姑娘待着也不自在，便点头答应了。

索维娅仍然一脸蛊惑地笑，找种种措词给他敬酒。知苦被敬得头昏脑涨，说话舌头都不好使了。

索维娅笑得花枝乱颤，胸前波涛起伏。

两人又碰了数杯，知苦渐渐睁不开眼睛。

次日酒醒，知苦觉知身上一丝不挂，又看到一旁胴体赤裸索维娅，顿时羞愧难当，赶紧一骨碌翻起身，穿好衣服就脚高步低地往外走。

索维娅掩嘴窃笑，像玩一个猫捉老鼠的游戏一样自在。

知苦越想越不自在，堂堂七尺男儿竟然被一个维族女人放翻，要说出去真是丢死人了。幸好是民风开化的西域，若在内地，仅一个"有伤风化"的流言，就能把他们淹死。

吃过早饭，甘知苦无所事事，天气又冷，便拥着被子坐在炕上翻看着《青囊诀》。

"甘郎中可在？"

忽听得外面有人找自己，他一骨碌翻起身，走到外面。只见一个公差立在院子里跟索维娅说话。

公差是徐总兵派来请他复诊的。

他忐忑不安地问公差："徐大人说什么了没有？"

公差摇头笑说："没有，甘郎中去了便知。"

知苦忐忑不安地便随他进了总兵府。

徐总兵一见面就哈哈大笑道："甘神医果然名不虚传，一剂知，二剂止，三剂愈，三剂喝完，疼痛全除。"

知苦心里有些惊讶，这个方剂他也是第一次用，真不知道会有如此神效。但神色还是十分镇定，点点头，又为徐总兵把了脉，原先的浮紧脉都已正常，唯关脉独沉，说道："好！大人恢复得不错！我另开一方，仍遵前忌，再服十剂，病根可除。"

徐总兵三剂而疼愈，已经信服了知苦的医术，也不问为何再服十剂，满口应承。

知苦开了一个"八味地黄汤"的方剂，交给徐总兵，又跟他聊了聊养生之法，便告辞回到客栈。

11

在哈密停留了三个多月，眼看着天气转暖，春草萌发，甘知勇又有了新的任命，即刻要到巴里坤去当守备。

知苦对西域这个最大的米粮川有点好奇，很想跟大哥去巴里坤看看。

索维娅听说他要去巴里坤，风风火火出来阻拦说："不能去，那里，太乱了，会死人的。"

知苦以为是她找借口阻挠，说："没那么严重吧？"

"真的，那里，经常死人，甘将军知道的。"索维娅一脸着急的样子。

知勇神色一凛，也劝甘知苦不要去，确实危险。

知苦一听，更想跟他去一趟，看一看大哥到底面临着怎样的危境。

知勇清楚这个固执的三弟不好劝，便答应了他。只要在自己身边，应当可以护他周全。

豆子听到他们的话，说啥都要陪在干爹身边。

索维娅见劝说无效，便道："你去，要倍加小心。豆子就别去了，带在身边多有不便。"

看她说话的语气像是妻子嘱咐远行丈夫的样子，知勇捂着嘴笑。他太熟悉这个女人了，啥事都敢做敢当，毫无拘束。

看知勇邪邪地笑，知苦瞪了他一眼，转身嘱咐了豆子几句，豆子舍不得离开他，红着眼睛，想哭。知苦忍了忍，抱了抱她，又嘱咐索维娅一定把豆子看好了。

索维娅白了他一眼说："咱闺女，自然会心疼。"

知苦交代完毕，转身离去。索维娅眼巴巴地看着他的背影大声喊道："小心啊，平安回家。"

知勇带来的那帮人已经换上了兵勇的服装，等候在校场，旁边还停着几辆马车。高三娃、罗成子、高大棒子等人已都被任命为百夫长、什长，各自看管着各自的人马。看到甘大夫也跟着来了，众人纷纷跟他打招呼问好，然后上了马车出发。

一路上，知勇把巴里坤的情况跟大家作了介绍。巴里坤自汉代就开始屯田，近百年，朝廷一直把巴里坤作为补给军粮的天然粮仓，派重兵驻守，守卫的兵丁闲时是农，战时拿起刀枪就上战场，那里有上万兵勇屯田，叫"军屯"。当然，也有俘虏的强盗、土匪，发配过来的作奸犯科恶人、充军流放的罪臣和家眷等，都在兵丁监禁下耕田种地，他们基本没有自由，叫"犯屯"。还有一些有钱商人开垦的土地，叫"民屯"，雇穷苦零工耕种，人员相当复杂。前些年，地方割据势力煽动维族人仇视汉人，叫嚣要把汉人赶出西域，时不时引发局部战争，巴里坤死了许多人。左公宗棠大人平复战乱，建立了新疆省，局势才有所好转。为了恢复屯田，稳定局面，当局一面招徕流亡的维族人回来种地，一面从内地招募汉人进疆种地。局势尽管平稳了，但还有阿古柏的残余势力煽动信徒流窜骚扰，只要遇见汉人，二话不说就动手杀人，他们对汉人有一种骨子里的仇视。还有那些强盗、土匪、作奸犯科恶人，也不老实种地，时常打死守兵逃跑，犯上作乱的事常有发生。知勇嘱咐兵勇们，到了巴里坤，千万不可掉以轻心，稍有不慎，小命就交代在那里了。

众人一听，心里拔凉，谁都没想到，到这里当兵既要种地，又要打仗、看管犯人，还得时时提防恶人谋害，这兵当得真是提心吊胆。

知勇看他们萎靡的样子，想是吓着他们了，有意打消他们的顾虑，便说："跟着本将军，你们就放宽心吧，保你们性命无忧。再说了，将士屯田可是有丰厚军饷的，你们一个人当兵，足以养活老家的一大家人。"

一听有这样的好处，众人又欢跃起来，憧憬着银钱寄回家的美景，大有衣锦还乡的自豪了。

知苦听大哥一讲，都有一种危机四伏的感觉，种个田都没法安生，想来老百姓对太平盛世的期望，还是遥遥无期啊。

队伍一路西行，路边荒草连天，萌发的新芽刚出头来，风吹着路边湖滩中干枯的芦苇簌簌作响，落光叶子的杨柳和沙枣树东倒西歪，常年吹着西北风的缘故，这些树都向一边倾斜。马车辗过沙石路，扬起一路尘埃。

渐近巴里坤，无边的戈壁中突然呈现出一片屋舍俨然、阡陌纵横的景象。一眼望不到边的耕田平整铺展，灌溉了冬水的田里结了冰，阳光照射下银光闪闪。沿途看到许多开掘的渠道，旁边立有木牌，写着渠道的名称，有"天时""地利""人和""大有"等，计有十多条，这些标志性的汉人文化似乎渐渐渗透到了西域的土地。

知勇边走边跟他说，巴里坤算是个神奇的地方，在这里种小麦、粟谷、糜子，样样收成，还种胡麻、蔬菜、甜瓜一样长得好，杏树、梨树、苹果树、枣树到处都是，夏天有吃不完的新鲜果蔬。还有，兵营里要养马，豌豆、青稞、苜蓿之类的草料，少说也有几百里。在巴里坤说地的大小，不是以"亩"来论，而是以"里"来说，你要问人家种了多少地，人家就会告诉你，种了几十里地。

知苦听着新奇，不时问这问那，巴里坤的丰饶富足颠覆了他对西域的认知。

马车进了城，两旁烟户铺面鳞次栉比，车马店、杂货店、餐饮店到处都是，空气中弥漫着烤羊肉的香味、烤馕饼的味道，来来往往，有汉人，也有维族人，还有知苦叫不上名字的异族人，处处都是浓浓的烟火气息。

知勇带着队伍进了绿营，吩咐孙猴子去办交接手续，他要去见当地的最高主官都司都伦。

知苦这才知道，巴里坤的主管是都司，正四品的武官，守备是五品武官，要受都司节制。绿营兵是汉人武装，虽然不同于八旗兵，但统帅官员的任命通常以满族人为主，这个都伦就是个满族人。

都伦穿一身崭新的官服，脖子上缀着一串金黄的串珠，手腕上也戴着红宝石的链子，一边品茶，一边捻着手珠，眯着眼睛瞅了瞅两手空空的甘知勇，不冷不淡地说："甘守备一路辛苦，先回去歇息吧。"

知勇本想着要向他汇报带来兵员的情况，一看都伦这态度，心里一凉，只得讷讷退出。

他有些纳闷，按惯例，一般新官上任都应该安排一场接风酒，让同僚们相互认识一下，可这都伦显然不把他放在眼里。细细一回味，想到他捻手珠的那个动作，顿时恍然大悟，想来都伦是怪他没带见面礼的缘故。来之前，他已听闻都伦贪财好色，但凡经手的事项都要雁过拔毛。只怪自己大意，没有做好这个准备。

他闷闷不乐地出了都司府，打问了自己的营帐所在地，独自走去。

知苦和几个属下都在营帐等候，一见面，孙猴子就抱怨说，龟孙子给咱安排的破烂营房，风都能从墙缝里溜进来。还有，那些千总、把总们面都不露，成何体统。

知勇心里明白，这是都伦给他的下马威。那些千总、把总们都是看都伦脸色行事，自然不会来露面。看来，要在巴里坤立足，还得有点手段才行啊。他不露声色地安抚众人，待时机成熟再争取应得的权益。

众人愤愤不平地散去，只剩下知苦，他才把心事简要讲了一番。知苦原以为大哥当了五品武官肯定很威风，没料到却是这般不堪，心里也很生气。

一夜无话。第二日，太阳刚冒头，一大群人围在了绿营外面叫嚷，有汉人，也有维族人，黑压压一片，叫嚷着要见新来的守备大人。

知勇十分意外，自己前脚刚到，紧跟着就有人来闹事，这又是什么套路？

他叫了孙猴子、高三娃等几个属下，踱出营帐。围观的百姓看到他，七嘴八舌地叫嚷着让他主持公道，惩处高利盘剥百姓的贪官。

一旁已经有几个官员旁观，他们神情各异，有的张目望天，有的窃窃私语，有的偷觑甘知勇，总之，都是一副看戏的样子。

人多口杂，一群人嚷嚷了半天也没说出个所以然，知勇作了个叫停的手势，让他们选两个代表上前说话。很快，人群中推选出一个高大魁梧的汉子和一个黑塔一样的维族男人，两人上前行了礼，讲了事情的原委。原来，这些人都是巴里坤游击营去年春上招徕种地的流亡维吾尔人和内地农民。刚来时，游击营按照上面规定，为他们提供了便利条件，无偿借出口粮，壮丁每人每天一斤粮、老人小孩子半斤粮，还借给了农具、耕牛和修房子的银两，答应秋后无息偿还。可是，经手的官员却从中作梗，硬是加征了高额利息，当时借的一斤粮现在要还两斤、银两要收五分的利息，耕牛和农具都折合作价，要向百姓征收利息。耕地的百姓觉得受了欺骗，找新来的守备大人来讨个公道。

知勇叫过管理内务的参将，问他情况可否符实。

参将早已吓得冷汗直冒，赶紧上前证实当时的承诺确实如此，但具体经办人为何加征利息，他还不敢多说。

知勇看他胡乱支吾，猜到背后肯定有龌龊，说不定就是都伦从中作梗。他正想拿此事立威，抬脚就踹，怒骂道："自己分管的一亩三分地都管不好，还有脸狡辩，你们这些贪官污吏，孰不可忍，必须严惩！限你三日之内消处停当，否则提头来见！"

参将哪敢多作解释，赶忙爬起来认罪领命，连滚带爬地向外跑去。

闹事的百姓没料到新来的守备大人如此生猛，与平日里推诿扯皮的官员大不一样，纷纷叫好。

看热闹的官员面面相觑，他们都知道参将是都伦的心腹，这个新来的楞头青守备打了参将，无疑是打了都伦的脸，接下来估计有好戏看了。

知勇才不管那么多，他在心里说，既然你们不给我面子，那我就自己杀出一条活路。尔虞我诈的官场向来是你死我活，如果客气的话只有自己受气。

事情处理好了，围观的人便一哄而散，游击府又恢复了平静。

知苦目睹大哥果决的处事，不由得为他自豪。曾几何时，他还是那个带着一群野孩子打土仗的孩子王，一转眼，他已是威风凛凛的将军。这几年，他肯定经历了非常的历练，吃了不少的苦，否则也不可能摔打成铁骨铮铮、处事果决的样子。

只是他看不到，身在官场的知勇马上就要面对一场硬仗，巴里坤已是暗流涌动，一股看不见的势力正磨刀霍霍，狼顾虎视，多方势力交织的西域，哪有风平浪静的太平岁月。

<h2 style="text-align:center">12</h2>

哈密西域客栈中，索维娅快要急疯了。

她披头散发，风风火火地四处打问豆子的去向，问遍了伙计和顾客，周围的人全都不知豆子在哪里。

一大早，人们还见豆子在客栈门前跟几个女娃跳田字格，可吃午饭的时候，却怎么都找不到人。问了一同玩耍的女娃，都说不清，只有一个说，好像中途过来一个男人，跟豆子说了几句话，豆子便跟着他往军营的方向去了。

索维娅不由得心慌，赶紧央求邻居和伙计帮忙找寻。众人已熟悉了这个乖巧懂礼数的丫头，一听丢失，赶紧帮着索维娅四处找寻。分了几拨人，跑遍了哈密的大街小巷，却怎么也找不到人。周边的邻居不无担忧地说，大概碰到拐人的贩子了。哈密时常有丢娃的事发生，人们第一时间就往这方面想。

如果真被人贩子拐走，那就再也无望找到。她简直绝望了。

这些日子，她把这个小丫头当亲闺女一样看待，豆子也一口一声"干妈"亲热地叫着，现在突然失踪，如同揪走了她的心头肉，她哪能不着急啊！

知苦走的时候，再三嘱咐要把豆子看好，可是只过了几天，就把豆子丢了，怎么向人家交代啊……

此时，知苦已被紧急召唤到了总兵府。

徐总兵的厉节风之症已经痊愈，他更加信服知苦的医术。

这次唤来甘知苦诊治的是徐总兵的三姨太。她病得蹊跷，找了好几个郎中看过都无可奈何，就想到了甘知苦，一打听，他去了巴里坤，急忙派人去请了回来。

在总兵府的别院里，徐总兵陪着知苦见到了他的三姨太——一个柔弱无骨的漂亮女人。知苦听接他的兵丁讲，这个三姨太是戏子出身，爱听秦腔的徐总兵看上她，收进了房中。

三姨太一见徐总兵，扭着身子迎上前，勾住徐总兵的脖子，娇滴滴说："老爷，奴家想死你了，可这身子咋样才好呢？"

知苦听着，浑身不由得起了一层鸡皮疙瘩。徐总兵身边有这样一个风骚可人的姨太，可真够他受得了。

平常威严有余的徐总兵在美人面前可是一点架子也拿不起来，他拍拍她粉嫩的脸蛋，娇宠地笑说："心肝儿，这不把神医给你请来了嘛。"

三姨太好看的大眼睛瞥了眼跛着腿、一脸土匪相的甘知苦，半点也跟想象中的神医联系不起来，皱了皱眉，眼神一冷。

知苦想是被嫌弃了，心里有点不快，但脸上水波不兴，这点眉高眼低的人情世故他还是清楚的。

徐总兵没有多说客套的话，直接请知苦诊断。

知苦抬头观察她的气色，看上去雍容自在、神采飞扬，除了略显暗红，看不出什么病症。

三姨太鄙夷地瞪了他一眼，冷声说："看什么看？没见过女人？"

知苦被她一怼，又气又恼，不由得脸红了。解释说："医家讲究望闻问切……"

"切脉吧。"三姨太不容他多做解释，伸出手臂放在脉诊枕上，冷冷说。

知苦忍着心中的不快，伸出三根手指，平息，切脉。

把了片刻，他基本判定，脉象弦而滑数，风热血燥之象，与她面部的暗红是一致的。

他又让她张嘴看舌苔，三姨太不情愿。徐总兵在旁劝说，患者不可讳疾忌医。三姨太皱着眉，轻轻张了一下嘴就闭上了。知苦看了一眼，舌红，苔薄白，是热邪蕴结之症。

他问："夫人哪里不舒服？"

三姨太不悦地说："你不是诊过脉，看过舌象了吗？还不明白？"说着话，她不经意地蹭了蹭屁股，像是长了刺。

知苦平淡地解释说："脉诊和舌诊均有热邪蕴结、经络不畅之象，但具体郁结在哪、症状如何，还得结合病情开方才是。"

按理说，诊断到此，他只需按肝虚血燥开一个疏风清热、解毒散结的方子即可。但他估计，其他医家大概也是同类思路，开方吃药没有效果，才找他来看。

他让取过其他医家的开的方子，果然是疏肝活血的柴胡汤、桃红四物汤之类。

既然疏风清热的药都无效，这就有些麻烦了。医家讲，唯女人与小人难治，实在如此。女人，有难言之隐，有些病不便明言；小人，表达不清，问不出结果。

他皱眉苦思，不得其解。

他又看看三姨太，见她坐立不安，屁股像扎了刺一样时而蹭一下，恍然大悟：敢情是风热湿毒蕴结下身，女人那地方瘙痒难捺吧？想想也是，她这虎狼年纪，欲火猖动，不能发泄，或者交欢过甚、阴户不洁，都可能导致湿毒入侵，缠绵难去，久之导致正气耗伤、气血耗伤，湿邪热毒蕴结下身，形成湿疣。

徐总兵见他苦苦思索，难下定论，在一旁急促问："先生看出啥情况了？可有良方？"

"这，怎么说呢……"知苦欲言又止。

三姨太神情有点不自在地盯着他，生怕他说出难为情的话来。

可徐总兵还是担心美人的安危，非要他说出诊断的结果。

知苦想了想说："我觉得吧，有这样一个医案可以参考。记得小时候，有一年夏天，我们村有个放牛娃在热气腾腾的湿地上坐得久了，第二天，屁股上就出了湿疹子，找我爷爷来医，爷爷说是湿邪入侵，热毒蕴结。"

徐总兵一听，就明白了知苦含蓄所指的意思，用询问地目光看向三姨太。

三姨太早已两腮嫣红，却装作恼怒的样子瞪着甘知苦。

看着三姨太的态度，知苦实在不愿为她治疗，但又拗不过"医者本心"，便摇了摇头，不情愿地提笔写下一方：狼牙、苦参子。煎水外洗，不拘次数，病愈为止。

徐总兵疑惑不解地问："就两味药？外洗？不内服药了？"

知苦淡淡说："用药如用兵，贵在精，不在多；贵在对路，不在套路。"

"好！好一个用药如用兵！"徐总兵击掌赞叹。

三姨太将他们送出门外，一双水汪汪的大眼睛扑闪着看看知苦，忽然对这个跛脚的年轻人有了好感。

徐总兵送他出去人时候，半开玩笑半认真地说："小伙子，来我大营吧，我把军营的医务全权交给你经办如何？"

知苦惶恐不安地说："大人厚爱，草民不才，还是想回家侍奉父母。"

徐总兵哈哈大笑，连说几声"好"，没再强迫他。

知苦本想提醒徐总兵一声，这三姨太绝非安分之人，心计太深，如果驾驭不好，将来可能是红颜祸水。可是，转念一想，他与徐总兵不过萍水之交，这搬弄是非的话真说不出口。

出了总兵府，知苦向西域客栈跛去，虽然只是离开短短几天，他却有些思念豆子和索维娅了。自从与索维娅有了那次酒后乱性，心里似乎就有了一点放不下，自己也说不清楚为什么。

13

知苦一进客栈，顿时发现气氛不对，四处鸦雀无声，冷冷清清，索维娅鬓发散乱，两眼无神地坐在客堂中发呆。

"怎么了？"他急忙问。

索维娅惊慌失措地站起来，她没料到知苦突然在这个时候回来了，望着他"哇"地一声大哭起来，边哭边说："豆子丢了。"

"什么？丢了？"知苦说什么也不相信，青天白日的，一个大活人怎么就丢了。

"丢了……"索维娅自责地捶胸顿足，不知道该怎么向这个男人解释。

虽然他跟豆子相处时间不长，但这丫头的可爱乖巧，却让他有了一种亲人的感觉。一想到她那么瘦弱，心里就万分失落，有一种揪心的痛，懊悔当时没带在身边。

"怎么就丢了呢？找啊！快找啊！"他咆哮一声。然后声嘶力竭地喊，"豆子，豆子——"

屋里屋外寻了一遍，不见豆子，知苦疯了一样跑到大街上喊，好像豆子跟他捉迷藏，喊两声就会冒出来似的。喊叫一阵，没有回音，他彻底没了主意，颓然坐在门首。

索维娅捶打着自己，自责泣诉："都怪我，都怪我没把豆子看好，呜呜呜……"

他又跑回房间，看了看豆子的衣物，都整整齐齐放着，便断定是丢了。这个时候，最好的办法就是报官。

报官？他马上想到了徐总兵。

他踉踉跄跄跑出去，朝总兵府奔去，索维娅失神地望着，没有阻拦。

知苦去而复返，徐总兵以为他想通了，要来军营效力。可是，一听他说是请求找一个孩子，心里难免有点失落，但念及他刚刚给三姨太看病的情份，并没有拒绝他，让手下派出了一队人马沿各个路口关卡打探。但循以往的经验，在哈密丢了孩子基本没有能找回的希望，这孩子十有八九没有结果了。徐总兵就是心里想想，没说出口。

甘知苦在总兵府前守了一天一夜，派出的兵勇找遍可疑的地方，毫无消息，他彻底失望了。

徐总兵淡漠地说："买来的丫头，丢就丢了吧，西域这种事再平常，多少亲生骨肉说没就没了呢。"

知苦伤心欲绝，抹一把泪，说："毕竟是个孩子啊。"

在徐总兵眼里，这种事根本不叫事，他懒得理会了。

知苦求助无果，失魂落魄回到客栈，无心吃喝，倒头就睡。

索维娅敲了敲门，没人应声，一推，门虚掩着。进了屋，知苦和衣躺着，没有理她。索维娅说："起来，吃饭，大不了我把自己赔给你，给你当仆人。"

知苦侧过身，幽怨地看了她一眼，说："她是她，你是你，能一样吗？"

"可是，人已经找不到了，你难道就这样难过死不成？"索维娅说，"求求你，我的老爷，先吃饭吧。"

知苦心里空荡荡的，想想收留豆子以来的点点滴滴，又想想在哈密的数月时光，忽然有点恍惚，仿佛做了一个梦，梦醒了，一切都如烟而逝。

接下来几天，知苦十分颓废，跛着腿在街上找豆子，看到相似背影就冲过去抓住人家辨认，发生了不少误会。

索维娅确实没想到，一个男人会对半途捡到的孩子用情如此之深。一个有情有义的男人，最值得女人信赖和托付一生。有了这样的心思，她便打定主意陪他找孩子，每天跟着他的街上四处打听，寻找，问询了许多人，依然一无所获。

这样过了十多日，没有一点眉目，确定是丢了，甘知苦渐渐不抱幻想，西域已经没什么可留恋的东西了，他还是想回到太平堡、回到肃州去。

有一天，索维娅从外面办事回来，知苦已经收拾好东西，准备要走的样子。她心里莫名地慌乱，自己也不清楚为何突然地怕他离开。她和他，不过是房主和旅客的关系，相处也不过几个月，她却为他的离开有点不舍和难过。

"你要走吗？"她忐忑不安地问。

"嗯。"他把一个布袋放在柜台上，说："这是结账的银钱。"

当他转身要离开的刹那，索维娅再也抑制不住强忍着的不舍，一步冲上去，抱住他的背，啜泣说："能不能不走？我舍不得你。"

知苦忍着内心的不舍，淡淡说："放手吧，你有你的生活，我有我的家。"

索维娅还是不放，紧紧抱着他。

知苦挣脱她的拥抱，头也不回地迈出客栈，迅速抹了一把泪水。

"等一下。"索维娅喊了一声，从柜台里面拿出一个精致的小陶罐，追上他，塞到他怀里说，"你不是想知道那香味吗？就是这，玫瑰花、甜瓜子、苦杏仁混合而成。"

说完，紧抿着嘴唇，掉头跑进房里伤心哭泣。

知苦回望一眼西域客栈，心里说，索维娅，对不起了，虽然你有情我有意，但我们走不到一条路上。

他从总兵府取了游击营骑来的马，投奔巴里坤而去。他想取道游击营，先跟知勇道个别，嘱他继续打听豆子的消息，然后就回老家去。几个月的经历，他已经见识了诸多未曾见识过的生活和世事，越来越怀念太平堡远离俗世纷争的平静、纯净和淳朴，还有紫苏、谷子这些年少的朋友，还有他在肃州筹划开张的医馆，还有到野水地见一见宁神医……

第四章

1

暮春三月，王世琳调任肃州学政，主管地方文化教育这个差使，颇合他的心意。

官场上迎来送往的应酬自然少不了，那些俗不可耐的场面不提也罢，但有个人的安排却别具一格，让人耳目一新。

这个人是河南商人齐永贵，与王世琳也算半个老乡。前几年，他在甘凉要道峡口堡开药铺，以此为幌子追查宁青梅的下落，去年年底，忽有人禀报说宁青梅出现在肃州一带，他便把药铺搬到了肃州，不惜一切代价结交各界朋友，为达到自己的目的铺路。

他包下整个酒泉公园，效"兰亭之会"，邀请了一帮文人雅士，一边把酒言欢，诗词唱和，一边叙旧交友，挥毫泼墨，给新来的文化主官送上一份清新脱俗的祝福。

酒泉公园是依据诗仙李白的诗得名："天若不爱酒，酒星不在天。地若不爱酒，地应无酒泉。"还有一则传说是，骠骑将军霍去病大败匈奴，汉武帝大喜之下赏赐御酒一坛，霍去病不敢独擅其功，将一坛御酒倒进一眼清冽的泉水中，与三千将士同饮圣恩，遂有"酒泉"之说。

齐永贵选择这个地方办这场聚会的确是别出心裁。他并非雅人，却是个八面玲珑之人，三十出头的他交友广泛，出手阔绰，三教九流，皆有往来。由他出面，邀请的宾客大都是肃州的名人，有诗家、书家、画家、歌手、艺人，也有官员、儒士、医家、商人，连很少在大众场合露面的琴师云霄娘子也被他请来捧场了。

三月的酒泉公园，春草萌发，杨柳吐绿，群芳含苞待放，处处焕发着初春的生机，名流雅士陆续莅临，三五成群在亭台廊榭间流连闲谈、吟诗作对，好不热闹。齐永贵穿梭其间，笑容满面地跟来宾拱手问安，每个人都感到了被照拂的尊重与舒适。

王世琳进了园子，齐永贵急忙迎上去，满脸堆笑说着客套话："王大人驾到，小人倍感荣幸，今日之会，大人就是兰亭的王右军、滕王阁的滕王爷，由您出面，将会给肃州留下一段佳话。"

这个人能说会道，张口就来，王世琳严谨惯了，听闻这些浮夸之词，自己先臊得慌，只是笑着点了点头，不好接话。他对这个老乡了解不多，只知道他做生意很广，药材、文墨、杂货、粮食等，但凡能赚钱的事，他都有本事插上手，背后有一张庞大的关系网。因着同乡介绍，认识了齐永贵，便有了今天这场集会。

王世琳初来乍到，肃州的名流认识不多，略略跟一众文人雅士打了个照面，应付了一下场面的诗词唱和，就跟医政杨祝山坐在一起谈医论道。

齐永贵知晓王世琳除了喜欢作诗填词，还喜欢医道，所以投其所好，请来医政杨祝山作陪，算是旗鼓相当，规格恰当。

杨祝山先笑吟吟开口说了一通冠冕堂皇的大话："王大人为官一方，福泽一方，架桥修路，疏浚河道，积善积德啊。"

跟杨祝山坐在一起喝茶闲谈还有一位医道中人，叫屈大全，在肃州的军营当军医，从业之余，也喜欢诗文。他手握铜烟管，吧唧吧唧吸了两口旱烟，用地道的肃州话说："不仅如此，王大人还有好雅兴。大人在整修居延古道时，凿通石门，留下一首《煅石开路》；在山峡中为路人挖一眼井，又留下一首《甘泉济众》，皆是心系苍生、肩负天下之襟怀。"

齐永贵接话掸掇道："王大人有如此雅作，屈先生何不吟诵助兴？"

屈大全未作推辞，道声"献丑"，便轻咳一声，徐徐念道："骠骑挥师定河西，古道居延狼烟寂。凿石开路通行旅，吾辈但承先贤志。"

诵毕，稍作停顿，又诵另一首："沙碛拥野径，饥渴天不应。愿引甘泉水，常济往来人。"

"好诗，好诗！言为心声，诗为情志，大人果然言行一致，光明磊落！"杨祝山虽不好诗文，但古文功底深厚，一听就能入心，遂不吝夸赞。

王世琳举手作揖笑说："见笑，见笑！草就之作，不登大雅之堂。"

几个人论了一阵诗文，又说起医道，王世琳问他们可有奇妙医案，杨祝山不假思索讲了一个医案："人食五谷，生百病，可有些病的确离奇。前些日子，接手了一个小儿伤阴症，颇费了一番功夫。患者是个十二三的小子，每天午后潮热，身上滚烫如焚，两眼干枯无泪，迷迷糊糊，嘴里还不停地呢喃，身体瘦弱，皮肤干燥，饮食难进，束手待毙，家人大感无望，托人找我诊治，一诊断，脉数，舌绛，已是热邪伤阴耗液的危证，非常罕见，在座的医家可知怎么办？"

屈大全一听他描述患者症状，就感到这个病人棘手，后又听他说出诊断结果，自己也是束手无策，他迫切想知道杨祝山怎么施治，急问："杨大人怎么出手的？"

杨祝山接着说："看他目尚有神，口齿不枯，元阴未漓，尚有一线生机，审时度势，我只好放胆用大剂甘寒咸润之品救其元阴，佐以清营凉血之品，遏温热泛滥。"

说到此，杨祝山故意卖个关子："你们猜猜用了何方？"

屈大全想了半天，也不好判断他用的何方，更加好奇，催促杨祝山说说用药。

杨祝山得意地一笑，说："用的是增液汤加味，另加竹叶、丹皮、犀角清营凉血。只一剂，服了两次，潮热减退，酣然入睡，再进三剂，开始饮食自如，两眼泪下，持方不懈，服药一个月，总算是把这个小子从阎王爷的手里抢了回来。"

众人听罢，皆感叹杨祝山妙手回春。屈大全作为同道中人，深知此病之危，更是佩服之至。

接着，屈大全也讲了一个医案："我经手的这个虽然没有杨大人精彩，但也算是特别。拐子巷的孙家小儿，三岁，出麻疹后高热不退，全身出汗不止，随拭随出，不停地饮水，但依然口渴唇焦，其脉滑数，舌苔薄黄，断为阳明气分热盛，投以白虎汤，一剂而愈。"

众人都知屈大全擅治小儿，但这个病情确实麻烦，他竟然一剂而愈，不愧是高手。

王世琳浸淫医学多年，《伤寒论》的内容还是明了，想了想说："溅溅汗出，白虎汤主之。经文虽然明了，但临证决断实属不易，屈先生高明啊。"

杨祝山点头认可，对一个不知所谓的三岁小儿用药，平常都是慎之又慎，屈大全果敢出手，的确高明。

说了几个医案，王世琳又说到医道中趣事，问道："听闻肃州有位道爷治病相当厉害，两位名医可知下落？"

屈大全消息灵通，说道："你说的是张真人吧？他呀，行踪不定，神龙见首不见尾，很难碰上。"

齐永贵像是忽然想起什么的样子，神秘兮兮问："诸位大人可听过有本奇书叫《青囊诀》？"

杨祝山略感意外，这一秘笈只有医道中人才打听，他一个商人怎么知道此事？但话说到这了，他也不能装作不知，便说："这是天下第一大医门青囊门的秘笈，很神奇，俗有'学透《青囊诀》，生死由我说'之说，可惜失传已久，无缘一见啊。"

王世琳倒没多想，接着杨祝山的话说："《青囊诀》并没有失传，有人手中便有半卷《青囊诀》。"

此言一出，众人皆惊。齐永贵更是眼露精光，期待着他说出下落。

杨祝山惊讶得"咦"了，忙问："王大人知道《青囊诀》的下落？"

王世琳忽然想到有点失言，呵呵一笑，支吾说："前两年，我只不过听人闲谈过一次，毕竟是门外汉，后续如何就不得而知了。"

他这么一说，众人也不好追问，毕竟他的地位在那里放着。

恰好有诗家来邀王世琳评鉴吟诗作对的高下，王世琳便借机离席。

酒泉公园的来宾众多，都以相熟的人自成一圈，玩乐游戏，喝酒吟诗，名流集会持续了大半天，众人酒足饭饱，各自归去。

能在闲谈中得知《青囊诀》的消息，对齐永贵真是意外的收获，他想，只要循着王世琳的人情往来去打听，相信很快就会看到真相了。

2

盼啊盼，盼了好久，宁青梅终于打听到知苦从西域回来了。

她再也不愿错过时机，急忙告知麻三爷。尽管二当家邱千牛怕给野水地引来无虞之灾，搬出诸多理由阻挠，但宁青梅心意已决，麻三爷也有意维护，便派黑旋风等护卫陪同她，急匆匆赶往太平堡。

甘知信最先发现"甘之堂"四周不寻常的气氛，他看到忽然多了一些陌生的面孔，不远不近绕着医馆徘徊。跟街上地痞打交道多，听到的腌臢事也多，一眼就看出来者不善。他揣测这些人莫不是甘知苦引来的祸患，提醒甘若望说："爹，莫不是瘸三儿在外面惹了祸，仇家寻上门来了？"

甘若望瞅了瞅外面，那些人装作无事人一般走来走去，不明意图，他也有些担心，嘱咐家人小心为是。

知苦从西域回来没过两天就去了顶儿山庙，一直跟苦瓠和尚在一起，对这些情况并不知道。

大师父交代的功课，他时刻用心在学，那半本《青囊诀》的秘法，他经常琢磨，但有些歌诀虽然读起来顺口，但他怎么看都不知所云。比如，针灸有个子午流注法的歌诀：肺寅大卯胃辰宫，脾巳心午小未中，申膀酉肾心包戌，亥焦子胆丑时通。他推演数遍，不得其门。问大师父，大师父呵呵一笑，说，俗语说：任君聪慧过比干，不遇真师莫强传。意思是哪怕你聪明强过比干，只要没有遇上真师父传法，你永远也猜不透其中的秘法。这也是古医世家保护传承的一种手段，如果不加隐晦，遇上心术不正之辈，可能拿去害人，也可能泄于外人。就像这个口诀，即使外泄了，没有师父引导，谁也修炼不成。术无好坏，人有善恶，各家秘法所以不轻传世。

知苦这才明白，怪不得《青囊诀》中的好多口诀只看字面根本看不出所以然，原来里面暗藏玄机。

大师父劝导他，不要心急，你先把口诀背熟，机缘到了，一切都会迎刃而解。

知苦将遇到的困惑一一拿出来求教大师父，只几天时间就感觉悟出了不少新东西，以前云里雾里的东西，一下子就能看得明白了。

知苦躲在顶儿山庙，一方面是要跟大师父请教这一段时间的学医困惑，另一方面是避着紫苏。面对紫苏的炽热情怀，知苦心事重重，他还没想好如何将哈密一行的诸多事情告诉她，尤其是跟索维娅之间的苟且之事，想起来就万分纠结，怎么都觉得对不住青梅竹马的紫苏。西域回来后，他见过紫苏一面，在她问三问四的好奇追问下，他讲到西行的经历，说到了沙州认了个干女儿豆子，说到了星星峡遇到一帮商户，说到了三棵树遇险，说到了哈密总兵大人，说到了知勇立功擢升将军，说到了豆子丢失……好几次他都忍不住想说西域客栈，想说索维娅，但话到嘴边，却实在说不出口。紫苏崇拜地看着他，但他却难以启齿说出那些事，只好躲起来，眼不见心不烦。

可是，有些事他却无法回避。紫苏说到甘知信像苍蝇一样围着她转，不胜其烦。

甘知信早就看上了紫苏，前面碍于大哥知勇提亲，他不便说什么，后来大哥不同意，他就觉得自己有了机会，软磨硬泡让他母亲开了口，托人到柳家说亲。这事拖了一两个月，柳家大人倒没意见，但紫苏说啥都不答应，甘知信便时常厚着脸皮往紫苏面前凑，今日送花，明日送粉，隔三差五堵着紫苏诉衷心，紫苏跟知苦诉苦，知苦也是堵心，却又没办法干涉，十分苦恼。

他最近需要做的事太多，实在没时间跟甘知信掰扯这些事。他要筹划开办医馆的事，需要做一些常备药丸膏散，跟谷子约好了去深山找一味千年老药，还一直惦记着野水地宁神医的事，准备要去一趟野水地。

他不知道的是，宁青梅已经到了太平堡，近在咫尺，却无缘相见。

此时，太平客栈的临街包间里，宁青梅头戴面纱，边品茶，边静候消息。她之所以没有轻易露面，也是怕给知苦带来无妄之灾。

不一会儿，外出打探消息的黑旋风匆匆进来，在她耳边小声说了几句。

宁青梅顿时脸色大变，轻声吩咐黑旋风再去打探，弄清是什么人打甘家的主意，意欲如何。

在不明势力面前，她须谨慎从事，她不相信青囊门的不良之辈会轻易放弃《青囊诀》的追寻，如果不慎把祸端引到知苦身上，这是她不愿看到的结果。他还没有能力保护自己，同门相残的悲剧不应该落到他身上。

黑旋风出去一个时辰，天色将晚时回到客栈，将寻查的结果报给宁青梅："使了点银子，撬开了一个小喽啰的嘴，据他透露，是肃州一个姓齐的掌柜勾结陈二棍，盯着甘家接触的外人，要找什么人。"

宁青梅喃喃低语："姓齐？应该与那个背叛门派的齐天寒有关，狗贼果然贼心不死！"

黑旋风说："宁神医，咱们把人抢出来吧。"

宁青梅犹豫不决，一方面，她还没有想好如何面对十八年没有见面的儿子；另一方面，她不知道太平堡团练使陈二棍和姓齐的到底打的什么算盘。如果贸然出手，甘知苦不相信她怎么办？再或者中了姓齐的暗算怎么办？

思虑再三，她还是忍着见不到儿子的煎熬，理智地放下仇恨，只留下黑旋风继续盯着，带着其他人撤离出了太平堡。

3

自从偶尔从王世琳口中得知一点《青囊诀》的消息，齐永贵立刻开始了对王世琳往来人情的调查，很快把范围锁定在有医术之长的甘若望身上。

这个人精，算计得十分巧妙，他很快打听到太平堡团练的团首陈二棍跟甘家不对付，于是，找到陈二棍，使了些银子便将这个贪婪好色的狗官收买了。陈二棍本就针对甘家，正好乐得做个顺水人情，迎合齐大善人，想借助他的势力好好收拾一下甘家。

于是，陈二棍派人盯着甘家往来的人，一有消息，便传递给齐永贵。甘知苦从西域回来的消息就是他传出去的，虽然他并不知道甘知苦的来历，但这几年他时不时听到野水地有个女人一直在找这个瘸子。

有了陈二棍这个内线，精明的齐永贵很容易就弄清了太平堡周边的情形，尤其是听到野水地土匪中有个宁神医，他仿佛在暗夜里看到了一缕光明，一下子与十八年前逃走的宁青梅联系起来，终于找到了一点线索。尽管他没有见到那个宁神医，但他几乎可以肯定，宁神医一定跟《青囊诀》有关，否则，王世琳口里的传言就没有根据。

没过多久，远在河南南阳的青囊门便收到了齐永贵传去的消息。

这些年，青囊门依附官府既做药材的买卖，又兼并一些老字号药店，势力越来越大，大江南北、长城内外，都有青囊门的分堂把持着医家命脉。

一个鸡皮鹤首、鹰钩鼻子的老头端坐在上首，看着信鸽千里传信带来的消息，哈哈大笑道："功夫不负有心人，十八年的追踪终于有了音讯！"

这人正是青囊门的现任掌柜齐天寒，自从夺得青囊门的掌门，他没有一日不惦记着青囊门的镇门之宝《青囊诀》。这一秘笈不仅关系着宗门的传承，更是青囊门在医界地位的象征。南阳本就是医圣故里，《青囊诀》代表了医家的至尊之位。十多年过去，好多次医界会盟时，青囊门盟主的地位都被质疑，甚至连宗门中一些人也有些失望了，陆续有一些老人离开了宗门，青囊门后继乏力，呈现出衰象，在他有生之年，如果不能把《青囊诀》追回来，他都对不起自己。

自从宁青梅和宋青山逃走后，齐天寒已经派出数支暗探，沿着两人西行的逃亡路线追查，也在一些城镇布下暗点，秘密搜寻《青囊诀》的下落。如今，眼看着肃州有了消息，他马上坐不住了，很想亲自前往西北，找到那两个叛逆，但帮门不可一日无主，他也上了年纪，多有不便，思来想去，他还是派出青囊门的内功高手洛青风赶去肃州，协助齐永贵迅速找出宁青梅的下落，带回宗门秘笈。

洛青风是个冷酷无情的女人，出生在一个武学家庭，早年跟随武当山的一个师父习武，父母不知得罪了什么势力，被人暗算了，她为报父母之仇，大开杀戒，手刃一个家族的老幼一百零三口，成为震惊朝野的一大血案。后来被官府追捕得紧，避难到青囊门，做了一个职业杀手。忽然门主有令，洛青风毫不犹豫接了任务，开始以为多么了得的狠人，后来听说追查的只是一对没有功夫的男女，她丝毫不放在心上，简单收拾一些用品，就带了两个随从，骑马向西北疾驰而去。

看到洛青风不以为然的神情，齐天寒心里还是不放心。《青囊诀》的下落，不但他们在追查，官府也没有放松过追踪，医界知道消息的人更是时刻关注着这个秘笈，如果消息走露，估计各路人马都会齐集西北肃州一带，到时候你争我夺，肯定不会消停。为了多一重保障，齐天寒又派出一队人马，以运送药材的商队为幌子，悄悄赶往肃州。这一次，他是运筹帷幄，势在必得。他已是耄耋老人，没有多少时日可以等待了，如果此举不能得手，估计他是见不到《青囊诀》回归门派的时候了。

不日，洛青风到了肃州，找到齐永贵的药店，表明来意。

齐永贵一听是门主派来的特使，心里有些别扭，况且，洛青风一副高高在上的样子，也让他十分不爽。不过，他表面上依旧笑眯眯地，不露声色地应付着。

洛青风语气冷冷地打问要找的人的下落。

齐永贵推测说，野水地有个宁神医，很可能是青囊门叛逆宁青梅。他所知道的，也只有这一个线索。

"哼，一个小女人，这有何难！"洛青风孤傲地说。

4

新雨初晴，朝阳如浴。甘知苦在叽叽喳喳的鸟叫声中醒来。洗漱毕，披件白土布衫，戴顶深蓝色的六合帽，跛着身子踱出厅堂，阳光将他拉成长长的倒影，他迎着朝阳走，影子追着他跑，亦步亦趋。

药王庙街两旁皆高大垂柳，嫩叶初萌，翠色亮眼，枝叶间上蹿下跳的麻雀欢闹不休，像喧哗着天大的好事，每只麻雀都喋喋不休争吵，无比兴奋的样子。他烦躁地捡块土块扔过去，鸟雀受了惊，扑楞楞飞起，又落在另一棵树上继续喧哗，丝毫不顾及这个男人的心事。

知苦的心事，原本与麻雀无关。他好不容易在肃州开了"甘之堂"的分店，可是医馆虽然开张，但每天生意萧条，入不敷出，过往的顾客一看坐堂的是个跛腿的年轻人，大都带着疑惑的目光看一眼就走。

看病是生死攸关的大事，谁也无法把自己或亲人交给一个不信任的医家，这么年轻的医家，真不被人看好。

知苦想不在乎也不行，世人毕竟会带着偏见看人，他从那些人怪异的眼神里看出了不信任。

偶尔进来个求诊者，看一眼他的跛腿，不由得"咦"一声，其心里想什么不言自明。

一天天过去，医馆的日常开支快支撑不下去了，他跟谷子愁得六神无主，茶饭不香，虽然眼前春光无限，却平添无限烦躁。

当初，谷子听他要在肃州开医馆，打定主意跟随他去帮忙，知苦正愁没有贴心的人，就向阎家要过他当作药僮，带到了新开的医馆。

店面冷清，知苦实在坐不住，出了门，一抬眼瞥见斜对面的药王庙。庙门为排路门，朱红色，门楼高耸，两边八字墙，正中高悬"药王庙"三字，金黄色小篆书之，异常醒目。门边柱上木板嵌刻一联："默向人间施药饵，不教世上患膏肓。"他心想，联是好联，只怕是一种教化人的理想罢了。

他看了一阵，忽然想去拜拜药王。药王是天下医者的君，既然在药王脚下开医馆，药王首要拜的。他转身唤来谷子，吩咐他去备香表物什。谷子一愣，不是初一，也不是十五的，准备这些干吗？掌柜的心思，他又不便问，一溜风跑去准备。

药王庙街是肃州府的一个热闹处，除了药王庙，附近还有文庙、太白庙、城隍庙、火神庙、石佛寺等古建筑，对过一条街就是道台府衙所在地，灰砖青瓦，一派沧桑。药王庙对面是一排低矮的土坯房，商贾咸集于此，钱庄、当铺、酒肆、粮店、杂货店、布店、皮毛店、铁匠铺、棉絮铺、车马店等日常交易一应俱全，每日人来人往，熙熙攘攘。若逢庙会集市，更是车马盈巷，人山人海，杂耍戏子各摆擂台，贩夫走卒川流不息，引车卖浆之声不绝于耳。

清晨的街巷尚且空旷，睡眼惺忪的样子，与白天的热闹形成很大反差。除了早起倾倒垃圾的老头老妇，闲人几无。甘知苦一拐一拐地遛了一圈，活动活动腰身，眉宇间顿时意气风发，飘飘长衫随风而动，若不是腿脚不便，在外人眼里绝对是一个颇有古风的书生模样。回到医馆时，谷子已备好香表诸物。他旋即提了东西，踱向药王庙。

大门虚掩，一推即开。庙内清静寂寥，一老道正在扫除庭院，望见晃着身子进来的年轻人，双手合十，作了个请进的手势。

知苦跨进大门，是一悬山式过厅，木柱上刻有一联："活水妙术千秋重，济世灵丹万古传。"穿过过厅，正对着一殿，也是悬山式，高出过厅几许，中间悬一横匾，上书"活人济世"几个厚重字体，两侧木板刻写一联："几味君臣药，一片圣贤心。"正面檐下，绘有药王"诊龙""伏虎"等传说故事。大殿正中是药王孙思邈坐像，头戴方冠巾，手擎"虎撑子"，旁卧一虎。药王脸颊消瘦，双目奕奕，端庄慈祥，有点像祠堂里爷爷的画像。知苦焚香跪拜一番，抬头端详药王面容，刹那间仿佛多了几分赞许的笑意，他看着很亲切，自然而然想起了铃医刘罗锅，想起张三分，想起那些游食江湖的走方医，心里一时清凉下来。

敬完药王，回到医馆，谷子正往百眼柜的药屉里装药材，便赞了一句："好，有眼色。"

医馆的门大敞着，知苦的诊案摆在一侧，用一个屏风隔开。案几上摆着一盆水菖蒲——其实就是老家湖滩野生的一种水草。这种水草的根多有结节，以九节者为佳，既可赏玩，也是上好药材。挖其根节，放置器皿中，再投几颗或青或白或红或靛的石子，添上清水，即可滋养。舒张开的水菖蒲叶柄青葱，柔曼多姿，既赏心悦目，又吸附秽气，放置案几，颇有雅趣。

他在应诊台前坐了，摆弄半天水菖蒲，枯坐半日。路经行人大都是探头探脑张望一二，谷子一看到人头就热情张罗。偶尔进来个顾客，问询一下，只是买几样膏丸散贴成药罢了。谷子无聊地趴在柜台上打瞌睡，误撞进一只麻雀都没把他惊醒。知苦起身赶走麻雀，顿感眼下情形真有点"门可罗雀"的况味。年轻气盛的心便有了些许不耐烦，起身进进出出转了几圈。

这时，药王庙街渐渐热闹起来。知苦站在医馆前，一眼看到药王庙前一些卖狗皮膏药的地摊，江湖郎中高声吆喝着卖跌打损伤、治不孕不育阳痿早泄的丸膏，来往行人皆驻足围观，然后讨价还价计较一番，有买了药的，有不买的，郎中不管赚不赚得一两个铜钱，皆笑颜打发走一个个顾客，脸上洋溢着小欢喜。

看了一阵，知苦受不了那些市井嘴脸，复坐在诊台前，发了一阵呆。

谷子见知苦落落寡欢，泡一杯菊花茶端上，揣摩着他的心思说："哥是为生意着急吧？我觉得大可不必，毕竟人生地不熟，不似老家熟皮熟地熟人恁好。"

知苦叹口气道："再这样下去，恐怕要关门大吉了。"

他坐立不安，一张棱角分明的脸上布满焦虑。正好听到医馆外有人吆喝："占卦算命，指点迷津。"

他心有所动，忙叫谷子把算命先生请进来。

这人是肃州城里自称"神算子"的李麻子，一脸沧桑，却长着一双鹰隼样的小眼睛，锐利地盯着知苦看了一眼，令人发怵。进门四处瞅瞅，问了知苦的生辰八字，又问了所求何事。知苦答，生意。李麻子坐定后，掏出三枚铜钱，闭目定神，口中念念有词，将三枚钱掷起，落下，便有了一个卦象。他收起铜钱，一言不发，知苦赶忙奉上一块银圆。

李麻子随手一收银子，拿起桌上毛笔，写下一道偈语：

种瓜得瓜，种豆得豆。

一切祸福，自享自受。

知苦默念一遍，不解其意，忙问。

李麻子已起身往外走，边走边说："天机不可泄漏，机缘到了自会晓得。"

送走李麻子，知苦寂坐案前，对着偈语苦思冥想，却怎么也想不出所以然。对于初涉世事的知苦，命运仿佛一道迷离的风景，有值得向往的良辰美景，也有不可捉摸的雷霆变幻，凭空是想象不出来的。

晚饭时，隔壁的郭大婶送来了韭菜饺子，一揭食盒盖子就闻到了香味。

"咋愁苦成这样了？"郭大婶看到他双眉紧锁，愁容满面，关切地问。

"唉——肃州居，大不易啊。"他感叹一声。

医馆不景气的情况，她也看得到。看他愁成这样，确实也帮不上什么忙，劝说道："医家看老，戏子看小。人家可能看你年轻，有点不放心。不打紧，名声是慢慢熬出来的。"

"嗯，大婶说的是。"知苦对这个热心的邻居还是很有好感。

"唐僧取经还经过九九八十一难呢，没啥过不去的坎。"郭大婶再次劝说，"你这么俊的儿郎，先找个对象成家吧，安家杂货店的芸丫头不错，大婶帮你牵个线如何？"

知苦笑了笑，没有应答，转而问起郭大爷的身体。这几天，郭大爷气喘咳嗽，知苦给开了药吃着。

郭大婶说，刚吃了一副药，还没止住，不过咳嗽消停了。

知苦想了想，应该问题不大，便招呼谷子过来吃饺子。

吃过午饭，知苦想到其他医馆看看。虽然以前在杨氏医馆干过，但那时不操心，对于医馆的经营实则是门外汉。又想到半个师父张三分，他回到肃州开医馆时就寻过他，可是他已经离开肃州，不知漂泊到哪里去了。

他一路走过，看到医馆、药铺就进去逛一圈，肃州城里只有屈指可数的几家，转了一圈，就转进了最大的药铺济世堂。

一进门，看到前厅是一个两间的大厅堂，一侧是百眼柜和柜台，占据了大半；一侧摆着几张条凳，应是为候诊患者所备。坐堂先生的台面坐北向南摆在窗下，一个头戴深黑色瓜皮帽、鼻梁上架着石头镜的男人仰首而坐。

知苦瞅了一眼，觉得眼熟，再一细看，居然是甘家原先的伙计郑大吉。

他听谷子说过，郑大吉好像偷了东西，被东家发觉，然后溜走了。没料到，几年不见，他竟然在这里坐堂。

"郑大吉！"知苦喊了一声。

郑大吉抬起头，眯着眼端详半天，惊喜地认出了他："知苦！"

说罢，起身招呼他坐下，沏了杯茶，坐在他对面，小声说："知苦兄弟，我现在改名叫郑大喆。"

知苦喝着茶，寒暄几句，问起他在甘家溜走是咋回事。

郑大喆长叹一声说："一言难尽啊。"

然后，就把当年甘知信怎么设计嫁祸于他、掌柜的怎么惩处他的事讲了一遍。

知苦听他说完，相信他所言，这一切确实像甘知信的作派。

郑大喆又问他怎么在肃州闲逛。他的印象中，知苦跟江湖郎中游走江湖，后来不知下落了。

知苦说了在肃州创办医馆的事。

郑大喆疑惑地看着他，总觉得甘知苦没有坐堂行医的本事。

知苦叹息说："州府居，大不易啊，开张有些日子了，还没庙里的香火旺呢。"

郑大喆老于世故，笑了笑说，州府是大地方，患者求医看病实则是看医家名气，坐堂先生只有一举成名，才会有自己的招牌。就拿肃州府来说吧，医家主要有两大派别，一是刘楚的经方派，一是刘的弟子杨祝山主导的时方派，满城药铺、医馆几乎都是他们的徒子徒孙，外来医家立足还真不容易。他刚到肃州，为了混口饭吃，还拜刘楚为师学过一段时间呢。

知苦没想到，医家也有江湖，州府的医界还有这么复杂的来头，怪不得自己摸不着门道。

郑大喆眯着眼，压低声音问："甘家的秘笈传给你了？"

知苦颇感奇怪，他虽然知道甘家有自己的秘笈，但没人传他，他也不便去争。

郑大喆老于世故地笑说："这世间的医家，哪一个没有点压箱底的独门绝技，甘氏医术，肯定有你还不知道的秘密。"

知苦不置可否，转而问医馆经营之策。

郑大喆也没有什么好法子，只是给他出了个主意：义诊。按他的话说，不妨挂出义诊的告示，先聚一聚人气再说。

甘知苦一听，觉得这办法可行，点头称妙。

义诊是新开张医馆药铺常用的宣传形式，就是通过免费的诊治，取得老百姓的了解、认可，广而告之，扩大影响。

临出门时，郑大喆又神神道道对他说："兄弟啊，来日山高水长，该低头时须低头，该拜神时须拜神啊。"

知苦知晓他的意思，礼节性笑笑，道谢告辞。

5

"甘之堂"挂出义诊的告示不久，百姓奔走相告，蜂拥而至，馆内外挤满了求诊的患者，医馆门前排起了长队。过往行人好奇打听，一听说医家搞义诊，好多人又跟着排了进去。

免费的诊治，老百姓当然不愿错过。平常求诊，高明的坐堂先生，一次诊费就相当于穷苦人家一月、半月的生计。偶尔有个头疼脑热，大都是向坐家看病的乡医买点成药或向江湖郎中买付膏药兑凑，只有万不得已才会进医馆求诊。如今有善人施医施药，人们巴不得混几付汤药，以应不时之需。

排队的人悄声谈论着医家，打听他的来路。有人说，是太平堡的"甘之堂"，祖传的医术，厉害着呢。也有人说，看病的是个跛脚的年轻人，刚出道，还不知道医术深浅呢。有人附合说，出水才看两腿泥，看看不就知道了。

知苦坐堂应诊，神情严肃，不苟言笑，一脸老相更显深沉，求诊者便噤了声，不敢高声喧哗，恐惊扰了先生。厅堂内肃穆而庄重，人们排着队，依次逶迤前移。

另一边柜台上，谷子按方抓药，临了，还一一嘱咐用药事宜，言辞风趣，颇得人心。有位大姐抓了一副治风寒的桂枝汤，谷子配好药告之："空腹煎服药，再喝半碗粥，盖好被子发点汗，但千万别干那好事。"众人掩嘴嗤嗤地笑，大姐面红耳赤，但不好与一个半大小子计较。还有一黑壮汉子，前日里饮酒伤胃，脏腑燥热，谷子抓药与他，说："记住，冷服，就如在一堆火上浇了一瓢凉水，咕咚，阿杂物就下去了。"众人哄堂大笑。

主仆二人，一个严肃，一个活泼，颇为有趣。

这时，郭大婶一手牵着个清秀的姑娘走了进来，十五六岁，圆圆的小脸上，鼻子、眼睛都小巧玲珑，有一种小鸟依人的美。等知苦忙完手头的患者，她们走上前，郭大婶笑吟吟介绍说："这是安家杂货店的芸儿，请甘大夫给看看。"

知苦忽然想起郭大婶给他介绍对象的话，尴尬咳咳两声，让她坐在对面。

安芸儿娇羞地低头坐下来，伸出白晰的手臂让他诊脉。

知苦凝神静息，诊断片刻，问她平时是不是手脚冰凉、怕冷。安芸儿惊讶地张大眼睛，点点头。知苦又问她月信期是不是肚子痛？安芸儿面色腾地红了，头低得更低，抿着嘴使劲点点头。知苦安慰说，病不忌医，别紧张。

问完，知苦写了一张方子，叫过谷子，指了指安芸儿说："她就交给你了，好生关照着。"说完，意味深长地使了个眼色。

谷子一看秀气的安芸儿，顿时两眼放光，嘻笑说："好，我把她当姑奶奶伺候着。"

"去，谁要当你的姑奶奶！"安芸儿被他说得又气又臊，嗔怒地骂了一声。

"好了，好了，开玩笑的。我叫谷子，是店里的伙计，有啥事你就指使着。过来，我给你抓药。"谷子说。

打发走郭大婶和安芸儿，知苦不由地想起紫苏，心里装满了甜蜜的思念。

知苦每日从早起到日暮，应诊不下百余人，用药随之大增。谷子私下里念叨掌柜的为人，却又担忧草药告罄，晚饭时，不免牢骚一番："知苦哥，你这般实诚，咱这医馆还能开下去吗？"

甘知苦不明情由，问他何出此言。

谷子不满地埋怨："你这是义诊，用一二副药做做样子够了，干吗那么死心眼开药？咱是做生意，又不是做施舍。"

甘知苦正色道："再不许胡说！医者仁心，既做好事，便做到底，岂可有名无实。有的病一二副即愈，有的非三五副不可，咱要长远立足，就须取信于民，不能急功近利坏了名声。"

谷子嘟囔："仁心仁心，仁到药材都快没了，你看着办吧。"

甘知苦沉思半晌，到药柜边看了一圈，一些常用药材的确储量不多，若按近日来的诊治，估计应付不了几日。

谷子知道知苦实在，而且人情世故上不善变通，但跟定了他就得替他着想，便出谋道："咱初来乍到，要在州府立住足，还要拜会一些贵人，莫不让王把总姑爷出面，邀一些有头脸的人过过面？"

甘知苦早有打算，但听谷子说出来，脸上便有些不悦，呵斥一声："该干吗干吗去。"

谷子好心没好报，低眉垂眼，气鼓鼓地去干自己的事了。

吃过晚饭，知苦写了一个帖子，言明当下处境，央求王嘉义延请当地有名望医家若干人等，安排一场宴席。还备了一份礼物，表达一下对小外甥的探望之意。准备妥当，吩咐谷子送了过去。

甘知苦等了两日，药材快接续不上了，还没等到王嘉义延请宾客的音讯，却等来了几包药材——一个叫屈大全的军医受王嘉义所托，特地送来他所需的药材。

屈大全约摸五十出头，身形瘦削，花白头发，留着一撮山羊胡，讲一口地道的肃州话，腰里别着一个大烟袋，一坐下，先拿出烟袋吧唧吧唧吸上几口。然后，话就多了起来。他给知苦说了一番肃州城名医的掌故，又问了开医馆的事，听知苦说近日搞义诊，百姓趋之若鹜。屈大全摇头笑说："你个憨爷，太实诚了，义诊还搞施药，那些人得了好处还会骂你勺子呢。"

他红着脸，分辩道："人而无信，不知其可。"

屈大全不客气地数落他："人善被人欺，马善被人骑。世风日下，人心不古，你还那么死板做甚，谁念了你的好？你去看看那些破庙、桥洞下，有多少看不起病的穷人苦挨着，你去看看荒郊野外多少病饿而死的尸骸白骨横陈没人收敛，你义气得很，你能让天下苍生都得到实惠？"

知苦方听他数落，渐渐悟出众人蜂拥而至的缘由，便有了良善被欺、好人难做的委屈，内心懊恼不已。

屈大全临走时，交给他一个小巧的竹筒，嘱他过两天有人来取。竹筒上面有个飞刀标志，两头用蜡封着，不知道装着什么。知苦很好奇，但也不多问，权且代为收下。

有了这几包药，知苦估计还能应付些时日，对义诊也有了新的打算。

次日，谷子打扫完毕，刚一开馆，就涌进一大堆人，男女老少，扶老携幼，挤挤攮攮往前挤，他看了一眼，竟有几个熟面孔，已经不是一次两次混进来求药了。心里嘀咕，这些人，把医馆当施舍呢。

知苦出来后，望了一眼求诊的人群，转头对谷子说："今天诊病不收诊费，但药费自付，不再施药。"

谷子听明白知苦的意思，欣喜地应答一声，对众人重复了一遍掌柜的话，又说："如果有人不想付药费，请自便。"

众人一阵喧哗，显然对"甘之堂"终止免费施药有了不满。一个拄拐杖的老头咳喘着质问："不是义诊吗，凭啥不给药了？"

谷子给他解释，义诊是免费诊病，不是施药救济。老头就骂他们是说话不算数，后面的人跟着起哄。

谷子冷着脸，敲了敲桌子，说："有病诊病，不收诊金就是了，难不成要饿死医家？"

众人听他说得有理，不再计较。但有人听到药费自付，对比着前几天的好处，觉得无利可图，等不住的人，骂骂咧咧走了。

前几天的义诊总还是有好处的，的确让人们见识了坐堂先生的真本事，能坐下来诊病的，的确是身体有恙急需诊治的人。

轮到那个咳喘的老头，知苦问了病情，切过脉，告诉他："老人家，你这是肺痈，热毒瘀结于肺所致，我给你开个药试试。"

随之开好方递给他。老头接过方子，让谷子抓了两副药，嘟嘟囔囔说着什么，拐杖重重地点了几下，走了。

后面看病的人悄悄告诉知苦，这老头是肃州城里有名的老病号"刘咳嗽"，讹人呢，你们要小心一点。

知苦淡淡一笑，并没当回事。

陆续看完一批病人，医馆里便清静下来。他开始打理桌子上的水菖蒲，清出污水，换上清水，欢喜地看着又长高些许的剑状叶片，心想，人要活到这清清爽爽的境界，多好。

6

次日上午，"甘之堂"开门不久，更多得到义诊消息的患者蜂拥而至，知苦依然按照前一天所定规则，逐个诊断，不苟言笑。

这时，一个国字脸的青年陪着那"刘咳嗽"找上门来，进门就"啪"地把一张药方拍到案上，高声叫道："不掂掂自己几斤几两，这水平也敢开医馆，你不怕治死人！"

等候看病的患者齐刷刷看了过来，满是质疑的目光。

知苦对这质问莫名其妙，强压着怒火问："什么事？"

国字脸青年指指"刘咳嗽"，又指指药方说："你问他，开的药有没效果！"

"刘咳嗽"恰逢其时地咳嗽起来，气喘吁吁说："吃了你的药，越咳越厉害了。"

国字脸青年说："听明白了没？你诊断错了，用药自然错了。我师傅说了，这老汉是温病，不是肺痈。叶天士说过'温邪上受，旨先犯肺，逆传心包。此方只清肺热，不顾心脏，后果十分凶险。"

知苦知道，叶天士是江南名医，温病派的创始人，一生谦逊好学，为后世习医者效仿的典范。但他并不苟同温病的说法，坚持认为是肺痈。

国字脸青年对他的态度十分不满，怒冲冲说："我跟你打个赌，如果我用三剂温病名方银翘散治好他，你最好关门歇业！如果治不好，我给你义务打工！"

正在抓药的谷子听不下去了，冲出来说："医者都知道，十个郎中九个方，各家看法不一样。凭啥你开个方就能治病，我们就不行了。"

国字脸青年露出鄙视的神色，说："因为，坐堂先生是个废物。既然不敢打这个赌，就认怂吧。"

知苦刚要出头答应，谷子给他使个眼色，怼上说："你这人真可笑！打了别人的脸还要人家给你说谢是吧？不管你是哪家医馆主使，你不过就是想打压我们罢了，你的心太黑！"

"你……"被一个伙计戳穿目的，国字脸青年有些无语。冷哼一声，说声"不知所谓"，转身就走。

"刘咳嗽"厚着脸皮干笑两声，也跟着走了。

经他们一闹，一些患者对"甘之堂"失去了信任，随后也走了。

也有患者看得明白，嚷嚷说："这明显是挑事的，也叫踢馆，那小伙看着熟，应该是杨氏医馆的。"

"杨氏医馆？"知苦心里念叨。两年前，他就在杨氏医馆打过工，对于大医馆排挤新医馆这种事听到的也多，没料到，今天自己也被排挤了一番。

没过多久，一个黑壮汉子找上门来，身后跟着一群不三不四的街头混混。黑壮汉子骂骂咧咧问：呔，喝了三副药，为何不见效，你这鸟水平，开什么医馆！

　　谷子一眼认出，就是前几天喝酒胃烧的那个。

　　后面的混混跟着起哄："水平不行，趁早关门，免得治死了人跟着吃官司。"

　　知苦不愠不恼，心平气和地让他坐下再次诊断。黑壮汉子不情愿地坐在他对面，知苦把了把脉，看了看舌头，说："脉象数，舌尖红，口味重，还是胃火炽盛的症状。"

　　后面一个戴瓜皮帽的小老头阴恻恻说："你看错了吧？舌红少津，胃阴不足的症状，有火也是虚火内扰。年轻人，技不精贻害无穷。"

　　知苦又诊断了一次，似乎他说得也对，胃火炽盛和胃阴不足本就是细微的差别，坐堂多年的老先生都不定能看得准。

　　见知苦不说话，那帮混混叫嚷得更甚，纷纷让他关门，有人还趁乱往药柜那边扔土块石头，砸烂了几个盛丸药的罐子。

　　这时，进来一个人，朗声喝了一声："哪个不识好歹的欺负我兄弟！"

　　知苦一看，进来一个短衣打扮、粗眉大眼的壮汉。

　　那黑壮汉子看了壮汉一眼，不屑地冷哼一声："你又是哪根葱，管得宽！"

　　那群混混也跟着吆喝，不善地盯着来人。

　　粗眉大眼的壮汉二话不说，上前疾速出手，在黑壮黑子肩膀轻拍了一下，黑壮汉子的那边肩膀就斜吊下来，疼得龇牙咧嘴，倒吸凉气。

　　壮汉说："滚！若让老子再碰上，卸你一条胳膊！"

　　黑壮汉子马上求饶道歉，言明是济世药铺想阴他们，找他来闹事的。回头再找那个戴瓜皮帽的小老头，早已溜了。知苦想到郑大喆也在那里坐堂，那天他说的话也算是提醒吧。

　　那帮混混见势不妙，一个个撒腿就跑，壮汉还想追上去教训一顿，被知苦拦住。

　　打发走混混和剩余两三个患者，知苦才跟粗眉大眼的壮汉说话。壮汉说是来取一个东西。

　　知苦莫名其妙，问是什么东西。

　　他又说不清，比划半天，只说是王把总嘱他来取。

　　知苦想了半天，忽然想起军医屈大全留下的东西，顿时明白过来。

立即取出，交给他，一看竹筒上的飞刀图标，正是他要取的东西。他立马收好，微微一笑，作个揖，风一样离去。

后来，知苦还传递过几次带有飞刀图标的竹筒，尽管送货的人与取货的人不同，但他们都把这个东西看得比命都重要。这是后话。

医馆药铺向来注重声誉，好事不出门，坏事传千里，稍有瑕疵，便是碗大的疤。"甘之堂"本就起步维艰，又遇同门挤兑，门前日益冷清，知苦的雄心豪情顿时一落千丈。

7

肃州城最大的酒楼——福满堂，肃州中标营的把总王嘉义预定了一桌酒席。今天，他一改戎装，特意穿了一身月白色休闲装束，魁梧的身材透出一丝不协调的儒雅。

在他眼里，知苦还是太年轻，又是从乡下来的郎中，根本玩不转肃州府的这把风水。他不得不出面为他张罗一场"入场宴"。为安排这场宴席，王嘉义的确费了点心思。他平常与从医的、卖药的从不打交道，幸好认识个军医屈大全，又托他才请到了肃州医学训科的杨祝山大人等一干人等。

先行到来的是军医屈大全。坐定后便喋喋不休地说："刘楚请不动，请到了杨祝山，是刘楚的弟子。"又问知苦，"刘楚，知道吧？"

知苦只听坊间传闻，此人医术精妙，慷慨好义，患者无论贫富，一视同仁。

屈大全不待他回答，接着说，前几年，肃州发生烈性传染病天花，一时满城慌恐。刘楚首个发现病例，立马对患者进行隔绝治疗，请愿县署在城隍庙创建天花牛痘局，为民众免费接种牛痘，遂成为肃州历史上第一个西法接种牛痘者。屈大全还说，此前，传统医家对天花的防疫多用接种牛痘法，但要从患者身上取下痘痂，磨成粉，沾牛乳滴进鼻孔防疫。十八世纪末，西方人从中受到启发，发明了牛痘疫苗，这也是咱中医的一大贡献呢。

他们正说着闲话，杨祝山和几个弟子一起进来。屈大全介绍后，知苦迎上去施礼，杨祝山只是微微点点头，佯偢不睬的样子。

王嘉义看在眼里，心里便不畅快。

后面跟着的杨悦和李少峰，都曾带他制过药，知苦叫了声师兄，两人礼节性笑笑，算是应答。

知苦虽然心里不舒畅，但场面上的客套还是没落下，笑着说："杨大人亲临指教，后生三生有幸！"

杨祝山慢悠悠说："俱往矣，不足为道，还要靠你们年轻人活人济世啊。"

王嘉义打心里看不惯这些文人的酸腐，但求人办事，又不便慢待，遂拿出兵营的做事风格，干脆利落地安排其他人一一坐定，便招呼老板上菜。

菜是提前预订，一桌肃州老席，店小二依次摆上：西北大菜、东坡肘子、红扒全鸡、糊辣羊肉、元宝牛肉、酸辣鲤鱼、酸辣里脊等硬菜，另配有酿饭、砂锅老豆腐、酸辣白菜、醪糟汤等，都是福满堂最拿手的招牌菜。

上菜间隙，杨祝山问知苦："听说甘之堂迁至州府，可有此事？"

知苦愣了一下，一个医学训科的主管，能不知此事？虽然他是明知故问，却又不敢怠慢，如实说了。

"娃子，你今年多大？"杨祝山拉家常似的问，但言语间十分冷淡。

"我……虚岁十八。"知苦底气不足地说。

"嗬，好一个青年才俊啊。这么年轻就敢出来坐堂，你家长辈可真是心大啊。"杨祝山没好气地讥讽说，他真没想到今天"甘之堂"分店的医者如此年轻，否则，他断然不会赴宴的。开什么玩笑！十八岁，医家经典都读不明白呢，居然敢出来坐堂！

屈大全为使场面缓和，出面打圆场说："这几天甘之堂搞义诊，百姓趋之若鹜，好评如潮嘛。"

"哼，义诊？看好了几个病人？"杨祝山捻着胡子拿腔作势说。

知苦随即明白，杨祝山是有意无意挑他的不是，又想到前几日踢馆的事，心里什么都明白，但他又不能拂了人家的面子，只是谦和地赔着笑脸。

王嘉义看这情形，早已明了。看这些所谓名医大腕表面上春风拂面，背底里使刀弄棒，着实让人不舒服。于是，先发制人，依次把每人面前的酒杯斟满酒，咳了一声，端起酒杯，朗声道："各位大人，各位先生，在下一介武夫，客套话就不多说了，先自饮三杯，以示敬意。"

说着，咕咚咕咚喝下三杯。然后，豪气干云地端起酒，说："杨大人、大全兄及诸位肃州府名医有幸前来，深感荣幸，第一杯，敬大家拨冗莅临示教。"

一桌人为他的气势所慑，端起酒杯一饮而尽，唯有杨祝山象征性地抿了一下。王嘉义看在眼里，也不强求。

然后，殷勤劝说诸位动箸。众人也不客气，埋头吃了一阵菜。王嘉义示意知苦，让他敬酒。

知苦哪经历过这种酒场，人人都是打太极的姿态，憨厚耿直的他就有些说不出的自卑。他端起酒杯，言不达意说："各位前辈、大人，敝人初来州府，不周不到之处，望开茅塞，敬大家一杯！"

大家端杯示意了一下，并没几人喝干。挨着他坐着的李少峰倒是爽快，跟他一碰，一饮而尽。

知苦心里明白，众人是对他留有余地的态度，脸色便红一阵白一阵，多少有些尴尬。

屈大全是老江湖了，一看就明白，他举着酒杯说："杨大人，各位，在下敬一个，一为欢迎甘之堂入驻肃州，二为感谢各位对我这位小友的支持。"

他虽在军营效力，却也是响当当的名医，口碑甚好，大家不敢怠慢，都响应着，端起杯，一饮而尽。

杨祝山放下酒杯，似不经意地问："甘之堂纵横江湖近百年，有什么秘法？"

知苦艾艾欲语，王嘉义抢过话头说："杨大人，甘之堂自然是效歧黄之内经，法仲景之伤寒。不知道大人有何教谕？"

众人一愣，桌上鸦雀无声。屈大全向杨祝山解释了王嘉义与知苦的关系，又说王嘉义就是学政王世琳之子。

杨祝山有点诧异，马上友好地朝王嘉义笑说："原来是王大人的公子，失敬失敬！"

众人一听，纷纷看向气定神闲的王嘉义。

停了片刻，杨祝山将了将胡子，徐徐道："我常对弟子说，外感法仲景，内伤法东垣，热病法河涧，传染法丹溪，如能融会四家学说，灵活应用，自然药到病除。"他又说，"诊病要分季节，症临要查体质，然后结合四诊处方用药，收效必速，此我一生所专，再无秘法。"

知苦听出他倚老卖老、卖弄学问的意味，但自己除了熟读伤寒，对东垣、河涧、丹溪仅有所闻，涉猎不多，实在不敢妄言，默默不语。

杨祝山指了指弟子，又说："汝辈欲成大医，必博览群书，简练揣摩，由博近约，积健为雄，绝不可心存侥幸一举成名。如学医不精，不过是乡医或铃医而已。"

在座的医家都明白，医家也分三六九等。能开医馆、设药铺，坐堂应诊的医者叫"堂医"；有的家庭世代行医却开不起药铺医馆，多在家中炮制各种药剂，诊治一般头疼脑热的常见季节病症，叫"乡医"；最让人看不起的是江湖郎中，身背装着各种奇异药膏的小药箱，手持"虎撑子"，行走江湖卖药为生，人称"铃医"或"游医"。

杨悦和李少峰都知道知苦跟着铃医学了不少东西，如今"乡医"或"铃医"被杨祝山所贬，知苦脸色不由得一红，不知道说什么好。

世故的杨祝山早就看到了甘知苦的窘迫，又故作姿态说："老夫口无遮拦，多有得罪，见谅。"

王嘉义接过话，哈哈一笑说："岂敢岂敢！今日，咱不掉书袋，也不谈医论道，且放开大醉一场如何？"

说罢，端起酒杯连喝三杯，开始逐个敬酒。碍于他的身份，杨祝山先喝了两杯，其他人自然不好推辞，均一饮而尽。

接下来，每人轮流敬酒一番，猜拳一番，便都酒酣耳热、言欢语笑，相互攀兄道弟，再无尊卑隔阂。王嘉义酒到兴处，纠缠着一桌人不停地划拳喝酒，也顾不上为知苦说话。

知苦闷闷不乐，与邻座的李少峰闲话。作为同道中人，总有共同关心的话题。李少峰为人刚直，表面冷漠，却有一番热心肠，他窃窃告诉知苦："杏林虽好，然世风日下，人心不古，门派林立的时局下出人头地并非易事，今后还是小心从事。"

知苦为了这句体己话，特意与他碰了一杯。

酒宴结束，送走客人，王嘉义趁着酒兴阑珊，对知苦说："兄弟，肃州医道上的水深着呢。路子给你趟开了，接下来就看你自己的本事。若有事，可到道台衙门街背后的梳子街羊头巷找我一个拜把子兄弟，大号靳三棱，他会帮你摆平。"

甘知苦喝多了酒，头脑迷迷糊糊，心里也不大畅快，只听王嘉义交代了一些事，但根本没用心去记。

次日，知苦醒了酒，想起昨日之事，闷闷不乐。独自走出医馆，信步闲行至南大池边，一池清流浩浩荡荡，新萌发的芦苇和菖蒲盈笑相倚，湖堤岸边，柳韵浮动，清风中氤氲着乌泥的土腥气和草木清香，他伫立湖边，吸纳着自然清气，感觉自身如一株拔节的芦苇一样清爽。看到湖畔有人练拳、有人舞剑，不由得心痒，选了个僻静的角落，立定身形，开始站桩。

这个功法是他跟大师父学的，以此修身健体。大师父告诉他，站桩练到一定火候，就会真气外放，针灸中方可达到以气驭针的效果。大师父现身说法，当场演示了一番真气外放，以虚空握针的姿势，在知苦的合谷穴作针刺状，片刻，知苦便有了气感，合谷穴酸胀、酥麻，真如针刺一般。知苦便信了大师父所说，练了两年，隐隐感到丹田之中有一股暖暖的气流，但真气外放的境界，他还是无法开悟。

知苦微眯眼睛练了一阵，感觉背后有人一直盯着自己看，他收了功，扭头一看，是李少峰。

知苦颇感意外，拱手施礼，问他何故在此。李少峰说他家就在附近，晨昏常在湖畔漫步。

李少峰说："你这功法很独特呀，身上都有热气直冒呢。"

知苦说："大师父说，这叫太极混元桩，健身而已。"

李少峰也是有见识的，拱手笑说："甘兄弟造化不浅，可否指教一二？"

知苦道声惭愧，说："我的根底浅，尚未领玄机，不过，有个心诀，原本不能外传，但看李兄为人正直磊落，且说与你听，切不可外传啊。"

李少峰自然明白师传秘诀的分量，甘知苦愿传授与他，已是莫大的福分，他感激地朝甘知苦拱手一揖，说："甘兄弟秘授，不敢怠慢，无比感激！"

知苦凑到他耳边，轻声念道："夜阑人静万虑抛，意守丹田封七窍。呼吸徐缓搭鹊桥，身轻如燕飘云霄。混元气，神贯通，聚则成形，散则成风。"

李少峰跟着轻声念叨一遍，记住了这一秘诀。

两人说了一阵桩功，又由五行说到从医，知苦叹息在州府行医的不易，李少峰同情他初涉医道的艰难，劝慰说："好医家都是困厄磨难中自立起来的，尤其在大地方开医馆，没有真本事确实行不开。"

知苦感念他的直率相告，心里有如沐春风的感觉，深呼吸一口湖畔的草木清香，清清凉凉，无比惬意。

闲话一阵，两人告别，各自走了。

知苦一路走着，想着。细思前一日杨祝山的话，当时听着硌耳，现在细细一思，顿有茅塞顿开之感。习医多年，自以为悟得仲景真谛，扬名立万只待时机，但杨祝山的一番话打碎了他不切实际的梦想。中医博大精深，每个时期又有不同的致病环境，死抱着仲景之法显然不是光大医学的路数。自汉以来，中医经过了数次大归整，首先是晋人王叔和，其次是唐人孙思邈，再次是金元四大家，接着是明清大医张景岳、傅青主、叶天士、黄元御、吴鞠通等人，历次归整与开拓，已经把歧黄之术构织成一个庞大而精妙的体系。杨祝山所谓"博览群书""积健为雄"，实属经验之谈，道出了一个医家应有的底蕴和见识。

相比于博古通今的杨祝山之流，知苦觉得自己确实是井底之蛙，要想在医道上走得更远一些，还需要实践积累和博览群书啊。

8

本着收费低廉，用药中正，"甘之堂"渐渐在肃州立足。然而，同行是仇人，多一家医馆自然多一份竞争，其他医馆、药铺就盯上了"甘之堂"。

济世药铺的齐永贵安排了一场踢馆的举动，没有把"甘之堂"排挤出去，后来听说是王世琳的公子在维护着，不敢再来无故生事，而是找上门来推销药材。在商言商，商业上没有永远的敌人，只有永远的利益。不结仇家，便分享利益，这是他一贯的做事原则。

齐永贵找上门来，看到这个跛足的小伙子，突然想起几年前在峡口开药铺时的一件事。当时，江湖游医刘罗锅和一个跛足少年到他店里买过药，原本打算收拾两人一顿，没想到赔了两只狼狗，最后还是让他们跑了。他仔细一端详，才发现这个跛腿的医者，正是当时的少年，不由得大吃一惊，没想到曾经不起眼的一个少年，如今居然可以坐堂行医了。

虽然时隔几年不见，甘知苦还是一眼认出了齐大善人，那张永远保持着似笑非笑的脸依然没变，他记得十分清楚，还有放饿狗咬他们的恶行，他也忘不了。

齐永贵满脸堆笑说："原来是故人啊，失敬，失敬！甘掌柜年轻有为，几年不见，居然学了一身本事。"

甘知苦淡淡一笑，语含讥讽说："还是要感谢齐大善人成全，不然，我这个瘸子可能早被饿狗咬死在路边了。"

齐永贵风轻云淡避过话机说："任何磨难都挡不住有大作为的人，甘掌柜历经劫难，终成大器，前途不可限量啊！"

甘知苦顿时感到这个人城府太深，十分难缠，不想与他费什么口舌，淡淡问："齐大善人今日有何贵干？"

齐永贵呵呵笑说："甘掌柜不必拒人千里嘛，我好歹是个热心的商人，过来看看贵馆新开张有啥需要帮衬的地方。别的没啥，我那药材可是最齐全的，不管是虎骨熊掌，还是老参灵芝，只要你能想到的，我都能给你找来。"

　　知苦对药材要求甚严，之前，看了好几家药材商的药，确定了从山西商人赵和那里进药。对于齐永贵这个精明的商人，他从心底里有些拒绝，不过，还是不软不硬回了一句："谢谢好意，我已有了合作药商。"

　　齐永贵肉脸堆笑，很好说话的样子，说道："没关系，没关系，我济世药铺先送你部分常用药材用着，合作与否，再看缘分，如何？"

　　面对精明老到的奸商，知苦明知天下没有免费的好事，但人家送上门来的好处不收似乎说不过去，于是，打着呵呵接受了他的美意。知苦根本不知道齐永贵这步棋的布局已经把他算计了进去，齐永贵早已打探清楚了他跟王世琳的渊源，找了个送药材的借口，便不知不觉地把甘知苦拉进了他的监控之中。

　　相对齐永贵的精明，跟肃州粮商白家打交道就轻松多了。

　　接到白府求诊的帖子，知苦没作多想就答应了。白老爷曾在甘若望六十大寿时见过，应该是听说知苦在肃州开办了"甘之堂"，特意下帖延请。

　　白府是肃州一大望族，其祖上曾作过京门提督，后遭奸人构陷，家族移居太平堡避祸，后人远离仕途，专作粮食生意。现任家主白天鹤，三十出头，成熟稳重，已是商海中声望甚隆的人物。他谨遵父命，早早迎候在大门口。

　　马车停在白府门前，下来一个满脸淡淡络腮胡的跛子。白天鹤疑惑地看看车夫，机灵的车夫马上跟他介绍说："这是甘郎中。"

　　白天鹤先是一愣，这么年轻的、跛脚的郎中？

　　甘知苦已经习惯了人们以貌取人，淡淡一笑，拱手打了招呼。

　　白天鹤很快恢复了神态，嘀嘀笑说："甘郎中真年轻！平时听惯了老郎中少戏子的说法，蓦然一见这么年轻的大夫还真不习惯。"

　　知苦听出了他话里的意思，既坦荡地承认看走了眼，又含有道歉的意味，好一个聪慧之人。

　　白府，青砖白壁，古色古香。重檐门楼，二进院落。前院一堵照壁，正面题着"光前裕后"，背面画着"八仙过海"。照壁后是一个精致的小花园，甬道直通会客厅。

　　白天鹤陪知苦到了客厅，见到白老爷，知苦施礼问好，看老人的气色有点暗淡，脸上略带消瘦神疲。

白老爷冲他微微一笑，招手让他过去落座。

知苦坐在白老爷旁边的椅子上，客套几句，就开始诊病，他先问了问老人的日常饮食起居。

白老爷说，平时吃饭没胃口，口舌干渴，疲乏无力。

他心里大致有了判断，然后把了把脉，缓缓开口道："脾土虚弱，运化失调，木火炽盛，灼伤津液。问题不大，调理一下就好了。"

老人一辈子创业不容易，白天鹤一直担心是不好的病，听了知苦的诊断，依然不放心，又问了一句："真没有大问题？"

"没事的，人上了年纪，脾虚是常态。"知苦解释。

说完，他开了一剂大建中汤合理中汤，逐一交代了注意事项，让他慢慢将养。

人的脾胃都是日积月累造成的顽疾，短时间内抚平陈年创伤绝无可能，只好缓图。知苦用药已经比较平缓了。

诊治完毕，知苦正要告辞，白老爷说："老朽这情况，自己也知其二三。不过，现在有个棘手的病人，还得劳烦小甘大夫再给诊治一下。"

既然赶上了，知苦也不推脱，随白老爷子往后院走院，白天鹤有事忙，没有陪同。

他们穿过回廊，停在一间挂着门帘的房前，门帘上绣着一朵含苞欲放的荷花，白老爷向房中问了一声："芷儿，我们可以进去了吗？"

房中一个细弱的声音传出："爹，进来吧。"

白老爷掀开门帘，先进了屋，知苦跟着进去。

姑娘的闺房中，除了女儿家特有的馨香，倒多了一些书香气，案几上摆着笔墨纸砚，墙上挂着花鸟字画。床榻上，一个十七八岁的姑娘病恹恹斜靠在被子上，苍白的脸上有点清冷呆滞。

她见父亲带着一个跟她年纪相仿的男子进来，先是一愣，继而垂下眼帘。

白老爷说："这是小女芷儿，病了有段日子，请好几个医家看过，总不见效，愁死人了。"

知苦看她文弱，眉头紧锁，大致判断是个多愁善感的丫头。上前问了病情，她也没有隐含，如实说，好长时间不思饮食，整天有气无力，心烦，头晕，恶心，不愿见外人。

知苦诊断了一阵，又看了看其他医家开过的药方，几乎都是按气血两虚、头晕目眩来施治，如果让他开方，也不外乎这些配伍。想了半天，仍旧也理不出头绪，便如实说："实在没想明白，药方也开不出，让我再琢磨琢磨吧。"

白老爷虽然有些头疼，但脸色平静地宽慰他："无妨，这病让不少医家为难，贤侄慢慢琢磨。"

知苦应了一声，转身看到案几上有一幅工整娟秀的字，再细看，是一首七绝，题名《子规》："曾记陌上采紫薇，灵犀一点逐鸥飞。秋风杜宇香渐殒，子规南去梦无寐。"

知苦虽然诗文不精，但能读出诗中表现的相思之苦。

"不许看！"那边床榻上的白芷突然娇喝一声。

知苦尴尬地笑笑，扭头看到她的怀里抱着一把木剑，很珍重似的摩挲着，脸上写满不友好的怒意。他一时想不起哪里碰到过这样的情境，纠结地想着，走出姑娘的闺房。

白天鹤过来送他，快走到白府照壁前了，他蓦然想起，当初紫苏质问他婚事时，揉弄手绢的情形跟这一模一样。

他停下脚步，转身问送他出来的白天鹤："大小姐身边最近是否有非常特别人离开过？"

白天鹤想了半天，说："也没有啊，亲人都在身边。"

知苦又问："她怀里抱的那把木剑是谁送的？"

白天鹤再三思索，忽地想起一个人，说："哦，要说非常特别的人，就是送这把剑的人——跟她一起玩大的男孩，我们府上的一个伙计，上个月随父母回河南老家了。"

知苦一拍额头，惊喜地叫了一声："我知道她是啥病了，相思病！"

"相思病？"

"对，相思病。"

白天鹤一听妹妹的病情有了眉目，顿时喜上眉梢，握住知苦的手使劲摇了摇，说："兄弟，谢谢你了！请你妙手施治，医好我妹妹吧。"

"可是，这个病，并非汤药针砭可以医治……"

白天鹤愣了一下，不是药物能治的病，难道是中了邪？

甘知苦无奈地摇摇头，他对这类情志病实在没有可行的法子施治。世人面对情志一类的病，请和尚念经、道士作法，可能比医家开方还要管用。

白天鹤毕竟是见过世面的人，他看知苦为难，转而安慰他说："不要紧的，你能看透病情，已经是大恩德了。"

知苦出了白府，一路走，一路思索着治疗相思病的法子，他好像在什么书上看过，却总想不起来。

走到医馆时，已是午饭时。安家杂货店的丫头芸儿送来粽子，知苦猛然醒悟，今天是端午节。

谷子在一旁陪着芸儿，脸上乐开了花，又是沏茶，又是搬凳子，原本伶俐的嘴巴连话也不会说了，只会嘿嘿地笑。

芸儿跟他们熟悉了，也知道甘知苦已经订了亲，那点心事便放下了。心里无事，天然的本性便显露出来，落落大方地跟他们来往。她递给谷子一个粽子，又毫不见外地拿起一个粽子，剥开包衣递给知苦。粽子是地道的肃州吃食，所用食材，都是地本所产。芸儿手里的粽子还散发着热气，空气中顿时有一股芦草、糯米、红枣混合的清香。

知苦接过粽子时，看到芸儿手腕上拴着一根颜色渐淡的红绳，既不是饰品，也非避邪的狗毛绳，只是夹杂了什么金线银线的普通红毛线。十五六岁有姑娘，正是爱美的好年华，这个年龄的女孩子手腕上都会戴上金银玉器，芸儿却戴着这个。他好奇地多看了一眼下，芸儿望望他的眼神，嘻笑说："这是昆仑山紫云观张真人给我拴上去的。几年前大病一场，四处求医治不好，快要死了，恰逢张真人下山办事，我爹特地带我去求张真人，就有了这个。"

她说着，扬了扬手腕。

知苦十分惊讶，一根红绳就能治病，这是什么法术？

芸儿看他疑惑，继续解释说，"张真人看了我的病，给我画了一道符，让我烧成灰喝下，然后就拴了这个红绳，嘱咐我千万不能自行取下，直到自行脱落，身体就会痊愈。"

谷子一边吃粽子，一边不解地问："你喝了那道符灰咋样了？"

芸儿随身转了一圈，说："这不，好好儿的了。"

知苦心里一惊，祝由术？现在还有人会用失传多年的祝由术？如果能见到张真人，那白芷的相思病岂不是有办法了？

他忙问："这个张真人在哪能找到？"

芸儿撇撇嘴说："我好几年了没见过。听说，他居无定所，有时在昆仑山，有时在各地行走。"

昆仑山在肃州南边，巍峨高峻，山顶常年积雪，平常很少有人上去。

知苦暗想，十道九医，果然有世外高人。道医的医术又是异于世俗医家传承的另类医术，某种意义上还是医家的正宗本源，万不可小觑，有机会一定得跟张真人求教一二。

吃着粽子，知苦把今天诊断白芷相思病的前因后果讲了一遍，安芸儿和谷子都吃惊地问："真有相思病一说？"

"咋会没有呢，古代医家把这类病称为情志病，专门治这类病的医术叫祝由术，很神道的。"知苦说，"你们想一想，有啥好办法能让白芷姑娘从相思之苦中跳脱出来？"

谷子说，把那个男的找回来不就行了。

芸儿说，带着她到好地方游玩一趟。

知苦没有急于否决，让他们尽情地想象，他也思索着更妥当的法子。

9

午后，知苦探望了云青姐和小外甥，本来要找王世琳打问一些事情，却没见着他，就回了到医馆。

刚一进门，邻居郭大婶火急火燎迎面跑来，高声呼叫："甘郎中，老头子不行了，快，你给看看。"

前几天，郭大爷咳嗽气短，知苦为他把过脉，开过药，当肺虚津枯治疗。听到郭大婶急迫的呼号，知苦不敢怠慢，步履一高一低地急行，紧随着她走去。郭大婶一路絮叨着犯病的缘由："早上起来嚷嚷着胸口闷胀难受，就让他再躺躺，结果躺下时间不长，人就不行了。"

进了一个土木结构的大杂院，郭家居中，门前堆放着木柴杂物。推门进去，看到郭大爷平躺在炕上翻着白眼，四肢抽搐，嘀嘘嘀嘘地喘着气。

知苦一看，便感到情况不妙。把了一下脉，脉象洪大弦数，已是危症，便想到了回阳救逆的法子，但看他那牙关紧咬的样子，又不知道能否灌下汤药。他急忙从贴身衣兜里取出一个精致的小瓶，揭开塞子，倒出三粒米粒样的小药丸，强行掰开郭大爷的嘴灌了下去。这是他制作的至宝丹，专用来回阳救逆。为了保险起见，他又开一方四逆回阳汤，让郭大婶拿给谷子速速煎药。

左等右等，等了大约半个时辰，郭大爷依然人事不省。等谷子风风火火地把汤药送来了，郭大爷已经气若游丝，等不及服药了。

郭大婶趴在炕沿上撕心裂肺地哭，知苦也跟着难过。一面劝她节哀，一面内疚自责，如果医术再高明些，前几天诊病时，应该能诊断出心脏的问题。可是，一切都晚了，生命有时就这么脆弱，诊断稍有差池，就容不得医家有周旋的余地。

郭大婶家的亲人闻讯陆续过来，知苦留在那里也帮不上什么忙，他沮丧地回到医馆，为自己不可饶恕的过失深深自责。

谷子劝说，哪个医家也不能包治百病不是，如果有起死回生的本事，那就是神仙了。

知苦听不进去，只是叹息不已。天黑下来了，潦草吃了东西，凑在灯光下看了阵医书就睡了。

半夜里，睡得迷糊，忽然听到一阵急促的拍门声。隔壁的谷子起身开了门，领进一人。知苦一看，正是那天取走屈大全留下竹筒的壮汉。

壮汉对他耳朵说了几句悄悄话，知苦脸色遽变，急忙从柜台上抓了一些丸膏类成药，收拾好药箱，紧随那壮汉急走。

谷子望着他们神秘的行踪，没敢多问，兀自闭馆睡觉。

伸手不见五指的黑夜里，壮汉一手拉着知苦，脚高步低地急促赶路，走了一段，有点心急火躁，不耐烦地说，这般走下去，何时才到，不如我来背你走。说着，作势要背甘知苦。

甘知苦无端受了歧视，冷哼了一声，倔强地跛着腿往前走。壮汉无奈，只好将就他，放慢步子，陪他走路，一直将他带到了城外西郊的一个破庙里。

进了门，知苦就感到一种异样的气氛。影影绰绰的火把映照下，他看到一个身穿夜行衣的男人和衣斜卧，脊背上一片污血，旁边还立着一个同样是穿夜行衣的人，眼神警惕地盯着他看。知苦低头看一眼躺着的人，居然是姐夫王嘉义。他叫了两声，没有反应。

知苦顿时有点紧张，摸了摸他的额头，炽手的烫，显然发着高烧。

壮汉焦急不安地问："严重吗？有没有危险？"

知苦看看渗血的肩部，就明白是中了火枪，看样子并非要害部位。只是不明白，堂堂甘肃提标中营的把总，怎么会中了枪伤？为何不找军医医治？尽管疑虑多多，但他也不多问，只管救治。

打开随身背负的药箱，先取出一套钳子、镊子之类的工具，让壮汉和穿夜行衣的人摁住王嘉义，挑开衣服，强行用镊子、钳子配合着撬出了豆粒样的铅弹头，刺骨的疼痛使王嘉义猛然惊醒。睁了睁眼，又昏迷过去。知苦迅速撒上自制的消炎药粉，又敷上止血膏药，一贴膏药贴上去，马上止住了血。然后又用了艾灸法，连灸了大椎、关元、中脘、天枢几个穴位，这些都是通经活络、清热疏郁的要穴，足有一个时辰，王嘉义才退了烧。

救治中，壮汉和另一个穿夜行衣的人窃窃私语，穿夜行衣的人像是陕西一带的口音。知苦隐约听出，他们说堂主、武器什么的，好像筹划着秘不示人的大事。知苦联想到私下传递的那个小竹筒，应该是有什么秘密在里面。他佯装不知，只是尽一个医家的本分。

又等了大约半个时辰，王嘉义才徐徐苏醒，扫了眼周边的人，又看了眼知苦，哑着嗓子叮咛："千万别声张。"

知苦点点头，又检查了一下他的身体，无甚大碍，留了一些丸散药物，告知用药的方法，便由壮汉送回医馆。他心里隐隐觉得王嘉义有点神秘，他的枪伤，肯定跟公差无关。

这些日子，革命党人的消息如沙尘风暴一样冲击到边地小城。熟人见面，便私下窃语，确凿吗？要乱了吗？可是，谁能说得准呢，肃州离京城十万八千里，一阵风刮过来也是几个月以后的事。这些年，道听途说的消息实在太多，一阵子朝廷镇压什么义和拳运动，一阵子又是跟洋人开战；一阵子是朝堂的"老佛爷"死了，一阵子又是新皇帝给洋人割地赔款……风一阵雨一阵的传闻实在太多，但传闻的都是山高水远的京城大事，与边陲百姓的吃喝拉撒关系不大，议论一阵就过去了，谁也不当回事。

知苦曾听大师父说过，这世道迟早要变天。他不知道如何变，只是隐约觉得，大清王朝就像一个害了绝症的人，表浮里虚，时日不多，一些不明所以的势力像荒野上的磷火，若明若灭，不知道什么时候就会烧起一场弥天大火，使天地变色、生灵涂炭。

次日，城里就有了传闻，道台大人的府上进了贼人，道台被杀死在卧室，家中钱财洗劫一空。这个道台本就没有好名声，他死了，百姓无不拍手称快。

官府的兵丁挨家挨户搜查，"甘之堂"也没放过。兵丁里里外外搜了一遍，问他们有没见过可疑人等，知苦坦然回说没有。他们例行公事地嘱咐了几句，走了。

谷子连忙悄声打问知苦昨夜治疗的什么人，他只是支吾了一声，没有多说。世事难料，好事不会轻易降临，坏运气可能随时光顾，这个时候，万事不得不谨慎。

10

过了两天，知苦意外地从王世琳那儿得到了治疗相思病的妙法。

那天，王世琳回家后，听云青说知苦找过他，所以特意抽空到医馆来看他。

他在医馆里转了一圈，问了开张以来的情况。听知苦和谷子你一言我一语抱叹生意清淡，入不敷出，他笑了笑，捋着胡子说："终于知道创业的艰难了？不妨想想，你们甘家的祖上也不是凭空就能创出一片基业来的，要想把甘之堂的名声打出去，你们的路还长着呢。"

知苦知道他学问深，见识广，恭恭敬敬地问："世伯有何见教？"

"你还记得我当初怎么说的？"

知苦点头，那番"持医术兼善天下"的教诲，的确是让他耳目一新，一直记在脑海里。

"心怀天下的好医家不是坐堂先生，好医术也不是坐在家中琢磨透的。你随我来，去一个地方。"

王世琳说罢，茶也不喝了，起身拉着知苦就往外走。

他们坐着牛车，出南门，走到城郊一个破破烂烂的村子，叫余丁地。村外有一个臭水湖，扔满了各样垃圾，绿头苍蝇、大头蚊子乱飞，知苦还看到了几个草席或烂布包裹的婴儿的尸体。村子里修建整齐的房子没有几座，大都是红柳、胡杨、柴草和破木板搭建的草棚，在知苦眼里，这些草棚连太平堡大户人家的牛棚马圈都不如。一群营养不良的半大小子，赤着脚，穿着破烂，远远围上来，眼巴巴看着他们。知苦觉得眼熟，好像那些平常城里看到的走街串巷乞讨的乞丐。他们走进村子，几个满面菜色的老人歪斜在路边，连说话都没有气力。偶尔碰上佝偻着腰的、拖着腿的、扶着木棍走路的，显然是疾病缠身，久病不治造成的结果。他们仿佛努力地挣扎活着，活得好艰难。

这时，一个半大小子背着一个妇人跑了过来。路边有人问："毛驴子，你干妈咋了？"

半大小子喘着气，带着哭腔说："不行了，快死了。"

边上的一群乞丐闻言跟上去，帮扶着往外跑。

知苦认出了跟他一起逃难的毛驴子，心念一动，喊了一声："稍等，我看看。"

毛驴子停住脚，打量了他一眼，也认出了他，冲他傻笑。

知苦走过去，抬起那妇人的脸看了看，又拉起胳膊号了脉，急忙说："快快快，放到平地上。亡阳虚脱之症，不能再耽搁了。"

毛驴子把妇人放在地上，擦了把汗，看着知苦问："甘郎中，我干妈有没救了？"

知苦看了看气息悠悠的妇人，顾不上回答他，吩咐他赶快找碗糖水来。

毛驴子搓着一双黑皴皴手，为难地说："整个村子里都找不到一块糖。"

知苦轻叹一声，掏出一粒至宝丹，掰开妇人的嘴，给她含在舌下。

然后左右瞅瞅，找不到可以书写的纸笔，从旁边一家破栅门上掰下一块木板，找了根烧火棍写下一方：炙草二两、干姜一两半、生附子四两、人参二两，签上名字，然后嘱咐他速速到"甘之堂"抓药急火浓煎送来。

毛驴子也不多问，抱起写了药方的木板，撒腿就往城里跑。

知苦也不怠慢，洗了下手，取出针灸包，在人中、百会、内关几个大穴行补气固本之法。

众人围过来观看，王世琳赶忙出声驱开。他清楚，这种调理看似简单，实在非常费神，针灸者必须精力集中，运用内在真气运针，绝对不能受外界的干扰。

针灸了半炷香时间，妇人缓缓睁开眼，萎靡不振，眼神空洞地打量着周边。看她蜡黄的脸色、皮包骨头的肌肤，显然是长期吃不饱肚子的缘故。

又等了一炷香时间，毛驴子捧着药罐飞奔而来。

知苦接过药罐，向旁边人家借了个汤勺，徐徐将三分之一的药汁灌进妇人口中。

观察了一阵，妇人气色渐渐好转，长舒了一口气，正气算是提上来了，回阳救逆的方子稳住了病情。

毛驴子惊喜地扑上去，抓着妇人的手说："干妈，甘郎中把你救活了！"

妇人泪眼迷濛，哽咽着说了声"谢谢恩人"。

知苦给她一个安心的眼神，又将剩余药汁的用法嘱咐了毛驴子，叮嘱他想法子让老妇人吃饱肚子。妇人真气亏损太多，虽然暂时去了病，却救不了命，恐怕她时日不多了。这些话，他只在心里想想，不便说出口来。

毛驴子答应着，但知苦心里明白，这些穷得叮当响的人家哪有那么容易吃饱肚子啊。

知苦一直觉得上天对自己很不公，小小年纪就让他瘸了腿，可看到这些人的卑微生活，竟感到自己要幸福多了。

诊治完毕，他们没有多作停留，起身往村外走。

"看看，这就是底层穷人的生活。他们住不起像样的房子，吃不饱饭，穿不上衣，看不起病，但他们也是人呐！"王世琳边走边叹息说。

知苦心中戚然，却不知说什么好。乡下人生活困难，却还有几亩薄田能养家糊口，但这些没有土地的流浪汉，日子可真是不好过。

"世道啊，已经病得不轻了，需要你们年轻人去改良这个社会了。"王世琳说。

"大人可有治世良方？"

王世琳摇摇头说："世道衰，贤人出。改变苍生疾苦，只能等大能大贤的智者谋划了。不过，你们年轻，应该有梦想，如果连一点改良社会的梦想都没有，那么，这个世道就没有希望了。"

知苦默然。他除了医书，还爱看历史书，从几千年的历史来看，要改变穷人的命运并非一朝一夕那么简单，改朝换代的事，在他来看简直无法想象。

"我带你来这里，就是让你明白一个道理，做一个好医家，必须要有悲天悯人、仁民爱物的情怀，在你济世活人的世界里，你就是王者。"王世琳说。

知苦蓦然感到自己不再是一个小郎中，身上居然也扛着拯救苍生的重任。他用力地点点头说："记住了。"

从余丁地出来，王世琳心情沉重，靠在车帮闭目养神，牛车吱吱呀呀行进在沙石路上。

知苦忽然想起白家丫头的相思病，出声问道："大人读医书甚多，可曾记得相思病怎么治？"

王世琳睁开眼，不解得看看他，问是怎么回事。

知苦就讲了白老爷家千金得了相思病的事。

王世琳听他一说，不由地对这个年轻人啧啧称叹。这种情志病还真是难倒医家、困死先生之症，如果不是心细如发、心思缜密，平常诊断法实难诊断得出。就像战场上的决断杀伐，主帅缺乏正确决断，就难以施展杀伐之策。医家病症诊断不准，自然无从着手施治。

他想了想说："金元四大家的张从正在《儒门事亲》一书中讲过，悲可以治怒，以怆恻苦楚之言感之；恐可以治喜，以恐惧死亡之言怖之；

怒可以治思，以辱侮欺罔之言触之；喜可以治悲，以谑浪亵狎之言娱之；思可以治恐，以虑彼忘此之言夺之。五志相生相克的法子，你可以琢磨。"

知苦一听"五志相生相克"，顿时明了，这跟"五行相生相克"一个道理，只要弄明白原理，运用就容易多了。

"以怒治思"，这倒是个是不错的思路，但究竟怎么施治，他一时还是想不出法子。

<h1 style="text-align:center">11</h1>

想了一夜，知苦终于想到了一个治疗白芷的法子。

次日天明，他便开始着手实施治疗白芷的方案。他先安排谷子去了昨日去过的城南的余丁地，如何如何交代了一番。

谷子吃惊地看着他问："这样能行吗？不会出大事吧？"

知苦白了他一眼说："废话，依计行事就是。"

随后，他急忙赶到白府，见了白老爷，也不顾那些礼仪，开口就说："我想到了一个治疗方案，但需要你们配合。"

白老爷喜出望外，毫不犹豫地说："咋配合都行，只要能治好芷儿的病，我啥都不在乎。"

知苦不自在地笑笑，说："也没多复杂，你就哄她到城郊逛一逛，到时候见机行事，一切看我的眼色就行。"

白老爷听到能治好丫头的病，也不多虑，当机立断，叫下人套好马车，哄劝白芷要带她出去散心。

眼下正是草木繁盛的季节，城郊也是散心的好去处，这个理由自然说得过去。白芷虽然兴趣不浓，但拗不过父亲的关心，勉强答应了。换了一件藕白色的绸裙，上身穿粉色对襟短衫，看上去清清爽爽。

马车载着白老爷、白芷和知苦，徐徐南行，对于同行的知苦，白芷心里嘀咕了一下，也没多想。

马车很快到了余丁地。他们下了车，知苦说自己跛脚走不快，让白老爷和白芷走在前面。

远处，谷子看到白老爷一行人走来，向知苦挤挤眼睛，打个手势，意思是办妥了。

白老爷和白芷刚前行了几步，旁边跑过两个泥手泥脚的小子，故意伸出泥手摸了摸白芷的屁股，嬉皮笑脸地跑开了。

娇养惯的白家大小姐哪受过这般侮辱，顿时气得脸色涨红，开口就骂："泼皮流氓，你们给姑奶奶站住！"

两个小子回头做个鬼脸，勾勾手指嘻笑说："来呀，来呀，有胆量你过来，正好给我大哥做压寨夫人。"

当着自己的面调戏闺女，白老爷自然听不下去，大声呵斥，两个小子见状便跑开了。

白芷捡起一根树枝就追了过去。

刚过一座木桥，有一个废弃的土围子旁，一群乞丐围了过来，白老爷和白芷一时不知所措。

这些常年饥饿不堪的乞丐，都瘦骨伶仃，皮包骨头。领头的一个半大小子蓬头垢面，做出流里流气的样子，抿着舌头围着白芷转了一圈，阴阳怪气地说："哟，哪来的小娘子，花枝招展的，相亲来了？"

"我呸，你们这些臭流氓，滚开！"白芷怒喝道。

旁边的乞丐们起哄说："大哥，莫非她看上你了？收了做压寨夫人吧。"

又有乞丐说："还是个生瓜蛋呢，好看不好吃吧，得有一付好牙口。"

毛驴子轻蔑地说："看她死眉吊相的，谁要娶了她，会倒霉八辈子。"

这些话，越说越难听，越说越离谱，白芷哪里受得了，气得浑身颤抖。

白老爷护着白芷，横眉冷声喝斥道："你们想干啥？想当土匪？信不信我白某人在肃州城跺跺脚功夫就灭了你们！"

毛驴子被白老爷的气势威压着，愣了愣神，眼光不经意间瞥瞥远处，很快恢复了愣头青的神气，舔了舔干裂的嘴唇，对白老爷阴阳怪气说："老头，是你闺女啊？你咋就生了这么个不省心的丫头，我这火眼金睛一看，她就是个吊死鬼投胎的命，还不如早些送到窑子里，还能省下些布料粮食。"

白老爷也被气得七窍冒烟，后悔没多带几个家丁过来。

趁着说话的当口，几个小乞丐伸手摸白芷的衣裙，衣服上又多了几个黑手印，还有黏黏糊糊的鼻涕口水之类。白芷气哭了，看到一晃一晃过来的甘知苦，带着哭腔喊叫："甘郎中，快过来赶走这些臭流氓。"

知苦走过来，装作评理的样子，听乞丐说了半天，观察着白芷的脸色，嗯哼着没有说话。

白芷用乞求的眼神望着他，希望他站出来帮自己说几句公道话。

知苦终于说话了，可是，却指着她冷言冷语地讥讽："你白大小姐好高贵啊，平日里高高在上，衣来伸手，饭来张口，动辄还茶饭不思，你看看这些乞丐，哪一个不是皮包骨头，常年哪天能吃顿饱饭？你觉得你长得好看，还是有个好爹娘？如果把你放在他们的位置，恐怕你连活下去的本事都没有，还想做人上人，做梦吧你！"

他本来不善言辞，这些话想了半夜才想出来。

这一席话，把白芷骂得一愣一愣的，连白老爷也不明其故，愣怔着说不出话。

长这么大，她还是第一次被外人当着众人斥骂，白芷情不自禁地大哭起来："你……好你个瘸子！呜——呜呜呜——"

白老爷刚要劝说，知苦给他使个眼色，他不知所以，但先前已经答应过知苦要配合，只好保持缄默。

知苦继续冷冷说："你还有脸哭！生活中一丁点烦恼都把自己压垮的人，你也不撒泡尿照照，你有多金贵，干脆用眼泪把自己淹死算了！"

乞丐们一片声哄笑。

白芷越听越气，跌坐在地上，哭得更加伤心，哭得肝肠寸断，花枝乱颤。

知苦给谷子打了个手势，他快步跑了过来，悄声跟知苦说了句话，向乞丐们挥了挥手，他们即刻散了，跑到远处看着。

白芷嚎啕大哭，从没有受过的委屈都在这一刻哭了出来。哭着，哭着，终于哭累了，渐渐止住哭声。

她抬头看看周围，忽然感到大哭一场，胸口那种闷闷的感觉没有了，身心一片清明，从未有过的爽快。

知苦贱皮地笑说："得罪了，白小姐，现在感觉咋样？"

白芷白了他一眼，冷哼一声，不搭理他。

白老爷这才明白，原来这一场闹剧，就是知苦设计的治疗方案啊。他不解地问："为啥要故意气的芷儿大哭呢？"

说起病理机制来，知苦话就多了："悲治怒，恐治喜，怒治思，喜治悲，思治恐，五志相生相克，正好以怒治思。小姐相思郁结，气机不畅，这就好比渠道的枯枝烂叶把水流堵塞不通了，刚开始不觉得，时间一长，泥沙俱下，堵结成块，必须用摧枯拉朽的方法清淤，否则就有决堤的危险。现在瘀结打开，我再行个方子，调理一段肝脾就好了。"

说着，知苦又作揖赔罪说："之前所以没有明说，就怕提前露了馅，不能使白大小姐动怒，倒是白费一场心机。"

白芷虽然仍旧是满脸怒容，但看向小瘸子的眼光却有了点异样。

白老爷顿时明白了，知苦为了芷儿可谓用心良苦，感激地朝他点头致意。他又看向远处的乞丐，又问："这些人也是你找来的？"

这时，谷子上前解释说："白老爷，为了小姐的病，我家少掌柜费尽心机，冒犯您了，请别见怪。"

知苦挠挠头，不好意思地笑说："一时想不到更好的办法，昨天正好来过余丁地，看到这些人日子过得难肠，就想到了这个法子。不过，也想结个善缘，白老爷，你意下如何？"

白老爷经多见广，嘀嘀一笑，马上明白了知苦的意思。他朗声向乞丐们呼告道："各位，白家商号决定从明天起，在余丁地设棚放饭，帮大家度过青黄不接的日子。"

乞丐们欢欣叫好，纷纷跑到村里去传播这一喜讯。

谷子把那个带头大哥毛驴子特意叫过来给白芷赔罪。毛驴子讪笑着朝她鞠躬，请求责罚。白芷还为他那些恶毒的话愤愤不平，不便冲甘知苦发火，便把气撒在他身上，狠狠朝他腿上踢了一脚，才破涕为笑。

知苦也格外有成就感，不止是医治了白芷的相思病，更没有想到，自己一个小小的郎中，还能有机会以这样的方式帮到穷人。

白老爷看着渐渐成熟起来的知苦，大有宝骏如跋的惜念，心里忽然多了一层想法，出声问了一句："贤侄年龄也不小了，可有意中人？"

知苦不好意思地笑说："有是有，但没定亲。"

白老爷又问："是哪家的闺女？"

知苦说："太平堡的柳家丫头。"

白老爷知道柳家醋坊这个丫头，有点失落地叹了口气。

女人都爱八卦，白芷也未能免俗，她好奇地问："咦，小瘸子有对象了？"

知苦又气又笑，说："你的意思是，我就找不到找象？"

"哼，你呀，能找个瘸子瞎子聋子就不错了！"白芷念念不忘之前的羞辱，故意挖苦他。

"好好好，说不过你，不说了。"知苦怕她继续发怒，赶紧赔笑熄火。

次日，白家就在余丁地搭起施舍粥饭的棚子，安排专人负责施粥，接济吃不上饭的穷人。

知苦去看过一次，恰好碰上白芷坐镇放饭，他便有些好奇，过去问了一声："咦，白大小姐咋会出现在这腌臜之地？"

白芷冷哼一声，仍旧悻悻说："小瘸子，别以为本小姐忘了，你的账还没跟你算呢！"

知苦知道她泼辣大方，毫无顾忌地跟她玩笑说："狗咬吕洞宾，不识好人心。"

白大小姐不顾形象地抡起舀粥的勺子就朝他打过来："你骂我狗？我打烂你这张臭嘴！"

知苦见势不妙，赶紧钻进人群中，嘿嘿嘿笑。

"我要是不看你腿瘸，今天打烂你的狗头！"白大小姐凶巴巴地抡着勺子说。

两人嘴上打打骂骂，却都没往心里去，白芷的心里还有了点过瘾的快感。

白家的管家怕知苦难堪，悄悄告诉知苦，原本白老爷没安排小姐过来，是她自己要求来的，白老爷就当是让她散心，把这个事托付给了她。知苦看到有毛驴子一伙乞丐维护秩序，倒也安心多了。然后进村，给几个起不来床的病人诊了病，就回医馆去了。

知苦治愈白家大小姐的消息不胫而走，不论是医家，还是平民，都对"甘之堂"有了新的认识。当然，谁也不知道白大小姐患的是相思病，只知道是好多医家都没治好的顽症，让名不见经传的瘸子医治好了。这就无形中给"甘之堂"作了活广告，求医的人渐渐多了起来。

第五章

1

中秋节的前一天，王嘉义和云青一家租了马车，接上知苦一起回了趟太平堡。

进了堡子，知苦总觉得怪怪的，与往常很不一样，路过的乡亲看到他们，远远就躲开了。

他眼巴巴地四处瞅瞅，怎么都看不到紫苏的影子。

云青打趣他说，是不是想见某个人想癔症了？他不好意思地笑笑。

回到甘家，知苦打了个招呼就去了医馆。罗丁子正在一边捣药，瞅了他一眼就低下头，不敢看他的样子。

他是罗成子的兄弟。罗成子跟知勇去当兵，家里就这一个小子，就送到甘若望这边来当药僮。

他总觉得罗丁子有什么事瞒着自己，招招手，两人出了院门，走到前面的大槐树下站定，知苦问："丁子，这几个月家里出了啥事？"

罗丁子还是个不谙世事的少年，眨巴着眼睛说："知苦哥，我也不是很清楚。"

说罢就想溜，知苦一把薅住他的衣领问："小滑头，还想溜！快说，咋回事？"

罗丁子拗不过，只好说："紫苏出事了。"

知苦吃惊地问："怎么出事了？"

罗丁子支支吾吾，不愿说。

知苦佯装恼怒说："你要不说清楚，今天休想从我手里逃出去！"

罗丁子犹豫了一下，说："知苦哥，我说了你可不要生气，我是怕你难过。"

知苦说："没事，你说吧。"

于是，罗丁子把自己知道的事情说了出来：有一次，陈二棍的手下"胡日鬼"跟街上地痞贺大个子设了个套，引诱好赌的甘知信欠下了一个天大的债。甘知信没办法，又到家里偷东西，刚好甘若望出诊回来，一进家门，就听到堂屋里有翻腾东西的声音，以为进了贼，疾步进去，看到甘知信正翻箱倒柜找东西，顿时火冒三丈，随手抄起一把掸子，劈头盖脸就把他打了一顿。甘知信被打急了，瞅空就跑。结果又被贺大个子和"胡日鬼"抓到了。不知道他给那两个恶人说了什么，"胡日鬼"从柳家醋坊订了一大桶醋，让柳老汉送进了营房。没过两天，柳家醋坊的柳老汉就被团练给抓了起来，说是他家的醋不干净，团丁吃了全都拉肚子。甘若望说啥也不相信老实巴交的柳老汉会做出这等混账事，要亲自诊断患者，为他证明清白。陈二棍就差人请去了甘若望。但是，甘若望开了止泻的方子，却无法治愈，陈二棍便把甘若望当作同谋抓了起来。甘、柳两家四处托人求情，陈二棍就是不放人，还放出狠话，秋后要砍头示众。一天，甘知信碰上愁眉苦脸的紫苏，就给她出了一个主意，让她到军营找陈二棍求情。紫苏救父心切，冒冒失失就去了军营，结果被陈二棍糟蹋了，并威逼她签下一份以身赎父的保押书，才使柳老汉和甘若望释放回家。两家人没办法跟他斗，只能忍气吞声，委曲求全。

知苦越听越愤怒，手指头攥得格格作响，一拳打在槐树上，顿时手上血流如注，他咬牙切齿地怒吼："狗日的陈二棍！狗日的胡日鬼！我要杀了你们！"

怪不得一进堡子看不到紫苏，原来她遭了这个难。

他疯了似的晃着身子向柳家醋坊跑去，碰上乡邻打招呼也不应答，像一头急红眼的斗牛，两眼要喷出火来了。

走到柳家醋坊，便高声呼喊："紫苏！紫苏！"

紫苏听到声音，马上变脸变色，惊慌失措地躲到后院去。几个月来，她无时无刻不在盼着知苦，可是今非昔比，她实在没脸见到自己的心上人了。

柳老汉迎出来，满是愧疚地说："知苦，紫苏不在家，你甭找她了。"

知苦不相信，硬要进去找。柳老汉挡在前面，有点苦涩笑地说："她……她心里难受，去外婆家了。"

知苦着了魔似的念叨着："我要娶紫苏！我要杀了狗日的陈二棍！

我要娶紫苏！我要杀了狗日的陈二棍！"

念叨了几声，"噗——"地喷出一口鲜血，身体直挺挺朝后一仰，倒在地上。

柳老汉急忙跨前一步，抱起他的头大声疾呼："知苦！知苦，你怎么了？你醒醒啊！"

近处的乡邻闻声赶了过来，一看昏迷不醒的知苦，全都慌了神。

紫苏早已听到外面的情况，顿时心慌神乱，急忙跑出来，一看吐血不止的知苦，顿时泪眼婆娑，哀求众人把人快送甘家医馆。

乡邻匆忙卸下柳家的门板，抬起知苦就往医馆跑。

望着远去的知苦，紫苏伤心欲绝，双手掩面，泪水透过指缝流了下来。她不愿看到心上人为她难过，更恨死了污了她清白的陈二棍。

2

夜幕降临时，紫苏刻意把自己收拾一番，对着镜子凄然一笑，端详着从父亲房里拿来的剃头刀，很小巧，只有一寸来长，折叠进刀槽中。然后往袖筒里一塞，悄悄出了门。

陈二棍正跟兵营的弟兄喝酒，卫兵进来传话，说是柳家丫头来了。他一听，一对三角眼顿时笑成了菊花："弟兄们，你们乐吧，老子干好事去了。"

胡日鬼谄媚道："大哥，既然人家送货上门来了，你就好好乐去。"

团丁也跟着起哄："大人悠着点，来日方长，来日……嘿嘿嘿。"

陈二棍笑骂一声"龟孙子"，喜滋滋的哼着小曲，脚高步低走向自己的住所。

马灯映照着，一个窈窕的身影定格在窗格子上。陈二棍急不可耐地推开门，一看花枝招展的紫苏，眼睛顿时亮了，三步并作两步跑过去就搂紧了她："美人儿，今天啥风把你吹来了？想死我了。"

说着，就抱着她乱啃一气。

紫苏厌恶地招架着他乱啃，推开他，编个理由搪塞他："甘知苦不是今天回来了嘛，他大骂了我一顿，我只好来找老爷出出气。"

"好好好，老爷我今晚让你快活个够。"陈二棍已经知道了甘知苦回来的事，还听说他在柳家醋坊前吐了血，所以没有多想，抱着她就往床上拽。

紫苏又推开，装作娇羞的样子说："今晚，让我来服侍老爷。"

"哦，嘿嘿，好好！美人儿开窍了，好！"陈二棍得意洋洋，张开双臂，色眯眯看着她。

紫苏皱了皱眉，嘴角挤出一丝不自然地笑，为他宽衣解带，又脱了自己的衣服，平躺在床上。趁陈二棍不注意，悄悄把剃头刀塞到了枕头下。

没想到紫苏会有主动服侍的一天，陈二棍早已兴奋得不知南北，看着眼前的美色，饿狼扑食一样扑了上去。

……紫苏摸索到枕头下的剃头刀，汗津津攥在手里。尽管她已经在心里算计过无数遍，可事到临头，还是紧张得要命。犹豫了一阵，终于一咬牙，挥刀向毫无防备的陈二棍脖子上一抹。刹那间，一股血腥喷涌而出，溅了她一脸。

"啊——"陈二棍惊叫一下，捂着脖子瘫倒在一边，像濒临死亡的野兽一样胡乱挣扎。

紫苏厌恶地推开他，还不解气地在他裆部划了一刀，陈二棍疼痛难忍，却已叫不出声。

惊慌失措的紫苏胡乱穿上衣服，抹一把脸上的血污，再看一眼满屋鲜血四溅和四肢颤抖的陈二棍，眼前一片血红。她被眼前的景象吓着了，长啸一声，咿咿呀呀地哭笑着往外跑去。

巡营团丁看见有人疯疯癫癫跑过，拦住她，马灯一照，一个满脸血红、披头散发女人又哭又笑。团丁如遇女鬼，惊慌失措，失声大叫："来人啊，出事了——"

兵丁人多势众，迅速包围了疯疯颠颠的紫苏，眼看就要抓到她了。

这时，一道俏生生的黑影风一样从房顶落下，三尺长剑就势划出一圈，黑夜中传出一声声痛苦的惨叫。

借着昏黑的灯光，这道黑影挥剑一扫，兵丁急忙后退，不敢近前。

黑影人也不恋战，抓起紫苏就走。

兵丁追了上去，又被黑影砍翻了几个，就没人敢追了，眼睁睁看着黑影人把紫苏带走了。

黑影人一直把紫苏带到柳家醋坊，敲了门，便躲到暗处，等她家人弄走了她，才离去。

有两个暗哨跟到黑影身边，一个问："咱们办正事要紧，洛小姐何必多管闲事？"

这个黑影正是洛青风，她按照内应给的线索来到太平堡，暗中寻访与甘家密切往来的人，正好碰上这事。她冷哼道："只要欺凌女人的狗贼都该死！"

随后，他们一阵风似的消失在黑夜里。

第二天一早，柳家丫头疯了的事就传遍了太平堡，三三两两围在一起，评评点点，谁都没想到一个弱弱的丫头哪来这么大的胆量，敢独闯团练营去杀人。

甘家的人得到消息，也在堂屋里悄声议论着这事。

云青说："细想起来好可怕，一个弱女子，凶起咋就这么疯狂。"

阎氏叹息："女人啊，一旦清白被毁，活着就没了盼头。"

王嘉义暗自感叹，这丫头倒是有情有义，敢爱敢恨，堪比戏曲中演唱的节烈奇女子。

云青说："可惜了，要是知苦知道又该心疼了。"

阎氏急忙嘱咐："大家都小心些，千万别让知苦知晓了，他还没缓过来呢。"

昨天，知苦为了紫苏的事气急攻心，吐血不止，刚被甘若望救醒，还在下角房躺着，大家怕他知道了，再度病发，都瞒着他。

昏迷中，知苦又做了那个噩梦，梦到自己在逃亡，梦到了恶人不休不止地追杀，梦到了一个女人抱着他死里逃生，浑身是血，他挣扎着要自己跑，可是，自己腿脚不便，踉跄几步便摔倒了，女人急忙护着他，拖着他，退到悬崖边，眼看着恶人越逼越近，他急切呼唤那个女人"妈妈"，女人慈爱地望着他，怒视恶人，抱着他转身跳下悬崖……他们在空中飘啊飘，像两片枯叶，又像两只生死相依的鸟，飘荡在空中，落不到实处。这个女人的面目一会儿模糊不清，一会儿又变成了紫苏，渐渐，女人的影子越来越模糊，化作了烟霞，消失在光影里，他喃喃着："妈妈，妈妈……"

叫着叫着，自己先惊醒了。

这时，谷子来找知苦，他没去堂屋，而是熟门熟路地进了知苦住的下角房，进门就咋咋呼呼地说："大事不好！紫苏去杀陈二棍，疯了。"

"杀人？疯了？"知苦惊得一跃坐起，愣怔了片刻，又一头栽倒，昏了过去。

谷子顿时慌了神，大声疾呼："知苦哥，知苦哥！你醒醒！你醒醒！"

堂屋闲谈的人听到惊呼声，感到大事不好，急忙都跑了过来，看到谷子在掐知苦的人中穴，都有些紧张。

谷子掐了人中，又掐涌泉，这都是知苦告诉过他的昏厥急救要穴。

甘若望急匆匆进来时，知苦刚好缓缓睁开了眼睛，直愣愣看看谷子，又看看众人，有气无力地问："紫苏真的杀了人？疯了？"

云青想到是谷子惹的祸，瞪了他一眼。

谷子惭愧地垂下眼睑，不敢看他们。众人相视一眼，也不知怎么回答他。

甘若望咳了两声说："知苦，柳家丫头算是个刚烈女子，她的确报了仇。"

"我要见紫苏。"知苦勉强要起身，可浑身使不上力气，没料到身体突然虚到了这个地步。

"你先静心养着，紫苏没事的。"甘若望安慰他说。

想到紫苏为了报仇肯定付出了不同寻常的牺牲，知苦愧疚难当，暗恨自己懦弱无能，不能替一个弱女子遮风挡雨，还让她舍生取义，大滴的泪珠从他的眼里涌出，顺着鬓角流下，洇湿了枕头。他泪目涟涟，看向王嘉义道："姐夫，拜托你了，请你务必护她周全。"

王嘉义握握他的手说："兄弟，你放心，有姐夫在，不会有事的。柳家丫头心有大义，那个陈二棍活该作死。"

得到王嘉义的保证，知苦伤心地怵哭几声，闭上眼睛，又昏了过去。

一波未平，一波又起，甘知信突然不见了。

前几天被甘若望打了一顿跑了，阎氏还以为他躲到亲戚家去了，后来紫苏的事情一出，家里人就没有管他，可现在，找遍了整个堡子，居然不见人影，阎氏急了，嚎啕大哭。一家人又分头去找，直到晌午，还是找不到人。谁也想不到，一个大活人居然失踪了，甘家人四处打听消息，谁都不知去向。

3

白芷兴冲冲提着月饼盒到了"甘之堂"，仍然是闭馆。这已经是第二次上门了。

她敲了半天门，无人应答。

虽然是中秋节了，但阳光依旧灼人，一路走过来，已是香汗满颊，晒了半天太阳，口干舌燥，心里有了几分不耐烦。

本来，白老爷安排下人送月饼，白芷忽然对这个瘸腿的甘知苦有了几分好奇，偏要亲自送过来，白老爷娇宠她，只好允了。

“这个混蛋，跑哪里去了，害得本小姐吃了两天闭门羹！”她腹诽道。

她原本对这个混蛋恨得牙痒，后来，听父亲和大哥说，甘知苦为给她治病绞尽脑汁想出了这个法子，已经原谅了他。她在病中时，的确没意识到害的是相思病，现在走出来了，想一想当时的情形，可不就是茶饭不思、夜不能寐，一心只想着那个远去的男子？一个多月，家里请了不少医家，却没一个能诊断出她的病情，如果不是甘知苦，恐怕她会跟话本里的林黛玉一样郁郁而终吧？独自想明白了，她对这个混蛋爱恨交织，明明是一番好意，偏偏设计那么可恶的治疗方案。

对一个人想得越多，就越发好奇，她本就不善掩藏心事，无意中便跟身边的使唤丫头翠翠说：“你说，那个混蛋是聪明呢？还是笨蛋？鬼点子咋那么多呢。”

翠翠也是个活泼丫头，掩嘴嘻笑说：“小姐咋琢磨起他来了？莫非，你对他上心了？”

她慌口慌心地笑骂：“是非鬼！你再胡吣我撕烂你的嘴！”

她意识到心思跑马，赶紧打止，呸呸吐了两下，相思刚好，可不敢再生事端，传出去会羞死人的。

闷闷不乐回去后，遇上白老爷，噘着小嘴满不在乎地说：“那个混蛋不在，不知死哪儿去了。”

白老爷一听她就是气话，怕她再陷进儿女情长中不能自拔，委婉提醒她说：“知苦已经有心上人了，你个丫头以后跟他说话稳重点。”

“哦，知道了。”白芷心里一下子空落落的，有点失神地走向内院。

白老爷摇摇头苦笑一下，丫头大了，心思越来越难揣摩，但愿她能想开吧。

白芷指派使唤丫头翠翠盯着“甘之堂”，七天后，甘知苦终于回来了，还带来了一个女人。

听到翠翠的禀报，白芷对他带来的这个女人又有了好奇，说啥都要去见见。

她原本就是大大咧咧的性子，白老爷也无奈，只能由她去了。

“甘之堂”内，知苦特意把自己的房间腾出来，安置紫苏，他打算跟谷子合住另一间屋子。可是，紫苏说啥都离不开知苦，片刻见不到知苦就又喊又哭，夜晚更是不能离开半步一旦见不着知苦，她会失魂落魄地到处找人。知苦没办法，只好握着她的手，哄她入睡。

太平堡的事，有王嘉义出面调停，紫苏总算逃过了一难。

原本，团练那边要以蓄意杀人罪抓捕紫苏，王嘉义跟太平堡的保长联名上书，证明陈二棍凌强欺弱在先，受凌辱的紫苏被逼致疯，失手杀人，况且陈二棍并没有性命之忧，只是受了皮外伤，付出了风流的代价，失去了男根，总不至于让一个疯子担罪。高台县衙派来受理案子的县丞已经在老百姓中进行了明查暗访，对陈二棍的恶迹劣行多有不满，便给足王嘉义面子，果决判断了紫苏无罪，陈二棍后果自担。

紫苏疯了，谁都不认识，唯一依赖着"知苦哥哥"。如果留在太平堡，流言蜚语都会淹死她，知苦执意要带走紫苏，谁劝都不行。就这样，他把紫苏带到了肃州。

白芷刚一进门，刚好碰到村姑打扮的紫苏，她一脸呆滞地笑着比画着说："死了，嘿嘿，死了，嘿嘿嘿。"

白芷吃了一惊，她怕这个疯子影响知苦医馆的声誉，恼怒地高喝一声："谁家的疯子，还不带回家去！"

紫苏吓得缩回头，委屈地望着知苦："知苦哥哥——"

知苦急忙上前护住她，说声"紫苏别怕，知苦哥哥在。"

然后冲白芷咆哮道："你说谁是疯子？滚开！"

白芷满面彤红，张了张嘴，说不出话了，委屈的泪水不争气地夺眶而出，一气之下转身就走。翠翠提着点心，紧追过去。

她跑出不远，坐在药王庙的石阶上哭了一阵，骂了无数声混蛋。翠翠也跟着骂知苦混蛋，她却不依了，问她凭什么骂，翠翠无语。她说，只许我骂他混蛋，别人不能骂。翠翠更无语，心里说，完了，完了，小姐情根深种，没得救了。

白芷止住了哭，问她："那个疯……女人，叫紫苏？"

翠翠说："我听那混蛋……哦，不，甘先生叫的是这名字。"

"紫苏……姓柳，柳家的丫头，他的心上人？"她自言自语，"可是，怎么突然疯了？"

她想了想，不能就这样走了，弄不明白这一切，回去后她会睡不着觉的。

她和翠翠再次走进"甘之堂"，径直笑盈盈上前拉住紫苏的手说："柳姐姐吧？画上人儿似的，真漂亮！"

紫苏甜甜一笑，跟着说："姐姐，漂亮。"

白芷从翠翠手中拿过点心，递给她："柳姐姐，点心，甜，好吃。"

紫苏接过，撕开包装，取出一块塞进嘴里，不住地点头笑说："嗯，姐姐，甜，好吃。"

甘知苦不解地看着她，刚刚不是气跑了吗？又回来作甚？莫不是来施展刁蛮的小姐性子？

白芷转头不经意似的看了他一眼，讥讽道："哟，甘郎中，甘神医，知苦哥哥，几天不见，个子没长，脾气长了不少啊。"

紫苏似乎能听懂她在挖苦知苦，护在知苦前面凶巴巴说："不许欺负知苦哥哥！"

白芷赶忙赔笑说："柳姐姐，我跟知苦哥哥说笑呢，没欺负他。"

紫苏咧着牙，灿烂的笑。

翠翠在一边掩嘴偷笑，这护短的情形，咋跟某人之前一模一样的呢？

白芷最终从谷子的大嘴巴里知道了太平堡发生的一切。听完后，她久久难以平静，为甘知苦的深情，更为紫苏的大义，这两个都是她打心底里钦佩的人。

知道了这一对有情人的事，她对知苦的心思就变了，只想帮他们做点什么。思索一阵，觉得紫苏跟两个大男人住在一起肯定不方便，想把紫苏接到她那儿去照顾。甘知苦不客气地拒绝了她："她总归是我的……人，放到你那儿成何体统？"

白芷愣了一下，说："好吧，我把翠翠留下照顾柳姐姐总可以吧？"

知苦还想拒绝，白芷嗔怒道："如果你再不答应，咱们从此一刀两断，老死不相往来！"

知苦就没话可说了。

当天下午，白芷就把翠翠送了过来，拎了两包衣物，一包是翠翠的，一包是给紫苏置办的。

医家在事关亲人的治疗时往往犹豫不决，知苦也是这样，他一时不好决断，请来几位医家探讨紫苏的病情。几位医家诊断一阵，都认为是典型的过度惊吓导致的心窍蒙蔽、魂魄不守，当安神开窍，补肝益血。一人计短，众人计攻，经过探讨，知苦当下心中明了，依理开方，针药并用，定下了治疗准则。

在知苦的精心调理下，过了一段时间，紫苏渐渐有些好转，她能记住一些熟人了，也能生活自理，虽然还是害怕黑夜，害怕生人，但只要知苦在身边，她就安定了。

翠翠带她在后院侍弄了一块药圃，种上花花草草，赤橙黄绿，满目缤纷。没人的时候，独自坐在树荫下发呆，偶尔想起一些往日的生活片段，但又不能肯定，像回忆别人的生活。她记得最清晰的是跟知苦哥哥采药，跟知苦哥哥识字，跟知苦哥哥过家家，在城门口等知苦哥哥回家……所有美好的记忆，都有知苦哥哥的影子。有时也做噩梦，梦见噩人折磨她，梦见她把恶人杀了，梦里血海汪洋，她快要被淹死了。她常常在噩梦中惊醒，努力地想梦中的恶人，却怎么也想不起他的模样。她向知苦哥哥求证："知苦哥哥，我杀人了？"

知苦握紧她的手，安慰她："你做了个噩梦，没事的。"她极力地想，却又不确定了，只当是自己做了个噩梦。

4

几天后，白芷前来探望紫苏，顺便给知苦带来一个帖子，延请他进府为白家少奶奶治病。

白天鹤的夫人临盆方才五日，便得了一种诡异的病，连续数日大汗淋漓，下身流血不止，渐渐变得神志不清，形势十分危急。白家延请了几大医家诊治均不见效，故采取武林散发英雄帖的形式，悬赏百金邀请远近医家前往府中诊治。

知苦到达时，会客厅里已经坐了十多位客人，有的认识，有的面生。他看到了屈大全、杨玉山、李少峰，过去打个招呼。

杨玉山热情的拉着他的手，称叹了一番："原来小兄弟成了甘之堂的少掌柜啊，听说白家小姐的病就是小兄弟治好的，年纪轻轻就出手不凡，着实厉害。"

知苦记着杨玉山当年的收留之恩，客气地应付了两句。

之前，众人只是听说有个年轻大夫治好了白家小姐的顽症，没见过真人，如今听杨玉山一说，都不由得多看了几眼。

这时，白天鹤出来跟来宾一一作揖，热情招呼。

看到知苦，走上前亲近地拍了拍他的肩膀，寒暄了两句。

过了片刻，刘楚、杨祝山等杏林老宿相继到来，不时，又来了一僧、一道。白天鹤请他们上坐后，向来宾介绍了他们的身份，这僧，是石佛寺的虚空师父；这道，是南山紫云观的张真人。众人听到虚空和张真人的名号，都不由得伸颈侧目朝他们张望。杨祝山作为肃州医训科的主管，他还是有些矜持的，只是微微点了点头。

李少峰小声对知苦说："白家家业鼎盛，人脉极广，也只有他家才能请得起这些大人物出山。"

一看这场面，知苦顿觉惭愧。在这些大医家面前，自己不过是一介无名之辈，如果是武者较量，恐怕谁也看不上他这样一个小角色。不过，能看到这么多医家齐聚白府，还真是一大幸事。

白天鹤清了清嗓子，对众宾客施礼说道："今日有幸延请各大医家仙客前来，只为夫人病势危急，尚未出月子，万不得已，有劳各位，若医治有效，白家愿奉上千金酬谢，当然，耽误各位，白家另备薄礼。"

李少峰啧叹："白家果然家大业大，这番动静，估计再无第二家，只是不知谁能有幸识症，这可是让一个医家一举成名的大好时机。"

知苦点点头，这样的机会，对于在座的医家，能够施展身手，扬名立万，恐怕谁都会动心。

接下来，白天鹤向来宾说明了夫人的病情，鉴于在月子期间，不能见风，请各医家到内室诊断。

杨祝山站起身，抱手略为示意，说："依我看，病家情况特殊，不必一一面诊了，选一两个医家察识一下病机便可，大家可有疑义？"

这个场面，他作为主管医家的官员，说这番话倒也合适，众人没有疑义。

素有"妙手医圣"之称的刘楚缓缓起身，望望众人，说："大家若信得过老夫，就由我跟虚空大师、张真人三人面诊，具体情况，回头跟大家一一说明，如何？"

杨祝山原本想自己上手诊断，既然刘老与两位大师出面，他也无话可说，呵呵一笑，掩饰着自己的失落。

知苦看着肃州府微妙的医界关系，着实不爽。各家为了名利，斗机斗法，表面水波不兴、波澜不惊，实在静水深流、波诡云谲。

趁这当口，他起身走到外面，在小花园里透了透气。李少峰也跟了出来问："白家少奶奶的症状，甘兄怎么看？"

知苦说："既然几大医家都束手无策，肯定麻烦不小。"

李少峰说："甘兄说的是。杨老和刘老都曾诊治过，现在这状况，估计天命难违了。"

知苦说："我估计，经书上常用的胶艾汤、四物汤化裁、五灵脂散之类止血养血补气的方剂都已试过了吧？但病机都没识察出来，这就棘手了。"

李少峰说："你想到的，他们肯定早已想到。这种大汗淋漓、下漏不止的症状，会不会另有原因？"

知苦附和说："很有可能。就气血论气血既然不应，估计有我们想不到的病因。"

产后大出血的症状，古代医家记载较多，但凡跟师学过典籍的人，多少都知道一些，知苦和李少峰说的也是典籍中记载的常识。

他们站着说了一阵话，那边大厅里传来诊断完毕的声音。他们进了大厅，没有入座，只是站立一侧。

刘楚当众说明诊断结果：病家面无血色，脉象迟弱滞涩，舌紫红，苔灰暗，出汗不止，下身崩漏，连续三天神志不清，不能言语。

众医家一听，都知道这些症候是危象，寻常手段根本无济于事。但有人还是报上了四物汤化裁、胶艾汤等经典名方，也有人提到了针灸、推拿的配伍。

刘楚捋着胡须说："大家提到的经方都已试过，未曾见效。"

李少峰与知苦对视一眼，没有吱声，这一切都跟他们所想差不多。

众医家面面相觑，私下窃语，分析着患者的病情，议论半天，谁也断不准症状，提不出更有效的方案。

白天鹤在一边急得团团转，一会儿问问这个，一会儿问问那个，都是摇头叹息。

他特意看了一眼知苦，问："知苦兄弟有无良法？"

众人的目光齐刷刷看向甘知苦，对这个瘸腿的年轻人充满了好奇。有知道的，悄悄给别人讲述他治好白大小姐的病案。刘楚听到了，捋着胡子玩味地一笑说："哦，原来出手医治好白家丫头的是这个小娃啊。"

知苦急忙朝他作了一揖，谦和地说："刘老过奖了。"

白天鹤期待的目光望着他，知苦也不敢马虎，如实说道："这些症状实在琢磨不透，寻常手段估计治愈不了白少奶奶。"

白天鹤又走到虚空大师面前，虚空唱个佛号说："老纳也是一头雾水，实在理不清病机所在。"

白天鹤又走到仙风道骨的张真人面前，一脸急切。张真人轻扬拂尘说："我还需要实地察看一番。"

他一抖道袍，起身到室外转了一圈，片刻回到座席，语出惊人："邪病作祟，平常方法自然无效。"

邪祟？虽然大家都或多或少听说过"邪祟"致病的说法，但正统医家与道医断病还是有隔阂的，张真人话一出口，众人一片惘然。

杨祝山别有心机地站起，拱手一举，嘴角一扬，问："张真人可有妙法？"

张真人如炬的目光盯了他一眼，杨祝山不经意的身上一冷，不好再说什么。

白天鹤一听张真人开口，心里顿时一宽，急忙作揖道："请张真人妙手施治！"

"白掌柜，夫人可是小产？"张真人问。

白天鹤点头称是。

"生产可是申时？"

白天鹤惊讶的使劲点点头，张大了嘴巴。

"生产之后，夫人是不是惊叫一声便昏迷不醒？"

白天鹤浑身一哆嗦，不顾颜面地匍匐在张真人面前，点头称是，请求襄解。

一众医家更是如遇天人，惊呆得说不出话来，这老道居然能掐会算，连患者得病的时辰都能算出来，已不是寻常医家能解说得通的事了。

知苦听着这一番如破解天书般的对话，心里咯噔一下，想到了一种秘不传世医术，悄声问李少峰："该不是祝由术吧？"

李少峰蹙眉，摇摇头，表示不知。

他们看向张真人，他一脸肃然说："我已了然，请遣散众人，贫道一试。"

在场的医家原本想观望张真人如何治疗，一听这话，便明白道医肯定有不可示人的秘法，不便强留，一个个不甘心地向白天鹤道别。

白家在厅前备了礼物，送众医家离去时，顺便送上一份礼品。

知苦不舍地向张真人望了又望，走出白家大门，碰到屈大全，打了声招呼。屈大全嘿嘿一笑，对他说："这个张璐，还真是神神叨叨的。"

知苦"啊"了一声，欣喜异常，踏破铁鞋无觅处，得来全不费功夫，原来他就是自己一直寻找的张璐道长啊！既然碰上了，说啥也不能错过这个机缘。他还有个想法，就是想请张真人为紫苏治病。

他便借故去找白大小姐，进了内院，找到正在画画的白芷，讲了自己的想法。白芷当机立断，打发他速速去接紫苏，她先想办法拖住张真人，然后再相机而行。知苦觉得这主意不错，急忙晃着身子往医馆而去。

知苦行动不便，一去一来，大约半个时辰，跑出了一身汗。此时，张真人已经为白少奶奶施治完毕，正坐在客厅里与白老爷喝茶聊天。

白芷在客厅门前立着，朝他们招招手，等知苦和紫苏走过来，也不多说什么，径直带他们进了客厅。

白老爷笑呵呵向张真人介绍道："这位是甘之堂的少掌柜甘知苦，一个医术不错的后生，小女的病就是他治好的。"

张真人超然世外地颔首微笑，算是打过招呼了。

知苦向他拱手一揖，一紧张，想好的话不知从何说起，嚅嚅恳求道："张真人，我想请您看个病人，不知可否？"

张真人早看到了神情呆滞的紫苏，淡淡一笑，抬首朝她说："是她？你是怎么治的？"

知苦把心窍蒙蔽、魂魄不守的病因和安神开窍、补肝益血的治疗思路说了一通。

张真人点点头说："倒是有点真见识。不过，她这个病是惊吓导致的神识不明，寻常药方见效甚微。"

知苦暗暗吃惊，刚才他并没有说明起病的缘故，张真人看了一眼就能说出病因，委实不简单。

张真人站起身，随意地走到紫苏面前，绕着她端详了两圈，猛然抬起手掌，暗运内功朝她后心连击两下，紫苏毫无防备，惊叫一声，趔趄前倾，"哇"地吐出一口黑血。

众人都吃惊地张大了嘴，张真人却淡淡地说："内瘀清除，已无大碍，我这有张符，你让她化水喝下，可保她真元归位。"

知苦意识到遇到了高人，急忙道谢。虽然他不懂道家医病之术，但他听说过道医符药的奇效，问白芷要了一杯水，把符烧成灰，让紫苏服下。

不一会儿，紫苏眼神迷离，头一歪，靠在知苦肩上昏睡过去。

知苦不知所措，刚要出声叫醒紫苏，张真人"嘘"了一声，悄声嘱附他把紫苏放平，待她自然睡醒，臆症即可去除大半。说罢，他还起身把了下脉。

知苦把紫苏放置到软榻上，转头便朝张真人施礼道谢。

张真人轻轻摆摆手，神色复杂地看着知苦说："她已有身孕，不可大意啊。"

"什么？身孕？"知苦和白芷异口同声惊叫一声。

白芷的眼神像吃人似的盯着知苦，像要把他看穿。她听翠翠说过，平时知苦都与紫苏分室而眠，根本没有在一起，可哪来的身孕呢？莫不是这混蛋趁人之危？

知苦怔怔的，他根本无暇注意白芷的神色，只是想到紫苏还不知情的情形下怀上了那恶人的孽种，如果清醒过来，知晓了这一结果，她能不能接受这一现实。

张真人轻叹一声："缘起缘灭，皆是定数，善自珍重吧。"

知苦还想请教张真人如何了结，张真人抖抖袍袖说："有缘自会相逢，无缘对面不相识，我走了。"

说罢，起身拂衣，飘然离去。

知苦和白芷心中一片凌乱。

5

紫苏一觉睡醒，果然清醒了许多，呆滞的目光清澈了许多，也能认出谷子、翠翠几个熟人，只是话不多，时常一个人怔怔发呆。

知苦静静观察了几日，发现她的记忆力正在慢慢恢复，这是一个好征兆，又是一个坏消息。他期盼她恢复正常，但又怕她很快知道了真相，对于单纯而性烈的紫苏，如果知道怀了仇人的孩子，她断然没有活下去的心思。

知苦为此焦虑不安，实在想不出什么法子控制事情朝着最坏的一面发展。

这一天，知苦坐堂看病时心事重重，时不时走神，好几次差点开错了药方。谷子看他心神不安，便挂出了休业的牌子，早早关了门。

知苦到了后院，一眼看到白芷和翠翠正围着紫苏闲话，似乎说到了什么开心事，紫苏居然咯咯咯笑出了声。

他刚要上前打招呼，就听到白芷问："紫苏姐，你就快好了啊，要嫁给知苦吧？"

紫苏摇了摇头，幽幽说："不，我已经不干净了，不能让知苦哥哥的名声受损。"

白芷又说："你的知苦哥哥不在意这些，他只在意你呀。"

紫苏更是决绝地说："我死也不会嫁给他。"

知苦仿佛被针刺了一下，心里一痛，难过得想流泪。他又悄悄缩回脚步，转身出了医馆。

他一肚子的苦恼很想找个人倾诉，可思来想去想不到一个合适的人，只好漫无目的地在街上乱逛。

"咦，甘掌柜！"齐永贵刚出药铺，就看到甘知苦低头从他家门前走过，叫了一声。

知苦听到声音，抬头一看，齐永贵正满脸堆笑望着他。

"甘掌柜要去哪呀？要不进来喝杯茶？"齐永贵发出邀请。

知苦淡淡回绝说："不了，我去看个人。"

说罢，继续脚高步低地朝前走路。

"我这里有本《青囊诀》，不知甘掌柜有没有兴趣来看一下？"齐永贵朝他背影喊了一声。

知苦一听，不由得脚下一顿，转过头看向齐永贵。

齐永贵保持着习惯性的笑，颇有意味地说："甘掌柜听说过这个秘笈吧？有没兴趣去我家看看？"

知苦想着心事，不自觉地问："你怎么会有《青囊诀》？"

"难道甘掌柜也见过这个秘笈？"齐永贵依然笑眯着眼睛说。

知苦忽地警觉起来，大师父和王世琳曾交代过他，《青囊诀》可是牵涉到一个大事件，轻易别泄露出去。齐永贵这么说话，肯定有什么不可告人目的。

"呵呵，我要是有这东西，还用在这小地方混饭吃？"知苦打着哈哈说，"齐掌柜如有此宝，待我抽空备礼前往贵府观瞻如何？"

"好！我扫榻以待，愿与甘掌柜分享一二。"齐永贵满是诚意地说。

知苦拱了拱手，转身而去。

齐永贵一直看着他走远，还在回味着刚才甘知苦的神情和话语，他感觉到甘知苦似乎很在乎《青囊诀》，好像还知道这本秘笈的样子，如此看来，甘知苦的身上有着不为人知的秘密。

知苦走出齐永贵的视线，心里还有些忐忑，幸好刚才没有失态，如若不然，《青囊诀》的秘密可能就保不住了。因为《青囊诀》，蓦然想到王世琳，他一下子有了目标，加快步履朝着云青姐家而去。

他到云青姐家逗着小外甥玩了一会，王世琳便放衙回来了。见到知苦等他，有点意外地问："你小子怎么有空来了？"

知苦想问的事，一时不好开口，就把路上碰到齐永贵打问《青囊诀》的事先说出来。

"他？"王世琳顿时想起他这半个老乡曾在酒泉公园说起《青囊诀》的事来，当时他没有在意，如今看来，齐永贵绝对是有意为之，想借机套话。

"这个人你要小心，心机太深，别有用心。"王世琳告诫他说。

"我也觉得他用心不良，他一个商人，打听这个干嘛。"知苦说。

"无风不起浪，看来，那些人的爪子伸过来了，你最近要特别小心，千万不能露出你有《青囊诀》的风声，否则，你难以安生了。"王世琳虽然不清楚齐永贵的用意，但凭阅历，他隐隐感到这件事绝不简单。

大师父曾就这样叮嘱过他，再听王世琳一说，知苦心里愈发慎重了。他欲说紫苏的事，又有些犹豫。

王世琳看他为难的样子，便拉着他到了书房，关起门来问："你恐怕还有不方便说的事吧？"

知苦点了点头，愁绪满怀地说："紫苏怀孕了。"

王世琳脸色一冷，盯着他说："你看你干的是人事吗？人家女娃还病着，你就这么猴急？我怎么说你好呢？"

知苦知道王世琳误会了，急忙解释说："我们清清白白，没有苟且之事，她怀的是那个恶人的孽种。"

王世琳"哦"了一声，神色一转，叹了口气，说："唉，这女娃的命咋就这么难哪！人还没清醒，又有了身孕，这可如何是好？"

知苦说："更要命的是，巧遇张真人治疗后，她已经慢慢恢复记忆，可她还不知道自己怀孕的事，过不了多久，也许她就会知道，这可会要了她的命啊，我现在都不敢面对她。"

王世琳听后，半晌无语，事情突然变得让他一时跟不上趟。

知苦继续说道："我本想娶了她，用个移花接木之计，让她安心，可我又亲耳听到，她是死活不愿嫁给我，这可如何是好？"

王世琳琢磨了半天，终于想明白事情的前因后果，颇为欣赏地看了知苦一眼，徐徐说："你这娃心性善良，很好！可是，你想过没有，她如果已经恢复了意识，迟早会知道这孩子怀得蹊跷，到时候知道了真相，她能把仇恨放下吗？你若对她有意，可徐徐图之，切勿操之过急，奉子成婚这个念头还是趁早打消了。至于如何处理她腹中胎儿，你是医家，就不用我多说了吧？"

经过王世琳一番开导，知苦豁然开朗，他一直纠结着如何保护紫苏，不让他心里留下一辈子难以愈合的伤口，现在看来，自己还是关心则乱，没了方寸。

知苦起身向王世琳施礼，欢快地说："谢谢世伯开导！"

6

清明过后，下过一场雨，春色渐渐染绿大地，"甘之堂"门前的一排老柳树最为得意，早早摇摆着细枝嫩芽开始报春。

知苦望着萌发的垂绿，不由得想起白芷抄录给他的一首诗："细柳不胜寒，经风便凌乱。折枝人难觅，相思谁堪怜。"

这个多愁善感的大小姐，借景抒情，暗示了然，可他岂敢别生妄想。白大小姐自从知晓了紫苏的心意，总是时不时跑到医馆来，有意无意试探他，让他好不为难。

医馆刚开门不久，白府的下人急匆匆赶来，请知苦出诊。

知苦看来人神色慌张，不敢耽搁，急忙嘱咐谷子几句，便赶往白府。

走到白府门前，马上感到气氛不对，门口平白无故多了几个地痞晃来晃去，但凡进府的人都要上前盘问一阵。他是上门诊病的郎中，地痞倒没有为难，放他进去了。

在中堂见到白老爷，一眼看上去，竟觉得他老了一大截，原本灰白的头发忽然全白了，脸色也是一片灰暗。

知苦一望就知道是心郁气结，惊讶地问："白老爷，你这气色……这是怎么了？"

白老爷唉叹一声说："天降横祸，提不成了。"

知苦还以为是生意上的事，安慰他："风水轮流转，明年到我家，会走运的。"接着又问，"门口那些地痞流氓是咋回事？"

白老爷苦笑说："真是背运！姓万的打定主意要把我们往死里逼。"

知苦不明所以，还不知道"姓万的"是什么人。

这时，白天鹤出声说，半个月前，白芷和闺蜜去酒泉公园踏青，遇到肃州副总兵万春东的公子万家虎，他正带着一帮纨绔子弟四处猎艳，看到两个出众的美女，三番五次出言调戏，幸好游人众多，他们也不敢太放肆，白芷就跟闺蜜逃了出来。没料到，这个纨绔子弟竟然惦记上她，没过两天，万家就派人上门提亲。说是提亲，根本不容商量，直接来要挟。

知苦对于肃州万家还是知道的。在肃州城里，万家虎的恶名人人尽知，吃喝嫖赌样样俱全，被他祸害过的姑娘媳妇不计其数。白老爷明知这门亲事不能答应，可他又不敢得罪万春东，只好找了个"小女已有婚配"的借口搪塞推托。万家虎哪是跟你讲理的主，只要他看上白家姑娘，成也得成，不成也得成，何况他还有个只手遮天的爹。

万春东可是肃州城里具有传奇色彩的人物。传说，他当年随湘军进疆，只是一名出身贫寒且目不识丁的小卒，因力大胆大，屡立战功，被破格提拔为营官，留守肃州。后来，肃州换将，陕甘提督将备选人名单呈上，他名字列在最末，是可有可无的一个，但是，皇帝御批时，因御笔所蘸朱砂太多，还没来得及看到陕甘提督保荐之人，笔上朱砂就已经滴到万春东的名字之上，皇帝只得将错就错，钦点他当了肃州副总兵。一个目不识丁的粗人，突然飞黄腾达，实在是好运气，但在毫无官场根基的背景下，一路摸爬滚打，四处铺路架桥，总兵换了一任又一任，他这个副总兵一当二十年不倒，早已罗织了盘根错节的关系网。他的小儿子万家虎自小娇宠，不学无术，渐大后纠结一帮地痞无赖，绰号"万人帮"，欺行霸市，强抢民女，无恶不作，百姓告到官府，没人敢得罪万春东，大都不了了之。民间私传，在肃州城里得罪万春东，咋死的都不知道。

白老爷神色愧疚地说："本来，这事不敢麻烦甘大夫你，可是，小女在气头上说了一句不该说的话，把你牵涉进来了，一家祸成了两家担。"

知苦一头雾水，不解地问："这是什么意思？"

白老爷叹息说："小女情急之下，说已有了心上人，万家不依，非要她说出个所以然，小女便拿你作挡箭牌，所以一早就把你请过来商量个对策。"

"欺人太甚！这些狗东西没有王法了！"知苦一听就来气。

白老爷唉叹："没办法，在肃州，天高皇帝远，人家就是土皇帝。"

他们正说着话，白芷风风火火进来了，一进门就冲甘知苦嚷嚷："你这个混蛋，这次你总没有托辞了吧？现在，只有你才能把本姑娘救出火坑，你赶紧表个态！"

知苦哭笑不得，你就这么一厢情愿？你白府小姐的矜持呢？可这话，他又不好直说，苦笑着摇摇头说："你也知道，紫苏的事……"

"哼！你以为我不知道？尽管你悄悄把紫苏怀的孽种打掉了，但紫苏死活不愿嫁你，女人到了她这地步，都会走这步路的，你就别痴情了，你们没有结果的。"白芷说了一气。

暗中用药为紫苏打胎的事，知苦确实没有对外人说过，但紫苏身边安插着白芷的眼线翠翠，这些事还是瞒不过她，知苦作了个嘘声的动作，说："嘘！这话千万别往外说，不然，紫苏万无活下去的念头。"

"那我的事你答应了？"白芷步步紧逼。

知苦艰难地点点头说："为了帮你躲过这场劫难，我可以考虑考虑。"

白芷露出了灿烂的笑脸。

7

经过患者口耳相传，医馆的声誉越来越好，除了平常百姓，一些达官贵人也认可了知苦的医术，这不，肃州总兵府的把总周顺也寻来治疗了。

因着白芷的事，知苦对总兵府颇有成见，一听周顺是总兵府的人，神色先是一凛，打算敷衍一下。可这周顺十分谦和，没有一点当官的架子，知苦就不好拒人千里了。诊断中，得知他的病情是在剿匪中受伤落下的病根，知苦便多了几分敬重，身在官场，能出生入死保境安民的人，在知苦的心中都是英雄。于是，他对周顺的诊断格外细致，连他身体潜在的一些小毛病都诊断了出来，很贴心地拟定了调理计划。周顺看出了知苦的用心，记下了这个情份。

诊治完几个病人，知苦又想到白芷的事，姓万的每天紧逼，他们没有多少时间周旋，最直接的方式就是马上迎娶白芷，但知苦心里还是放不下紫苏，说娶白芷的话只是权宜之计。关键是形势逼人，他已经骑虎难下，再没有别的法子解开这一困局啊。

"掌柜的，有人来了。"谷子叫了一声。

知苦扭过头向门口一看，王嘉义骑马走来，后面还跟着一辆马车，车把式居然是大哥甘知勇。

他惊喜地叫了声"大哥"，朝前紧走了步，看到马车里的人，神色又一僵。

马车里坐着索维娅，怀里抱着个孩子。

索维娅抬头看到他，抑制着内心的激动，笑吟吟望着他，对怀里牙牙学语的孩子说："小豆子，终于见到你爹了。"

王嘉义下了马，跟他打声招呼，将马拴在路边的柳树上。

知勇下车打量几眼"甘之堂"，指着车里的人对知苦说："索维娅和你儿子，还愣什么。"

"儿子？"知苦嘴巴微张，吃惊得说不出话来。

谷子和安芸儿跑出来，帮着搀扶马车里坐的索维娅，听到这话，也都满脸疑惑地看看知苦。

索维娅抱着孩子走到知苦身边，眼含热泪说："老天眷顾，我终于见到你了，我们的孩子，我给他起了名字，叫小豆子。"

他不由得想起了那个叫"豆子"的女孩，从沙州的人贩子手里买到她，最后却把她丢在了哈密。索维娅给孩子起这个名字，自然别有一层意味。知苦十分纠结，认也不是，不认也不是，呆呆地看着索维娅。她明显憔悴许多，额头上不经意爬上两道深深的皱纹，眼窝深陷，脸色苍白，多是营养不良的症状。

知勇在一旁说："发什么呆？索维娅为了回来找你，变卖客栈，抱着碎娃千里追随，多不容易。"

知苦勉强跟她打声招呼，带着众人走进后院。

正在花圃中锄草的紫苏看到忽啦进来一大群人，不由地有些紧张，眼神怯懦，浑身哆嗦。

"诶，柳家丫头？"知勇认出了她，疑惑地看向知苦。

知苦来不及向他解释，急忙跑过去握住紫苏的手，轻声安慰她："不怕，不怕，是大哥他们回来了。"

紫苏紧抱住他的胳膊，躲在身后，怯怯的。

王嘉义小声对知勇解释了紫苏的事情，知勇怒骂了一声："狗日的陈二棍，再让小爷遇上把他剁成肉酱！"

看到紫苏跟知苦亲昵的样子，索维娅神色幽怨，但初来乍到，她还不清楚两人的关系，也不好说什么。

知苦无暇顾及索维娅的心情，先请大家进了屋。

一年多来，知苦早已放下了哈密往事，萍水相逢的短短数日，他跟索维娅只是苟且行乐，只是没有想到，那次与索维娅的荒唐一夜，却使索维娅怀了孕。

听知勇讲，索维娅生下孩子后，生活无依无靠，就找到他，执意到太平堡来找知苦。千里迢迢，路途上还有难以预料的凶险，知勇不放心交给别人，便亲自护送母子俩来到了肃州。他们先到了姐姐家，听说知苦就在肃州开办医馆，便欣然前来。看到紫苏就住在医馆，知勇才意识到事情有些唐突。

"三弟，你自己的事，自己处置吧。"知勇有点无奈的说，他确实也帮不上什么忙。

知苦皱着眉，一时想不到两全的法子，只能将就。紫苏的事情、白芷的事情已经让他万分苦恼，突然来了个索维娅，还带着孩子，顿时将凌乱的生活搅得更乱了。

不久，肃州南关的白家车马店改成了"西域客栈"，知苦把索维娅和孩子安置在这里，又雇了两个伙计，让她再次操持起车马店的营生。

这些日子，她对知苦的经历和身边的人渐渐有所了解，对紫苏十分同情，也打心底里佩服紫苏敢爱敢恨的个性，而知苦能排除世俗不离不弃，也是有情有义。如果这时的知苦放弃紫苏，那才让人不齿呢。她相中的男人，就应该是敢担当、有情义的汉子。虽然，知苦还不能接受她，但随着时间的推移，她相信最终会有好结果。

还有一个白家小姐的事，刚开始听到知苦马上要迎娶她，索维娅十分气恼，真想抱着孩子马上离开这个是非之地，可是，打听清事情的原委，她又放心不下自己认定的这个男人了。好在甘知勇出手，暂时接走了白芷，让一场危机得以化解。

这一天，她刚给小豆子喂完早饭，绰号"毛驴子"的乞丐就慌里慌张跑来告诉她，甘家医馆被人砸了。

南关车马店那一片正好是毛驴子一帮乞丐活动的区域，客栈刚开业的时候，知苦怕地痞流氓滋事，安排毛驴子照看一下场子。甘知苦对他有恩，他便爽快答应了。今日一早，毛驴子得到医馆被砸的消息，就跑来客栈报信。

索维娅一听就急了，急忙抱起孩子，跟着毛驴子和几个乞丐往外跑。

南关离药王庙街不远，他们急匆匆走着，片刻就到了。

"甘之堂"的牌匾被砸落地上，门也被砸得稀烂，里面的药柜、案几全都被砸，一片狼藉。一群围观的人窃窃私语，不断有人打听着出事的缘由。

索维娅挤进去，叫了几声，没人应答。

毛驴子解释说，甘大夫一家都不在，一大早就没有人。

围观的人中也有人出声证明，一早没见过甘大夫家人。甘知苦经常照顾看不起病的穷苦人，在这一带赢得了好名声，对于医馆被砸，众人都十分同情。

索维娅蓦然想到前段时间地痞流氓骚扰医馆的事，莫不是万家虎这恶人作怪？知苦和紫苏、谷子他们呢？会不会被万家虎抓走呢？

放眼打量了一下四周，果然不远处还有几个地痞盯着，她心里一惊，更加确信此事与万家虎脱不了干系。

医馆是知苦的心血，不能就此毁于一旦，她拿出一串铜钱，交给毛驴子，嘱咐他将砸坏的牌匾收起，再找些木板把医馆封起来。毛驴子说啥也不要钱，索维娅硬塞给他，火急火燎地抱着孩子离开了。

她在肃州城举目无亲，便去找知苦的姐夫王嘉义，想从王嘉义这里打听点消息。结果，王嘉义外出办差，云青姐一听医馆被砸，知苦失踪，也跟着着急，担心着知苦诸人的安危。

这时，整个肃州城都传着"甘之堂"被砸的消息，白家人也得到了消息，派人去看了情况，白老爷急得直跳脚，想来这场灾祸还是没躲过去。白芷已被甘知勇带到巴里坤去了，算是躲过了一难，但万家一直不消停，先是在他们的产业上使绊子，吓跑了一些经常合作的客商，又让地痞大闹甘家医馆，使医馆渐渐经营不下去，现在，居然把医馆砸了，还让甘知苦不知所踪，这事闹得他心里十分不安，祈盼着知苦千万别出事。

同一天，肃州府的街上贴出了告示，气急败坏的万东春令人悬赏两千两捉拿杀人凶手紫苏与其同伙甘知苦，各城门口开始盘查往来人员。不明真相的百姓看着画像指指点点，议论着一对狗男女杀人行凶的是是非非。

一天过去，两天过去……，甘知苦仍然没有消息，索维娅简直绝望了，比当初丢了豆子还要难过十倍百倍。寻人，她是没有办法的，只有苦苦等待。

8

"甘之堂"被砸、甘知苦失踪，对于刚刚摸查到一点线索的齐永贵来说，无疑是抽刀断水，一时间，寻找《青囊诀》又变得遥遥无期。自以为是的洛青风几次深入野水地去抓宁青梅都没有结果，消息传到青囊门，门主齐天寒大为恼火，眼看着身体一天不如一天，他想在有生之年见到《青囊诀》的愿望一天比天迫切，为此，他不惜一切手段，怒斥万金拉拢万春东，要借官府之手铲除野水地匪患，不管官府怎么做，他只要一个活着的宁青梅。

肃州副总兵万春东对于野水地的匪患一直耿耿于怀，但数次出兵都没有结果，他便渐渐失去了信心。这一次，中原大门派青囊门倾力支持，他一下子有了动力。经过几次交锋，他知道野水地的土匪狡兔三窟，轻易伤不了他们的元气，因此，没有采取强攻的策略，而是暗中派人去瓦解土匪。他打探到的消息中，土匪二当家邱千牛贪恋权势，一直想对匪首麻三取而代之，可总是找不到机会，只要拉拢到邱千牛，里应外合大破野水地应当轻而易举。于是，齐天寒便在数千里之外遥控了一场阴谋。

这些日子，宁青梅很久没有收到肃州传来的消息，突然感到心神不安。自从知苦到肃州开了医馆，她时常通过野水地安插到肃州的暗探打探消息，只要知苦安好，她宁可远远守望着。一个武功高强的陌生女人几次闯进野水地找她，她已经意识到齐天寒可能查到了她的落脚处，她的身份暴露的越早，给知苦带来的麻烦会越多。但消息中断快一个月了，她感到有些不正常，更是担心知苦的安危。

"麻老大，最近肃州可有大事发生？"宁青梅来到麻三的营帐，开门见山问道。

麻三正和军师路无涯商议事情，听到宁青梅的问话，抬头看了一眼，忧心忡忡地说："我正和军师商议最近的怪事呢，连续一个月没有肃州的消息，安插的人员也没了音讯，估计是出了问题。"

宁青梅眉头一皱，心里越发不安了，忙问："可派人去查寻过？"

不待麻三说话，路无涯回答道："派出去的人有去无回，真是怪事连连。"

宁青梅心慌得不行，急忙说："不行，我得去一趟肃州！"

麻三犹豫再三，还是说："据太平堡来人说，甘家那个娃子好像得罪了肃州什么大人物，医馆被砸，他们不知去向，官府到处缉拿他们呢。"

"什么？不知去向？"宁青梅心里越发着急，这个要命的消息，更让她迫不及待地要去肃州寻找知苦。

"宁神医，肃州去不得！"路无涯出声制止道，"一来，你去了也找不到人，还可能带来杀身之祸；二来，肃州官府很可能对野水地有什么动作，估计你无法走出野水地了。"

麻三也说："路军师说得有理，咱们得做好最坏的打算，这段时间的事实在太古怪了，不得不防。"

宁青梅急得走来走去，与平常平淡如风的性格大不一样，她真想插上翅膀找回自己的儿子，哪怕从今往后隐匿世外做一个平凡的农夫牧人，也不愿再过这种担惊受怕的日子。

突然，外面传来一片乱纷纷的脚步声，黑旋风神色慌张地跑了进来，喘着气说："老大，大事不好，官兵杀过来了，邱千牛吃里爬外，马上就来抓你们了，快跑啊！"

麻三一听，顿时大惊，急忙吩咐宁青梅回去收拾东西，然后在西面陡坡下会合。

事情突变，宁青梅不敢耽误，急忙回到药圃，收拾了一些紧要东西，就带着随从使女赶往陡坡。

麻三带着几十个亲信仓惶逃出邱千牛的围攻，等宁青梅一到，便指挥众人往西北方向逃离。

尽管他们拼命地逃跑，但仅过了小半天，邱千牛就带着一队轻骑赶了上来，前面全都是沙漠荒野，根本无处藏身。

邱千牛望着包围了的麻三众人，哈哈大笑道："麻三，老子今天高兴，可以放你一马，但那些个女人必须留下！"

麻三持刀子指着邱千牛大骂："姓邱的，你这个狗东西，竟然给官府做狗！你别痴心妄想，我麻三绝不放过你！"

邱千牛淫邪地笑着，指着宁青梅说："你不是一直护着这个臭婊子吗？今天，我让你当面看着如何扒光她，让弟兄们快活一场，哈哈哈哈……"

他带来的手下仿佛看到了那不堪的一幕，也跟着哈哈淫笑。

宁青梅气得脸色铁青，手里悄悄握了一把药末，打定主意要跟他们拼命了。

邱千牛的人马渐渐围上来了，黑旋风持刀挡在前面，让麻三和宁青梅先逃。

麻三叹息一声，说："逃无可逃，只有一拼了，弟兄们如有想活命的，就站到姓邱的那面去吧，我麻三不会怪你。"

几十个人神色凝重，握紧了手里的钢刀，却没有一个愿意背离的。

大战开始了，短兵相接，喝声震天，双方互有死伤，但邱千牛人多势众，很快就消耗了麻三大半的人马。

麻三看着越来越少的人马，喘了口气，对宁青梅说："宁神医，看来今天难逃一劫，我护不了你了，我先走一步，拼上老命跟姓邱的一战，如有机会，你一定要活下去啊，为了你儿子，你也要活着！"

说罢，麻三奋勇一跃，持刀向邱千牛冲去。

宁青梅无声地抹了把清泪，用江湖礼仪冲麻三拱手一揖说："宁为玉碎，不为瓦全，我来助你！"

说着，脚下一顿，身轻如燕，瞬间飘移数步，手中药粉全力撒出，挡在邱千牛前面的十多个亲信顿时身软，一个个栽下了马，那些马也像疯了一样，四处乱撞。

邱千牛大吃一惊，没想到这个女人还有这一手。他马上退出十多步，警惕地看着宁青梅，发现她手里已无药粉，顿时大喜，又吆喝手下围攻上来。

宁青梅手里多了一把匕首，作好了玉碎的准备。她仰首向天默默念叨一句"孩儿，娘不能陪你了，你要好好活下去啊！"然后，神色坚毅地睃视着四周。

这时，西北边突然冲出一支轻骑，喊杀声震天。

麻三和宁青梅以为是增援的官兵，暗叫不妙。可是，那群人却冲邱千牛冲杀过去。这支人马显然训练有素，绝非土匪可比，只几个回合，邱千牛的人马就被迫变成了防守之势。

邱千牛一看来众气势不凡，不敢硬拼，呼啸一声，马上带着残余匪徒迅速撤离。

这些人也不追赶，列队站在一边。一个身材矫健的青年将领从后面走出，冲麻三和宁青梅拱手问道："前面可是麻三爷和宁神医？"

麻三也不矫情，江湖救急之恩还是要还的，他答了一声："正是。"

"哈哈，有缘啊，最终还是见到了你们。"来人大笑一声说，"在下甘知勇！"

第六章

1

流泉。松风。鹰翔。遍山烂漫的色彩。一个夏天，又一个秋天，甘知苦带着紫苏、谷子躲在昆仑山的南山寺，度过了大半年与世隔绝的日子。

南山寺虽说是寺，其实只有一座破庙，掩映于昆仑山深处，云遮雾罩，道路崎岖，人迹罕至。魏晋时，陇中隐士郭荷曾避难河西，在此聚众讲学，留下一段佳话。后世学子，但凡立志向学，总会想到这个读书的好去处。

他们初到时，庙门口贴着一副对联："庙内无僧风扫地，寺中少灯月照明。"历经风吹雨打，已是字迹斑驳。他给谷子念了对联，开玩笑说："从今往后，庙里有僧扫地，明月照我读书。"

谷子咧嘴一笑，看看破落的寺庙，心里盘算着怎么安身。

南山寺是一座无主的庙，和尚不知跑哪去了，庙门虚掩，里面灰尘盈积寸余，佛像上面也结满尘埃。旁侧各一个偏房，一个房内堆积着一些木柴，另一个有木床，铺着枯黑的麦草。三个人打扫一番，才将寺庙里里外外拾掇停当，有了一个安身之处。

庙前有一清泉，春夏泪泪流淌，溪流之畔，野草葳蕤，知苦闲溜时，竟发现不少既可食、又当药的野草，有野韭菜、野茴香、马缨子、蕨菜、苦荬菜等，还有可食用的山茱萸、酸刺梅、山杏子等灌木。山崖上青羊奔跃，山脚下兔跑稚飞，如有捕猎工具，轻易可得一二野味。食野蔬，饮山泉，观流云，山野生活别有洞天，乐趣无穷。

山野的乐趣丝毫撼动不了甘知苦的满腹心事，他像一棵树，每天倚立在寺庙前的大石头上向山外眺望，棱角分明的脸上布满愁云。

那天，他从白家回到医馆，说服知勇大哥帮助白家破了万氏父子逼婚的困局，带着白芷去了巴里坤。万氏父子对于有军功在身的巴里坤游击将军不敢用强，却咽不下这口气，凭他们的势力，很快追查到是甘知苦从中牵线搭桥，就把这笔账记在了甘知苦头上。先是找一些地痞流氓滋事，干扰医馆无法经营。继而翻腾出紫苏谋杀陈二棍一事大作文章，欲把甘知苦和紫苏置之死地。幸好总兵府的周顺无意中听到消息，暗中差人传信给他。知苦也意识到一种危险，不仅万氏父子想找他的麻烦，还有一种不明势力也在暗中盯着他，有几次，他远远看到一个戴着面纱的女子和几个青衣打扮的人尾随他，来者不善的样子。他们不敢大意，连夜逃出了肃州。

他打发谷子回家，可谷子说啥都不愿离开，便跟他们一起逃亡。

太平堡不能回，巴里坤又太远，他们最后选择了进山避难。他早已听闻了副总兵万春东的诸多劣行，他要整死一个平民百姓像捏死一只蚂蚁一样轻松。出来的时候，来不及跟任何人道别，还不知道亲人们怎么担心他们呢。

紫苏渐渐恢复了记忆，看着知苦惆怅，她也难过，知苦为了她，有家不能回，医馆不能经营，还要躲在这深山老林中，不知何时有出头之日。一个男人，不顾忌世人的流言蜚语，真心实意地守护她，怎能不让她动心啊。况且，这是她从小到大一心想嫁的男人呢。前面疏远他，是为他的体面着想，不愿自己深爱的人受世人诽议，现在，远离世俗，她才更清楚地想明白自己的心里始终装着的只有知苦，哪怕为他去死，她也毫不犹豫。打开了心结，紫苏便无所顾忌地与知苦站在一起，依偎在他身旁分解着他的忧愁。

三个人又回到了少年时在乡野采草药的日子，所不同的是，他们要解决生计问题，在山野里寻找食物。知苦熟悉百草，知道哪些野草野果可食，指点给紫苏和谷子去挖，有时，他们还做些套夹，偶尔能捕获青羊或野兔，改善一下生活。紫苏渐渐开朗了，时常能听到她的笑声在山野回荡，知苦也放下了一桩心事，返回肃州遥遥无期，而生活还得继续，他们像儿时过家家一样，自然而然结成了夫妻。

有天，谷子挖来几根手臂一样粗大的锁阳和苁蓉要煮着吃。锁阳和苁蓉入药，须三九寒天挖取，此物在夏天挖取只能果腹而已。知苦想起药书里一个典故，故意开玩笑说："那是野马和蛟龙的精液生成，你吃了不怕鸡巴肿起像种马？到时可别找我。"谷子嬉笑说："从小就在野地里挖着吃，也没见谁的鸡巴长成马那样子。"听着他们的对话，紫苏俏脸一红，骂了一声"没羞没臊"，转身就走。少年时就听知苦讲锁阳和苁蓉有滋阴壮阳的功效，那时不大懂，还经常采挖送到甘家医馆，现在一看到那玩意就不由得脸红。

不过，山野里生存就不讲究那么多了，只要能吃的东西就是好东西。她拿出打火的火镰子和艾绒，碰击几下火石，火星碰上艾绒，冒起了一缕烟，忙吹了几口，看到了火红的火光，再对着一堆枯叶吹着，很快生起了一堆火，然后就可以烧东西吃了。这个方法还是知苦想出来的，刚来的时间，没办法取火，知苦用两块石头撞击，点燃随身带的艾绒，燃起了火。后来，他们在山谷里找到了更容易打出火来的白矾石，用麻绳链起来，就做成了火镰子，再配合易燃的艾绒，取火就方便多了。

闲着无聊，知苦便央谷子带他去看锁阳和苁蓉生长在夏天的样子。

谷子背了个药篓，带着他到了一个小山包。

说来也稀奇，这两个看起来相似的东西，竟然雌雄有别，阴阳分明，锁阳长在阳坡，开粉红色花；苁蓉长在阴坡，著白花。看那长势，大概有些年头了，用来入药当效力倍增。他嘱咐谷子记下地点，打算三九天再来挖取。

又走了一会，知苦看到树丛中长着一丛开黄花的草，枝蔓长伸，十分茂盛，近前细看，叶细长，背有毛，花似菊，惊喜地说："千里光！"

谷子也凑过来看，却看不出所以。

知苦便说，千里光是外科圣药，俗语说，有人识得千里光，全家一世不得疮。这株药的用处可多了，可以治疥疮、丹毒、湿疹，还能明目去障，治狗咬伤、蛇伤，根、茎、叶、花都可入药。

谷子忙采了些花和叶子，塞进背篓里。这么值钱的药材，怎么能轻易错过呢。

往回走时，他们在山脚下又发现几丛野枸杞，蓬蓬勃勃，长得有一人多高，繁茂枝叶间露出红绿相间的枸杞子，个大、圆润、饱满，不负西北枸杞的盛名。这是孙思邈在《千金翼方》有记载的上品，李时珍在《本草》中更是不吝笔墨冠之"绝品"。知苦给谷子讲着这些典故，顺便采摘一些红枸杞，打算回去给紫苏熬补血汤用。

每日里，知苦和谷子早起练一阵强身健体的拳法，吸纳山野清气，舒筋活络，调息身心。紫苏做好早饭，吆喝一声，他们就回来吃饭。其余时间，知苦潜心读书，偶尔也教谷子和紫苏背一些药性和汤方，权当打发时间，两人也能耐住性子，入得其门，识得了一些常用草药。读书累了，便上山挖草药、摘野果，因季节不同，采挖不同药材，囤积了一大堆花草果干、树根树皮，虽然他们不知道这些药材能否运出去山去，只当是消遣无聊时光的娱乐活动，却也惬意。

有时，会看到蒙古人的骆驼或牛羊沿着山峡跑到南山寺一带，吃饱了，喝足了，栖卧在绿荫下，三五天后方见牧人来寻。每逢这时，谷子便站在高处瞭望，咿咿呀呀乱吼一阵。牧人也不搭理，径自赶了牲口往回走。知苦知其寂寞难耐，也不去理会，径自看书。看书看累了，身上酸痛了，就用新学的针灸针法在自身试验，屡试屡效，方信古人笔下无虚，只是今人能领悟者寥寥，临症自在运用更是胸中无方、手中无法。

这次出来，他舍不得那些辛苦搜寻到的医书，全都带来了。重温经典，受益匪浅。《内经》《难经》，是学医入门的基础，曾经读过数遍，这次重温竟有再上重天之感，尤其结合金元名医的著述再读，时而浑身气血贲张，通灵一般。再加上《针灸大成》的导引，像练太极者打通大周天一样通畅。诸家著述，虽熔化别裁、自成一派，融入了各自的参悟与临证，但贯通始终的铿然是《内经》《难经》与《伤寒》，数千年医脉一以贯之，时与境迁不断丰富完善，一代代医家呕心沥血，构建了一座景观丰瞻、阴阳和谐、气韵流注、通达天地的医道大观园。

对于悟性，知苦自觉平平，唯有一遍遍读书，思考，一点点消化，吸收。初读时，仅能入得其内，时而陷入迷宫，找不到路径。再读时，已可寻幽洞微，入得其内，出于其外，比照诸家，揣摩真理。第三遍阅读，已是由博及约，归纳熔裁，化繁为简，胸中渐渐有了自己的"大观园"。看看那堆翻得越来越厚的书，心中仿佛藏了十万甲兵，前面纵有魑魅魍魉，手里已有撒豆成兵、斩草为马的方略。

有一天，知苦看书累了，正站在南山寺前的石头上远眺，谷子在另一边山脚下高声呼唤："快来，救命啊——"

知苦以为他遇到了危险，急忙蹒跚往他那边跑，紫苏也跟着跑去。

远远地，看到一个陌生人扶着谷子，还以为他被人伤着了。走近一看，原来是谷子的左腿摔伤了，流着血，疼得龇牙咧嘴。一问，方知是他刚才跳下石块崖时，不小心被树枝挂了一下，腿硌在了石头上。正好碰上这个放牧的蒙古人，帮了他一把。知苦检查一下，幸好这段日子在山间锻炼，练就他的一身好筋骨，只是擦破了一块皮，骨头尚无大碍。若是常人，大概早已伤筋动骨了。

紫苏取笑他："秕谷子的糠多，坏人的伤多，高！这下好了，主仆两个都是瘸子了。"

谷子尴尬地笑笑，向二人介绍那个蒙古牧人。他叫布鲁特，脸色黑红，身形枯瘦而矫健，看上去像一根千年老藤。布鲁特已跟谷子交流过了，知道知苦是个医家，好奇地问他们咋跑到山中来了。

谷子嘴快，说："我家掌柜是菩萨心肠，当然要来佛前悟道了。"

知苦笑了笑说："别听这小子胡说，只是图个清净而已。"

布鲁特四处睃了睃，在沙地里拔了一株开着黄灿灿小花的植物，说："这是止血草。"

说着，他摘下细小黄花，用指头碾成粉末，撒在谷子的伤口。顷刻之间，伤口处的血慢慢凝结起来。

紫苏惊叹的张大了嘴巴："哇，这么厉害！你是怎么知道的？"

布鲁特得意地说："常在野外放牧，我们的祖先传下来许多治病的草药，随地可取，家家都备有一些常用草药。"

知苦一听，顿时两眼放光，虚心地问："大哥能说说哪些花花草草可以治病吗？"

布鲁特十分豪爽，对这个医家毫不保留地说着他知道的治病良药。他指着一株羽状叶子的灌木说，它的根叫苦豆根，蛇虫咬伤，可以救急，秋天结了籽可以治胃痛。他又指着一株紫红色穗状花的野草说，这个叫辣辣，可以用来治拉肚子。他指着一种主枝曲里拐弯、侧叶细嫩如草的灌木说，这叫沙拐枣，熬水洗可治皮肤皲裂。布鲁特边找边说，一气找了十多种，大都是他们平时经常使用的药材，还有一些知苦也认识，如麻黄、黑柴胡、巴戟天、续断、沙参等，只不过蒙古和汉人称谓不同而已。知苦边听边感叹蒙古人的聪明才智，好多药材古医书上都没有记载，这是蒙古人积淀下来的养生保健良方，如果是汉家医者，肯定会当私家秘方捂着掖着，绝不会如此慷慨说出。

他一再感谢布鲁特，邀请他空闲时到肃州府城来喝一场大酒。布鲁特嘿嘿笑着，答应抽空去喝酒，又邀请知苦他们到他的牧场做客。

临别时，知苦忽然想起一件事，便问："布鲁特，听说昆仑山有个紫云观，知道在什么地方？"

布鲁特站在高处，指着高山之巅说："那里，紫云岭，最高处。"

知苦遥望许久，只看到高处树木荫翳，云遮雾罩，如同仙境，便心存了一份向往。

他们相互留了地址，便分手作别。

2

穿过一道道峡谷，翻过一座座山丘，直走得两腿沉重如灌铅，脚底磨起水泡，知苦和谷子、紫苏终于到达昆仑山紫云岭脚下，始知"山外有山"，此言不虚。

自从向布鲁特打听到紫云观的存在，知苦无时无刻不向往着前去一探。他曾听安芸儿说过，张真人住在紫云观，如果有缘请教张真人，那就是大造化了。

紫云岭在昆仑山深处，传说是上古仙人西王母的住地，老子西行也循迹参拜过。民间传闻，武当开山祖师张三丰云游于此，见山中灵秀异常，遂建紫云观闭关修炼。此后，紫云观一直延续至今。只是人迹罕至，常人很难到达。

他们刚走到一片茂林地带，忽然看见一个背负弓箭的猎人倒在大树旁，身上多处受伤，嘴角挂着血丝，看上去气息奄奄。谷子上前伸手试了试鼻息，还有呼吸。摇了摇，他哼了哼声，眼皮都没睁一下。知苦稍作检查，看到他的手臂和背上有抓伤，左腿骨摔伤，好像是打斗的迹象。紫苏有些紧张，问他可否急救。知苦平静地说，问题不大。然后又吩咐谷子，在附近找一找止血草、地丁、大黄、地榆，采一些过来。谷子和紫苏这几个月认识了不少药草，现场找草药不成问题。

他拿出针灸盒，取出一根一寸的针，扎到了猎人的人中穴；又取出一根两寸的针，迅速扎进百会穴。猎人惊叫一声，缓缓睁开眼睛，用感激的眼神向知苦望了望，嘴唇动了动，说不出话来。知苦和善地笑笑，点点头，掏出一颗至宝丹，掰开猎人的嘴，喂了进去，取出装水的葫芦，喂他喝了几口水。一会儿，猎人发出嘶哑的声音，断断续续说，"谢谢……谢谢……"

知苦示意他不要说话，又找来两根树枝，用猎人身上的匕首剖开，削平两面，将猎人骨折的腿作了推拿处理，然后固定起来。这是他跟张三分学的接骨术，临时取树枝作为夹板。

这时，谷子和紫苏也采药回来，两人分工，熟练地挑拣好药材，在山泉中冲洗一遍，找了块干净石块，迅速捣成浆汁。知苦接过浆汁，对着猎人的嘴挤出液汁，让他服下。然后又将药渣外敷在他的伤口上，撕下旧衣服进行了包扎。

忙活了一个多时辰，猎人的气色渐渐好转，人一下子有了精神，他爬起来跪在知苦面前，连连道谢。

知苦扶起他，问他何故受伤。

猎人说，上午给紫云观送粮食，回来的路上，看到一只青羊，追了过去，没想到碰到了两只狼，打了一架，两败俱伤。

知苦一听，忙问："张真人可在观中？"

"好像刚云游归来。先生见张真人何事？"猎人说。

"求教。"知苦说

"唉，张真人一般不收徒。"猎人替他们惋惜说。

知苦张目空洞地向山顶望了望，说："且看造化吧。"

猎人不知如何感谢他，从腰间摸出一根光滑细润的鹿角骨，双手递给知苦。这种天然的鹿角骨可是强筋壮骨、养血补血之佳品，知苦推辞不受，猎人再三坚持，知苦只好让谷子收下。

眼看天色已晚，知苦他们实在没有气力向上攀登，猎人便带着他们寻了一处山洞暂时过夜。

夜幕降临，山中骤然寒凉，四处漆黑一片。他们就近捡了些柴禾，生起一堆火，吃了点干粮，蜷缩在山洞中准备睡觉。但哗哗的松涛声洪水倾泻一样漫卷而来，伴随着狼叫猿鸣、怪声怪叫，一波又一波，听着瘆人。紫苏胆战心惊地跑到洞口看了几眼，不敢入睡。猎人说："没事的，我来守着，恩人们放心睡觉便是。"

走了几天的山路，知苦他们确实累了，跟猎人道了谢，迷迷糊糊就睡了一夜。

翌日，天光放明，他们找到一处山泉，匆匆洗把脸，吃点干粮，与猎人分别，知苦和谷子、紫苏就往山上攀登。

紫云岭上有一片原始森林，古木参天，雾霭重重，中间只有一条隐隐约约的羊肠小道，稍不留意就会迷路。三人走走停停，一边仔细辨识方向，一边提防狼虫袭击，知苦腿脚不便，想走快也不易。

大约走了两三个时辰，终于望见了紫云观的山门，青砖白壁，绿树环绕，道观和亭阁都深藏于枝繁叶茂之间，景色青幽。他们沿着长满绿苔的石阶而上，走到道观门口，大门敞开，一眼可望见古朴宏伟的灵霄殿。大殿是上圆下方的建构，取"天圆地方"之义，两旁各有一棵参天柏树，虬枝四漫，树冠蔽日，颇有千年风姿。

一个乖巧伶俐的小道童从偏厢房出来，迎上前问："施主何事来访？"

知苦答："求见张真人。"

道童淡淡说："真人不在，请回吧。"

知苦想起猎人的话，不信，坚持要在殿前等候。

道童便不搭理他们，径自走了。

谷子不解地问："知苦哥，他们什么意思啊？猎人不是说张真人回来了吗？"

知苦想，张真人不肯见，定然是另有考虑，他也实难揣测。

于是，他跪倒在灵霄殿前，口中高唱一声："后生甘知苦求见张真人！"

没人应答他。他只好顶着炎阳跪着，不出一刻，汗水顺着脸颊、脊背流了下来。紫苏劝他莫要太执着，他不听，依旧跪着。谷子坐在一旁，晒得萎靡不振。

观内素净，除了一个道童和两个道人，再无旁人，他们路过，淡然看了一眼不再理睬。

他一直跪到酉时，已是天色向晚，腹中饥鸣。那个小道童再次出现在他们面前，说："起来吧，跟我走。"

谷子和紫苏惊讶地看看知苦，知苦也是一头雾水。

他们好奇地随小道童走进灵霄殿，只看到三清道祖塑像前有一张案几，一位老道身着青色道袍，发髻高绾，正坐在案几前焚香。

知苦认出了张真人，上前鞠躬问好："拜见张真人！"

"来了。"张真人头也不抬地随意说。

知苦像着了魔似的，不知道说什么好了。似乎一切都在张真人的掌握之中。

紫苏也上前行礼致谢。张真人微微抬头看了看她，点了点头。

他焚香礼拜后，才缓缓抬起头来，望着三人说："按照卦象，你们昨天应该就到了，怎么现在才到？"他不等知苦回答，掐指算了算，又说，"路上救了个人，是吧？"

这都能掐会算？他们诧异地张大了嘴巴。

他起身，负手走他们面前问："三位小辈前来所为何事？"

知苦顿时感到一点威压，从内到外，浑身不自在。他嗫嚅答道："在下甘知苦，冒昧前来求教真人！"

张真人笑笑说："算来，你我今世有缘，且住一阵，看你造化如何。"

知苦不敢多说什么，在世外高人面前，他的心思全是透明的。

"从今天起，你随小伍一起修行一百零八天，若有慧根，等我回来再教你道家心法。若半途而废，请自行离去。"张真人语气冷峻。

知苦顿首，响亮地答一声"是"。

随后，张真人唤来小道童小伍，安排一番，知苦几人便随小伍去歇憩。

知苦没想到一切居然出奇的顺利，出乎他的意料。其实，张真人昨天一回来，就起了一卦，算得有缘人前来。既然有缘，就随缘而行。整天不见他，只是想考量一下他的恒心和意志。

今天一见甘知苦，想起在肃州白家大厅里见到这个后生时就很有眼缘。现在看来，人世间的缘分是躲不开的，该来的迟早会来。他清楚甘知苦寻求医术的目的，但道医不同于传统医学，医者必须修心修真，达到神清彤净，通灵入化，以后方能借术度人，借法神通。是否有这造化，且看他的修为了。

<h1 style="text-align:center">3</h1>

紫云观居于昆仑之巅，周边林木苍翠，峰峦起伏，微风吹过，松涛阵阵，晨昏之时，山岚生烟，云雾缭绕，恍若仙境。站在高处，极目远眺，远处的城廓村野隐约可见，眼下正是初春时节，原野上赤橙黄绿，五彩缤纷，好一幅壮美山川形胜图。

知苦每天的修行从寅时便开始，洗漱完毕，点燃香烛，静坐于道祖圣像前，默诵静心经、道德经。大殿内静谧之极，很快便可入定，神飘九天之外。诵经结束，小伍带他和谷子到观外的天坛上演练太极拳，知苦感觉在道家仙境练拳与平日大不一样，一套太极练下来，身心通透，活力倍增。而后，知苦便与小伍、谷子等人开始打扫庭院，紫苏帮着做饭，等手里的活做好，天已大亮。吃过早饭，知苦跟谷子随道士下山挑水，往返一趟大约一个时辰，开始挑一担水走山路十分吃力，半个月后，渐渐感到习以为常，到后来挑着水都能如履平地。挑完水，接着便跟小伍等人务习道田。道观外有几亩田产，种着蔬菜、豆类和药材，除草、松土、浇水、打秧、培土，采收，每天都有干不完的活。有空的时候，他还要勤习医家经典，巩固前一段时间的学医习得。

此时的张真人已外出云游，谁也说不上他的归期。

他们的勤快踏实，颇得小伍和两位道兄的好感，他们对知苦时而指点一些道家修行常识，讲述一些道家修炼成仙的故事，有时也带他们外出采药，让他们参与制药炼药，知苦和谷子见识了道家制药的秘术，对药材的认识又精进一步。

紫云观两位道兄各有分工，姓吕的道兄专门负责制药，姓马的道兄负责炼丹，他们各怀绝技，技艺绝妙，对于知苦和谷子也不保留，尽情展示。跟着吕道兄，知苦学会了火制的炙、煅、炮等手法，"蜜炙款冬润肺用，蜜炙黄芪补气好。盐炒熟地能养肾，醋炙玄胡敛肝疗。当归蜜炙能养血，酒炙当归活血高。""龙牡本性能沉降，煅后收敛作用重。""山甲鳞片煎无味，砂炮诛形药性猛。"这些都是吕道兄传授的秘术。此外对制霜、水飞、发酵等秘法也有了更深的感悟。

谷子对马道兄的炼丹术更感兴趣，每当马道兄炼丹时，他就围着丹炉、坩埚子转个不停，渐渐看出了点门道，后来，竟然学会了两种丹药的制作，一种名曰白降丹，用于祛腐排脓，专治疮疡荔及瘰疬荔形成瘘管久不收口；一种曰金液丹，主病甚多，固真气，暖丹田，坚筋骨，除久寒痼冷，补劳伤虚损。只不过这些丹药所需材料珍稀，炼制也相当费工夫，难以大量制作。

尽管整天劳累不堪，但知苦始终谨记张真人的教诲：打坐念经是修行，站立行走是修行，日常劳作是修行，吃饭睡觉是修行，总之，修行，重在修心，心念至处，一切皆为修行。虽然他还不明了这样的修行与道医有何联系，但修行日久，渐渐心无杂念，有了一切随缘之感，心底里已经认可了一种不同于世俗生活的理念。随着对道家经典的诵读日深，他发现道家的养生理念与《黄帝内经》竟然一致，多年来一直没有悟透的"医道同源"，此时居然醍醐灌顶，豁然开朗。

在忙碌而充实的修行中，时间过得飞快。转眼一百零八天即将到期。知苦和谷子还在为张真人能否按时归来犯愁，小伍说，师父向来言出必行，更何况他有通神之能，千里之外都能感知对方的心事。知苦和谷子在道观听说了不少神通的故事，自然不敢胡说什么，仿佛稍留心就会被张真人感知了他们的心事。

盼啊盼，在知苦急切的期盼中，神龙见首不见尾的张真人果然在第一百零七天回到了道观。

一见面，张真人目光如炬，盯着知苦望了一眼，就感觉了他的变化，不仅是体魄比以前健壮了不少，而且身体内充盈着一股脱胎换骨的清气，言谈举止柔静若水。一百零八天的潜心修行，已经让一个俗世之子初具道家气质。他随口考问了几个修行感悟，知苦均对答如流，阐述十分到位。

张真人满意地点了点头。一脸严肃地问："道学广博精深，前面只是初炼根基，你打算继续修为，还是入世行医？"

知苦愣了片刻，不知应如何回答。

张真人说："给你三天时间考虑。"

知苦点头称是，这的确是一个难以抉择的问题。

接下来的三天时间，知苦坐卧不安，不明白真人究竟要考量他什么，生怕回答错了，惹得真人不高兴，一切都泡了汤。继续修为吧，他心不在此，而是外面的世界，是济世救人的初心。不想修为吧，张真人可能不传一法便打发他们下山。他专为此请教几位道兄，他们都摇头不语，实在给不了他主意。又问谷子和紫苏，他们也不知如何回答。

第三日，见到张真人，知苦深鞠一躬，诚恳道谢："感谢真人不吝教诲，使后生有幸得窥道学皮毛，思考再三，得道成仙非我所愿，我还是回到世俗中做一个治病救人的医家更合适。"

张真人呵呵一笑问："我门失传已久的天医之术你也不学了？"

"真人如若不传，后生自然不能强求。"知苦坦然回答。

"其实，我不过考一考你的诚心。学道悟道，需要有根基，你已过了佳期，不合适。既不是我道门弟子，就不能给你传授《天医》全部，但由你选择一术，我且传之于你，如果学精，往后也是通天之能。"

知苦一听，喜不自胜，赶忙跪倒在地，祈求真人明示。

张真人说："《天医》中有道法修练术、祈求吉祥术、治病疗疾术、消灾化煞术、仙药秘制术等，你想选择哪一种？"

每一种都那么诱人，每一术都是世间绝学，他的确难以取舍。但只能选一项，知苦略一思索，选择了"治病疗疾术"。

张真人微微一笑，说："天地有气运，疾病随国运，如今世道凋敝，正气衰微，人感邪气而致病多矣，中邪证、中妖证、离魂证常见于俗世，你选择符咒疗疾，倒也是明举。不过，有些话必须告之于你。"

张真人所言如醍醐灌顶，知苦一听这话，顿时有点失神。

张真人又缓缓说："道医始于内经，治男女大小诸般恶疾，凡内服外治，有此佐证，无不立见奇效。但道医化道入医，以道治心，以术治身，既有世俗传统医学的望闻问切，也有神通天人物理之奥秘，其中包含常人难以理解的法术，你若入世，非到万不得已，切不可轻易示人，否则反噬于己，即遭天谴。你可明白？"

知苦急忙答道："弟子明白，谨遵师训。"

张真人又说："一百零八天的修行，你已奠定了根基，现在，我把心法传授予你，剩下的事就看你的造化了。"

接着，张真人将道医修炼心法和制符用符法一一传授予他，嘱他苦练至纯熟程度。按常规习道者的修行，这个符法咒语，没有一年半载是很难悟透得。

知苦用心记住张真人所授的每一步环节，很快进入到修炼阶段。道医最特别的就是以符章化疾，每一种病证对应一种符章，而且有相应的咒文为助，学起来并不容易。好在知苦用心，用了短短一个多月时间，记住了九种神咒、八十一种狐邪疾病的符章运用，还学会了道家针灸秘法，剩下的就是潜心悟道和实践提升了。

张真人考较了一番，没料到知苦这么短时间能悟得符咒疗疾的真谛，对他的天分十分惊讶，有心多留他些时日，奈何他们归心似箭，惜别之余，张真人担心他未来遇到不测，起念算了一卦，又为他做了一次手诊，人生起伏沉落不好说，但身体的状况大体看得明白，他指着知苦左手手心的天线、人线、地线分析几句，说，你的身体的三次大劫，儿时已过，三十六岁左右有一次，不过凭你的医术自可化解，六十六岁前后还有一次大劫，应该会为七情所伤，我赠你"交感丹"一方，药材也易得，你到时自作准备，或许可逢凶化吉。

说罢，写下一方：炒香附一斤，以长流水浸三日，擦去毛，以姜汁、童便、陈酒、米醋四物，各炒一次焙干，加茯神四两，研细末和匀，密丸如弹子大，每服一丸，空心嚼服。

知苦用心抄录下来，再三道谢。若不是思乡情切，真想留下来，跟张真人再学学易、卜之术，究天地之运、人事之理，或许是医道中的大智慧呢。

昆仑虽好，但非久留之地。过了将近一年与世隔绝的日子，谷子、紫苏都有点想家了，知苦便决定出山。

有了打算，便告知张真人，张真人也不挽留。临别，送他八个字：得道于心，日新不失。

甘知苦默念一遍，铭刻于心。

4

从冰天雪地的昆仑山下来，大地上已是绿野新风，初夏的明媚一泻万里，他们又回到了久违的人间。

甘知苦腿脚不灵便，紫苏又有了身孕，他们走得很慢，步行多日，才到了南山脚下。

太阳西下时，远远看到，草木掩映的山谷里炊烟袅袅，山崖下的窑洞隐约可见，谷子欣喜地说："知苦哥，有人家，今晚有处歇息了。"

知苦扶着紫苏看着山下人家，既欣喜，又担忧，他不知道外出避难的时间，肃州城里发生了什么，更不知道贸然回去有什么不测等着他们。

他们走到一处窑洞口，黑洞洞的窑洞里出来一位皓首长须、身材高大的老人，警惕地打量着他们。

知苦出声道："老人家，我们从山上下来，可否借住一宿？"

老人看他们衣着破旧，一个跛脚，一个孕妇，另一个敦实的小伙子也不像歹人，就点了点头，进去拿出粗瓷大碗，给他们各倒了一碗水。

他们坐在窑前的木凳上攀谈，知道了这个老人叫马宗红，人称"红爷"。这个山村叫卧马山庄，只住着二三十户人家，零散分布在山坳里，住着窑洞。据红爷讲，这些人家大都是躲避战乱搬迁过来，后来陆续又有或逃难、或逃荒、或躲债而流落至此的人家，荒野之地渐渐成了世外桃源。在下面还有一个独立的村落，称作下卧马山庄，是近几年逃难的人聚集起来的村子，搭建的临时草屋，看起来十分简陋。

红爷已有九十多岁，不聋不盲，劳动自如，说话声音洪亮。甘知苦一听他的年龄，就十分惊奇。问其养生秘诀，老人嗬嗬一笑说："山野之地，顺其自然就是了，哪来啥秘诀。"

知苦心想，"顺其自然"也许就是真正的养生所在了，只是他不自觉罢了。常人道养生，只是病了才想起养生，其实，养生就是养在平常，融入日常，健康之时即注重养生，才会有福泽绵延。

红爷听他姓甘，多看了几眼，思量半天，悠悠开口问道："二十多年前，高台有个甘之堂的医馆，不知你听说过没？"

知苦吃了一惊，山野里居然还有人知道他们家早期开医馆的事。看老人慈眉善目，他也没有隐瞒，道出祖父曾经在高台县城开过医馆。

红爷激动地问："你祖父是甘草？"

知苦更吃惊了，这个老人怎么知道他的祖父名号？他点了点头，说祖父去世好几年了。

老人嘴唇翕动，像被火苗烫了一样，愣怔片刻，问道："你祖父有没有给你讲过权家屯庄惨案的事？"

知苦从没听祖父讲过此事，摇了摇头。

"唉，这件事现在知道的人已经不多了。当年，我儿是贡生，和你祖父是好友，他们一同对抗过官府强征赋税，最后，我儿在权家屯庄谋事，连同两百多人被官兵血洗。"老人回忆说。

知苦无比震惊，虽然对这件几十年前的往事并不知情，但能感受到祖父和马贡生等人的赤子之情和一腔热血，在那个强权时代已经十分可贵了。

知苦迟疑道："红爷，你们当年就这样躲进了深山中？"

红爷神色凝重地点点头说，当年为了避祸，他们一家人一直跑到了这深山之中。他又冲窑洞里喊了一声："来福、端午，你们出来见个人。"

片刻，从另外一个窑洞里走出一个三十出头的汉子跟一个八九岁的孩子。红爷介绍说，这是我的孙子和重孙，马吉贞的儿子和孙子。知苦看到端午的脖子肿大，像个嗉袋，让一个长相端庄的孩子看起来有点怪异。

知苦冲来福拱手一揖，叫了一声"马大哥"，又跟他们介绍了紫苏和谷子。

他乡遇故人，道不尽的离别愁绪。夕阳的余辉下，他们感叹唏嘘，互诉这些年的经历。

紫苏看知苦的络腮胡扎眼，想找一把剪刀帮他修理一下，来福拿出一把剃须刀，一寸来长，刀背宽，镶嵌着光滑的兽骨刀槽。紫苏刚一接过，不由得想起手刃陈二棍的事来，手一抖，刀子"啪"地一声落到地上。知苦看她寡白的脸色，心里明白是咋回事了，忙捡起剃头刀，拉着她的手安慰道："不要紧，都过去了，咱以后再不摸刀子，好吧？"

紫苏强忍着泪水，点了点头。

这时，来福的媳妇给他们沏来一碗茶，泡的是山茶叶。这种茶，知苦他们在紫云观见识过，是采集山中鲜卑花树的树叶自制而成的茶叶，微苦涩，能暖胃，听张真人讲，这种茶应该叫鲜卑茶，很可能是古代游牧民族鲜卑人的发明。知苦看了一眼泡开的茶叶，忽然闻到了一股奇特的草木香味，端起饮了一口，有淡淡的焦苦、辛辣，后味微咸，又有一丝不易觉察的甘甜、酸涩，一种茶，酸咸辛苦甜五味俱全，真是独特，以之入药，定能调和得了五脏。他感叹一声："好独特的茶！"

谷子也觉得跟紫云观喝的茶味道不一样，多问了一句："红爷，这茶咋制出来的？"

红爷也不藏着掖着，跟他们说："就是山茶叶、山茶花，加点枸杞、沙棘子，先蒸，晾干再炒，就成了。这是熟茶，暖胃，安神催眠。也有生茶，只蒸不炒，喝起来味更冲一些，年轻人可能喜欢。"

知苦听他一讲，顿时明白了这茶的药性所在，山茶叶和花，味辛、微苦，枸杞、沙棘子酸甜，单这一茶，就是疏肝泻火、安神镇惊、调和肠胃的良药。

　　红爷一家特意杀了鸡招待他们，鸡汤做成了青稞糁子面条。紫苏刚吃两口面，就感到一种咸咸的苦涩味，眉头不由地一皱。这一小动作被红爷看见了，见怪不怪地说："是不是有点咸苦？不是盐放多了，是咱们这里水的问题，吃的是涝池水，一年四季都这样。"

　　说到涝池，知苦马上想到刚进村时看到的一个大池塘，里面积满了浑浊的水，飘着一层枯叶，还能听到青蛙的叫声。有人从那里担水回家，也有人拉着牛在一边饮水。原来，这就是涝池啊！

　　红爷解释说，山高水深，打井太难了，没办法，山里人传下来的就是挖涝池积水，下雨下雪，把水储存起来，人畜同饮。

　　一想到那浑浊不堪的涝池水，紫苏便有些嫌弃，只吃了几口，再也不想吃了。知苦劝她，她也没胃口再吃。主人没有多劝，拿出一些干果给她垫饥。

　　半夜，知苦突然肚子疼，赶紧起来跑到外面茅厕，如水一样地开始拉稀。刚回来，不一会儿又疼。他还没消停，谷子又疼得不行，捂着肚子就往茅厕跑。两人你来我往，闹腾了一夜，第二天天亮，腿都发软。紫苏倒是症状不明显，只有轻微的腹泻。

　　红爷一早过来看他们，依然是见怪不怪的神情，说："水土不服吧？"

　　知苦软塌塌坐在炕上，觉得这种突发性痢疾，应该是水的原因。他和谷子已经服了随身带的五苓散，这药专治水土不服，行旅者常常自备。服药后，过了两个时辰，还是没见效，两人仍是一趟趟跑茅厕。

　　一会儿，红爷提着一个冒着热气的陶罐进来，另一只手里还拿着两个小陶杯，给他们一人倒了一杯熬得又浓又酽的茶，让他们喝。知苦喝了一口，又苦又涩，比中药还难喝，硬着头皮喝了下去。谷子和紫苏也是，当药一样喝。老人却自斟一杯，如饮甘露，品得啧啧有声。一杯下肚，顿时两眼放光，精神倍增。

　　过了一炷香的时间，他们渐渐感到肚子安妥了，人也有了胃口，想吃东西了。知苦好奇地问："红爷，刚才你给我们喝的是啥？"

　　"茶啊，就那种山茶，慢慢煎熬，越熬越浓，熬到一定时候，便万宗归一，能治好多病呢。"红爷说。

　　知苦再看红爷时，如同看一个世外高人。

　　红爷看了看知苦，欲言又止，随后唉叹一声。

知苦不由得问："红爷有啥为难的事吗？"

红爷看看他，又摇摇头，说："唉，说出来也没用啊，这个病，多少大夫都没治好过。"

知苦笑了笑，说："你说一下，啥情况，说不定就有治呢，看病讲缘分啊。"

"不是不信你们，关键是你太年轻，咋看都不像个有经验的大夫。"相互熟悉了，红爷就有话直说。

知苦尴尬地笑笑，不好多说什么。

谷子想开口说话，知苦一个眼神制止了他。

片刻，昨天沏了茶的来福媳妇进来，捂着右半边脸，嘶嘶嘶吸着凉气。

知苦一看，就知是牙疼症状，问了一声："大嫂牙疼啊？"

妇人点点头，牙疼牵引头疼，疼痛让她烦躁得不想多说话。

"来，我看看。"知苦起身走过去，又问，"上牙疼，还是下牙疼？"

妇人指了指右边的上牙。

知苦让妇人坐在凳子上，拿出针灸夹，取出三根一寸的银针，在她右边脸上取四白、下关透颊车各扎一针，又抓起她的右手，在后溪穴扎了一针，稍作提插捻转，过了一阵，妇人惊喜地说了一声："咦，不疼了！"

红爷在一旁看着，也觉得不可思议，三根针就能治牙疼，还真是奇了。忽然想起，知苦问上牙疼还是下牙疼是怎么回事，心存疑惑，便问出了口。

知苦耐心解释说："上牙疼，走的是小肠经，肠火上延引起牙疼。下牙疼，走的是胃经，胃里有火，热郁化火的症状。不论取穴针灸，还是用药配方，治法都不一样。"

留针一炷香时间，起针。妇人顿时神清气爽，高兴地咧着嘴直笑，再三地向知苦说谢。

知苦又嘱咐她，找点黄连、连翘、甘草、野蜂巢，煎水喝，彻底根治。这些药材都在山里很常见，不花一分钱就能找到，妇人自然欢喜。

红爷眼前一亮，即刻对知苦的医术刮目相看，不好意思地笑笑说："老儿错看你了。是这么回事，端午有大脖子病，你能治不？村子里还有好多人都有这个病。"

说着，让来福媳妇去带端午过来。

孩子有点怯生，眼神怯怯地望着他们。

昨天，知苦就注意到了端午的大脖子病，他微笑着让孩子上前，伸手摸了一下孩子的头，蹲下身触摸一下端午脖子上的那个嗉袋，看起来没有疼痛的症状，又看看舌苔，心里便有了定数。这个病叫"肉瘿"，民间称作大脖子、粗脖子，大多是肝郁不舒、脾失健运导致痰凝血瘀结于颈部，久而久之形成病状。

他把诊断结果跟红爷讲了一番，红爷张大嘴巴，惊得半天说不出话。因为，村里不少人都有大脖子，人们不知道是咋得的病，有的人一辈子糊里糊涂过来都没有治过，听知苦一讲，老人心里便有了希望，他紧张地问："知苦，有治吗？"

知苦如实说："放在半年前，我还真不敢说能治，现在，我可以试试了。"

红爷不知道他在昆仑山紫云观的奇遇，也不好多问，只关注曾孙的病咋治。

知苦也不客气，让端午脱了鞋子和上衣，坐在炕沿上，拿出银针，取天突、上脘、期门、肝俞、太冲、陷谷等穴位一一扎上针，然后以气驭针行针一会儿，孩子头顶上冒出了热气，手心满是汗。知苦问了声："身上舒服吗？"

端午嗯嗯两声，脸上没有一点痛苦的神色。

一会儿，他一一起了针，又拿出一根四寸长的、稍有点粗的银针，让红爷用火折子点亮油灯，将针在火上烤红，嘱咐了端午几声，让他闭上眼睛。然后，手持火红的银针，迅速扎向隆起的嗉袋，针刚没入二寸许，又迅速拔出，拿出一个小口的茶杯，在油灯上灸了片刻，迅速摁在针眼的位置，马上吸附上去。一眨眼的工夫，大家眼看着孩子脖子上的肉瘿一点点缩小下来。

紫苏和谷子在一旁紧张在看着，担心他有啥闪失。现在看到孩子的肉瘿渐渐变小，他们长舒一口气，对知苦的医术也有了新的认识。

红爷和孩子的母亲在一旁看着，眼里满含激动的泪光。虽然这个肉瘿不是什么要命的病，但长在孩子身上总是不大美观，将来找媳妇也会受人嫌弃。现在好了，遇上了神医，一块心病终于可以了结。

半炷香时间，知苦取下陶杯，流出一股黑血，孩子的母亲赶忙将自己的手绢递过去。知苦接过拭了血，又让谷子从药箱里找出消炎药涂上。

大家伙再看时，肉瘿已经小了一半。

知苦抬起身，活动一下腰，又说，"这个针灸要连续行针三天，同时，还得内服汤药治本。"

说罢，开了一方：海藻、昆布、莪术、牡蛎、贝母、半夏、青皮、陈皮、当归、川芎、连翘、甘草。这是"海藻玉壶散"的变方，可治各种瘿瘤。

不过，要想弄齐药剂，还得进城去找大药房抓药。

5

邻居听说红爷家来了个能治大脖子病的神医，十分好奇，过来观看。结果一看端午的大脖子真的消下去大半，个个都称奇，纷纷上前来请大夫看病。

知苦本来急着回肃州，一看这情形，一时半刻确实也走不开，只好住下来，帮村民看病。

一上午，看了二十多个病人，好多都是陈年旧患，只能一拖再拖，到了知苦这儿，每一个患者都带着希望来，带着满意归，人人都把他当神医看待，恭恭敬敬。

午饭前，知苦心想，一个地方有大脖子病患，应该是地方病。查看了一下医书，果然有这说法。联想到饮水的情况，村子一直吃喝那样的水，大概是得病的根源。他把这个想法跟红爷说了。红爷说，以前也有人怀疑是吃水有问题，但没办法解决啊。

吃过午饭，知苦想去看一看涝池，红爷和来福便陪着他过去。

几个人走到涝池边，知苦沿石头砌的台阶下去，掬起一捧混浊的水，闻了闻，有一股腥味。又在手心里搓了几下，有点硌手。他想，不管是不是水的原因，这样的饮用水，肯定不洁净，可不用又怎么办呢？

他上来后，沿着涝池转了一圈，又往涝池水的源头方向走了一段——那是昆仑山融雪流下来的溪水，走着走着，终于想出了一个解决问题的办法。

他转身指着前方一块空地对红爷说："在这个地方挖一个十来丈深的水井，采昆仑山的青石衬砌，然后引溪水流过来，再用细碎的石灰石铺一段过滤渠，这水长年储存也不会坏，可以解决人的饮水问题。下面那个涝池，用来饮牲畜即可。"

红爷一手打额，说："哎呀，这办法真好，多少年了咋就没想到呢！"

知苦又指着那些长满野草的山地说："这些野草，好多都是药材呢，黄芪啊、黄芩啊、甘草啊、羌活啊、麻黄啊，真不少呢，如果把这些野地经营起来，搞成药田，把野生的药材分类种植，那还是一条来钱的路子呢。"

红爷顿时激动起来，怎么都没想到这些野草也会摇身一变，变废为宝，将来有一天会变成白花花的银子。他毫不犹豫地答应下来，等腾出手来，就组织人手采摘药材，送到知苦那里验货，如果药效合适，等秋后便让百姓开垦药田。

从涝池回来，红爷即召集村人到百年大榆树下，讲了知苦建议改造饮水的谋划，村人拍手称好，纷纷说，真是一个造福一方的大功德呢！红爷德高望重，多年在地方上主事，征得众人同意，马上安排来福带领大家开始动工。

知苦在村里停留了数日，治好了端午的大脖子病，又治了几个大脖子病人，诊治了不少村民的陈年旧患，几十户人家每天都争抢着请他们到家里吃饭。知苦也让进城抓药的乡亲打听了肃州城里的动静，万氏父子悬赏捉凶未果，倒也没有干涉他们的亲人，只是城门口的盘查仍然未放松。

水井挖好了，有人提议立个碑，给水井取个名。这毕竟是卧马山庄千百年来民生福祉的大事，要留个念想。水井取什么名呢？来福说，主意是甘大夫提出来的，不如就叫"甘泉"吧。众人一致叫好，让石匠刻了碑，请甘知苦去举办了隆重的揭碑仪式，这件功德之事算是完美收官。

知苦和紫苏、谷子走的时候，家家户户拿出山珍野味、皮毛玉石、各种药材回报他的义诊。知苦不收，红爷说啥都不行，然后，派一辆马车，把他们一直送到肃州城外。

远远看去，城墙高筑的肃州城像一只干涸的螃蟹，疲惫地趴在大地上。

知苦和紫苏、谷子没有贸然进城，他们先去南关的余丁地，找到毛驴子。一见面，谷子就惊讶地叫了一声："咦，你们的辫子都剪了？"

知苦和紫苏这才注意到，来往的路人，好多剃成了光头，或剪成了短发。

毛驴子嘻笑说："各城门口皆设有剪辫处，凡剪文明发式或剃光头者，一律免费。"

谷子再问毛驴子为啥要剪辫子，毛驴子也说不出啥。

知苦揣度，大概是世道变了，或者发生了什么改朝换代的大事。

紫苏要了把剪刀，也为知苦和谷子剪去辫子，两人一下子清爽了许多。

随后，他们悄悄潜入了城中，摸索到了索维娅的客栈。

6

索维娅看到知苦几人，顿时瞪大了眼，凝视片刻，眼泪扑簌簌直流，紧走几步，一把抱住知苦，在他胸前使劲地捶打，哽咽说："死鬼！这一年了，你跑哪儿多去了，你不知道人家担心死你了！"

知苦望了眼旁边的紫苏，不好意思地推开索维娅，解释说："当时形势紧迫，来不及跟你道别，让你受惊了。"

激动过后，索维娅也意识到了紫苏的存在，又看到她隆起的腹部，一时五味杂陈，不知该说什么好了。

紫苏经历了生死病痛和近一年的流离失所，对人世间的悲欢离合已有了更深的体味，更能理解索维娅此时的心情。她上前拉住索维娅的手说："姐姐受累了，小豆子呢？"

索维娅抹一把眼泪，莞尔一笑说："哪里的话，你们才受罪呢，等闲下来了给姐姐说道说道这一年的经历。"

相逢的喜悦，让几个人有说不尽的话，说不尽的事。知苦从索维娅口里知道了许多肃州的变故，时隔一年，世道似乎已悄然发生了变化。

索维娅说罢，又转向知苦说，"正好西域来个熟人，有事情要跟你讲。"

知苦一听，十分惊喜，躲进深山快一年了，终于能听到大哥和白芷的消息了。

她出去一会，身后跟着一个穿麻布衣衫、头戴毡帽的老者，那人惊喜地叫了一声："甘郎中。"

知苦一眼认出了他："老莫！"

老莫嘿嘿一笑，拱手作个揖。

索维娅泡了一壶玫瑰花茶，室内氤氲着一股香甜的气息。

坐定后，知苦问起大哥、白芷、徐总兵、罗成子、高三娃等认识的人，又问巴里坤的情况。

老莫压低嗓音说："巴里坤出大事了。"

他喝口茶，讲述了哈密的近况。三个多月前，哈密徐总兵被罢官卸甲，有传闻是现任总兵都伦同徐总兵的小老婆勾结摆了徐总兵一道，抢了徐总兵的位子。都伦这个狗杂碎曾是乌鲁木齐提督的亲信，后来成了巴里坤的都司，与他的主子一样，搜刮民膏，克扣军饷，还逼着哈密和巴里坤所有的屯田区交纳成倍的税捐。各地下拨的军饷，经过他再剥一层皮，下面的勇丁只能饥一顿饱一顿地过日子。屯田区每年的收成除了口粮，几乎都充了军需，都伦还是一再追加交纳的粮食和谷物，屯田区的主管没办法，又把这些负担分摊给招募来种地的流民、贫民和商人，正值五黄六月、青黄不接的时候，百姓的日子本就不宽裕，哪禁得住轮番搜刮盘剥，人们叫苦不迭，纷纷喊冤，推荐出几个乡绅去论理，结果被都伦抓起来杀了。屯田区百姓的日子过不下去了，不断有人逃走，营房里的兵丁吃不饱肚子，也有人开始外逃。甘知勇从到巴里坤就与都伦不对付，忍气吞声应付了一年有余，对都伦逼百姓交税捐的事睁一只眼闭一只眼，勉强应付。结果，原先那些受到知勇惩罚的官僚反咬一口，向都伦告了黑状。都伦正想找个不服管的人立威，遂将甘知勇降为校尉，以示严惩。甘知勇当上游击将军后，整肃军纪，惩治贪腐，追击流寇，抚恤民屯，做了无数保境安民的大好事，把巴里坤治理得安宁祥和，勇丁们对游击将军多有拥戴，一听知勇被降职，人人气愤，尤其是知勇带来的那些兵丁，经历过生死，更是群情激愤，替知勇叫屈，商量着要去宰了这狗官为知勇出气。知勇及时阻挠，这些兵丁才没有动手。甘知勇并非就此罢休，他一直在等一个机会。终于，在都伦视察巴里坤戍务的那天，他跟一些心腹定下计谋，趁各级官员们迎接都伦的时机，出其不意地以轻骑袭击了都伦，并杀死了与其勾结的几个狗奴才。随后，上百号勇丁们按照预定的计划抢出战马，一溜烟逃出了巴里坤。

老莫说，巴里坤立马乱了，逃得逃，跑得跑，他趁乱跑了出来，跟人搭伙做一点皮毛生意。

知苦早就看出徐总兵那个小姨太不安分，果然出事了，但此时最担心的还是大哥的安危，忙问："后来怎么样了？"

老莫说，听说官府发布了通缉文书，正派兵追剿，可是一直找不到他们。

知苦为大哥的仗义暗暗叫好，心里却有了浓浓的担忧。

老莫说："甘郎中放心，甘将军有勇有谋，官府肯定抓不到他的。"

紫苏忽然想起白芷，又问："白大小姐怎么样了？"

老莫说："她随了甘将军，应该跟甘将军在一起。"

对于白芷这个归宿，大家深以为然，不论甘知勇，还是白大小姐，两个人走到一起倒也般配。知苦嘱托索维娅抽空将这个消息暗中告之白府，免得老人家担忧。索维娅答应下来。

"坏了！"知苦惊叫一声，"官府会不会对我的家人下死手？"

索维娅看不清背后的危机，见知苦惊慌失措，柔声软语安慰道："别急，甘将军不是没事嘛，你的家人也会安全的。"

"城门失火，殃及池鱼"的道理，知苦再清楚不过，大哥的逆反肯定会被层层通传，追查到家里来。虽然他与太平堡的大伯一家相处不太和睦，但总归是依靠他们养育大的，经历了流浪时无依无靠的艰难，他更加珍惜家人的安危，他不能眼睁睁看着，甘家人因此而遭横祸。主意已定，他马上让索维娅帮他找一辆便车，要赶回太平堡去。再说了，万氏父子对他们一直抓着不放，留在肃州更是凶多吉少，暂且回老家也是权宜之计。

索维娅听说他们又要走，虽然心有不舍，却又不敢耽搁，很快打问到马车店里有一个途经太平堡的客商，与他商量好了搭乘便车的事。

索维娅也想跟着回去，知苦怕人多引起城门口兵弁的怀疑，索性将谷子也留下在客栈做事，只带紫苏去了太平堡。

一团团乌云疾速布满天空，天色渐渐暗下来，风雨欲来的样子。

肃州至太平堡的官道上，一辆马车疾驰如飞。

<h1 style="text-align:center">7</h1>

心有急事，路就显得格外漫长。紧赶慢赶，赶了一夜的路，天明时，知苦才赶回太平堡。

等到了家门口，一看甘家大门被封，家人不知去向，他一时心急如焚，步履踉跄，紫苏扶着他，心里很不是滋味。

邻居听到动静，出来围着知苦和紫苏，七嘴八舌地述说了前天陈二棍抓走甘家老人的情形。邻居纷纷劝他赶紧想办法逃命，别再碰上官兵把他也一并抓了。

时间紧迫，知苦来不及去看望其他亲戚，央求邻居租来一辆马车，要赶到县城去，尽管感到无能为力，但还是想前去打探一些消息。

紫苏听着他的安排，坚定地拉紧了他的胳膊。

他想把紫苏留下，但又担心陈二棍的手下借机滋事，最终还是带着她一同去往县城。柳家掌柜那里不用他说，邻里也会去说的。

风雨交加，天色阴晦，知苦和紫苏赶着马车进了城门，沙石路面，一片泥泞。

高台城里十分萧条，行人很少，街道两边的铺面大都关了门，几个乞丐在商铺檐下躲雨。知苦和紫苏把马车赶进大车店，若大车马店冷冷清清，没一个客人。店主是一个小老头，给他们安排了客房，再三嘱咐说："客官从外地来的吧？千万小心，不要到处乱走。"

知苦有些不解，问道："街上咋这么冷清？"

店主瞅了瞅他们，又朝外面瞅了两眼，才小声说，最近不太平，官府搞了一个闭城逼饷，抓捕了一批抗拒交税的商人，由此引起民愤，一群人围攻县府，把县官赶跑了，但肃州府派兵过来到处抓人呢。

　　知苦心里暗暗叫苦，怪不得满街冷清呢，他又小心地打问，有没听说过官府从太平堡抓来过人？

　　店主赶紧摇头说不知，官兵几乎每天都抓人，他一个小老百姓，哪知道抓的什么人。

　　知苦向他道了谢，进店安顿好后紫苏，便想出去打听消息。紫苏拦着他说："知苦哥，你没听店家说，不能到处乱走的。"

　　"不出去怎么打听家人的消息啊？"知苦眉头紧皱，无计可施。

　　紫苏拦着他，说啥都不让他出去。知苦躺在炕上思谋一阵，心里乱得慌，起身走到车马店大门口，看了看街上雨水横流、泥泞不堪，越加心急火燎。忽然想起不远处有一家药铺，以前经常来这里取药材，老板算是熟人，实在不行，不妨找他打听打听。

　　渐渐，雨停了，天色依旧阴沉。知苦踩着泥水，蹒跚走过大街，找到了那家药铺。可是，药铺已关门大吉。

　　他颓然坐在门首，一点办法都没了。

　　这时，急匆匆跑来一个小伙子，绾着裤子，浑身溅了不少泥水。他看了眼关闭的药铺，捶胸顿足地说："这可咋办啊？满城的药铺都关了门，哪里找大夫去？老天啊！"

　　他又看了看跛脚而立的甘知苦，问道："大哥，你知道哪里能找到大夫吗？"

　　知苦无心理他，可看他着急上火的样子，心里不忍，随口问了一句："家里人病了？"

　　小伙子搓着手，望了他一眼，看他憨厚老成，便说："我家老爷病倒了，左右请不到郎中，眼看就不行了，急死人了！"

　　知苦一听人快不行了，也顾不上多想，说："走，带我看看去。"

　　小伙子看了看他的跛腿，迟疑一下，问："你是郎中？"

　　知苦看出了他不信任的心思，不悦地说："废话！"

　　"哎呀，太好了，老天有眼啊。"小伙子惊喜地叫道。

　　知苦不再跟他啰嗦，由他带路，到了县府附近的一个院子。房子的陈设虽然简单，但干净清爽。小伙子把他带进室内，床上躺着一个老人，一个老夫人坐在床边抹眼泪。看到伙计带了个陌生人进来，忙站起来打招呼。

知苦没有客套，走上前看了看床上躺着的病人，见他双眼紧闭，面红耳赤，嘴唇干裂，显然已经好几天没吃东西了。他拉过手，把了把脉，手指冰凉，脉像沉伏而滑。又问老夫人患者发病的情况。老夫人说，刚得病时，一会儿说热，一会儿说冷，口渴，烦躁不安，渐渐吃不下饭，拉不出东西，人也没有精神了。知苦听罢，按了按他的腹部，基本断定是"热厥"，阴气衰于下、肠胃火郁所致。如果用药，白虎汤合大承气汤即可解除，可是，满城的药铺均已关门，开药方显然行不通。

他把病情跟老夫人说了一遍，问她家里有没有大黄、甘草之类。按照常理，一般人家都会存些常用的草药，以备应急。老夫人翻出一个木箱，递给知苦。他翻找了一下，还好，找到了大黄、黄连、甘草、柴胡等几味有用的药，迅速配了一个药剂，让小伙子到外面再挖一些芦苇根来，一并加到药里煮。

吩咐完毕，他拿出随身携带的针灸包，取出几枚长短不一的银针，向老人道声"得罪"，便持针在他的腹部、背部和脚上扎了几针，然后提插捻转行针数次，渐渐，患者腹中咕咕作响，缓缓睁开了眼睛。

做完这些，知苦终于松了口气，接过老夫人递上的茶水喝了一口，问患者的身份。老夫人说，她家老爷是县府的县丞，姓田。

一听是县府的人，知苦眼前一亮，真是踏破铁鞋无觅处，得来全不费功夫。但他没有急于说出，刚救了人家，转身就有求于人，显得很不地道。

他嘱咐了老夫人服药的方法，就起身告辞。老夫人要给他酬金。他推辞说，不用了，明天我再过来看看。

老夫人千恩万谢，一直把他送出门外。

回到车马店，紫苏正为他的"失踪"急得抓耳挠腮，一见他，眼泪扑簌簌落下，"知苦哥，你再不回来，我都不知道咋办好了。"

知苦摸了把她的脸，喜孜孜说，"有办法了。"

紫苏泪眼带笑问："真的？"

知苦简要把自己到药铺找人，遇到小伙子求医和诊治田县丞的事说了一遍，紫苏一听，满脸惊喜，想不到他"失踪"半天，竟有这样的巧遇。

第二天吃过早饭，知苦迫不及待地走到田县丞家里，老头子已经起身开始用餐了，虽然气色还是萎靡不振，但已大有好转。一见到他，就要起身谢恩。知苦赶忙拦住他，扶着他坐好，又帮他检查了一下，问了问服药的情况。

老头子说，昨晚肚子痛，上了两趟茅厕，早上起来就一身轻松。知苦微微一笑，说："火已泻下，无甚大碍了，再开个补药，吃两服即可痊愈。"

老头子道了谢，再三要酬谢他。

知苦看他也是清廉之人，推辞不受，说："大人要谢我，不妨帮我一个小忙。"

老头子客气地说："先生有什么事尽管说。"

"恕我直言……大人能否帮我打听一下太平堡甘家的人被抓到了哪里。"

"你是甘之堂的人？"老头子惊奇地说，"怪不得医术如此好。还好，还好，我听说，甘家人在抓来的途中被人劫走了。"

"啊？劫走了？"知苦大吃一惊。转念一想，既然敢从官兵手里抢人，肯定不是什么坏事，一家老少应该是安然的。

老头子语焉含糊地说："甘郎中，世事难料，说不定哪天就变天了。"

知苦听他说得隐晦，也不便打问，笑了笑。

两人又闲话一阵，知苦便告辞了。

打听到家人的消息，知苦终于放下心来，回到车马店，把事情的原委说与紫苏，紫苏悬着的心也终于放下。

本打算下午就起程回肃州，结果午睡起来，外面围了一堆人，都是前来求他看病的。这些人大都家有重患却没地方请医买药，听了田县丞家伙计的吹嘘，找上门来求诊。

知苦反正也没啥急事，行医看病本就是他的吃饭本事，不如就在此看几个病人，混几个盘缠。于是，他一一答应了求诊者，一家家约好时间，然后一家挨家去诊病。

他没有药材，随身带的只有一些丸膏散剂，只能用针灸。非得用药的，就让主儿家自己去找药材，一般常用的中草药，百姓家都存一点，实在找不到，他便就地取材，让患者家里找一些芦苇根、枸杞根、苦豆子、薄荷之类的草根草籽野草代替，虽然达不到原方的药效，但用药的方向对了，也能起到一定的作用。

县城的药铺关门，平常人家找不到坐堂先生，一些患者只能听天由命，渐渐累积成危重病人，找到知苦，就看到了希望，家家争着抢着请知苦出诊，这家的门还没出，门前就有好几家候着，短短几天时间，比知苦在肃州坐堂一个月看的病人还多，紫苏感慨道："不如就在高台开个医馆吧。"

知苦轻叹一声说："你以为开医馆那么容易？要不然那些药铺、医馆咋都关了门？乌云密布的天空下哪有不一样的晴天？"

他们在高台县城看了几天病，始终觉得偷偷摸摸、提心吊胆，生怕被人发现抓起来。到了第七天，知苦说啥都要起程回太平堡了。刚套好马车要出发，田县丞家的伙计气喘吁吁跑来，拦住马车说："甘郎中，有大事，我家老爷有请。"

知苦心里一惊，莫不是家人又有了什么不好的消息？他马上跳上马车，赶往田县丞家去。

进了田县丞家门，老头子迎在门庭前，笑呵呵地给他恭喜。

知苦一头雾水，自己都潦倒到偷偷摸摸看病的地步了，何喜之有？

田县丞拉着他的手进了门，告诉了他一个好消息：甘知愚垦荒有功，擢升为高台县知县。

田县丞知晓甘知愚是甘家老二，正好把这个消息最先告诉知苦，结个善缘。

知苦长舒一口气，仿佛悬在自己头顶的石头忽然被搬走了一样轻松。更可喜的是二哥回来当知县，衣锦还乡啊。

田县丞请他多逗留一二日，兄弟见上一面再说。据报，知县大人即日赴任，也就是几日时间。

知苦觉得有道理，就住下来等甘知愚前来就任。

8

也是机缘巧合，甘知愚在甘州府东乐县当县丞时，致力于兴修水利、垦荒屯田，几年时间让一个干旱少雨的小县新增上千顷良田，县府仓廪充实，民间衣食果腹，正好被巡察的甘肃提督看到，褒奖他的作为，算是意外地飞黄腾达。一没背景靠山，二没金钱铺路，能够得以晋升，真是撞了大运，他满心欢喜，即日带着家眷春风得意地前来赴任。

一路上，甘知愚他暗自思考着治县良策，脑海中浮现着一个个名垂青史的知县故事。一县之长，虽是七品芝麻官，但在稳固朝纲中的位置太重要了，《史记》有云："县集而郡，郡集而天下，郡县治，天下无不治。"历史上无数名臣重官都是从县官起步，因治县而建功立业，最后位列庙堂之上。

他也是有梦想的人，他的梦想便是为官一任、造福一方，一步步走向权力的顶峰。他感觉自己的康庄大道，就要从高台这片热土上启程了。

然而，等到他走进高台县城，看到满目萧条的景象，他的心忽地凉了半截。

他过去的印象中，高台虽然是贫瘠苦寒之地，但只要风调雨顺，百姓大都丰衣足食，平顺年景，城里商铺林立，过往客商络绎不绝，每逢集市人山人海，物资丰阜。如今怎么变成了这样一座破败之城？

田县丞等一干公府人等，在城外接官亭接到了甘知愚，然后陪着他到了县衙，待新知县稍作安顿，便跟他说了甘知苦在高台奔波着搭救甘家老小的事。

甘知愚一听家人有难，大吃一惊，急忙让田县丞传甘知苦前来相见。

田县丞安排一个衙役速速去请甘知苦，他则趁此时机给知县大人汇报县情。老头儿即将赋闲的人了，他很想把自己未曾圆满的人生抱负告知给新任知县，让他在任一时造福一方。他精明地观察着新任知县的表情，看甘知愚听得认真，便将自己的想法毫无保留地说了出来："眼前高台复兴有七急，减免赋税，休生养息，此一急；恢复商贸，稳定市场，此二急；公断狱讼，赦免冤错，此三急；鼓励农耕，兴修水利，此四急；培植乡勇，保境安民，此五急；整肃乡绅，教化民风，此六急；救济贫弱，聚拢民心，此七急。"

甘知愚心里有事，似听非听，嗯嗯啊啊地应付。

"好，妙策！"

县丞正说得起劲，有人在门口喝彩一声。

甘知愚抬头一看，跛着腿的甘知苦跟一身粗短打扮的甘知勇一起走了进来。

老县丞呵呵一笑，拱手一举，对刚刚喝彩的甘知苦说："甘郎中见笑了。"

知苦笑说："岂敢！田县丞给高台治理开了一剂良方啊。打个比方吧，现在的高台就像一个身患重症的病人，必须对症才能有效。所谓虚则补，实则泻，缓则治本，急则治标。县丞大人的七急之策，确实是标本兼治之道。"

田县丞看他们兄弟相逢，说几句客套话，不便多留，先行告辞。

知愚看到他俩在一起，颇为意外。几年不见，两兄弟已是成人，知勇威猛强壮，知苦憨厚老成，脸上已没了年少的青涩，多了些生活磨砺的粗犷。

知苦还是第一次见到身穿官服的二哥，三十出头的他，高大身材在一身皂青色官服映衬下，既神采奕奕，又威风凛凛。

三人坐定后，知愚急切地问："父母他们怎么样了？你俩怎么在一起？"

知勇开口说道："说来话长。妈的，这世道好人做不成，真是一个逼良为娼的时代。"

然后，他把从巴里坤杀出来，一路潜行，杀富济贫的事讲了一遍。

知勇说，半个月前，他就到了野水地。随后打探到了官兵对家人动手的消息，便从官兵手里抢回了家人，到北山蒙古人的牧场躲了几天，他一路追踪陈二棍的下落到了高台。派出打探消息的弟兄，很快探听到狗官被革职查办，新任知县是老二，就赶来看看虚实，没想到又遇到了知苦，他们俩便一同过来道喜。

知苦十分感慨："当今世道真是乱象丛生，正气不足，邪气有余，邪气所凑，其气必虚，魑魅魍魉乘虚趁机跳出来作怪，朝廷再不用猛药，离呜呼哀哉就不远了。"

知愚一听他的话涉及到朝政，赶忙"嘘"了一声，示意他打住："知苦切不可妄议是非啊，让有心人听了去，那可是掉脑袋。有个书生不过念了两句歪诗，里面有一个'清'字，就被杀了头。"

知勇大大咧咧地说："咱兄弟闲谝几句，关他人屁事，我就觉得三儿说得有道理，天下被一帮蛀虫搞得千疮百孔、民不聊生，你还指望它能长久，改天换地是迟早的事。"

知愚听他们越说越离谱，再不敢让他们把这离经叛道的话题继续下去，赶紧换个话题问知勇今后有何打算。

知勇说："如今天下纷乱，朝野动荡，到处都有官逼民反、官匪勾结的局面，我这百十号人马，找个地方占山为王，俟时机成熟，拉出来做一番安邦保境的大事。"

知愚原本痴想着如何把这支队伍收编过来为己所用，可知勇的话把他吓了一跳，不安地说："大哥啊，你可别给我惹麻烦啊。"

知勇揶揄道："放心吧，知县大人，我不会在高台安营扎寨，这个鸟不拉屎的地方，不饿死才怪。"

知愚一听，半天说不出话来，高台再穷，也不会穷到这个地步吧？

听说知勇占山为王的打算，觉得并非上策，劝他说："大哥啊，你还是慎重考虑，历来官与匪势不两立，不管你走到哪里，官府都不会轻易让你立足。"

知勇哈哈一笑说："我已想好了，要么西去，要么东进，养精蓄锐，最终找一支做大事的军队投靠了，打出一片大好河山来。"

这些话若被外人听了去，他也会吃不了兜着走。知愚赶忙冷声呵斥："打住，打住！就知道打啊杀啊的，不可再乱说了。"

"老二，你在官场好长时间了，还看不明白，当今天下就是凭实力说话，谁有实力谁称王，说不定今日还在台上唱戏，明日就不知去向。"知勇跟他分辩。

知苦看他俩争得脸红脖子粗，忙打断他们的话，说起了家事，问知勇一家老小的安置情况。

知勇平淡说，不用你操心，我自有安排。

知愚感觉跟知勇说不到一起，不愿多说什么，知勇也没有说话的兴趣，三兄弟一时冷了场。

这时，随从进来报告一声："老爷，酒菜已备齐。"

"而已，你先带他们过去，我处理一下手头的紧急公务。"知愚冷冷对随从说。

这个叫陈而已的随从，谦恭而得体，一看就是官场的老油子，眉高眼低的事拿捏得很准。他恭敬地应答一声，作了个有请的手势，知苦和知勇便随他去了。

知愚坐在椅子上，回想着刚才知苦和知勇的话，心里乱糟糟的，更糟心的是老大这支人马留在他的地盘上，如果被人发现检举了，他便有不可推卸的责任。这大哥不是个省油的灯，他要逞强斗狠起来，那是要闹翻天的，若在他的地盘上出了问题，他头上的乌纱恐怕难以保住。怎么办？如实上报，还是暂且瞒下？他一时犹豫不决，苦恼地一拍桌子，决定在饭桌上把话挑明了说，让他有多远走多远吧。

知苦看出了两位兄长话不投机，怕他们再起纷争，出了县府大厅，便拉着大哥跟随从陈而已提出告辞。

陈而已八面玲珑，哪能不明白他们的心思，虚与委延挽留几声，就把他们送出了县府。

甘知愚回到后院，已知兄弟两人不辞而别，想跟他们说的事也无从说起了，气得一脚踢翻了凳子。

9

知勇不知从哪里找来两匹马，自己骑一匹，知苦、紫苏合骑一匹，他们一直往北山走，穿过无垠的戈壁大漠，在沙漠的尽头出现一片草原，由稀疏的荒草，渐渐变成如茵绿草，再往深处走，看到了一片湖泊，湖畔是茂密的胡杨林。

夕阳西下，他们顶着夏日的燠热走了大半天，知勇欢快地说："快到家了，待会儿给你们一个大惊喜！"

听知勇说起"大惊喜"，知苦也没多想，一路上，他无数次听老大讲白芷的事，想着当初歪打正着的一个主意成就了他俩，心里还有些自豪。

渐渐，看到了林中有几顶帐篷，一群人正在外面操练，迎着知勇欢呼："老大回来了！"

知勇收住马车，冲大伙喊了一声："好样的，炼药炼形，练兵练神，不错嘛！"

这句话还是当初知苦告诉他的，他倒用在了带兵上。

知勇带着知苦和紫苏走进营帐，先见了甘若望老两口，都无大碍，几个人寒暄一阵，知苦看到伯母阎氏有点冷淡，脸上满是怨气，就没了说话的心思。

从甘若望老两口住的营帐中出来，紫苏十分敏感，不安地问："大婆婆咋不高兴呢？"

知勇清楚他母亲的性子，解释说："头发长，见识短，大概是觉得这次灾祸因你们而起，对你们怀有怨念吧。"

在此时议论伯母似乎有些不合适，知苦岔开话题问："咋没看到白大小姐？"

知勇哈哈一笑说："应该改口了，要叫大嫂。现在就带你们过去。"

知苦不好意思地说："好，叫大嫂。"

知勇带着他们走了小半个时辰，在河畔的高地上看到三四个帐篷，其中有一个是白色的帐篷，外面用胡杨木和红柳扎着一人多高的篱笆墙，隐约可以看到有人在篱笆院中坐着。

知勇高声喊道："都在吧？看看我带谁来了！"

篱笆中的人闻声，打开柴门，几个人表情各异地望着他们。

知苦认出了白芷，她比肃州时丰满多了，身子已显了怀，穿一身宽大的靛蓝土布衫，正一脸邪邪地笑着。

他也认出了当初为爷爷送葬的那个土匪头子，好像叫麻三爷，脸黑黑的，老了许多。他看了知勇一眼，惊讶的是，大哥怎么跟他在一起了？

还有一个端庄的女人，上身穿白土布对襟衫，下身皂青裹腿裤，一脸又激动、又不安的神色。

知勇看着他们发愣，忙对知苦说："她就是宁神医，你一直想找的人。"

知苦突然感到脑子里"嗡"地一声，从这个叫"宁神医"女人身上感受到一丝异常的气息，仿佛在梦里，仿佛与生俱来。

宁青梅望着他一脸淡淡的络腮胡和与宋青山肖似的长相，可以断定，这就是她寻了、盼了十多年的儿子，是她的孩儿啊！

"孩……还好吧？"宁青梅一时语无伦次。

知苦粲然一笑，说："终于找到你了，前辈叫宁青梅？"

宁青梅神情微微一顿，又重重地点点头，两眼顿时湿润。

知苦从怀里掏出宋青山临终托付他的那本《青囊诀》，双手递上说："幸不辱使命，完成故人夙愿。"

宁青梅再也遏止不住压抑已久的思念，上前一步抱住知苦就嚎啕大哭。这哭声像决堤江河，呼啸奔腾，卷起千重浪；这哭声如春雷阵阵，酝酿已久，挥袂成雨。

白芷和紫苏都禁不住红了眼睛，黯然落泪。

突然被一个刚见面的陌生人抱着痛哭，知苦开始还有些挣扎，忽然听到宁青梅叫了一声："苦命的儿啊！"

知苦顿时心如针扎，仿佛看到了经常做的那个噩梦中的女子，她的身上有他熟悉的气息，这种感觉似乎是与生俱来的，掩饰不了，隐藏不住。

知勇在一旁低声说："宁神医的确是你母亲，你曾经救过的宋大叔是你父亲。"

这一连串震惊的事件使他有些懵了，他一直寻寻觅觅的父母竟然这样与他相遇，父亲死在自己面前居然不知情，他实在无法接受这个残酷的现实，也无法接受母亲的突然相认，惊喜，伤心，难过，怨恨，迷茫……诸多情绪交织在一起，顿时悲欣交集。他心里堵得厉害，低吼一声，转过身跟跟跄跄就跑开了。

"儿啊——"宁青梅哭喊。

"知苦——"紫苏、白芷齐声大喊。

知苦不管不顾，着了魔一样跑了。

10

蓦然出现的母子相认，让甘知苦不知所措，他跑到沙漠边大吼了一阵，哭喊了一阵，心里五味杂陈，有欣喜，有悲伤，有心酸，也有困惑，哭着，吼着，塞满心胸的块垒渐渐消融，终于好受了些。冷静下来一细想，许多事他都蒙在鼓里，突然出现的母亲像个谜，自己怎么流落到了甘家是个谜，老大和麻三爷在一起也是个谜，他得弄清楚这些事情的来龙去脉。

等他冷静下来，重新回到宁青梅身边，心情十分复杂。宁青梅、甘若望、甘知勇和麻三爷几个人都齐刷刷望着他，他不好意思地笑了笑，把心中的一个个疑问提了出来。

宁青梅已平复下来，娓娓道来，青囊门是古医世家的大门派，到了第十五代的掌门、知苦的外公手中，为救亡图存，掌门率众参加了义和团，起义失败后，二掌柜齐天寒当了内鬼，与官兵勾结，欲夺秘笈，他们来不及应对，官兵就包围了青囊门，外公为防止秘笈落入奸人之手，让她跟师兄宋青山带着《青囊诀》亡命天涯。他们一直向西走，过了陕西，躲到陇右一个小山村，结为夫妻，生下了知苦。结果，知苦一岁多的时候大病一场，宋青山下山买药时，又被齐天寒的爪牙盯上，夫妻俩带着孩子继续逃亡。危急时刻，宋青山不顾安危，引开贼人，让宁青梅继续带孩子逃亡。夫妻俩以《青囊诀》为凭，相约相见时合二为一。宁青梅带着孩子一直向西逃跑，开始还走走停停，等着宋青山赶上来，结果越等越没有音讯，她不敢大意，怕贼人再追上来，便日夜兼程，一直过了黄河，到了河西走廊，孩子病情愈加严重，高烧不退，昏迷不醒，宁青梅举目无亲，举步维艰，身上的盘缠花光了，能当的首饰、衣物都当了，连一顿饱饭也吃不上，蓬头垢面，乞讨为生，硬挨到甘州地界，她再也没有气力走路了，一岁多的知苦已经奄奄一息，抱着孩子痛哭一场，昏倒在路边。恰逢"甘之堂"的掌柜甘草应邀出诊，回家路过，看到娘儿俩尚有生机，大发善心，救下了他们。宁青梅怕连累恩人，也怕自己带着孩子再出差错，便将病重的知苦托付给甘草，独自踏上了逃亡之旅。辗转反复，无处立足，宁青梅跟一群流民走到了野水地，凭一身医术在野水地野狼帮中得以安身。能够自保的前提下，一直寻找知苦，但机缘不巧，始终没有时机谋面。

甘若望在旁边印证说，那一年，老父亲甘草带回来重病的知苦，丝毫没有透露孩子的来历，只说是路上捡到的。可是，孩子的疟疾已危及生命，老爷子日夜守护，千方百计施药治疗，终于退了烧，但留下了后遗症，就是一条腿麻痹了，再也无法恢复正常。老父亲随家谱的排序给他起名知苦，一直把他带在身边，供他读书，启蒙他医学，临终时交代，如有一天，知苦的亲生父母找来，就把孩子交给他们。等啊等，终于等到有一天宁青梅找了过来，他才感到这孩子来历不凡，也没多声张，只是谨守老父亲的嘱托，等着他们相认的那一天。

随后，甘知勇也讲述了自己的经历。他说，带着几十个兄弟从巴里坤逃出来后，穿过荒无人烟的戈壁大漠，到了野水地一带，恰好碰上麻三爷带着一群惨败的麾下与邱千牛殊死搏斗，便顺势救了这些人，然后，就跟麻三爷的人马合兵一处。

知苦听完几个人的讲述，沉默了半天，转身向宁青梅跪下，磕了一个头，叫了声"娘"。

宁青梅早已泪眼婆娑，泣不成声，双手颤抖着扶起知苦，把他的头搂进怀里，哽咽道："儿啊，娘终于找到你了，再也不丢下你了。"

其他人都感叹唏嘘，没想到知苦的身世竟有这样曲折。

总归血浓于水，甘知苦做了十多年的噩梦终于结束了，他从宁青梅身上感受了母亲的慈祥和爱抚，整个世界都明朗了。

认回了儿子，宁青梅仿佛年轻了十几岁，整天春风满面，步履轻快，整天围着知苦转个不停，恨不得把十多年亏欠儿子的都补回来。

有一天，宁青梅提出去祭奠宋青山，知苦也有此意，便让下人置办了烧纸香烛，向太平堡进发。

一行人悄然沿山路前行，在太平堡城外的荒山前，找到了当时埋葬宋青山等人的荒冢。数年没人祭扫，坟头上已长满了野草。

宁青梅望着一抔黄土，清泪长流，心里喃喃："青山，我和儿子来看你了，天不薄人，你最后还是看到了儿子。"

知苦则是满腔愧疚，当时父亲就死在自己的眼前，而他却浑然不知，冥冥之中，他似乎是传说中接引父亲往生的人，但生为人子，最痛苦的莫过于亲人倒在面前而无能为力。他双膝跪地，重重地磕了三个头。

烧纸焚香，祭奠一番，宁青梅忽然严肃地说："儿啊，我要你当着你父亲的坟头立个誓。"

知苦不解地望着母亲。

宁青梅说："我想把青囊门秘术传于你，你必须立誓，这是祖师爷传下来的规矩。"

知苦恍然明白，母亲这是要传法的仪式。复又跪在父亲坟前，举起右手，跟随宁青梅起誓："青灯秘术，济世救人，心存仁义，怀揣光明，毋以谋利，毋以害命，毋以滥传，若有违背，五弊三缺，四舍二劫。"

这是一个很重的誓言，所谓的"五弊"，是指鳏、寡、孤、独、残，"三缺"是指钱、命、权，"四舍"是指舍形、舍谷、舍心、舍情，"二劫"是指杀身劫、堕魔劫。一个母亲让儿子立此毒誓，足见青囊门门规之严。

立完誓，宁青梅交给他一个黑色的皮囊，很柔软，像是鹿皮一类，上面暗缀着九颗宝石。她如释重负，长长吁了一口气，说："儿啊，这叫无且囊，掌门人的无且囊又叫九星青囊，从今往后，你就是青囊门第十六代传人了，希望青囊门秘术在你手里发扬光大，普济苍生。"

突然重任加身，知苦还有些懵懂，但他清楚，有些责任不可回避，于是，郑重接过青囊，说道："儿定不负母亲期望，力所能及，决不松懈。"

祭奠完宋青山，宁青梅又跟知苦去祭拜了甘草的墓，对老人家的护佑养育之恩千金深表敬意。

闻讯赶来的苦瓠和尚念了一声佛号，说道："善哉，善哉，甘老先生夙愿得偿，九泉之下可以瞑目矣。"

宁青梅施礼说："小女子在此也谢过大师父教诲犬子之恩！"

苦瓠和尚说："受人之托，尽人之责，不足为怀。"

宁青梅说："还望大师父多多教诲为盼。"

苦瓠和尚说："这娃聪慧性灵，思虑纯粹，可以为大医者。贫僧已倾囊相授，再无可教他的了，倒是你青囊门秘术，传授于他，可望大成。"

宁青梅再次施礼，知苦也谢过大师父，就此别过，各自回归。

11

回到驻地，宁青梅见天拉着知苦传授医术，解疑释惑，知苦总算明白了过去看不明白的东西。果然，世家秘笈都有隐语、有藏私，并非歌诀表面上那么轻易可解。当初大师父说，机缘到了，一切都会迎刃而解，现在，有青囊门原掌门之女亲自解读，《青囊诀》的秘术秘法自然全都解开了，他原本就熟记了一卷的歌诀，经过母亲讲解，他很快便能悟透。

知苦跟母亲说，这些医术似乎跟铃医的秘术秘法有相似之处。宁青梅解释说，铃医并非一盘散沙，无门无派，其实，历史以来，铃医也分为几大门派，青囊门说起来跟铃医渊源很深，祖师爷本就是铃医出身，历代祖师又不断积累众多铃医创造的成果，渐渐发展成掌握铃医秘术最多的大宗门。

知苦万分欣喜，虽然他只掌握了其中十分之一的秘术，已经感受到了青囊术不同于传统医术的庞杂、便捷、廉价，若能掌握七八成，肯定是一个无所不能的大医。传闻说"学透《青囊诀》，生死由我说"，果然如是。

宁青梅除了与知苦相认的欢欣，更是在意知苦带来的儿媳妇紫苏。看到紫苏已有身孕，变着法子给她安胎，白芷也跟着受益，两个准妈妈和一个婆婆每天围在一起，说着体己话，为即将到来的小宝宝做着准备。

知勇现在成了这帮流民的老大，操心的事就格外繁杂了。

驻地是一片遍地芦苇、四周黄沙的荒野，没有多少赖以生存的资源，对于一支数百人的队伍来说，并非久留之地。况且，万氏父子很可能借助官府的力量随时来剿灭他们，邱千牛的势力也不会轻易放过他们，还有宁青梅说的青囊门的势力也可能会来袭扰。随着粮食和物资愈来愈紧缺，知勇和麻三商量了几天，决定还是要打回野水地去。麻三爷最可恨的就是邱千牛的背叛，想当初，这狗东西走投无路时，麻三爷把他当亲兄弟看待，没想到有一天他会背后捅刀子，现在恨不得把他碎尸万段。

善谋者，谋胜先谋败。知勇带兵打仗清楚这个道理，麻三爷平常过着刀尖上舔血的营生，也是谨慎惯了。他们分析再三，对邱千牛用兵还需谨慎，如果逼得紧了，这个怂货很可能会联合官府来对付他们。官府的围剿，主要是万春东操弄，只要把这个恶贼拿下，官兵围剿的压力就轻松多了。但万春东经营肃州二十多年，故交部属甚多，各方关系盘根错节，几任总兵明知他作恶多端，却都没办法拿下，要对他动手，也是十分不易。

知勇跟麻三爷正为下一步的计划愁苦不已，宁青梅带知苦过来了。

一进门，宁青梅快言快语说："邱千牛这个狗东西我来想个办法收拾。"

青囊门的变故，让她非常痛恨吃里爬外的奸人。听说知勇和麻三爷为难，她想到了一个兵不血刃的办法，虽然有违医家本心，但不得已而用之。

医术无好坏，用者有善恶。众人眼里，医术就是用来救人的，而精通用药施方的高手都明白，医可活人，也可杀人于无形。宁青梅曾跟父亲学过祝由术、药功之类的秘法，原本是为了自保，但如果用来对付恶人，她自信对方到死都不知道是怎么死的。

是的，她准备用祝由术。

祝由术是一种借符咒禁禳来治疗疾病的一种方法，祝由医师可以用咒语诅咒病魔，将病魔赶出人体，同样，也可以利用咒语的攻击性，驾驭鬼使神差，让祸祟邪气或鬼神亡灵附体，取人性命于无形，知晓法术的，必然知道是被人下了"降头"。

知勇和麻三爷一听她说到这个神秘的法术，不由得大喜。如果神不知鬼不觉除了邱千牛，夺回野水地就不费吹灰之力了。

知苦跟张真人学过符咒治病，知道这种秘术最耗真气，可谓杀人一千、自损八百，如果掌控不好，或遇到对方也有高手，还有性命之忧。他不能让母亲冒险，出声阻挠："不可，此法邪恶，会伤及自身。如果确定用法，我来施法。"

宁青梅知他心意，轻轻拍了拍他的肩膀，安慰道："没事的，施法之人修炼到家，不会有事。你仅得皮毛，那点功力无济于事。"

知勇和麻三爷一听有危险，也出声劝阻，毕竟有损医道，他们也不愿宁青梅因此坏了声誉。

宁青梅决然说道："邪恶之人不可姑息，本性已坏，当除之以绝后患。"

众人再三劝阻，宁青梅还是要坚持施法，众人劝阻不得，只嘱咐她当心自己，如若不可，切不可强求。

宁青梅又问了邱千牛的生辰八字，去做准备。

过了两天，她交给知勇一个红布包裹的陶罐，吩咐他派可靠之人，将此物悄悄埋在邱千牛住所的西北角。

知勇没多问什么，找麻三爷挑选了两个心腹，秘密行事。

等到那边安置妥当，宁青梅每天寅时焚香燃烛，面朝东方诵咒一百零八遍，持续七天，焚一道符，桃剑一挥，大喝一声："成！"

作法毕，她便虚脱一般，软软跌坐地上，一头乌发刷得全白了。

守护在旁的知苦大惊失色，急忙抱住了宁青梅。他理解的损耗真气最大可能是施法者会因此大病一场，哪料到这种邪法竟然是折损自身阳寿，怪不得母亲不让他施法。

知苦泣不成声，埋怨母亲没告诉他这些后果，若知如此，他断然不许母亲亲自施法。

宁青梅面色惨然，虚虚说："没事的，还好成事了。"

野水地那边的内应不断传来消息，连续几日，邱千牛忽然头痛心疼，病倒在榻，请了医家却不明所以，药石皆无效，一直挨到第七日，奄奄一息的邱千牛惨叫一声，吐血而亡。

尽管大家都知道宁青梅作法的事，但这种杀人于无形的法术还是让知勇、麻三等人大为震惊。

早有准备的知勇和麻三爷迅速率众占据了野水地，没有头人的土匪马上成了乌合之众，纷纷跪地求饶，依旧归顺了麻三爷。

整顿好野水地部众，麻三爷已无心为匪众扛鼎，以年老体衰为由，力推甘知勇为首。

知勇十分纠结，他一个响当当的游击将军，竟然沦落到与草寇为伍，他内心难以接受，可是，如今的他报国无门，官府的通缉文书肯定下达各处，他和一帮兄弟已经没有容身之处，最现实的选择，只能是落草为寇。他推辞再三，拗不过麻三爷和路无涯等人的坚持，只好担起了野水地匪首之责。

甘知勇既然上位，便重振帮纲，要建立一支劫富济贫、伸张正义的仁义之师。于是，按军营编制，重新任命了一批千夫长、百夫长，他带来的孙猴子、罗成子、高三娃都被委以重任，负责练兵、内务、供给等事务。

安顿好一切，甘知勇第一个主张，便着手解决万春东这个祸害。其实，在这之前，他早已有了谋划，秘密安排孙猴子前去跟王嘉义接头。他知道王嘉义有个秘密组织，也一直想干掉万春东。派去接头的人很快带来王嘉义的回话：强攻不易，可以在那个嚣张的王八似的纨绔公子身上做点文章，拿下他再要挟万春东，或许可以成。

知勇明白，万春东在肃州府经营多年，爪牙众多，此事速决不成，还得从长计议，只能等待时机。

这一年秋天，紫苏生下一个小子，取名子康。宁青梅欢喜得不行，非要大摆宴席，知苦劝说了半天，才答应等白芷的孩子出世后再一同庆贺，宁青梅这才作罢。

白芷从一个富家大小姐到跟着知勇避难，见识了世道艰险，心性渐渐沉稳，跟甘知勇相处的日子里，她渐渐喜欢上了甘知勇身上那股侠士豪气和安全可靠感，对甘知苦的那份心思就淡了。现在做了知苦的大嫂，时不时倚老卖老地跟他们开开玩笑，与知苦和紫苏相处十分融洽。

又过了两个月，白芷生下了一个女孩，取名子英。

宁青梅自然要落实当初的承诺，让知勇、知苦两兄弟大摆了三天流水席，野水地从没有过的欢天喜地。

第七章

1

第二年开春，正是青黄不接之际，甘知勇治下的高台开始闹饥荒了。因为前一年大片土地开始种植罂粟，老百姓就没有了粮吃，吃不饱肚子的流民，一波一波聚集县城，寺庙、破屋、桥洞，都成了饥民立足之所。

悠悠万事，吃饭为大，没有饭吃的百姓扶老携幼外出逃荒。有的跑不动倒毙路边，被更饥饿的野狗、野狼撕扯了。有的结队拦路抢劫大户，顺利的还能抢点粮食，不顺的被家丁打死，暴尸荒野。到处都是衣衫褴褛的饥民，到处都是杀人放火的传闻，闹得人心惶惶，民怨沸腾。

渐渐，一个消息在饥民中悄悄传递着：西边有一片无主之地，叫野水地，湖泊纵横，林茂草丰，一个匪帮在那里开垦了大片的耕地，广开门户接纳各地流民，只要过去，都能吃饱肚子。于是，饥民纷纷往野水地跑。

自古官匪势不两立，剿匪是地方官义不容辞的责任。县令甘知愚不敢大意，数千人聚集造反，那可是一股不容小觑的叛逆势力，若在他的辖区内出了事，他这官也就当到头了。

他心里也清楚，这都是广种罂粟埋下的祸根。当初，肃州府下令广种罂粟，声称一亩罂粟的收入相当数倍的粮田，他便有些心动，积贫积弱的高台县衙，每年入不敷出，省州两级时而摊派一些莫名其妙的捐纳，搞得他焦头烂额，如皇太后寿辰捐、团防捐、伤兵抚恤捐、车捐、路捐、口捐、乐捐等等，就连老百姓养猪养羊，都得抽猪捐、羊捐，但凡有利可图处，均课以税捐，强行征收，各级官员一层层薅羊毛般盘剥，老百姓叫苦不迭。他一个小小的县官无力改变，官场就是个大染缸，不把自个儿染得跟别人一样，就混不下去。他迷茫过，他困惑过，到了最后，只有妥协。而田县丞对种罂粟极力反对，忧心忡忡地说，这些东西吃不能吃，喝不能喝，到时候老百姓没有粮食吃，那可如何是好？甘知愚却置若罔闻，硬是把任务摊派下去。如今乡村土地大都集中在乡绅手中，要么租给佃户耕种，开始，一些乡绅很抵触，不愿意种罂粟，可天下王土，岂能由百姓说了算？县府只是稍稍动动手脚，乡绅便乖乖就范了。

县府公堂上，甘知愚扫了一眼肃然端坐的各位官员，开口道："眼下荒灾蔓延，流民动乱，匪患成势，危及社稷，我等食君之禄，当为朝廷尽力，诸位大人可有对策？"

大堂上静悄悄的，众人低头作苦苦思索状，谁也不发一言。

一阵冷场，甘知愚有点烦躁，瞪了眼陈而已，示意他说话。

陈而已不得已，只好说："当下，既要安抚饥民，又要对付乱匪，形势逼人啊，吾以为，最要紧的是先要拔掉匪患，以绝流民乱窜。这个重任，恐怕得县团练承担了。"

对于陈而已踢皮球的做法，县团练使丁大人也不是吃素的，针锋相对说："饥荒最乱民心，陈县丞是不是要想办法让饥民吃饱肚子呢？"

陈而已嘿嘿笑了两声，想到一计，说："无妨，咱们可以动员大户募捐，建立义仓，开办粥场，赈济饥民。"

甘知愚眼前一亮，对呀，这个办法倒可以解燃眉之急。于是，当即拍板，吩咐陈而已着手操办。

武人性直，丁大人脸面要紧，马上表态说："既然陈县丞解决得了饥荒，那我等便直捣匪巢、平息匪患罢了。"

甘知愚紧绷的脸上稍稍舒展，颔首淡笑道："好嘛，忧患之时，当同心携手，共御时艰。丁大人、陈县丞戮力作为，忠心可鉴，待功成之日，定当上报朝廷嘉奖。"

丁大人无奈地摇了摇头，他对野水地的匪患可是再清楚不过，这支土匪为患多年，连肃州府都没办法对付，何况他一个小小的县团练。

没过几天，县团练的丁大人很不情愿地抽调乡勇和团练的兵丁组成一千多人的清剿队伍，开往野水地讨伐乱匪。结果还没踏进野水地，半途就遭遇了一场伏击战，被土匪打得落花流水，抱头逃窜。

"官兵吃了败仗，野水地厉害了。"有人私下议论。

"咱们村好几些人都跑到野水地去了，听说那里能吃饱肚子。"有人说。

"连官府都拿他们没办法，去那里才有活路呀。"又有人附和。

这样的议论在各处传播着，就有更多的人知道了野水地这个地方，不断地有人逃了过去。

野水地，成了流民向往的安身福祉，希望所在。

此时，野水地河畔的胡杨林里，搭起一座座褐子帐篷，不远处的沙丘上还挖着一些地窝子，安置着陆续而至的流民，沉寂千古的不毛之地升起了炊烟。

甘知勇和孙猴子、罗成子等人从流民中走过，正忙活安置住所的人们纷纷跟他们打招呼。

胡杨树下，一高一矮两个半大孩子在用芨芨打草绳。知勇问他们从哪里来的，十五六岁的瘦高个子局促不安地站起身答道，他叫赵万，另一个十一二岁的是他兄弟，叫赵千，是从高台县城附近的村子跑来的。知勇问他们为啥跑出来当土匪。赵万叹息一声，眼泪就止不住流下来，哽咽说，活不下去了，没有吃的，土地都种了罂粟。

旁边一个小老汉替他们讲道，这兄弟俩不容易呢，饿得不行了，娘母子挖老鼠洞，抓老鼠给他们吃，从老鼠洞里挖出五颗大豆，就这仅有的五颗粮食，每天用来煮水喝，有点粮食味总比喝凉水强，硬挨了好几天，直到大豆煮得带不住线了，家里再无一粒粮食，娘母子没办法了，就打发他俩出去逃荒，自己在家活活饿死了。

众人都是从苦难中过来的，感同身受，唏嘘不已。

甘知勇拍拍赵家两兄弟的肩膀，坚定有力地说："会好起来的，野水地会让大家有饭吃，有衣穿的！"

说罢，他又走到一群打井的人中，问他们生活有啥困难。一个身穿破毡衣、腰里束着草绳的憨厚汉子嘿嘿笑说，咱们就图有一口吃的，这里有大好土地，可是耕种没有工具，铁锹、锄头都没有，咋种地啊。

甘知勇呵呵一笑说，真是实在人，好好干，马上给你们解决。

次日，最大的牛毛毡帐篷里，甘知勇召集麻三爷、路无涯、孙猴子、罗成子等首领商议要事。

孙猴子汇报说："过来的穷苦流民太多了，已有三千多人，我们按军队建制编了队，五人一伍长，十人一什长，百人一百夫长，千人一千夫长，现在粮食是大问题，按目前的消耗，最多能坚持两个月。"

甘知勇沉思良久，说出自己的想法："乱世之中，粮食和药材是保命的根本。现在形势不同了，如果仍靠打劫为生，咱们就跟土匪没啥两样，我看到过来的流民，都是种过地的老实人，不如多耕田，广积粮，留一点保命的本钱。现在垦荒，种植糜子、荞麦、豌豆之类的短期作物，可否？"

野水地生机益然，宜耕宜牧，进可攻，退可守，他们采取的是巴里坤屯田的办法，在荒原上开垦了大片耕地，然后引河水灌溉，又从蒙古人手中买了牛羊马匹，平时屯田练兵，战时全员参战，不多时，便形成了气候，聚集了数千人。

负责屯田的罗成子说："如果灌溉问题能解决，垦田种粮倒没什么问题，两个月后就能有新粮接续。现在主要是缺工具，犁铧、铁锹、锄头都缺，流民中有一些匠人，但没有材料打造。"

甘知勇又问孙猴子："可打听清楚哪里能找到生铁？"

孙猴子忙说："打听到了，肃州南山有一处官家的冶铁厂。"

"好，这差事就交给你去办。想办法多弄些生铁过来，除了农具，还得打造一些兵器，要做好长期驻守此地的准备，既然选择做一支惩恶除奸、杀富济贫的侠义之师，就得做好与官兵对抗的准备，必须让每人手里都有武器。"甘知勇吩咐道。

孙猴子答道："遵命。"

甘知勇又说："原本打算悄悄窝居在这里发展壮大，现在世道已乱，咱们是仁义之师，要跟打家劫舍的土匪区别开来，就得取一个响当当的番号，大家都想想，叫什么好。"

他有这个想法，还得益于姐夫王嘉义。有一次，王嘉义劝说他加入他们的组织，为改良社会做一番大事。可是，他们的"革命党"是隐秘组织，无法走到阳光下，甘知勇想找的是一支成熟的军队。王嘉义见劝说无效，跟他说，天下事无名不立，想做一番大事，先要正名，拉起一支响当当的正义之师，方可师出有名。王嘉义这番高论，对于苦苦摸索未来之路的甘知勇，无疑是黑暗中的灯火，他开始琢磨这支队伍的走向。

众人琢磨半天，想出了"甘家军""野水地义军"等几个大众化的番号，都被知勇否决了。

路无涯思忖半天，脱口道："要不就叫黑水军吧，我们在黑水边生息，名正言顺。"

众人想了想，都说好。

知勇思忖说："再加两个字，叫黑水义勇军，如何？"

路无涯说："好！既然正名，首先要做一件让老百姓认可的大事，将军可有考虑？"

两次打败官兵的围剿，孙猴子和罗成子等人早已按捺不住要打一场大胜仗，眼巴巴望着甘知勇，等他的决策。

甘知勇笑说："拔城压寨还没有实力，打仗的事先放一放。官府以种罂粟坑害百姓，咱们不妨就拿这个做文章，找出罪魁祸首，再烧了他们的烟膏，帮百姓出口恶气。这事不能鲁莽，必须智取。"

众人都觉得这主意不错，流民大都深受罂粟种植之苦，对官府推广种植罂粟恨之入骨，"黑水义勇军"如果以此扬名再好不过。

2

没过多久，肃州传来了一个大快人心的消息——肃州副总兵万春东被人暗杀了。

这也是甘知勇跟王嘉义合作的一出好戏。当初，甘知勇派孙猴子带一支精干人马，化装成做粮食生意的驼队，诱惑万家虎合作。眼下正是粮食紧缺之际，利欲熏心的万家虎看到有利可图，马上落入圈套，被孙猴子抓到了南山藏匿起来。然后放出消息，诱使万春东派出重兵救人。王嘉义的"革命党"乘机潜入万府，结果了万春东的狗命。一名朝廷大员的死，肃州府自然十分重视，但万春东恶名在外，京城的革命党又闹得朝政大乱，根本无暇追究这事，肃州总兵和知府不过是表面上做做样子，虚张声势追查了一些日子，没找到线索，只好作罢。

消息传到野水地，知苦总算松了一口气，随后，又有了到肃州继续开办医馆、济世救人的心思。

紫苏看他时而坐卧不安的样子，马上猜透了他的心思，说道："知苦哥，你如果想去办医馆，你去就是。"

知苦不好意思地挠挠头说："可是，你刚生过孩子，我哪离得开啊。"

紫苏说："我和母亲都陪你去，你一人过去我们也不放心。"

知苦一想到《青囊诀》会引来难以预测的灾祸，说啥都不许宁青梅和紫苏前往肃州，只有留在野水地才是最可靠的办法。

结果，宁青梅知道他的想法后，坚决阻止他前往肃州，她认为，一方面，齐天寒贼心不死，肯定会继续派人追查《青囊诀》的下落；另一方面，万春东父子的余党众多，也得防备他们趁机报复。

知苦不好拂了母亲的心意，只好无奈地待在野水地，陪着家人一天天混日子。

过了几个月，已是深秋时节，白府的白天鹤差人送来一封信，说是白老爷子病情严重，请求知苦前去诊治。白家对知苦有恩，宁青梅不好阻拦。白芷得到消息也急得不行，非要去看望老父亲。

甘知勇权衡再三，派出几个精干好汉保护知苦和白芷前往肃州，叮嘱再三，让他们速去速回。

一行人快马加鞭，连夜赶路，两日后就到了肃州，忽然想到索维娅和孩子，心里无比愧疚。他让白芷先回白府，自己去了一趟西域客栈。

一进客栈，正在院子里劈柴的谷子看到了，愣了半天，丢下斧子"哇"地一声哭出了声。

"这是咋了？"知苦丈二和尚摸不着头脑。

"我的大哥，我的大爷，你跑哪去了？连个音讯也没有，要急死人的，你知道不？"谷子边哭边诉说。

知苦哈哈一笑说："别委屈了，我死不了，还没给你娶媳妇呢。"

谷子破涕为笑，说："我的哥唉，你还笑得出来，你的老婆就要跟人跑了。"

"啥？"知苦又是一愣，说："紫苏刚生了娃，还在野水地呢。"

谷子摸摸脑袋，为难地说："另一个老婆嘛，索维娅。"

知苦不解地问："索维娅咋了？"

"她……她和那个老莫搞到一块去了。"谷子愤愤地说。

"哦？老莫？"知苦十分意外。

他们正说着话，索维娅和老莫肩并肩走了出来，老莫不知说了句什么笑话，引得索维娅咯咯咯笑。

说实话，在讨女人欢心上，老莫能说会唱，荤的素的一肚子杂货，确实很有本事。这一点，知苦的确做不到，索维娅自从找到他，还从来没有这么欢畅地笑过。

看到知苦，索维娅一时有些尴尬，忙止住笑，呆呆地看着他。

知苦也不知道说什么好，忙扯过一个话头说："谷子，你回去收拾一下医馆，明天开门。"

说罢，不等谷子答话，他逃也似的扭头就走。

一路走，一路回想索维娅的事，一想到她跟老莫搞到了一起，心里就有些气恼，毕竟她和他已经有了一个孩子，虽然没有名分，但周边的人都知道他们的关系，哪曾想，她最终耐不住寂寞，还是红杏出墙，又找了一个男人，而这个男人，还是他的老相识。知苦想了一路，气恼了一路，直走到白府，最终还是没想明白怎么面对索维娅的事。

白天鹤迎出门，看他满腹心事的样子，问他遇上啥难处了。

知苦淡淡一笑说，没事，胡思乱想呢。

白天鹤也没多问，陪着他往里走，边走边说白老爷的病情。这一段时间，白老爷一直叫嚷着肚子疼，后来呕吐反胃，饮食渐差，人就越来越瘦，请了医家，吃了好多药都无改观。

知苦随他进了内室，首先闻到一股奇特的香气，好像在哪里闻到过，想了半天却想不起来。

白芷带着孩子陪白老爷闲话，看到知苦，起身打了声招呼。

知苦问候了一声白老爷，细一看他竟然面黄色萎、枯瘦无泽，大变了模样，心里先是一惊。

白老爷拉着他的手感叹说："贤侄对白家有大恩，现在又要麻烦你了。"

因白芷成了他大嫂，两家的关系又进一层，知苦在白老爷面前就自然多了，他压下心中的惊愕平静笑着："白老爷，不打紧，有病慢慢治。来，我先检查一下。"

说着，他拉过白老爷的手掌，把了把脉，一息十二三至，脉象洪大急进，显然不是好征兆。一扪腹部，白老爷下意识地一防，叫痛。他隐约摸到了一个硬硬的包块，心里不由得"咯噔"了一下。

诊断完毕，有些话不便当着病人讲，他把白天鹤和白芷叫到另一屋里，蹙眉说："情况不妙，有可能是胃里长了东西，医家叫胃岩。"

白天鹤似乎早有所知，并不意外，焦急地问："甘先生可有妙术？"

白芷知道他前一时期跟宁青梅学了好多本事，便不客气地说："知苦，你要把本事拿出来，给我爹治好了啊。"

知苦苦笑了一下说："寒湿内生，久而成积，古今医家对这类积聚症也没有充分的把握治疗，只能慢慢调理，延时延年。"

白天鹤说："唉，请了许多医家都这么说，可怎么调理才好？请甘先生妙手施治，白家绝不辜负！"

知苦说："如果我判断不谬，现在已经到了中晚期，只能采取平肝补土、活血化瘀之法，随症变通，灵活施药，最终能否痊愈，还得看白老爷的意志。"

说罢，他在书案前拟出一方：丹参、玄参、牡蛎、浙贝、三棱、莪术、瓦楞子、夏枯草、三七、重楼、血通、皂角、半枝莲、土鳖、蛇舌草、丹根、茯苓、泽泻、昆布、伏龙肝。他指着伏龙肝说："这一味药自己去找，就是灶心土，或者炕心土，纱布包起，放药里一起煮。"

嘱咐完用药事宜，他又想起那股奇异的香气，便问白天鹤："白老爷室内怎么有股特别的香味？"

白天鹤说："哦，你说那个啊，家父有时疼痛难忍，一个开烟馆的掌柜推荐了大烟膏，疼的时候吸两口，能缓解疼痛。"

知苦心想，这个大烟膏是何物？有机会一定要搞明白是怎么一种药。

3

原本，知苦跟宁青梅等人说好治完白老爷的病就返回野水地，可是，白老爷病情复杂，一时难以见效，还得观察一段时间。另一方面，索维娅的事，既然发生了，总得有个了结，想了几天，他也想明白了，既然自己给不了她什么，她应该有自己的生活，如果老莫对她好，那就成全他们得了。

这些事都还需时间来打理，目前最迫切的事是医馆重新开张。

冷置了一段时间，原先的患者都另投别的医馆去了，没有多少人来就医，冷冷清清的，知苦看一阵书，胡乱想一些事，一日，再读孙思邈的《大医精诚》，忽然回想起王世琳曾跟他说过的话，在乱世做一个医家要有悲天悯人、仁民爱物之怀。治病救人是他的立身之本，如能够以己之力做一些改良社会的事，也许是更高一层的追求。他只是从一个医家的本心出发，想为穷苦的百姓做点事。之前，即便有这想法，也不一定能付诸行动，现在跟母亲学了《青囊诀》，他更有底气面对各种疾病了。想到这里，他便有些坐不住了，叫了声闲坐的谷子，说："收拾一些药丸，明天开始，到乡里走走。"

深秋时节，原野上一片萧条，秋收毕的庄稼地里满是横七竖八的枯枝和乱飞的黄叶，时不时看到穷苦人忙着捡拾烧柴，为寒冬做着准备。

知苦和谷子骑着毛驴出城五里，走到五里堡，看到一户人家屋顶插着几个黄色的小旗帜，便停下来，说，"这户人家有危重患者。"

谷子不信，还打趣他莫不是受了紫云观张真人能掐会算的秘传。

他呵呵一笑，没有解释，只让谷子进去看看便知。

谷子走过去一看，这家果真有病人，正请了巫婆跳大神驱病。

其实，各处乡村都有这样的习俗，老百姓得了重病，请不起好医家，吃不起药，只能请巫婆道士祈祷延年，求得一些心理的安慰而已。巫婆道士作法时，会在屋顶插一些小黄旗，以示敬神。

知苦和谷子走进这家人的院子，表明下乡义诊的意图。一个枯树桩样黑瘦的庄稼汉子看看跛腿的知苦，十分意外，对于城里的郎中来乡下治病实在不敢相信，还以为是行骗的江湖游医，推辞说请不起医家。跳大神的巫婆则怕他抢了自己的生意，也在一旁阴阳怪气地说风凉话。

知苦再次强调是义诊，黑瘦汉子一听义诊，心里一动，勉强地把他们带到患病的老人面前。

瘦弱的老大爷胸闷气憋，咳喘不息。

知苦俯身探查了一下老人脉象舌象，顿时明了，老大爷不过是受了风寒，延误治疗，又引发了肺痈，情况并不严重，尚在可治范畴。

他拿出银针，拉起老人的左手，在大拇指的少商穴扎了一针，挤出几滴血。然后又在脚趾的隐白穴扎了一针，同样挤出两滴血，然后，让老人翻过身，在脊背的肺俞穴、大杼穴各扎了两针，起针后，老人顿时气息顺畅，咳嗽也停了。

黑瘦汉子顿感神奇，惊呼"神医"，倒头就拜。

知苦拉起他说，暂时没事了，但病根没除，还得吃药。于是，遂拿出自制的黄鹤丹，让患者服下一粒，又让黑瘦汉子自己挖来芦苇根熬药给老人喝。

黑瘦汉子千恩万谢，一直把他们送到了村口。

回到肃州后，他们遇到一队兵马，在一个骑马头目的带领下，往东面跑去，急匆匆地，像是追什么人。

路边的行人看到纷乱的兵马，赶紧避在屋檐下，噤若寒蝉。

知苦一跛一拐走到医馆，看到一个身着夜行服的女子藏在后院，肩膀上有血渗出，洇湿了一片。

那女子眉清目秀，脸色苍白，一双丹凤眼冷冷盯着知苦。

知苦意识到事情麻烦，伸出头，瞅了瞅外面，吩咐谷子关上门。然后颔首一笑，走过去看了一眼伤情，是枪伤。

他没有多问，看着她的伤，迅速写下一方，让谷子按量将白芷、当归、甘草、黄芩、黄连、乳香、没药、芒硝等药碾碎。

他示意她将上衣解开，要针灸止痛。

她犹豫片刻，终还是听话地解开上衣，露出雪白的肩膀。

他也不多言，拿出针灸包，迅速在她肩臂、手腕几处扎上针，快速捻转。

她痛苦的直吸凉气，但咬着唇，不出声。但渐渐感到肩膀处麻木了，没有了痛感。

他点燃一支蜡烛,拿出一把柳叶小刀。又逐一捻针提插,察看她的脸色。用手轻轻一点她的伤处,似没有明显反应。便把柳叶刀在火上炙,刀尖微红时,他瞅准伤口,迅速将刀尖刺入,伴随着刺啦一声,她疼得咬住衣袖,顿时大汗淋漓。他用刀尖一旋,一撬,一粒带血的弹头从皮肉里拔出,长舒一口气。

然后,他从药柜上取出密装的刀疮药粉,撒在伤口上。片刻工夫,便止住了血。

谷子看着迅速止血的效果,惊讶地张大了嘴巴。

知苦跟谷子说起过这个秘药,只有墨鱼骨和丝瓜叶两味药。这是《青囊诀》中记载的一个秘方,当初制作时,知苦也不敢肯定,现在一看效果,连他也有些吃惊。

他长舒一口气说:"好了。"

谷子已打好水,候他洗了手,对掌柜这一招针灸麻醉治红伤的手法赞不绝口。

那女子穿好衣服,伤口已不觉疼痛,一下子有了精神,英姿飒爽地向甘知苦拱了拱,说:"先生妙手回春,小女子感激不尽!"

知苦谦和地笑笑,将剩余药粉包好,嘱咐她:"隔天换一次药,谨防伤风感染。"

那女子莞尔一笑,道一声:"江湖不远,后会有期。"

刚转身要走,知苦忙叫住她,让谷子找来一身紫苏的旧衣服给她换上,她不假推辞,换好衣服,便匆匆离去。

谷子望着她的背影,啧啧两声,嘟囔道:"什么人啊,神神秘秘的,治好了伤,也不道一声姓啥名谁。"

知苦淡淡说:"有缘自然相会。"

第二天,知苦依然下乡义诊,他们再次走进五里堡,老大爷已经起床,饮食作息都如常人,黑瘦汉子说不尽的感激。

周围邻里知道了,一传十,十传百,都说有个瘸子郎中如何如何厉害,把行将就死的人都救活了。知苦的名声传开,找他看病的人家就络绎不绝。

知苦一个村庄接一个村庄地走着,远近乡村都知道有个跛子郎中医术过人,他的名声渐渐在肃州城郊流传开来。

一日,到了城西一个村庄,一条通直的土路,两旁皆是木土结构的房屋。刚走过去,就听到一声尖叫,随后看到一个中年汉子手持木棍,满脸怒气地追着一个瘦瘦的小伙子从一家屋里出来，小伙子也许是挨了打，尖声叫着，中年汉子边追边骂："打死你个败家子！我让你抽，再抽把家都败光了！"

听到叫骂声，好多人家都出来围观。

知苦不解地问一个老汉："这一家人咋了？"

老汉说："唉，他家这小子吸上烟膏了，上了瘾，家都快败光了。"

谷子接过话说："我的哥哎，你可不知道，肃州城里现在最能挣钱的要数烟膏，也就是罂粟汁液制成的膏药，叫"芙蓉膏"，城里开了几家烟馆，每天跑去吸烟的人围成了疙瘩。有钱人都是买了烟膏在自己家里吸，进烟馆的却都是劳苦人，那些拉黄包车的、赶大车的、做小买卖的，挣两个钱就去烟馆过瘾，一个个衣衫破烂、面色铁青、面黄肌瘦的，还好这一口。听说，州府成立了烟膏专卖局，专营这个，生意好得很呢。"

老汉说："这种东西上瘾很快，如果吸食成瘾，想戒都万难。然后就是不断地买烟膏，纵然家有金山银山，也会被烟膏烧得倾家荡产。"

有人看谷子身背药囊，又看到知苦的跛腿，猜着他们的身份问："你们是不是最近到处都传说的甘神医？"

知苦点了点头。

那人便喝道："赵老三，这位是甘神医，你快求甘神医给你家狗子开个解药吧，说不定人家几副药就解除了烟瘾呢。"

追打孩子的赵老三闻声，急忙跑过来，扑通一声扑倒在知苦面前，声俱泪下道："甘神医，求求你了，我家这狗东西快把家败没了，求求你，说啥也救救我们啊！"

吸烟膏成瘾？知苦想了想，似乎没有对应的方药解除烟瘾，他也爱莫能助。扶起赵老三，自责地说："对不起，这个症状我从没遇到过，实在没办法呀。"

赵老三失望地抹着泪，狠声狠气说："那打死他算了，省得再祸害人！"

说着，赵老三起身又去追打狗子。

乡亲愤愤地骂着种大烟的人，咒骂着官府害人不浅。

4

在乡间义诊数日，知苦回城不久，就听到一个不好的消息：西域客栈改成烟馆了。

知苦顿时有些生气，他还一直在为大烟害人愤愤不平呢，转头自家人却开了烟馆，这让他怎么能容忍？

午后没事，他给小豆子拿了一盒糕点，迈步走向西域客栈。进了店，叫了声："有人吗？"

没人答应。

他紧张地寻找索维娅，猛地推开她的住房，一股带有奇异香气的烟雾扑鼻而来，但不是曾经混合着玫瑰花香的那种香，而是一种烟草的香。他看到索维娅半跪在炕上，慌里慌张地藏匿着什么东西。

知苦用力嗅了嗅，生气地问："什么味儿？"

索维娅故意用放浪的话掩饰慌张："甘老爷想知道过来啊，过来我告诉你。"

知苦心里有气，不想理她，放下糕点，冲她摆了摆手，退出了房间。但房子里那股奇异的香气，却一直萦绕在心头。

走了几步，他忽然想起，在白老爷家闻到的就是这种味，是大烟膏的味。

坏了，索维娅吸食大烟膏了！

吸食"芙蓉膏"成瘾真是让人难以自持，索维娅刚开始听老莫说"芙蓉膏"可以让人忘记烦恼和忧愁，她好奇地尝试了一下，结果一下子就喜欢上了那种飘飘欲仙的感觉，渐渐就深陷其中不能自拔。

知苦再次见到她，一副病恹恹的样子，垂着散乱的卷发，远远就眯着媚眼贴过来，嗲声嗲气说："大爷，让奴家侍候你吧，会让你舒舒服服的。"

那一刻，他突然有一种心爱瓷器破碎或美好丝绸撕裂般的心疼，想到她千里追随自己而来，最后竟然落得这样的下场，心里深深自责。

他一把拉过她，紧紧抱住，顿时泪流满面。

索维娅吃了一惊，用力推着他，可他死死抱着不放。她多少次做梦都想投入到这个男人的怀抱，哪怕无名无份地在他身边看着他她都愿意，可是落花有意，流水无情，她不管付出多少努力，都得不到他的心。现在，自己已经污浊不堪，他又发哪门子的神经？她不敢相信，抱着她的是日思夜想的那个男人。她又恨自己失去了清白名声。她恨怨交织，心潮澎湃，遏止不住地伏在他在怀里放声大哭。

哭够了，哭累了，她再也无脸面对这个男人。用力推开他，掉头进了房间，插好门，再也不想见他。

知苦拍着门，对着屋里说："索维娅，你开门，千万想开啊！不要灰心，我想办法帮你戒烟，一定有办法的。"

叫了一阵，索维娅不理他，知苦急切地说："你等着，我一定会想出办法来救你的。"

索维娅原本压抑着哭声，听他着急的语气，心里一热，一头扑在炕上号啕大哭。

知苦想找老莫问个明白，转了一圈，没见到人，却看到院子里独自玩泥巴的小豆子，满头满脸的灰土，他怕小豆子有什么闪失，告知伙计一声，把小豆子带走了。

对于戒除烟瘾的治疗，古代医家确实没有成方，知苦也没有头绪，他心事重重地回到医馆，找来《神农本草经》《金匮要略》等一堆医书，埋头翻找起来。翻找一夜，终于找到关于烟草成瘾的记载："（烟草）令人胸次爽快，其气入口，不循常度，顷刻而周一身，令人通体俱快，醒能使醉，醉能使醒，饥能使饱，饱能使饥。""岂知毒草之气，熏灼脏腑，游行经络，能无壮火散气之虑乎？"

不论这个"毒草"是不是今天的罂粟，但病理大致是这样。既然毒瘾从口入，熏灼脏腑，游行经络，如果从心包经治起，先断其烟瘾，再断起心瘾，应该可以一试。知苦想了一夜，心里初步有了个思路。

怎么才能让索维娅戒了烟膏瘾呢？知苦请教了刘楚、杨祝山，也找过杨玉山、屈大全，众医家很少治疗烟瘾患者，给他提供的帮助并不多。他又苦苦想了两天，仍然没有更好的办法。这时，他看到谷子正在院子里逗小豆子玩，谷子拿着一个用糖果纸包着的石子哄骗孩子，小豆子明知是骗他，但依然快活地抢过手去。

忽然，知苦灵机一动，想到了一法子。

知苦把自己的想法跟谷子一说，谷子也觉得可行。他们又想了半天，确定用罂粟壳、大烟灰和甘草，熬制成跟大烟膏相似的膏药，让索维娅替代烟膏。虽然这个法子有点无奈，但也许是最可行的方法了。

几天后，知苦带着做好的替代品去找索维娅，不管将来怎样，先得把索维娅的烟瘾戒了。

这时的索维娅倒是很清醒，一见知苦马上红了脸，尴尬得不知道说什么好。

知苦说："你的事情我已经知道了，如果老莫对你好，你们就好好过日子吧。"

索维娅神色复杂地看着他，咬着嘴唇，欲言又止。

知苦说："不过，现在你得把烟馆关了，把大烟瘾戒了，若不然，你以后没法过日子。"

索维娅也深感吸食大烟很丢人，好几次下决心戒烟，可是烟瘾发作时，她根本无法控制自己。知苦好心帮她，她很感激，默默点头，即刻遣散人员，关闭了烟馆，用心配合知苦的治疗。

知苦把替代品给了她，告知她用法。索维娅烟瘾发作的时候试了几次，一开始还可以苦苦忍着，可是，忍着忍着就忍不住了，悄悄吸几口大烟膏过个瘾，知苦不可能每时每刻看着她，结果一发而不可收，她又吸起了大烟膏。

几天后，知苦再次看到她在吸食大烟膏，十分生气，狠狠骂了她一顿。索维娅眼泪汪汪地说，她也想戒了呀，可是总是控制不住自己，烟瘾一犯，什么办法都没有，不由自主地想吸两口过瘾。

她一哭，知苦心软了，不好再苛责她，暗自一琢磨，才明白戒烟不仅是生理上戒断，更关键的是患者心理上要有毅力戒断，还是要想办法找到戒断烟瘾的药方啊。

为了让她彻底戒瘾，知苦四处寻找戒烟良方。有一天，在街头碰上一个铃医，叫喊着"包治百病"，知苦存心想为难一下他，拦着他问："能治好烟瘾吗？"

这个铃医在背囊里翻腾半天，找出一个瓷瓶，伸出手说："当然能治，一贯钱，给钱吧。"

知苦想知道药中配方是不是合适，试探问："能否把你的药方卖给我？多少钱都成。"

铃医瞥了他一眼说："你这不是断我财路吗？我不卖。"

知苦也知道铃医的规矩，就没有强求，抱着试一试的想法，给了铃医一贯钱，求了一瓶药。

铃医又交代说："让患者犯瘾前，热水冲喝一小杯药，再喝一小杯干烧酒，不拘次数，数日烟瘾自绝。"

回到医馆，他把谷子叫过来，两人一同尝鉴那个药末，未几，他们尝出了油桂、丁香、党参、白蔻、半夏几味药，还有一种黑色灰末，尝不出是什么。两人猜了半天，谷子忽然想到前些日子有人用大烟灰制作替代品的事，就说了出来。知苦一琢磨，觉得用药似乎有点道理，大烟灰敛肺止咳，油桂抗兴奋，丁香、半夏降逆化痰，白蔻化湿除痞，党参养血生津，诸药合用，可以从肺、脾、肾治疗，符合烟瘾犯病的病理。

明白了药理，知苦便将药拿给了索维娅。原本，他要找老莫盯着索维娅戒烟，可是怎么也找不到人，索维娅也不知道他跑哪去了。无奈之下，他只好把索维娅接到医馆，盯着她服了几天，果然有效，索维娅烟瘾发作次数越来越少。

没几天，知苦帮索维娅戒烟瘾的消息便传遍了大街小巷，许多吸烟成瘾的贫民不堪其苦，纷纷找上门来求治，"甘之堂"再次成为肃州城里的热点。知苦帮着烟民戒烟，无意中却触动了烟馆的利益，那些稳稳赚钱的烟馆马上恨上他了。

5

"甘之堂"每天都排满了诊病的患者，医馆刚开门，门口就排了一长队人，还有一些患者鹌鹑样蹲在外面抽旱烟。知苦按先后顺序，一个接一个诊治着患者，一视同仁。

忽然，有个穿着讲究、面目白净的男人直接插到就诊人群前面，趾高气昂地说："甘先生，我家主人请你为他医治。"

语气中带着颐指气使的命令，让人很不爽，后面排队的人都面露怒意，却没人敢发声抵制。就算这个人插队，他们也不敢多说一句，因为他是闻四爷家的大管家田七。

"排队。"知苦皱眉瞥了他一眼，淡淡说了两个字。

田七一愣，旋即冷笑道："你知道我是谁吗？我就是……"

知苦不客气地说："不管你是谁，懂规矩就排队，不懂就回去。"

田七语塞，噎得说不出话来，后面的人捂着嘴轻笑。

"好，好！一个小郎中还这么牛气，你等着，给你个规矩！"田七丢下一句狠话，带着一肚子怒气走了。

知情的患者担忧说："甘先生，这个田七是闻四爷家的大管家。闻四爷是肃州的青帮老大，是个狠人。"

知苦淡淡一笑说："看病，看病，不管他。是个人总有生老病死，病可不看你是贫穷贵贱。"

排队的患者会心地笑了笑，窃窃议论着知苦的硬气。

谷子忙着抓药，没看到刚才的一幕，但听取药的患者一说，心里既畅快，又担忧。

不一会儿，田七果然带着七八个身穿黑衣黑裤的彪形大汉过来了，横冲直撞地走到知苦诊台面前，围拢起来。

田七似笑非笑地说："甘先生，我们请你去呢，还是请你去？"

知苦不慌不忙地坐着，抬头扫了来人一圈，伸他个懒腰，打着哈欠说："这就是田大管家的规矩？"

田七邪邪一笑着说："这就是青帮的规矩，给你好脸你不要，非要给你难看。"

排队的患者一看情况不妙，纷纷好意劝说："甘先生，你别为难了，先给闻老爷瞧病去吧，我们可以等。"

"我如果不要你的规矩又如何？"知苦稳坐不动，慢悠悠说。

田七说："那就对不起了。"

他一挥手，两个彪形大汉就上前来抓知苦。

"这是闻老头的意思么？"知苦一拍桌子，厉声喝问。

田七和几个彪形大汉顿时一怔，这个小郎中敢把老大叫"闻老头"，莫非有不同寻常的关系？他们也吃不准了。

"你们最好问一问再来，否则，哼！"知苦怒目而视。

田七不敢擅作主张了，闻四爷只吩咐过让他请甘知苦过去瞧病，没说抓回去的话。他急忙给一个手下使个眼色，那个手下一溜风跑了。

田七让手下退下，守在医馆门外。

知苦继续波澜不惊地给患者诊病。

这时，又一拨人悄悄围拢在医馆外面，知苦给患者把脉，眼神却瞟了眼外面，他看到是一个戴着面纱的女人和两个短打上衣的汉子，眼神不善，一直盯着他。

一会儿，一个精瘦的汉子疾步跑来，一进门就喝叱一声："老田，你太不像话了！老爷让你这么请人的？"

田七的一张白脸涨成了猪肝一样，赔着笑脸，唯唯诺诺地点头哈腰。

精瘦汉子上前一步，弯腰鞠了一躬，抱拳道："甘先生请莫见怪，再下闻人杰，替属下赔个不是！"

知苦从他的举止猜想，大概是闻四爷的儿子闻人杰吧，抬头淡淡说："闻公子客气了，小郎中今天算是见识了青帮的礼数。"

闻人杰听他话里有话，瞪了田七一眼，喝叱道："还不赔罪！"

田七急忙上前，满赔笑地鞠躬作揖："甘先生，多有得罪，请恕小人无礼！"

知苦挥挥手说："好，你让开吧，我还要给他们诊病。"

田七张了张嘴，还想说什么，被闻人杰一个眼神堵了回去。

闻人杰挥手让下人退出，自己则坐在一旁等待。

知苦加快了诊病的节奏，用了小半个时辰，剩下的十来个就诊者就被他诊治完了。然后起身体，活动活动腰背，问闻人杰："闻老爷子啥情况？"

前几日，他给白老爷子复诊时，白老爷子闲聊提起过闻四爷的病，说是他患了一种怪病，腹胀如鼓，却食量极大，众医家都束手无策。

今天，闻家来请，已在知苦意料之中，因此不急不慌。

闻人杰起身作揖道："甘先生，家父情况不妙，还是请你移步前去瞧一瞧为上。"

知苦起身活动一下身子，说："走吧。"

然后，吩咐谷子谨慎抓药，在众人的注视中，随闻人杰走了。

外边眈眈而视的另一拨人也许知晓闻家的家底，倒没有跟过来。

知苦到了闻府，直接去看病人。

一个鸠首鹄面的老人躺在床上，脸色暗黄，略带黑气，手抚肿胀的肚子疼得呻吟不止。

这便是闻名江湖的肃州青帮老大闻四爷，已被病痛折磨得没了样子。

知苦先用望气的手段诊断了一下，腹部种胀，面色黄黑，马上联想到一诀："山根低下面黑黄，纵有病人面略白，眼深鼻断象孤寒。"

他上前诊了下脉，脉象弦数，舌苔黄腻。又做了腹诊，轻轻按压几下，闻四爷就叫疼。

知苦心里基本有了定断，安抚两句，便出了卧室。

闻四爷的情况不妙，不便当着他的面说，到了客厅，他才对闻人杰等人说："如果诊断没错，应是虫鼓。"

闻人杰倒没有过多地吃惊，点了点头说："前日杨祝山杨先生也诊断是虫鼓，开了乌梅丸，吃了两天，第一天稍有点作用，后面就不应了。甘先生怎么看？"

乌梅丸是安蛔止痛的经典方，知苦也想到了这个方子。现在看，既然杨祝山用药不效，那就说明一个问题：蛔虫已经足够大了，不是一般的驱虫药能够打下来的。重症唯用猛药，唯有放胆一搏，可能才有奇迹。

他突然想到《青囊诀》中的一个偏方，轻轻吐出两个字："信石。"

"信石……砒霜？"闻人杰愣了一下，惊讶地叫出了声。

青帮在江湖行走，闻人杰对这个剧毒的药还是相当了解，就连生僻的别称都知道，当然，他们常用的行话应该叫"鹤顶红"。

大管家田七顿时怒目而视，怀疑他别有用心，则口无遮拦地："甘先生，你不会是故意的吧？"

知苦对这个剧毒的药也没有办法验证，他只记得书中记录，有一乞丐患了虫鼓，痛不欲生，只求解脱，铃医给予微量信石，结果乞丐排下一条长虫，病好了。后来，铃医把这个经验用到患了蛔虫证的、无力医治的乞丐身上，都得到了验证。他相信青囊门的祖师爷也不会无缘无故记载这样一个剧毒的药方，人命关天的事，医家定然是求证过的验方。

他平静地讲出了自己的想法，剩下的事就看他们怎么定夺了。

6

过了一段时间，甘知苦觉得有些事应该跟索维娅了结了，再拖下去对谁也无益。

刚到西域客栈，意外地在门前碰到了老莫。他着急忙慌从客栈内走出来，想避甘知苦又没有避开，客气地打了声招呼。

这时的他已不是当初那个穿破毡衣、戴破毡帽的老莫了，而是一身凌罗绸缎、满面红光的莫老板了。

甘知苦惊讶地"咦"了一声，开玩笑问他发了什么横财。

他讳莫如深地哈哈一笑，敷衍过去。

甘知苦不好多问，总感觉这个老莫好像跟以前不一样了，言谈举止都与他疏远了许多，老莫东瞅西看，像是有什么急事。

知苦想问问他跟索维娅的事，还未开口，老莫就拱手告辞，说有急事去办。

知苦便不好再拉着他问话，客套几句，老莫就急匆匆走了。

知苦疑惑地看着他的背影，感到他越来越神秘。他缓缓走到索维娅的房间，竟然又闻到了那股大烟味。

索维娅正斜卧在炕侧，抱着烟枪吧哪吧哪吸得过瘾。

他顿时气不打一处来，一步跨过去，抢过她手里的烟枪，"啪"地一敲两截，怒斥道："费了多大劲才帮你戒了瘾，又吸上了，你要不要脸！"

索维娅流着鼻涕口水，趴在地上求告道："大爷，求求你，就让我吸两口吧，就两口，两口。你依了我，我便陪你睡。"

甘知苦咬牙切齿地踢了她两脚，发恨道："真是烂泥扶不上墙，烂人成不了材，今后你想死想活，我姓甘的再不干涉！"

索维娅只是眼盯着烟枪，知苦的话，她一句也没听进去。

甘知苦想到帮她戒烟的不易，装了一肚子气，骂了几句，抬腿就走。

索维娅急忙抓起折断的烟枪，又吸了起来。

知苦也是气坏了，刚走出大门，又觉得不妥，返身回来，便看到索维娅抱着烟枪吸食的样子，深深叹了口气。人常说，烟瘾难根除，果然如是。看索维娅这个样子，他实在是没办法把她拉回来了。

甘知苦气急败坏地出了客栈，闷闷不乐走到医馆。刚进门，谷子就迎过来说，有人在后院等他。

他进了后院，看到甘知勇独自坐在那里喝茶。

一看到大哥知勇，眼前的烦恼顿时一扫而空，两兄弟手拉手问长问短。母亲、紫苏和孩子还在野水地，这是他最牵挂的事。知勇告诉他，一切均安，野水地如今兵强马壮，官府也无可奈何。

闲话一阵，知勇问他生气干嘛。

知苦遂将索维娅吸食"芙蓉膏"、自己如何帮她戒烟、她又复吸的经过说了一遍，越说越生气。

知勇神色一变，愤怒地说："妈的，这东西真是害人不浅，老百姓被它坑害得没法活了。现在制成了烟膏，更是祸害百姓，好端端的人家都被坑害得妻离子散。官府没人管，老子来给他收拾一番。"

知苦一听，不安地说："官府正指望它发财，看得要紧呢，你可别胡来啊。"

知勇轻描淡写地说："不打紧，我就是跟踪一个老熟人，找找究竟哪个害人鬼把这祸害引过来的。"

知苦一听老熟人，忙说："在西域客栈碰到了老莫，穿的人五人六，贼急慌忙地不知忙啥呢。"

"哦，这么巧，我找的人正是他。"知勇说，"据我的探子调查，老莫很可能是伙同他人引进种植罂粟的罪魁祸首。"

"啊，他？"知苦惊诧道，"怪不得呢，他一到西域客栈，索维娅就复吸起了大烟，这里面一定有什么勾当。"

知勇说："是人是鬼，抓到他就一清二楚了。"

他们正说着话，谷子走进来说，闻府派人来请他过去诊病。

知苦还没来得及说话，知勇就抢过话头问："闻四爷？青帮？他没为难你吧？"

知苦笑笑说："他为难我干嘛，疾病可不分强弱贵贱，他求着我治病呢。"

知勇呵呵一笑说："知苦厉害了，去吧，我也要去办事了。"

知苦随来人到了闻府，一进客厅，就看到上首坐着刘楚和杨祝山两位老先生，闻人杰在一旁陪着。他上前打了声招呼，两人都点了点头，随即没有客套，说到了闻四爷的治疗。

闻人杰说："甘先生，请你别见怪，你说的方子有点吓人，江湖人用鹤顶红杀人，几乎一筷子头的量就能把人毒死，我们不得不谨慎，因而请两位老先生来把把关。"

知苦说："无妨，这个用药的确峻猛，请两位老先生共同探讨一番很有必要。"

刘楚和杨祝山对闻四爷的症状基本了然，无须多说。大概已听说了知苦用信石的治则，并没有过于惊讶，也没有过于排斥。显然，他们都知道信石能杀腹虫，只是没想到知苦这么年轻，居然也知道用信石。

刘楚年纪最大，也没什么顾忌，问道："甘家小娃，你打算用多大量？"

知苦早已考虑过这个问题，便把自己的想法和盘托出："吃乌梅丸无效，应该是虫子过大，至少在一尺以上，不然病家饭量不减，而虫却打不下，这药必须一击而中，否则，再没第二次机会用这药，用则必然中毒而亡。我考虑至少用到一钱才合适。"

"一钱？"不但闻人杰和田七等青帮的弟子惊叹，连刘楚和杨祝山都震得张大了嘴巴。

知苦没有顾忌他们的惊叹，他满脑子想的只是如何治病救人，再次出声说："不妨揆度一下，一尺多长的虫子，药少的话，至多毒昏，若再醒过来，虫子肯定会不管不顾地逃命，人体内最安全的地方是哪？就是心，它若往心里钻，那时便危矣。"

刘楚和杨祝山相视一眼，这种情况实在不好把握，这也是他们先前不敢用砒霜的原因之一，而甘知苦所言却是事实，量小无济于事，量大可能致命。两人小声交流几句，然后冲闻人杰点了点头，认可他的说法。

杨祝山又问："知苦，不知你有没有后手？"

知苦说："用防风、甘草、瓜蒂、玄参善后，杨大人以为如何？"

杨祝山微微点头说："嗯，倒是有这一说，防风能解信石毒，但还是要多虑后果。"

刘楚呵呵一笑，开口称叹："防风、甘草最善解毒，瓜蒂上涌而吐，玄参善解肠中毒，有见识，有胆魄，有水平，小子不错！相比而言，我辈老矣。"

这话是对知苦说的，也是说给闻人杰听的。刘楚和杨祝山肯定早就知道用信石打蛔虫的治法，但他们不出手，一则怕误了患者性命，二则怕名声受损。到了他们这个年龄和地位，已经不是想尽一切手段来治病了，而顾全自身名声更重要。

闻人杰听得出刘楚话外之音，但事关父亲生死，他还是不好表态。

这时，门口传来一个苍老的声音："甘先生，但凭用药，如有不测，青帮及家人均不追究，也烦请刘老和杨先生作个见证。"

不知什么时候，闻四爷悄悄到了客厅外，听了一会，明白了医家用药的凶险，立即出来表态。刘楚和杨祝山起身打声招呼，应了他的请求。

明知用药后生死两可，闻四爷仍能作出如此选择，不得不让人佩服他的果敢和气度。知苦冲闻四爷抱拳致意，不再纠结后果如何，果断下药，让闻人杰取来一钱信石，用蜜蜡包好，又让闻四爷当众冲服，嘱他回卧室躺下。

众人在客厅和卧室间来回徘徊，焦急而又忐忑不安地等待。

约有半个多时辰，闻四爷疼痛不忍，叫出了声，众人吓了一跳，急忙围拢过去，闻四爷急得说不出声，以手示意，要排便了。田七马上吩咐下人拿过夜壶。

片刻，闻四爷急不可待地排出一堆恶臭，果然有条一尺米长的虫子在里面蠕动，还有数不清的细小虫子，令人恶心作呕。

排泄毕，闻四爷顿时浑身轻松，朗声大笑，冲知苦抱拳道："甘先生神技，老朽欠你的救命之恩，但有所求，青帮全力以赴！"

知苦抱拳回礼："医者本心，幸不辱命。"

"好一个医者本心！"刘楚最清楚这次治疗的凶险，用的是剧毒砒霜啊，生与死都在两可之间，医家即便知道药方，没有胆魄断然不敢用药，所以爱才之心泛起，毫不吝言地夸赞了一声，对这个年轻的医者唯有欣赏。

杨祝山也微笑点头，只是心里着实有点吃惊，这才几年时间，这小子就成长得如此惊人，莫不是如传闻的那样，他得了什么秘传？想到这，他似乎很随意地聊天说："江湖上传闻《青囊诀》现世，你小子该不会得了真传吧？"

知苦稍稍一愣，嘿嘿笑了两声说："杨老以为呢？我要有那秘术，何不当门主，创建青囊门呢？"

他深知"匹夫无罪，怀璧其罪"的道理，如果把拥有《青囊诀》的消息传播出去，估计他再难以安生了。

闻人杰依然担心闻四爷的身体，问道："甘先生，家父接下来如何调理？"

知苦说："虽然虫鼓除了，可受虫毒之害日久，气血受损，宜补气补血，我开个小方子一试。"

说罢，提笔写下一方：人参一两，黄芪一两，白术二两，白芍五钱，当归五钱，熟地二两，甘草一钱。

方成，递给刘楚和杨祝山，二人看了一眼，频频点头。杨祝山解释说："人参、黄芪补气益神，白术助胃气，白芍、当归生发新血，熟地补肾滋阴，甘草调和诸药，用药十分精当，应是四物汤的化裁。"

知苦笑笑说："杨老高识，用方遣药是这意向。"

刘楚和杨祝山微笑颔首，闻四爷也对这个谦和的年轻人有些欣赏了。

知苦告辞，交代说，先服三副药，过天我再来复诊。

7

半夜时，知苦刚要入睡，知勇叫他起来，去一个地方。

他们悄悄出了门，街上黑灯瞎火，不见一人。房后有人学鸟叫了一声，出来一个黑影。

知勇说："自己人，走吧。"

他们随着那人穿过夜幕下的市区，出了城，走到知苦曾经治过王嘉义枪伤的那个破庙里，昏黄的油灯闪闪烁烁，知苦看到高三娃和罗成子看押着一个人，手脚绑着，嘴里塞着东西。细一看，正是老莫。

知勇让手下取下他嘴里塞的东西，冷笑着说："老莫，山不转水转，咱们又见面了！"

老莫看到知勇，又惊又喜，爬起来便磕头，不解地问："甘将军一向可好？是不是有啥误会？"

"误会？你干的好事自己不清楚？"

"我本本分分做生意，没有干过半点有损将军的坏事啊。"

"你的手脚伸得太长了吧？"知勇意味深长地问。

"啊？我……"

"如实交代吧，引种罂粟的事是不是你牵的线？"

"我……我也是想赚点钱嘛。"

"这种黑心钱你也赚得自在？你知道多少人为此倾家荡产，多少人为此流落他乡，多少人为此妻离子散，多少人为此身首异处！"

"甘将军啊，我不过是作了个中介，那些……那些官老爷比我还黑。"

"不管怎么样，他们的账我跟他们算，你的账你自己来还，今天你必须死！"知勇斩钉截铁地说。

老莫痛哭流涕，趴在地上磕头求饶："将军饶命！将军饶命！"

"等等。老莫，我问你一件事。"知苦说，"索维娅吸食鸦片跟你有没关系？"

老莫自然不肯承认，狡辩道："她的事跟我无关。"

"你是不是让我一刀一刀把你宰了才肯老实？我的手段你知道的！"知勇面色一凛，狠声问。

老莫胆战心惊，心虚地看了知苦一眼，不得不说出实情，原来他一直妄想索维娅，可索维娅心里只有知苦，他为了得到她，不得不用大烟引诱她，让她求他，然后睡了她……

知苦火冒三丈，抬起腿一脚踹倒他，怒骂道："你个猪狗不如的东西！就为这点腌臜事，你就害了她一辈子！"

老莫哭喊着，连连求饶。

知勇冷哼一声，说："老莫，念你曾跟了我一场，今天给你个痛快的，来生做个好人吧。"

说着，手中短刀一挥，老莫脖子上划出一道口子，黑血喷了出来，身子一歪，倒在地上没了声息。

处置完这件事，知勇原本是计划火烧肃州烟膏专卖局，但手下兄弟打探到兵丁防守严密，无机可乘，他们只好选择了烟馆下手，放了把火，烧毁几家烟馆，以"黑水义勇军"的旗号，替百姓出了口恶气。

次日，城里充满了异样的气氛，每个路口都有官兵盘查，每个行人都行色匆匆。一队队官兵列队来回巡逻，四处风声鹤唳，如临大敌。

知苦看着门前来往查巡的兵丁，心里暗想，幸好昨夜大哥连夜出了城，不然，真有麻烦了。

邻居郭大婶进了医馆，看了看没外人，神秘地对知苦说，"昨夜有人烧了几个烟馆，官府到处查人呢。"

知苦笑了笑说："好，大快人心。"

郭大婶也说："这祸害人的东西，早就应该有人管管了。"

杂货商的女儿安芸儿来找谷子，两人头对头说了一堆悄悄话，知苦偶尔听到两句，似乎也在说火烧烟馆的事，猜测是什么英雄侠士所为。他在心里笑了笑，对两个小年轻的猜测不置一词。

　　一会儿，进来几个患者，见了面还是神神秘秘地议论着火烧烟馆之事，说什么来无踪去无影的"黑水义勇军"，知苦听了，都一笑了之。

　　上午看完病人，下午他便消闲了，因惦记着索维娅，不敢多做耽误。虽然之前说了一些绝情的话，但弄清原因后，对自己的武断自责不已。尽管她有她的不是，但自己对她的关心不周也是脱不开干系。

　　他将熬制好的一瓶汤剂和一瓶烧酒装进一个布袋，拎着它往西域客栈而去。路面清扫得比往日干净，还洒了水，像是要迎接什么重要人物。路口上，兵丁对每个行人都严加盘查，检查了甘知苦拎的东西，没什么要紧的，就放他过去了。

　　西域客栈内，索维娅独自枯坐，两眼空洞，面如死灰一般。她对自己失望之极，早起伙计告诉他，甘大夫昨天很生气，从未见过的发了火，还带走了小豆子。她不知道昨天犯瘾的时候说了什么，做了什么，肯定伤了知苦的心，辜负了他的一片好意，把人活成了一团糟。

　　"索维娅——"

　　突然，门外传来一声再熟悉不过的呼唤，她慌忙答了一声"在"。

　　知苦应声进来，平静地看了她一眼，她慌忙低首垂眉，捻着衣角，不好意思地低声说声"对不起。"

　　知苦看她清醒的时候仍然理智、温顺，便安心了许多。但看她眼神是那么自责和无助，不由得心生怜悯，轻声问："索维娅，你还对自己有信心吗？"

　　她咬了咬嘴唇，下定决心说："知苦，谢谢你不弃！我一定配合你的治疗，如果烟瘾发作的时候，你就把我绑起来吧。"

　　"你放心，我不会放弃你。"知苦微微一笑说，"你就安心治疗吧，拉你下水的祸害已经死了……"

　　他自知失言，忙打住。

　　索维娅心里一沉，神色不安地问："死了？他？"

　　"嗯。"知苦不再多言，朝她点点头。

　　索维娅心里五味杂陈，老莫的确是她这几年遇到的一个好男人，能让她依附，会哄她开心，原本打算往后要跟他过日子，可现在，他却死了……

索维娅心事沉沉，默默垂泪。

知苦看出她对老莫有感情了，心里直后悔当时没有劝说一下大哥，留下老莫的性命。想了想，他便把如何抓到老莫，如何审问的话说了一遍。

索维娅默默听着，一言不发。渐渐地，她打起哈欠，面色困倦，眼神迷离。

知苦知是烟瘾即将发作，赶忙倒出药液，让她服下，又倒了一杯烧酒，再服下。

索维娅两眼迷瞪，疯了一样要拿烟枪，知苦赶紧将他双手摁住，可是，精神失常状态的人往往爆发出惊人的力量。此时的索维娅像一头失控的母狮，又咬又踢又抓，不住地挣扎，知苦死死抱住她，跟着她摔来摔去，身体好多处生疼。她挣扎累了，喘着气，嗓子里发出兽一样的低吼。

知苦不敢大意，一直抱紧她。

也许是她累了，也许是药起了作用，渐渐地，索维娅安静下来，疲惫无力地垂下了头。知苦不清楚烟瘾的持续时间，仍然不敢松劲，紧抱着她，怕她突然再发作。

过了大半天，索维娅渐渐清醒过来，见知苦一直抱着自己，她没有动，默默享受这种状态，渴望着这一刻的美好保持永久。知苦意识到她醒过来了，赶忙松开手。

索维娅睁眼看到知苦手臂上还有她咬的、抓的痕迹，顿时泪眼婆娑，动情地抱住他哭泣说："你怎么这么傻啊，你何苦呢！"

知苦拍拍她的背，说："第一道坎终于闯过来了，坚持下去，我们一定会赢。"

索维娅眼含热泪"嗯"了一声，松开了知苦。

知苦看着凄凄可怜的索维娅，顿时心如刀绞。她一个异族女子，千里迢迢来到肃州，举目无亲，四顾无友，还要经常面对官差兵丁的欺压、地皮流氓的骚扰、不良顾客的欺负，要面对刻薄恶毒的流言、苛捐杂税的苦逼，种种作难，都会让她举步维艰，真不知道她是怎么一天天熬过来的。

一定要让她恢复正常，让她往后的日子过得开心快乐。知苦暗自发愿。

8

隔日上午，知苦说是去闻府复诊，交代谷子等他回来去看索维娅。

谷子在医馆等一整天，却不见知苦回来，等了又等，直到吃过晚饭，眼看夜幕降临，还不见知苦的影子，他心里就有些忐忑不安。

谷子正要出门去寻，安芸儿闲逛了过来，看他着急慌忙的样子，问了一声。他说，掌柜的一整天没回来了，急死人。安芸儿安慰他说，平常甘掌柜出诊也有夜不归来的情况吧，等等再看。

又等了一夜，还是不见知苦回归，谷子就坐不住了，赶紧往闻四爷家跑。

管家田七在闻府门口碰到跑得上气不接下气的谷子，"咦"了一声，认出是"甘之堂"的药师。

"田管家，我家掌柜可在贵府？"谷子呼哧呼哧喘息问。

田七不解问："昨天看完病回去了，没回？难道又上别处去了？"

谷子摇头说："不会的，掌柜一夜未归，到现在还没影子呢。"

田七感到事情蹊跷，不敢大意，马上带着谷子进府去见老爷。前几天，老爷还答应人家"但有所求，青帮当全力以赴"，今天就出了这事，他哪能放心。

谷子被带到闻四爷面前，急得快哭了，着急忙慌把知苦没回医馆的事说了一遍。

闻四爷听完谷子所说，也是一头雾水。眼看着昨天送出了门，紧跟着人就失踪，咋会这么奇怪？难道有人跟青帮过不去？

他们正猜测着种种可能，闻人杰从外面回来了，一脸怒气，气咻咻说："妈的，不知啥人想阴咱们，四处散布流言，说甘先生得罪了青帮，被抓走了。"

闻四爷"哦"了一声，脸色一沉，吩咐道："传令下去，青帮弟子迅速打听甘先生的消息，务必查清什么人背后使阴！"

田七领命去办，谷子满腹心事地回了医馆。

不知什么人故意散布消息，甘知苦被青帮抓走的消息传播很快，一二日时光，就传到了太平堡，然后，就传到了野水地。

"知苦被抓了？"宁青梅失魂落魄地跑去问知勇。

"我们的人传来的消息是这样说。"

甘知勇正为此事苦恼，暗哨带来的消息真假难辨，他很难决断。

"我要亲自去一趟。"宁青梅可不想刚与儿子相认再失去儿子，急不可待地说。

"不可，如今尚不知真假，贸然行事凶多吉少。青帮是黑道势力，十分强横，如果他们抓了知苦，你去找，根本找不到门道。"知勇阻挠道。

"……那怎么办？急死人了！我就不该放他回去！"宁青梅悔恨道。

紫苏也听到了消息，心里着急，抱着孩子前来打探。

被两个女人纠缠了半天，甘知勇有些无奈，只好答应带她们去一趟肃州。

次日，一行人乔装打扮，装作商队的模样来到肃州城，悄然住进索维娅的西域客栈。

索维娅再次见到紫苏有点生分，可是紫苏姐姐长姐姐短地叫着，她便没了隔阂，又逗着紫苏怀里的子康，亲热得不行。

宁青梅已经听说了索维娅的事，看到她和活蹦乱跳的小豆子，也是欢喜不已。这也是她的孙子啊，虽然索维娅没有名分，但孩子的模样随了知苦，她心里早已认可这个孙子。

甘知勇才不管她们的儿女情长，打声招呼，就带着孙猴子去找王嘉义。

知苦失踪的消息传出，王嘉义和王世琳早已听说，派出人手查寻了两天，还是毫无消息。

见到甘知勇，王嘉义便明白来意，说道："我已经去过青帮，不是他们所为，青帮的闻四爷也在到处找人，没一点线索。"

王世琳在一旁帮着分析道："知苦这孩子心善，不可能得罪什么人，他治好了闻四爷的重症，闻四爷感激都来不及，何苦为难他。抓了他的人想嫁祸给青帮，必然有所图谋，想一想，知苦有什么东西值得抓他的人图谋？"

甘知勇略一思索，蓦然想到一种可能，莫不是青囊门的人？

他在心里疑惑了半天，又不便将知苦的身世秘密说出，只得含糊说了声："我应该知道是什么人了。"

王世琳也是一下子就想到了知苦身上的《青囊诀》，张了张嘴，没有说出来。

王嘉义不明其故，追问道："什么人？"

"仇人。"甘知勇重重吐出两个字。

王嘉义说："需要我们做什么吗？"

"找人，要尽快找到人。"甘知勇说。

"可是，大海捞针啊。"

甘知勇突然一拍大腿，起身叫了一声："不好，坏了！"

说罢，连声招呼都来不及打，起身就走。

王嘉义看他着急，也随后跟了过去。

他们一路疾行，赶到西域客栈，看到宁青梅和紫苏安然无恙，悬着的心才放了下来。

宁青梅看他们行色匆匆，不安地问："怎么了？发生了什么事？"

甘知勇抚了抚胸口说："还好，没事。你们千万要小心啊，就在客栈中待着，别露面。"

他们正说着话，外面有人找索维娅。

伙计带着一个穿着破烂的乞丐进来了。

"毛驴儿，怎么是你？有事吗？"索维娅问。

毛驴儿看了看满屋子的人，对索维娅挤个眼神说："掌柜的，我有万分紧要的事给你说。"

索维娅笑说："但说无妨，都是自己人。"

毛驴儿说："我打听到了甘掌柜的下落……"

"真的？小兄弟，快说说！"宁青梅惊喜交加，急忙叫道。

突然被一个俏美的阿姨叫作小兄弟，毛驴儿有点不好意思，挠挠头说："那天，甘掌柜从闻府出来，走到半路被两个壮汉下了暗手，恰好我们两个小兄弟在那个巷子里讨生活，好奇地跟了一段路，看到他们最后进了齐家济世药铺的后门。"

"齐家？！"几个人同时惊诧地叫道。

甘知勇向宁青梅暗暗点点头，说："齐家，仇人找上门来了。"

宁青梅顿时面色沉重，握紧了拳头，该来还是来了！

甘知勇向毛驴儿道声谢，赏了锭银子，打发他走了。

9

济世药铺的后堂，一间密室里，齐永贵陪着冷若冰霜的洛青风坐在桌前饮茶，说着门主的密令。

万春东的死，让齐天寒的计划泡了汤，齐天寒一气之下吐血而亡，新任门主勒令他们务必想尽办法完成齐天寒的遗愿。洛青风本来要回到青囊门去，可是，作为一个杀手，她又有不得已的苦衷，完不成任务，回去之后，必然会受到责罚。就在她无可奈何之际，齐永贵给她提供了一条线索——甘知苦身上有《青囊诀》的秘密。

于是，洛青风开始跟踪甘知苦，终于找了个机会暗暗将甘知苦抓来，然后嫁祸青帮，准备以此引出宁青梅。

　　他们正有一句没一句地聊着，一个手下敲门进来，冷声报告："他们来了，就住在西域客栈。"

　　洛青风闻言，冰冷的脸上终于露出一丝笑意，起身问："多少人？可有异常？"

　　手下说："七八个人，有两个女人，一个还带着孩子。他们整天在客栈歇着，没发现异常。"

　　"好，齐掌柜，通知你的人做好准备，晚上行动。"

　　齐永贵疑心很重，本想提醒她不可大意，但看她傲慢的样子，又不好说什么了，答应一声，去做准备。

　　挨到夜色笼罩，人歇灯灭，城中空寂，洛青风换上夜行衣，带着十多个蒙面人悄然赶往西域客栈。

　　客栈大门紧闭，灯火俱熄，黑漆漆一片。洛青风跟盯梢的人接上头，确认了宁青梅的住所，便纵身一跃，跃过一人多高的围墙，轻轻落进后院。两个手下身手也不错，跟随她跃墙而入。其余人员按照事先安排，佯装从正门进攻，拍打大门，诱敌出动。

　　洛青风和两个手下按照暗探踩点的图示，悄无声息摸到天字一号房前，停驻片刻，留心观察了一番，没发现异常，才蹑手蹑脚上前，示意手下暗使迷香。

　　一个手下小心翼翼捅破窗纸，迅速点燃迷香。

　　等香燃尽，洛青风撬开门栓，破门而入。

　　室内突然一亮，宁青梅素衣高髻，平静地坐在床前，淡淡说："来了。"

　　洛青风和两个手下蓦然吃了一惊，步履凝滞。

　　"你你你……"洛青风不知说什么好了，迷香居然对她毫无影响。

　　宁青梅替她说了没有说出的话："区区一个迷香，你觉得对我有用吗？"

　　"哼！即便如此，你照样得束手就擒。"洛青风冷笑道，一挥手中的刀，两个手下迅速出动，步步紧逼，可是，还没走三步，便软软地倒在了地上。

　　宁青梅立起身，依然平静地说道："作为青囊门的杀手，你就没听说过白莲教红散？青囊门的秘术不但可以救人，也可杀人，中了红散，须臾便四肢无力，神志不清。你还有何话说，尽快说，不然连说话的机会都没了。"

　　洛青风顿时大惊失色，白莲教红散的威力她多少听说过。这是白莲教的一个术士研制的秘药，传闻对方只要吸入一丝粉末，即刻神志不清，任由他人左右。她试着动了一下，果然使不出一点气力，要不是靠一点意念支撑，她早就立不住了，无奈地唉叹一声："今天栽在你的手里，尽管不甘心，但我无话可说，要杀要剐，任凭处置。"

宁青梅冷声说："你一个女子，走上杀手这条路肯定由不得己的原因，但为齐天寒卖命我就由不得你！不过，看在你曾经救过紫苏一命的份上，我可饶你不死。"

洛青风惊讶地说："这件事你们也清楚？"

宁青梅冷笑说："哼！你以为你的行踪神鬼不知？自从你到了太平堡、野水地，早被人盯上了。"

这时，黑旋风带着几个人过来了，嘿嘿一笑，说："宁神医果然厉害，这手段杀人于无形啊，实在是高！"

说完，吩咐手下将三人捆绑带走，对宁青梅说，一切顺利。

宁青梅点点头，没见到知苦，眉眼间还是有点淡淡的不安和焦急。

此时，计划如期进行，漆黑的夜色中，另一队人马正在甘知勇和王嘉义带领下悄然靠近齐家济世药铺。

药铺分前后院，前院是三间门面，平常卖药的地方。后院是住宅和加工药材的地方，有十来间房屋，对称布局，还带一个小院子。甘知勇一行到了后门，一看门扉大开，顿感蹊跷，怕有埋伏，马上让大家寻找藏身之处，停步观察。

一会儿，人声渐近，一群黑衣人嗒嗒嗒从里面出来，突然有一个声音说："快放我下来，我自己走。"

甘知勇听出是知苦的声音，顿时紧张，难道青囊门还有隐藏的人马？

"甘先生，你腿脚不便，就让他们背着你吧。"另一个声音说。

王嘉义"咦"了一声，小声说："闻人杰？他怎么来了？"

说罢，又给甘知勇解释，闻人杰是闻四爷的儿子。

甘知勇明白了，原来是青帮出手，他们的目的是一致的，便放下警惕，走了出来。

闻人杰的人马一惊，警惕地做好战斗准备。

"闻大少！"王嘉义叫了一声。

借着幽暗的火光，闻人杰看清来人，呵呵一笑，说道："原来是王把守，失敬失敬！"

"青帮果然神通广大，这么快就找上门了，在此谢过啊！"王嘉义由衷地赞叹说。

"岂敢言谢，甘先生大恩未报，让他身陷危境，青帮理应还他个公道。可惜，姓齐的和一帮龟孙子听到风声跑路了，只宰了两个看守的小卒。不过呢，还有好几屋子药材，天亮了我让人清理一下，给甘先生送过去。"闻人杰抱拳说。

洛青风和齐永贵的目标是宁青梅，倒没有为难知苦，看着他安然无恙，几个人都心安了。

知苦听说宁青梅和紫苏都跟来了肃州，再也无法平静，向闻人杰等于人致谢后，马上回西域客栈，去见母亲和紫苏母子。甘知勇见大事已定，转头去了白府，他也很久没见到白芷和女儿了。

10

虽然抓获了洛青风，但齐永贵跑了，还是留下了隐患。既然青囊门已经捅破了知苦的身份，《青囊诀》现世已不是秘密，江湖上觊觎医门秘诀的宵小之辈肯定也会闻风而至，她实在不敢大意，便跟紫苏、子康留在肃州，守在知苦身边。

"甘之堂"照常开馆，闻人杰指使青帮暗暗抄没了齐永贵的药铺，派人送来了好几车药材，甘知苦的日子一下子阔绰起来，有了更大的底气给穷人施药救治，医馆在肃州的名声越来越响亮。

安稳的日子没过多久，王嘉义和甘若望就出事了，"甘之堂"又被卷入是非当中。

最初听到风声，是郑大喆说起的。齐家的济世药铺关门后，郑大喆的生计没有了着落，找到知苦，央求收留他。知苦念旧，安排他在"甘之堂"坐堂。一大早，他就听郑大喆说出一个令人不安的消息："屈大全死了。"

知苦马上想起那个留着山羊胡、说话有趣的军医，大惊，急切问："屈大全死了？怎么回事？"

郑大喆谨慎地看看外面，小声说："听说屈大全是哥老会，跟一个当官的私制红药，被官府查到后，他被抓起来杀了头，其他就不清楚了。"

知苦顿时想起平日里为王嘉义和屈大全传递消息的事，心里一紧，不由得悬了一块石头。

果然，当天下午，云青就哭哭啼啼来找知苦，说是王嘉义和父亲甘若望都被抓起来了，公公王世琳到牵连，也被羁押了起来。她走投无路，只好来求知苦想办法营救。

知苦怎么也想不通，王嘉义怎么会跟甘若望在一起？

云青抹着眼泪解释了半天，知苦才明白了事情的缘由。

原来，王嘉义是肃州哥老会的堂主，他受陕甘总部指示，密约会众发动反清起义，策应全国义军的计划。一切准备妥当，结果军营中有个会员套购子弹时被人发觉，抓起来一审就供出了王嘉义等人。兵营中哥老会耳目众多，有人悄悄送出了消息，王嘉义闻讯，夺得快马，连夜出城，飞奔一天一夜，方到太平堡。又怕被人发觉，不敢从正门入城，等到天黑人静，方从西北矮墙处弃马翻墙入城。王嘉义躲在甘家，又恐连累岳丈一家，执意要走。甘若望哪肯答应他盲目乱跑，打算找个机会送他到野水地去避难。王嘉义听岳丈一说，倒也安心，就暂时住了下来。

不料，第二日清晨，有人在河边发现一匹烙有印痕的军马，不敢私藏，报知保长。保长也不敢擅自做主，又报给驻守太平堡的团练使。这个团练使是陈二棍曾经的手下，他开始以为是哪里跑出的无主之马，没当回事。回头忽然看到驿政快马送来严查哥老会的文书，心里一激灵，敢情骑乘军马跑出来的是哥老会呢。他即刻把消息传给肃州团练的陈二棍。得到消息，陈二棍大喜，他正愁没机会攀升，眼看立功的机会送上门来，正是瞌睡遇上枕头了。即刻暗地里派出眼线，挨家搜寻可疑人等。太平堡就巴掌大个地方，没多久，眼线便发现甘家藏有陌生面孔。于是，陈二棍带着肃州团练的人马，把甘家围拢，擒获了甘若望和女婿王嘉义，押送到了肃州提督府。

又是陈二棍！知苦一听这个恶人就满腔怒火。

况且，这事犯在陈二棍手里，他跟甘家可是有生死之仇，听姐姐说了半天，知苦也毫无办法可想，他跟官府人等也没有多少交往，想要救出官府抓到的要犯实在无能为力。

云青告诉知苦，王嘉义有个拜把子兄弟绰号靳三棱，住在羊头巷，若遇难事，可以找靳三棱。她现在不便出面，想让知苦去找一趟。

知苦确实想不出办法，只能去找这个叫靳三棱的人碰碰运气了。

初冬的天，说变就变。早上还晴空万里，午后突然起了风，西北风卷着尘土漫天翻滚，路上没了行人，知苦一个人裹在风里踯躅而行。

他便裹紧衣衫，寻着过去。提督府正好也在这条街，门前立着一对威武的石狮子，两个站岗的兵丁抱着枪躲在门洞里避风。

曲里拐弯，找到羊头巷，进了一个大杂院，一说靳三棱，就有人给他指了最里面的一户。

他走过去敲了门，一个清秀的女子探出身来。知苦一看，愣了一下。那女子也是一愣，旋即喜笑颜开，叫了一声"恩公"。

他嗫嚅问："靳三棱家……"

女子说："就这，我爹。"

屋里旋即传出一个爽朗的声音："谁啊？进来，进来。"

知苦进了门，看着迎上来一个粗眉大眼的壮汉，眼前一亮，这不是经常到医馆里取消息的那人吗？

靳三棱也嘿嘿一笑说："甘先生，你怎么会找到这里来？"

知苦还没来得及说话，那女子先喋喋不休地说，甘大夫医术如何了得，如何救她一命。

靳三棱夫妇顿时热情洋溢，拉着他赶紧就座，再三感谢。吩咐女子："红缨，沏茶。"又吩咐妻子，"去切两斤猪头肉，打一壶烧刀子。"

知苦无话找话，问红缨好利索没。她调皮地挤挤眼睛说："恩公那么厉害，几根银针就能做麻醉治枪伤，能不好么。"

知苦谦和地笑笑，喝了口茶，才顾上回答靳三棱的问话。

他打见到靳三棱的第一面起，就有如遇故人的感觉，毫无顾忌地讲了王嘉义和甘若望被抓的事。

靳三棱吃了一惊，王嘉义从肃州出逃那天，还是他亲自送出了城，原以为拜把子兄弟已经逃出生天，没想到最后还是落到了官兵手里。

红缨在一旁听了，急切地说："关在哪儿？实在不行就杀进去抢人。"

靳三棱喝叱道："女孩子家，不知道矜持一点，动不动就打打杀杀的！"

红缨撅着嘴，不服气地哼了一声。

知苦喜欢这不羁的性格，冲她点头笑了笑。

她像得到了大赦，大大咧咧地说："恩公的事就是咱的事，大不了再杀进提督府，拿了那狗官的性命。"

靳三棱无奈地一笑，对知苦说："看看，就这疯丫头，将来能嫁出去吗？"

知苦称赞说："红缨乃女中豪杰，真性情。"

片刻，张大嫂买了肉，打了酒回来，靳三棱立马张罗着喝酒。他取出青花大瓷碗，一人面前摆了一只，斟满酒，端起要敬恩公。

知苦叹气说："老兄一片好心，可我哪能喝得下。姐夫和大伯生死未明，寝食难安呐。"

靳三棱宽慰他说："不急，先喝了这顿酒，明日里我便想法子打探清楚，然后再做打算。"

靳三棱的话，让知苦揪紧的心方有点松弛，毫无着落的忧愁似乎有了实在的依傍。

知苦端起酒杯猛喝几口，像要把多日的苦闷郁火浇灭似的。喝酒至兴处，从靳三棱的谈话中知苦才知道，他们父女俩也是哥老会成员，而且靳三棱还是一个分堂主。上次红缨受伤，就是因为革命党听闻顽固不化的甘肃提督到肃州视察，安排刺杀的行动失败，遭到官府追击，她在仓皇逃跑时被火枪击中。

靳三棱安慰他："既然都是帮会的人，兄弟有难，不会不管，你放心，王把总和你大伯的事，我们会想法营救。"

知苦不懂他们的什么组织，但一听靳三棱拍着胸脯说话，悬着的心一下子落到实处。

这一夜，他与靳三棱喝了个烂醉如泥。

第二天清早，他回到医馆，云青姐焦急等了一夜，头上仿佛落了一层霜，头发一下子变得灰白，他心疼得要命，可一时之间也无可奈何，哥老会的确是一个庞大的组织，只半日，靳三棱就让红缨传来了音讯，大伯和王嘉义确实被押解到了提督府，那个陈二棍因此立功，被委任到提督府作了裨将。

红缨咬牙切齿地说，这个狗腿子，迟早有一日姑奶奶非宰了他。

知苦劝她，切不可莽撞，如今的情势，咱们是拿鸡蛋碰石头。

红缨不屑地说，他一个小小的裨将，杀他易如反掌。

虽然知道了消息，还是无计可施。等了数日，靳三棱所说营救的话，仍然毫无着落。

等啊等，又等了十数日，还是无计可施。转眼到了数九寒天，城内气温骤降，滴水成冰。云青姐每天以泪洗面，担忧大牢中的父亲和王嘉义，心如刀绞，打算给他们去送棉衣、食物和药物。知苦怕她出面再引来麻烦，于是，托靳三棱使人买通监守，他去牢房探望大伯和姐夫。

多日不见甘若望，蓦然一看，简直不敢相认。一个形销骨立、须发皆白的老人，步履踉跄地走过来，紧紧握住他的手，眼里噙着热泪："我没想到，到了这个地步，唯一能靠得住的却是你这娃。"

知苦握住他消瘦而冰冷的手，劝慰说："大伯别灰心，大家都在想办法呢，会没事的。"

甘若望用嘶哑的声音说："别作无谓的抗争，都是命，没办法的事，不能再把你们牵连进来了，尤其是你，好不容易找到失散二十年的母亲，要好好活着。"

知苦眼睛一红，强忍泪水道："飘风不终朝，骤雨不终日。朗朗乾坤，一切总会尘埃落定。"

甘若望平静地说："活在人世，谁都有无能为力的时候，经过了，你就会明白，活人不在于你有多大能力，而在于你能担当多大苦难，有担当就要权衡利弊，莫要冒进。"他喘口气又说，"这些日子，我也想明白了，我老了，没有多少时间了，唯一忧心的是甘之堂，这是咱甘家的命脉啊。虽然你不是甘家的子孙，但老爷子把你当孙子看，我希望你担起这份责任，把甘之堂延续下去。"

在生死困厄面前，知苦顿时感到一种比死更沉重的东西，家族？荣耀？传承？是，又不全是。他紧握着甘若望的手，点头答应了他的重托。

另一个牢房中，姐夫王嘉义好像受了大刑，面黄肌瘦，衣衫褴褛，侧卧着咳喘不息，知苦叫了几声，他微微张了张眼，举手摇了摇，让他快快离开这是非之地的意思。知苦小声告诉他，靳三棱已经想办法了，一定耐心等待。王嘉义应该是听明白了，他眼睛一亮，看了知苦一眼，又摇了摇头，示意他们不要莽然行事。知苦心如锥扎，却也无奈。

那边牢头一遍遍催促，不便久留，知苦给他们留下东西，眼含热泪离开了牢房。

走出牢门时，忽听两个狱卒喁喁细语。一个说，听说马提督的儿子害了一种治不好的怪病。另一个说，不会吧？他有权有势的，想找啥样的名医找不到。一个说，肃州城的名医都请遍了，没一个能治好。另一个说，该死的娃娃球朝天，命该咋样就咋样。

知苦一听，心有所动，凑过去问狱卒："马提督的儿子患了什么病？"

一个狱卒盯他一眼，斥责道："问这干嘛，关你屁事！"

知苦说："我是医家，或许有办法医治。"

另一个狱卒眼睛一亮，问："你真的有办法？"

知苦说："可以一试。"

两个狱卒悄悄商量半天，觉得事成了也是功德一件，至少在提督面前落了个人情。两个又把知苦的身份问询了一番，便允诺他代为引荐。

回到医馆，众人都在，知苦把见到探视情形略说了一番，又向云青打听马提督儿子的病。云青说，听说马提督的儿子害了怪病，求遍远近名医都无法医治。一旁的宁青梅听了，平静地问，可知是什么样的怪病？云青摇了摇头。他们都明白，官家的私事关乎脸面，如果没有可靠的治疗，轻易不向外透露病情。宁青梅心思敏捷，一下子就想到知苦的心思，神色一凛，问，你有想法了？可有把握？知苦说，知犯何逆，对症治之，只能见机行事了。

他现在急于救人，确实没有办法，只能冒险一试。但这种想法还不能告诉家人，免得家人跟他担心。

11

那两个狱卒不知用了什么法子，总之是事情办成了。

只过了一天，就来个公差，请甘知苦去提督府一趟。

公差把他带到大厅，一进门，他就看到杨祝山、杨玉山和李少峰也在场，还有几位肃州府有名的医家，都在那里窃窃私语，议论着将要请来的是哪位名家。

这些人见到甘知苦，顿时神色各异，全都望着他蹒跚的身影发愣。

杨祝山看着他想说什么，张了张嘴，却什么都没说出来。他不知道甘知苦哪来的自信能治好这个怪病，又担心他因此引火上身。

马提督也没料到这个自荐前来治病的医者居然是个跛腿的年轻人，皱了皱眉头，语气平淡地问："小子师承何人？医术咋样？"

知苦明白他是要考较自己，也不客气，马上施展望气之术来亮山门："师承先不必说，且为大人诊断一二，如若不准，在下必知难而退。"

马提督看他不卑不亢，也有意试一试他的水准，便允了："你诊断便是，问诊，还是脉诊？"

知苦微微一笑，说："不必了，我望气已知一二。面色枯且晦，睛迷似朦胧，大人近来是否焦虑过度，睡眠不好？"

马提督点了点头，这个症状并不难断，一看神色疲惫便知，在场的医家应该都能看出。

知苦又说："失眠有虚实，心肾不交属虚证，极度疲惫但欲寐，心肾阳衰证可定。"

马提督"咦"了一声，脸色明显和缓，又问："怎么施治？"

知苦道："用牛黄清心丸即可。这个是小恙，大人还有一个情况，在下不便说出。"

经过这一考较，马提督对他的医术有了信任，语气和缓地说："病不忌医，但说无妨。"

知苦并没说出病情，只是说："各位闻一闻，大厅里弥漫着一种什么味道？"

众人用力嗅了嗅，也许是闻到了，却都不愿说出口。知苦救人心切，也就没有那么多顾虑，开口道："大家是不是闻到的是烂苹果味，或者说烂洋葱味、酒糟子味，总之，就是一种腐败、糜烂的气味。"

杨祝山等几个名家已经猜出是什么症状了，但不好说出口，拈须看着他。

知苦说："所谓肺热伤津，胃热炽盛，呼吸的气息自然是浊气熏人，而平时必是千杯不解渴，千碗不解饿，消渴之症也。"

马提督十分震惊，知道这小子有点真本事，微笑点头说："小先生高明！不知先生对犬子的病怎么看？"

知苦还了礼，说道："我不敢妄言，先见患者再说。"

"好。"马提督说罢，起身带他和几位医家走向后院。

见到马提督的儿子后，知苦心里顿时一凉。这个半大小子被绑在厅院的柱子上，长长的乱发像马鬃飞扬，嘴里哇哇乱叫，青紫的舌头时而伸出来，像狗一样喘息。

一个身强力壮的家仆解释说，不敢放开，一放开就收拾不住，打人，咬人，狼一样凶。

说实话，这种吓人的症状，知苦从未见过，更谈不上如何诊治。但既然来了，就死马当活马医吧。

马提督又问他可有办法治疗。

他强作镇定说，先诊断一下再作定论。

他向家人询问了患者发病的缘由、生活习惯、饮食起居等常规科目。下人说，最初犯病是几个月前，突然仆倒在地，口吐白沫，四肢抽动，高声号叫。

诊断毕，知苦沉思一下说："这些迹象，明显是癫痫狂证。"

马提督皱眉道："他们的诊断结果跟你一样，可是，怎么会医治无效？"

杨祝山在一旁提醒说："知苦啊，我们都已经诊治过了，确实是癫痫狂证，你要有好手段就拜托你了，如果实在不行，也不要逞能。"

知苦听他话里有话，大约有为他开脱的意味，如果没法治，也是个托词。

知苦冲他笑了笑，刚想说"病是死的，人是活的。"又恐马提督忌讳这个"死"字，遂换个说法："治病求缘，就看有没遇上有缘人吧。"

杨祝山再次善意地发问："对于马公子之症，你有几分把握？"

马提督也满怀期待，这个病已经请遍名家看了大半年，他对这个跛脚的年轻人还是不放心，问道："小先生可有办法？"

知苦让人取过前面医家所开的药方，看了一眼，不外乎祛痰安神、活血化瘀、补气补血的药物，按证论治，全都合乎规则。他若不是跟张真人学了天医之道和《青囊诀》的秘术，肯定不外乎这些药物。但看到患者的情况，又不完全是平常癫狂症，更有狐邪作祟的东西。这是张真人传予他的道家医术，他不便明说，只好勉强找个理由说："用药全都对症，只是痼证因人而异，历来是难治顽症。"

众医家听他一说，纷纷议论说，这种痼证确实罕见，是难倒医家的怪病啊。

知苦又围着马公子看了一阵，让家仆摁住患者的头颅，强行扒开他的眼皮看了一下，不由得心里一沉，感到无比棘手。

大厅里突然陷入沉闷，众人都看着一脸凝重的甘知苦。

马提督咳了一声，说："如果没把握，就不要勉强了。"

知苦自顾自说："眼底有三个鸡脚是癫证、两个是痼证、一个是狂证，现在只有一个，应该是狂证吧？"

杨祝山惊奇地"哦哦"了两声。说实话，对于这种诊断，他闻所未闻，不解地问："甘大夫可有好办法治疗？"

众人把目光都归拢到他的身上，想听他如何应对。

知苦首先想到了张真人教他的祝由术，但在众医家面前，他不便施展。继而想到《青囊诀》中有深刺风府和筋缩穴的法子，可他没用过，况且这两针十分凶险，分寸必须拿捏得格外精准，否则非死即哑。

稍作犹豫，知苦作出决定："针灸。"

杨祝山和众人一听，哑然失笑。李少峰直率告诉他说："其实，你想到的法子都用过了。"

"此针灸非彼针灸，需要深刺风府和筋缩穴。"知苦简单解释两句。

"深刺风府、筋缩？"杨祝山惊呼一声，劝说道："谨慎啊，此举凶险，况且，没有那么长的针。"

有不熟悉针灸的人，一打听风府、筋缩两穴的位置，都感到不可思议。

风府在后发际正中，深刺不慎，会伤及大脑。筋缩在背部后正中线上第九胸椎棘突下凹陷中，稍有不慎可伤内脏。可是没有长针，三寸的长针也扎不到位啊。

知苦说："医不避险，面对急难疑症，实际每一步都像是在走钢丝，医家不能因为自己的清誉，而不敢涉险。针的问题我自有办法，如果大人允许，我愿一试。"

马提督看一帮名医表情各异，不置可否。他又审视一眼知苦，大手一挥，说："试就试吧。"

知苦要过笔墨，先开了一方，说："针灸之前，首先要用一剂汤药，让病人安静下来。"

众医家纷纷交头接耳议论，有人摇头道："一剂药？让他安静？做梦吧？"

知苦抿嘴一笑，把药方先递给杨祝山看。杨祝山扫了一眼，居然是"大承气汤方"，而且大黄的剂量放到了八两，远远超过平常用量的八倍，芒硝也加了三倍。他吃了一惊，皱着眉不解地问道："为什么要用这么重的泄下方剂？"

众医家围过来一看，都惊讶得张大了嘴巴。医家都知道一句俗语：大黄救人无功，人参杀人无罪。这么大的大黄剂量，万一不慎，让患者腹泻虚脱，救都来不及救啊。

知苦看着众人惊诧的神情，侃侃而谈："患者狂躁不安，喘啸不止，一定是内热蕴结，肠气闭阻，燥屎硬结。心与小肠相表里，肠结则心堵，心有实火自然发狂，所以，先用大泄之法让他上下通气，狂躁必然平息。"

杨祝山听他说得头头是道，医理没有半点可挑剔的地方，便朝马提督询问的目光微微点点头。

当即，马提督派人取来药，急火煎熬。然后服药。见效还得一段时间，众人坐在一边喝茶等候闲谈，更多的是对甘知苦的治疗满怀好奇，不知道这么大剂量的泻药下去会有怎样的结果，更期待这个年轻的跛脚大夫的过人手段。

半个时辰后，马公子忽然表情怪异，急得哇哇乱叫，胡乱跺脚，众人惊诧时，马公子"扑哧"放了一个响屁，随即扑通通排出一堆腌臜东西，屎尿顺着裤管流下来，室内顿时恶臭冲天猝。

众人皆掩口捂鼻退避室外，马提督也忍不住出了大厅，而甘知苦仅仅是抬起袖子掩住鼻子，凑到跟前看了看马公子的状况，指使家仆快快换洗干净。

等家仆拾掇干净，众人再见到马公子时，他像是虚脱了一样，无力地跌坐在蒲草团上，两眼痴呆，又愣又傻，人虽然平静下来，但舌头还是缩不回去。

马提督一看，果然一剂药见奇功，十分欣喜，仅凭他不避污秽，眼里只有患者的医德，心里已是高看了几分，他真诚地双手合十，向知苦表达了谢意，请他继续施治。

知苦点点头，果断出声提出了要求："我需要一个助手，还有，诊治中，切不可让旁人随意干扰或阻挠。"

马提督允了，让旁观者退至一边。又让他从一旁医家中挑选助手。知苦眼光巡视一遍，挑中李少峰，众医家都是高手，对他的眼光颇感意外。

他让家仆脱了患者上衣，扶好他，又让李少峰把定患者头部，开始取金针。

众人看知苦从手腕上取下一个金饰物，正在疑惑，忽然看到他用手捋，这个"手镯"就成了一根细长的金针。杨祝山还是有见识，惊讶地叫了一声："金针！"

众人这才反应过来，甘知苦说的深刺风府和筋缩，原来是用这长针啊，也只有这种金针才能扎到深处。

知苦并不是先用金针，而是先取一根长银针，针扎在筋缩穴，边进针捻针，边观察患者，等他微微有了些痛苦的神情，旋即出针，然后才用到五寸的金针。

金针细软，没有内力很难驾驭，知苦没有更好的法子，只好手指握在针尖处，先照准风府穴直刺下去。

一旁的医家望着他的举动，个个瞠目结舌，谁也想不到他会这样扎针，甚至有人不由自主地惊叫一声。他们几乎能想象到这一长针针刺的结果，非残即死。但因有言在先，谁也不敢出面干预。

知苦继续用捻转手法神情专注地试探深刺，针已没入三分之一，旁边的李少峰看得心惊肉跳，头上都渗出了细汗。

大家小声议论，这手法也着实凶险，差之毫厘，谬以千里，没有胆量可真下不了手。

针已没入三分之二，患者似感不舒适，开始挣扎乱动，完全打乱了知苦的节奏，他的额头不由得渗出了汗。旁观者喁喁私语，有的为他着急，有的冷眼旁观。

看着情况紧急，患者无法收拾，知苦迅速取出三根毫针，分别扎在百会和两侧睡穴。

顷刻之间，患者安静下来，如同入睡似的。这也是他从张真人里学到的"点穴"手法，只不过他没有内功，只能强行用针灸封穴，达到麻醉状态的效果。

李少峰在旁看得真切，一个针者临危不乱，临乱不慌，转瞬之间能巧妙利用催眠穴让患者安定，这功夫恐怕在场的医家无人能及。对于这种针灸术，他震撼无比。

知苦重新握针，一边揣测筋骨肌理，一边徐徐进针，当针柄只剩一香头时，他的手腕似雀点头般轻轻叩了三下，患者尖叫一声，舌头哧溜一下缩回口中，马公子顿时目光清明，像刚刚睡醒似的，迷迷糊糊望着一地人不知所以。

旁观的医家看到这一幕，个个瞠目结舌，不管多么不情愿，还是被他的医术深深震撼到了。

李少峰用袖子帮他擦把汗，知苦对他微微一笑，徐徐退出了长针。在场的人纷纷鼓掌，惊叹连连。

马提督上前看了看儿子，叫了一声，儿子生张了张嘴，想说话却出不了声。

知苦解释说："患病日久，舌头失养，一时还开不了口。"

马提督激动得眼睛一湿，快步走上前，握住知苦的手，连声道谢，客客气气地拉着他的手，请他上座用茶。

知苦实在累坏了，也没多客气，就势坐下，一气地喝了几大口茶。

杨祝山看了他的用针用药，还是有些想不明白，实在忍不住了，走上前问："知苦，可否讲一讲这般施治的依据？"

众医家都眼巴巴地望着知苦，对于疑难杂症，他们同杨祝山一样都迫切想求解。

知苦长舒一口气说："前面医家施治，多为治表，不本四时，不审逆从，逆从倒行，标本不得，只知汤液治其内，针石治其外，但病形已成，非攻可愈，故病未愈，新病复起，导致精神败坏，神气离去，荣血枯涩，卫气消失，所以治疗就没有反应。《内经》云，揆度奇恒，各在其要。无失色脉，用之不惑。观察马公子气色举止，风痹形于外，热邪郁于内，故用清热疏风法，汤液清热，针灸疏风，双管齐下，始有小成。"

杨祝山自然是听明白了，那些基础不实的医家听得稀里糊涂，越发不明所以了。

马提督虽然不明医理，但看到了实效，十分高兴，他和家人再次向知苦致谢。

知苦却淡定地说："还没根治呢。"

众人皆怔住了，不解地望着他。

杨祝山也被弄糊涂了，心里嘀咕，常人见好就收，他难道还留了一手？他不由地看向甘知苦，想看看他接下来的施治。

马提督神情一愣，不明所以地看向知苦。

知苦原本想告诉众人狐邪入祟的内因，想了想还是不便说出为妙，找了个理由说："病证顽固，后遗症尚未根除，还需养心。"

为了掩饰一下，他想起《青囊诀》记载的一个民间验方：鲜菖蒲炖猪心汤。又怕马提督不当回事，便神情肃然地对马提督说："我医馆有株水菖蒲，将菖蒲根与猪心炖汤，并冲服石菖蒲末，大人可每天差人到我医馆取药，连喝七日，病症可除。如若敷衍，可能复犯。"

此时，马提督对他的医术佩服之至，焉有不听之理。

而一旁的医家却窃窃私语，有这一方吗？典出何处？相互望望，大眼瞪小眼，没有一人能回答得出。

知苦心里清楚，这其实只是个糊弄人的民间验方，欲要彻底根治此症，还得暗地里修几道符混在药里，这个马公子应该还有狐魅邪症在身上，不是简单的针灸方药能够治疗的。但这个话他不能明说，在场者的认知还没达到那个层面。

马提督深深一揖道："先生高明，如同再造，感激不尽！先生有何要求，尽管提出，马某定当全力回报。"

知苦故作为难，沉吟道："在下确有一个小小的请求，恐怕大人难以答应。"

知苦向四周扫了眼一地闲人，马提督即刻意会，马上屏退众人，笑说："先生但说无妨。"

知苦随即说："伯父甘若望是一个乡医，刚才的菖蒲炖猪心汤即是他的秘方。因遭奸人诬陷，伯父和姐夫王嘉义被当成乱党抓捕入狱，请求大人网开一面，还大伯和姐夫一个清白。"

马提督显然知道王嘉义和甘若望的事，他沉思片刻，因无旁人，便直言不讳地说："先生今天救小儿一命，按说应当全力回报，但目前形势所迫，风口浪尖上，马某也不能擅作主张，甘郎中无辜牵连情有可原，可以回家，但另一个，他已列入要犯名单，还需进一步核查。这份人情，马某记下了，往后若有困难，马某随时听凭差遣。"

马提督的话说到这个份上，知苦也不好再说什么，起身道谢告辞。

12

次日，甘知苦顺利接回了甘若望，因牢狱之苦摧毁了甘若望的身体，暂时还不能回老家，只能在医馆静心调养。

甘若望已从他人口中听说了知苦险中求治、救他出狱的事，感慨良多。闲暇时，谈起治疗提督之子的事，甘若望问他那套针法是从哪学来。知苦便把得遇张真人的事和《青囊诀》的学习感悟一一讲给他听。甘若望直叹他造化不凡，如此下去，有望成就大医。

说起学医悟道的经历，知苦就多说了几句，甘若望边听边颔首赞叹，从知苦所言来看，他已经贯通了伤寒到温病的诸多理论，还平添不同于传统医学的天医之道和青囊门秘术，以他一辈子从医经验，医者只要把准典籍，便可执简驭繁，提纲挈领，轻松面对万千病变。他勉励知苦说，医无止境，面对浩如烟海的典籍，你所学的只是古人的一点皮毛，永远不要以什么"神医"自居，这世上，所谓的"神医"，不过是用好了老祖宗留下来的几个药方而已，始终是借用别人的东西，除非像仲景祖师、扁鹊祖师、金元四大家一样有了自己的体系，否则，只有不停地学习和参悟。

知苦点头称是，这番理论他还是第一次听到，尽管有些东西自己平时有所感悟，但如同登山一样，一己之见总难确定前方的路是否畅通。听了甘若望一番话，刹那间，他对大医境界的认知又提升了一层。

这时的王嘉义还在狱中，全家人在不安中等待。

云青焦虑成疾，整个人都萎靡不振，每见父亲，都免不了悲伤痛哭一场。

甘若望除了叹息安慰，也没有办法给她一个安心的希望，他清楚王嘉义的情况，放在目前的局势下，基本没有可能生还。数年前，王嘉义在西安求学时，结识了哥老会的一个堂主，这个人很有本事，走南闯北，广交朋友，南下见过孙中山先生，还受西北分会派遣，秘密串联，发展会员。哥老会作为一个底层群众秘密组织的帮会，所倡导的劫富济贫、反清复明的教义，对于年轻气盛的王嘉义颇有吸引力。有志气的孩子，年少时都有一个侠客梦，追梦的王嘉义恰好遇到了哥老会，不久，他便秘密加入了哥老会，后来渐渐成为肃州的堂主。他们的会众慢慢发展到五千多人，除了一些社会闲杂人员，大都是低下层军官和士兵。王嘉义作为堂主，官府岂能放过他？这些话，他只能私下跟知苦说一说，在云青面前是断然不能开口说明的。

甘若望安慰她："人这一辈子，有圆满，也有残缺，谁都有面对无妄之灾的时候，活着就是最大的福气。知苦已经尽了最大的努力，能否确保王嘉义安然无恙，实在不是他一个医家能够左右的事。"

云青自然明白父亲的苦心，对于知苦的努力她看也在眼里，知道这件事情非同寻常，说："我心里清楚，爹爹不必挂心，嘉义如能安然出来，我们就回家种地度日，如果不能，就是他的命吧。"

话虽如此说着，眉眼间依然是不散的忧伤。

此后几日，甘知苦借口为马公子康复复诊，曾几次前往提督府打听王嘉义的消息，马提督都面露为难之色，不便透露更多。知苦也不好开口问询，只能等待。

就这样揪心而忧愁地过了一段时光，每每说起王嘉义，甘若望就长吁短叹，忧心忡忡，他又牵挂家里的事，提出要回太平堡，知苦等人极力挽留，但他心意已决，大家只好顺从他意，送他回了太平堡。

甘知苦救治提督公子这件事，为他赢得莫大声誉。一个医家的成名大抵是这样，大把大把的时光在平凡中煎熬和等待，一两个偶然事件即可一举成名。

"甘之堂"渐渐声名远播，有人闻名而来求诊，有人特意来一睹"神医"风采，还有人冲他和提督的关系巴结他，有钱有权有势者，不管有病没病，总想找甘知苦看看，只有这样才觉得心里踏实。

知苦悟道修炼的心得落实在临证实践中，顿时如有神助，他不管伤寒派，还是温病派，有症对症，有病治病，以疗效为施治第一原则，着实让患者感受到了医家的高明之处。

一天下午，知苦外出应诊回来，"甘之堂"门前停着一驾马车，拉着满满当当的一车药材，有的装了麻包，有的捆成束。他正疑惑着，谷子陪着高个子男人从店内出来，知苦一眼就认出了卧马山庄的马来福。

马来福笑吟吟向他抱拳致意："甘大夫别来无恙。"

知苦笑问："马大哥怎么有空进城来了？"

马来福说："你的医馆名声越来越大，咱们深居山中都听到了名气，一些乡亲还来你这里看过病的。自从你指点我们筑起甘泉，种上了药材，乡亲们的日子好多了。这不，给你送来了一车药材，看看能不能用得上。"

知苦笑呵呵走到车边，看了看，有锁阳、麻黄、当归、柴胡、黄芪、黄芩、甘草、羌活、半夏、车前草等二十多种，随意抽出一些药材，因采摘和保管得宜，成色都还不错。

马来福又从车上拿下一个麻包，打开后，里面是有鹿骨、山羊角、蝎子、蛤蚧、班蝥、壁虎、白花蛇、土狗等，他对知苦说："父亲说，这些过去是药店里稀有药材。"

知苦一脸惊喜，这些药材真是难得，比他从别处购进的药材好了数倍，朗声叫来谷子安排道："这些都是好东西，谷子，全都高价收了。"

谷子已在医馆独当一面，当即找人卸货过秤。

老友相见，分外高兴。知苦带着马来福走进后院，让紫苏和宁青梅出来相见。紫苏一见老熟人，格外热情，又向宁青梅简略讲述了曾经在卧马山庄的经历，宁青梅也是欢喜不已。在知苦陪马来福闲话的时候，婆媳二人利索地准备了几个菜，拿出珍藏的好酒，几个人陪着马来福大饮一场。知苦跟他约定，卧马山庄的药材尽管送来，"甘之堂"应收尽收。马来福喜不自禁，连饮三大杯，以谢知苦对卧马山庄乡亲们的照拂。

医馆进了新药材，打杂就显得人手不足了，谷子既要加工药材，又要抓药、收费、打杂，一个人忙不过来。宁青梅和紫苏想为医馆分担些压力，知苦依然担心青囊门的后患，不愿让她们抛头露面，只让她们参与后堂的药材加工。

紫苏很同情索维娅的生活，再三督促知苦把索维娅请过来，也想使她的生活稳定一些。知苦也有此意，便过去请她，但索维娅拒绝了他们的邀请。经历了生死，她似乎把一切都看淡了，只想带着孩子，远远守着知苦，过自己的日子。

反倒是侠女靳红缨不请自来，时而到医馆逛逛，吵着要来医馆打杂，起初知苦担心她吃不了苦，后来看她事事都能拿得起，便让她过来帮忙，红缨无比欢喜。

红缨与谷子两个年轻人一唱一和，医馆里的气氛活泼而又有序。空闲无事时，谷子常与红缨在空地上比画一阵拳术，引得刚会跑路的子康跌跌撞撞模仿，小院里充满了欢声笑语。

回到太平堡的甘若望忧郁成疾，一病不起。请来苦瓠和尚看了，和尚也无奈医治。甘若望作为医者，心里清楚，自己的病只能延磨时日了。

甘若望起不了身的时候，甘知愚、甘知勇收到老家带来的口信，先后回到了太平堡。然而，兄弟见面，如同水火，一个瞪着一个，眼里全是仇恨，气氛冰冷到了极点。

甘知愚已知道"黑水义勇军"的匪首是甘知勇，他多次派去清剿的军队都被"黑水义勇军"打败，心里窝着一肚子火。

甘知勇对于甘知愚派兵围剿的事也心知肚明，一直想不通的是，他不过是想给一群没饭吃的流民找一个出路，而以甘知愚为首的官府却苦苦相逼，不给他们活路。

最终，他们看着病榻上的父亲，还是保持了应有的克制，没有吵起来。

甘若望不愿多费口舌劝说什么，他知道，说了也白说，人各有命，选择什么样的路，都是各自命运使然，谁也改变不了什么。如今，亲兄弟成了敌对头，那也是无法调和的矛盾。苦瓠和尚说得好："缘起缘灭，缘聚缘散，一切都是天意。"

看到甘知愚，他又想到那个不成器的儿子甘知信。自从他身负赌债跑了以后，甘若望曾后悔过一阵子，毕竟是血浓于水，一走几年，牵挂是少不了的。后来听说甘知信在老二的手下混着，才稍稍心安。

"老三没跟你回来？"甘若望问。

一提起甘知信，甘知愚也是一肚子牢骚："那个不成器的东西，原本给他安排事情好好干着，谁成想贼性不改，又跟人赌上了，不但赌，还吸烟膏，我让人收拾了几次，没成想他却偷偷跟烟贩子跑了，四处找不到他。"

"唉——你就费心管管他吧，毕竟是兄弟。"甘若望叹息说。

甘知愚点头答应下来。

甘若望从枕头下取出一个包裹，转头对知勇说："这是我一辈子的医学心得，还有甘家的医术，你就转交给知苦吧。你自小跟知苦感情好，一直维护着他，今后，甘之堂还要靠他延续下去，你要一如既往地照看着他。那孩子走到今天不容易，虽然学得一身本事，但没有靠山，在这混浊的世道，以后的路也不平顺啊。"

知勇拍着胸膛说："老爹，你就放心吧，只要有我在，甘家的人谁也亏不了。"

甘若望欣慰地长舒一口气，说累了，渐渐睡着了。

睡梦中，他仿佛站在太平堡高耸的城墙上，骤雨初歇，天地清明，从云中透射出的阳光喷薄万丈，红色的光焰仿佛点着了庄稼、树木、柴草、房子，一切都像着了火，红彤彤一片。他正惊讶地看着，忽听到背后有人高喊一声："天要变了啊啊啊——"一回头，看到王嘉义浑身红光，满面血红，站在突出的墙垛上，身子又高又大，喊他下来，他却不听，一声声高喊着，摇摇晃晃欲飞的样子。他过去拉他，王嘉义冲他笑了笑，挥了挥手，一句话没说，身体像纸糊的一样，随风飘荡，渐飘渐远。老人拼命抓了半天，什么也没抓到，伏在城墙上叫着王嘉义的名字。一直把自己叫醒，出了一身汗。

"老头子，怎么了？"守着他的阎氏摇着他问。

"唉——做了一个不好的梦。"他将梦里的情形讲给阎氏，又说，"恐怕女婿躲不过这一劫啊。"

阎氏安慰他："一个梦罢了，你别多想。"

甘若望失神地望着天花板，心中的忧郁久久难以平息。

过了一天，肃州便传来音讯，狱中的王嘉义突然身患重症，不治身亡。谁都怀疑王嘉义死得十分蹊跷，却又难以查明真相。王世琳他连同书信寄来一首悲伤欲绝的词："寒霜绝塞更相忆，阴风萧萧，归路迢迢，暗无天日堪煎熬。离人迷途殊难还，半竿斜阳，一抹晚烟，碧空雁鸣添寂寥。"

看罢书信，甘若望默然无语，两行清泪顺着脸颊长流。

这个不幸的消息，一下子击中了老人本已弱不禁风的身心，他长叹一声，极为不甘地闭上了眼睛。

第八章

1

在动荡不安的时局中，肃州府不断有人事兴替，但不管城头大王旗如何变换，老百姓的日子还是日复一日、年复一年地慢慢熬着。

医馆里各色人等都有，时常可听到各处传来的消息。知苦不出医馆，倒也常听天下事。这时，中原大地已是新旧势力争夺地盘、各路军阀混战不休的局面，地处西北的河西走廊除了一点官府的混乱，百姓的日子倒没什么变化。

有一天，肃州马提督忽然整顿军马向东进发，老百姓一早就看到了浩浩荡荡的队伍出了城。有知情者说，甘肃提督为了防止改旗易帜，急调甘州、肃州提督率军东进防守。

没过几天，又有人说，马提督率军行至半途，军中突然发生哗变，一个哥老会成员趁势掌握了兵权，宣告新军起义。失势的马提督带着一部分兵丁败走青海，走到半路，存有异心的裨将陈二棍又悄悄带走了一队人马，逃到祁连山中去占山为王。马提督大势已去，半路便托属下递上辞呈，辞官回家养老去了。

没过多久，陈二棍带领的这支匪众渐渐坐大成势，时而打掠过往商贾，劫掳地方百姓财物，为祸一方，州府多次派兵围剿，均被逃脱。

不久，肃州府被新军控制，旧营中隐藏着的哥老会作为新势力走向前台，靳三棱在哥老会中的身份颇高，马上成为新势力的骨干，被任命为肃州国术馆武术总教习，带领一帮习武者为新政权效力。

经历了诸多变故，知苦对世态人情看得更透了，做人做事愈加沉着稳重，他谨记青囊门遗训，以守护百姓安康为根本，重义薄利，乐善好施，无论贫富，一视同仁，赢得一个好口碑，"甘之堂"才不至于在各种风口浪尖上翻船裹浪。

除了坐诊，知苦有时还需出诊，而郑大喆水平有限，遇到复杂病情就无从下手，医馆好不容易有了好声誉，知苦可不愿因此被人们诟病，又请来李少峰帮忙坐诊，倒也从容应对。

李少峰十分敬重知苦的为人和医术，两人相处融洽，彼此敬重，时而交流心得，探讨医理，互惠互鉴，自然长进不少。而郑大喆心里却怨恨日深，原本，患者都是奔着知苦的名气而来，只有知苦忙不过来，个别患者才会找到他面前求诊，李少峰一来，他几乎没了患者，完全被忽视了的感觉，心里就有些愤愤不平，只有整天抱着茶杯吸溜吸溜喝茶的份。

知苦出诊去了，李少峰忙着接诊，郑大喆正闲得无聊，看见门口进来一对夫妇，男人搀扶着女人，走路颤颤巍巍，竟然是他原先治过的患者——布商杜掌柜的老婆。这女人得的是绝症，他当时束手无策，治疗一段时间便放弃了。此时看到这个患者，他忽然有了主意。

"杜掌柜。"他起身招呼一声。

那男的稍稍一愣，举手抱拳道："郑先生啊，你也在这里坐堂？"

郑大喆笑眯眯迎上去说："来来来，你们这病让李先生瞧瞧，他可是高手呢。"

杜掌柜瞅了瞅，没看到甘知苦，他本是冲着甘郎中的名气来的，见郑大喆如此热情，便随他走了过去。

李少峰刚好诊治完一个患者，抬头看见郑大喆带着病人走过来，心里还有点诧异，这个姓郑的平时可没有这么好心，今天哪搭错经了？

果然，郑大喆带着瘆人的笑说道："李先生，这个患者相当复杂，你医术高明，请你给看看呗。"

这时，杜掌柜已搀着老婆走到了李少峰面前。

李少峰不好跟郑大喆计较，看一眼病人，佝偻着腰，面色黄黑，唇口焦干，毛发干耸，时而干咳两声，确实是重症。他让患者坐在对面，先诊了脉，右寸脉沉弱，难以触摸，已是脾气衰绝之象。又问了饮食、两便、睡眠等情况，病家述说，胸口闷胀，食不消化，吐痰不已，时时溏泻，便如黑汁，痰似绿涕。听罢，心里十分惊异，这已经是痨瘵后期了啊，根本是无治之症。

看他为难，郑大喆似笑非笑问："李先生，你应该有良法治疗吧？"

李少峰恨不得唾他一脸，但当着患者的面，他忍住了发作，如实说：

"抱歉，这个病我看不了，你还是另请高明吧。"

杜掌柜清楚这个病难治，他已求遍了远近的医家，都没有办法。他又向李少峰施了一礼，说是想等甘掌柜再瞧一瞧。然后，搀着老婆坐在一边等着。

郑大喆想鼓动杜掌柜为难一下李少峰，结果没有得逞，悻悻走开。

等了大半天，知苦终于回来了。杜掌柜搀着女人立起，迎上前去。

知苦望了眼李少峰，心想什么病会难倒坐堂的两位先生。李少峰马上将那个女人的病情讲给知苦，也说了自己的诊断结果。

知苦听完，也感到病情棘手，却没有急于下结论，又让那女人坐下来，把了把脉，是细数脉，的确是脾胃衰败之兆。边把脉边问，吃东西能吃出味道不？女人有气无力地说，可以的。知苦又问，发病至今多长时间了？女人说，快两年了。杜掌柜也在一旁插嘴说，看遍了医家，都没有办法治，听人说甘掌柜医术高明，我们把最后的希望都寄托在你这儿了，求甘掌柜妙手施治啊。

知苦说，但凡有一线生机，医家总会想法救治，你放心，我们尽力而为。

杜掌柜和老婆听完，心里一暖，再三说着感谢的话。

知苦转身问李少峰："李兄看出是痨瘵？"

李少峰说："食而不化，腹胀痛而时泻，痰如墨汁，脉象细数，全都指向的是脾胃，而且脾气已衰，脾与胃相表里，脾气绝则胃气绝，万无生理，所以众医家无策可施。"

知苦略一思索，揣度说："李兄，按理说，五脏之痨传于脾脏本不可救，可病家刚才也说了，吃东西尚能吃过味来，说明胃气未绝，从这情形看，还有一线生机，要不要试一试？"

李少峰眼睛一亮，又摇了摇头，说："话是如此，只要胃气健，便可补脾，脾胃之气若能康复，这必死之症也许有可以扭转的局面，可是，病人能坚持多久呢？"

知苦也有点犹豫了，胃气的恢复非一日之功，若病家嫌麻烦或者不信任，吃上十来八副药，就停止用药，结果还是不治啊。他只能说："如果病家能坚持下来，胃气恢复，还是大有希望。"

两人就这样你一言我一语推理着，渐渐理清了病机，有了治疗思路，虽然还不能完全有把握治愈，但给了患者一线希望。

杜掌柜的老婆在一旁听着，无法完全听得懂他们分析病机，但大致也明白了这病还有希望治疗，只是怕他们难以坚持用药。杜掌柜的老婆可是绝望之人了，哪能放过这仅有的希望，赶紧表态说："先生但凭用药，我定能信守医嘱！"

两人随之一笑。话说到用药上，李少峰给出了参苓白术散加白薇、山药的方子。知苦觉得基本对症，但再一想，又感到不妥，这女人的病可不是一二十剂药就能奏效的，如果长期用人参，估计耗空家产也难有起色。他忽地想到《青囊诀》中有一个"二白散"的方子，随手写了出来：山药、芡实各等分，万年青四片。

李少峰接过一看，两味主药均以补肾为主，与健胃补脾似乎关系不大，他不知知苦用这方是何意。

知苦也没解释，只是嘱咐患者服药的方法：医馆将第一个疗程的药磨成细末，回去后，自己加白糖一斤，滚水调服，遇饥即用，不论数次，持续三五个月，如果奏效便是福分不绝，否则便是天绝之命。

杜掌柜的老婆喜不自禁，这个病，众医家已经无药可救，甘掌柜能开出药方，她哪敢不应，回去后就开始用药，第一天居然破天荒喝了五大碗药汁，胸口竟没有了饱胀闷疼之感。

她按捺不住内心的兴奋，次日就跑到医馆，将服药的情形反馈到"甘之堂"。李少峰一听，万分惊讶，直叹不可思议，拉着知苦就要探讨用药的玄机。知苦笑了笑，卖个关子说，现在探讨为时尚早，等患者好转再议不迟。

李少峰心里感叹，治病，还得真看缘分，杜掌柜老婆的病经手无数医家都放弃了，如果不是遇上知苦，恐怕就没救了。

到了他们这个层面，对医道的认知已经渐渐清晰，不再是执着于一方一剂的效果，而更重视病理和思路。

医道之路是有层次划分的，刚入门的称为"徒工"，用方用药谨遵师承，临症治病只能照抄成方，依葫芦画瓢，有"方"无"法"。第二个层次算是"粗工"，大都是略知辨证皮毛，似是而非，胸无定见，头痛医头，脚痛医脚，病情一复杂则束手无策，可谓有"技"无"术"。再上一个层次称为"中工"，经验丰富，学有渊源，辨证精通，遇到复杂的病情可以纯熟地运用理论进行综合分析，拟方用药随症化裁，施"法"施"术"，皆有定准；最高层次称为"上工"，也就是民间所谓的"神医圣手"，这样的医家博采众长，见多识广，高深莫测，对理法方药的把握出神入化，每临沉疴，著手回春，"道""术"大成，即可开宗立派。

甘知苦和李少峰目前大致是"中工"的层面，各自都有医学渊源，也有临症经验，复杂病症的处置有方有法，但并非同一层面的医家便水准相当，辨证论治的水平高低还取决于见识和学养，甘知苦除了有正统医学的根底和《青囊诀》的秘术，还跟张真人学习了天医之术，思路比李少峰要宽广的多，在往上精进的层次上，走得相对远一些。好在李少峰功底扎实，人也务实勤学，知苦很想把他长留在医馆，共同在医道之路上走得更远一些。

郑大喆看他俩相敬如宾，心里就更加不是滋味，这种被轻视的感觉让他很难受，久而久之，他便积怨深了。他总觉得甘知苦可能藏有秘术，不然每次临症哪会有如此神效。试探着打问了几次，甘知苦矢口否认，郑大喆也不好再说什么。

2

俗话说，同行是冤家。行业之间的竞争始终潜滋暗长，你在这边架屋筑墙，必有一方暗中拆墙。"甘之堂"的名声越传越广，无疑触动了别人的利益，肃州的医馆、药铺都感到了无形的压力。杨氏医馆的少掌柜杨悦看着患者一天比天少了，心里很不是滋味。

杨氏医馆是老医馆了，原先因为有杨祝山、杨玉山坐镇，上门求诊的患者络绎不绝，如今，杨祝山、杨玉山都已年迈，不再坐堂行医，医馆就大不如前。杨悦听着"甘之堂"日益兴隆，对李少峰在"甘之堂"坐堂渐渐不满，让人传话让他回杨氏医馆效力。李少峰是杨门弟子，师门有令，弟子不敢不从，这是规矩。虽然十分不舍得离开"甘之堂"，但迫于师门压力，他不得不选择离开。

在离别的前一晚，甘知苦设宴为他饯行。两人对坐在一个小酒馆里，一边喝酒，一边闲聊，回忆过去，畅谈未来，从知苦在杨氏医馆打工说到今天开办医馆，一切恍若隔世。

甘知苦说："难得跟李兄相处了这么长一段时光，李兄的为人处世实在令人敬佩，本来有心跟李兄好好切磋一番，在医术上再有长进，可惜我这庙小，无法留住你啊。"

李少峰苦笑着说："一张席子睡不下两个壮汉，佛爷数念珠，你得心中有数啊。"

甘知苦喝了些酒，话就多了，接着说："师门之争，由来已久，仲景师早在两千年前就说过，观今之医，不念思求经旨，以演其所知，各承家技，终始顺旧。时至今日，各医者世家更是把医术传承看作谋生获利的宝贝，不思如何弘扬光大，只求守好旧摊子，殊不知因循守旧渐渐丢掉了医者本心，更丢掉了医术的精髓，国医之术迟早会断送在自以为是者手中。"

李少峰敬了知苦一杯酒，说："知苦兄肺腑之言啊！医道漫漫，非才高识妙，难臻至境。老祖宗传承下来的好东西确实不少，今人仅窥管而已，我辈若依然抱残守缺，不思弘扬传播，将来传于后人的东西可能就更少了。虽身处乱世，但这个使命，我们必须担当。"

甘知苦哂笑："我辈不过一个平常医工，哪堪当如此重任，那是大人物考虑的事。"

李少峰表情庄重地说："一代人有一代人的使命，我辈能走到今天实属容易，虽然尚未能登峰造极，但要把祖宗留下的好东西传下去，我辈责无旁贷。"

甘知苦不由得动容，连忙说："李兄见识高妙！"

说到动情处，两人又碰了一杯，然后相视大笑。

李少峰离开"甘之堂"，却没有回杨氏医馆，而是只身前往省城去谋前途，他不想知苦夹在杨悦和他中间为难。

李少峰一走，知苦又忙得不可开交，而郑大喆却喜上眉梢，终于松了口气，只要知苦出诊，便很神气地端坐中堂，俨然一位老医家的神态。

谷子看惯了知苦平易近人的医风，怎么看郑大喆都不顺眼，日久生怨，动辄就吵几句，很不愉快。

知苦坐诊之余，还要指导谷子和红缨加工生药、制作膏丸散贴之类的成药。"甘之堂"跟当时的大医馆一样，取信于患者的第一步，就是对药材质量的讲究。在太平堡时，专门有种植药材的药田，根据药材的药性因时采收，再行加工。如今身处州府，药材可以从医药市场收购，但加工制作必须自制，在外人看来，即是所谓"秘方"。

医馆后面有一个院子，即是知苦新购的住宅和药材加工场地。收购来的新药，有的晾晒，有的切割，有的炮制，有的蒸熟，还有的需要熬膏或磨成细粉，不但要求药材道地，而且每一道环节费时费力。白天，谷子在柜台前抓药，红缨在药材加工场忙活，有时安芸儿也过来帮忙。医馆关门打烊后，谷子马上换一身工装，投入到制药加工中，说说笑笑，嘻嘻哈哈，院子里一派祥和。

时间一长，知苦看出了一些蹊跷，每当谷子和红缨过亲密时，安芸儿便满脸不悦，红缨偏又是大大咧咧的个性，不多在意，久而久之，三个人之间闹出了不愉快。知苦知道安芸儿对谷子的心意，有意撮合他们，又怕冷落了红缨，便对红缨说："丫头可有心意的人？如果没有，我帮你介绍一个如何？"红缨满面飞红，娇嗔而厌烦地说："我嫁与不嫁关你何事，小女子的心思你哪知道。"

知苦言拙，窘住了。转念一想，只当是女儿娇羞情态，一笑了事。

这时，知苦把小豆子也接了过来，跟子康结伴在家中玩耍。他们最黏红缨，一天不见面就吵吵着不行。红缨也万般宠着他们，稍有空闲就带着他们满城乱逛，买一堆花哨的小玩意，哄着孩子开心。偶尔还带他们腾挪练拳、舞枪弄棒，在院子里闹腾得不可开交。有一次，紫苏在房顶晒凉粉，时而要用到一些东西，上下不方便，便喊院子里跟孩子玩耍的红缨帮忙。红缨双手抱了一个盆子，没走梯子，脚下一踮，"噌"地一下就飞上了一丈多高的房顶，放下东西，又轻轻一跃，稳稳落在地上，把众人都看呆了。子康和小豆子更加崇拜她，天天追着她要学飞檐走壁的功夫。

小孩子贪玩，这倒没什么，渐渐两个孩子都叫起了她"干妈"，倒让知苦颇为尴尬。他跟靳三棱称兄道弟，这不乱了辈分嘛。

紫苏内心细腻，似乎早就察觉了红缨掩藏于心的小女儿情思，私下对知苦说，红缨的心思你真不懂吗？其实她心里已经装着一个人了。知苦莫名其妙，问是谁。紫苏淡淡说，如果猜地不错，她的心思在你身上，你没看出来？知苦吃惊地说，我是他长辈，这话可不能乱讲，不要让别有用心的人听了去嚼舌，改天见了靳三棱，我得提醒他一下，赶快给姑娘找个如意郎君。紫苏知他实诚，也不多说什么。

次日看到红缨，知苦一看她的眼神，顿时有点不自在的感觉，红缨还是大大咧咧，"知苦哥、知苦哥"的叫着，他纠正她叫叔。她努努嘴，说，就叫哥。知苦拿她没办法，只好刻意疏远她，尽量避免与她相处。

最让人头痛的是谷子怎么都跟郑大喆不对路。郑大喆心眼儿多，谷子性直，自然一个看一个不顺眼。

有一天，谷子气乎乎地说，馆里出了内鬼。

知苦问出了什么事。谷子喋喋不休地说："还不是你那姓郑的好师兄，鬼头鬼脑的，一看就不顺眼。"

知苦沉着脸问是何事。

谷子才讲了事情的来龙去脉：一开始，他还态度谦恭，对谁都好，一门心思应诊看病，渐渐地，他好像变了个人，仿佛他是掌柜似的，使唤这个，使唤那个，稍不顺意，骂骂咧咧。掌柜都没这么指使过我们，他倒好，脾气大得像是老爷。这个先不说，总瞅着他獐头鼠脑的，一有空就四处遛，像找什么东西。你猜怎么的？有一天，他借口方便，竟然溜到了书房里。好久不见人，我随后跟过去，看到他从书房出来，碰了面，慌里慌张地支吾着想找什么书，你说怪不怪？你看他头尖眼小，心里肯定有什么鬼怪。

"没什么凭证，别扯高兼低，搬弄是非。"知苦责斥他。

谷子仍是一肚子气，说："我要有凭证，早把他老小子抓去报官了。"

知苦说："算了，一个屋檐下做事，别对人家疑神疑鬼。"

"就你心实脾气好，遇上别的掌柜，早打发出去讨饭了。"谷子不满地发着牢骚。

知苦本想装糊涂，把这些不愉快打发过去，但有些事，偏偏会赶时间，让人猝不及防就碰了头。

这话说过没几天，知苦正好坐堂，有个小伙计风风火火地跑来找他。知苦忙问什么事。小伙计说，他家老爷吃了郑郎中开的药，今天恶心呕吐、腹疼如绞，吐血昏死过去了。知苦一听，感觉大事不妙，盯了郑大喆一眼，忙背了药箱，随伙计出了门。

郑大喆喊了一声，对几个排队求诊的说："有什么大惊小怪的，医生又不是神仙，哪有包治百病的道理，死人也是常事。"

谷子听着硌耳，善意提醒他一句："郑郎中，医者仁心，有些话还是别嚷嚷为好。"

"你个兔崽子，我说什么出格的话了？用得着你教我！"郑大喆一拍桌子，跳起来指着他劈头盖脸一顿臭骂。

谷子也不饶人，跟他对骂起来："老不死的，你没本事也就罢了，起码的医德都没有，枉为医者！"

一些求诊者伸着脖子看热闹，看了一阵，几个人直摇头叹息。

红缨听不下去，从后台走过来劝两人息怒。

但两人都不听，仍然你一句、我一句对骂不止。她大喝一声："住嘴！一个个的，老的为老不尊，小的驴吃刺盖，想干啥！"

她这一声喝，气势威严，两边顿时止住了对骂，各自气鼓鼓地做事。

一顿饭的工夫，知苦黑着脸匆匆返回医馆，靠着柜台埋头写下一方，交给谷子，让他抓好药速速送到某府。

谷子闷声闷气，一声不吭。

知苦骂了一句："焉不兮兮的，秋霜打了？"

谷子使性败气地抓好药，转过头去。

知苦回过头问郑大喆："你是不是给那个病家开的桂枝汤？"

郑大喆头也不抬地说："是啊，怎么了？太阳中风证，不投桂枝投麻黄啊。"

知苦惊讶地看了他一眼，有点生气地说："你啊你，让我说什么好呢！用药当审证求因，胃痛咋就会看成表寒，把人家整成胃出血，差点闹出人命来。"

原来，这个患者素有胃疾，平时胃隐隐作痛、恶心想吐，也有发热、恶寒、出汗诸症候，类似太阳中风证，郑大喆审病不慎，错投桂枝汤，胃里的热毒腐血破溃而出，病情恶化，若不及时救治，必出血而死。医家都懂得，经书上说"凡服桂枝汤吐者，其后必吐脓血也。"

郑大喆气鼓鼓地站起来，一手卡着腰说："误诊也是常有的事，你能保证十拿九稳？你神医啊，多了不起！"

知苦被噎得一愣，这个郑大喆越来越离谱了，差点把患者治坏，他还有理了，心里有气，便不客气地说："人命至重，一丝不苟尚且出错，岂可拿误诊的理由搪塞？一错再错，有违医道啊。"

"你们伙计也汪汪，掌柜也汪汪，有完没完！"郑大喆依然不依不饶地吵。

自打郑大喆来到医馆，知苦从没跟他红过脸，哪怕他有些事不上心，经常要为他善后，知苦也没有过怨言，今天平白无故听他这一说，心里便堵得慌，没好气地说："你这人咋就不讲理呢，我还没说你啥，你还嚷嚷上了！"

"就你能，你了不起，老子不奉陪了。"郑大喆撂下一句话，扭头就走。

红缨听了半天，也不去劝，等郑大喆走了，才长舒一口气说："瘟神终于走了。"

她跟知苦讲谷子跟郑大喆吵架的经过，知苦听着，心里真不是滋味，平日里一个好端端的人，怎么这么多心眼！

红缨见他愀然不乐，拽着他的胳膊说："甘先生，你就教我学医吧，学会了我替你坐堂。"

知苦转嗔为笑，说："算了吧，你这徒弟收不起，还是舞枪弄棒当女侠去吧。"

红缨哼了一声，说："小看人，不跟你说了。"

次日，郑大喆没来。谷子和红缨格外高兴。

又一天，他还是没来。知苦于心不忍，想把他找回来。结果，谷子不高兴，红缨也不乐意，只好由他去了。

接连几日，宁青梅看他心情郁闷，猜他是为郑大喆的事心烦，这个儿子别的都好说，就是心太善，她劝说："有些人你对他好，他知恩；有些人就是白眼狼，升米恩，斗米仇，时间长了，他会把这种恩情当成理所当然，一旦不顺意，立马心生怨恨。儿啊，你要记住，这种人，帮是情分，不帮是本分。"

知苦想想郑大喆的为人，还真是有点心胸狭隘，对他好，他觉得理所当然，对他不好，他就滋生怨念。想明白了，遂放下这桩烦心事。

3

冬至后，天气骤然转冷，数九寒天，阴湿寒凉，阳气不振，生病的人就多了起来。少了郑大喆坐堂，知苦既忙里，又忙外，有点顾此失彼。宁青梅看在眼里，有点心疼，劝他说，你已是青囊门掌门，可以招收弟子了。

知苦想了想，也觉得有道理，平常倒也有人上门拜师，可医家收徒并非易事，既要有天赋，还得看品行，一时半刻也找不出合适的，他就没有急于招收徒弟。

有时候，知苦出诊，患者前来求诊等不住，谷子试着用知苦平常教给他的汤头歌开出几方，倒也屡屡见效，便有几分得意。有的患者称他"谷子先生"，他听着十分受用，骨头都酥软了。遂生出跟知苦学医的想法，只是不便说出来。

知苦坐堂时，有患者前来复诊，说到吃了谷子开的药，效果不错。知苦笑笑，便朝谷子望去。谷子自知理亏，偷偷瞄了一眼，赶忙低下了头。

知苦渐渐明白了他的心机。谷子从十一二岁进医馆抓药，算来也是七八个年头了，按理说，从抓药、制药到用药，他熟知药性和药理，具备了学医的基础，常见的风寒邪侵，按"汤头歌"照方抓药，大都不成问题。如果在缺医少药的乡下，谷子的本事，可以当一个好乡医了。知苦也有过教他医术的打算，但再三考虑，谷子先天不足，缺乏悟性，离医家还是有很大的距离，只是勉强称之为"徒工"的水平。如果让他专心制药，可能会成为行家里手。

一天晚饭时，知苦特意把谷子和红缨叫来与家人共餐。席间，知苦闲聊似的说，最近常有人前来拜师，思之良久，济困扶危非一人之力，须有传习广布，我有意收两个徒弟，大家意下如何？

谷子一听，急切说："掌柜的，我想学。"

知苦笑笑，没有说行，也没说不行。起身拿过一本《伤寒论》，对他说："你若把这本书背熟悟透，可以考虑。"

谷子挠着头说："掌柜的，你知道我肚子里没几点墨水，还不如言传身教指点我一二呢。"

知苦严肃地说："学医不读典籍，等于盲人摸象。病邪无状，变化难极，非才高妙识，很难见病知源，施以药石。面对疑难杂症，首先要学会'辨证施治'，简简单单的四个字，说起来容易，临症却难倒无数医家。《大医精诚》中说，'学不贯今古，识不通天人，才不近仙，心不近佛者，宁耕田织布取衣食耳，断不可作医以误世！'"

谷子是跟着知苦走过来的，知道学医的艰难，听他说得这么深奥，原先的那点小心思顿时像泄了气的皮球，再也不敢逞能了。

知苦又说："过几天我要公开面试弟子，你看着办。"

谷子硬着头皮接过书，说："我试试。"

红缨嘻笑问："那我呢？"

知苦想了想说："你想学医，专学女科吧，如何？"

红缨摇摇头说："还是算了吧，一读书我头就大，你还是抽时间教我几个治疗跌打损伤的秘方吧。"

知苦呵呵一笑，早已看出她的心性不在于此，笑应了一声。

"甘之堂"招收徒弟的消息传出没几天，就有数十名应征者前来报名。经过再三筛选，只留下十来人参加应试。

知苦举办了一次别开生面的招收弟子面试。他出了一个题目：有一个十恶不赦的大恶人，也是医家的仇人，患了不治之症前来求诊，医家治还是不治？

这个问题，实际也是他祖父曾遇到的真实案例。他的祖父甘草成名后，在太平堡创办"甘之堂"，有个抢掠过太平堡的土匪上门求治，祖父救了他；还有一位驻守高台、恶名昭著的将军身患绝症求治，祖父本想借治病为名为民除害，结果以毒攻毒，弄巧成拙，这位将军的绝症反而得治，然后幡然悔过，从严治军，守护百姓，在一场激战中杀身成仁。多年来，他一直在治与不治的问题上十分纠结，始终找不到合情合理的答案。

前来应试的十多个后生顿时议论纷纷，有人说不治，有人说治。知苦把他们分成两组，让两组人展开辩论，各陈其词。

论"不治"的一方认为，善有善终，恶有恶报，自作孽不可活，望其速死是他应得的结果。

论"治"的一方认为，上天有好生之德，医家存父母之心，应该给他一个改过自新的机会。

两方唇枪舌剑，各不相让，喋喋争论不休。知苦拎一把紫砂壶，站在一旁喝茶，静观各方表现，不置一词。宁青梅、红缨也在一边看热闹。

等到双方都争论得口干舌燥时，他摆手叫停，盯着一个大脑袋的少年问："你叫什么？何方人氏？为何坚持要治？"

这个少年上前一步，侃侃而谈："在下徐长卿，肃州人，生于读书人家，平素爱读闲书，尤喜医书。医圣说，医者济世活人，司命之圣人，须发大慈恻隐之心，没有菩萨心肠，当个好医家实属万难。药王孙思邈有言，'若有疾厄来求救者，不得问贵贱贫富，长幼妍媸，怨亲善友，华夷愚智，普同一等，皆如至亲之想。亦不得瞻前顾后，自虑吉凶，护惜身命。见彼苦恼，若己有之，深心凄怆。勿避险巇、昼夜寒暑、饥渴疲劳，一心赴救，无作功夫形迹之心，如此可为苍生大医，反此则是含灵巨贼。'故此人尽管万恶不赦，在医家眼里就是个平常病人，是病人就必须救治。"

红缨在一边听得入迷，虽然不明其意，但背书背得如此好，她还是第一次见到，不由得失声叫好，知苦看了她一眼，她忙捂住嘴窃笑。

知苦也惊讶他如此好的记忆力，又问他："你能把药王孙思邈的《大医精诚》背下来？"

徐长卿红着脸点头称是。

知苦问："你花了多长时间？"

徐长卿说："读过两三遍就记住了。"

知苦心里再次惊叹，他原本觉得自己的记忆力就够好的了，没料到还有这奇人。又问他："那你还背会了哪些医书？"

徐长卿说："难经、伤寒、神农本草、脉诀，都能记诵一些，但仅会背而已，不解妙用。"

知苦额首赞许，心中已有定论。扫视众人一眼，说："这场面试，高下之分已决，想必众生都看得明白吧？为医者，德行第一，识见次之。有德无才，难成大医；有才无德，沦为恶医。天下英才众多，而适宜为医者全看造化，大家若有向医之心，日后勤勉为之吧。今天就选定徐长卿为吾门下弟子。"

众人都觉得公允，纷纷向这个年轻后生道喜。谷子虽说心里有点别扭，但还是认可掌柜的选择，这个后生的确出类拔萃。

知苦招收弟子的消息很快传到郑大喆耳中，他便有点坐不住了。那天一赌气回去后，本来等着知苦来请他，结果落了空。后来问询了几家医馆药铺，都没有着落，自己想开药铺又没有本钱，过了一段时间，郑大喆实在无奈了，自个儿跑到"甘之堂"，请求知苦给他一个机会。

知苦原本不想用他，又看他生活窘迫，心一软，还是收留了他。

郑大喆双手抱拳，眯眼嘻笑，对所有人拱手抱拳说"关照关照"。

谷子冷哼一声，悄声咕哝："十个眯缝九个奸，没安好心。"

红缨掩嘴嗤嗤地笑。

看到郑大喆的拮据，知苦又想到了索维娅。一个女人独自在外面打拼，真不容易。他好几多次劝她到医馆来帮忙，她倔强地拒绝了。知苦一想到她，心里就有一种说不出的钝痛。

他转身吩咐谷子去安芸儿家的杂货店买点米面杂货，送到西域客栈。这是他唯一能为索维娅尽的一点心意了。

谷子答应一声，开开心心去找安芸儿。

4

四月初八的"浴佛节"前一天，徐长卿约红缨去逛庙会，她答应了。

每年这一天，石佛寺都举办盛大庙会，请远近闻名的戏班子前来演戏酬神，还有杂耍的、玩枪弄棒的、打卦算命的、卖地方小吃的，三教九流，无所不有。无数商贩摆摊设点售卖奇珍异物、家常用品，远远近近的人们会放下忙碌的活计前来赶热闹，也是青年男女约会游玩的好时机。

这天，医馆休业，知苦给他们开了工钱，让他们尽情去闲逛。红缨攒掇他一同去逛庙会，他笑了笑，拱手相拒。红缨佯作嗔怒说，你咋就这么迂呢，逛个庙会也放不下架子。知苦说，年轻人的事，我呢，要陪着家人逛街。红缨呶了呶嘴。

一早，徐长卿等在约好的地方。一会儿，谷子也来了。

又一会儿，红缨出现在他们面前，两人相互瞅瞅，才明白是咋回事。

"干嘛这表情？"红缨奇怪地望望他们两个。

徐长卿洒脱惯了，毫不走心地说："走吧，带你们吃好吃的去。"

三个人只好各怀心事地往前走。穿过密集的人群，他们走到石佛寺山门一侧，沿街排着一长溜小吃摊点，凉粉、油糕、煎饼、凉面、卤猪肉、烤地瓜、小笼包子、烤羊肉串、爆玉米花、杏皮茶、灰豆汤……远望热气腾腾，近闻芳香四溢，摊主尽着嗓子高声叫卖，禁不住馋虫的小孩首先拉着大人往前面凑，约会中的青年男子更是找到了大献殷勤的机会。

徐长卿转头笑嘻嘻问红缨："红缨姑娘，想吃什么？"

谷子不待红缨回答，一拐她的胳膊，说："走，我带你吃凉粉。"

红缨甩开他的手，径自走到一个油糕摊前。徐长卿赶忙上前一步，说："来两个油糕。"

谷子的脸色便有点挂不住，黑着脸，冷笑着说："哼，有些人献起殷情来狗腿子似的。"

红缨捂着嘴笑，没说什么。

旁边有卖小笼包子的，徐长卿和谷子闷着头，在长凳上坐下来，各要了一份包子和一碗小米粥。忽然，一个熟悉声音叫："谷子，是你啊！"

谷子抬头一看，卖包子的原来是安芸儿。她围着围裙，包着纱巾，所以没认出来。

芸儿摘下纱巾，嫣然一笑，说："来来来，尝尝我做的红糖包子如何。"说着，端上一笼冒着热气的包子。

说完，盯了谷子和红缨一眼，眼神十分复杂，谷子脖子一缩，尴尬解释道："芸儿，这个……这个凑巧了……"

安芸儿有些怨恨地冷哼一声，继续忙自己的。

红缨与徐长卿低着头吃起了红糖包子，也没搭理他们。

这时，一个乡下女人带着个黑瘦的小男孩走过，小男孩在一旁抿着指头，眼热地望着。谷子看到了，从面前抓起两个包子，起身走过去，递到孩子手里。孩子欢喜地赶忙给他鞠躬行礼。

徐长卿看了一眼，跟他较劲似的，拿过刚煎好的油糕，也塞给孩子。乡下女人拉着孩子，感激地再三道谢。

他们吃过小吃，随意地走走看看，从南头走到北头，有许多卖锅碗瓢盆、菜刀剪子、针头线脑、小儿玩具、胭脂水粉等日用品的地摊，一路过去，各自买了几样小玩意，听到戏台那边锣鼓响了起来，就往戏台那边走。

忽然，一声怪异的法螺声从一个角落里传来，他们顺着声音的方向望去，那里围着一群人。

红缨最爱看热闹，一转身，便朝那边走，徐长卿跟上去，谷子则留下来跟安芸儿解释什么。

红缨和徐长卿走近人群众，钻进去一看，一张又旧又破的小桌子后面，坐着一个穿着破旧布袍的光头小老头，桌子上摆着一叠黄裱纸和一些膏药散丸，看来是一个卖药的江湖游医。

最令人惊讶的是，桌旁那杆竖着的黄旗，旗杆上居然倒吊着一杯水，杯口覆一张黄裱纸，却滴水不漏。

他们惊讶地张大嘴巴，谁也不知道是怎么弄上去的。

小老头一双精明的眼睛扫扫全场，拿起手边的虎铃摇一摇，悠然念道："天圆地方，律令九章，捻笔在手，万病除殃。小医根治各种疑难杂症，药到病除。"

一个粗布衣衫的乡下老汉，指着手里拉的小男孩问："我这孙子头上的瘌痢能治好不？"

小老头起身看了一眼，说："给我一个铜板就能治好。"

乡下老汉将信将疑，但一个铜板还是付得起，便掏出交付与他。

小老头拿出一张黄裱氏，手持一根桃枝，蘸着桌上碟子里的朱砂画了一道符，将那枚铜钱包起纸符中，让小孩子踩在右脚下，然后敲了敲孩子的脑袋，闭眼轻声念了几句咒语，睁开眼，让孩子抬起脚来，捡起纸符。可是，打开一看，铜钱没了，纸符里包着一包黄色药粉。

"回家去用水调和，涂抹瘌痢，三五天即好。"小老头说。

乡下老汉还在犹豫，小老头又说："你的一个铜板我已还给你了，治不好不要钱。"

乡下老汉瞪着眼睛问："铜板呢？"

小老头呵呵一笑，指指他的裤兜。

乡下老汉一摸，果然掏出了一枚铜钱，疑为遇上了神仙，惊慌得连忙倒地叩头。

这时，一个声音传过："这应该叫祝由术吧？我家掌柜说过的。"

红缨抬头一看，居然是谷子在那里说话，他不知什么时候也溜过来了。

那个小老头听到了，歪着头看了他一眼，不屑地说："哦，还有个懂行的呢。我这'神不知'的名号可不是白混来的，你家掌柜再能，也没有我这本事。"

谷子嘀咕道："走江湖的郎中，谁知道是不是胡吹冒撩骗人钱财。"

"神不知"盯了他一眼，冷哼一声，扫一眼观众，指着一个大脖子的汉子让他站出来。那汉子嘿嘿笑着，走到小老头面前。

小老头用手在他的大脖子上一量，拿一张黄裱纸，剪一人形，吐口吐沫，往旗杆上一贴，又拿桃枝蘸朱砂在纸人的脖子上画了一个圆圈，取出一枚银针，口里喃喃念叨几声咒语，一针扎进画好的圆圈中。只听得那个旁边立着的大脖子汉子口中"唉哟"一声痛叫，血水和黄脓从大脖子上流了出来，滴滴答答流了一地。一会儿功夫，他的大脖子就渐渐消了下去，不细看根本看不出肿起的迹象。小老头又拿出几贴膏药，让那汉子回去自行贴上，三天即好。

在众人惊叹声中，小老头做完这些，仅收了十个铜板的膏药钱。

围观的众人看着，全都惊叹不已，信服了他的医术，纷纷上前找他治病。

"神不知"一指点谷子，说："咋样？让你家掌柜来给我提鞋吧，哈哈。"

谷子满脸涨得通红，却冷哼一声："你不过会点歪门邪道，有什么了不起！"

小老头阴恻恻看了他一眼，拈起一张黄符纸，吹了口气，嘴里嘀咕几下，黄符纸飞到谷子的身上，他顿时僵住了，手足不能动，嘴巴也说不出话来。

红缨和徐长卿大惊失色，赶忙出面求小老头放过谷子。

小老头打量他们一眼，摇摇头说："不行不行，谁让他口无遮拦。"然后，不再理睬他们。

这一切，恰好被站在人群外围的甘知苦看了个正着。他带着紫苏和子康、小豆子闲逛，忽然听到人们纷纷议论有一个奇人"神不知"在一边治病，便走到这里，默默看了半天。

红缨转头看到他们，欣喜地叫了一声"甘大哥"。知苦点点头，小子康早已惨开双臂，小鸟一样朝她怀里扑去。

他走上前，愠怒地瞪了谷子一眼，然后拱手朝小老头行个见面礼说："先生高人，甘某管教弟子不善，代弟子向您赔罪。"

刚才他看着，就感到此人不凡，能够隔空治病，肯定是不世之传，常人难以妄想的。

"神不知"潦草地冲他摆了摆手，也不多言，继续给他人诊病。

知苦站在一旁耐心地看，此人诊病治疗却不似传统医家望闻问切的套路，只要朝病家患处一摸，然后画一道符，念一通咒语，病家就能得以治疗。这种治疗方式应该是祝由术，但与他跟张真人所学又不一样。

一直等他忙完，知苦才走上前，谦恭地拱手一揖，说："请先生高抬贵手，放过弟子吧！"

"神不知"冷嚎一声、念一声咒，轻轻一挥手，黄符纸化作一缕青烟，谷子顿时能活动了，睁眼瞪着"神不知"，一时无语。

知苦看他确实有些手段，一心想结交，便诚恳说道："先生有空否？能否请您吃顿便饭？"

"神不知"警惕地看了他一眼，不客气地说："你我素不相识，免了。"

知苦神色略显尴尬，继而又问："恕在下孤陋寡闻，请问先生这身本事师出何门？"

"神不知"不悦地说："有病看病，无病走路，别说这些无关紧要的。"

知苦心知他是不愿透露根底，也不勉强。这其实也是祝由一科神秘存在的根本。

"能不能请先生明示，你这本事怎么跟道家祝由术不太一样？"知苦耐着心又问。

"神不知"脸色一沉，冷冷说："你只知其一，不知其二，哪晓得祝由术有多少分支！前朝宫廷太医院，能当祝由师的没几分真本事能立得住足？"

知苦知其不便明示，笑了笑，冲他点点头。这个冷傲、落魄而又执拗的祝由师，在他心目中就像一块误入人间的天外陨石，本色、幽暗、特异的光芒虽不耀眼，却令人肃然起敬。

然后，朝他抱拳一举，恭敬地说："打扰了！"

说罢，转身便走。其他人紧随着走出人群。

一路上，知苦一直出神地想，一个民间高人随便出手就能颠覆传统医家的认知，门派林立的家传庭训又阻断了多少好东西的传承因袭，歧黄之术传承到我辈手里还剩下有几分？这个"神不知"，人道其神秘，是因为根本就不知道人家的境界有多高，就好比一个人站在山下望山，看到的只是表象。

直到走到医馆前，他转身，神色冷峻地对谷子和徐长卿说："医无止境，哪怕江湖游医有一技高于己，虽千里之遥，亦当登门求教。"

说罢，负手进了家门，留下他们面面相觑。

5

见识了"神不知"的医术，知苦突然感到自己掌握的医术并不完善，仿佛远方有一种未知的东西向他招手，等待他去发掘、传承和拥有，他迫切想走出去，见识一下外面的世界，而随后发生的一件事，更是坚定了他的想法。

有一天，肃州官府召集众医家宣讲时事，这种会议不过是例行公事，没多大意义。开会前，甘知苦与杨祝山等一群医家相聚闲聊，杨祝山说到一个医案：清水堡王员外之子得了一个怪病，病发之时，总觉腹内热闷，似有虫子爬行，胸胁支满，痛不可忍，人憔悴欲死，求遍诸多医家，百治无效。有一天，有铃医手摇串铃走过门前，王员外抱着试一试的想法邀请到家中，这位铃医一看病人的状况，便断定中了蛇蛊。王员外问他能治否，铃医抬头望天，沉吟不语。王员外一看他的神态，马上明白是索要酬金，便差人送上百两白银，铃医随后便给出治病之术。诸位猜一下，会是怎样的方子？几位医家想了半天，对这种病症毫无头绪。杨祝山接着说，铃医只是让患者喝两斤黑醋，肛门里塞三个鸡蛋，然后把鸡蛋拉出来即可。你还别说，这个铃医的办法还真神效，患者照法用黑醋后一个时辰，腹中一阵疼，居然拉出来一窝小蛇。铃医迅速把蛇投入准备好的木炭火中，挣扎许久才烧成灰烬，恶臭无比。铃医说声"出洞了"，随后王员外的儿子便痊愈。

众医家啧啧称奇，这个医案的确奇特，用传统医术确实解决不了问题，而铃医用两斤黑醋、三个鸡蛋居然治好了。

说到铃医，知苦不由得想起了刘罗锅和张三分，虽然他们没有师徒名分，但他的确是跟两位铃医学到了真正治病救人的好东西。铃医的用药和治疗都是生活中积淀的经验，在正统医家眼里，他们不过是一群能言善辩的卖嘴郎中而已，而千百年来，江湖郎中的手段得以延续，自有它存在的理由。

杨祝山又说，世人买不起药、看不起病的人居多，尤其远乡僻壤的百姓，生病宁可死扛，也不愿花钱就医，铃医治病简、廉、效，百姓认可。

杨祝山这番话对知苦触动极大，他又想起王世琳的教诲："做一个好医家，必须要有悲天悯人、仁民爱物的情怀。"一直以来，生活总是动荡不安，无法付诸实践，现在终于安定了，可以走村串巷，游走四方，一边看病，一边寻访民间高人，多学一些活人救命的本事了。

打定主意，知苦便把自己的想法告知了母亲和紫苏。

作为过来人，宁青梅清楚心境对一个医家无比重要，一旦心境坏了，医术只能止步于此，她沉默了一阵，徐徐说："之前，你走的路有些太顺，你的心境已经不稳，的确需要去磨练一番，可是，齐天寒余患不得不防，况且，江湖中也有不少人知道你有《青囊诀》传承，切不可贸然出头啊。"

知苦说："谨记母亲教诲！我带徐长卿悄悄出发，只要不太招摇，应该可以自保。倒是你们，我还有些不放心呢，我会给闻四爷打声招呼，让青帮暗中照顾一下你们。"

宁青梅点了点头说："这样吧，让洛青风暗中保护你们吧，她既然弃暗投明，就让她做点正事。"

洛青风被宁青梅收服后，终于知晓了青囊门的一些内幕和宁青梅一家的遭遇，对齐天寒的为人十分不齿，最终决定效忠宁青梅，护她一家安好。

知苦知道母亲不放心他，便答应下来。

临行前，宁青梅依然不放心，又把白莲教的防身秘药传给了他。这个秘方由丁香、麝香、大麻、曼陀罗、云实、天仙子、山奈、迷身草八味药混合而成，遇敌撒向面部，闻之即可神志不清，任其左右。

知苦临行前把医馆的事务托付给母亲宁青梅，关照有了身孕的紫苏注意静养，又拜托闻四爷多加维护，然后收拾一些膏丸散剂和常用药物，带着徐长卿出门了。

他们背着药箱，向东方步行。正是庄稼生长的季节，田野里麦苗毳毳，豆花皎皎，空气中氤氲着淡淡的花草香，处处都是生长的气息。

知苦腿脚不便，走得慢，两日功夫，才走了几十里路，到了一个马营的村子。

村庄外围是一人多高的土夯庄墙，村里有百来户人家，三两户一处，都是低矮的土坯房，各有一个小院子，房子周边码着柴草，在外边种着菜。

村中一棵高大的杨树下，一群老头老婆子正在乘凉闲谝，看到知苦和徐长卿走来，好奇地朝他们张望。

徐长卿摇了摇串铃，那群人恍然道："郎中来了。"

徐长卿说："大爷、大娘，咱们是甘之堂的郎中，路过贵地，请行个方便。"

一个老头抬头望了望他俩，语气不善地说："甘之堂是肃州城里的大医馆，乐善好施，收费低廉，名气大着呢，你俩就别拉虎皮唱大戏了。"

"是啊，张员外的儿媳病得就快死了，还是拉到肃州找甘之堂的神医治好的呢，你们也不照照镜子，哪点像甘之堂的郎中。"

"我二女婿家的舅舅的大爷前几天还找到甘之堂看病，要不把他找来认一认，是不是甘之堂的郎中？"

众人三言两语质疑他们，徐长卿先沉不住气了，大声分辨说："这就是甘之堂的甘先生，你们不信，可以请人来对证。"

知苦本不想声张，可徐长卿已经说出了口，他也不好隐藏，冲众人抱拳说："各位乡亲，我今天一不卖药，二不收诊费，谁家有病人就先瞧瞧，瞧好了算缘分，瞧不好各走各的，两不相干，如何？"

那群老头老婆子也不避他们，大声嚷嚷说，听听，看病不要钱，多好的事，沙疙瘩，你家二壮的婆姨不是病着吗，让他们瞧瞧。

那个叫沙疙瘩的老头只当是有人打趣他，反驳说，周老婆子，你家的大儿子不是肚子长了个东西吗，这么便宜的郎中找上门，还不快请去瞧瞧。

"也是啊，防不住就碰上个能治病的呢。"那个叫周老婆子的喜滋滋站起身，理所当然地招呼他们，"喂，你们跟我走，看看我大儿子的病去。"

眼看着被这群人小看，徐长卿气鼓鼓的，还想说什么，知苦给他使了个眼色，便跟着周老婆子往她家走去。

那些老头老婆子闲着没事，也跟去看热闹。

一群人相拥着进了周家的院子，周老婆子向屋檐下坐着的大儿子说："老大，两个路过的郎中，给你请来瞧瞧。"

一个四十来岁的汉子脸色黑黄，没精打采地说："看来看去，还是没盼头啊，好不了了。"

众人纷纷劝说："周老大，郎中都上门来了，不要钱，你就让诊断一下吧。"

知苦上前说："啥样的难治之症？不妨让我先瞧瞧如何？"

周老大已经是求医诊治无望了，也不反对，就伸出手让他把脉。

知苦拉过个小凳子坐在他对面，拉过他的手，把了两手的脉，全都是浮紧洪大脉象，又看了看他的舌苔，断定说："脾土不安，肝木不舒，癥瘕之症，肚子里莫不是觉得有个东西动来动去？"

周老大萎靡的神情忽地一振，抬头望了望周老婆子。

周老婆子也样睁大了眼睛，直戳戳说："我没说什么呀，郎中脉诊出来的。"

跟着来的一群老头老婆子纷纷称奇，刚才他们的确没说什么，这个郎中把个脉就能把出病来，看来不简单。

周老大信了知苦的诊断，述说自己的病情："肚子里像是长了个东西，刚开始似痛不痛，似动不动，一饿就疼，吃过东西疼痛稍好，后来吃了东西也疼，疼痛的时候，用手去摸，感觉像摸着鳖背，还有四足一齐乱动。"

知苦点头说："当时得病时，莫不是正吃东西，忽然遇上了惊骇之事，或骤然生气，然后就感觉有东西沉在了胃里？"

周老大惊讶地张大了嘴巴："郎中，我咋得病的你都把脉把出来了？真是奇了！我这病，说来话长，去年冬天吃席，刚吃了一块羊肉，突然听到我家的牛被贼偷了，心里一急，这块肉就沉在肚子里。后来看了好多郎中，都说这块肉坏了事，渐渐变成了虫子，取不出来了。"

知苦顿时清楚了，这是典型的癥瘕之症，他又让徐长卿也摸了摸脉。徐长卿知道是师父在现场教他东西，郑重地把了一会儿脉。

知苦向众人解说得病缘由："此症是虫症，但又不完全是虫症。患者饮食之时，突然遇到了惊骇之事，遂停滞不化，气结不散。少阳胆气，主生发也，一遇惊则其气郁结不伸。胆与肝为表里，胆病而肝亦病，必加怒于脾胃之土。脾胃畏木气之旺，不能消化糟粕，于是木土之气两停于肠胃之间，遂成癥瘕而不可解也。治法必去惊骇之气，大培脾胃之土，则癥瘕不攻自散也。"

他这番话是对众人说的，实则是说给徐长卿听，师带徒就是在言传身教让他渐渐受益。

徐长卿听得十分认真，连连点头，听明白了师父的教导。

周老大虽然听得迷迷糊糊，但知道遇上了高人，能说明白他的得病缘由，还能说出治法，已经让他万分惊讶，他顿时看到了生的希望，连忙跪倒在地，磕头道："神医啊，求求救我一命吧，我上有老下有小，还不能死啊。"

从失望中走过来的人，对生命的渴望比常人更执着。知苦懂得这个人心，他也没劝阻，让他磕了几个头，扶起他说："我可以给你两粒杀虫化瘕丹，先把虫秽之物打下来，但后续还需用药大培脾土，你得自己去买药，如果别处不可信，你拿我开的方子去甘之堂可给你优惠。"

知苦从药箱中取出两粒梧子大的丹药，递给周老大，让他即刻服下。

又告诉他，约两个时辰会有腹疼，切不可饮食饮水，如口渴，再服一粒，随后会有秽物排出。

回头又向徐长卿说："这个杀虫化瘕丹，由榧子、白薇、雷丸、神曲、槟榔、使君子、白术、人参八味药组成，你可知组方法则？"

徐长卿没料到师父突然考问他，吱唔道："这方剂中，榧子、白薇、雷丸、神曲、槟榔、使君子都是杀虫之药，白术、人参健脾培土……"

知苦说："此方神奇，就因为方中尽是杀虫之味，用之于人参、白术之中，且以二味为君主之药，这就好比冲锋破阵之帅，必得仁圣之君，智谋之相，筹划于尊俎之间，始能奏凯成功耳，假如不用人参、白术，只用杀虫之味，虽然也有功效，但斩杀过伤，自损亦甚，并非十全之师。"

这一番说教，不但徐长卿听着受益，众人都听得明白晓畅。

此时，那群老头老婆子终于相信，原来真是甘之堂的坐堂先生来了，于是，纷纷争抢着，要请甘知苦去看病。

6

知苦和徐长卿在马营村停留了几天，诊治不少沉疴在身的患者，乡亲欢喜得不行，拿出家里最好的东西热情地招待他们。知苦和徐长卿不便久留，悄悄离开马营，继续前行。而洛青风则暗中随行，时刻关注着可疑的人员靠近知苦师徒俩，不过，随行了数日，看他们行事低调谨慎，觉得没必要跟随了，就独自回去复命。

他们每到一处，乡里百姓都像马营村一样不相信"甘之堂"的先生会跑来义诊，结果治愈一两个患者后纷纷抢着请他们去诊病。

他们像铃医一样逐村游走，短则三五天，长则十天半月，所到之处，都把他们当贵人对待。乡间的穷苦人家，平常穿衣吃饭都难以维持，生了病更是无钱医治，大都寻着口耳相传的偏方凑合，现在有医家送医送药上门，百姓争着抢着求他们诊治。知苦践行铃医之术，简简单单一两味药，针灸熏贴不用花一文钱，每次出手都有神效，医好的百姓到处传诵他们的功德，称他们是老天爷派来的"神医"。

徐长卿欢喜得不行，喜孜孜说："哈哈，当神医感觉不错噢。"

知苦瞪了他一眼说："别人夸你两句，你还真把尾巴翘天上去了。"

徐长卿嘿嘿笑说："且不说别的，咱们每天诊治的病患都有几十人，神仙手段也不过如此吧。"

知苦看了他一眼，肃然说："唉，亏你把医圣、药王的书倒背如流，你还是没明白'苍生大医'的含义。古人有言，'良医处世，不矜名，不计利，此其立德也；挽回造化，立起沉疴，此其立功也；阐发蕴奥，聿著方书，此其立言也，一艺而三善咸备。'还未行医就把名利看重，有违医者本心。"

徐长卿顿时脸红了，不好意思地说："师父教训得是，是我张狂了。"

知苦没有刻意教导他什么，只是以自身的言外循循善诱，让弟子自己去感悟。

这一天，他们行至凉州地界，走进一个叫折兰寨的村子。周边是山地，村旁有条小河，人家房前屋后栽种着杨树、榆树，只有几十户人家，散布在一段古城墙的下边。进了村，徐长卿发现，村人不少是黄发蓝眼、鼻子高挺，大异于汉民。与他们攀谈，也是满口方言土语，听不明白他们说什么。一个瘦高个的老汉看他们背着药箱，猜他们是郎中，指着不远处一院篱笆围拢的房子说："咱们村也有个郎中，姓陆，医术了得，村人全靠他治疗。"

知苦原本打算稍事休息便继续前行，一听这个陆郎中，顿时来了兴趣，催促徐长卿向小院走去。

小院的柴门大开着，知苦和徐长卿一前一后进了门，先看到一边院子的花花草草，长得十分茂盛，有蔬菜，也有药材，还有几株枸杞和山楂，看样子主人十分勤快。堂屋门前支着一张条桌，有几个人围在旁边，一个四十多岁的儒雅男人端坐条桌正中，正在为一个女人怀抱中的小儿诊断。这大概就是陆郎中了。

知苦和徐长卿站在一边看着，没有吭声。陆郎中抬头看了他们一眼，也没有说话。

很快，陆郎中诊断完毕，说："惊风发热症。小商，取一丸药来。"又嘱咐女人，"回去后，先用清茶化半粒丸药灌服，如果一次不好，再服半粒便可痊愈。"

一个清秀的男孩从屋里出来，拿着一粒樱桃大小的乌黑丸药，随手在桌上抽一张麻纸包好，递给女人。

女人拿了药，付了几文钱，道谢离去。

知苦有些惊讶，虽然没有亲自鉴定药丸，但他看得出，这位陆郎中用的是铃医的截药名方蜜犀丸。有歌诀云：半身不遂口眼斜，蜜犀丸下患即瘥。小儿惊风发热搐，只需清茶服半粒。这个丸药由槐角、当归、川乌、玄参、麻黄、茯苓、防风、薄荷、甘草、皂角、冰片十二味药组成，专治中风证和小儿惊风。

接着，一个衣衫褴褛的男人坐在陆郎中对面，绾起裤腿，指着腿上一处化脓的伤疤说："陆郎中，割草时不小心划一刀，敷了艾草灰没长好，你再给看看。"

艾草灰止血，平民百姓没钱医治，平常都这么用不花钱的偏方自治。

陆郎中低头看了一眼，又叫那个叫小商的孩子过来看了看。

小商声音清脆地说："贺大叔，你回去剪一把沙枣刺，采一把黄花子，挖一点马半肠根熬汤喝两天，再把黄花子砸烂敷上，三五天就好了。"

"真的？不花钱？"

"真的。"小商天真地笑着说，露出一口洁白的牙。

被称作贺大叔的汉子放下一文钱，欢欢喜喜走了。

徐长卿以为是土方子，不屑地嘀咕道："用玉红膏不是更利索嘛。"

知苦恨不得抽他一嘴巴。这孩子的用药看似很土，却化自名方托毒排脓散：皂角刺、蒲公英、黄芪。只不过用沙枣刺代替了皂角刺，黄花子就是蒲公英，马半肠根即是黄芪。更可贵的是这家人心善，不愿让穷苦百姓多花钱，就地取材，让他们自己配药，同样可达治病的效果。他有点欣赏这个孩子了，很想跟陆郎中和小商探讨一下这个配伍用药。可是，马上又来了患者。

一个穿对襟袄的老婆子抱着哇哇嚎叫的碎娃娃慌慌张张跑来，边跑边喊："陆郎中，快给我家宝宝看看，被狗吓着了。"

陆郎中坐着没动，淡淡说："别慌，别慌，多大个事。小商，你给看看。"

小商上前看了看老婆子怀抱中的婴儿，身体一抽一抽地，的确是吓着了。他摸了摸婴儿的头，笑着说："没多大事。"

说罢，转身进了屋，拿了个小瓷碗出来，碗里盛着浅浅一点开水，另一只手拿着个银簪子，在水里不停地搅动，搅了一会，滴出水滴试了下水温，说："让娃娃喝下去。"

"我就说嘛，还是小商聪明，将来肯定是个神医。"老婆子一边夸小商一边接过水碗，哄着娃娃喝了两口，一会儿，娃娃不抽搐了，也住了哭声。

小商说："回去抓七只蛐蛐，摘七片薄荷叶，熬水喂给宝宝，夜里就不闹了。"

老婆子放下一文钱，欢喜地夸赞着小商，抱着孩子走了。

徐长卿惊讶地嘀咕道："咦，这是啥治法？"

知苦实在忍不住，在他后脑勺拍了一把，低声喝道："不懂就好好看着，听着！"

小商用的这个土方，其实也有来头，叫"蝉蜕散"，是治小儿惊风名方，只不过，他把蝉蜕换成了蛐蛐。中医有"取类比象"的法则，蝉白天聒噪，晚上安静，所以就能治白天聒噪晚上夜啼不安的小孩儿。蛐蛐也是同理，白天活动，夜晚安静。

小商这个用药一下子惊到了甘知苦，他再也难以平静旁观，不由得叫了一声："好一个蝉蜕散！"

小商好奇地打量着知苦师徒俩，不解地问："你们……是求医？还是……？"

陆郎中早看到了他们身背的药箱，起身拱手道："方家上门，慢待了！二位是打桩？还是夹草？"

知苦听他说医行市语，意思是问他们是与人治病，还是买草药。他也回了一句："既不拢工（与人共治），也不货软（卖膏药），只是看看门道。"

"哈哈哈……同道中人，失敬！失敬！"陆郎中大笑说。

"在下甘知苦，在肃州甘之堂坐堂。这是我徒弟徐长卿。"知苦拱手作了自我介绍。

"在下草泽医陆善良，小儿陆商。"陆郎中也作了介绍。

陆商早已很有眼色地端来两杯茶，递给了知苦和徐长卿。

知苦点头称叹："真是个聪明伶俐的孩子！刚才几个方子化裁变通，用得有板有眼！"

陆善良请他们坐下，笑问："甘先生看出来了？"

"且不说蜜犀丸，那个托毒排脓散中用沙枣刺替皂角刺，用得甚妙，药性赋说'有刺能排脓'，亏得他有些奇妙联想；还有一句'黏泥拔毒功'，马半肠根即黄芪，既有拔毒之功，又有益气之效。蒲公英更不用说了，'叶边有刺皆消肿，叶中有浆拔毒功'，既能消肿拔毒，又能清热解毒，三味药相得益彰，共奏凯歌。最为奇特的是这个蝉蜕散，居然用取类比象法，把蝉蜕换成蛐蛐，功效如何先不说，用药思路绝对没错。就地取材，简便灵验，深得铃医精髓啊！"知苦一气说出刚才的想法。

陆善良满脸笑容，说："呵呵，甘先生谬赞！我这小儿吧，平时就是瞎琢磨，他把一些药方中的药材换成本地土生土长的草药，有时还真能见效，穷苦百姓有病也有了解决的法子。"

知苦称叹："陆先生人如其名，善心良术，大医精诚！"

"哪里哪里，甘先生过奖，不过是混口饭吃而已。"陆善良笑说。

知苦又想起刘罗锅说过的铃医等级的话，便问："冒昧问一声，陆先生是几顶几串几截？"

陆善良抱拳道："在下跟师数年，仅得五顶七串十八截。敢问甘先生几何？"

知苦笑而不语，掀起衣衫，露出缠在腰间的九星青囊。

陆善良认得是铃医的无且囊，曾听师父说过，见九星青囊如见掌门，顿时大惊失色，慌忙就要跪拜，知苦扶住他说："陆先生不可，闻道有先后，你已经很厉害了，我不过机缘巧合罢了。"

陆善良只好郑重地举手抱拳施了一礼，叫过小儿陆商，行了跪拜礼。

知苦有意考较一下陆商的学问，问道："你能琢磨用药，应知药性，可否说说你的对药性的认识？"

陆商腼腆一笑，说道："我所依据的仅是两首药性歌诀。"

说着，他又望了父亲一眼。陆善良说："无妨，甘先生是大师父，自己人。"

陆商便背了两首歌诀。

其一

> 大地生草木，性用各不同。
> 前人相传授，意在概括中。
> 生毛能消风，黏泥拔毒功；
> 中空能利水，有刺能排脓。
> 茎方善发散，骨圆退火红；
> 叶缺能止痛，蔓藤关节通；
> 色红主攻瘀，色白清肺宫；
> 味苦能泻火，味甘可补中；
> 酸敛涩止血，辛散咸润融；
> 最是辨形色，妙用自无穷。
> 采药贵时节，根薯应入冬；
> 茎叶宜盛夏，花在含苞中；
> 果实熟未老，核熟方有功。

其二

> 贴地贴泥退肿红，
>
> 方枝生毛能消风，
>
> 尖叶生刺除积痛，
>
> 枝红肉黄活血通。

知苦听罢，连连点头，这两首歌诀，是前人总结的"百草功能歌"的一部分，知晓的医家都把它当家传秘术，他不知道陆家从何得来，但这孩子能从两首歌诀悟出用药法则，确实是好悟性。他笑笑说，我再告诉你一首歌诀：

> 中空草木可治风，叶枝相对治见红，
>
> 叶边有刺皆消肿，叶中有浆拔毒功，
>
> 毒蛇咬伤就地医，内血面白必戒酒，
>
> 忍气吞声验内伤。

念出歌诀，又说，这首歌诀可在野外遇到突发疾病时进行自救，或者有现成药材可用时辨认草药治病。

陆商念了一遍便记住了，很懂规矩地跪拜道："谢大师赐教！"

看来这孩子是发自内心地喜欢学医，知苦拉着他的手，问道："陆商，你这么喜欢学医，为了啥？"

"学医谨遵医圣嘱，上以疗君亲之疾，下以救贫贱之厄。"陆商规规矩矩答道。

陆善良看知苦眉眼间尽是欣赏之意，便道："甘先生，在下有个不情之请，可否让小儿跟随你学习？"

知苦正有此意，只是不便说出，陆善良一说，他便爽快答应："好啊，这孩子我喜欢！只是要让他离开你，我有些于心不忍。"

陆善良笑说说："偏僻乡野，难成气候，他跟着你，那是一大造化，我更无牵挂，欢喜还来不及呢。"

陆商虽然还不清楚甘知苦医术如何，但看父亲对甘知苦敬重的态度，猜度甘知苦肯定医术非凡，稍稍纠结了一下，便倒头就拜："师父在上，请受徒儿一拜！"

接受了拜师礼，知苦无比欢畅，转头对陆善良说："陆先生成全我一个好徒弟，无以为报，传授先生几个秘方延寿保全吧。"

说罢，拿起条桌的笔，在麻纸上写下三方：

其一，普济丹，治一切瘟疫时气、昏迷头痛诸症：制大黄一两五钱、生大黄一两五钱、僵蚕三两、生姜汁捣糊为丸，重九分、五分、三分，凡三等。遇瘟疫时症，取无根井水服之，视病人老幼强弱，为多寡之准。

其二，截头风，治偏正头风，百药不效，一剂便愈：香白芷二两五钱、炒川芎一两、炒甘草一两、半生半熟川乌一两，共为末，每服一钱，细茶薄荷汤调服

其三，三两三，活血通络止痹痛：全当归一两、川芎一两、金银花一两、穿山甲三钱、三七三分。此五味将酒一碗，水两碗，合煎取一碗半，分两次温服。服第一次约经两个时辰后，伤者必然大便，若便中带血不必惊讶，继续二煎服下，次日必渐能行动，再将原方配服一剂，静养二至三天即可。

历代医家各承家技，秘不示人，甘知苦能传此保命三方，陆善良深知珍贵，赶忙拱手道谢。

静立在一旁急不可耐的徐长卿走上前向知苦道喜："恭贺师父再收高徒！"

陆商也上前与徐长卿行了师兄弟之礼，欢欢喜喜去与亲人道别。家人虽然有些不舍，但都知道，生活中遇到一个高明的师父十分不易，碰到甘知苦也许是这孩子的造化呢。

7

在折兰寨停留两日，知苦便带着两个徒弟继续前行，一路走，一路向两人传授医理药理，碰上当地有名气的医家便上门拜访一二，走走停停，十来天后，他们到达凉州城中。

凉州城的布局跟肃州、甘州相似，都是以钟鼓楼为中心，分东、西、南、北四大街，但城廓比两州略大，人口也显得稠密，钟鼓楼四周的街上人来人往，熙熙攘攘，杂货地摊处处可见。三人边走边看，只是方言土语有些不大明白，陆商便充当了通译。

一路行医施药，甘知苦所带药材短缺，需要补充些药材，陆商问了行人，打听到西大街的益春堂是最大的医馆，三人便奔益春堂而去。

益春堂约有三间房大，十分宽展。药柜的旁立着一只老虎和一只鹿的草心皮相模具，柜上子放着几个红漆盒子，上书"虎骨""鹿茸"。另一边立着一个两尺多高的瓶子，里面泡着发红的药酒，一支婴儿胳膊粗的人参清晰可见。柜台上置一广告木牌，写着：黄鹤丹十粒十五文；

健肾强身鹿参酒一斛二十文；延年益寿金液丹十粒五十文……

徐长卿看着眼睛发亮，他一路记录了一大摞纸，尤其是一些丹方膏剂，记录格外仔细，感叹说："咱们那些药丸散剂如果做出来，肯定能卖不少钱呢。"

甘知苦打了他一个夹脖子，说："倘使医技仅为谋生计，持药以糊口，只做个走街串巷卖药的郎中罢了。药方是死的，人是活的，医工若以病人之疾苦为己受，才能千方百计搜求愈病之法，久而行之，其术必日益完备，遣方用药方可出神入化。陆商就不错，懂得活学活用，你太浅薄了。"

徐长卿汗颜，嘿嘿一笑，再不敢提卖药赚钱的话题。

甘知苦写了一个药材单子，交给伙计抓药，他在医馆中四处看着，直感叹人家大医馆就是有底气。

走到坐堂先生面前，听到一个略为发胖的小伙子不停地埋怨坐堂先生。他停住脚，听了几句，大概是明白，这个胖小伙因为什么病，在这里看了好多天，吃了十来剂药都没见效，跟坐堂先生怼起来了。

知苦本不想干涉人家医馆的事务，可看那坐堂先生被怼得哑口无言，就多说了一句话："医家也不是包治百病的，你这小伙闹事毫无道理。"

胖小伙看了他一眼，呵呵一笑道："哟嗬，哪里来的瘸拐子，你能管得了小爷的事！"

陆商急忙过来，护在知苦前面，说："这位大哥，别介意啊，我师父也是心慈，善意提醒而已。"

知苦轻轻拨开陆商，厉声说："小伙子，求医就有个求医的样子，医家不欠你钱也不该你命，你这样的患者，天下医家没人肯治！"

胖小伙还要不依不饶地动粗，陪在他身边的一个白发老者看来是懂事理的，急忙拉住他喝了一句："住口！赶紧给蔡先生道歉！"

胖小伙极不情愿地向坐堂的蔡先生道了声歉。

白发老者又向蔡先生和甘知苦施礼道歉说："小儿患病多日，烦躁不安，请多包涵！"

知苦看这个老者为人还算谦和，就多问了一句："啥病治了这么久？"

蔡先生苦笑着说："下水不利，有半个月了，哪个通便方剂都无效，真是怪了。"

知苦说："冒昧打扰一下，能看看用过的药方吗？"

蔡先生端详他一眼，也没多说，从处方夹中抽出几张处方递给知苦。

知苦接过，扫了一眼，有五苓散、八正散、参苓白术散等利水通便的方剂，他就有些想不明白，这么多利尿的验方居然没一个应验。他端详了胖小伙一眼，忽然想到一个奇方，便说："我倒有一方可以一试。"

蔡先生没想到其貌不扬的甘知苦居然是个医家，连说两声"失敬失敬"。

白发老者和胖小伙顿时眼前一亮，急忙问："啥方子？"

"只有一味药，只是……有点贵。"知苦故意卖个关子。

"啥药？多少钱咱都愿意！"胖小伙大概受够了下水不利的苦，急忙表态。

一味药？众人都满怀期待，等他说出是什么奇药，可知苦并没说药，只说："十两银子。"

白发老者犹豫了一下，还是掏出十两银子放在桌上。

知苦四处瞅了瞅，又转到医馆门前看了看，指着坐在一旁阴凉处捉虱子的一个乞丐，对陆商耳语了一句，陆商眉头一皱，虽然心存疑惑，却也没多问，马上走过去，带回乞丐头戴的一顶破草帽。

知苦接着问蔡先生有没有煎药的地方。

蔡先生把他们带到后堂，指了指灶台。

知苦让陆商把草帽撕成片，用水煎。

陆商更加疑惑不解，难道这就是师父说的那味药？可他不好问出来，既然师父让他煎，他便开始煎草帽。

煮了一炷香的时间，陆商清出发黄的药汁，端了出来。

稍凉了一会，知苦说："喝下吧，不到半个时辰就通了。"

就这药？值十两银子？胖小伙嘟囔了一句，闻着散发着汗酸味的药汁，像饮仇恨似的，端起药碗，咕咚咕咚几口就喝干了。

众人都好奇这既贵重又奇特的药的效果，坐在医馆里等待。

这时，一个老婆子搀着一个老汉走进医馆，老汉精神萎靡，面带忧愁。

蔡先生忙向甘知苦解释了一句："那个老财主晚年得子，儿子出天花夭折了，老汉整日悲悲切切，不思饮食，病成了这样，无药可医了啊。"

知苦一边观察老汉的面色，一边冥思。

老汉一坐下来，就哭哭啼啼地抹眼泪，唠唠叨叨诉说："我的儿子没了，作孽啊，我的儿子咋就没了啊，我咋办啊……"

观察了一会，知苦心中渐渐明了，这老汉是情志受损、郁结成病，平常方剂根本无济于事。他倒是有张真人所传治情志病的天医之术，但遵张真人所嘱，很少显露。看这老汉晚年凄苦，他又于心不忍，低头想了一阵，终于想到了个法子，拉着蔡先生到了一边，悄悄说了几句，蔡先生似懂非懂地点点头，复又返回坐诊台前，对老汉说："王员外，你的病我束手无策，恰好你今天来得是时候，这位甘先生是高人，请他帮你瞧瞧如何？"

老汉心中悲凄，但意识清楚，他也是看遍了凉州的医家，实属无奈了，便听天由命地让知苦瞧病。

知苦郑重其事地把了半天脉，又看了看舌象，神色沉重地叹了一声："唉！气郁血结，神海晦涩，最多还有小一个月的气数了，早做打算吧。"

"啥？我还有不到一个月的寿命了？"老汉两眼露出惊恐之色，看着知苦问。

蔡先生帮腔说："你的病根你知道，再不治最多能活一个月，你想想，一月之期，你还能做些啥事。"

再次确证只有一月寿命，马上就要数着日子等待死亡，这个打击对谁也受不了，老汉顿时崩溃。

"不过，如果你能找够一味药，还是有一线希望的。"知苦慢悠悠说。

"啥药？我一定要找到。"老汉由失望到希望，一下子百感交集，有点着急地问。

知苦作沉思状，又摇摇头说："这味药也并非多难找，但估计你没有耐心坚持去找。"

老汉一下子跪倒在地，指天发誓："我小老儿发誓谨遵医嘱，坚持找到药材，如若不然，死无葬身之地。"

知苦扶起他，微笑说："两旬时间，你若能寻够上百个陈年草帽，这病便可治。要说的是，这草帽必须是陈年的啊，也就是有人戴过的一年以上，沾过头汗的，为了让你有足够的精力去找，给你开四十粒丸药，每天早晚各服一粒。"

知苦开好方，蔡先生从柜台那边取好了丸药，用麻纸包好，交给了他。

老汉付过药费，又感谢一番，迈开步子便走，也不用老婆子搀扶了。

等他们出了医馆，陆商按捺不住好奇心，忙问："师父，咋又是陈年草帽？这东西真有这么神奇？"

蔡先生和其他人也是满腹疑惑，等知苦说出奇妙之处。

结果，知苦哈哈一笑说："欲治其神，先劳其形，等到他寻够上百个陈年草帽，估计病也就好了。"

蔡先生一听，恍然大悟，欣然感叹道："甘先生不拘方而心中有方，大医也，在下受教了。"

知苦笑说："蔡先生看得明白，心病还需心药医，只有他自己放下了，这病才能好，靠药石无效。"

陆商又问："师父，前面那个胖小伙用破草帽煎药又是何意？"

他这一问，大家才注意到，好一会没见胖小伙了，不知他跑哪儿去了。

正说着，胖小伙蹬蹬蹬从外面跑进来了，哈哈大笑道："啊，舒畅，他妈的太舒畅！多少年了就这泡尿才像泡尿！"

众人听乐了，哄堂大笑。看他情形，肯定是去解决水火之急了，而且顺利地通了下水。

众人都望着甘知苦，想听他解说破草帽的妙用，可是，知苦只是掩嘴大笑，等笑够了，才说："其实，我也不明其故，只是记着有这么个偏方，顺手一用，古人诚不欺我。"

众人无语，一个来历不明的偏方就敢拿来治病，真应了铃医"单味一药，气死名医"的典故啊。

白发老者还是不放心，对于胖小子的病会不会复发仍心存疑虑，便向知苦施礼道："先生可否再施妙手，给小儿开一个调理之方？"

知苦也不推辞，拿笔写下一个利水神方——五苓散加减，递给蔡先生看了看，蔡先生点头称好，既然隆闭已经打开，剩下的就是利水的问题，持续用上几副药，这胖小子的问题应该可以痊愈了。

父子俩抓好药，向知苦道谢，知苦拿起放在桌上的银子塞到老汉手中，说："银子你收起来，我不过是为了刺激他一下，让他懂得尊重医者的道理罢了。"

白发老者坚辞不收，之前，为了看好儿子的病他花费的何止十两银子。但知苦说啥也不收。

这时，知苦要买的药材早已抓好，他要付账，白发老者赶忙上前替他付了，知苦也不勉强，道了谢，告别众人，出了医馆，开始找住宿的地方。

他们走了不远，就碰上一个车马店，在前台交了定金，要了两间客房。刚安置好，忽听一阵喧哗声，随后涌进了大帮人，携着锣儿钹儿、服装道具的，显然是个戏班子。

知苦傍在门口望了一眼，刚要转身，忽然看到一个熟悉的身影，开始只是疑惑，定睛一看，那个打杂的伙计还真是甘知信。

8

人生如行舟，如登山，前路茫茫，吉凶难测，一旦行差踏错，误入歧途，便没有了回头路。

甘知信正是如此，在太平堡赌博负债累累，无奈之下离家出走，后来到处流浪，好不容易寻到二哥甘知愚手下干事，日子刚刚有点好转，又被人教唆吸食"芙蓉膏"，欠下了烟馆一大笔银子，却不敢告知二哥，债主追债，他只好再次跑路。身无分文，举步维艰，他差点饿死在路边。幸好碰上一个秦腔班子路过，班主发善心，救了他一命。

无路可走的甘知信只得跟着戏班子混，在戏班子里打打杂，混口饭吃。

戏班子的班主有个女儿叫虎妞，人长得也真是虎，身体结实又刁蛮泼辣，好不容易找了个女婿，时间一长，忍不了她的臭脾气，跑了。甘知信到了戏班子，长相周正，还会点医术，已经人事的虎妞不甘寂寞，一眼就看上了他。此时的甘知信人穷志短，哪有选择的余地，况且，眼下的他一穷二白，根本娶不起老婆，有个现成的老婆送上门，他高兴还来不及呢。郎有情，妾有意，两人鬼混到了一起。结果，没过多久，甘知苦的小身板哪里经得起如狼似虎的虎妞夜夜折腾，事不遂愿，虎妞刁蛮泼辣的性子显露，稍有不顺，轻则骂，重则打，把甘知信收拾得服服帖帖，赌不敢沾了，烟也不敢吸了，奴仆一样围着她转。一年后，他们折腾出了个儿子，甘知信刚舒心几天，又得为了挣钱养家，到处找活干，把自己累成了一根麻杆。好在他还记住了甘家祖传的几个膏丸散剂之方，平常制作些药膏药丸，也能卖几个零花钱，虎妞对他才有了好脸色。

几杯水酒下肚，甘知信话便多了，把自己这几年的遭遇讲了出来，说完叹息一声："不怕你笑话，我就这命啊。"

知苦看他落魄的样子，不好再打击他。人啊，只有经历了失意，才懂得曾经拥有的珍贵。甘知信把自己折腾到今天的样子，都是由他不守心的性子造成的，知苦明白，好言难劝该死的鬼，凭自己几句话是劝说不了他的，他能不能重振信心，还是要靠他自己。

"你是回家，还是继续跟着戏班子混？"甘知苦问。

"唉——咋回呢？我没脸回啊，况且，虎妞又这样子，闹腾不起。"经过了无数挫折，甘知信连改变现状的想法都不敢有，只有认命的心思。

甘知苦听出来了，他之所以没有信心，还是怕那个泼辣的老婆。念及甘家的养育之恩，看他过得窝囊，又不忍心放弃不管，劝他道："你父亲临终时最牵挂的还是你，还是回家吧，给你父亲上个坟，告知一声，还有那一份家业，你守着也能平平安安过一辈子。至于虎妞的想法，如果你们有情有义过一辈子，我来想办法。"

甘知信愣愣想了半天，苦涩地说："好吧，如果能劝服她，我就回去。"

知苦说："好，我去找她说道说道。"

说罢，知苦趁着几分酒气壮胆，起身去找虎妞。

说服一个大字不识、蛮横无理的女人的确是件头疼的事。

虎妞一听知苦劝她跟甘知信回家，态度十分强硬，立马把甘知苦骂了个狗血喷头，说啥都不愿随他们回去。

甘知苦开始还是平心静气地劝说，说着说着也来气了，黑着脸道："你可想好了，他大哥是土匪头子，二哥是县官，随便哪边使点劲，你能扛住？我把话撂在这儿，想通想不通，明天给我个回话。"

这话一说，班主先坐不住了，他是场面上走的人，知道人情世故的深浅，赶忙劝说虎妞顺意而为，别为一点小事惹来大麻烦。再说了，戏班子居无定所，漂泊流离也不是法子，最终还是要定居一处，早打算早安身，过好日子才是正道。

这番劝说，虎妞尽管使性子，最终还是听了进去，静心想了想，如果真如甘知苦所说，甘家还有一份产业，那跟甘知信回太平堡倒也是安生之本。

第二天一早，虎妞找到知苦，大大咧咧问："他的大哥、二哥真那么厉害吗？还有，他老家真有家产？"

知苦看她心动了，淡淡说："你若不信，问他便是。"

虎妞盯着他看了一阵，说："好吧，我信你了，去。""你会为你的选择感到高兴的，太平堡是个能养人的好地方。"知苦说

甘知信没想到知苦居然能说服固执而倔强的虎妞，再三跟甘知苦道谢。其实他内心深处一直想回老家，只是无法自主，无奈而又无助，现在，甘知苦帮他解决了大麻烦，终于实现了回家的梦。

甘知苦离家也有三个多月了，牵挂家里的情况，想回家了。便租了辆马车，带着两个徒弟和甘知信一家，启程返回。

9

一个冬天，太平堡没有下过雪，天气格外干燥，小雪无雪，大雪更是响晴薄日，一直到大寒，依然干冷干冷，老天似乎憋着气跟人们较劲，人们指天戳地，怨声载道，老天偏就不下雪，有时看到天空中飘过一片云，人们的眼睛都望成了积雨云，终究没盼来一粒雪。

天干物燥，风寒侵袭，伤风感冒的患者格外多，到处都是咳嗽声，像传染似的，一个人咳，接连好多人都跟着咳，一些年老体弱的甚至扛不过去，在这个冬天走了。

甘家医馆排满了看病的人。曾经的药僮罗丁子接过甘若望的医馆坐诊看病，虽然医术平平，但头痛脑热之类的小病还能拿得起。甘知信回来后，因医术生疏，只能干抓药、制药的活计。好在他心安了，换了个人似的踏实过起了日子，没事的时候还能翻翻医书，一心想学点真本事。

一天，苦瓠和尚背着药葫芦下了山，拄着木杖踽踽独行。他深感年迈不堪，走不了几步就要停下歇息一会，满脸的皱纹掩不住岁月的煎熬，而眼神却是那么平和静谧，无悲无喜，秋水般平静。

街上安安静静，很少有闲人，偶尔有两声鸡鸣狗吠，给寂寞的乡村平添一点生机。私塾里传出的琅琅读书声飘荡在上空，成了太平堡最有活力的声音。

苦瓠和尚缓缓朝着私塾走去。

王嘉义出事后，家产被官府查没，生活没了着落，云青一家搬回到了太平堡，王世琳受到牵连被免职，接过阎佩玉曾办的私塾，教一些孩童养生糊口。

"老和尚，算计着你该来了！"王世琳一看到苦瓠和尚，就打趣说。

苦瓠和尚双手合十，念一声佛号，说："五运失调，时疫泛起，贫僧只能尽绵薄之力，做了些药丸，由你散布给所需之人吧。老了，跑不动了。"

他把药葫芦递给王世琳，里面装着他制作的避瘟丹，有助于帮助村人防治时疫之气。

王世琳也没客气，接过药葫芦，道声谢，请他进屋，苦瓠和尚摇摇头，就想在墙湾里晒晒太阳。

王世琳进屋倒了杯茶，端给苦瓠和尚，两人就坐在墙根的石头上聊天。

"大和尚，明年气运如何？"

"你也是懂风水的高人，何必考问老僧？"

"呵呵，你是化外之人，天地之运比咱世俗中人看得明白，你就讲讲吧。"

苦瓠和尚指着远处袅袅蒸腾的地气说："俗话说'三九里晒得水流，六月里渴死老牛。'三九天还不见雪，明年可不是个好年景啊。"

"嗯，民间老话很有道理，该冷不冷，五运失调啊。"

"冬不藏精，春必病温。五运更治，上应天期，岁火太过，炎暑流行。明年火运当值，大体会相火亢盛，生气失应，草木晚荣，旱魃降临。"

"天运失时，其年大旱，看来我卜的卦是对的。"王世琳既有点小小的自豪，又忧心忡忡。

苦瓠和尚叹息说："天地迭移，三年化疫。未来三年都不会平顺，可能会有一场大瘟疫祸及天下。还有啊，据我观测，太平堡的风水格局可能要破了，你看，现在已经是水涸山枯、草木凋零，呈现出气衰之象，必然要经历一场避不过去的大劫了。"

王世琳蓦然一听风水格局破了，这可是影响一个地方生息的大事，不由得心里一惊，忙问："大和尚可有破解之法？"

苦瓠和尚摇头说道："覆巢之下岂有完卵，天道不清明，小地方也不得安生，唉，太平盛世在我们这辈人只是个梦了。古戏里讲得好，'眼看他起朱楼，眼看他宴宾客，眼看他楼塌了。'世事无常，天道难违啊。"

王世琳听他说出《桃花扇》中的唱词，蓦然一凛，竟有点清冷、虚无的寂寥之感。

闲聊了一阵，苦瓠和尚起身说："老朋友，贫僧大限将至，特来告个别，你好自珍重吧。再一个，世事无常，天灾躲不过，要早做打算啊，粮食和药材，是保命之本……知苦应该快来了，我还有些事要给他交代。"

他掸掸僧衣上的土，挥挥手，深一步，浅一步，弓腰驼背，缓缓走去。

"你的药葫芦……"王世琳这才想起没把他常年装药的葫芦还给他。

"用不着了，留着做个念想吧。"苦瓠和尚头也没回说。

王世琳望着他苍老的背影，心里一酸，老泪止不住簌簌而下。

话说知苦与甘知信分别后，带着两个徒弟回到肃州。医馆有宁青梅打理、闻四爷派人守护，倒也没出什么变故，只是斜对面新开了一家药铺，名曰济生堂，卖中药，也卖洋药，那些瓶瓶罐罐装的洋药，在肃州格外新奇，他们像是故意跟"甘之堂"唱对台戏似的，药的售价都很低廉。而药铺的掌柜十分神秘，宁青梅差人打听了好久也没能打听到，只好作罢。

知苦安慰母亲说，医馆的名声是经年累月打拼出来的，不是他低价卖药就能把咱挤兑的了，不必在意。

宁青梅却不这么看，她总觉得这家药铺开得实在有些蹊跷，尤其那些洋药，平常人可没有能力弄过来，她担心"济生堂"的背后有青囊门的影子，没得到《青囊诀》，齐天寒的爪牙肯定贼心不死，不会善罢甘休。

知苦说，咱就多留点心，在肃州，量他也翻不起什么浪。

紫苏身孕即将临盆，宁青梅还要照看她，也顾不上追究这些烦心事。

知苦又向医馆众人介绍了新收的徒弟陆商，大家都对这个英俊而腼腆的小伙子颇有好感，拉着他问长问短。

知苦又问郑大喆，近来医馆可有疑难杂症？

郑大喆道，确实碰上了不少疑难病症，大多都被宁神医解决了。不过，白家少掌柜介绍来一个鼓胀病人，治了半月，仍不见效，宁青梅用了几个秘方都无法消除腹中的癥瘕。

鼓胀，就是俗话说的肝腹水，肝腹胀大，相当于肝癥瘕晚期，很难治愈。知苦听他一说症状，也是徒叹无奈，医者治得了病，救不了命，这种病已是命中定数。

处理好诸多琐事，知苦刚闲下来，谷子跑过来，神色很不自然地问："掌柜的，你没事了吧？"

"有事？"

"也没啥，就是……咳，咋说呢？"

看他吞吞吐吐的样子，知苦玩笑说："是不是想娶媳妇了？"

"哎呀，掌柜的，你这是料事如神！"谷子红着脸笑说。

"好事啊，让你家里人来一趟，咱们去提亲吧。"知苦呵呵笑说。

时间过得真快，一转眼，谷子也到了成家的年龄，想当年那个放牛的小孩，如今已是能够独当一面的制药师，有这本事，往后到哪里都能养活一家人了。

没过多久，谷子的家人兴冲冲赶来，知苦带着他们去杂货商安家提亲。安家呢，看着谷子长得壮实，人品也好，还在医馆里做事，芸儿跟谷子也是两情相悦，自然高高兴兴答应了这门亲事。然后定好日子，两家就开始准备婚事了。

谷子的家人顺便带来了苦瓠和尚的口信，告诉知苦，大和尚身体不行了，让他务必回去一趟。

尽管紫苏分娩在即，但知苦还是要赶去太平堡，大师父轻易不打扰他，让人传话，那肯定是有啥放不下的事了。知苦不敢耽搁，给家里交代了几句，就搭个便车赶去太平堡。

到了顶儿山，见到苦瓠和尚的刹那间，他的眼泪就像断了线的珠子，吧嗒吧嗒滴落下来。一年多没见，大师父竟苍老得一塌糊涂，脸上的皮肤松松垮垮，宽大的僧袍像包裹着一截枯树，说话也有气无力，气喘吁吁，萦绕在身上的黑气，断然是不久人世的征兆。

"生老病死，人之常情，不必难过。师傅我一辈子漂泊流离，能安然登西方极乐，这是善果。"苦瓠和尚劝说他。

知苦哽咽说："对不起大师父啊，未能在你床前尽一天孝，实在愧得慌。"

"缘起缘灭，终有因果，你学得本事，救济苍生，实际也是替为师行善积德，何必纠结于一时一地的俗念。"苦瓠和尚开导他，喘了口气，又问，"听说你游历各地，可有什么奇闻趣事？"

知苦擦干泪水，给苦瓠和尚讲在马营村治疗周老大癥瘕之症、在凉州城用破草帽治小便不利和情志抑郁的几个病例，苦瓠和尚听得十分入神，从知苦描述的症状看，几个病确实是难治之症，而用药却出人意料，可谓神来之想，尤其听到用陈年草帽治病的两例，苦瓠和尚不由得轻笑了几声。

笑过，苦瓠和尚问："那你知道为何陈年草帽能治小便不利吗？"

知苦如实道："徒弟的确不知，只是觉得这个方子简便，就记住了。"

苦瓠和尚笑说："你这是歪打正着。这个小便不通、排出无力的病症叫癃闭，病因是肾阳不足，导致气化不利。陈年草帽吸收人头上排出的汗液、油气，都是精华，又加陈年太阳晒着，全渗进了麦秸里，麦秸又是通心阳的药性，心阳一旺，如同点了一把火，马上把锅烧开了，膀胱气化运转，小便自然就利。"

苦瓠和尚一高兴，说了一大气，有点气喘。知苦赶忙端给他一杯茶水，说："大师父教诲，徒弟记住了。"

苦瓠和尚谈兴尤甚，啜了一口水，接着说："话说到这，正好想起一个奇方，也讲给你。曾有个肝腹水的病人，腹部隆胀，或伴腹痛，胸胁至腹部有很多积液，一般很难医治，我用一个偏方效果不错，只找了一个陈年葫芦和一斤陈年大豆，让他熬水喝，两三天他就把水排出来，水一排出病就好了。"

知苦一听，十分欣喜，他来的时候，听郑大喆说起那个鼓胀的病人，那是真没办法，现在大师父一讲，这个病马上有了希望。真是"一人计穷、二人计长"，害上绝症的人，如果多看几个有经验的医家，或许有缘，可能就会绝处逢生。

苦瓠和尚神色沉重地说："据我观测，天地迭移，三年化疫，未来三五年都不会平顺，可能会有大瘟疫流行，你要早有准备，多学点本事，危急时刻普度苍生啊。"

说完，他从床底拉出一个竹篾箱，打开后，取出两本书，一本是《黄帝内经》，一本是《药师经》。

"在医道上你已经走得远了，我再也没什么可教你的，这两本书，是我平生所喜，给你留个念想。"苦瓠和尚说。

知苦施礼后，接过书翻了一下，看到满书都有批注，足见这两书倾注了大师父一生的心血。

苦瓠和尚强撑着肃然道："药王孙思邈说，苍生大医，德不近佛者，不可为医。技不近仙者，不可为医。凡欲为大医，必须谙《素问》《甲乙》《黄帝针经》《明堂流注》……，又须妙解阴阳禄命，诸家于法，及灼龟五兆，《周易》六全，并须业熟，为此乃得为大医。这段话，想必你也看过，但你未必真懂了。今天见你，为师就是想说，山、医、命、相、卜五术皆通，方能成就大医。擅疗疾，只是医的一部分，不通周易，无以通阴阳；不晓风水，无以断病基；不精祝由，无以知天命；不知修曙，无以善养生。以易象阐释医理，以术数参悟医道，互参互证，对病理和人生运数的认知才能达到一个圆满的智慧。时至今日，五术皆备的高人已不世出，你能否有缘碰到全看造化，为师时日不多，只能给你指点个方向，万望你不懈精进，在医道上走得更远。"

说完这番话，苦瓠和尚如长跑一场，心身憔悴，疲惫不堪，闭目喘息不已。

知苦眼里蓄满了泪水，他已经清晰地感觉到，大师父的身上渐渐笼上一层苍茫暮气，为时不多了，可他什么都做不了，只能眼睁睁看着大师父萎靡下去。

苦瓠和尚闭着眼睛，小声念叨说："离魂之证果然存在……王世琳来了，你去山下迎一下吧。"

知苦曾听张真人讲过离魂证，也在《青囊诀》上看过这个记载，当人心火如焚时，魂魄就会分离，身在床第，能知户外之事。

"世间多庸扰，省觉即菩提。阿弥陀佛……"苦瓠和尚一声佛号还没念完，就说不出话来了。

"大师父，你……"知苦心如锥刺，急忙出声道。

苦瓠和尚无力地摆摆手，示意他出去。

知苦自小跟祖父到庙里的时间多，佛家的禁忌还是知晓几分，大师父不肯留他定有他的道理，于是，郑重地跪下磕了三个头，含泪离开了僧舍。

他刚走到山下，就看到王世琳步履蹒跚地迎面走来，口中急切地说："刚起了一卦，预知大师即将归天，咋样了？"

知苦便将苦瓠和尚让他前来迎他的话说了。

王世琳惊讶地说不出话来，暗自念叨："离魂之症……大师这是功德圆满了啊。"

当——当——当——顶儿山庙里的钟声响了三下。

知苦便知是苦瓠和尚圆寂了，眼泪刷地一下又奔涌而出，他扑倒在地，朝着顶儿山庙的方向磕了个头，口里喃喃："大师父，如有来生，我还做你的徒弟。"

<h2 style="text-align:center">10</h2>

机缘巧合，苦瓠和尚圆寂的那天，紫苏生下一个女儿，知苦感念大师父教诲之恩，取了个与佛有缘的名字，叫莲心。

孩子生下的第三天，按习俗举行"洗三"仪式。这天，亲戚友朋提着鸡蛋、米面、小儿衣物前来庆贺，医馆众人、索维娅、安家、白府、闻府都不请自来，甘知勇和白芷也托人送来了花布和衣物。最有意思的是毛驴儿和一帮乞丐，居然采野花编了一个大花篮，几人抬着，边走边唱着不知从哪里听来的小曲子："恭喜恭喜恭喜你，恭喜甘家得仙子，梨山老母来保佑，八仙为你送平安。"

他们一遍一遍地唱，满街的孩子都跟着唱，把紫苏感动得泪花闪闪。

毛驴子说："掌柜的，我牛得草没啥本事，只能表示这点心意了。"

知苦给了赏钱，拱手笑说："原来你叫牛得草啊。谢谢各位美意，我已在福满楼订了席，你们尽管放开肚皮去吃。"

知苦知道了他的大名，就不好再叫他毛驴子了。牛得草和一帮乞丐又恭喜一番，寻味嬉笑着一哄而去。

"洗三"仪式由宁青梅和索维娅操作，知苦只是招呼客人。等众人安置妥当，闻人杰把他拉到一旁，悄声问："打扰一下甘先生，有个鼓胀的病人，不知你可有法子？"

　　闻人杰没说患者是什么人，知苦也没问，笑说："也是因缘巧合，我这次回太平堡，大师父告诉了一个法子，你可以一试。药材你自家就能找到，陈年葫芦一只，陈年大豆一斤，两样都是年成越久越好，让他熬水喝，水排出便好。"

　　闻人杰顿时惊叹不已。一是惊叹治疗这个绝症居然只用奇特的两样东西，二是惊叹甘知苦竟然把如此珍贵的保命秘方毫不保留地说与他。他拱手抱拳道："大恩不言谢，如能见好，定当登门谢恩！"

　　知苦并不在意，只要能救人，他便知足，只是没想到，这个无意中结下的善缘，竟在日后危难时救了他一命。

　　莲心的"洗三"仪式之后，紫苏和宁青梅专心带孩子。婴儿的成长一天一个样，不到一个月就出落成一个粉嘟嘟的小宝宝，宁青梅欢喜得不行，捧着宝宝，心都化了。子康和重新取名为子安的小豆子也围着新添的小妹妹逗了又逗，小院里欢乐祥和。

　　有一天，省城的李少峰托人带来一本《本草纲目》，石刻本，十分珍贵，在偏远的西北很难见到。知苦非常喜欢，翻看了序言，就犹如被人棒喝的感觉："欲为医者，上知天文，下知地理，中知人事，三者俱明，然后可以语人之疾病。不然，则如无目夜游，无足登涉。"想一想苦瓠和尚的临终教诲，再对照大师父批注的两本书，忽然感到，古老的医学几乎囊括了天文、地理、物候、人事诸多方面，融汇着无数天才的智慧和经验，在浩瀚广袤在医道上，自己不过是一个仰望星空的孩子，只是触摸到了一点皮毛而已。

　　知苦读一阵书，苦想一阵，心里有点乱，烦躁地走出书房，就听到徐长卿和陆商两个徒弟在医馆里比试。

　　一个说："这个病，我只需一两剂药就可见效。"

　　另一个说："药也不用，我只要扎两次针就好。"

　　红缨在旁起哄："要不，你俩比一比，看谁厉害。"

　　知苦走过去，没好气地喝了一声："医术不是用来卖弄的，本事大去贫民区多救几个病人！"

　　徐长卿和陆商面面相觑，红缨也吐吐舌头，不再说话。

　　知苦火气平息一会，又把苦瓠和尚临终对自己说过的话跟他俩说了一遍，语重心长道："苍生大医，德不近佛者，不可为医。技不近仙者，不可为医。你们要记住，为医者任何时候都要虚心好学，咱们所谓医术，不过是拿前人积累的经验活人治病罢了，真正的大医，那是开宗立派的人物。稍有点本事就矜技卖弄，那只是浅薄之徒所为。"

听着师父训诫，徐长卿和陆商低着头，脸烧得彤红。

知苦是过来人，深知学医之人若心性不纯，最终在医道上走不了多远，借此机会，正想锻打一下他们的心性，继续肃然说："我传你们一套针法，你们去贫民区和偏远乡村实践三个月，等回来的时候，我要看到不一样的你们。"

徐长卿和陆商一听师父要传自己针法，两人脸上露出抑制不住的欣喜，想也不想去贫民区实践的艰难，满口答应下来。

因针法属于秘传，知苦把他们带到书房，念出一个针诀：

> 三里内庭穴，曲池合谷接。
>
> 委中配承山，太冲昆仑穴。
>
> 环跳与阳陵，通里并列缺。
>
> 合担用法担，合截用法截。
>
> 三百六十穴，不出十二诀。
>
> 治病如神灵，泻如汤泼雪。
>
> 北斗降真机，金锁教开彻。
>
> 至人可传授，匪人莫浪说。

等他俩默诵下来，知苦又一一传授他们"十二针诀"，边说边一一指着穴位，让他们逐个体验。

其一：三里膝眼下，三寸两筋间，能通心腹胀，善治胃中寒，肠鸣并腹泻，腿肿膝胻酸，伤寒羸瘦损，气蛊及诸般，年过三旬后，针灸眼便宽，取穴当审的，八分三壮安。

其二：内庭次趾外，本属足阳明，能治四肢厥，喜静恶闻声，瘾疹咽喉痛，数欠及牙痛，疟疾不能食，针着便惺惺。

其三：曲池拱手取，屈肘骨边求，善治肘中痛，偏风手不收，挽弓开不得，筋缓莫梳头，喉闭促欲死，发热更无休，遍身风癣癫，针着即时瘳。

其四：合谷在虎口，两指歧骨间，头痛并面肿，疟疾热还寒，齿龋鼻衄血，口噤不开言，针入五分深，令人即便安。

其五：委中曲腘里，横纹脉中央，腰痛不能举，沉沉引脊梁，酸痛筋莫展，风痹复无常，膝头难伸屈，针入即安康。

其六：承山名鱼腹，腨肠分肉间，善治腰疼痛，痔疾大便难，脚气并膝肿，辗转战疼酸，霍乱及转筋，穴中刺便安。

其七：太冲足大趾，节后二寸中，动脉知生死，能医惊痫风，咽喉并心胀，两足不能行，七疝偏坠肿，眼目似云矇，亦能疗腰痛，针下有神功。

其八：昆仑足外踝，跟骨上边寻，转筋腰尻痛，暴喘满冲心，举步行不得，一动即呻吟，若欲求安乐，须于此穴针。

其九：环跳在髀枢，侧卧屈足取，折腰莫能顾，冷风并湿痹，腰胯连腨痛，转侧重欷歔，若人针灸后，顷刻病消除。

其十：阳陵居膝下，外廉一寸中，膝肿并麻木，冷痹及偏风，举足不能起，坐卧似衰翁，针入六分止，神功妙不同。

十一：通里腕侧后，去腕一寸中，欲言声不出，懊恼及怔忡，实则四肢重，头腮面颊红，虚则不能食，暴瘖面无容，毫针微微刺，方信有神功。

十二：列缺腕侧上，次指手交叉，善疗偏头患，遍身风痹麻，痰涎频壅上，口噤不开牙，若能明补泻，应手即如拿。

纵是徐长卿记性好，这么复杂的针法他也一时记不住，两人便拿笔记录了下来，虽不理解，但感到这套针法十分玄奥。

知苦告诉他们，这是"马丹阳天星十二针诀"，用针都是成对配伍，严谨精妙，对急危、重症和常见病、疑难杂病有较好的疗效。又嘱咐他们，这是记录在《青囊诀》中的秘法，切不可外传。

徐长卿和陆商悟性都不错，听师父一解释，马上明白了"总诀"和"十二诀"的关系，以及这套针法的精妙玄奥。

这一传授就是大半天时间，等他们出来，太阳都快落山了。

次日，知苦各给了他们几根银毫针，让徐长卿和陆商背着行囊去贫民区和偏远乡村实践了。两人都清楚，这几根银针，将是他们今后行医的利器。师父的心意，也许他们还不理解，但他们相信，经过几个月的实践，他们说不定会有另一番造化呢。

11

事出反常必有妖，天有反常必作祟。

过了五月还没下一场雨，杨树柳树的叶子都缩卷成团，有的树木根本来不及发芽就干枯了。

弱水断流，河床上旋风乱卷，尘土飞扬。

耕田里土坷垃干皴，根本下不了种，百姓怨天怨地，愁苦不堪。

太平堡的几口水井渐渐汲不到水了，勉强打上来的水也是浑浊不堪，难以饮用，唯有阎家井还能取水，不过已比平常深了好多米，汲水的辘轳只好不断加长绳索，约有四、五丈长方能汲上水来。断水的危机笼罩在堡子上空，每天，全堡子的人都围过来在阎家井前排着长龙等着取水，阎家井的户族护着自身利益，怕汲水的人多了把井水淘干，时常驱逐别处过来的人，争吵、斗殴自然免不了。最后，不得已，阎家户族开始卖水，一桶水三文钱，每家每户见天只能买一桶。

水贵如油。三文钱，相当于平常买一斤胡麻油了，但为了活命，人们不得不拿钱买水。

有一天早上，正在取水的赵老三突然惊叫一声："咦，下面咋发光呢？"

闻言，人们纷纷爬到井台上一看，果然井底有什么东西闪闪发光。

"该不会是惊动了龙王吧？"有人忐忑不安地说。

祖祖辈辈传下来一个掌故：每一个井底都住着一个龙王，守护着水井。

惊动龙王、冒犯神灵的罪过，要遭天诛啊。一时之间，人们都没了主意，谁也不敢动水了。

饥渴的威胁，依然迫使一些胆大的人走向了井台。

突然，一条碗口粗的大蛇沿着井辘轳爬了出来，盘踞在井台上吐着蛇信子。

蛇是地龙，从水井里出来的大蛇，可不就是龙的化身？人们一看，纷纷扔下水桶，趴在地上就叩头。

有土龙护井，阎家井也不能汲水了，忽然间，整个堡子里没有水井可以取水，人畜干渴，实在无法为生，人们不得不跑到几十里路外的弱水大湾里去取水。

这个大湾窝在石峡中，经年累月形成了一个水潭，积水长年不断。

干渴同样威胁着飞禽走兽的生命，这时的大湾，凶猛的金雕、山上下来的野狼等都成群结队，虎视眈眈，守着大湾抢水喝，人们不敢近前，远远用火枪向它们射击，但吓跑了又回来，反反复复，奈何不了，干渴的人们眼巴巴看着一湾清泉喝不到口里。

求雨吧！求老天爷发发善心吧！无奈的人们想起了最古老的法则。

现在，地方上大事小事都请王世琳主持。面对百年不遇的旱魃，王世琳实在没有主意，只能依百姓心愿，寄托在求神祈雨上，请了顶儿山庙的和尚在禹王庙作法祈雨，安抚苦躁不安的百姓。

这禹王庙是为纪念大禹凿通山梁、疏通黑河而建，已有数百年历史。和尚作法数日，干旱依旧如故，禹王仿佛睡着了，看都不看人间一眼。

苦瓠和尚的徒弟过来念了几天经，一脸悲苦地对王世琳说："听师父说过，太平堡东面的紫气被风吹散了，堡子的气数也就衰败了，神气凝聚不成，灾祸在所难免，贫僧无能无力啊。"

这些迹象，王世琳也曾占卜到了，自然心明，他对和尚说："敬天地，礼神明，于心无愧便是，一些事不是人力所能改变的。"

人们见祈雨也难以奏效，更加惶恐，纷纷到顶儿山庙里烧香磕头，祈求神灵保佑。无助的人们唯有把希望寄托在虚无的神灵上了。

没有雨水，庄稼种不到地里，人们积存的粮食没有维持多久，口粮渐渐断了。

没有粮吃，堡子里渐渐乱成了一锅粥。一些大户，前两年种了罂粟，家里没有余粮，拿着银子到城里买粮食，粮商坐地起价，一斗麦子涨了十倍，粮商还囤积居奇，每天只放出有限的一点，尽管有钱，还不一定能买到粮食。

为了度过荒年，一些大户人家实逼无奈，把留下的粮食种子都吃光了。贫苦百姓难捱饥饿，四处挖草根，几乎把刚出土的、能咽下肚的草都挖光了；然后剥树皮，榆树皮、枣树皮，剥下来在石磨上磨成粉，熬糊糊充饥。牲畜没有草料吃，被活活饿死，饥民抢着割肉，没有饿死的牲畜也被宰了吃肉，连骨头都砸碎熬汤吃了。家狗没有吃的变成了野狗，山上的野狼也下山寻吃的，有逃荒的饥民饿晕倒在路边，活活被野狗、野狼撕扯。还有力气的壮丁组成打狗队，四野里撵狗、撵狼，却一只也打不到，饥饿的牲畜求生本能比人还强。

没粮的日子实在难熬，附近几个乡村的百姓联名推举王世琳和一个姓张的乡绅去县衙呈请救济。

王世琳早有此心，即便百姓不推举，他也要找甘知愚陈述灾情，请求县府开仓济民，这是历代王朝每逢灾年赈灾的常规路数，地方官有权决定开仓济民事宜。

县府新换了门牌，但县官还是那些县官。这一天，王世琳和张乡绅到了县衙，被卫兵堵在门外，说是县长大人正在接待什么大人。

他们只好等在衙门前。走了一天一夜的路，又困又饿，王世琳问守门的卫兵讨了碗水，取出又黑又硬的米糠饼，每人分了一块，就着凉水吞咽。

不远处，县衙的高墙下，还横七竖八躺着几个人，也是乡村推举来求救要粮的。他们有气无力地或坐或卧在土地上，满脸菜色，望着王世琳二人吃东西，满眼饥渴的神情。

他们一直等到午饭过后，甘知愚才送走客人。

王世琳、张乡绅起身走过去，那些躺卧的人也起身围上来，把甘知愚围在了中间，衙役想拦也拦不住。

甘知愚苦着脸，望了望这些人的眼神，就知道了他们的意图。他开门见山说："来要粮的吧？各位，今年天旱，各地都闹饥荒，粮食金贵啊，一时筹措实属不易，但凡有办法马上下拨救急，还是请回吧。"

那些人纷纷叫嚷着说，平常年景，县府向我们征田赋、征捐课，我们如数交纳，现在我们受了灾，难道县府就不能伸手救救我们吗？丰收之年，我们养活你们这些官老爷，现在遇了灾，你们就眼睁睁看着不管？

甘知愚向各位拱手作揖，赔着笑说："各位所言不虚，百姓是衣食父母嘛，县府不是不作为，正在积极筹粮赈灾。这天灾，实在不是本县所愿看到的啊。"

那些人叫嚷，你今天不给我们拨粮，我们就不走了，死哪儿不是个死，就是饿死，我们也要死在县衙。

甘知愚被纠缠地没了耐心，冷着脸发狠话："行，你们不走可以，那就到牢房里去等死吧。"

说着，一挥手，出来一队兵丁，架起那些骨瘦如柴的上访者，往牢房里走去。

看着这些乡亲被抓走，王世琳直摇头，暗叹一声，乱世之中，命如草芥啊。

甘知愚转身朝王世琳拱拱手，毕竟是乡党，他不好拒之千里，把他们请进府衙。边走边叹息："唉，真是屋漏偏遇连阴雨，你们晓得这个方亦圆大人干啥来了？来征军粮秣税、柴草税、壮丁训练税的，妈的，苛捐杂税多如牛毛，这芝麻官实在没法当了！"

王世琳对官场的规则了如指掌，很清楚提督亲临意味着什么。若是甘知愚不能完成各项征税，别说是乌纱帽保不住，随便安置个罪名都可能会让他掉脑袋。可是，当下全县百姓生活在水深火热、饥寒交迫之中，县上还哪有能力支应各项杂税摊派啊！

"老百姓的死活就不顾了？"张乡绅心直嘴快，气呼呼说。

甘知愚说："不瞒你们说，现在县府粮库里一点粮食都没有了，连县府衙役都吃不饱肚子。情况报上去，上司推诿扯皮，至今没给个答复。"

他们进了大厅，甘知愚让随从上茶点，端来的只有一杯白开水和几块麸面饼，这已经是他唯一能拿出手的招待。

王世琳唉叹一声，心想，县官做到这个份上，真是窝囊透顶了。他还是不死心，问道："都是乡党，你就不能想想办法，给乡亲们周济一点救荒粮？"

甘知愚两手一摊，一脸愁苦地说："世伯，实在无奈啊！你也是做过县官的，你懂的。要不是维护一县百姓的稳定，我都想辞官不做了。"

王世琳听他话说到这个份上，估计很难从他这里得到什么救援，无奈地叹息一声，这样的官府已然靠不住了，太平堡人的日子，还得自己想办法维持。

太平堡靠近北山，百姓还可以到沙漠里寻一种沙米的植物，或在靠近盐碱地的河滩里挖碱蓬当食物，勉强能糊口果腹。其他乡村更惨，新粮下不了种，旧粮续接不上，又没有可充饥的东西，只能外出讨荒，许多地方多是十室九空妻离子散的场景。

12

旱魃的侵袭是一个方面，更严重的是县府空虚。连续两年广种罂粟，老百姓手里没有余粮，官府的府库早已空空荡荡，再加上没完没了的摊派、捐税，甘知愚这个县官越当越无奈，越当越心虚。刚开始，他一厢情愿地遵从皇家"田不加赋，丁不加税"的规定，结果上司不高兴，差点就罢免了他，逼着他不得不层层加码，这样一来，支不起田赋课税的百姓流离失所，商人关门，农人逃荒，一时间人心不安，加上缺了粮食，饥饿像流行病一样，四处蔓延。

当下，一县的百姓尚生活在水深火热中，肃州提督摊派的杂税又逼上案头，甘知愚快要愁死了。

应付到芒种刚过，终于下了一场雨，可以下种了，但好多人家已经吃光了留下的种子。县府也拿不出麦种豆种，急忙从供应军队的饲料中紧急调运来一批豌豆，分发到乡村，让老百姓下种。这种豌豆，原本是军营里喂马的饲料，现在实在没有办法，只能将就着种上应急救荒了。

许久没见过粮食的百姓，一见豌豆眼睛都发光。太平堡的赵老三给阎家打工，种豌豆时，实在忍不住诱惑，时不时偷偷往嘴里丢一粒豌豆，那个久违了的粮食的香啊，赵老三仿佛一辈子都没吃过这么好的豌豆，一粒，一粒，他细嚼慢咽，慢慢享受。渴了，饮一瓢凉水，舒舒服服地哼着小曲。吃了一阵，腹中一阵绞痛，他急忙捂住肚子坐在地上。其他打工的人看他的样子，还以为偷懒，有人取笑他："偷吃的老鼠被夹着了吧。"他疼得说不出话，只剩下唉哟呻唤。过了一阵，见他不说话，有人上前踢了他一脚，他身子一歪，口吐白沫，脸都绿了。那人吓坏了，赶紧叫过其他人，眼见赵老三不行了，几个人手忙脚乱往甘家医馆送。一到医馆，罗丁子和甘知信急忙上前检查。查看了一番，罗丁子就摇头叹息："不行了，胀坏了。"就这样，没饿死的赵老三却被自己胀死了。

豌豆种到地里，又下了一场雨，种子很快发了芽，几天时间长到了一搾多高，欣欣向荣老百姓终于看到了一点活下去的希望。

眼看着补种的豌豆越长越高，人们也像淋过雨的苗木，欢欣鼓舞，盼望着，盼望着，只要再下场雨，豆子就能开花结籽了。

谁料到，有一天，忽然狂风大作，飞沙走石，一时三刻，便天昏地暗，尘沙弥漫，对面看不见人，到处都是风掀屋顶的声响，到处可听到树木刮折的声音，天翻地覆，地动山摇，一场风，连续刮了三天，整个田野里都铺了一层黄沙，刚露出头的豌豆又被一场风沙给埋没。

"这是老天要收人了啊！"老人们唉声叹气。

百姓惶恐不安，哭天抢地，刚刚滋生的一点希望又破灭了。

狂风过后，每天又是晒死人的日头，田地里刚刚萌发的一点新绿又变成了一片焦黄。人们吃光了能吃的野草和树皮，地里再没有可吃的东西，一些人便扶老携幼外出逃荒。

饥饿，加上毒辣的太阳，一些人便走不动路。只要晕倒在路边，便再也站不起来。死了的人没人埋，暴晒在炎阳下，等着腐烂发臭，成群的苍蝇和虫子爬在腐尸上吮吸，然后又飞落到人居地，水井、涝坝、沟渠等吃水的地方常常爬着黑压压的绿头苍蝇，看着就让人恶心，更有甚者，出现了苍蝇咬人、蚂蚁乱飞的怪事。豌豆大的绿头苍蝇，扑到人身上、牲畜身上就咬，被咬了的人很快皮肤溃烂，流出又腥又臭的脓水，过不了多久，就会全身溃烂而亡。还有的村子里，许多人莫名其妙地开始拉肚子，直拉得血水直流，无法遏止，一批批人虚脱而死。

瘟疫！瘟疫！一些老人终于明白过来，瘟疫开始流行了！

太平堡山环水抱，风沙影响还不太严重，补种的豌豆多多少少收了一些，勉强能救济一时。

瘟疫的消息很快传到了太平堡，一时人心惶惶。王世琳一下子就想起苦孤和尚的话："天地迭移，三年化疫。未来三年都不会平顺，可能会有一场大瘟疫流行。"

饥荒之年瘟疫起，果然应验了！

为防止瘟疫传入，太平堡城门紧闭，严防死守，杜绝任何外人进入。

此时，毗邻的野水地又接收了一批批逃荒者，黑水义勇军已形成了严谨有序的屯田制，经历了饥饿的人们，都抱着能吃饱肚子的愿望种田，每一分田地都精耕细作，虽然遇上了大旱之年，好在，他们之中一些有远见的能人早早打好了井，河水枯竭时，就用井水浇灌，旱魃之年倒小有收成，加上往年的积蓄，养活数千人不成问题。

王世琳的救援信送到的时候，甘知勇已经知道了太平堡及高台各处闹饥荒的消息。各地流民越来越多，军营的将士渐渐有了分歧，有人反对接纳流民，担忧流民越多，野水地无力承担；有人认为接纳的人越多，将来兵多将广，更能成大事；也有人主张趁势攻打州县，占领地盘。甘知勇的确萌生过攻打州县的心思，可冷静下来一想，即使打下了州县，各处都闹饥荒，他们也无法安抚一州一县的饥荒百姓，只有相机而动，再图大事。眼下最要紧的，是尽最大能力挽救一些重灾区的百姓。

太平堡是他的老家，还有无数亲人在那里，援救计划自然少不了。很快，一批救灾粮送到了太平堡。王世琳收到粮食，终于舒了一口气，太平堡算是有救了。

13

各处都有灾情上报，各乡接连不断求援，甘知愚简直是焦头烂额，高台县府像个破烂不堪的房子，到处都走风漏气，根本无法修补。作为一县之主，他已经应付不过来了。

这时，远远近近的人都在议论城西五里堡出了个神婆子，自称是麻婆仙姑转世，能知过去，断未来，神叨得很。有人说，她能算出这场灾祸的来头和走势，劝说人们远灾避祸，另找安身之处。

这话传到甘知愚的耳中，他便坐不住了。眼下的困境，已经非人力可为，如果真有这样的异人能测知前世未来，求个签也无妨。于是，换上便装，带个随从，连夜赶往五里堡，去找那位神婆子。

神婆子其实是堡子里的一个佃农的婆姨，有一天中午，回家路过乱葬岗，回来就病倒了。从此，一直病歪歪的，每当犯病的时候，口里就会发出怪模怪样的声音，有时是死去多年亲人的声音，有时是陌生人的声音，有时是男人的声音，有时是女人的声音，反正不是她自己在说话，她像个傀儡一样替人传话。

甘知愚走进她的屋子，黑漆漆的，眼睛适应了半天，才看到神婆子盘腿坐在八仙桌前的蒲团上抽旱烟。

神婆子打个哈欠，心不在焉地问："客官要问啥事？"

甘知愚打量着她，出声道："听说你能算出这场灾祸的走势？"

神婆子翻了翻眼皮，瞪着他，锐声说："想问神灵，就要有个问事的态度。向仙人跪下，上香，叩头。"

甘知愚被她突然尖锐的声音吓了一跳，不由自主地跪下，上了三根香，对着八仙桌上方的菩萨像磕了三个头，摸出一张银票放在桌子角上，恭恭敬敬地问："请仙姑明示这场灾祸的走势！"

神婆子点燃三张黄裱纸，顺便掐了点大烟膏放进烟管中点着，深深吸了两口，片刻功夫，她便手舞足蹈，摇头晃脑，手里拍击着两块磨得光亮的牛板骨，嘴里发出男人的声音："呔，我本先亡游鬼魂，被迫作恶害良人。天灾人祸不消停，三年五载乱纷纷。"

甘知愚心里一惊，也不敢多想，赶忙叩头道谢，又问："可否禳解？"

神婆子又不言语了。

甘知愚揣度她要香火钱，赶忙又掏出张银票放在桌上。

神婆子继续拍打着看牛板骨，嘴里念念有词："西北角上大不祥，千家万户带血光，及早烧钱酬神灵，莫待小祸酿灾祸。"

甘知愚仍不明白她说的卜辞，但又不敢多问，再次掏出张银票，求她指点。

神婆子再不多言，拿起三张黄裱纸，点着，在他头顶绕了几圈，说："安神送鬼，平安吉祥，叩头，再叩头，三叩头。"

甘知愚被她神神道道的举动吓懵了，赶紧恭敬地叩了三个头。

神婆子忽地恢复了自己的声音，说："客官，你已逢凶化吉，但前程未卜。"

甘知愚不明白她到底是怎么化解了凶势，越发觉得神奇，酬谢了神婆子，心里忽然有了些许安妥。但一想到饥荒已经开始蔓延，又着急起来。如果稳不住局势，恐怕要出大乱子了。

他回到县衙不久，新任县丞陈而已就慌慌张张跑来说，白家屯庄要出大事了！

甘知愚一听白家屯庄，马上想到刚刚神婆子说过的偈语，心里愈加惶恐。"西北角上大不祥，千家万户带血光。"

白家屯庄不就在县城西北吗？难道神婆子真预言到了什么？

他知道这个地方，是因为每年县府处决犯人大都在那里。白家屯庄离城区不过十余里，靠近黑河，旁边有个野湖滩，人称乱葬岗，一些无主尸体或县府处决了的犯人，大都抛弃于此。

甘知愚急忙问，目前白家屯庄情形如何？

陈而已说，白家屯庄近千人的村子，多半都感染了瘟疫，一些人走出去，又把瘟疫传到附近的村庄。现在每天都在死人，家家都有亡人，村子里哀声不绝，人人自危。村医治不了，自己也感染瘟疫死了。官府组织的医家个个闻之色变，没人敢进村子，为了防止更多地跑出来传染，只好派兵勇把守，封村封路，切断交通。

事态发展越来越超出了甘知愚的预判，饥荒，瘟疫，再加上流民乱窜，他可没力挽狂澜的能力，形势越来越严峻，只能上报肃州府，请求援助了。

<h1 style="text-align:center">14</h1>

先是闹饥荒，接着闹瘟疫，消息很快传遍了方圆百里。索维娅在车马店最先听到各处传来的消息，告诉了知苦。事实上，知苦的医馆里已经听外地患者带来的消息。

肃州城里同样荒乱不堪，先是粮价飞涨，继而粮食短缺，似乎一夜之间，所有的粮铺全都关了门，未来及做好应对饥荒的人们一下子慌了神。"甘之堂"附近的一家皮毛店、一家弹棉花店没有储备粮食，突然就断了炊，两家主人借告无门，饥饿威胁迫使他们关门歇业，带着家人去逃荒了。城里还有许多小家小户，全都没料到有一天会全城断粮，惊慌和恐惧洪水一样蔓延着，困居在数万人的城里已不是明智的选择，无数人家打定了外出逃荒的主意。

知苦一家仗着有白家做后盾，原本对粮食无忧，可是，没过多久，白家储存的粮食全部售完，竟然也搞不到粮食了，他们顿时感到了危机。

如果困在肃州没有粮吃，那相当于坐以待毙。知苦明白这个后果，当即决定，关门歇业，带着家人先到太平堡或野水地找粮吃。

他刚做好打算，官府的文书就到了，通知他前往高台去抗疫。

瘟疫猛如虎。一遇大疫，多少高明的医家都会束手无策。这个时候，好多医家逃跑的逃跑，装病的装病，实在没人愿意去疫区，官府也没有办法，只好用补贴粮食的诱头吸引医家，倒也让一些没粮吃的医家动心了。

甘知苦是肃州的名医啊，他是没有退路的，不然，好不容易得来的清名就要毁于一旦，他以后很难在肃州的医界立足了。

"名声要紧还是性命要紧？你这身体，一跛一拐的，跑去能做什么！听说那里的乡医都死了，县府的医家都不敢进村去，你有三头六臂，还是有九条命？"紫苏杏目圆睁，决不许他去。

知苦知她担忧自己，宽慰说："放心好了，咱是医家，自己会预防好的。"

宁青梅在医门长大，深知瘟疫的厉害，也出面劝阻他不要以身涉险。

知苦想起大师父说过的话，"天地迭移，三年化疫。"莫不是这个时节提前了？如果这样，他更是不能躲避了。

想清楚因果，知苦正色说道："医不避险，危急时刻，医家就是这个世道的底线，如果这个时候医家都退缩了，老百姓哪还有活下去的信心啊。"

宁青梅沉默了。青囊门的门规有言：青灯秘术，济世救人，心存仁义，怀揣光明……如果此时知苦退缩，就会德行有亏，有违誓言，但挺身而出，逆向而行，前路又凶多吉少，瘟疫可不挑人，每一个去疫区的人，都需有百分之百被传染的自觉。令她欣慰的是，知苦持有本心，在世人危难时怀揣一个医家应有的本分，明知山有虎，偏向虎山行。

知苦又耐心地跟母亲和紫苏解释了半天非要去疫区的理由，宁青梅和紫苏知道拦不住他，纠结再三，只好跟他约法三章：一不许逞能；二不许胡乱饮食；三不许对抗官府。

知苦笑着，全都满口答应，给了她们一个心安。

次日一早，知苦把要去高台抗疫的事告诉了医馆众人。郑大喆一听，说啥都不愿去："太危险了，人家碰上瘟疫躲都躲不开，哪有自己往火坑里跳的道理，干嘛要冒这个险。"

知苦知道他怕风险，也不勉强，打发他回家去了。

谷子和红缨倒是争抢着要跟他去，但知苦觉得他们跟去没多大意义。知苦这么一说，两人便没有坚持。

急忙召回下乡实践的徐长卿和陆商，征求他们的意见，两人都很踊跃，说啥都要跟师父去疫区历练一番，知苦欣慰地点头答应。

决定好了，知苦马上行动。因要送宁青梅、紫苏等人回太平堡，便报知官府，先行一步，自行到高台报到。甘知苦的名声和品行，官府自然相信，预付了他们三天的粮食补贴，允许了他独自前往。

向白府借了一辆马车，拉着知苦一家老小、索维娅、谷子小两口、徐长卿、陆商一行十人上路了。

过了盐池驿，知苦和徐长卿、陆商下了车，与众人分道扬镳。宁青梅拿出一个青囊，把连夜赶制的一袋"辟瘟丹"交给知苦，嘱咐他们多加小心，莫强出头。

知苦也叮嘱了众人几句，带着两个徒弟步行朝高台的方向走去。

他们计划着路上遇个便车，便能搭载一下，可是，走了大半天，路上连个行人都很少见到，更不用说便车了。五黄六月的大热天，他们又晒又困，饥渴难耐。到了太阳快落山时，才好不容易看到一个小村庄。

只有二十来户人家的村子，分散布局，家家门户紧闭，死气沉沉。他们扣了几户人家的门，有的人家没人，也有的从里面偷偷瞄一眼，却不愿开门。

三人十分失望，找到一个水井，汲水喝了一气，吃了点干粮，坐着歇了歇，起身向远处独门独户的一家走去，想最后碰碰运气。

渐渐走近这一家，知苦忽然闻到了一股带有血腥味的肉香。

"哟，这家人还能吃到肉，不简单！"徐长卿兴奋地叫出了声。

陆商皱了皱鼻子，说："不知是什么肉，咋这么腥臊？闻着就叫人恶心。"

知苦"嘘"了一声，上前叩门。

扣了半天，没人开门，他又叫了一声："有人吗？过路人请行个方便。"

还是没人应答。

徐长卿倔脾气上来了，骂骂咧咧道："啬皮鬼！再不开，老子一脚把你家的门踢破！"

知苦呵斥一声："不得无礼！实在不行，找个柴草堆也能将就一夜。"

三个人转身就要离开，突然，柴门吱呀一声开了，探出一个鸡窝样的脑袋，一个三十来岁的瘦高个男人打量了他们一眼，试探似的问："你是甘郎中？"

三人都惊讶地看着他，知苦怎么也想不起这人是谁。

见知苦点了头，瘦高个男人走出门就跪下磕头："恩人哪！终于又见到你了！"

知苦更加迷茫，他对这个人一点印象都没有。

瘦高个男人说："我是王锁阳啊。"

知苦还是想不起他来，瘦高个男人又解释说："我叔是王砂锅子，就是盐池驿的老驿官。十几年前，你路过救过我的命，还治好了我叔的哮喘。"

知苦这才想起来，十几年前，他随知勇赴西域时，路过盐池驿，救过当时害了疟疾的王锁阳，还有那个老驿官，临出发时，人家还送过他一袋上等的锁阳和甘草呢。

真是人生无处不相逢，十几年后，居然在山穷水尽的时候能碰到他。

王锁阳说，要不是偷偷看了一眼外面是个跛腿的人，他还不敢肯定是遇到了恩人。

说着，客客气气地请知苦三人进了屋，把他们安置到上房，让他们先歇息，自己出去弄吃的。

徐长卿悄声嘀咕："莫非他要请我们吃肉了？"

陆商取笑他："别做梦了，他给你来一碗人肉，你敢吃？"

过了小半个时辰，王锁阳和他婆姨一人抱个瓦罐，一人抱三个陶碗，进了屋。王锁阳放下瓦罐，婆姨从中舀了三碗糊糊涂涂的东西。

王锁阳难为情地说："恩人哪，眼下没啥吃的，只能给你们弄到这点吃的了。"

知苦瞥了一眼，认出是沙米和谷糠熬出来的。

饥荒，让多少人家日子过不下去了，能拿出这点充饥的东西，说不定就是他们最贵重的东西了。前面他们叩门，那些人家不敢开门，还不是怕他们要讨吃的。

知苦诚恳谢过他们，王锁阳和婆姨退了出去。

徐长卿端起碗吃了一口，又涩又苦，很难下咽，他感觉是他有生以来吃得最难吃的东西了。

知苦跟刘罗锅跑江湖的时候，什么苦没吃过，饥一顿，饱一顿是常事，能有碗糊口的东西就是莫大造化。他端着碗，吸溜吸溜吃着，很享受的样子。陆商也跟师父一样，很享受地吃完了这碗特别的粥。

徐长卿借口上厕所，给陆商使个眼色，两人出了门，悄悄溜到下角房去看。

下角房里，王锁阳两口子和两个孩子愁眉苦脸坐着，眼巴巴瞅着地下放着的火盆，火盆支架上有个小铁锅，锅里煮着东西，有腥臊的肉味传出。

　　"好啊，家里煮肉竟然不给我们一口！"徐长卿推门而入说。

　　王锁阳着急忙慌起身刚要解释什么，徐长卿早上前掀开了锅盖。

　　"啊——"他大吃一惊，看到了一只婴儿胳膊样的东西在水里煮着，还以为看错了，再一细看，真是婴儿胳膊！

　　他"呕"的一声，刚吃进的东西全吐了出来。

　　陆商也看见了，转身跑出门外，"呕呕"地吐了起来。

　　知苦听到声音，出来一看两人的恶心表情，疑惑地问："咋了？"

　　徐长卿一手指着王锁阳一家的屋子，一手捂着嘴，说不出话来。

　　陆商跑过去低声说："他们……煮孩儿……"

　　"啥？吃人？"知苦既惊诧，又愤怒，叫出了声。

　　王锁阳一脸窘迫跑出来说："恩人啊，我们……我们没吃的，连糠都吃不到了，刚才给你们熬的是最后一把沙米和谷糠。实在活不下去了，只好在乱葬岗捡了个死娃娃兑凑着吃，我这两个娃也要活下去啊，没办法了……"

　　知苦顿时无话可说，长叹一声，让陆商把带的干粮分一半给了他们。王锁阳不肯接，但陆商默默把干粮放在一边，退了出来。

　　徐长卿和陆商低着头，像做错了什么事似的，心里很不好受，一晚上都没说一句话。

　　次日，三个人悄悄离开了王家，实在不愿再看到他们的孽障生活。

　　知苦和徐长卿、陆商一路走过，时常看到三五成群的逃荒百姓，个个面黄肌瘦，衣服褴褛，有的扶儿携女步履蹒跚，有的饿晕起不来身，有的倒毙在路边。死了的人，暴尸荒野，令人触目惊心。有死人的地方落了一地乌鸦，天上还有老鹰盘旋，它们肆无忌惮地啄食着人肉。他们碰到一个瘦骨伶仃的男孩跪在两具面目全非的尸体前哭，徐长卿看他可怜，问了一句，男孩泪水涟涟说，跟父母一路逃荒走到这里，他去讨碗水的功夫，父母就被野狗撕成了这样。

　　师徒三人也没法解决男孩眼前的苦难，叹息着离开了。

　　陆商从没见过这么多死人，要么干瘦如柴，要么浮肿如泡，样子十分恐怖，刚开始看到胆战惊心，看多了反而不再害怕，只有难过和叹息。他有点担心此次的行程，看了看师父，知苦的脸上布满了阴云，也是心情沉重的样子。徐长卿一路唉声叹气，心事重重，再也没了以前的活泼话多。

紧赶慢赶，走了一天一夜，他们到了高台城西，在路旁碰到几个惊慌赶路的百姓，拉住一问，才知道官兵包围了疫情最严重的白家屯庄，县官亲自己坐镇，看样子是要对老百姓动手了。

甘知苦和徐长卿、陆商都十分震惊，难道疫情已经严重到了不可控制的地步？他们还有必要前往吗？

徐长卿和陆商不约而同地看着师父，甘知苦沉吟片刻，果断地说："前往白家屯庄看看情况。"

陆商出声劝阻说："师父，不可呀！"

他觉得一方面师父腿脚不便，行动迟缓；另一面那里是疫区，没有官府保护，乱民都可能把他们吃了。

可是，甘知苦心意已决，头也不回地就往前走，虽然步履蹒跚，却又坚定有力。每一步都像负重跋涉的苦行僧，让两个徒弟望而生畏。

15

高台县府已经做好了封村保境的最坏打算，这是自古应对瘟疫流行的惯常做法。肃州官府派出的增援医家，刚到半路就被流民传闻的疫情吓住了，一多半人开小差跑了，带队的官员也不敢前来，找了个地方躲了起来。

甘知愚气得直骂娘，把所有的怨气都撒在属下身上。他黑着脸，对县丞、主簿一干人等怒吼："养兵千日，用兵一时，关键时刻你们一个个都退缩不前，百姓养你们何用！舍弃百姓，保全自己，亏你们想得出来！"

众官员皆低头沉默，已经到了山穷水尽的地步，谁也无力回天。

剿杀传染源，这是县丞陈而已出的主意。他的想法是舍弃疫区的百姓，控制瘟疫蔓延。

甘知愚左右为难，既想保全百姓，又想控制疫情，可是，眼下是很难两全的选择。肃州提督府的加急公文也是让他们速断速决，防止疫情扩散。如今的朝廷名存实亡，各省军政混战不休，根本没人关注一个西北偏远小县的生死存亡，即使他有心救人，也无力扭转局面，没有医家，没有药材，他拿什么去救人？况且，救活了又怎样？还是没有粮食提供给他们，一样会饿死。饥饿的威胁，同样是动乱的根源。

目前是乱局，更是困局、死局，甘知愚顿感无力回天，疫情控制不好，那些病患跑出去还会祸害更多的人。没有粮食，一样容易激发灾民暴乱。他心里清楚，无论从哪个方面考虑，最稳妥的办法也许就是让那些灾民从这个世上消失，换得大局的稳定。可是，作为一县之主，他又狠不下心下达杀戮百姓的决定，这可是要背一辈子骂名的缺德事啊。无奈之下，他找了个借口，先行离开了白家屯庄。

兵丁已经把白家屯庄包围了起来，里三层、外三层，个个荷枪实弹，做好了随时动手的准备。

白家屯庄的百姓如惊弓之鸟，一面忍受着饥饿，一面对抗着瘟疫，看到官兵只围不救，顿感生之无望。有几个烦躁不安的百姓硬要冲出屯庄，刚走到村口就与兵丁发生冲突，被乱枪打死了。

屯庄中有个教书先生，叫曹天成，似乎揣摩到了官府的意图，秘密召集了几个热血汉子，说出自己的想法："看样子，官府是不打算给我们生路了，与其坐以待毙，任人宰割，不如奋起抗争，壮烈图存，或许还能活出个人样！诸位可有勇气？"

几个汉子蓦然一听，大吃一惊，但随后相互嚷嚷了一会儿，就明白了形势所迫，纷纷叫道："好！曹先生，你就挑个头，咱们拼了，能活一个是一个，给白家屯庄留个后！"

他们一致推举曹天成牵头，与官兵一战。曹天成也不推辞，这个时候再推辞就更没活着的希望了。死，没有希望；只有抱定必死的决心，与官兵来一番鱼死网破的斗争了。他筹划一番，让几个人秘密串联百姓，待太阳落山开始行动。

曹天成一再嘱咐他们，秘密行事，千万别走漏了风声。

被唤作"沙坷垃"的是个四十多岁的老实人，领了任务，像怀揣了一个大元宝，因为在村里从来没有被人抬举过的他，突然间被委以重任，神秘、激动、兴奋而担忧的情绪要把他撑破了。他回到家，关上门，迫不及待地抓住老婆的手，抖抖擞擞道："咱要做大事了，咱要做大事了！"

被疾病折磨得气息奄奄的老婆瞪着无神的眼睛，茫然望着他。

"沙坷垃"最终按捺不住内心的激动，把曹天成召集大家与官兵斗一番的计划说了出来。一气说完，他像个泄了气的皮球，呜呜呜哭了起来。

"沙坷垃"的老婆瞪大了眼，这种事情，她想都不敢想，即便随时面临着死亡，她也不敢往这方面去想。她也不敢相信自己的老实男人会有勇气去做这种事。

"沙坷垃"哭了一阵，像是给自己壮了胆，风一样跑去串联了。

他先到邻居半亩地家，关上门，跟半亩地咬着耳朵说了半天，半亩地似懂非懂地嗯嗯应着，脸上满是惊愕。

时间紧迫，"沙坷垃"可没耐心给他细说，交代了起事的时间，又赶往另一家。

就这样跑了十来家，"沙坷垃"感到越来越能说了，口才从来没有这么好过，就连平时最能扯闲谝的王麻子也都接不上他的话，只是笑眯眯地听他讲，他讲得满嘴吐沫乱飞，把听说书人讲过的陈胜吴广的典故都用上了，王麻子笑着听完，说了两声"好"，就挥手送客，把他送出了门。

"沙坷垃"很有成就感，边走边暗自得意，幻想着成事后说不定能分个十亩八亩地，最好把老财主家的那头黑犄牛也分给他，一夜之间就能过上人上人的日子。他越想越有可能，恨不得对着大街上碰到的任何人都嚷嚷。

可是，等他刚从另一家出来，几个兵丁一拥而上就把他摁住了，用一团什么破东西堵上嘴，迅速押到了村口的营地。

对着一个军官点头哈腰的王麻子指着他说："就是他说的。"

"沙坷垃"愣了片刻，马上明白，王麻子向官兵通风报信，一切计划都泄露了。他的腿一软，站立不稳。

军官抽出腰刀，架在"沙坷垃"的脖子上，厉声喝问："说！谁主谋的？都有谁参与？"

"沙坷垃"如同落水的鸡，浑身一抖擞，尿都吓出来了，扑通一下跪在地上，一五一十地把事情的经过说了一遍，人就像一摊泥一样。

很快，"沙坷垃"被抓走的消息传到曹天成等人的耳中，曹天成惊慌失措，仰天长叹："天亡我也！"

心知已是死局，便不顾一切了，操起一把准备好的马刀，冲到大街上，高呼："乡亲们，官兵要杀人了，坐等也是死，不如跟我杀出去，说不定还能有条活路！"

被饥饿和疾病折磨的百姓确实也无奈了，已经串联好的一些人先跳了出来，一窝蜂跟着曹天成往西北方向冲去。随着，更多对活着无望的百姓拿起平常干活的锨把锄头，跟了上去。

而官府偏偏就等着他们作乱的时机。有了这个由头，杀人灭口便有了正当理由。

于是，如狼似虎的官兵火枪齐发，冲在前面的人一批批倒下，后面的人吓着了，丢械溃逃，而官兵手持刀矛，见人就杀，哭喊声、求救声、呻吟声、打杀声混成一片，一场近似于屠鸡宰羊的游戏在村巷中展开。老弱病残、无力逃跑的被当场杀死，那些还有点气力的，有的仓惶逃命，有的与官兵扭打在一起，但手无寸铁的百姓哪是官兵的对手，很快，村子里遍地尸首横陈，四处充满了血腥味。

杀完一批又一批乱窜的百姓，杀得眼红的官兵，还在到处搜罗活口……

正是七月流火的三伏天，燠热难当，又热又渴，路边的树木都落光了叶子，没处乘凉，也没处喝水，恼人的苍蝇还在追着人嘤嘤嗡嗡地叫嚷，一些绿头苍蝇落在人身上，蚊子一样咬人。徐长卿发现后，惊奇地叫了一声。

知苦说，大概苍蝇已经尝到了人血的滋味，开始吸血了，这也是瘟疫传播的途径，要当心啊。

三人折了树枝驱逐苍蝇蚊子，顶着烈日赶着，离白家屯庄还有数里，忽然听到惊慌失措的叫嚷声："官兵杀人了！官兵杀人了！"

几个衣衫褴褛、满身血污的流民疯了般跑过来，看到一个跛子带着两个小厮，衣着还算整洁，背着行囊，像是外来人。他们二话不说，围过来就抢。

徐长卿毕竟年轻，也学过点功夫，顺手放倒了几个。知苦腿脚不便，陆商搀扶着他跑路，但这几个人不要命似的硬抢东西，虽然护住了身家性命，最终还是被抢去了携带的干粮。

徐长卿逮住一个瘦瘦的小伙问："哪里杀人了？"

那小伙不耐烦地说："快逃命吧，官兵屠了白家屯庄，追过来了。"

后面，追杀的喊叫声远远传来，他们不敢往前去了，赶紧连滚带爬地跑到远处荒野的坟丘下，躲了起来。

他们伏在泥沙中，等到那些人跑远，后面也听不到追杀声，才裹着一身泥土爬出来，相互张望，彼此都很狼狈。

落日像一枚滴血的蛋，映红了低垂的云彩，西天一片血红，逐腥追臭的红嘴鸦成群结队从那片血红中扑了过来。

16

甘知苦和两个徒弟又渴又饿，傍晚时才走到城门口，经过兵丁再三盘问，方允许他们进了城。

甘知愚蓦然看到甘知苦和两个后生浑身是土走来，吃了一惊。这个时候，多少人都拼了命地往外逃，他们却赶着往疫区跑，真是迂腐啊！

三人嘴唇都干裂了，赶紧找到水缸，舀了一瓢冷水狂饮一气。知苦歇了口气，怒视着甘知愚，指着鼻子骂道："你还是人吗？为什么要屠村？如果有你的兄弟姐妹、父老乡亲，你也忍心把他们活活杀死吗？你就是个刽子手！"

甘知愚的脸色顿时暗下来，黑着脸，冷哼一声，但他并没解释什么。面对高台饥荒和瘟疫的现状，他一个小小的知县，根本无力改变一切，上司推诿扯皮，只让他裁量自保，消除隐患，他能做什么啊！

"肃州府都已经招募医家前来救援了，你们还这样对付贫病交加的百姓，你们不是人！"知苦越说越气。

"哼！我们盼了又盼，何曾见州府派来过一个医家？"甘知愚气咻咻说。

知苦愣了一下，难道他们上当了？

甘知愚愤愤说："那些窝囊废早在半路上跑了，没有一个医家前来。"

知苦脸色铁青，又指着甘知愚责问："父母官当成这样，你不觉得寒心吗？灭一个白家屯庄容易，可你知道要伤多少百姓的心？"

甘知愚老于世故道："兄弟啊，不当官不知道当官苦，你以为我愿意吗？在官场不心黑手辣能行得通吗？你那点仁心行不通的，心慈手软只会害了自己！"

知苦早就窝了一肚子气，指着他的鼻子骂道："屁话，当官不为民做主，你还当个鸟官！"

徐长卿和陆商从没见知苦发过这么大的火，没想到平时谦和温润的师父狂怒起来令人惊骇。

甘知愚也是一肚苦子水，被知苦当着众人辱骂，脸色便有点难看，愠怒地冲他挥挥手，不愿再跟他说话的意思。

这时，打探消息的兵丁惊慌失措跑来报告，外出借粮的车队半道被劫，一些乡村闹起了动乱，四处都是令人不安的坏消息，县府里乱成了一堆。

甘知愚神色大变，丢下知苦他们，着急慌忙去应付那边的差事。

甘知苦依然满脸愤怒，他没到自家这个温文尔雅的大哥什么时候变得如此心狠手辣了！他觉得跟一个刽子手一样的人实在没话可说，更不想出手救助一个没有人性的狗官，一气之下，他准备连夜出城回肃州去。

饥荒、瘟疫、暴乱，全都一股脑儿涌现在眼前，甘知愚顿时方寸大乱，什么造福一方、什么苍生为念、什么家国大义，在一堆理不清头绪的烂事面前，全都如水皂泡样虚幻。现在，他要的是稳定、是粮食、是医药，是金银，可是，这一切都是那么漂渺，先不说能否保住头上的乌纱帽，保全性命都悬了。

县衙的大堂中，甘知愚、陈而已等人像一群困兽。面对困境，上司只给他们一道"权宜处置"的命令，但要粮没粮、要钱没钱、要人没人，这已经是一个死局，除非有通天本领，挥手之间万事俱备。甘知愚不停地转啊转，脑子里一点主意也没有了。陈而已那点小聪明，在应付这种大困境上更是束手无策。

忽然，一个兵丁慌里慌张跑来报告，南边有一队人马奔县城来了，密密麻麻的，举着火把，看起来像是土匪抢掠县城的样子。

甘知愚大惊失色，近来时闻祁连山中有支匪贼，一路打掠而来，遇村抢村，遇寨掠寨，势不可挡，官兵根本无法对抗。如果匪贼冲着高台县而来，这里没有守军，就那点团练的兵马，遇上不要命的土匪，几乎不费吹灰之力便会丢了城池。

甘知愚在部署守城事宜的时候，甘知苦三人已到了城门口。一队惊慌失措的官兵急匆匆关闭了城门，满城百姓四处乱走，有人叫喊着："土匪攻城了，快逃啊。"

黑夜里，四处都是乱糟糟的人影，惊慌的逃难者东突西窜，恐慌像疫病一样在人们中相互传染。

甘知苦和两个徒弟一时之间无法出城了，只能跟随溃逃的大众想方设法找地方藏身避难。

这股来犯的土匪很会造势，一路高喊着"我们要吃饭，我们要活命"的口号煽动人心，逃荒的饥民一听是为百姓伸张正义，纷纷跟随在后面叫喊，渐渐地，聚集的人众越来越多。到了县城附近，已有千余人的规模。他们有火铳、有炸药，到了城门口，二话不说就朝城墙上开火，打死了几个瞭望的兵丁，其余官兵一看土匪来势汹汹，哪里还敢还手，瞬间溃不成军，主将都跑得没了踪影。

土匪炸开城门，浩浩荡荡进了城，在匪首指挥下直奔县府。这时，甘知愚和属下皆逃得无影无踪。府库里一穷二白，土匪没捞到什么好处，一气之下，一把火烧毁了县府的库房。

黑夜里，匪徒举着火把四处搜刮，沿街的铺面，砸的砸，烧的烧，值钱的东西被搜刮一空，到处都是哭喊声、求救声、打砸声，一夜之间，无数百姓无家可归，流离失所。

知苦和徐长卿、陆商躲进城隍庙里，陆续看到一些流民也涌了进来，扶老携幼，唉声叹气地骂着匪贼，骂着官兵，人人惊恐不安。

一小队匪贼路过城隍庙，听到人声，气势汹汹进来，众人赶忙趴在地上磕头求饶。匪贼鄙夷地看了看这群衣衫褴褛的穷人，没啥油水可捞，冲前面的人踢了两脚，骂骂咧咧走了。直到看不见人影，避难的人还是胆战心惊趴在地上不敢起身。

第二天，天还未亮，逃难者尚未从惊悚中安下心来，忽然又听说西北方向来了一队人马，从西城门冲进来，跟前一日进城的匪贼打了起来，纷乱的马蹄声、喊杀声，让不平静的清晨更加恐慌。

不久，又有人逃了过来，你一句，我一句讲述着城中局势。知苦听了一会，总算是听明白了：昨夜攻进城的匪贼抢掠了半夜，后来都喝醉了酒，还在睡梦中，根本来不及作出应对，就被西北方向来的土匪包围，杀的杀，活捉的活捉，好像是黑吃黑的样子。

一群逃难的人禁不住感叹，这世道，乱得没法再乱了。

17

忐忑不安地度过了煎熬的一夜，终于等到了天亮，知苦让徐长卿出去打探消息。

一盏茶的功夫，徐长卿跑了回来，满脸惊喜地对知苦说："嘿嘿，听人说，大清早打过来的是野水地义勇军，这支人马不就是甘大爷的人吗？这下可好了，终于有救了！"

知苦还是有点不相信，他大哥怎么会突然出现在高台县城？带着疑惑，他和两个徒弟随街上奔跑的众人往大校场跑去。

县衙前的大校场里，一队人马持刀站立，里三层，外三层，井然有序。中间一堆人抱头蹲着，还有几个被反绑了手臂，缚在一旁的杨树上。老百姓不清楚这队人马的来历，只是远远观望，不敢近前。

知苦在人群外面，远远听到一个熟悉的声音向众人喊话："匪首陈二棍恶贯满盈，为害一方，其罪当诛！众多从犯，依据作恶情形，就地正法！其他人等，迷途知返者，归顺我部，不归顺者，乱棒打散。"

这人，果然是大哥甘知勇。

甘知苦没有想到的是，这支匪贼的贼首居然是陈二棍。还真是，不是冤家不聚首，数次作难甘家的陈二棍最终落到了大哥手里。

一棵大树上，绑着獐头鼠脑、三角眼的匪首陈二棍。一听当众处斩，他早已吓得魂不守舍，两股战战，瑟瑟发抖。

徐长卿悄声跟知苦说道："这个恶贼屡次为害甘家，最终还是落到了甘家人手里，真是造化啊。"

甘知苦说："善有善报，恶有恶报，不是不报，时候不到。凡事皆有因果，人世间的事十分奇妙。"

那一边，甘知勇当场下令处决了陈二棍。随着一声断喝，刀斧手手中的大刀一挥，陈二棍便人头落地，结束了他恶果累累的一生。

众匪无首，纷纷磕头求饶，表示愿意归顺。

甘知勇处置完匪众，又当众约法三章：一不许骚扰百姓，二不许趁乱打劫，三不许造谣生事。宣布完毕，让部属清理整顿，另安排一队人马帮助老百姓修房盖屋，维护县城正常秩序。

甘知苦和徐长卿、陆商走过去，侍卫兵一见陌生人，马上警惕起来，拔刀相向，示意他们远离。

甘知勇抬头看到知苦，又惊又喜，想不到在这兵荒马乱的地方会碰到他。

两兄弟见面自然有说不完的知心话。闲谈中，知苦才知道知勇这次打到高台纯属偶然。前两天，他从逃难过去的流民口中得知，高台闹饥荒饿死了不少人，接着又闹瘟疫，整个县城都乱了。他于心不忍，想给甘知愚助一臂之力，便筹措了一批粮食押运过来。哪料到走到半路，前哨人马探知县城被匪贼攻破，城中被抢掠一空，官兵弃城而逃。知勇便改变了主意，打算趁势拿下县城。于是，连夜加快行军，赶在天明前到达县城，一举拿下了匪众。

甘知勇说得风轻云淡，而经历了匪乱的知苦却明白，这场战斗不过是机缘巧合，不然，土匪火拼并非易事。

知苦又想到甘知愚，问知勇可曾见到过。

甘知勇说，官兵早跑得没了影子，估计他早已逃了。

知苦唉叹一声道："他已不是我认识的那个二哥了。"

知苦便讲述了前来高台的目的和甘知愚的屠村行径，甘知勇顿时暴跳如雷，气愤地骂了一声："狗官，令人不齿！"

街上乱糟糟的，兄弟俩不便多说什么，知苦便避开话题，问他接下来有何打算。

甘知勇大手一挥说："眼下百姓灾祸连连，十室九空，官兵又自顾逃命，境内无人管辖，久必生大乱。我黑水义勇军正好趁势占据县城，安抚百姓，再图大事。"

有了甘知勇保境安民的宏愿，知苦仿佛看到了一股扭转乱局的浩然正气，他此时更想为百姓做些力所能及的事。

眼下，瘟疫仍是最大的隐患，如果没有可行的法子遏止瘟疫，极有可能引起更大范围的传播。知苦急需去白家屯庄实地看看，然后再寻求对策。

毕竟是一场瘟疫，甘知勇担心知苦的安全，说啥也不同意。兄弟俩吵吵了半天，知勇最终拗不过他的执着，只好采取折中的办法，安排一队人马保护他们。

事不宜迟，知苦即刻带着徐长卿、陆商赶到了白家屯庄，在遍地狼藉的废墟里找到几个幸存者。这几个百姓以为官兵又来清剿，吓得跪在地上不停地磕头求饶。甘知苦安抚他们，说是来为他们的治病的。百姓将信将疑，呆呆望着他们不敢多说。甘知苦跟他们拉家常般询问了瘟疫发病的症状，又对他们的舌象、脉象进行了观察，皱着眉头想了半天，还是不能确定病因。

他站起身，四处瞅了瞅，问："你们几个，可有近处拉下的大便，带我去看看。"

众人望着他瞠目结舌，这郎中居然要验大便？

边上有甘知勇派来的人大喝一声："快点！别磨蹭！"

人群中马上站起一个老汉，颤颤巍巍带着他们朝不远处走去，指着背阴的墙根下说："就在那里。"

众人掩着鼻子不愿近前，知苦却毫不嫌弃地走了过去，低头看了一眼。转身对徐长卿和陆商招招手，让他俩也上前观察一下。

"痢疾？"陆商一眼就看出了问题所在，疑惑不解地说。

徐长卿也不解地望着师父。

知苦说："就是急性痢疾。"

徐长卿和陆商满头雾水，这场病死人无数人的瘟疫怎么会是痢疾？

知苦问他们："刚才你们也听了，患者都是从拉肚子开始，然后发烧、脱水，直至虚脱死亡。你们说，这种症状是什么证？"

徐长卿和陆商似有所悟，但对于痢疾传染性如此之强仍是不解。

知苦便带着他们去看白家屯庄的水源。当看到水井、沟渠里处爬满的绿头苍蝇和蚊蚋时，徐长卿和陆商恍然大悟，很可能是这些苍蝇和蚊蚋爬在死尸上吸了血，然后又在水里产卵，污染了水源，导致活人食用污秽的水引起肠道失调，最后形成急性痢疾。

陆商心思缜密，他看到身体溃烂而亡的人还有另一种症状，好像与痢疾无关，便把这个发现告诉了师父。

知苦仔细观察了一会，觉得这一症状类似于热毒炽盛、疽毒内陷，人一旦感染，基本无救。

他欣赏地看了眼陆商，觉得很多方面，这个小伙子与自己年轻时有些相似，细心，谨慎，善于思考，假以时日，会成为一个不错的医家。

急性痢疾倒是问题不大，只要确诊，治愈不在话下。

他们带来的除了一点应急药，没有多少药材。为了验证痢疾的症状，他找了几个患者，先让陆商施针，又让徐长卿配制了五苓散，吩咐他从野地里找来一种叫辣蓼的草，切碎，跟五苓散熬在一起。

陆商针灸水平提升很快，他把"马丹阳天星十二针诀"与传统针法结合起来，渐渐有了自己的思路。他持针在患者的中脘、足三里、漏谷、天枢等穴位施针，提插捻转，行补泻之法，先后针治了几个患者，累得满头大汗。

针灸后的患者，马上服下徐长卿熬好的汤药，然后就是等待。

焦急地等了一个多时辰，那几个试验者渐渐感到肚子的痛似乎止住了，拉稀的症状也有所减轻。

对症了，病因找到了！知苦和两个徒弟终于松了口气。

苦难心里暗想，其实，这不过是一个简单的痢疾罢了，用药不过一个黄芩汤而已，却让甘知愚闹腾成骇人听闻的瘟疫，还屠杀了那么多无辜的百姓。

唉，这桩血案最终成了无头案啊。

回到县城，知苦就将这场所谓的瘟疫始末讲给甘知勇，又跟他讲述了预防的一些土方法。甘知勇一听瘟疫可防，保境安民的信心更足了。但知苦也有担忧，对于溃疡性败血症，他却无能为力，唯一的办法就是阻断传染源，把所有患者或死尸烧焚，同时全境组织灭蚊蝇。这个方案，尽管对于那些患者有些残忍，但别无选择，只要有传染源在，就根本无法控制其蔓延，会害死更多无辜的人。甘知勇说，大丈夫有所为有所不为，这个时候，必须以大局为重，不拘小节，这个恶人我来做了。

接下来几天，甘知勇以"黑水义勇军"的名义颁布了几项赈灾公告，采取"以借代赈"的办法发放粮食，安抚流民。又利用井水补种粮食，解决长远生计。组织人力掩埋死尸，动员乡勇维护治安，采用知苦所讲的撒石灰粉、灭蚊蝇、熬喝辣蓼黄连水等土方法防治瘟疫。

为了不惊动百姓，甘知勇秘密安排一队人马搜寻被蚊蝇叮咬后皮肤溃烂者，集中送到深山中进行处置。

这些措施一出，很快将县境的内乱平息下来，让老百姓有了活下去的盼头，一批批流亡的百姓听到音讯，陆续回归，乡野里渐渐有了一点生机。

知苦随着军医查看了几处瘟疫发生地的情况，大都是水源污染传播的痢疾、霍乱之类的杂病，只要阻断了源头，便可扑灭瘟疫，病人的处置，不过是几副药的问题。那些用药早的地方，已经奏效，好多垂死的人又活了下来。相信用不了多久，困扰高台的瘟疫就能妥善解决了，高台定会焕发出新的生机。

甘知勇整天忙于乱后整治，整个高台县城就像被风暴吹乱的茅草窝，到处都鸡飞狗跳，收拾这个烂摊子还需要费些功夫。

知苦留下来也无事可做，又担心母亲和妻儿安危担心，便打算先回太平堡看看。

甘知勇忙着整顿乱局，顾不上照顾他，只好安排了马车送他回太平堡去。

第九章

1

太平堡水瘦山枯，草木凋敝，田地里连一点像样的绿色都看不到。饥饿让人疯狂，为了生存，人们像动物一样吃草，吃树皮，剥光树皮的了榆树、沙枣树，露出精光的杆，在阳光下泛着瘆人的光。干涸的河滩上泊着流沙和石头，炽热的阳光倾泻下来，在河床上肆意放荡。一只鹰在天空中飞旋，饥渴难耐的样子，时刻保持着猎食的姿态。

知苦和徐长卿、陆商越靠近太平堡，越感到萧条和荒凉。河水断流，就没了庄稼；没了庄稼，村庄就不像村庄的样子。

旱魃和饥荒，像一对邪恶的孪生兄弟，一点点摧毁着人们的求生意志。

他们急匆匆进了太平堡，街上没几个行人，偶尔看到个人也是黄皮寡瘦，歪在阴凉处起不了身，冲着他们阴恻恻地笑。

知苦心里有点不安，步履蹒跚，紧跑慢跑，一气跑到甘家老宅，推开虚掩的大门，几步跨进去，高声叫道："妈——紫苏——你们在吗？"

宁青梅和紫苏闻声，带着几个孩子从厢房里出来，异口同声说："回来了啊！"

索维娅和几个孩子都欢欣地望着他，眼里闪着激动的光。

"你们……没饿着吧？"知苦抚着胸口说。

紫苏眼含热泪说："回来好！回来好！知勇大哥让人送来了粮食，还能应付一段日子。"

宁青梅急切地问："高台的瘟疫咋样了？你们没事吧？"

随后赶来的徐长卿接过话说："师祖母，你放心吧，咱师父出手，肯定伏魔降妖，天下太平。你们猜，我们遇到谁了？"

徐长卿这一打岔，气氛顿时松和，宁青梅笑骂了一句："就你猴精！说说看，碰到了啥人？"

徐长卿便把到高台遇到甘知愚屠村、陈二棍攻占县城、甘知勇夺回县城的事一五一十讲了一番，听得宁青梅、紫苏等人惊叹连连，去了一趟高台，居然遇上了这么多事，简直比说书人讲的故事还离奇。

"陈二棍死了？"紫苏咬牙切齿地问。

"是啊，这个祸害终于死了。"知苦笑说。

"可惜，我没能亲手宰了他。"紫苏眼里噙着泪说。

宁青梅不愿她提这伤感的事，避开这个话题说："这么说，知勇拿下县城，要当城主了？"

徐长卿笑着说："甘大爷可威风了，治理天下一套一套的，几天时间就把乱糟糟的县城理顺了，比那些大人老爷们厉害。"

陆商也抢着说："现在的黑水义勇军名气可大了，老百姓全都夸他们是仁义之师呢。"

他们正欢喜地说着，王世琳、云青、甘知信、谷子和一群孩子先后赶了过来，拉着他们问长问短，你一言，我一语，乱世中久的别重逢，让这些人格外珍惜。

王世琳又问知苦他们高台救援的情况。

徐长卿又把前面说过的事说了一遍，听得众人惊叹不已。

王世琳扼腕感叹道："了不起啊，乱世之中行仁义之事，这番作为比官府强多了！现在的官府，恨不得把老百姓刮骨敲髓，吃干榨尽，还不如土匪有担当呢。"

知苦看着苍老不少的王世琳，忽然有点心酸，点点头说："世伯说的是，不管谁治理天下，能让老百姓吃饱穿暖就是王道。"顿了顿又问，"太平堡如今咋样，饥荒能熬过去不？"

王世琳说："还得感谢知勇啊，要没有他支援，恐怕要死一层人了。"

缩在一边找不到说话机会的甘知信接话道："王世伯也是功不可没，他把有限的粮食统一管理，设立粥棚，每天定量供给，让整个堡子的穷人都有了饭吃。"

"好办法啊，只要人在，就有希望在！"知苦禁不住赞叹一句。

一大群人，站在院子里说一阵闲话，甘知信就拉着知苦去看一个病人，徐长卿和陆商也跟了过去。

这个患者是甘知信的舅舅，阎家的当家人阎如松。知苦记忆中，这个名义上的舅舅人长得很魁梧，读过书，也习过武，还挺会做生意，常年带着驼帮走南闯北，把远方的许多稀奇玩意带到了太平堡。祖父活着的时候，阎如松每次回来都会找祖父聊天，还给知苦带过玩具呢。

见到阎如松时，知苦一时难以把记忆中的他跟眼前的人联系到一起。这位六十来岁的老人脸色苍白，眼窝深陷，身形削瘦，疾病毫不留情地改变了他的样貌。

路上，甘知信已经简要地说了阎如松的病情：三个多月来，每次吃下东西就会吐出来，有时朝食暮吐，有时暮食朝吐，或食之一二日全都吐出，吃了几十剂药均无法医治，眼看没有希望，只能过一天是一天，数着日子等待那一天了。

阎如松见甘知信带着知苦来给他看病，本能得有点抗拒，远近的医家看遍了，他对于治愈本已不抱任何幻想。

知苦见他生无可恋的样子，也有些泄气。医病，不只是医家的义务，更要看患者的配合，一个对生命没有欲求的患者，医家再大的本事，只能救得了病，却救不了命。况且，医家有"医者不医亲"的说法，找你看病，人家当是看重你；你不给看，人家当你没情没义。用药平常，治不了重病；用药贵了，人家说你心黑。治好了，人家当是你的本分；治不好，人家怪你没本事。总之，治好或治不好，两面都不是人。

知苦如今对人情世故越来越看得透了，也不急着看病，只是跟他拉家常聊天，说起小时候的记忆，说起他跟祖父的情谊，说起他的生意，说到他的饮食起居，阎如松沉浸在往事中，渐渐有了谈兴，絮絮叨叨说，我十来岁就跟驼帮走西口、走南闯北，几十年过来，历经无数艰难坎坷，多少劫难都过来了，这一劫，看来是过不去了，过一天算一天吧，哪天阎王爷召唤，我这两腿一蹬，啥都没了。知苦开导他说，舅舅你这一辈子了不起啊，没有你，哪有阎家今天的这份家业？你都说了，多少劫难都过来了，这一关你也要过去才行，不然，这份家业交给谁放心？你这病，能治还得治，治好了病，你还能带着儿孙走南闯北呢。阎如松感慨道，如果甘老爷子活着，说不定我这病还能有点指望呢。知苦玩笑说，舅舅，我跟你打个赌，如果你坚持吃十剂药，有起色，我保你无忧，病看不好，我分文不取，病看好了，你拿一半家产作为酬谢，可否？阎如松心里一动，呵呵笑说，你能治好我，别说是一半家产，阎家的家业给你都没问题。知苦哈哈一笑说，舅舅想明白了？那就说定了，我开始给你治病。

解开了病人的心结，知苦跟他谈病情、谈治则就方便多了，阎如松也相当配合，讲了自己发病的情况和目前的状况：不管啥东西，一吃下去，肚子里就翻江倒海，有时停留不了半刻便全吐了出来。

"翻胃。"徐长卿轻声说。

知苦笑笑说，"不错，能想到这个症状，说明你用功了。那你说说，医经对这个病症怎么讲的？有何治则？"

徐长卿不愧是记忆力好，马上背出《金匮要略》中的条文："朝食暮吐，暮食朝吐，宿谷不化，名曰胃反。这种症状，医典叫胃反，也叫翻胃、膈噎，就是吃不下东西，随吃随吐。"他又说《伤寒论》中有治则，"胃反呕吐者，大半夏汤主之。"

甘知信颇为惊讶地看了徐长卿一眼，说："这位小兄弟说得不错，我跟罗丁子查了好久医书，才弄清楚这是翻胃，开始投以大半夏汤，吃了几剂稍见成效，可后来就不灵验了。再投以香砂消导之剂，反而吐得更厉害。又改用二陈汤、利下之剂，还是不应，吐得越来越频繁，远近医家都没有办法了。"

病到了这种程度，知苦也不好下定论，拉过阎如松的手把了把脉，脉大而无力，说明胃气尚可，只是太弱。只要胃气尚存，还有一线生机，若胃气败漏，仙药也无力回春。前人用吐法、攻下之剂均无效，只有和解之法了，可是，从哪里和解？他想来想去，一时摸不着头脑。

陆商和徐长卿也上前摸了摸脉，看了舌苔，均低头沉思。

陆商开口问了一句："喝水吐不吐？"

阎如松好像从没考虑过这个现象，想了想说："不怎么吐。"

陆商又问："那你最想喝啥？"

阎如松有些不好意思地说："我年轻的时候，走西口碰到过一个卖杏皮茶的姑娘，喝过她的杏皮茶，那酸酸甜甜的味道一直让我难忘，现在真想喝一碗她的杏皮茶啊。"

知苦听他这么一说，顿时眼前一亮，转头看了陆商一眼，问道："好，你想明白思路了？"

陆商腼腆地笑笑说："师父，我只是想到一种可能，水能行舟，也能载舟，如果胃津不足，食物可能就下行不了，所以问了饮水。"

知苦点头道："你的思路是对的，就是胃津不足。水不足，舟楫不通，粮米不能运输，就像干旱一样，百姓叫苦连天，可天上地下均没有水，庄稼种不了，草木长不了，最后什么都没了。现在治则就是大补肾中之水，水足方可行舟，脾关运转，粮草运输便归于正常。"

知苦这一分析，陆商、徐长卿和甘知信马上明白了病因和治则，就连不懂医的阎如松也明白了七八分。

知苦笑着说："舅舅，明天开始，我给你熬你想喝的杏皮茶。然后，我再开个方试试。"

说罢，取来纸笔，只写下一味药：白芍三两。

陆商、徐长卿和甘知信看他写完，三人皆是一脸懵懂，这一味药，好像没有跟增液补水没什么关系。

阎如松更是不解，大包大包的药都吃过来了没见好转，这只有一味药，能治大病吗？他只当是试试，也没当回事，吩咐下人抓药煎喝。

知苦也不解释，让阎如松抓药用杏皮煎水喝两次，明天再复诊。阎如松本不抱希望，只是当茶喝，没想到只喝了两剂，就有了效果。

次日清晨，知苦刚起来不久，阎如松就跑到家里来了，一进门就大声叫嚷："知苦，好了，好了，不吐了！"

他的叫声惊动了所有人，徐长卿、陆商和甘知信都跑了过来。

阎如松满脸欣喜地说："昨天喝过药，感觉就松了一口气，今早又喝一次，然后喝小米汤，喝了一大碗，居然到现在还没吐。"

徐长卿、陆商和甘知信几个人都很是震惊，觉得知苦那个药方真是不可思议。

知苦也很高兴，当时开那方子时，他仅凭感觉，想不到效果竟然立竿见影。

他又诊断一番，脉象和缓不少，也有力多了，心里想，关卡开了，但病根仍在。想了想，又开出一方：熟地二两，山茱一两，当归二两，牛膝三钱，玄参一两，车前子一钱。十剂。

这个方子，徐长卿、陆商看明白了，以补肾益水为主，正是针对昨天分析的病症。

阎如松一下子由绝望到满怀希望，满心欢喜，从衣兜里摸出一个精致的塑料盒子，递给知苦说："知苦啊，舅舅也没有什么好东西感谢你，这个东西是我前年到西安走货时得到的，应该对你有用。"

知苦不知何物，推辞不受，阎如松说是，不是啥贵重东西，是个针灸针。知苦不由得心动，接过打开一看，盒子里有层棉纱，上面插着一排排锃亮的"银针"，有长有短，但与他用的"银针"又有所不同，而是比绣花针还细的"银针"。

他怕这些银针会折断，阎如松拿起一根折成圆弧，又捋直，针仍旧不变形，解释说，这是钢丝针，不会折断的。

知苦看到针灸针还可以这样制作，心里十分震惊，爱不释手地捉弄这些针，居然比他常用的银针还巧妙。

阎如松见知苦喜欢，也心安了不少，抓上药就喜滋滋回去了。

阎如松走后，陆商终于禁不住心中的困惑，问道："师父，今天这方我看明白了，补肾益水为主，而昨天的方子，我想了一晚上没想明白。"

徐长卿也不住地点头，想知道答案。

知苦故意卖个关子，问道："白芍啥性？杏皮啥性？"

徐长卿最强大脑一转，背出药性："白芍酸苦，入肝脾经，养血柔肝，缓中止痛，敛阴收汗。杏皮……酸甜，生津止渴，润肺开胃。"

知苦哈哈大笑道："你个徐大脑袋！胡诌竟然也能诌到点子上，不错，杏皮即杏肉，药性就是酸甜，生津止渴，润肺润肠兼开胃。"

陆商兴奋地拍了徐长卿一巴掌，徐长卿捂着脸偷笑，

知苦又说"之所以重用白芍，即为开肝关，肾水生木，肝木克土，三者之关就是肝，这一关卡打开，脾肾自然和解，所以今天吃东西就不会再吐。但病根仍在，若不调理，不久就会反复。"

陆商和徐长卿恍然大悟，甘知信更是震惊不已，他过去常听父亲说，大医不拘形式，随手拈来皆为药，今见甘知苦出手，恍然已有大医风采，他这一辈子恐怕是望尘莫及了。

陆商又眼热阎如松送的那套针灸针，磨蹭到知苦面前说："师父，那套针能不能给我看看。"

知苦看他的眼神，就知道他啥心思，把塑料盒送给他道："好吧，这套针就给你先用着吧。"

陆商接过针灸盒，欢喜得像个孩子，一遍遍抚摸着，爱不释手，可把一旁的徐长卿眼热死了。

2

暂时住在太平堡，知苦闲着没事，王世琳找他商量打井的事。干旱，已经让人吃不上水了，急需找个水源之地，打一口井，解决吃水的问题。

勘测风水的秘术与中医阴阳五行是同源同宗，知苦多少知晓一点。他曾看到过一个记载，古代行军打仗时，为了尽快寻找到水源，就选一个地方，点燃一堆艾草，然后派士兵在方圆五里之内寻找，烟从哪个地

方冒出来，就在那个地方打井，一定能找到水。可他觉得这个记载还是没有江湖跑滩匠靠谱。

知苦说，要找一个会找水的跑滩匠。

王世琳说，我知道一个行家，在太平堡下游的沙井堡，姓李。

知苦说，那就好办，我马上叫谷子去请他。

当天下午，谷子就把李老汉接了过来。

这是一个身材瘦小、尖嘴猴腮的老汉，做事倒爽快，直接提出自己的条件："先小人后君子，一斗米找一眼井，绝对给你找到好井。"

知苦没有跟他讨价还价，眼下饥荒，跑滩匠也不容易，只要能找到好井，一斗米还真划得来。

李老汉看了看天，日头还有一个时辰才落，便说："拿几个瓷碗，带上镰刀、锄头，跟我走，今天还来得及找一找。"

知苦和谷子进屋拿了五个碗，带好镰刀、锄头，就跟李老汉往村外跑。

沿着弱水河畔，他们走走停停，李老汉边走边四处端详。

谷子好奇地问："李爷，你看啥呢？"

李老汉说："水由高处向低流，找水先要看山头。"

谷子望了望山，看不出所以然，又问："这里面有啥讲究？"

李老汉说："看在你们做事大气、做人本分的份上，我给你们说道说道。祖师爷传下十四诀，不遇良人莫浪讲。撮箕地，找水最有利。两沟相交，泉水滔滔。两山夹一沟，沟岩有水流。山嘴对山嘴，嘴下有好水。两山夹孤山，常常水不干。两沟夹一嘴，下面有泉水。大山低嘴下，打井挖泉水量大。山扭头，有水流。湾对湾，水不干。凸山对凹山，好水在凹间。大山凸一嘴，打井多有水。两山相接头，下有泉水流。地形人字山，泉水藏中间。河漫滩上卵石多，地下潜水似暗河。"

李老汉一气说完，也不管他们能否理解，自顾自往前走。一直走到御马湾时，停住了脚步，念叨一声："湾对湾，水不干。就这里吧。"

众人还沉浸在他说的歌诀中看地形，他在荒草丛中来来回回走了几趟，指着一处芦草茂盛的地方说："把这里草割了，用锄头整平。"

又指点相隔不远的另外两处地方说："这两处也一样整平。"

说完，蹲在一边抽旱烟去了，剩下的事，就是知苦和谷子来做了。

等他俩把荒草割了，地整平了，太阳刚刚落山。李老汉又抽了一管烟，天色暗了下来。他把旱烟管在鞋底上磕了磕，让他们留下三个碗，带着其他东西先回，又嘱咐了一句："莫要回头。"

知苦和谷子带好东西，道声"辛苦"，转身便走。

走了几步，谷子便禁不住好奇，偷偷瞅了一眼。

"莫要回头！"李老汉没好气地喝了一声，吓得谷子一哆嗦。

等他们走远了，李老汉依次在三处地方拜了三拜，念叨了几句，在每个地方扣了一只碗，又在碗上盖了些草，然后径直往回走，没有回头。

第二天一早，太阳还没出来，三人就带着锄头、鞭炮来到昨天找水的御马湾。

李老汉向着西面虔诚地拜了三拜，又依次掀掉盖在碗上的草，逐个拿起碗看。

知苦也凑过去看，只看到每只碗的内壁都有水汽，而第一只碗的水汽最旺，水珠子直接往下滴。

李老汉指着那里说："就这个地方了。"

说罢，从谷子手里拿出锄头，呜里呜啦念叨了几句，在地上画了个十字，象征性地刨了三下，便放平锄头，让他们快去找人来挖井。

谷子看他神神道道的样子，心里有点发怵，一溜风跑去找人了。

知苦以为李老汉还要继续去找水，可李老汉坐在昨日割下的荒草上悠然抽起了旱烟。他又闲不住，便问："李爷，现在不去找水？"

李老汉说："不急，咱这个活是两头不见日，你是医家，应该明白其中的道理吧？"

知苦想了想，猜测说："阴阳交割时，阴平阳秘，阴阳相和，地脉平和，是这理吧？"

"高人！"李老汉赞了一句，慢悠悠说，"你们是给人诊脉，咱这行是给地诊脉，干得久了，多少知道点地下的脾气，水气旺的地方地气旺，地气旺的地方种啥都长，插根牛鞭杆都能发芽哩。"

知苦想到阎如松的病，实际也是这理，肾气不旺，自然缺水，无水行舟，便水谷不进。遂开了一句玩笑："李爷高明！敢给土地爷把脉的人都不简单。"

李老汉望着顶儿山，忽然想起一个人，就问："苦瓠大和尚不就在你们山上吗？咋没请他找水？"

知苦神情黯然，说道："圆寂了。"

"唉，可惜了！他才是真正的高人！"

他们坐在枯草上，聊着苦瓠和尚，聊着阴阳五行，聊着风土人情，时间很快就过去了。

谷子唤来了一群人，全是男人，拿着铁锹、锄头之类的东西。一听是打井找水，村人都很踊跃，还有女人要跟来凑热闹，被宁青梅拦下了，她是知道跑滩匠的讲究，这种地阴下找水的活，最忌女人沾染，否则，十有八九要出事。

　　李老汉放了一挂鞭炮，然后给他们讲了讲挖井注意事宜，一群汉子马上光着膀子，欢快地干了起来。三人一组，轮流换班，卯足了劲来打井，这是给自己找水啊，谁还惜力气呢。

　　快到吃午饭时，井挖了约有两丈多深，有人在下面喊："挖到湿泥了，快有水了！"

　　人们欢欣鼓舞，全围上去，趴在井沿上看。

　　李老汉抓一把挖上来的泥土，闻了闻，说："留下两个童男子挖，其他人去砍几棵树来，最好是柳树，直溜点的，柱子一样的材料。"

　　谷子指挥着，换上两个童男子，其他人都去砍树。

　　知苦明白他的讲究，也没多问。隔行如山，虽然他懂一点阴阳，毕竟不出其门，有些规矩还真不懂。

　　午饭是宁青梅派徐长卿和陆商送过来的，每人两个大白馒头，还有一锅小米汤。

　　这些人，饥荒闹得，好久没见过白馒头了，一见就眼馋得直流口水。还有小米汤，锅盖一揭，米的清香就飘出来了，勾着每个人肚子里的饥虫咕咕咕乱叫。

　　"开饭了！"知苦喊了一声。

　　人们立刻围拢过来，徐长卿发放馒头，陆商舀汤，端到碗的人，蹲在一旁狼吞虎咽，只听到吸溜吸溜的声音，谁也顾不上说话了。

　　吃过午饭，这群汉子四仰八叉躺在草地上歇了一会儿，缓过劲来，再次干了起来。

　　就在他们吃饭的空当，井底渗出了浑浊的水。李老汉瞅了一眼，便对知苦说："这个井基本成了。再深挖大约一丈，就到了水脉，不可深挖。眼下先不挖，让人把井筑起来，明天再安排童男子淘井。"

　　所谓的筑井，就是用树杆沿井壁打桩，把井筑成一个桶的样子，以后就不怕泥土坍塌下去填埋了井。让童男子淘井，那也是讲究，取阳盛气血旺之意，血者，水也，血旺则水脉旺。

　　在李老汉的指点下，汉子们抱着新砍的树干挨个打桩，很快就筑出了一个井的样子。

李老汉又给知苦交代了淘井的事宜，便收了工。

3

御马湾的井打成了。经过一天的淘井，清水汩汩冒出来，打井的汉子围着水井欢腾叫喊，争抢着要尝一口亲自打出的水。知苦让他们挨个尝了一口，都说这水真甜。

知苦本想多找几眼井，用井水来解决庄稼灌溉的难心事，但是，接连两天，知苦和谷子陪着李老汉跑遍了堡子周边，再也没找到第二个能打井的地方。李老汉说，跑滩找水也得看运气，有好运很快就能找到一个，没运气，十天半月也难以找到。知苦虽然不懂他这一套法则，却也理解好风水轻易难遇。李老汉望着远处的顶儿山，很想到那里再去找一找，每多找一眼井，就多挣一斗米呢。知苦想了想，考虑到那边太远，乡亲取水不方便，就没再去找。

回到村里，知苦让紫苏从自家的粮缸里给李老汉量了一斗米，李老汉背着口袋，欢欢喜喜回去了。

乡亲听说打出了好水，纷纷跑了过去，围着水井看了又看，叫嚷着要尝一尝好水。

阎如松连续吃了十剂药，已经能吃能喝，精神见长，已经恢复得跟常人无异。听说知苦主持着打了一眼新井，忙三赶四地赶了过来，村人见他久病初愈，面大红光，纷纷跟他打招呼，为他的康复道贺。

阎如松麻利地爬在井沿上一看，井的出水很旺，水已涌到离井口不过一丈的地方，他当即吃了一惊，能打出一口旺井，那也是运气。俗话说，流水生财，运气旺的人，财神也撺着送人情呢。他又想起当初知苦跟他打赌赌半个家产的话，暗忖，莫不是老天也帮着他呢，阎家的半个家产合当他得？

这打赌的话，知苦是当玩笑说的，可阎如松却当回事跟人喧谎喧了出去，他也抱着可行可不行的心态吃着药，可是，吃着吃着就好了。男子汉大丈夫，说出的话，拔出的牙，他响当当的阎家当家人说话不能不当回事，不然，被人笑话死了。

正好，今天当着众人的面，他要兑现承诺。他选了个高处，使劲咳了几声，高声说："各位父老乡亲，知苦外甥治好了我的绝症，我愿赌服输，今天就把阎家半个家产酬谢于他，阎某请大伙作个见证。"

知苦就在人群中跟人喧谎，忽听阎如松当众说出送他半个家产，他淡淡一笑，那不过是个玩笑而已，这个舅舅居然当真了。此时，不管他真心还是假意，有这个态度就够了。"医不治亲"的例子比比皆是，好多亲友都会把医家治好自己当作是理所当然，治不好则是没有尽力。阎如松哪怕是出于生意人的精明故意演一出戏，在知苦来看，他已知足。他的目的是治病救人，开玩笑打赌也是医治病人的一种手段。

"舅舅，打住，打住！言重了啊，治病救人就是我的本分，跟你开个玩笑，哄着你吃药，你还当真了。病好了就好，其他不用说了。"知苦拱手向众人致意，笑呵呵说。

阎如松老脸笑开了花，笑道："知苦啊，说出的话，泼出的水，我可是当真的，救命之恩，当涌泉相报，我阎家岂敢食言。"

知苦打定主意不要这个赌约，想了个正当拒绝理由，正色道："舅舅你可别折杀我了，如果这话传出去，知情的还则罢了，不知情的当我讹人，我还咋开医馆呢，你若有心，就与乡亲结个善果吧。"

阎如松的确精明，听他这么一说，顿时明白了他的心意，转头向众人说道："我外甥仁心仁术，光明磊落，我阎某人就不勉强了，把我外甥知苦的这份福报转送给乡亲，我捐十石粮食于公处，与大伙同舟共济，共渡难关。"

众人闻言，啪啪啪拍手叫好，称道他慷慨大义。

知苦会心一笑，心想，这个舅舅还真是个精明的生意人，脑子一转，就把一件私家小事变成了大义之举，从而赢得了民心。

突然，一队官兵飓风样冲了过来，气势汹汹围住了人群，众乡亲惊慌失措，忙向一边躲避，欢快吉祥的场面马上变得凝重起来。

一个骑马的校官大声喝问："哪个是甘知苦？"

知苦忽得有点心慌，但还是故作镇定向前一步道："我就是。"

"带走！"校官二话不说，上来就带人。

阎如松走南闯北见过大世面，可不会轻易被官兵吓倒，出面阻拦说："且慢，官爷，为啥事抓人？"

校官冷哼一声道："你还没资格知道，滚一边去。"

几个随众上前扭住知苦，不容他分说，就带走了。

"怎么回事？为啥抓人？瞎了狗眼的官府，好人坏人都不分，胡乱抓人！"惊甫未定的乡亲纷纷叫嚷，为知苦打抱不平。

阎如松无奈地叹口气，心事重重地望着知苦被带走的方向。

谷子和徐长卿、陆商都懵了，一时不知怎么办好，慌忙向甘家跑去报信。

宁青梅、紫苏和索维娅等人闻讯，均大惊失色，真是"人在家中坐，祸从天上来"，好端端地为乡亲做点事，却被官府莫名其妙地抓走，这到底是咋回事？

几个人胡乱猜测着，掩不住心里的恐慌和担忧，当初王嘉义、甘若望出事的阴影再次笼上大家的心头，如果官府给知苦定一个勾结乱匪之类的罪科，后果将不堪设想。

他们猜度了一会，实在猜不透缘故，却再也坐不住了，纷纷叫嚷着要赶往肃州去。

随后赶来的王世琳拦住了他们，说道："别慌啊，现在还不知道是啥事，连抓他的人都还不清楚，贸然到肃州，也找不到门道。谷子，你们几个赶快从阎家借几匹马，骑上跟过去，打听清楚消息，即刻回报。"

王世琳毕竟是当过县官的人，处事有板有眼。他这么一安排，慌乱不堪的众亲友稍稍安定。

谷子和徐长卿、陆商急忙去借马打探消息……

4

事情还要从甘知勇说起。

黑水义勇军占据高台县城没过两天，消息就被官府得知，肃州和甘州两地的官府不会眼睁睁看着土匪占据县城，于是，两面发力，同时出击，围剿占据高台的土匪。当时，甘知勇把兵力分散到乡村去帮助百姓恢复生产，对官府的突袭毫无防备，留在县城的义勇军兄弟只有区区百余人，根本无法对抗官兵的围攻，甘知勇眼看突围无望，只好化整为零，让弟兄们各自逃命。

很快，官兵破城而入，四处搜捕乱匪，那些来不及逃跑的黑水义勇军兄弟，全被官兵抓了起来，当作乱匪处决于市井。

刚刚过了几天安心日子的民众，再次陷入惊恐不安之中，家家封门闭户，人人噤若寒蝉，接二连三的灾难和无法预知的未来，让一城百姓皆如惊弓之鸟，恨不得有个地洞躲起来。

官兵清剿余寇，却没发现匪首甘知勇，又搜查了数日，依然下落不明，但清剿了一个数千人的匪众组织，已是大功一件，各路领兵便拿着剿匪胜利的成果去邀功领赏了。

知苦听到"黑水义勇军"被围剿，坐在牢中愣了一阵神，想不明白这样一个鱼肉百姓、黑白不分的官府究竟是为谁当政，他实在看不明白世间的诸多乱象。

不久，太平堡的宁青梅等人也得到了消息，知道了知苦是因甘知勇而受到牵连，当作勾结匪众的余患抓了起来，众人更加担心知苦的安危。

随之，坏消息一个接一个传来，留守野水地的黑水义勇军也被官兵剿灭了，死了一片人。怀有身孕的白芷颠沛流离，逃难中途流产，不知所踪。官兵挨村挨户搜查乱匪余孽，抓走了许多与野水地有关联的百姓。太平堡也被官兵围了起来，挨家搜寻，逐个查问，但凡跟野水地有点关联的人都惊恐不安，既牵挂子女的安危，又担心自家受到牵连，家家惶恐，人人自危。

宁青梅一家老小被当作重点监控对象，一队官兵轮流守在门前，不许随意进出。最糟糕的，粮食被当作赃物查收了，一家老小马上断了炊，男人长吁短叹，女人和孩子嘤嘤哭泣，他们像一群待宰的羔羊，命运任人摆布，连一点抗争的余地都没有。

围剿"黑水义勇军"，官府当大功一件宣扬，这个消息很快传遍了肃州。白府的白天鹤却坐不住了，且不说他们对"黑水义勇军"知根知底，但就"黑水义勇军"被官府剿灭了，姑爷和姑娘的生死都让人揪心啊。

他们想把知苦从牢里弄出来，可自身都朝不保夕，有心无力。他们知道知苦对闻府有恩，便传信给闻人杰，托闻人杰想办法。

闻人杰一听是知苦被抓，也跟着急，略一思索，十分仗义地说："为了甘先生，赴汤蹈火在所不辞！"

白天鹤抱拳说："拜托了！"

闻人杰虽然是黑道的人，但跟官府还是有点交情，事不宜迟，他迅速去找了肃州镇守使潘大人。

"甘知苦就是给了我救命之方的医家？"潘大人略感意外地说。

"是啊，大人，当初甘知苦毫不保留地献出此方，分文未取。"闻人杰如实说道。

这位潘大人当时身患臌胀，相当于肝瘤晚期，四处求医已回天乏术，闻人杰看望后特意留心了这个病症，跟知苦说过一声，恰巧知苦从苦瓠和尚口中得知用百年老葫芦和陈年大豆治臌胀的方子，告诉了闻人杰。闻人杰献方于潘大人，潘大人喝了几天，臌胀便消除了，直叹神奇。他只当是闻人杰从哪搜寻来的秘术，当时并没多问，今天才得知出此方者竟就在身边。

"一身好本事啊，难得，难得！"潘大人感叹道。

闻人杰听出了潘大人的惜才之意，又凑了一把火："人品也是相当出众！当初高台疫情严重，官府招募医工，甘知苦可是自愿带着徒弟前往疫区的。我听说，其他医工都半途而废，他们却不畏生死，直达疫情现场，给出了控制疫情的良方。"

"哦？那就是说，甘知苦是奉命援助疫区了？这就好说，一个好医工是百姓之福，咱说啥都得护他周全。"潘大人感念救命之恩，虽然嘴上没有说出来，但有这些话就够了。

闻人杰笑着拱手恭维道："大人为官清正，心怀黎民，如此维护一个医家，将来肯定会传为一段佳话。"

潘大人明知他是恭维之词，听着却很高兴，呵呵笑说："别拍马屁了，你不就是这个目的嘛。"

闻人杰笑笑，再次拱手致谢。

甘知苦也没想到，当初一个无心之举，竟能让他免遭一场杀身之劫。

他从牢里出来的时候，身边已经发生了许多他意想不到的事情。

先是听说野水地的"黑水义勇军"全部被打散了，知勇大哥生死未明，他认识的一些人也都没了音讯。而后，在白府见到了死里逃生的白芷，听说她的逃难中流产差点死去，十分心酸。白芷仿佛一下子老了十岁，病恹恹的，连说话都提不起精神。知苦想用道医祝由术为她疗治，可她根本无心治病，只要一天没有甘知勇的消息，她便没有活下去的心思。知苦摇头叹息，却无法化解她心头的块垒。

就在这个节骨眼上，又传来改朝换代的新消息，原先的官府被新的势力推翻，新势力重建政权，原官府的政令随之作废，太平堡的亲人终于获得了自由。宁青梅和紫苏等人原本打算等天热了要过来，可是立春一过，刚热了两天，突然天气转寒，接连几天，寒风凛冽，阴云密布，天都像塌下来一般，压抑得让人难受。紧接着，一场大雪降临，气温骤降，仿佛又到了寒冬腊月。知苦就托人带了口信，让他们暂居太平堡，一方面是天寒的缘故，另一方面是饥荒还没结束，一大家人到了肃州养活不起啊。

这场新旧势力的博弈中，一些人得势，一些人失势，就看谁的运气更好了。在高台败走的甘知愚算是得势者之一，他在混乱中躲到省城，周旋了一些日子，与曾任省府学政使、肃州道运粮使的方亦圆搭上关系，时隔不久，方亦圆借助新军要人的势力当上了肃州新提督，甘知愚跟着作了幕僚，到任后，又被委以泉湖县县长之职，管辖区就是肃州城区内外。

5

经过一番磨砺，甘知愚像久泡浆水的老菜一样，终于酸咸自知，越来越会当官做事。初到任上，他便广泛结交幕僚商贾，他要把自己的根深深扎进肃州的土壤里，建立起盘根错节、固若金汤的人际网。逢年过节，上上下下、里里外外都打点得十分周到，渐渐形成了自己的人脉。一些商贾们看到甘知愚得势，便挖空心思讨好他，想从他那里得到好处，济生堂的齐永贵就是其中一个。

齐永贵起初只是作为齐天寒掌控的一枚棋子，为青囊门效力，济世药铺被查没后，他跑到西域躲了几年，又结识了一大批达官贵人，现在东山再起，生意场上呼风唤雨，左右逢源，不仅开药铺，还开了烟馆、杂货铺等十几家商铺，在肃州城里要风得风，要雨得雨，是个不可等闲视之的人物。

这个精明的商人，简直长了一只狗鼻子，早早就嗅出了肃州官场风云变幻的气息，甘知愚还没得势时，他就想方设法去交好，时而送件古玩字画，时而送去新鲜果蔬，甘府的门直进直出，无人阻挡。有他援资助力，甘知愚很快得势。齐永贵私下里把这个投入叫"养羊计划"。"羊"养肥了，便开始了"收羊毛"的布局。

有一天，齐永贵拿着几张纸找到甘知愚，摊开在书桌上，指点道："甘大人，送你一场福报，看看这个谋划咋样。"

甘知愚瞅了几眼就明白了，这是一份想独揽肃州药材生意的策划书。其意图是欲借助官府的手，成立一家批发零售兼营的药材总局，垄断整个肃州的药材市场。

真是一个胆大而又宏伟的计划！

可是，一项新政的实施必然会触动更多人的利益，可行吗？甘知愚虽然心动，但又犹豫不决。

齐永贵察言观色，看出他动了心，说道："甘大人，时局动荡，朝不保夕，乱局中立身保命必须有足够的财力，否则，到头来，什么都是一场空啊，如果成了，我跟大人五五分，如何？"

甘知愚仿佛看到了政令一响、黄金万两的未来，禁不住偌大诱惑，终是跟齐永贵走在了一条道上。

不久，县府颁布了一条通令：为保障市场有序、百姓安康，特许济生堂独揽肃州药材进货批零，小商小贩私卖药材一律抄没并处罚。

此令一出，一片哗然。

平常人不清楚，开医馆、药铺的人知道，药材的利润通常达到三倍至十倍，紧俏和名贵药材甚至高达几十倍、上百倍，县府与济生堂独断药材，相当于断了所有药商、药铺、医馆的财路。

然而，有了县府撑腰，肃州城里的药铺、医馆都不敢多说什么，齐永贵很快就把持了所有药铺医馆的进货，药材价格也由他一家来定，原来积压的药材更是向各个药铺医馆摊派，其他药铺医馆明知他赚黑心钱，但众医家都是敢怒不敢言。好在，事情刚刚起步，一些医馆、药铺还有别的渠道弄到药材，影响不是太大。

知苦听闻济生堂独断药材市场，背后是甘知愚在撑腰，心里就更不舒服了。在高台疫情时，甘知愚斯文扫地不说，更是丧尽天良，知苦对他已经没有了丝毫好感。听他到肃州任职，官员乡绅都去接官亭相迎，知苦根本不理，后来见了面也是冷脸相对，话都不跟他多说半句。

尽管如此，外人总以为他沾了甘知愚的多少光，药材市场的事一出，一些同行更是胡乱猜测他也参与其中，有什么见不得人的勾当，药铺和医馆的同行对他既恭敬，又忌惮。

"甘之堂"的药材一直有几个固定的客商供货，其中一家是山西商人赵和。他们晋商走南闯北，做的是天下公平买卖，县府新政令一出，山西会馆的药材生意也被禁止，赵和总以为"甘之堂"跟济生堂有什么瓜葛，便对"甘之堂"有了看法，合作也就作罢。

眼看着药材断货，谷子急得直跳。他去找山西会馆的赵和，人家根本不理他，没说几句话就被轰了出来。

知苦听他一说，感觉其中必有什么蹊跷，便想着抽空亲自去找一趟赵和，跟他解释清楚，解除误会，以便继续合作。

天气寒冷，得病的人接连不断，医馆里挤满了就诊的病人。知苦忙得顾此失彼，郑大喆，还有两个徒弟都忙起来，仍然应接不暇。有时，还有急诊出诊，城里乡下，不论多远，病人家有请，就都得去诊治。这一忙，就耽搁了数日，一些药材断了货，别处不敢供货，只能从济生堂买些应急。药材买回，谷子看了眼后就一迭声地抱怨，一方面药材质量太次，另一面价格奇高，平常用的麻黄、柴胡都是陈货，还翻了几番的价，给患者配齐一副药，无形中高出了几倍的价格。知苦这才知道济生堂在药材上做了多少手脚，赚了多少黑心钱。

这时，他实在无暇顾及药材的事，医馆接诊的患者又出现了新情况。这些患者大都是突然发烧，伴随着咳嗽、鼻塞、流清涕、胸闷如焚、嗓子干涩、浑身乏力等症状，看似是典型的风寒证，却又难以遏止。"咳咳咳"的声音在医馆此起彼伏，一呼百应，像无数把锯子锯着湿重的木头，滞涩，闷胀、疼痛，听着便让人难受。一些年老体弱的患者，甚至来不及施治就扛不过去了，只能遗憾地让家人拉回家去办后事了。

知苦和郑大喆诊断，所有症状，都是伤寒的特征，他们投以桂枝汤、麻黄汤、葛根汤、小青龙、大青龙等常用伤寒方，病人却时好时坏，有的治愈了，有的无法痊愈，还有的因感冒引发并发症更加严重。更令人费解的是，家中只要有一人感冒，全家人都会相继传染，绵延不休，经久不愈。

若是平常，治疗一般中风、中寒和外感，知苦只要诊断准，大都是"一剂知、二剂愈"的神效，就连徒弟徐长卿、陆商，手下也有七八分准头，精准诊断，精准用药，是他们践行的行医理念。

可是，今年流行的伤寒似乎格外顽固，常用的经方、时方全部使过，居然压不住伤寒的势头。甘知苦甚至想到了温病派针对季节交替的治疗温病思路，用到了银翘散、桑菊饮、麻杏石甘汤等辛凉清热的良方，但仍旧是个别有效，大部分患者还是无法康复。

这场缠绵不休的伤寒症，难倒了无数医家，其他医馆同样束手无策，都无法对付一个小小的伤寒，病气像龙卷风一样横扫全城，走到大街上，满街都是咳嗽声，整个肃州城仿佛都病了。

6

"甘之堂"内外，病人每天都排着长队，咳喘连天，声声惊心，谷子看着直发愁，隐约感到要出大事似的。

为提防病人相互传染，"甘之堂"分隔出候诊室、就诊室和康复室。候诊室是病人等候的地方，徐长卿负责初诊和维持秩序，就诊室里有知苦和郑大喆接诊，康复室有陆商为患者行针施药，后堂有谷子和红缨收账、抓药。

这时，陆商成了康复室最忙的人。这个腼腆而心细的年轻人，经过知苦的指点，针灸已经达到不错的水准，一些疼痛的症状，他常常以一、二针就能取得立竿见影的效果，那些咳喘不休、鼻塞、胸闷的患者，经他针灸，大都有所缓解。患者不断地呼叫"陆先生"，陆商一一应答，不焦不躁，沉稳施治，颇得患者青睐，有个患者还开玩笑说，这么有本事的小伙，等我病好了一定给你介绍个好对象。陆商笑笑，继续忙手头的活。病人实在太多了，他连停下来喘口气的功夫都没有。

突然，有人惊呼："先生，快，晕倒了！"

陆商转身看到布衣店的周掌柜猝然倒地，急忙奔过去，把人放平，作了初步检查，只见周掌柜双目紧闭、牙关紧咬、四肢抽搐，疑是中风之症。迅速拿起一根毫针，针在人中穴上，疾进慢捻，运了一会针，病人仍旧没有反应。他又取一针，扎在他的脚底涌泉穴，针行泻法，周掌柜只是呻吟一声，仍然双目紧闭，陪他来看病的家人连忙上前呼他："娃他爹，你咋样了？"

那人毫无知觉，围观着的人小声议论："看样子中风了啊，难办了。"

病情危急，陆商也拿不定主意了。他快步走到知苦的诊断台前，劝说就诊的人稍候，讲了周掌柜的情况。

知苦不敢大意，急忙起身过去查看。

知苦俯下身，查看病人的表象，又把了脉，一时不好决断。从发病看，猝倒，双目紧闭、牙关紧咬、四肢抽搐，的确是中风之兆，而脉象上却是数脉兼滑脉，痰饮症的脉象。又观察了一会，看到周掌柜下意识捂着胸口，闷胀难受的样子，顿时心中明了，说道："假中风，痰盛侵心，心气乏绝。急投祛痰益心之剂。"

说罢，他写下一方，交给陆商：人参一两，白术二两，茯苓三钱，附子一钱，南星一钱，姜汁一合，菖蒲三分。

陆商看了一眼，又把药方交给患者家人，让她去交钱取药。旋即，又不放心，走到柜台前，跟谷子说："急症，药要急煎。"

谷子自然明白"急煎"之意，连忙抓好药，用开水泡了药，就把药罐子拿到大火上去煎，前后一袋烟的功夫，马上清出了第一镬汤药，又把药碗放到冷水里冰了一会，试了试药的温热，端给了陆商。

陆商正忙着扎针，腾不出手，吩咐家人先徐徐喂药。

一会儿，周掌柜的家人跑过来，急得要哭的样子，她说："先生，喂不进去啊。"

不得已，陆商放下手中的针，过去帮着喂药。

一看周掌柜牙关紧闭，的确难以喂进滴水，陆商也有些头疼。他试着按压嘴边的几个穴位，周掌柜随即张了张嘴，随之又闭上了。

陆商想了想，看到一边的毛笔，忽然有了主意。他拿起毛笔，拔掉笔头，用水冲了一下笔管，依照前面按穴的办法撬开周掌柜的嘴，把笔管塞了进去。顺手端起药碗，含了一口，对着笔管的另一端灌注下去，几乎是口对着口，一口，一口，把大半碗药汁口对口喂了进去。

旁边的人都看得目瞪口呆，康复室内鸦雀无声。周掌柜的家人早感动得泪流满面，哽咽无语。

知苦、谷子等人忽然觉出康复室的异样，还以为出了事，都围了过来，爱凑热闹的红缨风风火火挤进人群，一看陆商喂药的一幕，震惊得张大了嘴巴，口中喃喃："这个愣头青！"

陆商专心致志喂完药，猛地抬头一看，所有人的都在注视着他，他不由得红了脸，讷讷道："这个……这个方法管用。"

知苦上前拍拍他的肩膀说："好样的，医者本心，医者本心啊！"

众人都朝他直竖大拇指，小声评点着他。

喂药后时间不长，周掌柜就咳出了声，渐渐睁开了眼睛，茫然看着周围，不知道自己刚才在鬼门关前走了一遭。

家人看到丈夫醒过来，激动得跪在地上，向陆商磕头道："谢谢陆先生救命之恩！"

陆商赶忙扶起她说："治病救人，医者本分，不必多礼。"

众人你一言、我一语把陆商刚才救治的过程跟患者描述了一番，周掌柜顿时眼睛红了，抹着眼泪不住地说着感谢的话。

"医家本分"不过是为医者的谦辞，不经历生死，就无法体会不到医家救命的这份情义，只当是医家应尽的义务，生死之间，医家可以权衡利弊，救与不救全在一念之间。

这时，谷子送来了第二镀汤药，陆商让周掌柜服下，稍候片刻，他气色渐渐有了好转。

他还惦记着师父这个用药的奥妙，想去讨教，可看到知苦那边围满了患者，又不好打扰，就去干自己的事了。

紧紧张张的一天结束了，收拾完东西，知苦不停地捶着腰，坐了一天，腰酸背痛的。

徐长卿上前帮师父捶背，边捶边问："师父，明明是伤寒症状，为啥怎么用药都不见效？病人还越治越多？"

知苦也是想不明白，他只能说，很可能还是诊断上有问题。

事实上，医家最难的诊病，并非用药。找不到病机，就无法寻到病根。只要病机诊断准了，用药就是顺其自然的事，方随法出，水到渠成。就像这伤寒，最基础的有太阳中风表虚证、太阳伤寒表实证、还有邪热雍肺证、寒热交错证等，一本《伤寒论》，归结起来，讲伤寒的有一百二十多种证候，哪怕其中一个词的用法不同，症状用药都不一样，如很多条文讲到"烦躁"和"躁烦"，仅仅颠倒两个字的位置，意义大不一样，内热曰"烦"，外热曰"躁"，这热是由内而外，还是由外而内，病因不同，治则自然不同。

知苦跟徐长卿随意地闲聊了一会儿自己的感悟，就见陆商咳咳咳捂着胸口出来了。他心疼地问了一句："陆商，不舒服？"

陆商摇摇头说："没事，没事，咳咳咳……大概受了点风寒，吃副药就好了。"

"要注意身体啊，别太拼了，你要是病倒，哪有精力救治病人。"知苦嘱咐了几句。

"知道了，师父。咳咳咳……师父，那个药方的用药是啥讲究？"陆商仍然惦记着那个药方。

知苦笑了笑，给他分析用药："此方用参、术救心气之绝，同时，借附子之力破围而直入，但是，如果只用附子而不用南星、姜汁，则痰涎间隔，附子孤军深入也难以成功；再佐之菖蒲，借其向导，引附子群药迳达心宫，施展祛除之力，可以回春也。"

陆商沉思一会，拱手作揖道："师父，弟子受教了。"

7

第二天一早，周掌柜家人抬着前来复诊，家人说，晚上病情又反复了，持续高烧，伴随干咳、呕吐，渐渐昏迷不醒。

知苦仔细诊断一番，感到病已由表及里，越来越麻烦了。他想了半天，仍然想不通病情为何迅速转化，只好开了一剂清热泻下的药，让家人继续观察。

又过了一天，郑大喆突然病倒了，跟大部分患者的症状一致，发烧、咳嗽、流清涕、浑身乏力……

他自己开了药，吃过还是不见效。又请知苦看过，开了药，还是不验。作为医者，郑大喆知道遇上了难治之症，马上紧张起来。

过了两天，医馆医治过的周掌柜不治而亡。消息传到医馆，陆商便有些难过，毕竟他全力抢救过，最后还是没有救下来。

知苦安慰他，世间百病，有些病非人力可挽，不要介意。

郑大喆一听周掌柜病死了，顿时吓得要死。

紧接着，陆商也病倒了。开始只是身体不适，他硬忍着不吭声，怕给师父添麻烦，面对没完没了的病人，他只想多尽一份力，为师父分担一些，但没过两天就浑身疲软无力，发烧头昏，一下子就躺倒了。吃了药，仍旧无效。

对于这个徒弟，知苦十分心疼，再次仔细诊断一番，看起来仍然是伤寒脉象，但又觉得自己好像忽略了什么。

"坏了，是疠气，不是伤寒。"知苦想到陆商口对口为患者喂药的情景，一下子就想到时疫的传播途径，不由得大惊失色。

徐长卿马上想起《内经》记载，吟诵出口："五疫之至皆相传染，无问大小，病状相似。"

知苦又想起苦瓠和尚说过的话，"天地迭移，三年化疫。"高台的那场疫情不过是假象，真正的疫疠应该现在才露头。他神色凝重地说："看来，我们要面对一场生死之虞了。"

一说到疫疠，他们都想明白了这个久治不愈的病情，冬春相交之时，正是疫疠发作之期，这种病会可以通过气息、飞沫、痰迹、粪便等进行传染，一传十，十传百，防不胜防，如果大面积扩散，后果不堪设想。而且，这种疫疠的发生、发展非常突然，每一次都是不同的症状，从来没有一个固定的方剂能够解决。

郑大喆听说是疫疠，脸都绿了，虚弱无力地问道："可有办法？"

作为一个医家，他心里很清楚，只要碰上瘟疫，十有八九无治，但强烈的求生欲念仍让他心存一线希望。

知苦宽慰他："放心吧，总会有办法的，几千年来，老祖宗应对瘟疫有的是办法。"

在肃州医者中，刘楚和杨祝山都已作古，如今医术最好的要数甘知苦了，郑大喆听他如此一说，心里一热，刚想说什么，一阵咳嗽涌上来，他什么也说不出了。

知苦暂时还想不出对症的方药，先让他们服用了铃医传下的"普济丹"，却没有应验。又改服"败毒散"，这是宋代《太平惠民和剂局方》中防治瘟疫的名方。

郑大喆喝了几副药，稍稍有所缓解。

但是，陆商的病情却一日重于一日，时而昏迷，时而清醒，浑身乏力，脸色蜡黄。仅仅病倒几日，这个精干的小伙子就瘦了一圈，看着都让人心疼。

知苦忧心如焚，不时地给他把脉诊断，针药并药，以期救逆。

陆商心里暖流涌动，感受着亲人般的关怀，又怕连累到师父，几次出声拒绝师父接近。

知苦安慰他，做好了自我防护，不碍事。又鼓励他说，坚持住，师父一定能研制出对症的方子来。

知苦虽然戴了口罩，但眼睛里满是疼爱与关怀，陆商心里滚烫滚烫的。

红缨也为陆商难过，在她心里，其实已经有了一点朦胧的念头，陆商很多方面像甘知苦一样，内敛，细心，认真，有担当，尤其是高台抗疫归来，听说了他的一些作为，她居然开始留意他。那天陆商口对口为患者喂药的情形，更让她震惊，又让她敬佩。

如今，陆商一病不起，她的心便悬了起来，每日端水喂药，精心照料，这份心思让谁看了都感动。她对陆商的好，知苦看在眼里，默默为他们祝福。

陆商仍旧怕连累她，拒绝她靠近，红缨却俯下身，在他脸颊上飞快地啄了一下，爽朗地说："我看好的男人，必须给我好起来。"

不善言辞的陆商望着她姣好的面庞，瞬间泪流满面。

为了防止更多的人传染，知苦马上安排谷子、徐长卿在医馆点燃艾草，驱除秽气。然后疏散求诊患者扎堆，避免交叉传染。要求医护人员自我防护，用纱布遮蔽口鼻。

"甘之堂"率先推广草药防疫的措施，在药王庙门口架起一口大瓮，煎熬麻黄、生姜、葱白、红枣等预防疫疬的汤剂，为过往民众施药。红缨、安芸儿一起上阵，连南关余丁地的牛得草等一群乞丐也跑过来帮忙，一边熬药施药，一边宣讲疫疬的危险与自我防护，过往行人不敢大意，接过那碗温热的汤剂一饮而尽，说着"甘之堂"的仁义。

随着疾病的传播，一些地方接二连三有人病死，痛失亲人的哀哭声每天都在大街小巷回荡，恐慌的情绪比瘟疫流行还快。城郊的泉湖乡突然发生件怪事，姓刘的员外家的一头老牛竟然开口说话，整天烦躁不安地哞哞乱叫，有一天，一个小孩子说，"听，它在说，跑——啊——，跑——啊——"众人仔细一听，还真是这么叫。刘员外十分不安，赶紧向村里的风水先生求教，风水先生掐指一算，大惊失色，说道："这是鬼神司疫，老天要收人了。"消息传出，人们都惶恐难安。随后，更多离奇的事发生了。一天夜里，阴风怒号，乌云滚滚，闷闷的雷声从天边响起，天地仿佛充斥着一股毁天灭地的威压，让人惊骇，尤其冬天听到雷声，这可不是好征兆，风水先生说，这是阴兵过境呢，听，鬼哭狼嚎的声音、击鼓开道的声音……次日，人们看到路边的荒草仿佛被千军万军踩踏过一样，全都伏在地上。

一个又一个传闻，让恐慌的人们更加恐慌，到处都在说，要死人了，一个村庄、一个城市，连片死人。一时间，肃州内外人心浮动，路旷人稀，寒风吹着尘土和枯叶满城飘浮，城内一片死寂。

每天，"甘之堂"前都围满了病人，他们把唯一的希望寄托在甘知苦的身上。可是，甘知苦熬了几天几夜，仍然弄不清这场疫疠病机，连他心爱的徒弟都无法治愈。

陆商在床上躺上几天，愈加严重，高烧，咳嗽，吐血，遏止不了。他自己也清楚，一旦出现吐血便是危症。他有些想念家乡了，很想回到老家去。

"师父，我想回家。"陆商声音弱弱地说

"好，你坚持一下，师父尽快琢磨出药方，等你好转了，我送你回去。"知苦安慰他说。

"师父，你尽可在我身上验药，我不行了……"

知苦听着有点心酸，但还是强忍着说："陆商，切莫灰心！有师父在，你会好的！"

面对不明所以的疫疠，知苦既着急，又无奈，没日没夜地研究对症的药方，几天来，人都瘦了一圈。

他看过太多的文献记载了，天下没有万古不变的药方，每一次疫疠发生都是一次对人类的挑战，只有找到最恰当的那个突破口，才能遏止疾病的蔓延。而医家的责任就是寻找病魔的致命点，然后克敌制胜。

尽管想尽办法，用了不少方剂，依然无法挽留住陆商的生命，这天夜里，病邪困扰多日的陆商最终没有扛过去，恋恋不舍地离开了人世。

身为医家的知苦心如刀铗，清泪长流。他望着这张年轻的面孔，往事一幕幕在脑海翻滚，他想起了在凉州折兰寨初见陆商的情形，他想起在高台抗疫时陆商细心发现热毒炽盛的情形，他想起陆商为患者口对口喂药的情形……越想越难受，他再次感受到了面对疾病的无力和痛心。

谷子、徐长卿、红缨等人立在旁边，默默流泪。

8

陆商的病逝，顿时给患病的人们蒙上了阴影，一些患者听到"甘之堂"死了医工，原本寄托在"甘之堂"的希望幻灭了。医馆的郎中都不能自保，平常百姓哪有希望啊。死亡，威胁着每一个人。一些官员和有钱人怕染了病，通过各种渠道携家带口逃出城去。看到达官贵人外逃，城中的人心马上就散了，肃州城内街巷皆空，像一座空城。

形势危急，涉及之广，已经不是"甘之堂"可以力挽狂澜，这场疫疠的危险程度不亚于一场战争。知苦即刻将疫情的实况写成简报，差谷子送去县府。虽然他不愿与甘知愚往来，但这件事关乎全城百姓的安危，他必须尽一个医家的良心。

甘知愚这官当得实在有点背时。在高台，遇上了饥荒、瘟疫和土匪；在肃州，又遇上了更大有疫疠，到哪里都是头疼事。

甘知愚接到知苦的呈报，十分震惊。高台的瘟疫就因为处置不当，引起民变，现在如不采取措施，必然会重蹈覆辙，再次陷入重重危机，到那时，流言四起，全城恐慌，更会将疫情扩散到其他地方，造成全面失控，大片死人，他就是历史罪人了。

有了前车之鉴，他应对疫情已从容了许多。一面如实上报省府，请求支援；一面张贴告示，安抚民心：

> 特告民众，时下疫病流行，挨家比户传染，疾如飓风，烈如火焚，性命攸关，生死休戚，即日起封城闭户，杜绝交通，全城居民不得外出，不得集会，病患人等集聚药王庙施治，县府帑廪财物制备药料，以示体恤。

布告发布后，县府迅速封城闭户，各大路口设置关卡，阻拦人员外流，又在药王庙设了疫病救治局，调拨物资药材，集中收治患者，招募城中医工义务赈灾。

一开始，人们的认知还停留在一般伤寒外感的层面，陆商的病逝，郑大喆的久治不愈，还有一些医馆医工陆续染病，对医家产生了极大震动。各个医馆都把"甘之堂"当作风向标，连甘知苦都无法医治的疫病，恐怕凶多吉少，生死面前，一些医家退缩了，一些医馆药铺关门歇业，满城已经找不出几个敢出面医治疫病的医家。

缺了医家，药王庙收治的患者无法有效救治，先后病死了几个人。消息传出去，患者更不愿去药王庙接受集中治疗。疫情的传播更加肆虐，死人的消息接二连三在各处传播，肃州城内空空荡荡。

这时，甘知苦却带着谷子、徐长卿出现在药王庙，开始为患者施治。

随后，杨氏医馆、刘氏医馆等一些大医馆迫于舆论压力，也相继派出医家，加入到施救的行列中。杨氏医馆的大公子杨悦居然也加入进来，有点出人意料。

几天后，药王庙收治了数百人，大殿内、走廊中到处躺着病人，迟来的患者只能露天而宿。有人愁眉苦脸，有人神情木然，有人唉声叹气，患者的呻吟声此起彼伏，一进药王庙就说不出的压抑。

穿着体面的于老汉是一个小财主，他紧张而忧愁地望着甘知苦问："甘先生，我们这些人还有救吗？"

知苦知道患者要的是一个信心、一个态度，平静地说："大家放心，只要我甘知苦能站在这里一天，就不会让你们丢了性命。"

于老汉深深作了一揖道："好！我们一家三口都在这里呢，就等甘先生妙手回春。"

有时候，信心和决心并不能决定结果。虽然知苦和各位医家用尽全力，但疫疬的流行仍然难以遏止，避免不了每天都有死人抬出，死亡的威胁仍然让人心浮动。

疫情越来越汹涌，百姓恐慌不安，镇守使方亦圆雷霆大怒，把甘知愚骂了个狗血喷头，限他十日内必须控制疫情蔓延，否则提头来见。甘知愚哪敢多言，他每日带着随从奔波在药王庙、各医馆、药铺之间，安抚病患，慰问医家，督促研制应对药方。

甘知愚亲临现场，才发现跛着腿的甘知苦如一株巍然屹立的大树，有他在，患者就有主心骨。甘知苦在医家中、在患者中很有威信，已不是当年那个弱不禁风的少年了。他临机一动，授权甘知苦为疫病救治局主办，代表县府处置药王庙施治有关事宜。

甘知苦对于这个虚头巴脑的授权置之不理，只是想做好本分的事。

官府派来的防疫局张主管被晾置一边，成了专管后勤供给和善后处置的管家。

偏偏在这紧要的节骨眼上，药材价格飞涨，桂枝、麻黄、柴胡、大黄、半夏、黄芩等常用的药材居然开始断货，所有的医馆、药铺都在告急，药王庙的救治也因药材短缺而中止，患者再次反复，危重病人越来越多。

甘知苦找张主管理论，质问他："人命关天的时刻，还有人胆敢发黑心财？涨价不说，还来断货，真不拿病人当人看了？"

张主管满脸委屈地说："甘先生，在下也着急啊，可是，不知为什么，突然就买不到药材了，真是怪事。"

知苦看他无辜的样子，就没有计较，回头问谷子："你知道哪里还能搞到药材？"

谷子也摇头说："我估计，除了济生堂，全城再也找不出齐全的药材了。给我们进货的赵掌柜，估计也拿不出药材来了。"

知苦突然想起联系晋商赵和的事，只顾了忙，竟然把这事耽误了。晋商货通天下，渠道多，路子广，他还是抱着一点希望，急忙去找赵和，商量药材之事。

知苦在晋商会馆找到赵和，一见面，赵和面色冷淡，客套地打了声招呼，便敬而远之。

疫情的蔓延已经传遍全城，他不说，赵和也知道。知苦不便解释什么，直接跟他商量大量买进防疫药材的事。

赵和摇着头说，实在无能为力，我确实没有药材提供。

知苦诚请他看在事关全城百姓生死的大局上施以援手。

赵和苦着脸说："不是我推脱，目前确实拿不出药材来啊，我们也搞不明白，越是这种形势，越进不了货，市场仿佛被一只无形的手操控着。"

知苦看他并无虚言，就有点想不明白了，什么人会有这么大的能量，居然能够操纵偌大的药材市场，连货通天下的晋商也没有办法弄进药材来。

赵和毕竟浸淫商场多年，对一些事看得透彻，三言两语就说到了事情的根子上："如今的肃州城里能弄到药材的还有谁？抬高药价又赚得谁的银子？如果没有人从中庇护，一个药铺能有这么大的能量？那个庇护他的人很可能正跟人家笑着数钱呢。"

知苦顿时义愤填膺，面对生死劫难，医家拼命救人，不良商家却借机赚黑心钱，真是世风日下，人心不古！

唯一的渠道只能是济生堂了。尽管他十分不情愿跟齐永贵打交道，但疫情危在旦夕，事关一城人的生死大事，他又不得不去求人。

他走进济生堂，伙计认出他是鼎鼎有名的甘大夫，迎上前来问安。知苦点名要见齐大善人。伙计神秘地指指内院，说，有贵客呢。知苦说，那我就等。说完，坐在一边。伙计为他泡了一杯茶。

过了半个时辰，有人说说笑笑从内院走出来，知苦一看，此人竟然是甘知愚，另一个胖子便是齐大善人。

甘知愚猛然碰到知苦，愣了一下，转而笑着问："你咋来了？"

齐永贵满脸堆笑，抱拳作揖道："失敬失敬！这伙计好没眼色，甘先生来了咋不言传一声？"

知苦冷冷地点点头，对甘知愚说："正好你这个县官也在，这事就好说了。"

甘知愚不容他开口，就说："三弟是为药材的事而来吧？我刚才还跟齐大善人商量这事。"

知苦一怔，甘知愚肯为他出面？便问："如何解决？"

甘知愚说："跟齐掌柜磨破嘴皮讲了半天，他能拿出低三成的价格给我们供应。各地借疫情哄抬物价，好多药材供不应求，他也有他的难处。"

知苦不悦地看着齐永贵问："大疫当前，生灵涂炭，全城医家、药铺都在义赈，不说是济世为民，总得有点良心吧？"

齐永贵皮笑肉不笑地说："我已经给药王庙捐了五十担药材，兄弟实在是无能为力啊，好不容易搞到点药材，能保本就算万幸了，还望甘先生体谅！"

知苦一脸正气说："哼！国有难，民有殇，岂能重利忘义，轻视民心，疫情只是暂时的，之后那些药材再好，也不过枯枝烂叶而已。"

齐永贵依然习惯性地笑说："低买高卖，商人之道，自古以然，如果甘先生自用，我倒可以无偿供给一些，其他就无暇顾及了。"

知苦揶揄道："这么说，我倒感谢齐大善人的侠义心肠了？"

甘知愚插话道："齐掌柜也不容易，这个时候能搞到药材，算是尽心尽力了，遏止疫情要紧，县府会出钱购这药材送到药王庙去。"

以前只是私下听人贬损甘知愚不过是齐永贵养的看家狗，现在看甘知愚这个态度，知苦终于信了，忍无可忍，脸色铁青说："甘知愚，别怪我没提醒你，你要是有点良心，就别干为虎作伥的勾当，到时候别怪老百姓把你踩在脚下抬不起头来！"

"你……"甘知愚顿时面红耳赤，不知说什么好了。

商人重利不重义，齐永贵是铁定了心囤货居奇赚钱，知苦失望地叹口气，冷冷看了他们一眼，愤然离开了济生堂。

　　甘知愚头顶上还悬着镇守使大人的军令状，尽管他也很想借机大赚一笔，可是，十日内控制不住疫情，他肯定会吃不了兜着走。而充足的药材是控制疫情的保障，他神色郑重地跟齐永贵说："适可而止啊，别玩过火了，到时候真收不了场，镇守使大人可是给我下了死令的。"

　　齐永贵呵呵一笑说："县官大人放心吧，一切都在我的掌握中。你呢，只需找镇守使大人装穷，想办法把银子要出来就行。"

　　甘知愚愣了一下，马上想明白了，两人对视一眼，会心地一笑。

　　甘知苦走在回药王庙的路上，边走边想，救治这么多日，怎么就打不开这个结点，破解不开这个困局？一天天不停地死人，照这样下去，疫情的传播还会更疯狂，留给医家救治的时间可就不多了。

　　药王庙的官府救治局购置的药材很快用完了，再次出现断药情况。这时，张主管已经无可奈何，账面上的赈灾银子已如流水一样进了济生堂，没有银两，断难赊出一粒一颗药材。

　　众医官听闻，对济生堂恨得咬牙切齿，纷纷说，这个黑心的商家，以后得了病谁也不给他治。还有人说，把他传染上疫病，看他还抠门！

　　甘知苦十分恼火，让张主管列了个药材单子，拉着他就往县衙而去。找到甘知愚，冷眼看着他。

　　甘知愚心知肚明，却故意扯开话题说："听说你有一本绝世奇书，有'学透《青囊诀》，生死由我说'之说，这个疫病，看来只有兄弟你才能解决了。"

　　甘知苦一听就明白，肯定是齐永贵跟他说过这事，这两个狼狈为奸，也许已经盯上自己的东西了。他冷哼一声说："你就别妄想了，老祖宗的好东西多了去了，不是你想要就能拿得了的，干好你自己的事吧。"

　　说罢，将单子拍到他的案子上，没好气地说："两天之内，请你把这些药材凑齐了，如果弄不齐，我让所有的病人到县衙来找你治病。"

　　留下一脸惊愕的甘知愚，说完转身就走。

　　张主管走也不是，不走也不是，看着甘知愚，为难地说："县长大人，这事……拨付的赈灾银子用完了，药王庙那边实在是无药可救人了……"

　　甘知愚心烦，挥了挥手，让他退下，想起齐永贵出的那个主意，马上带着一份见面礼去找方亦圆要钱了。

9

肃州的医家想尽办法，总是找不到疫病的治疗方案，只能见症治症，用药先吊着病人的命，除了原本体弱多病的患者扛不过去，大多患者都在焦急而痛苦地等待着。

知苦急切地要找到病机，像高台那次瘟疫一样，找到病机，一切都好办了。有时，他甚至想，实在不行，就用张真人传授的天医法术医治苍生，转而又打消了念头。凭一点法术想救成百上千人的性命，凭他的能力实在做不到，况且人间的灾难自有天道的法则，借助透天机的法术显然违背天道。世人都无力解决的事，老天怎么可能帮忙？

这时，紫苏托人带来口信，说是瘟疫已经传到了太平堡，刚开始也是当伤寒治疗，结果越来越无法遏止，一人患病，全家传染，一些抵抗力弱的老人和孩子扛不过去，死了不少人。尽管甘知信请宁青梅出手，想了许多办法，还是无法控制，如果再没有遏止瘟疫的法子，恐怕凶多吉少。

听到消息，知苦心急如焚，恨不得插翅飞回太平堡。陆商的死已经让他无比伤心，现在，太平堡的亲人们又面临着死亡的威胁，如果再拿不出解决瘟疫的办法，世人怕是要绝望了。他越深想，越是着急，拼命一般翻查医书，琢磨病机，又跑到药王庙诊断了几个病人，第二天，他也病倒了。

症状同疫症患者一样，发烧、咳嗽、腹泻、浑身乏力，前两天还能硬撑着起身，到了第三天，人已经虚弱无力，脸色萎黄，身上时冷时热，难以自持。

徐长卿、谷子等人紧张坏了，陆商的死已经让他们无比难过，知苦这一病倒，还有谁能挽救得了他啊。

这时，知苦有气无力地对徐长卿和谷子说："我这是以身试病，接下来，你俩配合我，有啥症状随时记录，然后再研究对症用药。"

徐长卿自然明白师父这样做的凶险，十分震惊。别人远避瘟疫犹嫌不足，没想到师父竟然想出以身试病的法子，这是置个人安危不顾，而且是人人谈之色变的疫疠啊！不由得埋怨说："哪有当医家当成你这样的，为了给别人治病，先把自己弄病，治不好可咋办啊！"

知苦摆摆手，叫徐长卿搬出一堆医书，一本本翻阅，寻找对症治疗方案。疫疠自古有之，历代医家积累不少良方，但各地疫症发生时机、发病症状并不相同，照搬照抄古方肯定不合时宜。他们翻一阵，探讨一阵。徐长卿记忆力好，读过的古医书都能大段大段背出来；知苦心思缜密，思辨力强。这时，他们尽显长处，密密麻麻记录了一堆手记，还是理不出头绪。

夜已深，"甘之堂"中依旧灯火通明，师徒两人挑灯夜战，如大海捞针般搜寻着救命的良方。

次日，知苦尽管头昏脑涨、浑身无力，还是勉力起身，走到医馆外面，看到一个老头在路边打太极，却不是他所熟悉的招式，只是简简单单的几个动作，却做得行云流水，沉缓有力，招招见奇。他看了一阵，突发奇想，复杂的东西简约化，这也是一种思维呢。如果把复杂的病症简约化，集中兵力，攻其一处，是不是会见奇效？

他匆匆走进医馆，开了个方子，只有四味药：芦根、瓜瓣、薏苡仁、桃仁，叫谷子速速煎来。

谷子也很用功，实践中掌握了不少煎药的法子，对于这急煎的药，他先将药材碾成粉末，煎起来就省事省时多了。

在知苦翻看医案的工夫，谷子便将一碗汤药送到他面前，他端起一饮而尽。

一上午过去，咳喘消停了许多，痰症也有所减轻，只是胸闷气短依然。他又在药方上加了几味药，再加大石膏的剂量，让谷子按方煎来一剂，服下后躺了半天，等到晚上，身体一下子轻松自如。

用药见效，知苦和徐长卿便根据用药反推病机，对照《伤寒论》的条文辨析，渐渐理出了头绪。

知苦说："第四条说，伤寒一日，太阳受之，脉静者，为不传也；颇欲吐，若躁烦，若脉数急者，为传也。这里出现了脉数急，表明寒热相持，病已有传变之相。同时，邪气盛炽、邪气内陷导致欲吐躁烦，是典型的温病向热病的转化，必须足够重视。接下来，如果病气进入少阳，就可能继续进入太阴、少阴、厥阴，病人的并发症就出现了。所以，刚开始的发热、汗出、恶风，都是太阳症，当出现发热、口渴、喘息时，已经是病邪内传，郁化为火，余热迫肺，导致热毒火邪郁结于胸膈。"

徐长卿看师父病情好转，一下子心安，思维也能放得开了，说道："怪不得平常经方根本治不了这疫症，其中的玄机实在是不易发现啊。师父这一辨证，思路一下子打开了。"

知苦笑了笑，问："说说看，咋想的？"

徐长卿想到陆商的症状，分析说："温病是阳气过盛，热伤津气，若用苦寒泄下、火劫取汗等法，便贻害无穷；用下法，夺其阴液，化源枯竭，则小便短少不利；阴津不能上荣于目，加上热扰神明，所以双目直视、神智昏迷，二便失去约束。如果再用火法，火热内攻，致热毒炽盛，身发黄色，重则热盛动风，发如痫症，四肢抽搐。火气虽微，内攻有力，一次误治，也许还能迁延时日，再次误治，就只能是加速死亡了。"

"嗯，不错，想得挺明白。因此，此病治法，当分三个层次来治，先以芦根汤清宣肺中郁热，并解表平喘，用凉膈散清解上中焦郁热，以泻代清，泻火解毒，病就去了大半。而后再用胃苓散加味善后，和胃健脾，疏理中土，便可痊愈。这就是老人打太极的思路，集中兵力，专攻一处。"知苦说。

"老人打太极的思路？"徐长卿被这摸不着头脑的话搅迷糊了。

"你到外面去看看那个打太极的老人就明白了。医无定法，处处皆有法可寻。"知苦说。

徐长卿真跑出去看了看打太极的老人，顿时豁然开朗，念叨着师父说的话"医无定法，处处皆有法可寻。"

想着想着，忽然感到脑子有根弦"嘣"的一声松动了，他又精进了一层。

知苦对新配方有了信心，连服两剂，症状消失，像被下了魔咒一样，魔咒一除，身体一下子轻松了。

次日，知苦用新思路开了药，送与郑大喆服下，当天夜里，郑大喆咳喘便减轻许多，再服下三剂，发烧、腹泻的症状渐渐消退，复投以寒热平调、消痞散结的五苓散，浑身乏力的情况也好转了。

经历了生死悬于一线的郑大喆惊喜交加，一方面感慨自己居然从九死一生的瘟疫中活了下来，另一方面对甘知苦的医术佩服有加。他虽然也是医家，但对病理和用药还是想不明白，便向知苦求证用药思路。

知苦毫不保留地告诉他，一冬和暖，天干物燥，《内经》讲，"冬不藏精，春必温病"，眼下季节交替，风寒并存，地气上升，外感风寒，内应燥热，寒热交错，便互结为体内的邪气。用芦根汤清热宣肺平喘，用凉膈散泻火通便，一里一外，表症便解。然后再用胃苓散调理中焦，瘀结打开，身体自然通畅。

经过知苦的讲解，郑大喆终于理清了时疫疫症的治疗法则，一边揣摩着病理和用药思路，一边暗自打着自己的小算盘。

知苦见他发愣，想让他参与药王庙患者的救治，他如果结合自己患病感悟施治，可能会更精准些。

郑大喆一听，脸色大变，说啥都不去。经历了生死，他太清楚那种命悬一线的滋味了。

知苦无奈地摇摇头，对于这个刚从生死线上挣扎过来的人，他也不好强求，医家惜命本也没错。

三天后，知苦刚进药王庙，一个患者惊喜地叫了一声，其他病人都齐刷刷看向他，那个病情最重的于老汉扑通一声跪下，高呼："甘先生菩萨心肠，是我等大恩人哪！"

其他人一看甘知苦安然无恙，知道他们的病终于有救了，随之跪倒一地，全都高呼："谢甘先生活命之恩！"

知苦愣了一下，回头瞪了谷子一眼，谷子无辜地望望徐长卿，大脑袋徐长卿也是丈二和尚摸不着头脑的表情。

知苦得病的事，一直不让他们声张，他们也没说。但病人三五天看不见知苦就心慌啊，徐长卿总不能什么都不说吧，不过是稍微透露了那么一点儿消息，病人还一直为知苦担心，怕他有个三长两短。后来，又打听到知苦以身试药，怪不得反应这么大呢。

知苦赶忙请大家起身，看着一双双热切求生的目光，朗声道："大家都有救了！"

那些压抑多日的眉头终于舒展开来，原本死气沉沉的药王庙一下子欢腾起来。

知苦把用药施治的方案跟在场的医家讲了一遍，吩咐大家分头施治。各医家理清了病理，思路打开了，相当于照图画画，只要对应相应的症状开方即可。众多患者服过药都有了不同程度的应验，只不过因病情深浅和并发症情况不同，有的见效快，有的见效慢，总之是遏制了病情的恶化。

过了两天，知苦综合病人的反应，再次改良药方，形成了一个基础方：石膏、生地黄、麻黄、柴胡、黄连、栀子、桔梗、黄芩、知母、贝母、赤芍、玄参、连翘、甘草、芦根、茅根。

知苦知道，这次算是找到对抗疫病的玄机了，开关一打开，病就有了出路。只要医家对症减裁，这场疫疠应当可以对付。

10

知苦依次看了前一天用过药的患者，问了他们的反应，有几个患者几乎没有什么改善，仍然痛苦地咳喘，脓痰涌到喉咙口，呵喽气喘，听着就像差一丝提不上气来似的。他又看了医家看的药方，每个都是方症对应，按理应该见效，可这几个患者吃了几天药却不见好，他百思不解。

那个杂货铺的于老汉情形更加危急，说都说不出来了，痛苦万状地跟他求告说："甘先生快给老汉个痛快吧，实在受不了了。"

知苦顺手搭了把脉，看了看他的舌苔，热症不但没除，反而又有了寒热交错的症状，病机已从少阴经走到了厥阴经，更加沉重了。他看了药方，用药没错，生石膏都用到了八两，按理应该能清热的，为何会出现反复呢？

他转过身，看到一个佣工拿着药材准备去煎，只瞥了一眼，似乎哪不对劲，便叫住佣工，接过药来看了看，顿时明白了用药无效的缘故。

他差人叫来救治局管事的张主管，拿起麻黄、柴胡、黄芩几味药材，怒气冲冲地摔给他问："这是药吗？如果给你家人吃了，你觉得能治病吗？"

张主管脸一红，看药材的颜色，就知是陈药，急忙分辩道："在下确实不识药，因为这是官府指定的济生堂供药，谁能想到会掺假啊。"

徐长卿接过一看，麻黄颜色发白，柴胡有股发霉的味道，黄芩黑黑的一团，都是过期的药材。他又递给围拢过来的医家，大家看了一眼，就知道这是以次充好，明显是积压的陈药，药效大打折扣，甚至没有药效，如果潮湿发霉，还有可能会起到反作用。

杨悦走过来，接过药看了看，气愤地骂了一句："妈的，黑心商人这么歹毒，救命的药材都敢造假，真是不知死活！"

其他医家也叹息说，如果后续没有靠谱的药材，估计过不了几日，这些人又没希望了。

谷子在一旁听着，忽然想起一件事，对知苦说："卧马山庄好久没来送药了，不知道他们那里还有没有药材。"

知苦一听，眼前一亮："对呀，南山寺一带山上、卧马山庄不是有现成的药材嘛，可以现挖，也可以收购啊，找布鲁特，找红爷，快去快回！"

他真没想到，人生的好多奇遇都是有定数的，前面结了缘，后面才会有果。如果把南山的药材收集过来，眼下药材短缺的困境就可解了。

这时，肃州城里突然出现了一个不同于传统医馆的医院，人们称为"新医"。离药王庙不远，就有一个叫伊大中的河南人开的博仁医院，专卖西洋药。

此前，西洋的东西已经传到了肃州，什么洋火、洋油、洋烛、洋碱、洋布、洋铁钉、洋铁壶等，逐渐进入了百姓的生活，现在，洋医一进入，猛然就红火起来。他们用西药片、针剂等简便、新颖的治疗，让患者十分好奇，一些患者便从药王庙或其他医馆跑到新医那里去碰运气。有咳嗽的，就给一种可待因的药片；有发烧的，给一种阿司匹林的药片。有的人打一次针、吃几片药就退了烧、止了咳，从博仁医院出来的人全都是一串串时髦的新词，什么阿司匹林、黄连素、阿托品，什么消炎、杀菌、抗病毒……每个人仿佛捡了什么宝似的，说话都带有一股优越感、新鲜感。

徐长卿在医馆门口听到街市上的泼皮牛二在吹牛，夹杂一些半生不熟的时髦词："人家就是'文明''科技'，拿个镜子一照，就能看出病毒来，西洋药都是国外进口的，从什么中炼出来的，老厉害了。国医几千年还是那些手段，那些草药，能比上人家'进化'吗？"

徐长卿听着就闹心，气不过，跑过去劈头给了牛二一把掌。牛二也不甘示弱，知他是"甘之堂"徒弟，故意大声嚷嚷，"你'甘之堂'牛吗？不照样治不好病，人家就是治好了病，你不服气咋地？"

徐长卿扑过去要打他，被人拦住。

牛二边跑边叫嚷"甘之堂"无能，嘻嘻哈哈跑远了。

徐长卿愤愤不平，很想找人收拾一顿这个牛二

知苦听说了这事，平淡一笑，并不计较，劝说："悠悠之口，止绝于耳。医者，仁也。仁是什么？孔子云，仁者不忧。"

知苦有心救世，却无力回天。药材越来越紧缺，济生堂那边的药材价高不说，还有假药陈药，实在不敢用，他只能盼着谷子能够尽快搞到药材。

一些患者听说药王庙药材告急，能跑动路的都跑到对面的博仁医院去求治。知苦有时看着对面医馆里进进出出、挤扎成堆的患者，便隐隐有点担忧。为遏止疫情传播，他们在药王庙采取了各种措施，而博仁医院毫无隔离防护意识，如此下去，很可能会把他们多日的维护成果毁于一旦。

患病的人仍然持续增加，县府继续采取封闭城门的做法，不允许外

面的人进城，城里的人也出不了城。疫病，再加上饥荒，让城中百姓实在过不去了，一些医治无望的穷苦人，只能在家等死。

"甘之堂"同样也面着饥荒的威胁，本来，医馆收入就很微薄，疫情发生后，"甘之堂"多是义务施治，没多少收入，更没有粮食储备，坚持了一段时间，便面临断炊的危机了

白天鹤听到消息，急忙从自家余存不多的口粮中分出一些，让管家送来了一口袋米，可算是缓解了燃眉之急。

闻少杰也送来千两白银，让知苦他们不惜一切代价购买药材，救治患者，控制疫情。

知苦和药王庙的医家深为感动，这种时候，有出手援助的商家凭得是良心、是正气、是对苍生的一份担当。

甘知苦急切地盼着谷子能带来好消息。但他又不敢把全部希望压在谷子一个人身上，每天他与徐长卿用针灸、推手等手段，延缓疫病患者复发。

知苦也关注着博仁医院的治疗。挽救苍生的时刻，他倒没那么多门户之见，只要能治好病，他乐见其成。

然而，时过不久，博仁医院那边的治疗似乎发生了逆转，一些患者吃了药有了好转，但没过几天又重新复发，一些陪护的家人屡屡感染，跟他们接触的人群也陆续感染，而患者丝毫没有意识到传染的根源。有的病人住进医院，治了十多天，不见好转，有的竟是越治越严重，还有的最终迈不过这道坎，死在了医院。更可怕的是医生、护士也被感染，吃药、打针、输液一概无用，情况更加不容乐观。

这时的博仁医院反而成了重灾区，医护人员人人自危，不敢来上班。医院没有更好的办法医治患者，只得打发病人出院，然后关门歇业。

没地方看病的人们又把希望寄托在国医身上，陆续回到药王庙和各个医馆寻求治疗。但药材的短缺，实在无法应对现在的局面。

"甘之堂"前围了病人，药王庙没了药材，留置的患者纷纷跑过来求甘知苦救命，知苦和徐长卿苦苦劝说："医馆也没有药材了，实在能力为力啊。"

可众人或坐或立，全都围着不散，还有人说，回家也是等死，哪怕死也要死在"甘之堂"。

几天后，两辆牛车吱吱呀呀过来了，车里拉着药材。人们顿时欣喜万分，又有了希望，纷纷站成一排，看着牛车到了医馆前。

送药材的是卧马山庄的马来福，他说，谷子寻到卧马山庄，讲了肃州的疫情和甘大夫以身试药的事迹，把一村百姓都震惊到了，第二天，老百姓把各家收集的药材全捐出来，支援知苦抗疫。

知苦看了看车里的药材，都没有加工，也没有分类，显然是匆匆忙忙收齐就赶着送了过来。他不由得对卧马山庄的百姓多了几分敬重，深深地向马来福鞠了一躬，道声："我替所有患者感谢卧马山庄的大恩大德！"

马来福赶忙扶住他说："甘先生言重了，你对卧马山庄的恩德，咱们都记着呢，甘泉碑还在那儿立着，后世都会记住你的。"

知苦不再与他客气，现在确实是危急时刻，这批药材还得分类、加工，不管怎样，且能应一时之急。他立刻吩咐徐长卿和红缨找人帮忙卸货、整理药材，等候的众人不等吩咐，一拥而上，帮着搬药材。

又过了两天，医馆前来了一队骆驼，每头骆驼上都驮着几只褐子口袋，带队的正是谷子和蒙古牧人布鲁特。

这个精瘦的汉子一见知苦就高呼着"老朋友"，热情迎上前拥抱。知苦一看这情形，就知道谷子和布鲁特已经带来了急需的药材。谷子指着布鲁特跟知苦说："蒙古朋友，靠谱，全搞定了！"

布鲁特嘿嘿笑着，拍着胸脯说："蒙古人对朋友像草原一样宽广，没得说。"

原来，谷子上山后辗转几日，在牧场找到了布鲁特，说要买他的药材。布鲁特一口回绝，不卖。谷子以为他嫌价低，心急地说，可以给你一个好价。布鲁特摇着头，说啥也不卖，却又说，可以送给你们。谷子哭笑不得，这才理解了布鲁特的热心肠。谷子告诉他肃州发生的疫病和药材匮乏的现状，急需大量药材。布鲁特二话没说，立刻带着他挨家挨户去收药材。牧民居住分散，一家一户要走很远的路，他们便骑着骆驼四处奔走，收集了牧场周边牧民晾晒的药材，连平常购买同等药材三分之一的价钱都没花上，牧民们几乎是半送半卖。而后，布鲁特又带着自家的骆驼帮他运送回来。

知苦抱拳相谢，对布鲁特的热情、实诚十分称叹。布鲁特豪气地说："蒙古人向来对朋友两肋插刀，甘先生的事就是我布鲁特的事。"

知苦呵呵一笑，搂着他的肩膀称兄道弟。然后吩咐徐长卿负责卸货，他便跟谷子去兑现许诺布鲁特的那场大酒。

有了马来福和布鲁特带来的这批药材，药王庙的疫病救治再次启动，成本降了下来，平常百姓都能接受。此后，布鲁特又送了两趟药材，满足了其他医馆的用药需求，而济生堂囤积的药材再也没人过问，齐永贵屯积发财的愿望落空，把甘知苦当仇人一样恨上了。

平常患者过来看病，徐长卿都会热情相迎，但一碰上从博仁医院出来再求诊的患者，徐长卿就没有好声气。那个吵了架的牛二病情复发，咳喘连连地跑来求诊，徐长卿拦在门口不让他进。知苦听到了吵嚷，过去一看，明白了怎么回事，向徐长卿挥挥手，让牛二进来看病。

诊断完毕，开了方，送走患者，他跟徐长卿说："在医者面前，患者不管是高风亮节，还是卑劣恶俗，都是病人，医家总不能把自己的见识也降低到恶人的水平上去怄气使性，是吧？"

徐长卿心里顿时亮堂许多，对师父的仁心厚德愈加敬重。

徐长卿在诊治中发现，博仁医院转来的患者与疫病有了显著变化，一些病人不单单是疫病问题，已经发展成了水肿、寒热互结等症。其中一个患者，面目虚浮，呼吸困难，胸闷气短，浑身乏力，二便不畅。徐长卿一看情况复杂，并非流感疫症这么简单，不敢轻易下定论，赶忙请教师父。

知苦把脉问诊后说，已经转成了胸腔积水和湿邪困脾，前面拟定的基础药方就不对症了。

徐长卿不明白流感如何会转化成如此重症，知苦分析说，原本是热壅肺腑，但西医用药水输液，邪火不但没清除，反而把热邪压制到肺腑，冰凉的药水与热邪交织，肺腑津液升降失调，形成胸腔积液，再加上脾土湿浊阴邪，饮食纳差，故身重乏力，二便不畅。这已经是重症，如若让西医继续输液，最终会水肿身亡。

明确了病机生发，知苦遂投以胃苓汤祛湿健脾，另用十枣汤攻逐悬饮，只两日，患者的病情发生转机，心胸舒畅，喘息平稳，行动自如。又连续调理七八日，患者渐渐康复。

经过对疫病的深入研究，甘知苦对医理药性的认知又精进了一层，他带着徐长卿一边施治，一边跟他讲解"医不执方"的道理。

徐长卿本就记忆力超群，读过的书多，再加上临证发挥，真正体会了到医道的博大玄妙，沉浸在这种玄妙中不能自拔。

11

疫疠刚得到控制，甘知苦就抽空补记这一段时间的病历，忽然感到一阵心慌，针刺般疼痛让他浑身发颤，不由得一阵眩晕，瘫倒在地。

恍惚之间，他蓦然看到母亲的身影晃了一下，说了声："儿啊，妈走了。"

说完，母亲的身影化作粉末，烟消云散。

"妈——"

知苦惊叫一声，悠悠醒来，心里愈发地慌乱，像被一根线揪着，刺疼。

谷子闻声进来，看到知苦泪流满面，吓了一跳，急忙问："掌柜的咋了？"

"快，找车，回太平堡。"知苦边说，边收拾自己的东西。

前一段时间，因为封城封路，外面的人进不了肃州城，城里的人出不去，甘知苦虽然担忧母亲和紫苏等人的安危，却因着肃州城患者的治疗无法脱身，太平堡的消息也传不进肃州城。今天这个怪异的心疼，让甘知苦再也不敢耽误，必须马上回家一趟。

谷子找好马车，知苦给徐长卿交代几句，就匆匆上路了。

一路上路旷人稀，万户萧条，枯黄的芦苇在风中猎猎作响。一段白花花的盐碱路，路上的浮土能把人绊倒。

荒野里堆起了不少新坟，坟头上的白色纸幡迎风张扬，仿佛晃动着一个个孱弱的人影。一群群乌鸦呱呱鸣叫着，在坟地里上下乱飞，寻找着被野狼野狗刨出的尸骨。

知苦感慨万千，一场疫疠，让多少人家破人亡啊。

马车疾驰，扬尘像一把扫帚拖在后面，久久不息。

还未到家门口，远远就听到凄厉悲怆的锁呐和二胡合奏的丧乐，如泣如诉，天地间仿佛愁云凝结，万木萧索。

他有一种不祥的预感，心里着了火一般，急忙催促谷子打马疾行。

渐近家门，丧乐正是从自己家中传出。

家门口立着五彩纸楼，围着一群人，有本家户族的，有邻居和乡亲，全都向他张望。他跌跌撞撞下了马车，脚高步低地往里冲去。

紫苏迎了出来，披着麻衣，望见他就长哭一声："你终于回来了啊——妈没了，呜呜——"

吹鼓手适时奏起了大出殡的凄凄哀乐，一声撕心裂肺的锁呐声响起，天地顿时像撕裂一般，悲风苦雨倾天而泻，让人心中无比难受。

知苦扑向灵堂，大叫一声"妈——"

思念，懊悔，愧疚，悲怆……诸多心事一齐迸发，他越哭越伤心，越哭越悲痛欲绝。

吹鼓手更是卖力地配合孝子吹吹打打，乐声时而哀怨，时而深沉，时而凄婉，时而庄严，唢呐声哀婉惆怅，二胡声悲伤缠绵，一声声，一缕缕，让人不由得心往下坠，一点点往下坠，情不自已。一阵头晕目眩，他的灵魂仿佛到了一个漂渺的地方，周围朦朦胧胧，影影恍恍，远处一道白光飞旋，渐渐显出母亲的身影，她像往常一样平静地笑着向他招了招手，他急忙赶过去，可那道光影始终与他保持着不远不近的距离。他心里清楚母亲已经不在世了，但他还是想拉住母亲的手，奋力地扑了过去，跛着的腿脚很不给力，匆忙间摔了一个跟头。母亲心痛地问，儿啊，摔痛了没有？别追妈了，妈要找你爹去了。知苦哭喊着说，妈啊，儿子不孝，我能治好千万人，却来不及救你，你回来吧，我能医好你的病。母亲含泪说，儿啊，你是菩萨再世，救苦救难是你的天职，妈的命数有定，怪不得你。母亲平静地说，不要伤心了，好好活着，妈要走了。说着，就朝远处飘去。知苦心有不甘，极力想留住母亲，急追几步，扑倒在地，伸手去拉母亲，可那道光影渐渐暗淡了下去，眼前顿时一片黑暗。

知苦被人掐人中掐醒过来，眼前一片混沌，仿佛做了一个久远的梦。可母亲的遗体就在眼前，他上前看了一眼，握了握母亲冰凉的手，母亲因病痛而紧皱的脸顿时恢复了平静，像睡着了一样。他仿佛感应到了母亲的心声，叹息一声，心里说，妈，愿来世没有病痛，没有贫穷，平安吉祥。

他躺在冰冷的地上，浑身酥软，万念皆空，感到没有一点力气站起来。想到母亲好不容易逃过青囊门的追杀，历尽千辛万苦才把自己找到，相聚的时光还没多久，又遇上饥荒、战争、牢劫、瘟疫，一次次让母亲跟着自己担惊受怕，他想尽孝都没有机会啊。没想到，分别后短短数月，一场疫情竟让他们母子天人相隔，无缘再见，他还有许多话想没来及母亲说啊。

他无声地哭，紫苏拉着他的手跟着哭，子康、子安和莲心也都跟着哭个不停。

索维娅冷静地拉他起来，揉着哭得红肿的眼睛说："妈不在了，你现在是家里的主事人，你要打起精神，把母亲风风光光地送下场。"

知苦抹一把泪水，点头说："我知道了。"

索维娅安慰他："妈是为了医治乡亲们不幸染病，她把一身医术发挥到了极致，没啥遗憾的，到了天国，她肯定位列仙班，保佑我们，你一定要好好的啊，妈肯定不愿看到你伤心的样子。"

众人都劝他，宁神医保护了一村老小，好人会有好报，打起精神来，风风光光送她最后一程吧。

知苦长叹一声，颤巍巍起身，开始打点母亲的后事。

世间万事，唯丧事会让人手忙脚乱。好在知苦没来前，紫苏、索维娅、甘知信和本家户族已把前期的准备做好，他现在只是作为孝子前去报丧，邀请亲戚友朋参加出殡仪式。

他跟阎如松和同族的两个长辈商量邀请的宾客，说到许多熟人，结果不是死了，就是病着，堡子里疫疬还没过去，有病的人家不能前来，实际没有多少人可请。遵照丧礼，人离世后停放三天，现在已经是第二天，向远处的亲人报丧已经来不及了，只能诸事从简，让逝者入土为安。

说起疫疬，阎如松感叹唏嘘，一场瘟疫，折了不少人，王世琳也病倒起不了身。要不是宁神医出手医治，附近村寨说不定会死一层人呢。

说到母亲，知苦又一阵伤神，打听了母亲疫情期间的诸多往事。疫情初发，甘知信和罗丁子也是作为伤寒治疗，后来病人剧增，他们束手无策，才请宁青梅出手。宁青梅一上手就判断是疫疬，用上了青囊门防疫的"普济丹"，让一大批患者得到了康复。然而，病情变化多端，加上饥荒之年，粮食、药材都不济，想配伍一付药都很难，仍然有一些病人无法治愈。附近的村寨听说太平堡有个宁神医，都来请宁青梅出手救人，宁青梅走了一圈，各村都是一样的状况，无粮、无药，断难救治。实出无奈，她让各村设置大锅，煎熬生姜、葱白给百姓喝，这个方法，倒是遏止了疫病的蔓延态势。可是，不久宁青梅就病倒了，先前是咳嗽、发热、乏力，渐渐出现了呕吐、腹泻诸症，病情急遽恶化，怎么用药都无效，又逢肃州封城闭路，音讯都传不出去，前后不过两天，宁青梅便持续发烧，昏迷，再也没有醒来。

知苦跟几位长者聊了一阵，心中越发难过。这场疫情，他救了无数人，却无法挽救自己的母亲啊。

为母亲守柩一宿，天一亮，就准备发丧了。

遵循既定的程序，一一完成吊唁、入殓。就在出丧的时候，云青和孩子搀扶着王世琳过来了，恭恭敬敬向着宁青梅的棺木鞠了三躬，清泪长流，仰天长叹："彼苍者天，曷其有极！"

知苦极为意外，上前鞠躬致谢，挽住他的手，泪水止不住流了下来。

王世琳轻轻拍拍他的手说："命由天注定，半点不由人，节哀吧。"

时辰已到，吹鼓手吹起了葬礼进行曲，主事人高喊一声"起棺"，八个杠抬抬起了棺木，孝子甘知苦站到抬头的位置，在哀怨欲绝的唢呐声中，亲人一片嚎哭……

把母亲安葬在父亲身边，回到家中，望着空空荡荡的院落，知苦一阵失神，仿佛丢了什么最珍贵的东西，茫然无措，非常沮丧。

空落、无聊，他帮着紫苏收拾母亲的遗物，看到母亲常用的牛角梳，已被磨得光亮圆润，上面还留着她的气息，回想往事，仿佛昨日，而母亲已阴阳两隔，再难相见，顿时心如针扎。他用一块手帕包好，带在身上，留作纪念。

第二天，知苦正守着妻儿闲话分别几个月来的经历，甘知信和罗丁子一同过来了，请求他为堡子里疫病还没治愈的患者看病。

家有虎妻，甘知信不敢胡作非为，确实收了心，踏实地学医治病，面对知苦，态度极为恭敬："知苦兄，刚送走婶子，又要麻烦你，实出无奈，请多包涵！"

"没事，病不等人，再大的事没有活人事大，走吧。"知苦随和说道。

知苦一边走，一边跟甘知信、罗丁子分析疫病的病机，又把跟郑大喆等人说过的话说了一遍："冬不藏精，春必温病，眼下季节交替，风寒并存，人外感风寒，内应燥热，寒热交错，便互结为体内的邪气。用麻杏石甘汤清热宣肺平喘，用凉膈散泻火通便，一里一外，表症便解，然后再用胃苓散调理中焦，打开瘀结，身体自然通畅。若有其他症状，再随症治之，不必拘泥成方。"

甘知信和罗丁子一直跟患者打交道，对病症一清二楚，听他一讲，思路顿时清晰，已有了手到病除的感觉。

他们到了医馆，仿佛已有不少人等在门前。

进了门，知苦并没急着上手，而是让他俩按刚才所讲感受一下。

甘知信和罗丁子信心满满，坐在诊台前，诊断了几个人，开出了药方，拿给知苦看。

在他们看病的时候，知苦已从一旁判断出了几个患者的状态，对用方心中明了，看了眼药方，只在剂量上作了调整，或加减一两味药，然后便让患者去抓药。

可是，甘知信为难地说："药不全，石膏、生地、栀子、玄参等药材没了。"

巧妇难为无米之炊。没有药材，知苦也很无奈。思忖片刻，问："有没有干针？"

罗丁子快速取过一个针袋，递给知苦。

知苦说："我给你们教一个泻热的针法，先用着，再想办法弄些药材来。"

说罢，叫过一个患者，在少商穴刺穴放血，挤出几滴黑乎乎的血，患者的肺热就消除了。又叫过一个，在足三里、中脘、陷谷针行泻法，在背部找到肝俞、脾俞、膈俞穴刺血，相当于凉膈散的效果。

教完这些针法，又指点了一番他们用针，半天就过去。

诊治完患者，罗丁子想说什么，却又不好开口。知苦看到了，问他何事。罗丁子不好意思地说，城外还有些流落过来的穷苦人看不起病，能否帮着看一看。

知苦看了罗丁子一眼，说："不错，医者仁心！明天我随你去看。"

12

次日，罗丁子吃过早饭就急匆匆跑过来，请知苦去城外救治病人。

太平堡高大的城墙把原住居民和流落过来的人分割开来，住在城墙里边的，通常叫城里的；住在外面的，叫城外的。城外的住户大都是穷苦人，住着简易的茅屋草舍，有的人家在河滩上开垦点荒地种着，有的给财主家打长工，日子十分艰难，有病看不起，常常硬扛着，实在扛不过去了，就听天由命。

知苦和罗丁子过来时，那些人像见了什么大人物一样，神态恭恭敬敬。他们都认识罗丁子，远远就跟他打招呼。罗丁子向他们介绍了甘知苦，那些人听过知苦的大名，不少人还知道知苦在太平堡主持打井的事，激动得欢呼起来，纷纷请知苦到家中去坐。

罗丁子带知苦走进了姓侯的一家，看到一个十一二岁的孩子，生了一头癞疮，头发都快掉光了。

孩子的母亲一见知苦就拉着孩子跪下磕头，央求神医为她儿子医治。

知苦扶起他们，问孩子叫什么名字。那孩子倒也机灵，脆生生答道，叫侯大方。

知苦笑着拍了拍他的头，问他们可曾找人治疗过。

孩子的母亲说，听人说用鸡屎涂抹可以治，也有人说用猪粪可以治，都用过了，没治好。

罗丁子"咦"了一声，看向知苦。

知苦笑了笑，也没否定，铃医用药会这样用，而且也有疗效。他清楚这种疥疮大都是各经蕴毒，日久生火，兼受风湿化生而成，十分顽固，缠绵不息，根除它必须下一定功夫。如果开药，估计这一家人也买不起药吃，想了半天，他想起了一个医案，讲得是有个车夫忽然皮肤长出蛀孔，似疮非疮，奇痒难忍，连年不愈，每至夏秋则甚，春冬则瘥。车夫延请名医医治，名医给出了用砒霜煮蛋杀虫一法，很快治好了他的疥疮。知苦本想借鉴此法，又怕砒霜性烈，遂想出一个中和的法子，让他们用米醋调和蒜泥，每日涂抹两次，然后用柳树皮煎水清洗。

侯家人一听此方简便，且不花钱，大喜，感恩不尽。

那个叫侯大方的孩子倒是活泼大方，追着他大声喊道，甘先生，我要是病好了，长大后一定会报答你。

知苦笑笑，一个孩子能知恩就不错了，他可不是奔着报答来治病的。

随后，罗丁子又带他进了一户寇姓人家，一些闲人也跟了进来。

这家的女人脸色蜡黄，坐在地上不敢起身，一起身就会晕眩心慌，头重脚轻，难以自支。

知苦望气初断为脾胃失职，气机郁滞，脾不升清，胃失降浊。把了把脉，又看了舌苔，问了饮食二便，患者果然有食欲不佳、腹胀呕酸的症状，应该是常年饥困导致的脾肾虚弱。

开药的话，当以健脾益胃、通气降浊为主，可看她家境，开药也白搭，只能针灸来试一试了。

他让女人放平身体，拿出针灸夹，取太阴脾经的隐白、三阴交，厥阴肾经的涌泉、照海，阳明胃经的陷谷、足三里，分别施针。

罗丁子看不明白，虚心请教。

知苦说，这是"二阴一阳"的施针原则，泄阴补阳，引导气机各归经络。

过了半炷香的时间，起针后，他让女人站起来。女人开始还犹豫不决，小心翼翼地试着起了身，居然没有晕眩，又走了几步，还能站稳身子，她马上激动得哭了起来。

旁边围观的人们十分惊讶，谁也想不到针灸居然这么神奇，几针就能让一个病了许久的人站起来。

知苦向她男人交代，这病容易反复，不妨在野外挖一点锁阳、苁蓉煮着吃，还要让她吃饱肚子才是，不然就没法治愈了。男人感激不已，再三道谢。

到了下一家，知苦见到了一个意想不到的人。

一个蓬头垢面、骨瘦形枯的男人赤裸裸在院子里走来走去，嘴里不停地骂人，看到知苦和罗丁子等人进了门，顿时手舞足蹈，翻着白眼。一个苦兮兮的女人从破屋子里出来，看到甘知苦，当即跪倒在地，求告说："求求老爷，求求大人，救救我们吧，救救我们吧！"

罗丁子向知苦介绍说："他叫胡曰贵，绰号'胡日鬼'，原先在陈二棍手下当差，陈二棍跑了后，他混不下去了，只好带着婆姨娃娃出来谋生，没想到中了邪，整天赤身裸体，污垢满身，拒不就医，药也不喝，三四年了，就这样子。"

一听是"胡日鬼"，知苦顿时想起当年祸害紫苏的事，心中暗叹，还真是恶人恶报啊。

罗丁子自然晓得当年的事，看知苦眉头不舒，劝说："先生，要不就算了吧，这个祸害活该有今日，再说了，他这个病恐怕无药可医。"

知苦尽管心里厌恶，但看这一家老小的凄惨样子，又于心不忍，轻轻说："暂且不管他当年如何，现在他是病人，先看看有没有办法治疗。"

罗丁子不由地心生敬重，就凭知苦这以德报怨的胸襟，他罗丁子绝对比不了。

知苦围着"胡日鬼"观察了一阵，看他言行举止，的确是中邪之证。他又想起当年张真人说过的话，世道凋敝，国运衰落，中邪证、中妖证、离魂证多现于世。这种"疯病""邪病"应该不止于这一例，只是医家对此都束手无策，病家也遇不上高明的医家，好多患者便自生自灭了。

罗丁子说："堡子里的人都说，'胡日鬼'恶事做多了，中邪了，请了神婆子也不没用，医家更没有办法。"

知苦想了一会儿，说："且不管他是中邪、中祟，还是中妖，首先要看他的症状，你看他整天赤身裸体，见水即喜，肯定是热症。但他这个热又与平常的胃热不同，而是祟邪之物乘虚入内，占据了他身体，此症不太好治啊。"

罗丁子也说："就是，他根本不吃药，一见药就打翻了。"

知苦在院子里转了一圈，忽然看到饮鸡的水槽里爬着一只蚯蚓，顿时有了主意。

他把那个苦兮兮的女人叫到一边，吩咐说，在泥土中翻找十条蚯蚓，捣烂投到水中搅匀，过一会清出泥沙，再把水投到一大盆清水中，放在他平时饮水的地方，不要劝他饮水，让他自己去喝这水，如果他喝了后大睡不起，一觉醒来病可能就好了。

那女人一听知苦这个治法，也不质疑，高兴得又跪下磕头道谢。

知苦又嘱咐了几句，才和罗丁子转身离开，至于能否治愈，他也不好肯定，只是尽心罢了。

罗丁子出了门，就好奇地问："甘先生，这个治则有啥讲究？"

知苦笑笑说："其实，这是我随机应变想到的一个治法。祟邪喜洁恶秽，蚯蚓入水则水秽，而患者热病又喜水，他喝了蚯蚓水清心爽口，而祟邪则恶而离开。若要有平常治祟邪的鸡血、狗血，腥味太重，患者不一定喝，祟邪也会阻止他。"

罗丁子一想，果然有道理，更是叹服知苦医术之妙。

接着，知苦和罗丁子又走访了几个患者，诊断后一一留下药方，就往回走。

路上，他想到铃医治病的一些简便廉价验方，便对罗丁子说，晚上我整理些民间治病的验方给你，会用得着。

罗丁子高兴不已，如果有了廉价简验的偏方，这些贫苦人家不用花多少钱，就可自己采草药治病防病，将要挽救多少穷苦人的性命啊。

回到甘家大院，正好看到王世琳坐在墙根下晒太阳，他笑着说："今天精神不错嘛。"

"能多晒一日是一日，说不定哪天就见不到太阳了。"王世琳苍白的脸上浮起一丝笑。

知苦心里仿佛扎了一根刺，说不出的难受。王世琳的病情他已看过，肺上的问题，害了痨瘵。痨虫生满了肺，导致金不生水，肾水不足衍及到了脾及心肝，脉象出现了屋漏脉、沸釜脉，是六种危象脉中的两种，已经回春无力。

他陪着王世琳坐下，有一搭没一搭地闲聊着。

王世琳说："大和尚生前卜算，天地迭移，三年化疫，果不出所料，这场劫难终究没有躲过去。"

"是啊，回头想想大师父的话，一一应验，这几年真是一劫又一劫，死了多少人啊。"知苦说。

"你大师父跟你说过的那番话，实在是精辟之至，老人一生的感悟啊，苍生大医，德不近佛者，不可为医；技不近仙者，不可为医……山、医、命、相、卜五术皆通，方能成就大医。你现在的成就，算是同辈中的佼佼者，但离苍生大医的高度还有距离，不可松懈啊。"

"世伯说得对，医道漫漫勤作舟，这条路上没有捷径可循。古人谓'学医三年自谓天下无不治之症，行医三年始信世间无可用之方。'经历了这次疫疠，我算是彻底明白，苍生医家必须要有能与天地万物沟通的能力，否则，只能是贩卖前人药方的匠人。"

"说得好啊，你开悟了。你母亲的心愿是让你开宗立派，重建青囊门，看来，这个目标可期！"王世琳由衷地感叹说。

"重建青囊门……唉，怕是力不从心啊，这世道乱的，活人都不容易，建立一个宗门，没有雄厚的财力支撑和广大人脉，哪能如愿啊。"知苦长叹道。

王世琳说："看着山远，每天坚持前行几里，终有一天你就登上山顶了。"

知苦望着远山，陷入了沉思。

13

医道如登山，每登高一层便是另一番境界。在别人看来，知苦已经到了一个很高的境界，可他自己却越来越感到根基的浅薄，传统医学真是博大精深，仅就"山、医、命、相、卜"这五术而言，精通一术就能成为方家，而古代大能们却多有五术皆通之人，更有登顶之人传言，不精"五术"，难为大医。知苦对自己的状况再清楚不过，用高人的话来衡量，自己不过是个会用古人传下的药方治病的医工而已，离精通天地、人事、自然还差得很远很远。

趁闲来无事，知苦便向王世琳请教命相之术。

自知时日无多，王世琳乐于把平生所学的命、相之术尽数传给他。

命术，即推命，又分为占星术、四柱术。占星术是通过观察星象占卜吉凶，四柱术是以人的生辰八字预测命运。相术，是通过观察人、地、物等形象预知吉凶，又分为名相、人相、地相（风水）三大类。山、医、命、相、卜、山五术同宗同源，都是易学的分支。

"今之学医者我多不懂命理，学命者，亦不懂医理。然古人曰，医易同源。命与病，皆可从四柱八字推得。何以如此？因为人之一生，与天地相比，不过短短瞬息，出生之时已定其命数，身体疾病亦然，不过是时空中的各种表现而已。故人之疾病变化，必有时间征兆。命运不济时，可以通过空间来调整，身体失和时，亦可通过时间或空间来调整。"王世琳徐徐谈论着他对医与命的感悟。

王世琳对命相之术的研究虽然还未达到一定的火候，但他能把基本的原理和内在的东西讲明白，为知苦深入学习奠定了基础。

王世琳看他听得吃力，随手折根树枝，在地上画了一个图，知苦一看马上反应过来，这是"河图"。

王世琳说："有个口诀你先记住，一六共宗，二七同道，三八为朋，四九为友，五十同途，阖辟奇偶，五兆生成，流行始终。每组数字是一对阴阳，生数和成数也由此而成，那就是，天一生水，地六成之；地二生火，天七成之；天三生木，地八成之；地四生金，天九成之；天五生土，地十成之如果再深一层，就是河图四象，一为太阳，二为少阴，三为少阳，四为太阴，五为中宫。你看，这个学问里既有时间，又有空间，如果跟医理结合起来，是不是有一条你看不到的脉络，你说神奇不神奇。"

王世琳边说边在一边画了三张图，让知苦看得目瞪口呆，有一种别有洞天之感，特别是病与命、病与相的关系，以前总是纠结的事，很容易就看开了，想透了。心底似乎有一株青青幼苗蓬勃生发，瞬间抽枝。

两人说了一阵易理命相，王世琳就有些困倦，直打呵欠。知苦劝他多多歇息，不要太劳神。王世琳喝了口茶，强打精神再次给知苦讲解："精通命理，用之卜算，便可知人之穷通寿夭，吉凶祸福；用之论医，便可知其生旺衰弱、痛苦安宁。譬如，我为某人批八字，为乾造，乙卯／戊寅／辛卯／甲午，流年丙戌。这一命造，辛金失令，其弱无比，强木成木，木旺水缩，八字无水，先天肾气不见。且时支归午火，月干透戊土，更克水无疑，辛金无力，亦受木欺，自顾不暇，无法生水，解救无方。流年丙戌，克水无疑，一过立春即发作，入夏，难矣。此人弱金之命，若不做力不从心事，顺势而为，虽弱，亦吉，然八字无水，病在肾脏，最终患尿毒而亡。"

知苦听得一知半解，但一细思，深感震惊，没想到人的命数、运数都与潜在的疾病有着内在的联系，精通了命理、医理，还真能预测一个人未来的吉凶生死呢。想到这，他蓦然记起张真人临别时曾为他看过手相，说他三十六岁有一小劫，六十六岁有一大劫，还送了一个"交感丹"的妙方。他今年方满三十，还不知命术准不准呢。

知苦诊断王世琳气机已衰，知其不久于人世，这段时间，他一直陪着王世琳，两人谈天说地，谈古论今，让老人在人世间最后的日子里舒畅开心。

没过多久，王世琳溘然长逝，知苦在太平堡最牵挂的几个人都走了，他一时惆怅不已，心绪难平。

办完王世琳的丧事，知苦在太平堡就没什么可牵挂的人和事了，疫疠也得到了全面平息，他便带着家人重新回到了肃州。

阳春三月，随着天气转暖，一场突如其来的疫情渐渐消退，人们的生活复归平常。

这时的甘知愚因防疫保境有功，正春风得意，民间集会、商家开业等场所，处处都会看到他的身影。

然而，天有不测风云，人有旦夕祸福。

不久，街头巷尾的闲谈中又有他的传闻。有人说是众医家联名举报，疫情期间他与药商勾结，囤积药材大发昧心财。也有人说是齐永贵因分赃不均，把他告到了省府。最初是传闻，后来，知苦听一些府衙任职的熟人也在说，似乎确证了民间传闻。他又想起当初见到甘知愚跟齐永贵在一起鬼鬼祟祟的情形，心情一下子沉重起来。从良心讲，他十分鄙视这种唯利是图的小人行径，而涉及到甘家人的事，他又难以置身事外。思来想去，还是怕甘知愚出意外，便打发紫苏前去探望了一下。

县衙内，甘知愚独自关在书房中坐卧不安，心里波澜起伏，仿佛千万条虫子在咬噬。疫情发生后，他身体力行一个官员的作为，然而，随着疫情的发展，药商齐永贵找他合作，博仁医院的伊掌柜也求他关照。他清楚，这些人的背后，都是盘根错节的利益纠葛，也是决定他前途命运的种种博弈，谁也不敢得罪，不能得罪，唯有顺从与合作。官场就是一个大染缸，只要你钻进去，只有同流合污，根本无力独善其身。他明知抬高药价是赚昧心钱，却又无法挣脱缚在身上的无形枷锁。如今事情败露，只有吞咽自己种下的苦果。这个时候，什么功名、什么前程、什么金钱，在他眼里都成了蚀心剐骨的毒药，求得一个稳妥身退似乎是最好的结果。

甘知愚知道知苦打发紫苏前来探视的心意，但他问心有愧，无颜面对。这么多年，他一心谋前程，只想着凭一己之力出人头地、光宗耀祖，却疏远亲朋，愧对手足，愧对家族。现在，罩在头上那个虚无的光环即将失去，他才知道过去有多少应该珍惜的没有珍惜。人事何长，权势不久，天道弄人啊，活了大半辈子，才明白活人的意义。

他私底下求镇守使方亦圆帮他一把，可方亦圆也怕惹火烧身，一直不愿见他。想找几个同僚化解目前的危机，但像他这种没有根基、没有背景、没有权势的七品芝麻官，遇到风险，除了替人背锅，实在找不出一个真正替他着想的同僚。寂坐半宿，直想得头昏脑涨，手脚发麻，却越想越理不出头绪。

夜深了，猛一起身，一股热气直灌头顶，他眼前一黑，栽倒在地，什么也不知道了。

半夜里，有个家丁起夜，发现他倒在地上抽搐，赶忙大声呼叫，惊起一家人，一看情形不好，家人赶忙派人四处延请医家。

知苦得到消息稍晚了一些，急忙赶了过来。

博仁医院穿白大褂的大夫正在给甘知愚输液，其中一个中年人向家属讲解病情："这是典型的脑血管梗阻，由于突然缺血、缺氧引起的脑部血液循环障碍，会导致患者不省人事、半身不遂，如果梗死面积过大，会有行动障碍、语言障碍和智力障碍。这种突发性脑梗都会留下后遗症，完全治愈的可能性不大。"

甘知愚的夫人王氏听大夫一讲，越发心焦不安，虽然没有生命危险，但要变成不会言语、不会走路、没有思维的人，岂不是个活死人？后半辈子，她和家人跟着得受多少罪啊。

看到知苦进来，王氏扯住他的袖子，心急口慌地说："三弟，快，看看你大哥啥情况。"

博仁医院的两个大夫斜了他一眼，他们根本不相信中医能治疗这种脑血管梗死的病。

知苦上前一看，甘知愚嘴脸歪斜、浑身抽搐，显然是卒中症，也就是民间所说的中风。

平时，他是看不惯这个甘知愚的为人处世，但一看到他受苦受难的样子，心里还是放心不下，不管如何，现在的甘知愚就是个病人。

知苦客气地对博仁医院的两个大夫说了声"请让一下"，两个大夫不情愿地让到一边。知苦马上取出针针灸夹，抽出一根银针，在他中指上点刺放血，针起，一股浓黑的血喷薄而出。又在耳垂上点刺，挤出几滴黑血。一边行针，一边观察着患者的神情，似乎没有清醒的迹象。他又抽出一根三棱针，摸索找到百会穴，一针扎下，迅速起针，喷出一股黑血。再扎人中，捻转片刻，人已渐渐睁开眼睛，茫然望着一地人，却说不出话来。

博仁医院的大夫在一旁看着他玩魔术一样，几针便能把人扎醒，暗暗震惊。他们清楚，这种情况，如果让西医来治，肯定选择开颅放血，而这种手术的难度相当大，除了京城、沪上等大城市，其他地方还真做不了。没想到中医这么简单粗暴地放血，就能把人唤醒，真令人大开眼界。

知苦叫他们拔掉输液管，两个西医大夫相互望望，极不情愿。

知苦不由得生气，冷哼一声问："你们这个管用吗？如果不管用，就拆了吧！"

两个西医明白再坚持下去毫无意义，最终还是拔掉了输液管。

知苦又吩咐下人泡来一杯蜂蜜水来灌给知愚。然后，继续在他身上施针，一连在头部、手臂、腿上扎了十多根银针，以气御针，行补泄之法。施治半天，效果不太明显，左半身依然麻木不仁，没有知觉。

知苦清楚，这一切都在意料之中，脑部已有瘀血积聚，短时间内很难清除。

甘知愚的妻子不安地问："能治愈吗？"

"慢慢治吧，受罪是免不了的。"知苦据实而言。

也许，这就是他的命吧。知苦想。这样的结果，虽然免不了病苦的折磨，却可以换得平安身退，祸福相倚的道理他肯定会看得明白。

果然，没多久，省府派人调查甘知愚涉嫌官商勾结一案，但他本人已中风病倒，只剩下半条命吊着，治不治罪无关紧要，暂让他停职养病，没做深入追究。

14

在疫情中，"甘之堂"的大义之举赢得了民众好评，一传十，十传百，"甘之堂"的名声便传遍了周边各地，远近患者闻名而来，每天都有人排队求诊。

甘知苦、郑大喆、徐长卿分别坐在三处诊病，谷子和红缨抓药，忙不过来时，紫苏也出来帮忙，有时过了晌午还有诊治不完的病人，长此以往，知苦便有些头痛。还是谷子机灵，想出了一个挂号预约的办法，让患者依次拿到号码牌求诊，每天只诊治百人，排号在后面的，自动转入第二天。这样，总算把一个难题解决了。

医馆兴盛了，谷子最为高兴。从艰难困苦中走过来，"甘之堂"能有今天的局面实属不易，他咧着嘴感慨道："嘿嘿，咱们医馆的生意终于红火了。"

知苦看了他一眼，淡淡说："不管外面怎么抬承，甘之堂的人要始终记住，济世救人、护佑苍生永远是咱们的根本，医馆不是做生意的地方，是救命的地方，能让穷苦百姓进得起医馆、看得起病，医馆才能永久。"

他又对谷子说，记住，凡是大难时刻帮助过我们的人都要心存感恩，陆商的家人、卧马山庄、布鲁特、白家、闻家，有空要补上这份恩情。

谷子连连点头称是，他切身体会到"甘之堂"的仁爱之心深得百姓称道，做伙计的走出去也倍感自豪。

知苦不但每天要坐诊，还得应付一些场面上的出诊，尤其那些达官贵人的延请，他一刻也不敢大意。他没有刻意巴结权贵的想法，但也没有那么自视清高，往长远说，一个小小的医馆要想在乱世中立足，的确需要各方面关系的维护，交好一个人总比得罪一个人有利；往近处说，他不过一个医家，为患者看病天经地义，没有贫富权野之分，那些官老爷的深宅大院进得了，贫民寒舍也不嫌弃，只要求诊，他都是一副好说好商量的态度。

一日黄昏，牛得草和一个小乞丐牵着知苦出诊常骑的毛驴急匆匆来到"甘之堂"，神色慌张跟紫苏说："不好了，甘大夫被贼人抢走了。"

紫苏顿时心慌意乱，忙问其故。牛得草指着一同来的小乞丐说："几个山贼截住出诊回家的甘大夫，说什么豆爷请他上山，就把他抢走了，正好被我这个弟兄碰上，山贼让他把毛驴牵回来报信。"

听牛得草说完，紫苏大感不妙，近来商贩遭贼人抢劫的事时有听闻，甚至一些富户有家人被绑票，没想到贼人竟然抢劫到一个医家头上。她赶忙叫过郑大喆、谷子、徐长卿、红缨几人商量对策。

紫苏又把牛得草说过的事讲了一遍，众人都有些慌乱，这是哪里来的贼人，光天化日之下居然就敢抢人？

郑大喆分析说："按理说，山贼绑票，肯定要开出条件让我们赎人，可是这山贼把人抢去，也没讲条件，这里面肯定大有文章。"

谷子和徐长卿也觉得不可思议，山贼不谋财不谋利，难道是仇家？万春东、陈二棍的余党以及齐永贵等人，都与"甘之堂"有仇，这些人如果想借机报复，那可是防不胜防。

靳红缨杏眼圆睁，气呼呼说："哪来的狗杂种，胆敢抢走甘大夫，姑奶奶我杀上山取了他的狗命。"

紫苏劝他们稍安勿躁，静观其变，根据小乞丐的描述，山贼并没有为难知苦，还让回来报信，应该是有求于人。至于仇家寻仇，可能性不大。

经她一分析，众人心里稍觉踏实，但不管怎样，先要找到人的去向。于是，紫苏分派他们分头去寻找线索。又给了牛得草一串钱，也让他带着弟兄们多方去打听。

接连几天，"甘之堂"没有开门，不见了坐堂掌柜，这一异常情况马上引起人们的注意，纷纷胡乱猜测甘知苦的去向。

正巧，甘知愚派来请人的一个公差发觉情况不妙，赶忙报告了甘知愚。

甘知愚劫后重生，两个多月后，他已经行动自如，没有留下什么后遗症。他一想到求人的滋味，就感慨良多，在这世上，身份低微的确如蝼蚁一般，要想改变一切，还得当更大的官。深谙官场之道的甘知愚，再次求到肃州镇守使方亦圆，上下打点一番，算是避过了一劫，保住了位子。

甘知愚一听就急了，他受方亦圆委托，要请知苦诊病，可现在知苦突然失踪，他也慌了神，急忙向镇守使方亦圆报告，并请求派一队人马寻找甘知苦的下落。

可是，此时的方亦圆正为肃州府下辖的沙州县抗粮事件头疼不已，数千农民聚集起来拒缴公粮，冲进县城，打死兵勇，烧毁县署，知县仓惶逃到肃州求援，可派的兵马都派去肃反，他哪里有兵马可派给甘知愚啊。况且，省府的刘主席亲自前来坐镇，他一刻也不敢耽误剿匪的事。

战乱一起，人们都惶恐不安，"甘之堂"的众人对知苦更加担忧。紫苏虽说让大家稍安勿躁，但她心里始终忐忑不安，一天、两天还则罢了，可到了第三天还没音讯，牛得草的兄弟也没打听到一点消息，她就有些绷不住了，暗自揣测着不好，茶饭不思，焦虑不安，愁苦得没有一点精神。

索维娅也一样，每天跑来医馆打听消息，急得团团转，可又十分无奈，知苦像是从人间消失了一般，谁也打听不到半点消息。

众人又焦急地等待了三天，知苦却坐着马车回来了。满面春风地进了医馆，众人全都目瞪口呆，怔怔看着他。

他不解地问："这都咋了？"

一脸焦苦的紫苏扑住去抱紧他哭泣道："几天不见，你死哪里去了啊！"

索维娅也喜极而泣，不住地抹着眼泪。

知苦笑了笑说："不是坏事，回头给你们慢慢解释。"

说罢，让人从马车上搬下来几麻袋粮食、药材和皮毛之类的东西，打发马车走了。

听到知苦平安归来的音讯，左邻右舍纷纷过来看望他，询问他突然失踪的原因，知苦淡淡应付道，被人请去诊病，形势紧迫，无法联系。

这倒也可以理解，医家一旦遇到上疑难杂症，救人如救火，确实分不开身。

等众人散去，知苦才一脸神秘地跟索维娅和紫苏说："你们猜我遇到谁了？"

索维娅和紫苏都想到了失踪不见的甘知勇，试探着问："大哥？"

知苦笑笑说："不是，我见到豆子了。"

"豆子？"索维娅最先反应过来，"哈密丢失的豆子？"

知苦说："是啊，没想到她还活着，而且一直在沙州生活。"

索维娅困惑不解问："她怎么到了沙州？算一算也快二十好几了吧？"

知苦跟她们说，豆子真是个奇迹。当年她被人贩子掳走，几经拐卖，被带到了沙州，然后被一个姓张的佃农买去做老婆，种着几亩薄田，勉强度日。两年前，为了抵制官府低价纳购"采买粮"盘剥百姓，她的丈夫联络了一些人上肃州、上省城控告地方官员，结果均没答复，于是，他们采取张帖揭帖、群众集会等形式，揭露官府的巧取豪夺的强盗行径，吆喝群众共同起来跟官府斗，争取自己的利益。官府一边欺骗他们，一边秘密派兵偷袭拘捕带头闹事的人，她的丈夫被官兵抓捕杀害了，豆子怒火中烧，联系其他同党，发动四乡八寨的乡亲冲进县城，一举烧毁了官署，赶跑县官。但很快遭到了官府的重兵镇压，临时聚集起来的群众像一盘散沙，纷纷躲了起来。豆子很有主见，她看大势已去，急忙带着几十个乡亲逃到了肃州南山。那里有我治过的患者，她无意中听说"甘之堂"是我开的，就派人来接我过去逗留了几天。我看他们一直流窜也不是办法，就把他们引荐到卧马山庄，安置好他们，所以晚了几天才回来。

索维娅眼角挂着泪水，说："这苦命的孩子，活着就好，我也心安了。"

知苦知她一直纠结豆子丢失的事，安慰她说："各人各命，能看到她活着，也不枉我们结识一场。"

紫苏也清楚豆子的事，听得感叹唏嘘，经历那么多波折，还能苟安于世，真不容易啊。

知苦嘱咐她们，此事不易张扬，对外就说是被病家请去诊治急症了。

这几天，肃州城到处都是官府动兵剿匪的传闻，紫苏和索维娅自然知道其中利害。

15

知苦回来的消息很快传到了甘知愚耳中，他可是等了又等，盼了又盼，镇守使大人吩咐的事情耽误不得啊。

甘知愚赶忙派兵丁来请他到镇守使方亦圆的府上看病。知苦对他没有好印象，但也说不上恶心，只是好奇这个大人怎么突然会找到自己。他早就听说了，肃州城里想巴结他的人排着长队，甘知愚能保住头上的乌纱也是因为他。城里许多药铺医馆拿着银子和奇珍医药材去求他，都入不了他的法眼。今天这个延请，似乎别有意味。

出了医馆，惊奇的是这位大人竟然派了轿子，停在外面，十分惹眼。兵丁解释说，大人考虑到先生腿脚不便，所以……

知苦没有客气，上了轿子，由兵丁抬到了镇守使府。

兵丁把他带到了别院的厢房，这里幽雅宁静，一般都是官家比较私密的地方。

进门一看，房间里或坐或立的人有十多位，甘知愚和官员在下首立着，还有他熟悉的杨氏医馆杨悦、博仁医院的伊大中和刘氏医馆的一位坐堂医。中间主位坐着一个大胖子，肥胖的身躯四仰八叉地瘫在太师椅里，挤得椅子有点促狭。他眉头紧蹙，两手掬着后脑勺，痛苦而烦躁。镇守使方亦圆半个身子挂在椅子一侧，赔着小心跟他说话，一脸诌媚，轻言轻语。两个俊俏的小丫鬟立在旁边，一个手里拿着毛巾，一个端着清水，给那位大胖子额头冷敷。

医家和地方官员站了一地，知苦马上明白，敢情是这位主子的身体出了的毛病。

经过甘知愚身边时，甘知愚小声提醒说："省府的刘主席，多留心啊。"

知苦向上首的胖子拱手一揖，不卑不亢道："大人，在下有礼了！"

镇守使方亦圆与甘知苦第一次见面，看他一条跛腿，就知道他是谁了，向他招招手："来来来，甘先生，看看大人啥情况。"

知苦迅速扫了一眼几个医家，杨悦不露声色地眨了下眼，其他人脸色都很难看，显然是遇到了一个大难题。

他走上前去，观察了片刻，这人气色灰暗、嘴唇青紫，腹部膨胀，像十月怀胎的样子。

方亦圆向这位主子介绍说："大人，这位是肃州城的名医甘知苦，前不久以身试病，力克疫疬，功莫大焉。"

胖老头睁开眼睛，不露声色地看了他一眼，点点头说："好，好！请甘先生施治。"

知苦说："得罪！请让在下先把个脉。"

胖老头把手臂伸出，方亦圆赶忙起身两手托住。

知苦用三指扣脉，时轻时重，诊断片刻。又换了另一只手臂作了诊断。脉象洪数，左寸、右关异常，应该是小肠和脾胃有热症吧？这站了一地的医家难道诊断不出来？还是另有隐情？

医家最怕遇到这种位高权重的主子，诊断轻易难下定论，生怕一句话不合适，引来杀身之祸。因此，一些医家宁可明哲保身，也不愿出头说话。

知苦犹豫片刻，怕诊断有误，又说："大人，在下需要作个腹诊，多有得罪！"

胖老头闭着眼，挥挥手，允了。

知苦以中指为器，从胃部到小腹缓缓用力抚探，刚压到小腹位置，胖老头一声痛呼，坐直了身子。

镇守使方亦圆大惊失色，狠狠瞪了甘知苦一眼，沉着脸低吼一声："奶奶的，你小心一点，弄疼大人了。"

甘知苦不以为意，心里已经明了，苦笑着摇摇头，转身问："各位医家定然诊断过了吧？可有思路？"

众人都不说话，生怕说错一句，大祸临头。

这时，甘知愚开了口，作姿作态地叫一声"三弟"，向他介绍说："刚才，杨氏医馆的诊断是胃火炽盛，郁化上亢；刘氏医馆诊断是肝气郁结、气机不畅；博仁医院诊断是风热感冒。你怎么看？"

知苦没有回应他，转头问："大人，是不是满头痛？"

胖老头点点头。

"出汗多？"

他又点头。

"口干舌淡，食之无味？"

仍然点头。

"小解尿液焦黄？"

胖老头虚烦地点头。

"三天没有大解？"

还没等胖老头回答，方亦圆先不满了，破口大骂："奶奶的，你是看病呢，还是查隐私呢？"

知苦倔强地挺了挺身说："方大人，病不忌医，医家望闻问切难道有错？"

方亦圆被怼得无言，狠狠瞪了他一眼。

胖老头"咦"了一声，睁开眼，坐直身子，满脸喜色地说："这个郎中靠谱。"

说罢，沉着脸望了方亦圆一眼，缓缓说："方大人，你错怪甘先生了。"

方亦圆一听，顿时明白，大人平平淡淡的一句话，实际包含了好几个意思，一来是怪他说话得罪了甘知苦，给他找台阶下；二来是明明白白告诉众人，甘知苦诊断有水准；三来给甘知苦一个面子，表明一个谦和的姿态。

方亦圆赶紧立起身，向知苦拱拱手，道了声歉。

知苦笑笑，没多计较。

"快说说，我身体啥情况。"胖老头问。

知苦施礼说："大人身体小恙，无妨。大概近日偏食辛热厚味，又食冷饮，引起胃失和降，邪热下行滞留小肠，燥屎秘结，下焦不通，邪火只好上亢，灼伤津液，上行郁结于头顶，所以头痛难忍。"

胖老头越听越欣喜，一下子从太师椅上站起来，搓着手说："哎呀，确实如此，甘先生好厉害啊！"

杨悦和刘氏医馆的大夫一听，恍然顿悟。其实，他们的诊断也有几分相似，就是不敢问，不敢说，不敢动手腹诊，一些症状便无法明了。伊大中和他带来的西医目瞪口呆，愣是不明白这个阴阳升降的道理。

胖老头拉着甘知苦的手，和颜悦色地请他开药方。

方亦圆也不吝言辞地夸起了甘知苦，早已忘了前面不太适宜的话语。

明了病机，药方早已了然于胸，即使他不说，那两位国医馆的医家也能信手拈来。知苦说："先用一副大承气汤泻下，一剂即可。而后用清胃散清除胃火，加点焦三仙消食，记住，一定要冷服。"

说罢，又对杨悦说，"杨兄，这样可否？"

杨悦自然明白甘知苦卖给了他一个面子，拱手一揖，含笑说："甘先生妙手回春！剩下的事就不劳您了，在下代劳。"

说罢，杨悦走到一边案几前，提起毛笔，写下两张药方，并在旁边注明服药方式，然后交给知苦过目。

知苦看了一眼，把大黄的剂量加大了一倍，跟杨悦说："燥屎秘结，肠道阻滞，非大剂川军不足以泻下攻积，杨先生意下如何？"

杨悦一听便明白，甘知苦故意把大黄说成川军，而且加大剂量，显然是对症用方，不拘泥于成方，便笑着拱手一举说："甘先生调度有方，佩服。"

知苦把药方交到镇守使方亦圆手中，方亦圆看了一眼，躬着腰递给了刘主席，刘主席大手一挥，让他照方抓药。

知苦有意睥斜了伊大中和他身边的西医医生一眼，伊大中生怕他在这个场合再说出什么好话，不由得转过头去，避开了他的视线。

诊断完毕，甘知苦拱手告辞，众人也不便多留，纷纷告辞。

甘知苦刚要转过身离开，方亦圆叫了一声："你，留一下。"

甘知苦不知何意，又不好推脱，只得留下。

等众人散去，方亦圆笑眯眯冲他说："甘先生，刘主席有意请你去省城谋食，你意下如何？"

堂堂镇守使能这样降尊屈纡说话，大概是别有用心的。知苦早已把他的心思猜了个七七八八，无非是借他之力讨好刘主席罢了。他直言不讳说："大人，在下一家老小均在肃州，还没有到外面图谋的打算，见谅。"

方亦圆的脸色一下子就冷下来了，但碍于刘主席的面子，又不便发作，淡淡说："人各有志，请便吧。"

对于方亦圆的变脸，知苦也没在意，他原本就没心思搅和到官家的圈子里，只是想做个本分的郎中罢了。

知苦刚出官府大门，就碰到了齐永贵，他捧着一个锦盒走过来，脸上带着习惯性的假笑，别有意味地盯了知苦一眼，冷哼一声，往镇守使府里去了。

因疫情期间破坏了齐永贵囤积药材发黑心财的计划，知苦一直提防着齐永贵使坏，但过了好长时间没见动静，便也放松了警惕，今日一见，他隐隐感到，这个齐大善人绝非善类，今后不知又会弄出怎样的妖祸来。对于齐永贵这种面善心黑的奸商，打死他也不相信会变成好人。

第十章

1

秋风飒飒，落叶萧萧，"甘之堂"门前的柳树渐渐斑驳陆离，稀疏的叶子在风中瑟瑟抖动。街上没有多少行人，疫情过后，肃州仿佛大伤元气，许久没有恢复往日的繁华。

"甘之堂"也跟寒秋一样，有点门庭冷落。索维娅带着一个浓眉大眼的汉子进了医馆，像把一股寒风带了进来。

知苦意外地看了索维娅一眼问："你怎么过来了？"

索维娅哼了一声说："你个没良心的，好久不见，也不说声好听的。"

知苦不好意思地笑笑说："没别的意思，我是说你让患者自己过来就行了，何必亲自跑一趟。"

索维娅笑说："我怕你不重视，特意带秦掌柜过来。他是跑驼帮的，我的老顾客了。"

浓眉大眼的大汉叫秦作义，执拳行个江湖礼道："请多费心。"

知苦没多客气，让他坐下后把脉问诊，诊断一番，断定是风湿痹证。跑驼帮的，常年奔波往来，风雨无阻，风餐露宿，得风湿病很常见。

一边看病，知苦一边跟他聊天，像秦作义这种走南闯北的人，知道的事不少，他想顺便打听一下大哥甘知勇的消息。

"秦掌柜步行天下，可曾听过一个叫甘知勇的人？"

秦作义摇了摇头说："未曾听过。"

"最近生意如何？"

秦作义叹口气说："如今乱呀，哪有生意可做。东边不停地打仗，说不定哪天就打过来了。你们也看到了，一阵子粮食涨价了，一阵子物品紧缺了，有时连点灯用的煤油、洋火都买不到。有时，还会碰到抓壮丁的，二话不说就把人抓走，我的几个伙计都被抓走了啊。"

这倒是实情，知苦时常听患者闲聊，都会愤愤不平地说到官府征赋税，抓壮丁，剿乱匪，一队队的兵马出动，拉回一车车的粮草，抓来一批批的壮丁，似乎要养精蓄锐，准备打大仗的样子。

说着闲话，知苦思谋着秦作义的症状，用了《伤寒论中》的一个经方：桂枝附子汤，但附子用到了二两。此方有祛风温经、助阳化湿之功，加大附子是为了扶阳散寒。

秦作义拱手谢过，取上药便告辞了。

索维娅等知苦闲了下来，坐在他对面说："听说又打起了，说不定哪天就打到肃州了，这世道乱的，咋办呢。"

"看你愁的，那是官老爷的事，你愁啥。子安也大了，我给他找了个先生，先去读点书，你盯紧了啊，别让他偷懒。"知苦说。

索维娅笑了笑说："你是老子，有你看着就够了。"

两人又说了一阵闲话，各自去忙。

黄昏时，"甘之堂"医馆刚刚打烊，忽然有人狠劲拍门，谷子开门一看，两人搀着一个浑身是血的男人立在门前。谷子细一看，是靳三棱，红缨的老爹。他吃惊地问了一声："靳老爹这是咋了？"

红缨闻声，早已经扑出门来，一看老爹的样子，心疼不已，赶紧让来人把老爹扶进医馆。

知苦一条腿不便，起身慢些，看到靳三棱的伤势，马上断定是枪伤。他检查了一下，肩膀上中了火枪，打了个对穿，没伤及要害，只是流血过多，人有些虚弱。郑大喆也凑过来看了眼，确实没啥大碍，敷上药养息几天就会见好。

知苦即刻安排徐长卿清理伤口，谷子配制药膏。

徐长卿对这类小伤的处理已经十分娴熟，片刻工夫就清理干净。

谷子那边有现成的红伤药剂，只需调和成膏药即可，也没费多少工夫，很快就将药膏贴在了靳三棱伤口上。

红缨给靳三棱端来一杯水，他大手接过，三口两口就喝完了。红缨问他咋伤成这样了。他苦笑一声，堂堂肃州国术馆武术总教习居然被人打伤，说出来真是丢人。

知苦看了看搀扶他过来的那两个人，道了声谢谢，让他们先回去。两人也是一身疲惫，没多客气，拱手行个江湖礼，先行告退。

这时，靳三棱才缓过气来，懊恼地讲了事情经过。

昨天，他们接到肃州镇守使的命令，要求国术馆配合清剿南山乱匪。天黑时，他们随官兵出动，围住了南山卧马山庄，经过一夜混战，村民伤的伤，死的死，官兵也伤死不少。他们抓了几个活口，一审问，才知道干了一件助纣为虐的坏事。原来，卧马山庄的村民一直本本分分种山地度日，可是官府强行摊派赋税，征收了粮草，百姓所剩无几，只靠洋芋、青稞糁子和野菜糊口，日子已经过成这样，官府仍然摊派田赋，强抓壮丁，逼得村民没了活路。前些日子，听说卧马山庄收留了一些流窜的乱民，官府又以此为借口，打着清剿乱匪的旗号，再次逼着人们捐税纳粮，一个叫马来福的人一气之下，聚众打死催缴赋税的官兵，打出"官逼民反"的旗号，祭旗暴动，很快有千余人响应，占山为王，对抗官府的苛捐杂税和征兵差役。官府的兵马一围山，这些人拼命死抗，结果就这样了。

靳三棱叹息一声，说："都是穷苦人，不逼到没法活命的程度，谁愿意拼命啊。"

知苦一听，愣了半刻。卧马山庄，那么远离世事的地方，怎么在官府的眼里成了乱匪？莫不是豆子等人的事暴露了？

谷子瞪着靳三棱气嘟嘟说："你们把村民咋样了？村民都是本分的农民，他们都是好人，是我们的恩人。"

知苦也开口说："的确，我们从昆仑山下来，帮他们看过病，规划过新水源，他们的祖上逃难到了山里，没想到过了几十年还是逃不过官府的魔掌。疫疠期间，马来福还给我们送过药材。前几天我还到过那里，事情怎么会这样？"

众人顿时明白过来，想起药材紧缺时，那个憨厚汉子送来的两大车药材，关键时刻救了不少人的命呢。

红缨又气又恼地冲他爹吼道："你们……真是刽子手，咋就对那么好的百姓下得了手！"

靳三棱低着头，自怨自艾地说："妈的，真没干一件人事！有这样的官府，他妈的还当什么差！"

谷子一想起朴实厚道的马来福，鼻子一酸，十分难过。

知苦有点恼怒，紧紧攥着拳头，硬忍着没让一腔怒火喷发出来。

靳三棱"腾"地一下站起来，顾不上伤痛，怒冲冲往外走，红缨追着喊："你疯了，伤口还没愈合好呢！"

红缨大概想到了他冲动的缘故，紧跟着追了出去。其他人心里压抑，也没拦着。

知苦看看众人，特别望了眼郑大喆，面色一寒，说："今天的事，出了这个屋子，都给我烂到肚子里，哪都不要说。"

郑大喆皱皱眉头，但不敢有疑义，跟大家一起应答一声。这世道逼得老老实实的百姓都能造反，让他怎么也看不明白了。

大家心里都明白，知苦的担心不是多余的，当下的官府就像一个流氓，根本无理可讲，随便以莫须有的罪名就能抓捕人，然后再敲诈勒索，逼着主儿家大把大把地往外掏银子，花钱免灾。如果被官家的暗哨捕捉到逆反的消息，没事也要让你脱一层皮。听说有个商人的孩儿，才六七岁，无意中说了句"当官的比豺狼还恶，满嘴长着獠牙。"结果被暗哨盯上，将商人和孩儿一并抓去，硬生生被打死在牢里。这样的事天天都能听到，但听到了只是左耳朵进右耳朵出，千万别从嘴里说出来。这样的话传到官家耳中，便是一桩祸端了。

知苦焦虑不安，很想到卧马山庄去看看，那里不仅有熟悉的等乡亲，还有他前几天刚安置过去的豆子等人，不知道他们怎么样了。但他腿脚不便，又碍于官府抓人，没敢贸然行动。

过了两天，包裹得严严实实的红缨急匆匆跑来医馆，告诉知苦，靳三棱跟原先青帮的几个老弟兄出手，救出了马来福等二十多个卧马山庄的乡亲，带着他们逃命去了。方亦圆那边大概查到了线索，正在搜捕余党。她和母亲不敢心存侥幸，马上要出去避难。

知苦一看事情紧急，不敢耽误，忙问她准备到哪里去。

红缨说，靳三棱也许早就考虑到了后果，委托一个军官带她们去西安找熟人落脚，暂时避难。

听到这个结果，知苦心里稍安，而想到红缨即将母子背井离乡，心里又不是滋味。

红缨说罢没敢多逗留，依依不舍地望了知苦一眼，转身挥了一把泪，匆匆离去。她隐约感到，这一别，再相会可能就遥遥无期了。

身边的人，不是生离，就是死别，知苦一想起来，心里就伤感不已。

2

时光如水，既无波澜，亦无凝滞，尽管偶尔飘过一些枯枝烂叶，过去也便过去了，谁也不把烂光景挂在心上。大地上的事物该老去的老去，该焕新的焕新，转眼就过去了几年，年年如故。

当然，对"甘之堂"而言，几年间也发生过一些大事。甘知苦的儿女也渐渐长大成人，子安留在医馆跟知苦学医，子康在省城医学堂读书，莲心也长成了一个俏俏的小姑娘。一直打听不到甘知勇消息的白芷，不再抱什么希望，她把女儿子英交给知苦和紫苏，到太平堡的圣女庵当尼姑去了。

肃州府虽然远离省城、京城，但凡有大事，那边风一动，这边草也要跟着晃一晃。比如轰轰烈烈的"中原大战"，比如沸沸扬扬的"废止中医案"。

"废止中医案"事件一出，远在省城的李少峰给知苦写过信，讲述了事情的前因后果，知苦也从官府的邸报上看到一些消息。

晚清帝制的迅速崩溃和革命运动的推进，一种比战争更持久的外来文化强烈冲击着华夏大地，"西学救国"的思潮如洪水泛滥，在传播科学的新文化运动中，国医药学被列为旧传统、旧文化一揽子否定，一批海外归来的所谓文明人士叫嚣废除中医，专取西法，欲将国医剔除出教育学科，只提倡专门的西医学校和西医治疗。一时之间，"学西洋医术以救国救民"成为时髦的号召，"骂中医"竟然成为区分知识分子是否先进的标配之一，传衍数千年的国医面临被打压、被取消的困境。

李少峰在又一封信中还讲到，抵制中医的人士中，有一位是国学大儒章太炎的学生，叫余云岫，据说有极高的中医水平，自称若挂牌行医上海难有医术出其右者。就这样一个自视中医极好的人，留学日本归来，摇身一变成为反对中医的"掘墓人"，公然叫嚣废止中医、倡导西医。陆渊雷、施今墨等国医大儒与西化派唇枪舌剑，争论不休，京城和各地民众纷纷集会、通电以示抗议，一些省市医家还组团进京请愿，力请保存中医中药。李少峰希望知苦站出来，组织肃州府医家声援，一致拥护中医药，护我国粹。

知苦清楚他说的西医，就是时下肃州人所称的"新医"，肃州城里也有几家，如福音堂医院、济世医院等，福音堂是教会医院，在"新医"医院中开设最早，名气最大。而肃州城的百姓信"新医"的并不多，中医仍然是百姓的依托。知苦觉得要把中医连根拔起并没那么容易，首先民众肯定不答应，如果在肃州发起拥护中医、抵制西医的运动岂不有点杞人忧天？

他想置身事外，但事与愿违。"甘之堂"斜对面的博仁医院像是专门跟他唱对台戏，挑衅似的悬挂出"取缔落后中医，倡导文明西医"的横幅。

有人演戏，就有人看戏。知苦一早就坐在医馆前，手端紫砂茶壶，喝茶，看戏。他不相信这个博仁医院仅凭一个横幅、吆喝几声就能把中医给取缔了。郑大喆沉不住气，指着对面说："这不是打咱中医的脸吗？你看他嚣张成啥样了！"

知苦淡淡说："蚍蜉撼大树，自不量力。"

接下来，博仁医院居然雇用一些泼皮拿药王庙动手了，让街上的二赖子打砸药王庙的牌匾，推倒药王的塑像，放火烧起了庙里的建筑。

这些行为，显然不是一个挑衅的问题，而是对中医的公然宣战。

知苦便坐不住了，郑大喆也坐不住了，肃州城内的中医人都坐不住了，纷纷围拢到博仁医院前，呼叫着"向中医道歉""西医滚出肃州"，数次冲击博仁医院，对方却闭门不出。

此事越闹越大，惊动了县府，派出警察出面维持秩序。

中医人闹到了县府，西医也通过上层关系对县府施压，两方闹得水火不容，甚至还煽动百姓起来闹事，县长甘知愚便两头为难了，只好把双方代表请到县府议事厅对话。

甘知愚坐在公堂上首，面色深沉。河南商人伊大中西装革履，手持文明棍，旁若无人地坐在一边。

知苦见到知愚，心里还有未了的结，陌路人一般，并不打招呼；郑大喆倒亲热得一家人似的，一边作揖，一边说着恭维话。甘知愚嗯啊应着，平平淡淡。其他人等规规矩矩站立一边，准备跟姓伊的理论一番。

甘知愚让中医人陈述。众人推举知苦为代表，知苦没有推辞，上前一步说："上下五千年，华夏子孙依赖国医护佑，哪怕改朝换代，什么时候废除过国医？西医出现才几年，凭什么叫嚷废除国医？居然打砸药王庙，对神灵不敬，他们这种行为简直是对国医的侮辱，必须道歉！"

伊大中站起来，鞠了个躬，说："咸与维新，时也，势也，可叹国人因循守旧，故步自封，看不见西洋文明领引世界发展潮流的步履，漠视西医对人类的巨大贡献，愚不知辱，穷不思变，在强大的时代潮流前不过是螳臂当车。"

甘知苦冷哼一声说："好一个冠冕堂皇的理由！请问伊先生，你哪来的底气说西医先进、中医落后？你哪只眼睛看到中医没有发展？疫疬流行的时候，是你西医遏止吗？别动不动拿洋玩意儿充脸面，国人要不要西医不是你说了算……"

还没听完，甘知愚就不耐烦地喊停。起身，背着手，踱着八字步，拿腔拿调地说："如今是什么朝代了？你们不知道吗？中华民国！时代不同了，落后的东西自然要淘汰，中医嘛，虽然落伍了点，但还是有用的，暂且保留吧。伊先生呢，你们就消停些吧。国医西医，各自相安，各行其是。"

知苦听着不顺耳，用手指着他质问："你说，国医何曾落伍了？你的病……"

甘知愚知道他要揭自己的伤疤，再次不耐烦地打断他，挥挥手说："今天不讨论这个。本官这么处理可否满意？"

伊大中对甘知愚谄媚地笑笑，连声说"中"。然后睥睨地望了中医人一眼，先行告退。

知苦、郑大喆等人尽管一肚子的不满，却无处可诉，只好怏怏而退。

一场中西医之争，双方都没有胜负，但中医人总觉得输了一口气。

新医挤兑中医的事，知苦倒不担心，一切都会在日后见分晓。他最担心的还是省城的儿子子康。他怕那不知天高地厚的小子热血一沸腾，再跑到什么地方去闹什么学潮，到时候别再像王嘉义一样，落个不好的下场。

这时的子康风华正茂，血气方刚，在学堂里一直是活跃分子。正如知苦所料，子康听到"废止中医案"事件后，纠集了一帮同学，扯着横幅标语，到省府门前静坐请愿，保存中医。民众平常都是看中医、吃中药，自然倾向中医，支持学生的请愿，纷纷为学生围观助威。一个上午，省府就被请愿的人们围了个水泄不通。

"废止中医案"的事尽管在京城闹得沸沸扬扬，但偏远的金城并没有任何取缔中医药的明确指令。其实，即便有，也无法落实，如果没有中医维系民众健康，那不是天塌下来了嘛。所以，省府的答复也慷慨有力：只要天塌不下来，中医就永远不会取缔。

得到答复，学生们欢呼雀跃，庆祝请愿成功，子康被当作英雄一样簇拥着回到学堂。

李少峰旗杆一样伫在学堂门口，从人流中拦住子康。劈头就骂："你威武了？出风头了？你以为你们能耐了？说实话，狗屁不是！你听过一句话么，天狂必有雨，人狂必有祸，真碰了茬子，你就不堪一击。做啥事不经脑子，学问学到狗肚子里去了！"

沉浸于喜悦中的子康被他骂愣怔了，半天不敢言语一声。

停息了一会，李少峰又语重心长地说："你姑爹咋死的你不知道吗？瓜娃子，有些事不是你看到的、听到的那么简单，大凡波及广泛的事都是政治事件，你们推波助澜的结果就是去当替罪羊，明白吗？实事上，这个事，你们闹腾与不闹腾，都不会有任何改变，省府表态与不表态都影响不了什么。你啊，没事多读读书，练练本事，你是医家传人，中医医术还要靠你发扬光大呢，不要给你父亲、你的亲人们丢人。"

子康硬是一句话没说出，被李少峰狠狠训了一顿。多年以后，他回想起这顿教训，依然记忆犹新。

知苦从李少峰来信中得知因果，欢欣大叫一声："骂得好，骂得妙！少峰兄敦教有方，比我有见识！"

在肃州女子师范学校读书的子英近来一直热衷新思潮，在一旁听着知苦地感慨，撇撇嘴说："你们太落伍了，跟不上时代潮流，这是个年轻人壮怀激烈的年代。"

知苦斜了她一眼说："谁还没从年轻处来过？别整天被那些传单搞得五迷六道的，告诉你，别跟上子康发疯，该干啥干啥，改天换地还轮不到你们出头。"

子英吐了吐舌头，扮个鬼脸跑了。

有一段时间，知苦想听从李少峰的建议，把医馆开到省城去，但西医的介入打乱了他的计划。他突然意识到，中医最好的光景也许已经过去，再出现仲景、扁鹊、华陀、孙思邈等神一样名医的时代一去不返，甚至，像祖父甘草、肃州杨祝山那样扬名于世的机会也不会再有，往后的日子，可能免不了与西医有一场没有硝烟的争斗，争地盘、争荣誉、争患者、争利益……总之，少不了一场中医捍卫战。那天，甘知愚说出的那番话，绝不是无中生有，肯定代表了一种势力、一种思潮，用话语的控制来渐渐动摇和颠覆民众对中医的信仰，可能是所谓新派人物的立场。眼下最紧迫的恰恰是把好的医术医德传承下去，他想起大师父的嘱咐、想起母亲曾交付他的使命，他竟然有一种无形的紧迫和压力。

要重建青囊门吗？开宗立派如打天下坐天下，没有雄厚的财力支持，没有一批志同道合的同行，没有一个安定的环境，恐怕很难成事。而一身医术不能发扬光大，既有负几位师父的教导，又对不起父母拼命保护并传授于他，真让他寝食难安啊。

他所有的希望在下一代身上，而担忧也在下一代。他不知道子安能否继承衣钵，也不知道接受了新式教育的子康会不会离经叛道。

这个世道越来越让人不安，每个人都被看不见的时运裹挟着前行，一切尚未可知。

3

平淡无奇的生活中，有人为生计忙碌，有人在苦难中挣扎，有人为所谓的希望奔波，甘子安对未来没那么多的想法，他目前最大的愿望是跟谷子学会炼制膏丸，多一些傍身的本事。

二十岁的甘子安已长成了一个干练英俊的小伙子，知苦原本要送他到省城读书，但他痴迷中草药，不愿读死书，知苦顺从他的意愿，把他带在身边传授他医术，还让他跟谷子学习制药。谷子在紫云观学得一些道家炼制丹药膏丸的手段，原先他只是一个人琢磨，没有条件试验，现在有甘子安这个小鬼缠着，他便放开手脚试着炼制各种丹丸药膏。炼丹需有内功的手段，他无能为力，但熬制一些膏丸还是不成问题。以前条件有限，试制过铃医的丹丸，现在更便利大批量制作，放在医馆里也有人购买。与西医的药片相比，这些药丸可是廉价而效验。

子安糊了满脸黑灰，一边添柴烧火，一边手执木勺搅动铜锅内熬制的猪皮。咕嘟咕嘟熬了两个时辰的猪皮渐渐化成了汁，他舀起一勺闻了闻，香气四溢，陶醉地吸了吸鼻子。

谷子在旁边用小石磨磨米粉，看到他的样子，笑骂一句："你个小馋猫，别把自己烫下了，等会做好猪肤膏，让你尝尝天下最美味的膏药。"

子安乖巧说："知道了，师父。"

谷子磨好米粉，看了看熬制的猪皮，成色已经差不多了，便将另一边砂锅内熬好的几味中药清出来，加进猪皮汁中，文火煨了一阵，让子安熄了火，等待冷却。

一边等，一边对子安讲着猪肤膏的配方和用途：制作时先备猪皮一斤、炒米粉半斤、蜂蜜半斤，再加一点玉竹、苦参和枸杞，制出的膏药光泽鲜润，香甜可口，可滋液润燥、养阴清热，能治阴虚火旺、咽喉肿痛、口渴唇燥、大便干结，还滋润肌肤、光泽头发、延缓衰老的功效，是一个不错的养生膏药。

子安听谷子讲得这么好，心里盘算着，等做好了猪肤膏，要给母亲送一些，给柳妈妈和子英送一些，让她们都尝尝自己亲手做出的膏药。

猪皮汁晾了一阵，谷子让他往里面放进米粉，然后搅拌均匀，再把蜂蜜倒进去，继续用木勺搅拌，直至混合成膏，趁热装进准备好的三个小陶罐，猪肤膏便做成了。

子安用勺子舀了一点尝了尝，真是又香又甜，欣喜说道："师父，这是不是天下最香甜可口的膏药？"

谷子虽然在理论上清楚这膏药做出来香甜可口，可也是第一次尝试做这膏药，用手抹一点尝尝，满嘴生香，他也大吃一惊，果然是好东西。

子安捧着一罐猪肤膏去找柳妈妈，正好碰到母亲索维娅来给他送换季的衣服，正在同柳妈妈说话。

紫苏拉着她唠叨一阵闲话，正色道："姐姐，你一个人牺惶的，搬过来住吧。"

索维娅叹息一声说："姐姐这名声已坏了，不能再污了他的名声，远远地守着他和孩子，足够了。"

紫苏说："你这是跟自己过不去。我曾经也跟你一样，想死的心都有，现在不是过得好好的。"

索维娅说："你跟我不一样，你们是自小一起长大，知根知底，门当户对，我这一辈子，就这命了。"

紫苏劝说了半天，索维娅还是无法面对凌乱不堪的自己，坚持要一个人过日子。

子安一进门，看到母亲也在，喜不自禁，赶忙捧上猪肤膏就让她们品尝。

一旁的莲心也要品尝，紫苏溺爱地让她尝了一口，她那粉嘟嘟的小脸上洋溢着陶醉的神情，哇哇哇直叫，太好吃了！

子安看着她们争抢着吃自己做的膏药，很有成就感，在一旁痴痴地笑。怕她们一顿就吃完，忙制止说："猪肤膏可不能这么吃，这也是药呢，吃多了会拉肚子。其实，还有个美容的功效呢。"

说罢，他让母亲用水打湿手和脸，涂一点猪肤膏在她手上，让她搓匀了往脸上涂。索维娅好奇地按部就班，刚一涂完，脸上和手上顿时绷得紧紧的，松弛的皮肤一下子拉紧了，她惊喜地叫了一声："呀，我这脸，这手，好像换了一层皮。"

紫苏一听，也要试试。子安如法教给她。她涂上后也是惊喜异常，赞不绝口："哎呀，我们子安越来越能行了，怕是用了这膏药，咱们要返老还童啊。"

子安兴致勃勃说："两位妈妈用得好，我以后经常做些给你们用。"

过了一炷香的时间，子安让她们洗净脸，两人捧着脸相互端详着，都指着对方说："哎哟，白了，嫩了，真神奇唉。"

子安也是第一次见到猪肤膏的试验效果，心里暗暗吃惊，果然是好东西。

他们正说着，子英回来了，一进门，吃惊地端详着紫苏和索维娅的脸说："我的娘哎，这是变什么戏法了？你们咋都变年轻了？"

紫苏和索维娅满脸都笑开了花，莲心也开心地指着装猪肤膏的陶罐。

子安拿过陶罐逗她说："小丫头，让你尝个好东西。"

子英经常被子安用他制作的药膏作试验，怕他作弄自己，一撇嘴说："还是算了吧，你能做出什么好东西。"

"真不尝？你可别后悔哦。"子安笑嘻嘻说。

子英犹豫地看向紫苏和索维娅，两位婶娘掩嘴嗤嗤地笑。她就有些好奇了，迟疑说："要不，就尝那么一点点吧。"

子英用指尖蘸了一点膏药，慢慢放进口里，顿时两眼放光，惊叹道："我的天，这么好吃的膏药！"

然后眼巴巴望着子安笑语盈盈："安哥，我的好大哥，再给我吃一口，就一口，好吧？"

子安故意逗她："你不是不尝吗？没戏了。"

子英一看撒娇的手段不好使，直接上前抢过陶罐就大口吃起来。

紫苏笑骂道："饿死鬼投胎相，哪有点姑娘家家的样子。哎，别光吃了，看看，还能美容。"

说着，她指指自己的脸。

子英一听，原来两位婶娘用这东西"变"脸了，她也要试试。

子安就教给她方法，她马上涂抹一脸，欢喜得又蹦又跳，等洗过脸，照镜子看到变得白嫩的面孔，更是爱不释手，死抱着陶罐不放："不行，这一罐是我的了，谁也不许抢。"

看着子英的小样子，紫苏和索维娅都笑了。

莲心却委屈地说："我也要！"

子安说："好吧，送你了，回头我再给你们送一罐过来。"

说罢，子安回药房跟谷子继续炼制丸药去了。

晚饭时，知苦回家吃饭，紫苏跟他说了索维娅来过的事。知苦也劝过她多次，可她心意已决，他也无奈。紫苏一想到索维娅的遭遇，心里就不忍，还是让知苦想办法把她接过来。知苦深情地望着紫苏，心里打定主意，不论如何，都要想办法把索维娅接过来，不能亏了这个千里相随的女人。

世事难料，生于乱世的百姓更是感触至深。他们的愿望只是平平安安地过日子，但殊难预料的战争和灾祸，总是无端地打碎他们所求不多的愿望。

这年冬天，四处都在传闻，一个称作"尕司令"的人从河州起兵，率部直达河西走廊，攻下了凉州、永昌，开始攻打甘州，用不了多久就会打到肃州了。这支队伍十分凶狠，一路烧杀抢掠，无恶不作，有钱人家被搜刮一空，青壮年强行抓去当兵。消息传到肃州，城中姓惶恐不安，大户人家闻风而逃，纷纷携家带口到山中避难去了。

4

没过多久，"尕司令"率部打到了肃州，几乎没费多少枪弹，守城的官兵就弃城而逃。占据肃州的"尕司令"马上招兵买马，壮大势力，在肃州称王称霸。

原先肃州府的官员能逃的都逃了，不能逃地只能认命，等待新政权的发落。甘知愚跟许多官员一样，除了忐忑不安的等待，无路可走。而新政权也需要懂地方行情的人来管理，没多久，甘知愚又被起用了，虽然只是干一点管理杂事的差事，但他沾沾自喜。

时隔不久，又开始打仗了。在青海盘踞多年的"马家军"打了过来，很快赶走了未站稳脚跟的"尕司令"，那些散兵游勇各占地盘，地方上又多了一股股的土匪。

老百姓根本搞不清谁是谁非，一支军队胜了，另一支败走，不管哪方执政，战事一停，都要疯狂地搜刮民财，征粮征草征钱物，用来养活军队，遭殃的还是老百姓。

重新夺取地盘的"马家军"，迅速设立了一套新的政府机构，县府内设民政、财政、教育、田粮、建设、秘书等科室，县以下实施乡镇保甲制，设乡长、镇长、保长、甲长。经过了一次次战乱，肃州已是民不聊生，新的政权首要的事便是稳定社会，安抚民心，随之发布了一系列休养生息、复苏商贸的安民告示，躲避在外的商家看到了新商机，又回来开门营业。

这时，原先的镇守使方亦圆见风使舵，带着一帮死党投靠新政权，被任命为肃州专署的长官，甘知愚紧随他做了督查专员，专门为新建政权征兵纳粮。

好景不长，没过三个月，马家军开支亏空，养不住兵马了，便开始给地方施压，分派了数额巨大的粮饷。方亦圆和甘知愚作为地方长官，不得不想尽办法筹备粮饷。

随后，一项新的征税措施颁布：所有的商号除了课税，又增加了一项兵役捐，根据店铺大小、经营种类不同，定额二十两银子到百余两不等，所有商家叫苦不迭，这个捐税，相当于平常商号一年的收成，谁愿意平白无故受这个盘剥啊，那些晋商、鲁商、徽商及其他家在外地的商人不堪重负，大都关门歇业，回家去了。仍然开门的商号马上坐地起价，粮油菜蔬、日常用物一下子高出数倍价格，人们怨声载道。在乡下，乡绅百姓的日子也好不到哪里去，除了加倍地缴纳粮草，还要承担兵役，躲避抓壮丁。生活不下去的老百姓纷纷聚到县府门前申诉，官府把他们当作乱民，出动警察局兵力，抓的抓，打的打，杀的杀，用野蛮粗暴的手段，把闹事的百姓镇压回去。

医馆药铺的管制一下子严苛了，县府成立了一家中西医药品大药房，八面玲珑的齐永贵再次得势，被官府任命为总掌柜，垄断所有药品药材的经营权，各个医馆药铺必须从大药房进货。那些医馆药铺明知这是官府变相敛财的手段，却又无法跟官府说理。

甘知苦提心吊胆地躲了几个月战祸，一俟时局稳定，就开馆治病，突然被强制到齐永贵的大药房进药，一口气咽不下，马上决定闭馆歇业。随后，肃州城里颇有名气的杨氏医馆、刘氏医馆也跟着闭馆。仅过了一日，各个商号也随之罢市，全城一片死寂，走遍全城买不到一针一线、油盐酱醋，往昔的喧哗热闹仿佛虚幻似的，说消失就消失了，只剩下老百姓的哀嚎声、叫骂声不绝于耳。

甘知愚顿时慌乱，赶紧请示方亦圆，寻求应对之策。这件事本就是他们几个人的主意，事情发展到这个样子，完全出乎他们的意料。方亦圆拍着桌子直骂："反了反了，这些乱民越来越不像话，不听话的统统抓起来，饿他们十天八天，我就不信这世上没有听话的顺民！"

于是，军警开始挨家挨户敲门抓捕，威逼商家开门营业，可商家业主能躲的都躲了起来，躲不了的虽然勉强开了门，却没有什么东西可卖，仍然满足不了全城百姓的生活需求。

但人们饮食起居、生病求医还得维持，于是，在城郊地带形成了一个黑市，每天天黑后，人们大都拿着各自生产的东西，到黑市上换取生活必需的物资，以物易物，实物交换，又回到了人类社会最原始的交易状态。在影影绰绰的人群中，谷子和甘子安拿着自制的常用膏散药丸，摆了一个地摊，低声吆喝道："药丸换面，两不找钱。""药丸换米，药到病除。"过往的人时而停下脚步，询问各种膏散药丸的用途，有需要的便有了交易，换取了各自需要的东西。

忽然，东边一阵骚乱，人们如惊慌的兔子四处乱窜，一队官兵呼啦啦跑出来，到处抓人。谷子和子安赶忙卷起摊子，随着人流往外跑，一溜烟跑到了官兵追不到的地方。

为躲避官兵袭击，黑市的地点并不固定，今天东边，明天西边，完全由一些商人口耳相传，一传十，十传百，人们偷偷摸摸交换着生活所需。但官兵像猫抓老鼠的闹剧，每天都在演绎着。

医馆闭馆，知苦没事闲逛，走过南关时，他忽然想起索维娅，心里忽然有点莫名的不安。

他蹒跚走到西域客栈，刚到门前，就发现与平常大不一样，院子里居然停满了牛车、骡车、驴车，那些牲口都拴在车旁喂着草料，三三五五的人在空档处架锅煮饭，还有人蹲在大车旁抽大烟的、抽旱烟的，抽水烟的，混合着葱蒜味、畜粪便溺味，空气中飘着各种熏人的怪味。他用袖子掩鼻进去，客栈中乱糟糟的，有的打牌，有的唱小曲，有的喝酒，还有病痛呻吟声。

原本生意清淡的西域客栈突然变成杂货市场一样，乱糟糟的。知苦看到一个伙计，上前一打听才知道，原来官府把好一点的车马店都征用来储存粮食和货物，准备往外贩运，往来的旅客没地方住宿，都被赶来挤在条件简陋的车马店。

他没看到索维娅，便问伙计，索维娅呢？

伙计不确定地说，她可能生病了。

知苦心想，生病了躲什么啊，难道还怕他这个医家不成？既然她躲着，定有不见的理由。她有她的生存法则，这不是他能左右的事情。他也不强求，转身就要走。

可是刚走了几步，索维娅在后面叫他。

他停下脚步。索维娅快步走到面前，面色憔悴，头发凌乱，咳咳几声，用手捂着，沙哑着嗓子说："我想求你救一个人，他病得很厉害。"

知苦看她真像是病了，看了一眼，问："你病了？"

"我的病不要紧，有个人，快死了。"

知苦跟着她往里走，进了一个大房间，长条大炕上歪歪斜斜躺着一群人，两个老汉凑在一起抽水烟，四五个人围成堆玩一种牛九的纸牌游戏，还有的打着呼噜睡觉，羊膻味、臭屁味、汗腥味、脚臭味混合，熏得人不敢张嘴呼吸。

见老板娘进来，有人吹声尖锐的口哨，一些猥琐的目光投了过来。有人跟着起哄："哟，小娘子，又来看你的小白脸了。"

又有人嘻笑说："嘀，又有了新相好，还是个瘸子。"

那些人望着踮着脚走路的甘知苦，发出一阵哄笑。

索维娅放浪地大笑一声，随口骂了两句："龟孙子们，老娘高兴，你们管得着吗？闭上你们的臭嘴，满房子都是你们口臭。"

那些人被她骂着，不恼，反倒很高兴的样子，嘿嘿地笑。看到后面跟着的跛脚中年人，穿着整洁，浑身素雅，透着一股凛然正气，那些起哄的人也不敢多放肆。

索维娅带着知苦走到屋子最里面，看到大炕的角落里蜷着一个人。走过去一看，是一个二十来岁的年轻人，面庞白净清瘦，看起来像个读书人。大热天的盖着被子还嫌冷，不停地打着冷颤，人也昏昏沉沉，迷糊不醒。他一眼看到地下吐出的痰带着血丝，又把了一下脉，顿感不妙。

转头问索维娅："这是什么人？"

索维娅说："他说他是什么记者，一个书生，写文章的。"

知苦又问："病了几天？"

索维娅说："三四天吧，住店时就病着。"

知苦又问："同一个屋子里还有没有咳嗽多痰的？"

索维娅向同屋的人问了一声，即刻有五六个人应了声，传来几声咳咳声。

知苦失声叫道："坏了，可能是疟疾或痨病，会传染的。索维娅，你也被传染了。"

她浑身一哆嗦，顿时脸色煞白。

"啊，痨病？"一屋子的人吃惊地望着知苦，连睡着的人都惊醒了，屋内顿时寂静下来，谁都不敢喧哗。许多人听过这个病，传播快，染病后很少有治愈的。

人们反应过来，马上盯着那个瘦弱的年轻人，认定是他带来了瘟病。

知苦向众人解释说，他可能也不知道从哪传染上的，怪不得他。

事发突然，知苦无法一一诊断，现在最紧要的是控制疫病的传播。如果把这一屋子病人放出去，还不知要传染多少人呢。

知苦不敢耽搁，赶忙找了个机灵的伙计，悄悄吩咐他到县府报告疫情。然后，劝说众人，让所有人员不得外出，否则传染给家人，后果不堪设想。

众人都向他投去求救的目光，知苦不好说医馆闭馆歇业的话，恐生变局。有心治疗，他又没有药材，医馆与县府那个大药房的官司还没消停呢，只能等官府那边的态度了。但作为一个医家，他又不能漠然不顾，便将一个最简单的土方子告知众人：煎服生姜、葱白、甘草、枸杞根，每天两顿。

这些药材易备，车马店的住客马上各显神通，四处去寻找药材。个别胆大的却罔顾劝阻，偷偷溜出客栈，赶回家去想办法医治了。

知苦考虑到那个年轻人病情严重，不敢耽搁，让索维娅把他悄悄带到了医馆施治，其他的患者，他已有心无力。

车马店发生了传染性疾病的消息很快传到甘知愚的耳中，他气得直拍桌子。商号罢市、医馆关门，这些事还没头绪，又闹出来一场瘟病，这得乱成什么样子啊。但他一刻也不敢耽误，急匆匆跑去找方亦圆商量对策。

方亦圆看着愁眉苦脸的甘知愚，顿时火冒三丈，抓起桌上的镇纸朝甘知愚扔去，甘知愚躲避不及，镇纸砸在头上，破了皮，流出血来。他用手捂着，却不敢叫嚷，只能忍着听方亦圆训话。

"妈的，啥事情都往老子这边推，你猪脑子啊，不会自己想办法平息？屁大点事就把你难得憋尿，这个官你还能当下去吗！"

方亦圆指着鼻子骂了一通，甘知愚的脸红成了猪肝，两腿瑟瑟发抖。

甘知愚红头脸赤的出了方亦圆的府门，一路走，一路想，实在想不出好办法，只好用简单粗暴的手段先看管好人。一到县府，马上安排警局封死马车店。把车马店作为瘟病集中营，连夜排查疫病患者，每查到一个就送到车马店看管起来。甘知愚深知疫病人传播之害，唯有快刀斩乱麻，先把有症状的人控制起来再说。警局每天上街抓人，只要有人咳嗽，就被当疫病患者抓起来，送到西域客栈去。

西域客栈成了瘟病集中营，南来北往的住客走不了，叫嚷不休，又接连不断地送进了一批批瘟病患者，小小的车马店顿时拥挤不堪，臭气熏天。一天天过去，集中起来的患者没了吃的喝的，又得不到医治，接二连三死了人，人们更加惊恐，又哭又闹，撕心裂肺的哭叫声传遍满城。

白府的白天鹤不忍听闻，发起善心，安排人手放了舍饭，每天早晨在客栈门口熬粥接济那些关起来的人，才不至于更多的人饿死。但可怕的疫病时刻威胁着每一个人，官府又派不出医家救治，除了甘知苦留下的那个偏方，没有更好的法子医治患者，这些人在集中营里度日如年，有人想翻墙溜走，被警局的人打死了两个，再也没人敢偷逃了。这些人见天围在大门口叫嚷、哭闹，哀号之声惨不忍听。

5

索维娅和那个青年幸好被知苦带出了西域客栈，藏在歇业的"甘之堂"内，躲过了警局的搜捕。

甘知苦再次诊断了两人的症状，确定是痨病无疑。他从阴虚阳亢论治，开了滋阴清热、益气固表的柴胡桂枝干姜汤合麦门冬汤。索维娅病程短、症状轻，只吃了两剂就有明显效果。那个青年吃了三天药，咳喘缓解，渐渐可以下地活动了。

知苦根本没想到，他居然无意中救了一位了不起的人物，多年以后，他才从报纸上看到，这个青年竟然是大名鼎鼎的新闻人物范任之。

这时的范任之还只是香港《大公报》的一个通讯记者，他孤身深入大西北旅行考察，一路明察暗访，看到了河西走廊百姓的真实生存状况。有一天，他悄悄走进肃州城南的贫民窟，一家家查看百姓的生活现状，看到许多不忍目睹的惨状：许多百姓衣不遮体，有的大姑娘没有裤子穿，一见生人进门，只能钻到破烂的被子里遮羞；有的妇人衣衫单薄破烂，仅能遮住胸口和肚子；有的人家夫妇两人才有一条裤子，只有出门办事的人穿，在家的人随便围一块烂布遮羞；有的青年女子衣食无着，过着或明或暗的卖淫生活；满街随处可见十岁以下无衣穿的乞丐儿童，全身灰泥，夜里藏在无水的阴沟里，三个一堆，两个一伙，彼此挤紧抱团取暖，天冷时，这些孩子忍受不了，放声哀哭求救："妈妈呀，冻得很呀！""爸爸呀！救命呀！""冻死人呀！老爷太太呀！实在冻得受不了呀！"有时一两条巷街的儿童齐号啕大哭，哀声震动全城。穷人得了病，没钱医治，只能呻吟等死，有一家害了痨病，只活下一个妇人，一连死了五口人……

在医馆的后院里，病情刚有好转的范任之满含悲愤向知苦讲述着他的见闻，几度哽咽出声。

这些状况，知苦早就知道的，南关余丁地那边，他也时常过去，牛得草等一帮乞丐的生活也好不到哪去。

"你的病就是从贫民窟感染上的？"知苦问。

"大概是那个时候，确实接触过几个咳喘的穷人。"

知苦唉叹一声说，老百姓苦，官府更是贪腐无能。他从疫疠讲起，讲到了官商勾结贩卖假药陈药，苛捐杂税逼迫商号罢市，垄断药材逼着医馆药铺关门歇业，还有这两日查封马车店、贩卖大烟、抓捕痨病患者集中关押等一系列事件。

"肃州的官员如此嚣张，还有没有王法了！"范任之听得怒火中烧，激愤不已，天下还有如此黑暗的地方！细思自己，若不是甘知苦施以援手，他岂不是走不出"痨病集中营"了？！这是什么样的官府，直把老百姓往地狱里送！

他再也坐不住了，立即起身，开始奋笔疾书，写下了《肃州走向地狱中》的醒目标题。

一夜未眠，范任之完成了这篇通讯。天刚亮，他就急于去找渠道传送通讯。知苦担心他身体还没彻底恢复，劝他安心休养，恢复身体。他向知苦和索维娅深深鞠了一躬，说："甘先生、索大姐施救之恩无以为报，就让我以笔为媒，替你们伸张正义、讨回公道吧。"

说罢，毅然起身告辞，阔步向前方走去。

没多久，《大公报》便登出了范任之的长篇通讯《肃州走向地狱中》，国内的《申报》《民报》等都进行了转载，顿时引起轩然大波，一桩桩触目惊心的事实、一件件骇人听闻的公案，把京城的大人老爷们惊得直掉下巴。

这篇通讯像一只无形的巨手，一下子揭开了捂在肃州官场的盖子，经年的臭气、浊气、阴气全都释放了出来，引起了社会各界的关注。

知苦和索维娅并不知道他们救治下的范任之，竟然以笔为刀搅动着肃州风云激荡。

远在西北肃州的老百姓压根不知道，京城已经把肃州的黑暗和苦难传疯了。

很快，这个动静传到省上，又是一波强烈反应，官场的人马上意识到肃州的官员可能要倒大霉了。跟方亦圆要好的官员迅速将此事秘电告之他，让他做好两手准备。

方亦圆看到电文，惊出了一身冷汗，一种祸从天降的感觉压顶而来。

他实在想不明白，什么人在他的地盘上神不知道鬼不觉地搞出了这么大动静，完全是把他往死路上整的节奏。

"查！挖地三尺也把人给我揪出来！"他对侍卫亲兵下达了一道密令。

士兵满城秘密搜查，各大路口对过往也是行人严加盘查，遇到可疑人员一律抓起来带去审问。

肃州城阴云低垂，像要塌下来把一切都压垮似的，令人心悸。

这时，范任之已经离开肃州，侍卫自然找不到这个"罪魁祸首"，但官府密探的手段不容低估，很快，他们却通过西域客栈，查出了甘知苦私自带走索维娅和一个年轻人的线索。

知苦和索维娅躲藏在"甘之堂"，根本不知道官府闹出了多大动静。那天，索维娅一心要去看看西域客栈，那里毕竟是自己的心血，她不想毁于一旦。甘知苦劝说半天，仍劝阻不住，就嘱咐她注意安全。索维娅还顽皮地开了个玩笑，咋地？心疼我，怕我丢了？甘知苦还是有点担心，再三叮嘱一番，让她去了。

结果，索维娅出了医馆之后，马上就失踪了。

甘知苦着人寻了两天，一直没找到她，便有了不好的预感，看到医馆前探头探脑的巡捕，心里更加不安。他对官府很失望，就没有报官，而是托了闻四爷派人来找，甚至花钱雇用遍布全城的乞丐寻找，而找遍整个肃州，就是找不到人，可把他急坏了。

甘子安更是疯了一样，四处寻找母亲的下落，走遍了肃州的每一个角落，有时，看到街上相似的背影，他便追上去确认一番；有时，听说乱葬岗抛了个女尸，他也跑过去看一看。生不见人，死不见尸，几天时间，把他愁得像一个小老头一样了。

众人找了几天，仍旧毫无头绪。又听闻西域客栈的病人一夜之间全没了踪影，谷子跑去一看，果然车马店贴着封条，里面空空荡荡。甘知苦、甘子安等人心急如焚，怎么也不相信一群大活人会平白无故地不知所踪，更加担心索维娅的安危。

此时，肃州镇守使方亦圆同样寝食难安，急得像热锅上的蚂蚁。省府稽查组马上就到了，沸沸扬扬的"苛政案"已经把他们架在了火上，再不想办法堵住漏洞，恐怕难以善了。他把甘知愚、齐永贵等一批心腹约在一起，密谋应对省府稽查的事宜。

齐永贵习惯性地恭维说："大人，是不是有点过于紧张了？在您治下的肃州政通人和，安居乐业，哪有酸文人说得那么严重。"

方亦圆冷哼一声说："马屁就别拍了，火烧眉毛的事，赶紧想办法弥补漏洞。"

几个官员都谨慎地低着头不说话，生怕替人背了黑锅。官场无良，不出事的时候，你好我好大家好，一旦出了事，都是明哲保身。

"肖秋风，车马店的那帮痨鬼咋样了？"方亦圆点了一个缩头缩脑的官员问。

警局长官肖秋风吓得一激灵，结结巴巴说"大人，那边……那边都清理掉了，全部拉到南山……埋了。"

方亦圆点了点头，又盯了眼甘知愚，问："甘知愚，商号罢市、医馆关门的事咋样了？"

甘知愚硬着头皮说："正在挨家挨户动员，关键是好多商铺人去店空，一时难以开张。"

方亦圆顿时火冒三丈，拍着桌子吼道："没脑子的蠢猪！这么点小事都办不好，你他妈的还当什么官！限你两日马上让所有商铺开张，否则，后果自负！"

甘知愚诺诺应答，心里却万分不服，当初逼着商户交粮纳税是你的主意，现在反过头来追究责任却成了自己的不是。

方亦圆又点了几个人的名，追问了一些事情，黑着脸说："把你们屁股上的屎都给我擦干净了，谁惹的事，谁了结，别留下把柄。"

众人赶紧鸡啄米似的点头称是，表情木然地退出镇守使府。

6

该发生的事终于发生了。

没过几天，省府的稽查组便到了肃州，专查《大公报》那个通讯刊登的"苛政案"。

稽查组由一个专员，两个随员组成，专员是一个严肃正派的中年人，姓孔，两个随员都是年轻人，一个姓叶，一个姓刘。他们一到肃州，方亦圆便率众官到接官亭隆重迎接，安排住进驿馆，并张罗宴请他们，孔专员并不领情，公事公办地坚辞肃州官府的宴请、食宿安排，临时找了个大户人家的宅子，带着随员住下来，然后按部就班开展调查。

他们挨个排查，从官员到商家、医馆、药铺的掌柜，以及相关伙计、百姓，但凡被圈定的知情者，一一传讯，每个被调查者惶恐不安，不知是祸是福。

甘知苦也接到传讯，到了地方，孔专员和叶、刘两个年轻随员神情严肃地问他一些事情，大都与官府垄断药品市场、逼迫医馆关闭有关，知苦如实作了回答。孔专员见他是医家，又问西域客栈瘆病集中营的情况，知苦就把当时发现病情及后来官府封锁车马店的情况一五一十说了出来，但留了个心眼，没有说救治范任之的事。等他们问完，知苦又说了西域客栈掌柜索维娅失踪的事，孔专员大为惊讶，一个活生生的人突然不知所踪，真是怪事。知苦还说，西域客栈的病人也是一夜之间全不见人影，谁也不知去向。

孔专员隐隐感到事情有些复杂了。

随着调查的深入，稽查组渐渐理清了商号罢市、医馆关闭、瘆病集中营的苛政始末，还牵涉到了一批官员横征暴敛、敲诈勒索、勾结黑商、巧取豪夺的罪恶勾当，整个官场一团乌黑。虽然他们还没有拿到充分的证据，仅凭一些明查暗访的线索就已经触目惊心。

稽查组继续深查，渐渐发现了不寻常，他们的行踪总是被人跟踪，他们的侦查总是受到阻挠，一个天黑风高的夜晚，他们住所附近的烧酒坊突然起火，殃及相邻的人家，烧了七八家，稽查组住所未曾幸免，孔专员和叶、刘两个随员全都烧死在里面，所有调查材料全都化为灰烬。

被调查过的相关当事人都觉得蹊跷，感到事情背后潜藏着一个大阴谋。而涉案的官员则个个庆幸，长舒了一口气。

烧死了省派稽查组，这还了得！

方亦圆大张旗鼓地追查凶手，全城戒严，挨家挨户摸排，查来查去，抓了一批所谓的嫌疑人，最后却认定火灾是由相邻的烧酒坊失火而引发。肃州官府很快把查证结果报到了省府，方亦圆以为省府很快会派人来查，结果省府只是发来一纸问责的通报，过了好多天没有音讯，多日的惊惧不安才缓过劲来。

官府抓到嫌疑人，几乎都是曾经被稽查组叫去谈过话或暗访过的人，甘知苦也在其中。这些人被关进一个黑暗的仓库里，然后逐个提审过堂，有的被训斥一顿释放了，有的被打得死去活来。有人认得甘知苦，悄悄告诉他，官府反攻倒算，在查告了黑状的人呢，但凡有不老实的，都免不了一顿毒打。甘知苦自知躲不过这场劫难，暗暗揣摩应对之策。

轮到提审甘知苦了，两个兵卒押着他到了另一个黑屋子里，正中坐着一个面目阴鸷的官员，一旁立着齐永贵。

"跪下！"一个兵卒大喝一声。

甘知苦轻蔑地看了他们一眼，没有理睬。

另一个兵卒朝他腿的腘窝里狠狠踩了一脚，甘知苦失去重心，双膝磕在地上。

"老实交代吧，你的事情我们都掌握了。"那个阴鸷的官员冷冷说。

甘知苦面色平静地看着他们，一言不发。

沉默了半天，黑屋子里鸦雀无声。

"不说是吧？用刑！"阴鸷的官员又说。

两个兵卒立刻操起杀威棒，劈头盖脸朝甘知苦身上打去。

乒乒乓乓地击打，甘知苦的棉布上衣很快就渗出了血，钻心的疼痛让他止不住叫出了声。

齐永贵忽然开口说道："耿警长，可否给我一个薄面，我来跟甘先生说句话？"

姓耿的警长面无表情地点了点头，兵卒的用刑暂时停下。

齐永贵皮笑肉不笑地跟甘知苦说："甘先生，你也知道，对抗是没有好结果的，我跟你做个交易如何？如果你肯把《青囊诀》交出来，我保你毫发无伤，你可答应？"

甘知苦一进来看到齐永贵就琢磨他怎么会在这里，现在看来，姓齐的用心良苦，仍然惦记着《青囊诀》不放。他冷哼一声，话都不愿跟他多说。

齐永贵说："你何必固执呢，你要明白，到了这个地方，你想活着出去都没有可能，命都没了，你还能守得住它？最好想清楚了，一本破书换你个浑全，比啥都强。"

甘知苦仍然倔强地把头扭到一边，不理睬他。

"别跟他废话了，看他骨头硬还是板子硬，打！"

姓耿的警长又下了令，两个兵卒马上操起杀威棒打了起来。

一阵乒乒乓乓的打击，甘知苦强撑了一会儿，就疼晕过去。耿警长一挥手，两个兵卒立刻拖了出去。

"看来是个硬骨头，不好对付。"耿警长说。

"哼！再硬的骨头也要把他打碎，我不信他不服！"齐永贵恶狠狠说。

7

方亦圆使了不少手段，终于把事情压住不再发酵，肃州渐渐平静了。

突然，一队全副武装的人马出现在镇守使府，带队的是一个白白净净的副官，姓盛，他出示了省府的文书，方亦圆接过一看，是省府派来另一个稽查组。

方亦圆顿时心惊，赶紧赔着笑脸应付。

盛副官公事公办说："方大人，从今天起，我们就在州府办公了，限你明天天黑前，前来把自己的事情说清楚，拒不交代，后果你也知道。"

说罢，留下几个士兵守着镇守使府，带着其他人去州府衙门办公了。

老奸巨猾的方亦圆隐约猜到了这个稽查组的特别，既然人家很有底气地让他交代问题，说明已经掌握了一些证据，不然也不会安排士兵监管他的自由。他一想到做过的那些肮脏事，心里早就风吹浪飞，再也无法安心。偷偷叫来两个心腹，收拾了一些细软，待半夜时分，几个人悄悄遁出镇守使府，开始往新疆方向逃窜。

正如方亦圆所料，这个稽查组已经在肃州秘密调查了数日，掌握了十分翔实的材料，审查不过是走个程序而已。

盛副官带人接管了肃州衙门事务，首先从保护证人出发，解救了被抓起的嫌疑人，这都是他们之前就调查到的实情。

一身刑伤的甘知苦被送到医馆，紫苏和家人心疼得不行，守着他哭了大半天。知苦虽然不知道事情的变故，但自己能意外地逃过一劫，肯定是有意外的事发生了。

紫苏却担心得不行，这种担惊受怕的日子，真让人无法活了，她甚至劝说知苦干脆到南山躲起来，实在不行，就去找紫云观吧。

知苦忍着疼痛，劝慰大家说，放心吧，上面来人了，那些人没有几天蹦跶了。

他的话很快应验了。

没过几天，肃州城里就纷纷传说，方亦圆畏罪潜逃，乔装成商人一路向西逃跑，可刚到嘉峪关，就被巡逻的守军识破，押送了回来。

盛副官怕夜长梦多，连夜审讯。方亦圆抗不过严刑逼供，一一交代了所犯下的罪恶勾当：勾结黑商、借机敛财有之；排除异己、结党营私有之；敲诈勒索、草菅人命有之；杀人放火、打击报复有之；甚至坑埋瘆病患者、烧死稽查组三人的那把火也是他指使人干的……

盛副官迅速调用地方力量，从方亦圆的府上搜查出数十箱金银珠宝和大把大把的银票，还在后花园挖出了几具尸体骸骨，都是近几年突然失踪的重要人证，其中最新一个尸首是个女人，稽查组出示了认领尸首公告，甘知苦和甘子安闻讯急忙前去查看，一看到那具女尸，子安一眼就认出了母亲，扑上去抱着母亲的尸体号啕大哭。索维娅尸体脖子上有勒痕，显然是被人活活勒死的。这些冤魂，都是方亦圆敲诈勒索、草菅人命的铁证。

方亦圆罪大恶极，稽查组为平民愤，快刀斩乱麻，判处方亦圆死刑，立即就地正法。

军署、行署、县府、警局、税务、民政等一众涉事官员，悉被革职抄家，收押入狱，根据罪责大小，判处期刑。

甘知愚虽涉结党营私、中饱私囊和为政不力，但情节较轻，算是保全了性命，被判十年监禁。甘知愚心灰意冷，根本没有奢望能够活着出狱，拼了大半辈子，到头来不但两手空空，还银铛入狱，那个悔恨啊，真是一夜愁白头。

作为帮凶的齐永贵把一片官员拉下了水，同样罪责难逃，抄没家产，全家流放到官窑上去做苦役。

随后，官府贴出了整贪肃奸的公告，同时取消了加征的商家捐税，放开药材药品市场，让医馆药铺尽快恢复经营，医治"痨病集中营"的患者。

知苦毫无心思关注这些事，索维娅的死让他深深自责，他和子安认领回索维娅的尸体，心情沉重地将她运到太平堡举行了安葬仪式。

甘子安扶着母亲的灵柩哭得昏天黑地，母亲经历过的坎坷，他最清楚；母亲为他受的苦遭的罪，他也历历在目，他还没来得及报答母亲一点半点的恩情，她就这样无声无息地走了，从此他再也没了母亲。他的心里如刀剜一样，刺疼刺疼。

山风呜咽，飞沙漫卷，望着新坟丘，甘知苦怅然若失，心里像被抽空了一样，空洞，难过，悲愤，曾经的亲近与疏远，都在这一刻失去了重量，飘向了远方。

8

料理完索维娅的后事，知苦回到了肃州，甘子安执意要为母亲守孝，留在了太平堡。

回到医馆，知苦才知道肃州发生的惊天变故，听到一批贪官污吏和不良商人被正法，心中稍安。省府稽查组还专门派人给他和索维娅颁发了一个奖状，褒奖他们为肃贪惩恶、维护正义做出的贡献。他确实没料到，当初跟索维娅救下的范任之，竟然掀翻了整个肃州官场，替老百姓出了口恶气。

新换班的州府经过一番整肃，百业渐渐复苏，人们的生活又回到了平静时光。

知苦一直想把重建青囊门事先悄悄做起来，所以十分留心学医的人才，可是，招回来的几个弟子都是才智平平，短时间很难突破，他就把希望寄托在子康、子安身上。

"我回来了。"子康刚到医馆门口就欢叫一声。

这一声，把正蹲在地上翻药的谷子吓了一跳，他站起来，看到身着中山装，头戴鸭舌帽的少年，竟然有种恍惚感了。当年他也是这个年龄随掌柜的来到肃州，一晃十多年过去了，曾跟在他后面玩泥巴的小屁孩都已长大成人。

子康一路顺风顺水，没经过挫折，便多了些公子哥的任性和随意。在省药学堂学了五年，自认为有世医背景比别人优越，毕业前，他曾幻想过无数锦绣前程，跟同学往西安、京城乱跑了一圈，所到之处，看到的情形让他十分吃惊，饥饿、疾病、战乱遍布各地，人们无不生活在惶恐之中，全国几乎没有一块安心从医的净土。他一个籍籍无名的学生仔，既没有临症经验，又不愿吃苦受累，根本没有哪家医馆愿意聘他，找一份稳妥的工作举步维艰。这时，他才发现摆在他面前的现实，要么从军，当一个军医；要么在医馆谋个职，当个默默无闻的坐堂先生。除此而外，别无出路，在现实面前，冲天豪气顿时化作一掬水皂泡。无奈之下，只好打点行囊，灰溜溜地回到原点。

紫苏心疼儿子，一年半载不见面，自然十分亲热，拉着他问长问短。子英也好奇子康的变化，围着他打听外面的世界。子康兴高采烈，侃侃而谈，比比划划说着外面的新奇事。

知苦坐堂回来，见了面，向子康打量了一眼，不动声色地问："虚火上浮，相火妄动，咋治？"

"清火泻热，固本培元啊。"子康不假思索地说。

"好！那你服药去吧。"

子康愣怔一下，半天没搞明白父亲说的话，等回过味来，才明白父亲挖苦他空虚浮躁。

知苦没搭理他，已经背着手走进了堂屋。

子康跟进堂屋，对父亲说："爹，我明天就可以坐诊吧？"

"坐诊？你会看病吗？"

"……应该会吧，我这五年的学堂没白上嘛。"

"识得药吗？"

"识得啊。"

"生半夏和制半夏、银柴胡和黑柴胡、北五味与南五味、辽细辛和北细辛，这些药咋区别施用？"

"……"子康一时无语。上学时，学这些药理都是似是而非，具体怎么使用，他还真没有概念。

"战国时，赵国名将赵奢有个儿子叫赵括，读了不少兵书，常在人面前谈论作战用兵，自认为很有才能。有一次，秦国进攻赵国，赵王听信流言，用赵括为帅，结果，纸上谈兵导致赵军被围，赵括被秦军一箭射死，还坑害四十多万赵军。你念的书只是纸上谈兵，将来害的就会是一条条鲜活的人命。"知苦语重心长的说了一番话，子康耷拉着头，听得心不在焉。

知苦知他心浮气躁，有意折折他的锐气，便让他跟谷子学习制药、抓药。

子康心里不服，觉得自己堂堂省府高才生怎能干伙计下人干的杂活，自尊受了挫，无精打采地窝在家里不出门。谷子劝他打好基础再起楼，他根本听不进去。

知苦对他的小心思早已洞烛于胸，便置若罔闻，任由他置气。没过几天，他就无所事事，感受到了空虚寂寞的压力，极不情愿地回到医馆学习抓药、制药。

实事上，每一个习医者，都是从抓药、制药开始，医家有言，认识了药材，方能入得医门。子康尽管从小跟父亲背过药性歌、汤头歌之类，但真正接触药材后，才知道那真的是"纸上谈兵"，拿到药材并不认识几味。认得了原生药材，还须学习"良药善制"。诸药讲究"四气""五味""五性"，现实中又没有制成的药材，就得自己加工，切、炒、烫、煅、煨、炮、灸等法，都须在实践中掌握本领。

子康在实践中接触到抓药、制药，发觉这看似简单的活计并不轻松。认识药材，花了好长时间还辨识不清；加工药材，时间、火候、手法各不相同，就一个简单的"炒黄、炒焦、炒炭"，他学了一个多月才仅得皮毛。

这方面，他不得不佩服谷子的功夫。谷子随便拿出一块药材，闭上眼睛，一闻气味就能知道啥药，用手一摸便能辨出真假成色。他还知道寒热温凉、甘辛苦酸咸的药性搭配，平常的头疼脑热，他随手写出个方子就能治愈，真应了"拉上十年药匣子，自己学会开方子"的俗语。

跟谷子学习了一段时间，子康感受到识药、用药的诸多妙处，他才琢磨透父亲的良苦用心。

其实，还有一个用心，他并没意识到。知苦让他学习抓药、制药，不仅是熟知药材药性那么简单，也是个磨练心性的法子。药王孙思邈说得好，"学医三年，自谓天下无不治之症；行医三年，始信世间无可用之方。"每个习医者都有类似的经历。现在，别看他装了满脑子的知识，实际是眼高手低，心气浮躁，不把性子磨柔和了，就成不了好医家。

如同猎人"熬鹰"一样，知苦的迫切想法是把儿子"熬"成一只医界雄鹰。

又过了半年，子康已经认清了药材，掌握了制药的基本技能，他自以为可以坐堂行医了。

但知苦仍不许可，只让他跟随郑大喆抄写医案。

医馆沿袭下来一个习俗，每个求诊者，除了开出一个正方抓药，还要抄一份复方和医案，写明患者的症状和诊断结果，以便于复诊时对比。知苦让他做的工作，就是抄写复方和医案。这是一项基本功的综合体现，既要知病源病症，还要理清施方用药的思路。子康在医学堂学过的知识，一旦搬到现实中来，忽然感到左右无所适从，平常背得滚瓜烂熟的东西，用得时候，脑子里却时常短路，每个人的病症并不一定按书上的理论对号，施方用药也不是汤头歌一类的成方可以概括。中医，不是他所理解的那么想当然。

郑大喆年过半辈，情性柔和许多，对年轻人也乐善施教，时不时让子康参与到诊断中，从望、闻、问、切诸环节训练他，有时还指导他开方。子康毕竟受过系统训练，许多东西一点即可开窍，渐渐，也能够中规中矩地诊病开方了。

知苦观察了一段时间，看他诊病开方虽然有模有样，但功底依然不扎实，只是照猫画虎，或者执方对症，对辨证施治、医不执方并没有开悟，对他似是而非的学医便有了一份担心。如此下去，很容易养成一个坏毛病，纠正起来就麻烦多了。

有一天，子康给一个伤寒患者诊治，患者告之汗多、怕冷、胃胀、大便不畅，他把了把脉，看了看舌象，随即就开出桂枝汤加承气汤。

知苦在一旁早已了然，走过去抓起患者手又把了脉，看了看他的舌苔，问有没有口干、口苦、目眩等症，那人如实具答，是有这些状况。知苦又问，感冒五六天了吧？那人点点头。知苦说，那就是小柴胡汤证。子康疑惑不解，痴痴地看着。

等患者取药走后，知苦才说："这是阳微结证，《伤寒论》一百四十八条。"

子康略一思索，恍然大悟，连连称是。

知苦又说："医不执方，明白吗？天下疾患层出不穷，医家总不能给每个病都找出个方子来对应。仲景师在《伤寒论》中早就说过，'虽未能尽诸病，庶可见病知源，若能寻余所集，思过半矣。'你拿死方子对千变万化的病，哪里是医家的思路啊！"

子康不服气地辩解："我不过是临床经验不够嘛，假以时日，肯定会灵活施治。你不是说，'熟读王叔和，不如临症多'嘛。"

知苦无奈地摇摇头，还是认为他火候不到、根基不牢。这些年，他越来越清晰地认识到，一个好医家，不只是会看病、能看病，更重要的是要与患者感同身受，要具备谦和、低下与悲悯的情怀。子康这种情况，只把执方御病当本事，断然成不了一个好医家。因此，仍不许他坐堂行医。

郑大喆趁没人的时候，劝说知苦，你别把孩子逼得太急了，还是让他慢慢适应吧，谁年轻时不是这么过来的？要求太高了，会把孩子吓跑的。

知苦摇头叹息，认为要求不高，他就成不了气候。

而子康呢，眼看着草根出身的徐长卿都能坐堂或出诊，他堂堂科班出身却坐不了堂，便觉得憋屈，气冲冲地找知苦理论。

知苦问他："坐堂诊病须知气血脉象、阴阳五行，何为气？何为血？何为脉？何为阴阳？"

子康滔滔不绝背了一段《内经》的话："血、脉、营、气、精神，此五藏之所藏也……""阴阳者，天地之道也，万物之纲纪，变化之父母，生杀之本始，神明之府也，治病必求于本。"

知苦摇摇头，打断他的话，语重心长地说："纸上谈兵而已，你还没吃透。气为血帅，血为气母，脉为血隧，气血脉并存。三者不明白，就理解不了脉象。阴阳就是一个事物的两面，万物负阴而抱阳，冲气以为和。善诊者，察色按脉，先别阴阳。这些你琢磨透了吗？"

这些常识，子康似是而非地知道一些，但他又不愿承认，赌着气，不说话。

知苦看穿了他的心思，继续说："相传黄帝时期，九天玄女授以天书玄学秘籍《金篆玉函》，分山、医、命、相、卜五术，山包含玄典、养生、修密三部分；医包括方剂、针灸、灵疗三部分；相包括人相、地相；命包括占星术、干支术；卜包括梅花易数、纳甲断易、六壬神课、太乙神数、奇门遁甲等数术学，五术同宗同源。当下精能五术的医家极难见到，就医术来说，传承下来的都不及百分之一，你现在别总惦记着坐堂行医，其实会看病只是末技，想当个良医，必须有与上古医家看齐的心思，否则，一辈子都成不了气候。"

子康越听越糊涂，他不理解父亲为何讲这番深奥的东西，越来越觉得父亲像个唠叨的老学究，比省医学堂里最唠叨的老先生还烦人。中医的博大与深奥，让他急于出道的心凉了半截，学堂所学东西，似乎只是一点皮毛而已。看来，要想学懂弄通中医，成为名医，估计没个十年八载根本行不通。等到那时，恐怕中医早被愈来愈强大的西医取代了吧？

子康的心里，第一次对中医产生了动摇。

9

西医医院如雨后春笋般拔地而生，悄无声息地侵入一个个城市，西北边塞的肃州也不例外，商人们瞅中商机，陆续开办了几家西医医院和药店，不遗余力地要把西药推广到普通民众当中去。

学习西医被时代青年捧为潮流争相追慕，各地相继办起了速成西医培训班，子康的同学中不少人开始转学西医，最要好的女同学白露也到西安去学西医，再三鼓动他加入到进步青年的行列，与落后的中医划清界线。

任何时代，时尚的东西永远对年轻人有着不设防的诱惑力，更遑论那是一个崇新媚外成风的年代，新知们挤破脑袋想站在破旧立新的最前线。一时之间，学西医、弃中医，成为国人判断先进与否的标尺之一。

在省城医学堂时，白露长得清新脱俗，喜欢追求时尚，是众多男生倾慕的对象。子康知道她是肃州白家的人，家里有钱有势，一开始并不看好。后来接触多了才发现，她并没有富贵人家大小姐身上的虚浮与娇气，而是有梦想、有抱负、有激情，向往新生活。相处日久，两个老乡渐渐走得近了。如今，有了心中女神的鼓动，子康不由得萌动了学习西医的想法，做一个时代新青年的愿望愈加强烈起来。

这时的肃州城内，西医仍旧是个新鲜事物，人们对西医的认知还在启蒙阶段，像看西洋画的感觉，啥都新奇。

有一天，谷子从外面进来，乐不自支地说："新医诊病真新鲜，男人、女人都穿白衣服，不把脉，不望诊，全靠器械检查。一个布套缠胳膊上，拿一块表测脉搏呢；还有耳朵上戴一个听筒，手持一块表，放到胸膛上听病，你说可笑不可笑。还有更稀奇的，发烧嘛，一摸就知道了，他们还一本正经地拿个玻璃棒棒让你夹在腋下量体温。"

子康扑哧一声笑了，解释说："那是血压计、听诊器、体温计，西医最简单的诊断仪器。"

对于新医看病，知苦和郑大喆都没见过，自然感到新鲜。

说笑归说笑，知苦却感到一种危机。这些日子，他去出诊，常听到自称"文明人"的达官贵人、商贾文人跑到新医那里体验，对人家的技术赞不绝口，数落"旧医"这不是那不是，用了几千年的国医，好像一下子成了过时的废旧品，被大人物们嫌弃了。他一下想弄明白，这场新旧医较量中，中医究竟比新医差在哪里，新医有哪些新奇之处？他并非排斥西医，只是隐约觉得中医和西医虽然都是"医"字，但似乎不是一个体系，像江湖武林门派一样，各有各的套路。

郑大喆对西医也是满怀好奇，便问谷子："新医咋开方？是伤寒派别，还是温病派？"

谷子绘声绘色地讲："人家没有草药，一般都是往屁股上扎一种有水的针。有的是在胳膊上扎一种针，有细管连接到装药水的瓶子上，叫吊瓶子。给病人吃的药，都是杏仁瓣这么大的白色药片，好奇怪。"

郑大喆听着很有趣，便问："那要是女人咋办？也要脱了裤子扎针？"

谷子说："有啊，男女都一样，还是男大夫给扎针呢。"

"哎哟，羞死人了。有空瞧瞧去，看新医弄啥西洋镜。"郑大喆说。

子康越发感到了这些人的闭塞和无知，无奈地说："少见多怪。人家那才叫文明、科学呢，输液、打针，还有开刀动手术，世界上最先进的医术。"

知苦越听越不是滋味，蹙眉呵斥道："咋说话呢！好像你比谁都高明！咱老祖宗华佗一千多年前就能做开颅手术，你还先进！"

子康梗着脖子犟了一句："本来就这样嘛，自己土，还不让人说。"

知苦恨不得给他一个嘴巴，强忍着没有发作。

徐长卿看出了师傅脸上的不快。忙过去拉了一下子康，换个话题说："子康，你在学堂学过西医吧？给我们讲讲西医咋看病的，用什么药。"

子康打开徐长卿的手，满不在乎地说："那是一两句话能讲清的吗？要是那么容易谁也学西医去了。"

知苦终于没忍住，拍了一下桌子，大声喝骂："滚，西医好学西医去，混账东西！"

大家平时很少看到知苦发怒，一见他发作，顿时，医馆里静悄悄的，谁也不敢说话。

子康挨了骂，眼泪汪汪的，不服气地掉头跑了。他回到家中，越想越委屈，收拾好行李，要上西安去学西医。母亲劝了半天，他一句听不进去。紫苏只好跑去找知苦。

知苦听了，冷哼一声说："现在翅膀硬了，你让他去，看他能上了天！"

郑大喆在一旁听着，插话说："你看，要求太高，把孩子吓跑了吧？"

知苦气恼地说："如果他不上进，要求再低也是枉然。算了，看他造化吧。"

恰在这时，白露寄来一封信，热情洋溢地讲述西安城里西医发展的大好形势，大谈特谈做一个新时代青年的满怀壮志，也憧憬着与所爱的人并肩站在同一起跑线上，为新医学崛起奋斗的愿望。热恋中的子康热血沸腾，恨不得马上飞到她的身边，与她站在同一起跑线上。

于是，他毫不犹豫地选择了西医，决绝地背着行囊前往西安去上西医速成班。

在外人看来，子康去学新医，是一件很了不起的大事，洋气，新鲜，时髦，前程似锦，诸如此类的赞叹不绝于耳。但甘知苦心里十分失落，仿佛遗失了一件祖传宝物似的，独自一人时，惆怅不已。

知苦越来越清晰地感觉到一种怪现象，浮躁像一种病，正在接受新知识的年轻人之间传播着，急功近利地追求速成，丢了许多可贵有东西。

随后，医馆发生了医死人的事，染上了官司，郑大喆作为当事人被告到了官府，"甘之堂"受到牵连，甘知苦没有时间为子康的事而苦恼了。

当时，城中富户金员外病重，其子延请医馆上门诊治，郑大喆正好闲着，便去出诊。患者自诉头痛、眩晕、口干口渴、四肢关节酸痛，郑大喆观其面部浮肿，诊脉弦数，依据"风之为病，上先受之"的辩证原理，诊断为风症，遂开了祛风通络、化湿散寒的药方，让家人抓药服用。结果，金员外服了一剂药就呼吸窒息、痉挛而亡。金员外之子把郑大喆和"甘之堂"医馆告到官府，郑大喆辨白无效，被投到牢房。

很快，这件事在肃州城闹得沸沸扬扬，不明真相的人、别有用心的人都跟风叫嚣，请求医馆和大夫为死者偿命。

甘知苦断然不会相信郑大喆的水平连个风症都断不准，即便诊断有误，祛风通络的药也不可能立马让人呼吸窒息，想来想去，肯定是哪个环节出了问题。为了医者的信誉，他邀请杨氏医馆、刘氏医馆的医家出面，一同为郑大喆辨白昭雪。两大医馆看重甘知苦的威望，派出医术极好的医家出面协助。

在余县长主持下，郑大喆与金大少对簿公堂。郑大喆客观地陈述了事实，金大少口口声声要求郑大喆和"甘之堂"为父偿命，根本不容他反驳。

甘知苦听了一阵，提出要观摩一下证据。

这一要求并不为过，余县长让差人拿出金大少所示证据——郑大喆开出的药方，传与众人观看。

药方上诊断、症状和用药都记载分明，几个医家看了一阵，确实看不出问题，症状与用药都相符，不过是桂枝、防风、黄柏、苍术、羌活、当归、白芷等一些祛风散寒的草药，按理不至于医死人。

金大少言之凿凿，再三强调，其父就是喝了一剂药而亡。这便让众医家也想不通哪里出了问题。

甘知苦请求出示所抓药物验证。因郑大喆只留了药方，药材并非"甘之堂"所出，甘知苦怀疑问题出在药材上。

金大少想必早有准备，马上出示了带来的草药。

几个医家接过，逐一对照，跟药方所写一致无二。

甘知苦一一检视着药材，在乌黑的苍术上盯了半天，拿起闻了闻，竟然有一股草乌的味道。他抬头望着金大少问："金员外平时有没有胸口闷痛的情况？"

金大少迟疑了一下，闪烁其词说："我父亲平时生龙活虎的，哪有什么病。"

"到底有还是没有？"甘知苦厉声问。

"没注意过，可能没有吧。"金大少回答得模棱两可。

甘知苦突然又问："这药是哪里抓的？"

金大少说："齐家大药房，有什么问题吗？"

甘知苦冷哼一声，面向余县长说："患者是一个六十多岁的老人，不能排除其他并发症，我怀疑患者患有心病，药店同流合污，蓄意制假药害人。"

甘知苦早已差人打听了金家的情况，这个金大少是金员外的养子，平时骄横奢靡，不服其养父管教，一直想继承金家的财产，但老头子始终不放手。金员外病倒后，金大少数次想拿到金家的经营权，与养父发生了争执。如果他心生歹意，很可能拿治病为由，在用药上做手脚。再加上不良药铺从中作梗，想栽赃陷害"甘之堂"轻而易举。

余县长听了半天几个医家的辩论，又看金大少的神态，心中已有几个猜疑，便严厉地申斥道："死者可有心病，你从实招来。"

金大少即刻神色慌张，急忙辩解道："他胡说，他们医馆治死了人还想推脱不成。"

甘知苦看他掩饰不住的慌张，心里已有了几分判断，不紧不慢地说："是不是医馆的责任先不说，众医家可以看看这味药。"

杨氏医馆、刘氏医馆的人拿起苍术，各自闻了闻，便眉头紧皱，果然是造了假的药材——浸泡了草乌的苍术，草乌有毒，可导致病人心动加剧和呼吸抑制而死亡。

余县长听医家解释了这味药的蹊跷，对存心不良的金大少也没了好声气，厉声喝问道："医家断药立明，你还不招吗？"

金大少本就一无赖，死咬着不承认蓄意谋害之说，只把责任往郑大喆身上推，怪他断症不细、用药不慎。

余县长也无法仅凭一味药断定死者服药的问题，斯人已逝，断不可能重新诊断心脏病的问题，最后，本着和为贵的原则，训诫了金大少几句，免除郑大喆责任，就结了案。

10

"甘之堂"虽然打赢了官司，但知苦却高兴不起来。世道不古，人心难测，医家虽有济世之心，却难以提防小人作祟，稍有不慎就可能被人算计。为防止医馆再次陷于危境，沉思良久，他想起古代名医扁鹊提出的"六不治"原则，书写出来，贴于墙上：骄恣不论于理者不治；轻身重财者不治；衣食不能适者不治；阴阳并、脏气不定者不治；形羸不能服药者不治；信巫不信医者不治。

人们朝夕不保、生死天定的时候都觉得医家治不好病理所当然，而生活一旦稳定，命就变得格外珍贵，治不好病便要找医家理论。几十年过来，甘知苦对世道人心的揣摩自有心得，不祈求多财多福，只希望"甘之堂"能够行稳致远。

平和安定的时光总是过得飞快，大半年过去，"甘之堂"平静如常。

小雪那天，肃州阴云密布，下了一场大雪，天气奇寒，滴水成冰，人们都窝在家里不想出门。半夜，突然"轰隆"一响，顷刻间地动山摇，房屋倾颓，从睡梦中惊醒的人们，立刻惊呼，地震了！

河西走廊是地震频发地带，每过几年总要地震一次，人们面对无妄天灾，均是无可奈何。

轰轰隆隆的震荡稍稍停歇，知苦和家人马上从即将倾倒的房子里跑了出来，邻近几家也扶老携幼跑出来了，惊慌失措地往空旷处跑。黑夜里，看不清人脸，到处是影影绰绰乱跑的人，到处是呼天抢地的哭喊声、求救声，还有房屋倒塌的轰隆声，隐隐有几处火光闪烁，大概是取暖的炉火点燃了房屋。药王庙街上的几棵大柳树下，成了人们最佳的避难所，先出来的人呼喊着懵头乱跑者，那些吓懵了的人赶紧跌跌撞撞跑过来，乌泱泱聚了一大群人，像一群惊慌的麻雀，在瑟瑟寒风中诉说着心里的恐慌和不可预测的未来。

寒风凛冽，冰天雪地，天冷得瘆人。有人就近从倒塌房屋里取来木材，点燃一堆火取暖。惊慌跑出来的人们来不及多穿衣服，有的披着麻被，有的光着背，有的还赤着脚，站在雪地里没多久就受不了了，只得冒着风险跑到倾倒的房子里搜寻衣服。紧接着，一波余震又轰隆隆滚过，脚下的大地簌簌颤抖，远处传来痛苦的惊叫声，大约是受了伤。人们像受惊的兔子，再不敢乱跑了。

"甘大夫——甘大夫出来了没？"有人高声呼叫。

甘知苦从披着的被子中伸出头应了一声。

"甘大夫，有人砸伤了，快请你治一下。"那边急切地呼叫道。

甘知苦蹒跚走过去，借着火光看了一下伤者，一个女人躺在地上，昏迷不醒，头上有血渗出，可能是什么东西砸到了头。他取出随身携带的针灸夹，给女人扎了几针，女人渐渐醒了过来。

不一会儿，陆续有人背着受伤的人来"甘之堂"求治，医馆已倾倒，不敢进去，甘知苦也没有可以止血止痛的药可用，只能安抚病人先忍耐着，等天亮再作打算。

终于在寒冷和惊慌中等到天色微亮，人们看到眼前的房屋已变成了一片废墟，人们住的几乎都是土坯房，几经地震山摇，完好的房子没有几座，全都东倒西歪，坍塌倒倾，在白茫茫的雪地映衬下，格外凄凉。人们惊呼哭叫着扑向自家的房子，翻找着可用的东西。

谷子和徐长卿先后赶了过来，知苦问了他们家人的情况，两人都说安好，遂心安。越来越多的伤者抬到"甘之堂"，大都是地震中受了外伤，严重的已经岌岌可危，危在旦夕，来不及抢救了。不过，有钱人家的亲属，想此时图个心里的宽慰，能救则救，救不了只好作罢。穷人就没这讲究，哪怕折了胳膊伤了腿，都拿不出钱来医治，不敢奢望延请医馆的大夫施救，只能硬扛着，扛不过去，只好认命。医馆不能用，知苦便让谷子和徐长卿取出药来，临时支起病床，为患者露天施治。徐长卿已经把知苦的医术学了个七七八八，尤其外伤治疗更有独特感悟，有他辅助，一些伤者处理起来就轻松多了。

处置好紧急的患者，知苦便支使徐长卿到南关余丁地的贫民窟走一趟，查看那边的灾情。范任之的调查，对知苦触动极大，这个时候，他想到贫民窟应该是受灾最严重的地方，能施以救治，也算尽点心。

余县长倒也务实，在灾难发生的第一时间，迅速作出救灾安排，临时成立了指挥部、情报组、救助组、治安组、善后组、督查组等几个机构，分头做事，各司其职。余县长亲临一线指挥，仅用了一天时间就摸清了受灾状况和人员伤亡情况。在药王庙设立赈灾救治中心，所有伤者，悉数收治于此，政府支出一笔经费用于赈灾。余县长委任甘知苦全权负责救治事宜，强令各医馆派员参与。这一举措，首先赢得民心，稳定了民情。

这个时节，恰好子康结束了西医速成班的学习，从西安归来，正赶上救灾，便想在这场生死抢救的战役中大显身手。

"甘之堂"没有他的用武之地，他需要一个自己的平台。女友白露比他早半年毕业回来，在博仁医院当医生，引荐他去了那里。

虽然是见习医生，但由于医院技术人才不足，子康只是在白露帮带下熟悉了一些流程，就进入了临床主治。刚一上岗便学以致用，治愈不少患者，颇有成就感。

子康性子张扬，小有成就就抑制不住地兴奋，回到家便给家人讲西药的神奇：西方人研制出的吗啡、阿托品，打一针就能止痛，还能镇咳；阿司匹林、非那西汀退热镇痛效力无比；可待因、肾上腺素止咳平喘更远甚于中医麻黄汤之类。子康把西医西药讲得天花乱坠，仿佛短短一年就已登堂入室，马上就能取代几十年的老中医了。

知苦虽然相信他说的这些东西，但又觉得事情并没有那么简单。世上的灵丹妙药仅是文人笔下的传说而已，现实中哪有一方解百病的灵药。他没好气地说："是花自然香，何须迎风扬，你别忘了你的祖宗姓啥。"

如今的子康满脑子都是西医西药，根本听不进他的絮叨。他的心里已有了新想法，就是想尽快当一名能治大病的名医。他不屑地说："你们那一套太老了，跟不上时代发展，将来肯定是西医的天下。"

这话，犹如一根针扎在了知苦心窝，他冷哼一声，说："哼，几千年积累的中医，还不如你这没根没基的洋玩意，以后别在我面前提什么西医！"

紫苏听他们说话一个比一个火气大，生怕父子俩闹翻了，赶忙借口买东西，拉着子康就往外走。其实，对于这个心比天高的儿子，紫苏既怜惜，又气恼，儿大不由爷娘管，只好随他去闯吧，但动辄非要拿中医西医分出个高低，总是让她心里别扭着，她也分不清孰是孰非，意识中，姜还是老的辣，她一辈子就信服知苦的事事。

在坐诊时，有人在知苦面前念叨西医西药那些新词汇，什么"消"呀、"杀"呀、"抗"呀，满是火药味，与中医所讲的"清""平""宣""泻"格格不入，他听着十分刺耳。在中医人眼里，治病就是让身体内外以"和"为贵，即便罹患恶疾，也要讲求相安与共的法子。依照他的判断，新医所谓杀死"病毒"的时候，必然也杀死了对人体有用的东西吧？这只是他的推断，此时，他对西医尚无见识。也许因为子康的缘故，他对西医心存芥蒂，十分排斥。

11

灾后的救治，不仅是外伤，因天气原因，又有了流行性外感风寒，大批的人相继感染，头痛、发烧、咳嗽、流鼻涕、咽喉痛，看似简单的伤寒症，却怎么都不见好。医馆里挤满了患者，博仁医院也收治了不少病人。

虽然这个流感没有疫疬那么容易死人，但还是有人抗不过去，死亡仍然无法避免。博仁医院那边，子康负责主治的患者就死了两个，尽管家属没说什么不客气的话，但他心里十分难过。在复杂的疾病面前，他一样感到无助和无力，恨不得自己生就一双起死回生的手，把那些患者从鬼门关上拉回来。

最糟糕的是，女友白露不幸被感染了，一开始咳嗽不止，服用了可待因，仍不见好。又注射了吗啡，还是不见效。渐渐，咳喘不息，胸闷头痛，浑身酸痛乏力，像那些一病不起的重症患者一样，越来越支撑不下去了，苍白无力地躺在病床上备受煎熬。

子康第一次面对疾病的诡谲多变，却又不敢在最心爱的人身上滥用西药治疗，医院里最牛的大夫面对生死一样无能为力。

子康实在没办法了，第一时间想到了要不要找父亲帮忙，到目前为止，"甘之堂"的治疗最起码没有出现过死人的现象，他相信父亲应该有办法救治。

子康纠结地把白露带到临时清理出来的家中，却又碍于前些日子夸口西医的好，再求父亲时仍放不下面子，只好央求母亲从中调和。

紫苏看到这个女孩子脸儿圆圆，扎着马尾巴，中高个儿，穿束腰绿袄配藏青色长裤，端庄得体，眉眼和善，心里便高兴，拉着白露左看右看，看得白露也不好意思起来。

紫苏知道子康和父亲之间的疙瘩还没解开，故意取笑他说："你不是看不起你父亲的医术吗？他那么老土的医术能治好你这先进的病吗？"

子康不好意思地给母亲赔着不是，央她做个和事佬。

紫苏从内心里喜欢这个清秀可爱的女孩子，就把白露带到知苦面前，佯装生气说："这是浑小子的同事白露，病成这样了还不好意思前来看病，狠狠骂了他一顿，才拉到你面前。"

子康跟在后面，低着头，准备好挨一顿骂。

知苦看了一眼白露，问道："你是肃州白家后人？"

白露"嗯"了一声。

"白天鹤是你什么人？"

"是我本家堂伯。"白露说。

知苦"哦"了一声，平静地说："坐下吧。"

子康轻轻推了一下白露，她咳喘着坐在对面凳子上。

知苦把了脉，又看看舌象，问了发热、恶风恶寒、咳痰等症候，马上心中了然，给她开出一方，让谷子抓药去煎。

谷子拿过方子一看，与近来治疗的通用方大不相同，而是射干麻黄汤和麻黄附子细辛汤的化裁。他不解其故，怕知苦用错了药。

知苦开玩笑说："谷先生越来越精通了，会辨症用药了啊。"

谷子嘿嘿一笑说："跟在掌柜的身边，也能学做半个先生。"

知苦继续解释说，这女孩的症状已经发展成了肺痈，大概是用西药清热的缘故，外表被风寒所阻，痰火封在肺脏出不来，用射干麻黄汤解表平喘、麻黄附子细辛汤散寒扶正，只有合方，才有力量驱寒除疾。

谷子已经能分辨出基本的病症用药原理，表症有辛温解表的，有辛凉解表的，还有扶正解表的，好多医家治疗表症，就是因为辨症不明，用药自然难以对症。听知苦分析病理头头是道，他便无疑义，照方抓药。

之后，白露服用了两剂药，果然症状有所缓解，咳嗽时声音清朗，有了西医所说"清音"。再服两剂，已是一身清爽，渐渐向好的方向转化。经过这一场变故，子康断然不敢轻言中医、西医孰优孰劣了。

而白露的态度更是惊掉了子康的下巴，经过中药的调理，白露竟然一下子笃信了中医，她见识了甘知苦、徐长卿、郑大喆等人诊病用药，起效远甚于西医，更神奇的是针灸，几枚银针就能立竿见影。现实中中医的样子，颠覆了她过去对中医的认知，心下开始琢磨着学习中医，便把自己的心事告诉了子康。这个结果，子康也没有料到，他问："你想好了？"

"嗯，想好了。"白露坚定地说，"中医大到整个宇宙，小到身体气血运行，体系完备，博大精深，就是那些草药吧，闻着都香，好温馨的感觉，西医是冷冰冰的对立关系，比不了的。"

子康觉得西医简单直接，但他不好意思说出来，怕自己说出来浅薄。女友的愿望，他不好拂逆，只好硬着头皮应下来。

吃过晚饭，子康惴惴不安地走进知苦的书房，望了望正在看书的父亲，欲言又止。

"来都来了，说吧，什么事。"知苦抬起头看了他一眼。

他只好不自然地说："爹，白露想跟你学中医。"

知苦沉默一会儿，问："不是心血来潮？"

"……应该是想清楚了，她也是学过中医的。"子康说。

甘知苦想了想说："好吧，明天让她到医馆来，先跟老郑学一阵吧，我带她不方便。"

子康没想到父亲答应得如此痛快，心里一热，说："谢爹成全。"

知苦说："我不是成全你，而是还白家一个人情。"

因为白露的治愈，博仁医院引起了小小的震动，那些患者纷纷回头到"甘之堂"求诊。这件事上，郑大喆坚决反对知苦收治，让他别趟这个浑水。好则罢了，不好会把新医、旧医的账都算到"甘之堂"头上，到时候长上十张嘴也讲不清楚。

知苦何尝不明白其中的利害，但总是见不得有人病倒无人医，一见病人就心软，虽然磨砺了几十年，总是改不了这个毛病。国立中学有位国文老师称他有"济世情怀"，还为他写过一联："悬壶诊世脉，心怀同良卿。"

地震过后的流行性外感，因为应对及时，县府很快控制了局势，除百余名房倒埋没或伤势过重死亡者，众多灾民和伤者得到了救治，贫民窟更是享受了从来没有的优待，政府组织医家施医施药，不但救治了流行性外感，甚至还治愈了好多人的沉疴旧患。

12

第二年，地震后的肃州城开始重建，甘知苦也新建了医馆和住房，医馆建了三间砖木结构的平房，青砖覆瓦，古朴优雅，后面的住宅则是土木结构的四合院，紧凑舒适。

灾难过后，肃州百姓依然过着闭塞而苟且的日子，知苦在医馆时常听走南闯北的客商讲东面战乱不休的消息，街上也时常看到逃难的人群，但人们总觉得战火还波及不到遥远的大西北。然而，进入腊月，局势突然紧张起来。

军署、警局荷枪实弹，在各个路口设卡盘查过往行人；各地团练凶神恶煞，挨家挨户清查外来人口。大街小巷张贴着官府的谕告，大意是说，东面来了"共匪"，一路攻城略地，准备夺取河西，肃州百姓须守护家园，如有不明身份者，及时报告官府。城里城外乌云弥漫，风雨欲来。

不少人家的子弟都在官府当差，或在军队当兵，对于这支来历不明的"共匪"，处于社会底层的人们哪知道什么呢，只要一听"共匪"是来抢占他们家园的，本能地就有了抵触。官府的宣教倒是激起了民众守护家园的共愤，把"共匪"当成打到家门口的侵略者仇恨上了。

令人不安的消息越来越多的传到肃州——永昌打仗了，山丹打仗了，甘州打仗了，临泽打仗了，高台打仗了……战争的消息像一团移动的火焰，一天天向西燃烧，渐渐逼近家门口，军队、保安团、团练全副武装，急匆匆调防各个关口，年轻力壮的全部被抽调去守城，"甘之堂"的谷子和徐长卿难以幸免，被编到守城墙的队伍，轮流值守。看着街上乱纷纷的士兵，郑大喆惴惴不安，赶忙找借口向知苦告假，知苦同样担心战火蔓延家门口，但又不能关门，只好给郑大喆和白露放了假，独自守着医馆，应付官府的差遣。

压抑、焦虑、惊惧了将近一个月，前方终于传来消息，这支"共匪"在高台与马家军打了一仗，双方伤亡惨重，需要抽调医家前往参与救治。肃州县府紧急成立了救援团，抽调医馆的医生、学校的学生前往高台县救护伤员、清理战场，知苦和徐长卿、谷子难以幸免，被强行拉到县府前面的广场，一个军官当众训了一番话，就派卡车护送他们去了高台县，连跟家人道别都来不及。

一进县城，众人大惊失色。高台城到处都是断垣残壁，烧毁的民房还冒着青烟，街上满是血污的衣衫、炸毁的木头土块、纷乱的柴草，来不及清运的死尸随处可见，衣衫烂破的民工面无表情地推着架子车拉运尸体，一队队士兵荷枪提刀沿街巡逻，除了士兵们的吆喝声，满城听不到一句欢声笑语。

知苦和谷子虽然多次见到过死人，但这么多冰冷的尸体摆在眼前，看着还是触目惊心。徐长卿心里直发呕，急忙抿紧嘴巴，眼睛也不敢朝尸体那边看。

他们被带到了一个营房，这里还有从别处抽调过来的大夫，都忙得不可开交。这是一个有高大门楼的院子，可能是大户人家的宅子。院子的廊檐下铺了一层麦草，东倒西歪地躺着一群断胳膊断腿的、中了枪伤的马家军士兵，呻吟声、怨骂声此起彼伏，空气中充满了令人作呕的血腥味。

看到知苦他们，伤兵嗷嗷叫嚷，骂骂咧咧地指着他们吆喝："老子疼死了，赶快过来给老子治伤。"

知苦皱皱眉，不由得对这群恶言恶语的士兵感到反感。医家救死扶伤没错，但医家也有自己的尊严，这哪里是求治的态度，分明是一群吆五喝六惯了的兵痞土匪。

带他们过来的军官向马家军的一个青年军官作了交接，就把肃州来的救援团交给了马家军。

青年军官面无表情地讲了一通大道理，然后交代医家各自去领取工具、药品，然后各自分组加入救治。

军队的药品以西药为主，博仁医院等医院的西医有了大展身手的机会，看中医的眼神都满是骄傲，中医只能帮着做一些正骨、外伤处理，就这样，还被患者嫌弃。

知苦取了点止血药，蹒跚走向他的第一个伤员——一个尖嘴猴腮的家伙，一条腿受了伤，血肉模糊。

"咋还是个瘸子？不行不行，换一个！"那家伙一见他过来，立刻骂咧咧地叫嚷。

知苦平淡地看了他一眼，识趣地走开，朝第二个伤员走过去。看了看那人的伤口，背部有一道刀伤。他只是按照军营的条件，简单地进行了伤口清洗、敷药和包扎，药品是军营提供的西药粉，专用来消炎的。知苦本来就没打算用自己精心研制的治伤药，现在有现成的药品，治疗起来就方便多了。

他诊治了七八个伤员，大半天就过去了。好多伤员嫌他是中医，不愿让他上手，他也不强求，应付而已。中午吃饭时，那些大展身手的西医被唤进了一个大房子里招待，中医颇受歧视，只发给两个馒头，外面放一桶凉水让他们舀着喝。知苦找了个干净的石磨，坐下来歇息，谷子和徐长卿走过来，就着凉水啃馒头。

这时，一队官兵簇拥着一个中年军官从里面走出来，谷子好奇地抬头望了一眼，惊讶地叫了一声："咦，甘大爷？"

知苦一抬头，正好与甘知勇目光相遇，两人怔怔地相视半天，惊喜地叫出了声。

"大哥！"

"知苦！"

他们已经有十年没有联系了，知苦一直寻找他，却打听不到一点音讯，没想到会在这里相遇，知苦觉得在梦中似的，动情地感叹一声："大哥，我们找你找得好难心啊！"

"哎呀，幸亏今天赶过来换药，不然还不知道这辈子能不能见上面了。"甘知勇指了指一只包扎的胳膊。

伤兵营的那个军官在后面跟着，一听是亲兄弟邂逅，赶忙识趣地上前一步，赔着笑脸说："团座，在下不知道这位大夫是你兄弟，安排不周，请勿见怪！"

甘知勇挥手让他闪到一边，拉着知苦端详一番，经过岁月的淘洗，知苦温润如玉、气宇轩昂，一身蓝色长袍更衬出儒者风度。

知苦也看着他，已是人到中年的知勇，比以前更清瘦，脸上还有一道深深的刀疤，性格没有以前活泼开朗，变得冷峻严厉。他很想知道大哥经历了怎样的生死磨难。

知勇要跟兄弟好好叙叙旧，跟伤兵营的青年军官打个招呼，便带着知苦和谷子、徐长卿去了他的驻地。

招待他们吃过饭后，安排谷子、徐长卿去休息，兄弟二人喝着茶，讲述着各自的经历。

知苦感叹说："又是高台啊！十几年前就是这里。"

"是啊，又是高台。"当年想拯救高台，结果兵败出逃，现在又回到高台，却看到的是更加破败不堪的样子，知勇感慨万千。

知勇说，那次兵败高台后，他和几个兄弟从暗道逃出，乔装改扮，躲过官府的追捕，一直跑到了青海。生活没有着落，给大户人家跑过驼帮，也在煤矿打过工，一直想找个做大事的队伍，正好赶上马家军暂编骑兵第一师扩建，他便带着弟兄们投了军，后来迫于上司的压力，又娶了上司的妹子，那是一个回族女子，按习俗他只好改姓马，叫马知勇。他凭着一身本事，屡立战功，从一个小兵到今天当上骑兵一团团长，可以说是从死人堆里闯出来的。这次是奉师部命令，出兵河西，围剿"共匪"，本想着很轻松就能打完，没想到这支缺吃少穿、枪支弹药不足的队伍竟然这么能打，硬是守着破城墙打了三天三夜，战到最后都没有一个投降的，这支军队太厉害了，个个都是硬骨头，是一个值得尊重的对手。

知苦不解地问："这支队伍看样子也是穷苦人，你们何苦要赶尽杀绝？"

知勇叹息说："你不知道，咱们这个国家乱着呢。前几年各大军阀争夺地盘，国内混战不休，我还参加过攻打孙殿英的宁夏血战，自家人打自家人，打得天昏地暗。现在是国军和共军争天下，打得不死不休。这支队伍就是共军派过来争夺河西的，打来打去，这天下更乱了。"

知苦对国军、共军和什么党派没有具体概念，也不明白目前的时局，但从知勇的经历可以想到，天下太平的日子仍然遥遥无期，在乱世中活下去已是十分幸运的事情了。

兄弟俩聊了一中午，从家长里短到时局内乱，一直聊个不停，都有说不完的话。知苦好几次有意提起白芷和孩子，知勇都回避着，拿别的话引开了话题。知苦想不明白他何故如此，暗暗有些郁闷。但说起其他熟知的人来，知勇又问个不停。

两人说着说着，中午休息时间就过去了。随着勤务兵再三催促，知勇不得不去处理应急军务，战后的局面仍是乱糟糟一团，他也难得消闲。

知苦和徐长卿、谷子仍然到伤兵营参与救治，兄弟俩再也没有时间相聚了。

两天后，知勇的队伍接到命令准备开拔。临行前，给知苦留下一纸手令，托知苦带一包银钱给家人，再三嘱咐知苦别把他的情况告知白芷，免得给她们引来无妄之灾。知苦虽然还不清楚他的意图，但从他肃穆的神态看，似乎是一件关系重大的事情。

随后，知苦和谷子、徐长卿在伤兵营忙活了七八日，就完成了救治任务，肃州救援团遣返。

知苦惦记着大哥托付的事，打算绕道太平堡先看看白芷。于是向救援团的负责人告了假，要了路条，让徐长卿随救援团先回肃州给家里报平安，他和谷子则从另一个方向前往太平堡。

13

黄昏时，知苦雇了一辆骡车，奔驰在回乡的路上，车后扬起一股尘埃。夕阳苍白无力斜挂在天边，寒风像个怪兽，呜呜咆哮。

路上行人极少，只有巡逻的小股马家军，骑着马耀武扬威地疾驰而过。他们沿途被盘问了几次，因持有伤兵营开具的路条，马家军没怎么为难。

马车在寒风中逶迤而行，渐渐日薄西山。一阵旋风如烟直立，在旷野里迅速游动。知苦看到了，指给谷子看，那就是古人诗歌里写的"大漠孤烟直，长河落日圆"的情景。谷子却说，咋就像个油煎蛋黄呢，要是有那么大一个鸡蛋，咱就饱餐一顿了。知苦笑骂他是吃货。谷子说，民以食为天嘛，肚子也饿了啊。听他一念叨，一下子感到饥肠咕噜。知苦便让车夫停车歇息，吃点干粮。

马车停靠在一个木桥旁，大家下了车，准备吃东西。这时，从木桥的桥洞里钻出两个浑身泥土的人，一老一少，一个搀着一个。他们身上裹着褴褛的羊皮，脚上包着破布，年纪大的胡子拉碴，小的满脸尘垢，小孩十三四岁，像是受了伤，脚高步低。那汉子走上前向他们鞠躬作揖，乞求施舍点吃的。

知苦只当是叫化子，让谷子拿了些干粮递给他们。

谷子在一旁多问了一句："大冬天的，你们到哪里去啊？"

汉子闪烁其词说，往东边走，回家。

知苦一听口音，不像本地人，顿时警觉，莫非……他又看到那半大孩子的背上、腿上都是枪伤、刀伤，心里明白了八九分。

太阳马上就要落山了，天寒地冻，寒风飕飕，看着他们衣服单薄，没吃没喝，更没药医治，按这情形走下去，孩子肯定挨不过几天。况且，马家军还在四处搜捕流散残敌，如果不慎碰到搜查小分队，肯定没有好结果。

知苦不免动了恻隐之心，想给医治。

谷子一直给他使眼色，意思是劝他不要多管闲事。

知苦叹息一声，终究没有忍住，叫过那孩子，看了看他的伤口，拿出随身携带的药粉敷在伤口上，简单做了包扎。

汉子看出他是个厚道人，赶忙乞求道："这位大叔一看就是好心人，我想把这个孩子托付给你，求你们带上他吧，兵荒马乱的，说不定哪天就没了。"

知苦便有些为难，如果带了这孩子，又往哪里交待呢？

谷子嘴急，赶忙支吾着推辞。

孩子对汉子也有不舍，揪着汉子的衣角不愿离开他，那人神情严肃地跟孩子耳语几句，孩子眼泪汪汪地点着头。

汉子又让孩子跪下叩头，孩子听话地趴在地下叩了头。

知苦叹息一声，实在不忍心，搀起孩子，点点头，算是答应了。

那人又作了揖，眼含热泪抱了抱孩子，转过身，头也不回地向东方走去。

知苦望望远方，灰蒙蒙的大地萧索苍白，天边残阳如血，像害了痨病似的，有气无力。

他用毛巾给那孩子擦了把脸，让谷子取了件衣服给他换上，带着上路了。一路上，再三嘱咐谷子，莫对任何人讲这事，就当是收治了个老乡的孩子。

一路上，那孩子也许是太累了，也许是伤势未解，一直昏睡不醒。他们担心碰到马家军盘查，心事重重。好在接下来的路依傍沙漠戈壁而行，远离集镇村庄，人烟稀少。他们没敢歇息，连夜赶路。

半夜的时候，到达了太平堡。漆黑的夜色，乡村一片死寂。他们悄悄敲开甘家老院子的门，甘知信一家和云青姐一家都住在大院里，生活还算过得去。

他们看到知苦，又惊又喜，这段时间一直打仗，他们都感觉旦不保夕，看到知苦和谷子安然，一家人感叹唏嘘。

知苦简要地讲了肃州城里发生的一些大事，他忍了再忍，还是忽略了看到知勇的事。知苦瞅了半天，一直没看到甘子安，就问甘知信。

甘知信说，他上个月就回肃州去了啊，你们没见到？

知苦心里一惊，一个月前，他根本没见到子安，这孩子会跑哪里去呢？他心里干着急，却也无可奈何。

他又问起白芷的情况。

甘知信说，她在尼姑庵修行，日子过得很清苦。

知苦心里不是滋味，但没多说什么。

第二天早上，知苦叫过路上领来的孩子，看了看伤口，重新换了药，问他叫名字。那孩子满脸皱裂，忽闪着亮晶晶的大眼睛小声说，叫阿来。知苦想了想，微笑着说，给你重新取个名字，叫东来，如何？那孩子乖巧地点点头。知苦又嘱咐他，以后就叫这个名，旁人问起，就说是肃州城来的伙计。东来懂事地说，记住了。

这孩子的将来，他再三考虑，还是打算托付给白芷。带在他身边，会有意想不到的麻烦。白芷如今独身一人，把东来留下来，唯愿这个半大的孩子能够为她分担些生活的忧愁，同时，也让这个孩子能安然度过盘查，保住一条性命。

次日，便带着东来去了一趟尼姑庵，让东来先等在外面，自己进去见白芷。

见到白芷一身尼姑打扮，满脸淡然，知苦就有点酸涩，曾经的富家大小姐，没想到要终老在这庵中，真是世事无常啊。

"你还好吧？"他语气干涩地问。

白芷双手合十施礼道："施主，人世间无所谓好与不好，活着就好，心安就好。"

知苦又说："子英已经长大，在学堂念书，你就不想回到亲人的身边去？"

白芷似乎看淡了世事，神色平淡，念了一首禅诗："浮生心已寂，世间多歧路。茅舍人深居，禅悟上觉机。"

听她打禅机，知苦顿觉无话可说。他很想把甘知勇的消息告诉她，可转念一想，又觉得她知道只会徒增伤心，就忍着没说。

他说："我想求你件事。"

"求我？"白芷不解地问。

知苦把半路碰上东来的事略说了情况，想要托付她照看。

白芷一个人生活惯了，犹豫着，不想答应。

知苦说："这孩子身世敏感，别人不好托付，你要怕惹祸，也不勉强。"

白芷拈着佛珠默想一阵，心一软，淡然答应了。

知苦叫过东过来，让他当面认了干妈。

东来乖巧地叫了声"干妈"，白芷眼睛一亮，不由得生出一丝慈爱。

知苦看他们有缘，心中顿安，便找了个借口，将知勇托付的银圆交给她，作为他们生活的依托。

这件事一了，知苦留下东来，独自下了山，回到村里。

几年未回乡下，走在尘土飞扬的土路上，感到太平堡仿佛停顿在时光中一样，并没有多少变化，路还是那条洒满羊粪、牛粪的土路，房子依然是老旧的土坯房。唯一不同的是乡亲的生疏。人们远远望着他们这些从城里来的"亲戚"，碰在街巷里只是唯唯诺诺地打着招呼。

知苦走进诊所。百眼柜、问诊台，一切还是原先的布局。睹物思人，顿觉心事浩茫，怅然不已。

甘知信不在，只有罗丁子一人坐诊，他客气地向知苦打声招呼，请他坐下来喝茶，他微笑着谢绝好意，只是四处看了看，问了问药材的储存、平时诊病的情况，闲聊几句，拍拍他的肩，转身离开。

知苦随意走着，外面天寒地冻，没有几个行人，街巷空旷寂谧。他走过高大的城墙、古老的城隍庙、文庙、武庙、魁星楼等，处处都能勾起儿时往事，断断续续的美好记忆，仿佛串起了一段青葱岁月。这也是他人生的根脉所在，他的成长、他的过往、他的痛、他的爱，都是太平堡这株老树上抽出的叶、开出的花，结出的果。

第十一章

1

将要过大年了，肃州城里还是严防死守的气氛，街巷皆空，无人走动，北风卷着浮尘像游魂一样满街乱窜。巡逻兵和保安团挨家挨户清查人口，搞得人心惶惶。好多店铺都关了门，街面冷冷清清，没有一点过年的喜庆。

这时，却有一个人大张旗鼓地开了店，震天的鞭炮声接连鸣放了一个多时辰，响彻全城。

很快，一个消息在大街小巷传开：齐永贵回来了。

齐永贵还真是个人物，他居然趁着战乱买通官窑的看守，带着家人悄悄回到了肃州，而肃州当局早已人事更替，没有人再追究一个小人物的过往。他又不知从何处弄到一笔资金，仍然重操旧业，又开了一家更大的药铺。

知苦刚回到肃州不久，齐永贵就找上门来。他穿着棉缎长袍，头戴镶着红宝石的毡帽，拄着文明棍，满面春风地立在医馆门口叫道："甘老弟，又见面了，别来无恙。"

知苦有点惊讶，想不到被发配到矿山服劳役的齐永贵居然跑回来了。又一想这个人的背景和为人，也能猜出几分他安然回来的缘故了。冷眼望着他说："咦，酆都城的城门开了？"

齐永贵听出了他的话外之音，但仍是一脸虚笑说："嗬嗬，我齐大善人积善有余，哪能入地狱？这不，老天都看不过眼了，让我再到人间行善积德来了。"

知苦冷哼一声，讥讽道："齐大善人好大的神通啊，鬼神都能买通，只是不知你行的哪门子的善、积的哪门子的德。"

齐永贵仍旧不愠不恼，慢悠悠说："我啊，给你送财富来了。我知道你手里有青囊门的秘笈，咱们做个交易可好？兵荒马乱的，你守着也守不住，说不定哪天……价格随你开，把《青囊诀》卖给我青囊门如何？"

听他开门见山提出这个交易，知苦心里不由地一紧，看来，齐家一直盯着这事，打定主意要拿到《青囊诀》了，暗的不行，就来明抢。齐永贵像是试探，又像是暗示，不管什么情况，但绝对不怀好意。

"什么青囊诀、黑囊诀的，首先声明，我没有你说的这个东西。即便是有，也不是你妄想的。"知苦只能佯装不知，跟齐永贵打交道必须得谨慎，这老家伙能再次翻身，背后肯定有不小的势力。

"你先别急着拒绝，你母亲宁神医不会把这么好的东西带到棺材里去吧？如果这样，嘿嘿……我不敢保证有心人会动手脚的。"齐永贵阴恻恻说。

"姓齐的，你威胁我？有什么手段你尽管使出来，我看你能翻出啥浪来！"知苦有点气恼，不由得声音高了。

听话音不对，谷子和徐长卿都围了过来。

"甘老弟，别这么大火气，气大伤身，你是医家，不会不懂吧？有事好商量，你看，我都给你开出了条件，你再想想，想明白了给我个回话。"齐永贵打着呵呵说完，用文明棍敲了敲地，意味深长地一笑，转身走了。

"姓齐的真不是东西！脸皮厚，心又黑，得防着点他啊！"谷子说。

"就是啊，师父，这人不地道，听他的意思是不会善罢甘休的，明枪易躲，暗箭难防，防不住他暗地里阴人啊。"徐长卿也说。

知苦淡淡道："这世道，正气不足，邪气有余，镇不住魑魅魍魉、山妖鬼怪了，该出来的都会出来，咱就见招拆招吧。"

齐永贵的一番话，让知苦再次感到了紧迫和无奈。《青囊诀》尚没有可传之人，当初答应母亲重建青囊门的重托，仍是遥不可及的梦想，如果强行开宗立派，更可能树大招风，引来齐家丧心病狂的报复，家人都不得安宁了。

想到《青囊诀》的传人，知苦一下子又想到子安，一个月前，子安托人给家里带来一份信，告诉他们跟随一支穷人的队伍走了，让他们不用担心。

穷人的队伍？走向何方？他一无所知，叹息一声，望着窗外发呆。

"甘之堂"重新开门，新老患者蜂拥而至。不管认识的，不认识的，一进门都向知苦施礼问好，念叨着知苦的仁义慈善。

知苦微笑着跟他们打着招呼，依次诊治，一如既往尽着一个医家的本分。

过了两天，知苦正在接诊，医馆里突然来了几个保安团的人，要带知苦和谷子去问话。

知苦莫名其妙，质问团兵抓他的理由。那头目说，到了，你们就知道了。说罢，不由分说，强行押他们就走。

患者莫名其妙，纷纷为他们鸣不平。

"随便抓人，还有没有王法！"

"甘先生是好人，不能抓！"

"连一个好医家都不放过，什么狗屁政府！"

郑大喆也在医馆里，看到这一切，畏畏缩缩呆立一边，眼神躲躲闪闪，无处可藏的样子。

最近的保安团格外嚣张，遇到可疑的人，不问青红皂白就抓，知苦和谷子抗不过，还是被带走了。

徐长卿慌了神，急忙报信给紫苏和子英，她们一听，惊吓得没了主意，不知如何是好。紫苏急忙吩咐子英到博仁医院去找子康。

子康听说父亲出事了，吓了一跳。这段时期，周边有太多的人出了事，有的人莫名其妙死了，有的突然消失不见，有的被抓捕入狱……父亲刚返回肃州就被抓，肯定没有好事。他让子英回家安抚好母亲，自己去想办法打听事情的缘由。

前段时间救治伤员时，子康认识了马家军的几个官兵，现在，正好派上用场。他急忙跑到军营去。可是，那些军官全都作不知情状，含糊其词地敷衍他。急匆匆找了一圈，一点有用的消息都打听不到，他简直想杀人。子康才发觉，这世道真是官场黑如墨、人情薄似纸。

子康无奈地回到家，给家人说了说情况，一家人都焦急不安，却又毫无办法，只能默默等待。

没多久，齐永贵风风火火地找上门来，一进门就满脸焦急地问："贤侄，听说甘老弟被保安团抓走了？"

子康略知一些齐永贵跟甘家的恩怨，不知他来过是何意，不冷不热说："咱们不熟吧？没必要装得这么亲热。"

"嘿嘿，一回生二回熟嘛，不管咋说，我和你父亲是老熟人了，遇上事了，总得帮一把吧。你们打听到啥情况了吗？"

子康对他有点本能的反感，淡淡说："难道你清楚了？"

"嘿嘿，我还真知道点眉目。"齐永贵似笑非笑地说。

紫苏尽管对他反感，但关系知苦的安危，不得不放下成见，心焦地多问了一句："齐大善人知道啥情况？"

"这个嘛……也不是不能说，但我有个条件先讲清楚了，你们别误以为我挟恩图报。"齐永贵故意卖关子。

子康终于知道他来者不善，有了戒心，冷冷说："啥条件，你说，能答应的绝不含糊。"

"痛快！我就喜欢跟痛快人打交道。"齐永贵嘿嘿干笑了两声又说，"给你们讲，我有个当兵的哥们给我透露，甘老弟可是犯了通匪的重罪呢，如果没人通融，很可能会被他们就地正法，这几天无缘无故死了的人不少，你们不会没听过吧？"

子康还在琢磨他这话的真假，紫苏先急了，变脸变色说："不会吧？我们的人可是被征去救治伤员了，哪里通匪了？"

"说了你们也不信，据知情人报告，甘老弟好心办了件坏事，路上救了个'共匪'，被当局知晓了。"齐永贵虚空指了指天，装模作样瞅了瞅外面，怕被人听到似的。

紫苏被他的神情吓着了，语气变得软和下来，乞求着说："我们家知苦是个本分人，齐掌柜，求求你发发善心，找个人给通融通融，花多大代价，你尽管说。"

齐永贵沉吟半天，有点难为情地说："这样吧，你们把甘老弟收藏的医书《青囊诀》给我，剩下的事我来帮你们摆平如何？"

"《青囊诀》？我怎么从未听说过这本书？"子康终于听出了他的意图，打断紫苏的乞求，一本正经地说。

齐永贵叹息说："唉，可惜甘老弟一身本事，可能明天就看不到太阳升起了，你们早做打算吧。你们信也好，不信也罢，我可是好心要帮你们呢，别以为我有啥企图。"

紫苏听他这么一说，心里更急了，说："我听知苦说过这个书，但东西他放哪，我们真不知道，要不，你先帮着把知苦放出来，我保证给你找到这个书。"

齐永贵摆摆手说："不急，你们找到了来找我，只要有了这个东西，我保证把人给你妥妥地送回来。"

说罢，他摇头晃脑走了。

"齐掌柜……"紫苏刚要叫住他，被子康一个眼神拦住了。

等他走远了，子康才对紫苏说："妈，姓齐的就是黄鼠狼给鸡拜年，没安好心！你别指望他有啥好意，纯粹是为了拿到那本秘笈。"

紫苏仍是满腹惆怅，说："如果他说的是真的呢？"

子康安慰说："你别心急，我爹和谷子叔肯定能应对，没事的。"

话虽说得轻松，可他心里怎么也轻松不起来，从那些大头兵的反应来看，这件事估计不会善了。

2

肃州城里风声鹤唳，草木皆兵，大街上时不时有兵巡逻，看到形迹可疑的人，不由分说先抓起来带走，一些人莫名其妙被抓走就没有了音讯，非不得已，人们轻易都不敢出门了。

白天鹤得知甘知苦被抓已是两天之后。他的外甥女子英去看外公时，愁眉苦脸地叹了一口气，他一听就急了，赶忙去找了余县长，想请余县长出面周旋一下，把人先救出来。可余县长苦笑着说，现在，他自己都靠边站了，哪有能力救人啊。白天鹤也略略听到了一些他的处境，自从马家军到了肃州，自行组建了一套人马，原先的地方官员只不过做一点维持治安的事务而已。他又打听甘知苦关押的地方，余县长倒没有推辞，悄声告诉了他一个马家军的管辖地。

白天鹤经商多年，积淀了不少人脉，稍稍运作了一二，就知晓了甘知苦被抓的缘故。原来，有人密告甘知苦高台救援回去的路上救了一个小'共匪'，有通匪之嫌，就把他抓了起来。是被人诬陷？还是确有其事？究竟是怎么回事，白天鹤也吃不准。这种事，一旦坐实，如果轻易求救，恐怕他也会被牵连。看来只有见到当事人才能再作打算了。

又经过一番运作，白天鹤总算见到了甘知苦。

牢狱之中，甘知苦衣衫破烂，血迹斑斑，看来是受了不少罪。

白天鹤望着心疼，叹息不止。他上前略喧几句，便委婉地问他高台之行如何。

甘知苦看了看不远处盯着的狱卒，欲言又止，淡淡说了几句救治伤员的事。

白天鹤又暗示说，如今马家军把持肃州，你救人有功，可以找当时主管你们的人作证的，不然，难以脱身啊。

甘知苦忽然想起甘知勇，纠结再三，才悄声说，我碰到大哥了，他现在改名叫马知勇，在马家军当团长。这件事，你先别告诉白芷嫂子，等我出去再告诉你原因。这样吧，你到我家，问紫苏找一个大哥给我的手令……

白天鹤惊闻甘知勇还活着，而且还当了官，又惊又喜，一时不知道说什么好了。又听知苦让他瞒着白芷，感到莫名其妙。但甘知苦能这样说，肯定有更深的原因，现在也不便打听，办正事要紧。

有了知苦这个音讯，白天鹤很快就想明白了其中的关键。第二天，他拿着从紫苏处找来的手令，求见了马家军的团长。呈上物证，讲明他和马知勇的关系、甘知苦和马知勇的关系，恰好，这个团长跟马知勇颇有交情，三说两说，就把甘知苦的事说清楚了。此前，官兵已经派人专程到太平堡调查了一番，幸好知苦早作了安排，把东来送到了山上尼姑庵中，没有被查出什么。

次日，知苦和谷子就被放了出来。他们一前一后走出牢房，两人对视了一眼，没有说话。一直走到没人处，谷子才抱着浑身血迹的知苦大哭了起来。

一场无端的牢狱之灾，差点让两人命葬黄泉，他们说不出的苦涩和无奈。

两人一路走一路揣测是什么人泄露了风声。按理说，知情者不外乎他们两人，回到肃州后，知苦根本没来及跟家里人说起这件事，谷子也深知事情的后果，没跟谁说过。想着想着，谷子忽然一拍大腿，惊叫一声："我想起来了，只有他，贼眉鼠眼的，最有可能。"

接着，谷子就讲了一件事：刚回城开馆那天，郑大喆送给他一个精致的玻璃杯，这个东西很时尚，肃州城里都不多见。谷子看着眼热，就收下了。然后，郑大喆开始打听他们太平堡一行的情形，谷子说到高兴处，禁不住漏了一嘴，说在路上救了个人。这话刚一出口，他顿时意识到什么，马上就打住了。郑大喆还是不停地追问救了个什么人？谷子支吾说是逃荒的百姓。郑大喆不信，说，救老百姓的事常有，没啥新鲜的。谷子刚收了人家东西，也不好驳人家面子，就支吾一声，可能是逃荒的。

仅凭这件事，知苦还是难以确定是郑大喆搞的鬼。他想了想，心生一计，让谷子装作无事人一样，先去医馆看看动静。自己腿脚不便，随后再去。

谷子整了整衣衫，一脸沉重地进了医馆。

郑大喆神色慌张地望了他一眼，鬼鬼祟祟溜到门口看了几眼，回转身问："昨天咋了？甘掌柜出来没？"

谷子故意使个坏，说："没有呢，唉，估计出不来了。"

"啊？这么严重？"

"可不是吗，通匪啊。"

郑大喆不由自主地"喊"了一声，忙问："真的吗？"

"你是不是巴不得他出事才好？"

"你看你，我怎么会……"

"你怎么能不会！"知苦踱进门来，打断他的话，说，"也只有你才能干出这等龌龊事！"

郑大喆愣怔一下，急赤白脸地辩解道，"我这不是着急嘛，关心你。"

知苦说："你的如意算盘又打错了。郑大喆，最后叫你一声师兄，一二十年了，你咋就一直执迷不悟呢，就算你的心是石头的也该捂热了吧？每遇大事，你总是人前面装人，人背后做鬼。"

郑大喆装出委屈的样子，不甘心地嚷嚷："我对甘之堂、对你们甘家尽心尽力，你别冤枉好人。"

知苦不客气地说："前些年，你一直觊觎我的所谓医术秘笈；这些年，你不甘心寄人之下，一心想自立门户，甚至用构陷同门的手段。名缰利锁，欲壑难填啊！"

郑大喆急赤白脸地说："其实，这事并非我干的……是齐大善人，齐永贵叫我干的。"

知苦再三追问下，郑大喆才讲出了事情的原委。原来，齐永贵回到肃州，就是想报复知苦，他把自己遭罪的根源全都归结到甘知苦头上，想尽办法要把他整死。为了抓住甘知苦的把柄，他用重金收买了郑大喆，让他盯紧甘知苦，想办法找出搞垮"甘之堂"的罪证，并许诺他，事成之后，由他坐收"甘之堂"的产业。郑大喆受人之惠，所以就把听来的消息告诉了齐永贵。

知苦失望之极，郑大喆下了逐客令："既然这样，从今天起，咱们两不相见。"

郑大喆自知理亏，从此在"甘之堂"已无立足之地，便收拾好自己的东西，垂着头，默默走出医馆，他知道，自此，自己的名声臭了，已很难在肃州立足了。

徐长卿和白露来到医馆时，不见郑大喆，白露问了一声。谷子抬头望了知苦一眼，知苦平淡地说，他不干了。

徐长卿长舒一口气，冲谷子挤挤眼，笑了。他们一直看不惯郑大喆，有时还讨厌他倚老卖老、爱贪小便宜，现在好了，走了，清静了，谷子等人觉得医馆里顿时清清爽爽。

3

这天上午，医馆里忙得不可开交，知苦刚诊治完一个下痢不止的患者，便有人来请他出个急诊。

来人是保安团的一个士兵，态度十分恶劣，说了两句拉着知苦就要走。

知苦刚经过牢狱之灾，还是怕惹事，无奈得被牵着走，腿脚不利索，用上了拐杖，跟着他脚高步低地急行，未几，到了西街临街的一个大院子，进了屋门，看到一个中年人横躺在床上哼哼唧唧，一旁侍候的几人大气不敢喘。

一个獐脑鼠眉的副官看到士兵和甘知苦到了，恶言詈骂：“妈的，咋才来！长官要有个不是，看我不要了你的狗命！”

甘知苦愣了一下，这是请人看病的态度吗？他看了眼凶神恶煞的副官，犟脾气不由得上来了，冷哼一声，转身就走。

“哎，哎，哎，谁让你走了！赶紧地，过来给长官瞧瞧！”副官大声吆喝道。

甘知苦头也没回，说了声：“另请高明吧。”

副官急了，几步跑过去拦住他，一脸凶狠道：“今天，你看也得看，不看也得看，不然，别想走出这大门。”

甘知苦也没好声气，说：“不然呢？你还强迫不成？”

副官恼羞成怒，拔出了枪，说：“老子这玩意儿可不认人，你还是乖乖地看病救人！”

甘知苦冷哼一声，斜睨着他，毫不畏惧。

这时，床上躺着的中年人勉强起身喝了一声：“马老六，滚一边去！”又向甘知苦拱手示意道，“甘先生，胡某驭下无方，让你见笑了，麻烦你帮我施治一二！”

甘知苦的脾气就是吃软不吃硬，这个胡长官既然谦恭请求，他也不好再说什么，上前帮他诊断起来。

端详这人面色，脸如黑炭，腹胀如鼓，小腿和脚面水肿如发酵的面团，一摁一个窝，脸上因痛苦挤成了枯萎的地瓜样。

看了一眼，知苦就揣度他患有臌证。手搭在他腕上一摸，脉象洪大而滑，再看舌苔，仍然是肝肾病变证候。这种病一般是饮食不节、醉酒劳伤、肝气郁结所致，久於则内郁化火、湿热不散，出现了严重的积水积血，现在病情已十分危急，稍有不慎就会内脏出血，无力救治。

他三言两语说了诊断的结果，胡长官顿时神色大变，说话都不大利索了："甘先生……我、我、我这病有治吗？"

甘知苦没有承诺他什么，只是淡淡说："病急，耽误不得，我先用针灸刺血排水法试试。"

说着，取出针灸袋，右手拈起一根二寸的粗银针，左手揣了揣患者腹部的中脘穴，飞快扎下一针，在起针的同时，让一旁的准备了火罐，迅速摁在针眼上，亮晶晶的水珠顿时涌出。如法又在水分、期门、章门扎针排水，都有积水排出。然后，绾起患者裤子，在小腿和脚面找准阳陵泉、漏谷、太溪、水泉、照海，依次施针，用火罐排水。

针灸一阵，胡长官神色渐渐舒缓，长吁一口气，脸上露出轻松的神色。

众人看着，都大为惊奇，前面请了几个医家，都没有办法缓解病情，名医就是不一样，几针下去，病情就好了大半。

旁边有个女人，大概是胡长官的太太，感激地向知苦施礼，问道："甘先生，下一步还要针灸吗？"

知苦说："水臌、血臌在脾肾，针灸解决不了根本，还需服药治疗。"

说罢，伏案开了一张"十枣汤"化裁的方子，交给那女人，嘱咐了一番服药的方法：务必于平旦时用枣汤服用一钱药末，一个时辰后，如没有排出便溺，再服一钱，整天以白粥为食，不要吃其他东西。

交代完医嘱，知苦不再多留，答应明日再来复诊，拄着拐杖走了。胡长官要派人送他，被知苦拒绝了。

知苦脚高步低走近医馆，一看门口立着一队持枪的士兵，把医馆包围了，马上感觉到了异样。

战后的形势十分紧张，到处都是巡逻的官兵，时不时传闻抓捕"共匪"的消息，知苦担心医馆几人的安危，快步走过去，问道："怎么了？"

一个军官模样的年轻人挎着马刀进来，走到知苦面前，神情严肃地问："你是甘知苦？"

知苦"嗯"了一声，心里直打鼓，不知道又是哪里的飞来横祸。

"跟我们走一趟吧。"那军官说。

经过了前几日的事情，知苦清楚是祸躲不过，也不辩解，只是淡淡说：

"稍等片刻，我把医馆的事安顿一下。"

谷子、徐长卿、白露围过来，担忧地望着他。知苦不慌不忙地给他们交代了一下医馆的事务，取了几个药丸，就随那个军官走。那个军官被他的淡定所慑，也不敢为难他，默默跟在后面。

得知知苦再次被抓，紫苏和子英、莲心哭作一团，子康着急得团团乱转，白露等人均满面忧愁，揣度着未知的危险。

谷子尾随着押解知苦的士兵后面，跟了一路，最后进了东校场，其他情况就不是他所能打听到的了。

子康清楚东校场是什么地方，这几个月来，处决人犯都在东校场进行，送到那里的十有八九都没有好结果。

午饭时，有人送来一个便条，交给子康。这是他托军营的朋友打探来的消息。展开一看，顿时大惊失色：明日午时处斩，急！

他急忙把便条攥在手里，生怕被母亲知道，再次引起惶恐。然后朝谷子招招手，两人向大门外走去。

到了无人处，子康再也控制不住自己，呜咽出声，涕泗横流，哽咽道，"谷子叔，咋办啊？有没有啥人能帮到我们？"

谷子一看便条，傻眼了。知苦平时不愿攀附什么有权有势的人物，现在遇到这从天而降的横祸，他也不知所从。

子康毕竟年轻气盛，他实在没办法了，打算硬闯东校场，抹了把眼泪，对谷子说："走，东校场。"

4

这一次，甘知苦被带到了东校场的一个营房里。

一进营房门，看到地上有个人被打得气息奄奄，面目全非。上首站着一个络腮胡子的高大个，手里提着皮鞭，满脸杀气。他冲甘知苦恶吼一声："仔细看看，这个人你认识吗！"

知苦心里一紧，赶忙低头去，撩起那人的头发一看，竟然是靳三棱，他不由得吃了一惊。那年，靳三棱救出卧马山庄的百姓后再无音讯，他四处打听，都没有找到他们的踪迹，还以为遭遇了不测。十多年过去，他们竟然在这里相逢了。

"认识吗？"络腮胡又吼了一声。

知苦如实说："认识。"

"算你识相，少受皮肉之苦。"

"可我们十多年没见过面了啊，长官。"知苦说。

"有人举报你跟他有通匪嫌疑，交代吧。看你老实，先免你刑苦。"络腮胡在手心里拍着皮鞭，恶狠狠地说。

对这莫须有的罪名，知苦哭笑不得，不知从何说起，呆呆愣着，半天没有说话。

络腮胡凑近看了他半天，冷冷说："嘴硬，腰杆子还硬得很，有骨气！"说着，猛然朝他的腿部腘窝里一踢，知苦不由得卧倒在地。

络腮胡劈头盖脸朝知苦猛抽几鞭，冷哼一声："你说与不说，这通匪的罪你是死定了。来人，带下去，明天斩首示众。"

络腮胡在校场管着事，正好上峰有令，宁可错杀一千，绝不放过一个。这个节骨眼上，杀个人像杀个鸡一样容易。

旁边几个士兵听令，架起甘知苦和昏迷不醒的靳三棱往牢房走去。

东校场的牢房是由旧时粮仓改造而成，圆椎形的仓体，上面一个尖顶，里面又阴又暗。知苦跟靳三棱被扔进一个牢房里，大半天才适应过来。牢房里还关着七八个人，都是衣衫褴褛，蓬头垢面，东倒西歪地躺在冰冷的地面上。他给靳三棱简单作了诊断，是失血过多引起的昏迷，暂无性命之忧。如果在医馆，一剂人参汤或加味四君子汤就能见效，但现在的情形，杀人如麻的虎狼之兵断然没人愿意放过他们。他只好推穴理脉，帮靳三棱恢复意识。

推拿一阵，靳三棱幽幽喘过气来，缓缓睁开眼，茫然看看身边的知苦，做梦一般。再一细看，真是甘知苦！他不由得紧紧抓住知苦的手，叫了一声"恩公"。

知苦摸出临出门时装在兜里的药丸，让一旁的人拿来碗水，给他服下。这是他用来防备挨打的药，主要功效是活血化瘀，吃下这药，狱卒的鞭打板击都能扛过去。靳三棱的伤势在血瘀，但愿有所缓解。

靳三棱抬头看到知苦脸上的鞭痕，忽然意识到什么，急忙问："你咋也被抓进来了？"

知苦苦笑一下，摇摇头，说："不知被哪条疯狗咬了一口。"接着又问，"你这十多年跑哪里去了？怎么会被抓到这里？"

靳三棱警惕地朝外向看了看，小声说："先是在西安落脚，后来在冯玉祥将军的军营里当教官，驻扎在会宁。红军打过来时，连长带着一连人投诚，我就加入了穷人的队伍。听说有一支部队要往河西走廊去，我便跟着过来当向导……唉，不幸被捕，就这样，成了现在的样子。"

知苦手抚他的肩膀，硌人的瘦骨说明他吃了不少苦，不由地心疼。

"你放心，革命一定会成功，将来一定是穷人的天下。"靳三棱坚定地说。

唉，眼下命都无法保全，明天就黄泉路上做伴了，谁还想那未知的将来啊。知苦苦涩地笑笑，没有说什么。他换了个话题，问及红缨的情况。

靳三棱说，红缨还在西安，生了一儿一女，她男人在国军某部当副官，生活还过得去。

两人聊着熟悉的人、熟悉的事，累了，随地一躺，歇一会儿，继续聊，不觉时间已过了大半天，天色渐渐暗下来。

想到明天就要告别人世，知苦怎么也难以入睡，想想三十多年来的人生，风风雨雨，摸爬滚打，尽管努力想过稳定的生活，但整个人世像一个烂泥塘，不论他如何挣扎，总是跳不出来，苦难仿佛与生俱来，成了摆不脱的阴影。如果死是一种了结，他倒是想一死了之，可是，人世间还有许多让他放不了的东西，他的亲人，他的抱负，他对母亲的承诺……

5

子康和谷子在东校场门前徘徊了半天，怎么也进不了军营。无奈之下，他们只好坐在一棵柳树下等，凉凉的树荫让子康一下子想到了与父亲有关的过往。

此时此刻，子康蓦然发觉父亲对他有多么重要。二十年了，他过惯了无忧无虑的日子，从来没想过是父亲撑起了他的天，撑起了一个家、一个家族的天。如今，这棵大树即将倾倒，荫佑他们福祉的伞盖马上就要零落，一切努力都来不及挽揽。当一切将要失去的时候，生活中的所有回忆，哪怕曾经的不愉快、曾经微不足道的别扭，都包含着父亲的良苦用心和满满的关爱，他的成长中，早已不知不觉融进了父亲潜在的影响，包括为人处世、接物待人、治病救人，连血脉里流淌的血都是一样的热度。

这样想着，他又有点想哭的感觉。

"看！"谷子惊奇地指着远处，一群人，男女老幼，汹涌澎湃地朝这里涌过来。

走近了，白露和徐长卿走在前面，后面是一群老百姓，有百八十人，他们打着横幅，上面写着"为甘大夫沉冤昭雪"的血色大字。

子康顿时热泪盈眶，紧走几步，上前紧紧抱住白露，任泪水长流。

白露红着脸，推开他说："徐长卿的主意，他动员了一些甘之堂的老病号，一路上，老百姓听到了，三三两两跟着过来。"

子康面向群众，深深鞠了一躬。老百姓纷纷叫嚷，甘大夫多好的人，肯定是被冤枉的，我们要给甘大夫讨个说法。

东校场的士兵看到来了一群人，顿时紧张地集合了一支队伍，荷枪实弹堵在门口。

群众在徐长卿带领下高呼口号："甘先生冤枉""还甘先生清白"。

子康心里热乎乎的，忽然想，千百年来，弱势的老百姓都是以这种抱团的方式声讨公平正义，也正是这种自发的力量，更抒发着真切的民声民愿，足见父亲在老百姓心中的地位。

一会儿，又一群人从远处涌来，带头的是杨氏医馆、刘氏医馆的人，随行是肃州城里各个医馆、药房的先生、伙计。

子康迎上去，看着杨氏医馆的掌柜杨悦，不解地问："你们怎么来了？"

杨悦点点头说："就冲甘先生的人品，我们应当出手声援。"

"成就一个好医家不容易，我们不能看着一个好先生被冤死。"刘氏医馆的人也说。

子康抱拳行个礼，千言万语道不尽这份道义。

两拨人合拢，高呼口号，声遏行云。东校场的士兵连忙把新的情况报告上去，军营里派出孙副官调停此事。

孙副官在卫兵护拥下，走到请愿群众面前，清了清嗓子，公事公办地说："大家的心情，孙某理解，但军队有军队的规矩，我们会慎重调查的，如果有冤枉，定当还甘先生一个清白。军机要地，还请大家各自散了，免得动刀动枪伤了和气，好不好？"

一听他威吓的说辞，徐长卿不满地振臂高呼一声，人们跟着呼起口号。

孙副官掏出手枪，朝天开了一枪，人群中顿时安静下来。

子康上前一步，对孙副官说："平白无故地抓人，总得有个说法吧？"

"哼，说法？笑话！非常时期，抓个把反动分子，还用说法！"孙副官不屑地扫了他一眼。

"甘先生是好人""还甘先生清白"！人群中纷纷叫嚷。

孙副官不耐烦地吼道："限你们一刻钟时间，立刻，马上，退到三里之外，否则，子弹无眼！"

他一挥手，一排士兵持枪前跨一步，站在民众对面。

对峙的人们看到士兵拉开枪栓，惊恐不安地后退几步。子康和白露手挽手凛然站在前面，不退不让。

孙副官朝子康脚下开了一枪，溅起一层土花。

谷子怕少主人冲动，忙上前一步，赔着笑脸说："长官息怒，有话好说，有话好说。只有一个小小的要求，能不能让我们见一见甘先生？"

孙副官略一思量，不过见犯人一面，并非大事，便自作主张说："其他人散了，出两个代表，跟我进去吧。"

子康朝众人深鞠一躬，道声谢，让大家散去，带着谷子进了军营。

看到父亲的刹那，平时装出的倔强再也掩饰不了，他扑上去抱住父亲大哭。

知苦心里一热，也想哭，但他强忍着，轻轻拍拍子康的背，劝说："别哭了，多大的人了，还哭鼻子。"

子康还是紧紧抱着他，止不住地哭。

知苦抹一把热泪，平静了一下，说："子康，你长大了。"停顿一下，又说，"以后，甘之堂就交到你手上了，甘家四代人的心血啊，你要记住，甘家子孙的使命不是为了自己活着，传承好医术医德就是咱家的责任啊。"

靳三棱和谷子也过来劝解，子康才渐渐止住哭泣，红着眼，听父亲说话。

"过去逼着你学医，是我心急了一点，现在，你有自己的路要走，我不反对你学习西医，只要用好，哪种医术更适合，你便学哪种好了。甘之堂还有长卿、白露、谷子，他们都是好样的，能撑起甘之堂的门面。往后，全靠你们努力了。"

子康使劲地点点头，把每一句话都听进了心里。

知苦又对谷子说了几句体己话，谷子已是泪流满面，哽咽出声，几十年来，一直陪着他走到今天，早已是患难与共的亲兄弟了，眼睁睁看着知苦赴死，他心里能好受吗？

他们还有好多话要说，可士兵不耐烦地吼道："时间到了，快走快走！"

不由分说，进来两个士兵，强行把子康和谷子拉出牢房。知苦眼噙泪水，望着两人的背影，心里无比难过。

6

第二天清晨，知苦刚刚醒来，牢房外就传来一声急吼："快快快，甘先生在哪，给我请出来。"

把守的士兵提哩剋啦打开牢门，叫着甘知苦的名号。

知苦揉着眼睛，走出牢门，那个络腮胡军官站在门前，身后跟着两个卫兵。

络腮胡一改昨日跋扈，毕恭毕敬上前向知苦点头哈腰。知苦吃了一惊，不解地望着他。

络腮胡满脸堆笑说："甘先生，甘老爷，请你别怪我杨胡子这个大老粗昨日的不敬，求你快快救命啊。昨日你给胡长官看病，很快回阳转寿，可今天一起床又吐又泻，情况危急，求你原谅我的鲁莽，快跟我去胡长官那里吧！"

知苦有点迷糊，昨日还以为是那个叫马老六的副官作祟，暗中指使人陷害他，原来另有隐情啊。

杨胡子见知苦不说话，马上恭维奉承，好话说尽："其实，我不是故意跟你老过不去，怪我听信了齐永贵那个王八蛋的瞎话，差点害了一个大好人、大善人啊。"

知苦这才明白，又是齐永贵在作怪，一计不成又生一计，恨不能将他置于死地。

他在心里暗道，齐永贵，这笔账迟早要跟你算清！

但现在还不是考虑算账的时候，知苦想救靳三棱，便对杨胡子说："救你的上司胡长官没问题，但我有个不情之请，想请你放了一个人。"

"靳三棱？不不不，他是上面定了的乱党分子，我可没权力放人。"杨胡子为难地说。

"那我还是回牢房陪着他吧。"知苦说着就转头往牢房走。

杨胡子急了："别别别，甘先生，甘老爷，有事好商量……你可以向胡长官说啊。现在，快请启程吧，救人要紧啊。"

其实，他不过急中生智顺口说说而已，靳三棱毕竟是军备司令部抓获的要犯，借他十个狗胆也不敢轻易释放。

知苦心里清楚，当下的局面要救一个"乱党分子"简直比登天还难，能够保全自己的性命已是意外，而靳三棱恐怕凶多吉少。

他提出去要进去跟靳三棱说几句话，杨胡子纠结了片刻，允了。

知苦返回牢房，紧紧握着靳三棱的手，难过地说："老哥，恕我无能为力啊。"

靳三棱大概已经猜到了自己的处境，却没有一点沮丧，眼含微笑，抓着知苦的手，拍了拍说："去吧！这世道能活下来已经不容易，再难，也要替我们活下去啊！"

甘知苦紧紧握了握他的手，千言万语，一言难尽，心情沉重地望了他一会，眼含热泪转身出门，蹒跚登上一旁停放的马车，络腮胡催促着车夫一溜烟往城中驰去。

一到胡长官府，杨胡子就被胡长官当场一顿训斥，不管是作样子给知苦看，还是出于本心，总之态度放得很低，算是给甘知苦免了牢狱之灾。

知苦没多说什么，上前复诊了一番，眉头紧皱，沉吟不语。

昨天，胡长官用"十枣汤"排出了不少积液，但水臌、血臌的症状依然十分顽固。

胡长官看他脸色沉重，心里一下子紧张起来，忙问："甘先生，胡某这病……"

知苦皱着眉头说："用了十枣汤还消不了臌胀，我只能尽力而为，再开一方试试了，如果再不应验，这病就有点麻烦了。"

胡长官私自揣测，是不是知苦还是为杨胡子抓他的事耿耿于怀？试探着说："甘先生放心，对于加害你的那几个杂碎，我马上惩处，胡某的病，还请你尽心尽力啊！"

知苦淡淡一笑说："事出有因，治病归治病，我的事完了再说。不过，牢里有我一个老哥，叫靳三棱，胡长官能否给个薄面，高抬贵手，放他一马？"

胡长官一听是靳三棱，苦笑道："这个……不是不给你面子，胡某实在作不了主啊。"

知苦叹息一声说："那就不强求了，还是先给胡长官治病吧。"

说着，他想到了《青囊诀》中的"消臌至神汤"，提笔写出方子：茯苓五两、人参一两、雷丸三钱、甘草二钱、萝卜子一两、白术五钱、大黄一两、附子一钱。

知苦签上名，胡长官即刻派人去"甘之堂"取药，顺便也给知苦的家人报声平安。这个药方第一次使用，其中的雷丸、附子都是药，知苦要亲自看着下水煎药，等候服药后的反应，暂时还回不了家。

很快，药取回来了。知苦按照《青囊诀》的记载，让人加了十碗水，用大火煎熬。熬了约一个时辰，最后只剩下大约两碗水时，知苦让人清出药汁，等到药温时，让胡长官立即服下一碗。

胡长官不疑有他，按知苦的嘱咐，端起一碗药一饮而尽。

坐了片刻，知苦让他到厕所边候着去。

胡长官不明其故，呵呵笑说："不会是那么灵验吧？"

知苦也不好说什么，毕竟是第一次使用此方，他也没经验，只能等着看效果。

等了约半个时辰，胡长官忽然腹内雷鸣作响，少顷，便急慌慌捂着肚往后院的厕所跑，还没跑到，腥臭恶物就拉了一裤裆，跑到厕所，又如排水般排出一堆恶臭。

唤人换了衣服，胡长官回到房间，尴尬地自嘲说："神了，真是排山倒海啊。"

这个结果在知苦的意料之中，他只是一笑了之。紧接着，又让胡长官服下第二碗药。

胡长官这次学乖了，早早候在厕所旁，腹内刚有动静就跑进去，再次排出一堆泔水一样的恶臭。

知苦看到了药效，就没有再等下去的必要了，叮嘱胡长官一直等到腹内的臭水排泄完毕，再喝一碗放凉的淡米汤，就止泻了。大泻之后，必然空虚，再服三五副调理的药善后即可。

他随即写下善后的药方：人参一钱，茯苓五钱，苡仁一两，山药四钱，陈皮五分，白芥子一钱。

胡长官明显感受到了腹内臌胀渐渐消下，对甘知苦敬重有加，让人奉上诊金，又安排杨胡子亲自送知苦回家。

虽然臌胀的病症马上就能消除，但知苦故意留了一手，没有告诉他饮食禁忌。此症最忌食盐，必须忌食盐月余，否则再犯必无生机。

作为医家，用这种杀人于无形的手段，他内心十分纠结，但一想到靳三棱受的罪，以及自己莫名其妙被抓捕差点要了命，他就有点释然了。

回到医馆，众人围上前看了又看，见他安然，便都松了口气。

经过了生死一劫，紫苏越想越后怕，肃州城处处危机四伏，稍有不慎便是飞来横祸。她劝说知苦干脆关门歇业，回太平堡安生过日子算了。

知苦叹息道："在这乱世之中，哪里会有净土？城里有城里的尔虞我诈，乡里有乡里的勾心斗角，是福不是祸，是祸躲不过，开门做事，总要面对一些恶心事，咱不能因为怕事就躲开去。"

紫苏仍不释怀，一脸忧郁，担心没完没了的灾祸。

知苦安慰她："咱们开医馆是行善积德，又不是谋财害命的勾当，还怕他什么妖魔鬼怪作乱。放心吧，天佑善良，没事的。"

安抚了家人，知苦接着便是面对小人的复仇了，他不能一忍再忍，让小人诡计得逞。

知苦想了好几天，一直想不出如何跟齐永贵清算的法子。直接上门声讨，至多大吵一场，出口恶气，人家死不认账不过是闲生一肚子闷气。暗地地想个阴招算计他一把，又显得比他更加卑鄙无耻，非君子所为。

他正想得出神，谷子从外面回来，手里抓着一把药材，气咻咻地说："妈的，这些黑心药商太没人性了，看看，陈化了的黄芪，虫蚀了的枸杞，还有这红萝卜假冒的红参，简直丧心病狂！"

知苦瞅了一眼，问他哪里的药材。

谷子说："我到刘家医馆办事，他们家的伙计拿给我看药材，就看到这样的东西。问了刘家伙计，他们都是从齐永贵的济世药房进的药。"

又是齐永贵！

知苦猜想，大概是齐永贵在什么地方囤积下的药材，想急于出手，便分散批发到了各个药铺。

正愁抓不住他的把柄，如果把这件丧心病狂的坏事查出来，量他会吃不了兜着走。

于是，他对谷子悄声嘱咐几句，又写了一道便条，让谷子在柜台上支一包银钱，一并送到那个胡长官手中。姓胡的还欠他一个人情，这点小事想必难不住他。这世道就是弱肉强食，小人难缠，向来欺软怕硬，你越是低下谦让，越会让他更加猖狂，心存善念只会让小人更猖狂，小人从来没有自省悔过的习惯，不把他打趴下，他会无休无止地在你头上拉屎拉尿。

谷子跑了一趟胡长官家，第二天，齐永贵的药铺就被停业盘查，一队士兵持枪进去，把他仓库中陈积的药材统统翻出来，在大街上一把火烧了。

齐永贵苦着脸站在一边，明知是着了别人的道，却又找不到证据，气得直吐血。

知苦心里清楚，这些老狐狸都有盘根错节的关系，轻易不会为了他一个平常医家伤筋动骨。他呢，虽有济世除恶之心，却无拔刀相向之狠，只好作罢。

但没过多久，齐家大药房着火了，将齐永贵的家产烧了一半。

一夜之间，齐永贵又成了穷人。

齐永贵又急又气，一病不起，不久就带着未了的遗憾离开了人世，他的儿子齐耀天继承了家业。

知苦不清楚这把火是什么人放的，直到若干年后，才从知情人口里听说，闻人杰知晓齐永贵作难甘知苦，想为他报仇，于是，指使人趁乱放了一把火。

7

在时光的淘洗下，南城巷的店铺关的关，停的停，许多店铺已是几易其主，改弦更张，留存下来的老店不多。经历了四十多年的风风雨雨，"甘之堂"渐渐壮大，像长在南城巷的一棵树，愈加根深叶茂，婆娑多姿。人们每天看见敦厚的伙计开门打烊、闻见飘出的艾草药香，就感到一份踏实。掌柜甘知苦始终保持谦和低下的性子，贫富相宜，老少无欺，彬彬有礼，成了有名的大医家。徐长卿和白露都成了医馆中独当一面的大夫，除了一些疑难杂症，没什么能难住他们。

子康与白露喜结良缘，白露成了"甘之堂"名副其实的女大夫。

这时，肃州国民政府成立了国立中医院，想聘请甘知苦去主事，但甘知苦拒绝了。他一心想把"甘之堂"这份祖业传承下去，对于仕途不感兴趣。

过了六十岁，知苦萌生闲居养老之心，有意让后辈承袭"甘之堂"的祖业。而子康学了西医，白露还担不起这个担子，有时，他会想到杳无音信的子安，自从他随一支穷人的队伍走后，知苦托人四处打听，一直没有他的消息。没把这个儿子看好，知苦总觉得对不起索维娅，心里十分内疚。他总是出神地想，如果子安在，甘氏医术的传承应该没问题吧？可子安又在哪里呢？

这时博仁医院改造为国立西医院，甘子康已成了骨干医生，声誉如日中天。他也想过回到"甘之堂"的事，但前提是把老掉牙的"甘之堂"换成中西医结合医院，扩大规模，建立住院部，聘请护士和西医加入。

谁知他刚一提出这个想法，就遭到了甘知苦的排斥："同仁堂老吗？永安堂老吗？杏和堂老吗？人家几百年的药铺，今天还不一样闻名天下！什么狗屁中西医结合，你用西洋那套理论给我结合个阴阳虚实、六经辨治！猪鼻子插葱，装什么大象！"

子康很想心平气和地跟父亲谈谈中西结合的构想，谈谈现代医学的发展路径，可父亲根本不听。一提"西医"二字，似乎就是对他的冒犯和亵渎。知苦骂他"忤逆"，用他的话说，祖先留下来的东西都学不精通，跟什么风潮、学什么鸟叫，几代人传下来的手艺终究要断送到这个不孝子手里。

子康的想法没有人理解，十分苦恼，便找谷子去谈，想请他出面劝劝父亲。

谷子拍拍他的肩，反过来劝导他说，"掌柜的心结你还不懂，他是想让你把甘家这份家业传承下去。甘之堂，四代人近百年的基业，别说是你父亲不答应，你问问街上的老百姓，他们答不答应换个招牌？"

子康讨个没趣，也不愿多解释。他坚信三十年河东三十年河西，未来的医学发展，或许中西医并驾齐驱，但必然是西医的天下。

想办中西医结合的医馆行不通，子康又不想回到传统中医的老路上，仍待在博仁医院作他的主治大夫。

知苦盼子成龙的愿望落空，着实恼恨了一阵子，赌着气不跟他说话。紫苏劝他想开点，儿大不由爷娘管，让他走自己的路。知苦闷闷不乐，仍难释怀。

自此，父子俩彻底闹僵了，谁都避着走，不愿面对面。过了一段时日，为避免尴尬，子康带着白露搬出甘家大院，另租了房子去住。

很快，人们都知晓了，在南城巷的大街上，甘家父子俩一个中医，一个西医，像两个阵营般无声地对抗似的，谁也不妥协，不让步。百姓看病呢，称看中医的为"老甘大夫"、看西医的为"小甘大夫"，在他们眼里，两个甘大夫都一样有本事，只是看病的方式不同而已。

郁闷了很久，甘知苦决定到外面逛一逛，散散心。正好省府的刘主席向一位重病在身的要员推荐了他，这位要员托人延请他到省城去治病。

秋高气爽的时节，他搭肃州军部的专车，去了一趟省府金城。

坐了一天的车，天黑时方到金城。这时去探病显然不合时宜，况且他也累坏了，需要休息。

他让司机把他送到金城医学院，想去看一位多年不见的老朋友。

按照信中的地址，他找到了金城医学院李少峰的家。

听到敲门声，李少峰出来打开门，借灯火的余光看清是他，惊喜地说："哎呀，鼎鼎有名的甘神医终于来省府了。"

知苦说："呵呵，你就别埋汰我了，我一个残疾人，走路都走不利索，哪敢轻易出门。贸然登门，请勿见怪。"

李少峰上前扶了一把知苦，笑说："盼你来盼得地老天荒，快请进。"

在灯光下，知苦才看清李少峰的两鬓都有了灰白的头发，但看上去更加儒雅，便说："不错啊，有了大学问家的派头。"

李少峰说："时光不饶人，老了啊。你这气色，看上去倒是越来越年轻了，少年老成，到老来反而不显老了。"

知苦说："也是，年轻的时候就长成了小老头，几十年了倒不在乎老不老的。"

坐定会，李少峰问："家里还好吧？子康上道不？"

知苦摇摇头说："别提了，这个小兔崽子快把我气死了。"

说着，他把一腔苦水诉说给李少峰听："医馆是甘家几辈子人的心血，本打算要传给他，可他咋说呢，嫌咱中医落后了，要办什么中西医医院，这不是扯淡嘛！"

李少峰静静听他诉说完，笑着问："就为这，爷俩闹僵了？"

甘知苦说："不孝之子，让李兄见笑了。"

李少峰说："孩子还年轻，想事情有点偏激也正常，毕竟，时代在发展，新生事物不断涌现，追奇猎新是年轻人的本性。你也不必强求，目前西医的发展势头正炽，可能要动摇中医的正统地位。"

甘知苦还是不甘心中医走向衰落的现实，分辩道："我就不信几千年的中医会败给外来的西医，它才发展了几年，就想取代中医，老百姓信服吗？"

李少峰笑笑说："曾几何时，我们还抵制西医，但现在不同了，西医的发展超出了我们的想象，我也不相信这个趋势，但西医这个外来的和尚还真会念经，先是借助所谓的新文化运动占据了年轻一代的头脑，又因改朝换代的乱象占领了阵地，如此发展下去，过个几十年，中医正统地位肯定是难以保住，到时候，主导医界的就可能是西医了。"

甘知苦不怎么关心时事，对于西医的发展还是看不明白，几十年后的事他也难以预料，他只相信自家的医馆肯定不会倒闭。

他们说着话，李少峰的夫人已经准备好晚饭。

一边吃饭，一边说着闲话。

李少峰问他突然到省城有何贵干。

甘知苦便把一位要员请他治病的事讲了一番。

李少峰略一沉思，问那位要员是不是姓谷。

甘知苦并不知情，只听所托之人叫什么谷长官。

李少峰明白了，此人正是省府主席，在国民政府中位高权重，背后的关系错综复杂。他提醒知苦，对于这些权贵，没有十分把握千万不要出手，否则会麻烦缠身。

甘知苦应答着，心里很明了，历代医家为达官贵人诊病都是如履薄冰，治好则好，治不好则身败名裂。

吃过饭，知苦在李少峰家休息一夜，第二天一早，依然是昨天那辆车来接他。

司机把他带到黄河边的一座独立小院，门前有卫兵站岗。他下了车，一个身穿军装的副官出来迎接。

他随副官进了院子。庭院雕梁画栋，古朴高雅，另有一个小花园，园内小桥流水，假山奇石，竹影摇曳。一位身形消瘦、留着八字胡的中年人坐在花园中喝茶听曲，旁边有佣人伺候，还有卫兵不远不近守着。知苦猜想，这位大概就是谷长官了。

副官带着他到了那人跟前，报告一声，敬了个礼，向知苦介绍说，这是谷长官。

谷长官轻轻一挥手，让他退下，一双鹰隼样的眼睛冷冷打量着甘知苦，看他跛着腿，眉头微皱，慵懒地伸伸腰，开口问道："你就是甘知苦？"

甘知苦应答一声："在下便是。"

"听说你医术高妙，医人无数，还控制了肃州的瘟疫，可有此事？"

甘知苦不卑不亢说："谷长官过奖，那都是百姓信任咱这个小郎中罢了。"

谷长官嘿然一笑，说："好吧，那请你帮我诊断一下如何？"

甘知苦说："长官身边名医无数，恐怕小老儿入不了你的法眼。既然来了，不妨一试，为大人请个脉。"

谷长官伸出右臂，放在眼前方桌上。知苦上前一步，伸出三根手指应脉，轻轻一扣，感觉脉象整体细弱虚空，关脉更加滞涩，似乎是心脾二虚加肝气郁滞的症状，可又感觉哪里不对劲，按理说，像他这个地位的要员，随便请个大夫都能开出补益心脾气血和滋阴敛肝的药方，如果对症，可能早已痊愈，哪有必要不远千里请他来诊治。他又让那人伸出左手，切了一下脉，寸脉有点紧绷绷的感觉，略一思索，便问："大人可有头痛、心烦、失眠的症候？"

谷长官点点头，眼睛一亮，说道："嗯，是这情形，有时头晕目眩，困倦得很，头痛起来，一晚上都难以安生。你诊断出啥情况？"

知苦快速在脑子里想了想头痛的方症，按照辨证施治的情况分，但凡头痛一般有阴虚肝旺、心血亏损、心脾二虚、心肾不交、肾阳不足五种类型，常用方剂不外乎龙骨牡蛎汤、杞菊地黄汤、柏子养心汤、天王补心丹、人参归脾丸、六味地黄丸等，什么养血补气、潜阳安神、清热宁神、滋补心肾之类的药剂，为他治病的医家肯定用过这类方剂，但为何一直不见效呢？这就颇费思量了。

他试探问："谷长官平时看过的医家都开过啥药？"

谷长官向远处招了招手，一位留着稀疏山羊胡的老者快步走来，毕恭毕敬地行了礼，向知苦点点头。

谷长官对山羊胡老者说："你给甘先生说说平时的用药情况。"

知苦一听，猜他可能是谷府的家医了。

山羊胡老者如背书一样念叨说："有当阴虚肝旺论治，用龙骨牡蛎汤；有当心血亏损论治，用天王补心汤；有当心脾二虚论治，用人参归脾汤；有当心肾不交论治，用六味地黄汤；还有当肾阳不足论治，用肾气汤。前后治疗了几个月，总难见效，只能靠西药的镇疼药片维持。"

知苦听罢，半晌没说话。各类方剂都试过来了，却没有一个对症，这便有些为难了。

谷长官突然客气起来，放下架子问："先生可有良方？"

知苦叹息说："前面医家所开的是治各种头痛的方剂，既然无效，说明治疗方向有问题，目前，我也开不出更好的方子。"

谷长官略一沉吟，又问："先生能否开个让我好好睡上一觉的方子？"

知苦想了想说："我开个小方试试吧。"

说罢，取过纸笔，写下一方：浮小麦四两，甘草十钱，大枣二十个，煎服。

山羊胡老者接过一看，这简单的方剂不就是甘麦大枣汤吗？没一味可以治头疼的药啊。他望了甘知苦一眼，欲言又止。

知苦看出了他的神情，淡淡说："这是甘麦大枣汤，清心火，疏肝气为主，不妨试试，一剂即知。"

谷长官大手一挥，便让山羊胡老者去煎药。

知苦初次打交道，与谷长官不熟，没什么可谈的话题，既诊断完整，便提出告辞，谷长官也不勉强，吩咐副官送他回去。

他回到李少峰家，时间还早，又翻了翻医书，琢磨刚才看过的病症，仍然想不明白这位谷长官的病因。对于大人物，有些问诊又不能太直白，而不明所以，他也难以判断病机。

午时，李少峰从外面回来，带着一个人，远远就兴奋地叫道："知苦兄，看看我给你带谁来了？"

甘知苦一看，惊讶得张大了嘴，这不是子安吗？

还真是子安。他长高了，也长壮了，穿着粗布衣衫，留着寸头，一看到他，憨憨地笑着，叫了一声"爹"。

甘知苦又惊又喜，没想到子安还活着，而且朝气蓬勃，浑身洋溢着一种说不清的力量。他顿时热泪盈眶，捧着他的脸端详着，心疼地说："你这娃子，这些年跑哪去了？连个音信也没有，害得我们担心死了。"

子安简要说了自己的情况。当年他随穷人的队伍参加革命，一直走到了陕北，在部队当了军医，前不久，因革命需要，上级特意安排他回老家工作。

听到子安要到肃州去，甘知苦更加欣喜，连声说好。

李少峰解释说："子安的身份特殊，你安排他到医馆当大夫如何？"

甘知苦虽然不清楚子安是什么身份，但他更想把儿子留在身边，自然乐意。

李少峰又说："如果能让谷长官给他一个身份，最好不过。"

知苦还不能确定谷长官会不会再找他，有些为难地说："如有机会，权且试一试吧。"

闲话完毕，李少峰为庆贺知苦父子团聚，特意定了一个饭馆，带着他们去吃饭。

8

又过了一天，谷长官又派副官来接甘知苦。

知苦心想，看来，昨日留下的方子应该是应验了，不然，谷长官就不会再来找他了。

李少峰觉得机会难得，建议把子安带上。知苦想想也认为可行，便和子安一并上了车。

车子很快便到了谷府，卫兵早早开门让行，直接开进了院子。

谷长官司仍然在花园里，不过没有卫兵守着了。一见面，谷长官马上一改昨日之傲慢，起身相迎，冲甘知苦笑说："先生真神医啊，果然一剂知，再剂愈，昨天喝了两剂，晚上终于睡了个好觉。"

甘知苦忐忑的心算是放到了肚子里，浅浅一笑说："谷长官吉人吉相，没什么大碍。"

谷长官嘀嘀一笑说："先生真会说话。今日请你前来，还是想请你再帮我诊断一下。"

甘知苦借机介绍了子安："这是犬子，也是学医的，带他来长点见识。"

谷长官瞅了一眼精干的小伙子，嗯了一声。

甘知苦又为他把了脉，问道："长官平常是不是有点焦虑烦心？"

谷长官说："咳，烦心事多了，每天一堆俗事凡务，能不焦心嘛。"

"饮食如何？"

"有一段时间没有胃口，吃什么都不香。"

"头疼的情况是白天严重，还是晚上严重？"

"好像下午和晚上发病次数多些。"

甘知苦目光转向子安问："脉弦紧，头疼，失眠，胃口不好，你看是什么症状？"

子安向谷长官拱手一揖说："长官，可否斗胆看看舌苔？"

谷长官说："这有何不可，中医讲究望闻问切嘛，正常。"

说罢，伸出舌头让子安看。舌质绛紫，薄白苔，干燥。

子安看过，斟酌说辞道："综合来看，大概是思虑过度、劳伤心脾的症候。脾失运健，导致食欲不振，神疲乏力；气血虚弱，则心慌心悸、失眠多梦；但用药一直不效，还与真阴亏损有关，如果我没猜错，之前应该生过一场热病，因天气炎热，汗没出透，导致气阴亏损，身体元气大伤，因此下午和晚上阴升阳降时，营气不足以上荣头巅之上，便有头痛症状，舌象绛紫、干燥等症状，这是虚症。"

知苦听着，微微点头，越听越感到惊讶。前面说的，他都看得明白，但说到病根，他便刮目相看了。能从当下症状推断出过往病史，说实话，如果不是特别明显的症候，他也轻易不敢断定。身体犹如机器，上了年龄就得修修补补，有的人天生机器性能好，不需要大修，但更多的人都得靠修补保养才能续命。随着年岁增长，知苦对这个道理的感触越来越深。

谷长官显然也听过多位医家诊断结果了，对于劳伤心脾、气血过虚的诊断也常见得平常，听小伙子分析病因，顿时听得仔细了，细细一想，盛夏时节，他的确生过一场热病，让西医输液治好了，也就没当回事。没料到却留下了病根。对于子安的诊断，他十分认同，拍手说道："虎父无犬子啊！小甘大夫的诊断真是心细如发，居然能推断出旧疾，厉害！"

子安谦和说道："长官过奖，在下不才，碰巧了。"

理清了病机，用药自然就找到了方向，子安拟出一个调和心脾、滋阴补虚的方子，交给知苦过目：太子参三钱、白术三钱、茯苓四钱、甘草一钱、山药一两、白芍三钱、五味子一钱、麦冬三钱、黄芪一两、陈皮两钱。

知苦接过方子一看，这是六男君子汤的变方，用药对症，又在方剂中加上川芎、蒿本两味药，主要是引经止痛，然后呈给谷长官。

谷长官已经听他们分析了病机和用药，就没有多看，放心地交给手下去煎药了。

知苦和子安刚要告辞，谷长官起身举手行了个江湖礼，说道："二位且慢，还有个病人需要烦请二位给看看。"

说着，挥手让下人带来一个八九岁的小男孩。

这孩子十分活泼，老远就蹦蹦跳跳地叫着"爷爷"，扑向了谷长官。

谷长官半蹲下身子接住他，和蔼地说："小铃铛，来，让这位爷爷和叔叔给你把把脉。"

小铃铛大大方方坐在知苦对面，伸出了手臂。

知苦刚才已经观察了半天，没发现异常，把了脉，也没有病脉，他就有点奇怪。又让子安把了把脉，子安诊断片刻，摇了摇头，也看不出所以。

谷长官笑着说："两位神医也奇怪吧？小孙子这个症状，说出来吓人，但诊断起来却都正常，好多京城的名医都无方可治。"

知苦更加好奇，什么病会难倒众多名医，便问："长官，诊断起来什么都正常，这孩子是什么症候啊？"

谷长官说："平常好好的，但一听到雷声就发晕，不省人事，睡一觉醒来，一切又都正常了。"

子安沉不住气，"啊"了一声，说："疾病之多，千奇百怪，有听到水声就尿急的，也有看到火光就心急的，还真没听到过闻雷即昏的病例，确实是难倒医家的医案。"

知苦暗暗在心里用五运六气、九宫八卦推算了一番，雷即震卦，喻天威莫测，震惊百里。雷声又是阳中之阳六气的发端，人若闻雷即昏，很大可能与阳气不振有关。但怎么用药，他一时真想不明白。

"长官，恕老朽无能，一时想不明白病机，待我回去琢磨一番，明日再来禀明如何？"知苦说。

谷长官对这个结果似乎已经习惯，没多纠结，让他们回去琢磨。

出了长官府，知苦跟子安边走边讨论，虽然有点头绪，却难以立方。给大人物及家眷看病不似常人，草拟个方子先试着看，不行再重新开方。可大人物要听你诊病的病因、用药的准则，没有来头的药方肯定难以通过。

回到住处，知苦翻看《青囊诀》，翻着翻着，忽然看到一则记载：闻雷昏晕，气怯也，治则元德膏。下有一方：人参二两，当归二两，麦冬二两，五味子五钱，用水一斗煎至二升，合熬成膏，每服三匙，白滚汤调服，尽一斤，闻雷自若。

知苦十分欣喜，叫子安来看，两人讨论了一会药物配伍，四味药中君臣佐使配伍得当，确实很妙。至于何以命名"元德膏"，知苦猜测可能是创立这一神方的人名或称号，但一时难以找到根据，就俗称"避雷膏"吧。

次日，知苦和子安被接到谷长官府，先喝了一会茶，谷长官处理完政务过来了，一见面就呵呵大笑道："昨日之方真是神奇，喝了两剂就大为清爽，两位真是神医啊！"

知苦和子安谦逊了一阵，又说起小铃铛的病因，知苦让子安分析，子安也没推辞，把五运六气、九宫八卦推衍了一番，才说出一个方子："避雷膏"。

谷长官听得云里雾里，但十分开心，能把一个奇症解说通透，说明人家有本事。对于子安所出药方，他也没有质疑，直接交给家医去制作了。

然后，谷长官让知苦父子坐下来一边品茶，一边拉家常。

谷长官既欣赏两人才能，又想报恩致谢，便问："甘先生医术高超，想不想来省城发展？国立省中医院或当我的私人医生，你都可以选择。"

甘知苦拱手道："谢长官抬爱，小老儿还养活一大家子人呢，肃州医馆是四辈人创下来的祖业，不敢丢了啊。"

"不忘祖业，继往开来，这是做人做事的根本，好！"

"长官说得是。"

谷长官又问："小甘大夫在哪高就？"

子安来时已经打听清楚，这位谷长官虽说在外人面前倨傲不凡，但在家中对老人还是十分孝顺，是恪守礼教的一个人。便说："我在自家的医馆跟父亲看病，他年岁渐高，身子又不便，远远近近地出诊什么的，我得多劳动。"

谷长官欣赏地看了他一眼，说："年轻有为，又懂礼数，家教不错嘛。要不，我聘请你到国立省中医院来？"

子安起身作揖道："长官抬爱，莫大荣幸！但在下恐怕要辜负长官的美意了，家父年迈，我当在跟前尽孝。"

谷长官顿时神色有点不快，转头冷声问甘知苦："甘先生意下如何？"

甘知苦尽管很想把儿子带回肃州，但转念一想，让子安到省立中医院，也是一个不错的选择，况且，这位谷长官显然已经不高兴了。便对子安说："既然长官如此赏识，你不妨到长官麾下尽力，也多长长见识。"

甘子安起身行了个礼，恭敬地答应了父亲。

又说了一阵闲话，知苦提出告辞。谷长官也有事要办，没有挽留他们，交代了让甘子安报到的事宜，就让副官将他们送到了金城医学院。

李少峰一直等着他们，见他们安然归来，十分高兴。急忙问诊治的情况。

知苦便一五一十将子安的表现和谷长官的赏识说了一番，语气中满是欣慰。

李少峰听到子安留在了省中医院，愣了一下，继而欣喜地说："这样也好，能得到谷长官的赏识，以后他会渐渐信任你，过一段时间，可以再找个理由到河西去。"

知苦听他话里有话，随口问："莫不是有啥机密？"

李少峰呵呵一笑说："能有啥机密，还不是为子安侄谋个好前程。"

他这一说，知苦就不好多问了，又叮嘱了子安几句，打算明天就回肃州去，他要把子安还活着的消息带给身边的人。

李少峰和子安想挽留他，想陪他逛逛省城，他也没了兴趣。

9

时局的变化越来越频繁，甘子安没想到几个月后，他会再次回到肃州。

他跟随的谷长官调任贵州，临行前，想带他过去，可甘子安一心想回肃州陪父亲，谷长官念及甘子安的孝心，最后动用一点权力授以他河西抗敌后援会特派员一职，挂名肃州国立医院院长，给了他一个尽孝的机会。

子英、莲心、谷子、徐长卿等人没料到子安会突然回来，高兴得不得了，围着他问长问短。

"子安哥，你当年咋说走就走了呢，害得我们担心死了。"子英问。

子安笑笑说："就像你找对象一样，找对眼了就走到一起了啊。"

子英撇撇嘴说："子安哥坏死了，哪有这么取笑妹妹的。我再问你，你咋没把嫂子带回来？"

子安解释说："她刚生孩子，不方便远行，也许过个一半年就会来的。"

谷子是看着子安长大的，跟他有着父兄一样的感情，关切地问："这些年在外头受苦了没？受人欺负没？"

子安笑说："咱们那是穷人的队伍，大家都兄弟姐妹一样，没啥受苦受欺负的说法。以后你们就知道了，这支队伍会推翻一切剥削和压迫，为劳苦大众建立一个新世界。"

徐长卿平时读书看报多，对外面的信息接受得多，他小声问："你是不是那个什么党？"

子安"嘘"了一声说："外人面前可不要再说这个，等有机会我再跟你们细说。"

他们你一言我一语，打问着子安在外面的神秘经历，但子安已经不是当年那个憨厚耿直的子安，他的心里仿佛装着好多事，却又很有分寸，在他们看来，子安有着与其年龄不相符的老成，又有着不同于他们的气质，总之，给大家的感觉既熟悉，又陌生。

子安在医馆里走走看看，药房、接诊台、候诊椅，一切都是他熟悉的样子，全都是千年不变的草木清香。时光仿佛在这里停滞下来，静静地留住了一些不因时光变老的东西，他真有些留恋这里的慢时光，但肩负的使命却不允许他慢下来，他有许多急迫的事要去做。

知苦也不强求他留在医馆，只要能看到他，就已经很欣慰了。与子康相比，子安跟谁都和和气气，更像一个医家的样子，他也见识了子安的水平，这十多年的历练，子安肯定接触了更多更广的医术，未来的"甘之堂"如果能交到他的手上，必然会发扬光大。

一天晚饭后，他找来子安，父子俩畅谈了一场。

子安不假思索说："我也想过，要做一个好大夫造福众生，可是，当下的局势实在难以专心从医，还有那么多穷人吃饭穿衣都不能保障，给他们找一条活路是当务之急。"

知苦听他心意如此，便有点落寞，但还是说出了自己的心意："今天，咱父子俩关起门来说句实心话，我是青囊门第十六代传人，有你爷爷奶奶留下的秘术《青囊诀》，我想把这些本事传给你，助你重建青囊门，你意下如何？"

子安神色顿时一滞，他只是隐隐听说过青囊门的神秘医术，没想到自己的父亲就是青囊门传人，心里又惊又喜，但很快平静下来，郑重地说：

"如果我手上的事情顺利，能够……生活稳定了，我一定担起这份传承责任。"

知苦也不能强求，听他有心，也就没多说什么，只能等待了，但愿子安能顺利完成他的事业。

子安虽然挂名肃州国立医院院长，但他似乎心不在此，更多的时间，他都是背着药箱到乡村去，到贫民窟去，一走十天半月，吃住在老百姓家中，结识了一大群穷朋友，更给看不起病的穷苦人带去了实惠。一些穷苦百姓时常拿着他开的方子来"甘之堂"取药，知苦听百姓讲，小甘大夫医术十分厉害，凭一些野草就治好了不少害病的穷人，还给他们讲穷人团结起来争取美好生活的道理，在一些村里成立了农协会，专门解决穷人的生计问题，带着老百姓争取自身利益，解决地主老财多年积累下的土地、工钱等问题。他还听余丁地的乞丐说，甘子安义务施医施药，治好了一大批穷人，还把牛得草等人组织起来，教他们识字，教他们做手工，组建起一个综合手工作坊，加工木材、皮毛、铁器、食醋等，又通过官方的渠道销售了出去，让余丁地穷人的日子渐渐好了起来。

用牛得草的话说，终于活得像个人样了。

知苦想起当年王世琳教诲他的道理，医道是拯世、仁术、修命的学问，一个医家要心怀苍生、济世爱物，奔波劳碌大半生，他始终没有找到一条适宜的途径，让一腔热血付诸流水。有时，他也想，王嘉义、靳三棱、甘知勇当年的努力，大概也是探索一条让老百姓活得像个人样的路，但付出了血的代价，仍然没找到这条路。现在，子安所做的一切，似乎就是王世琳所说的那个理想抱负，他能放下个人私利，深入到老百姓中去，真正让医术实现了济世救人的目的，而他的目的似乎不仅如此，有点像游方和尚的渡化众生，又有些像古代贤者的拯世情怀，总之，知苦看到了一个中医人如播撒火种一样把仁心仁术传播到了百姓心坎上，让老百姓信服团结的力量。

当然，子安还有河西抗敌后援会特派员和挂名肃州国立中医院院长的身份，他还经常名正言顺地出入达官贵人家中，既有诊病所请，也有应酬所需，时不时向他们化点缘，解决穷苦百姓的生计问题。除了肃州，他还到周边的甘州、凉州去，有时悄悄深入乡村，有时光明正大以特派员的身份拜访地方要员，渐渐成了肃州、甘州、凉州等地的名人，穷苦百姓知道他，达官贵人也知道他，不同地方的人有什么集会，说起甘子安的大名，居然都会认识他，念叨他的好。

他像一盏马灯，把黑夜中众人的目光聚到了通红的中心点上。

甘子安总是忙忙碌碌，来去匆匆，知苦时常十天半月都难得见他一面，隐约感到他在秘密做一件对抗官府的大事，似乎是官府要抓捕的"赤化分子"一类的人，便担心他以身犯险，可能会因此威胁到生命，几次劝说他安生过日子，莫管闲杂事。但子安每每都神色坚毅地说，只有唤醒民众的觉醒，将来才有穷人的天下。知苦突然觉得这个儿子越来越陌生了，他的身上似乎藏着许多不为人知的秘密。

有一天，约有半个多月没见的子安回了家，神色凝重地跟知苦讲述了一件事，也是知苦一直想打听却打听未果的事，这件事就是甘知勇的生死。子安说，大伯在马家军任骑兵团团长，前几年打日本人，马家军派了两个师到前方抗日战场，大伯的骑兵团就在其中。这两个师纵横驰骋，转战杀敌，一直打到了河南淮阳一带，战斗力十分凶猛，让日伪军闻风丧胆，但后来被日军重兵围剿，终因寡不敌众，伤亡惨重，八千将士最后打得只剩下两千多人突破重围活了下来，还有一部打散的伤兵与部队失去联系，有的参加了其他队伍，有的沿路乞讨返回了西北。大伯有幸活了下来，重新回到马家军，长了官。前不久，听说马家军跟共产党的部队打了一仗，大伯在战争中死了。

知苦猛然听到大哥的消息，颇感意外，这么多年，知勇一直没跟家里联系，原来已经不在人世了。他默默念叨一声"大哥"，心中一片凄然。想到苦等了一辈子的白芷，知苦连夜写了一封信，把这消息告知了她。他知道，白芷几十年的无望等待早已抵消了曾经的亲情，剩下的只是等个消息罢了。

子安问，这个消息要不要告诉子英。

知苦想了想，知勇是子英的亲爹，不管她对知勇有没有感情，都应该告诉她一声。于是，子安把这一消息告知了子英，但子英从小没在父亲身边生活多久，听到这个消息只是叹息一声，并没有过多的悲伤。

她感兴趣的却是另一件事，借机便问子安，听我们学校的吴老师说，你正在筹备成立一个什么组织，这是个什么组织啊？

子安大吃一惊，这件事是机密，只有他和十分可靠的几个人知道，怎么就传到子英的耳朵里？他不动声色地问，你跟吴老师关系怎么样？

子英一下子面红耳赤，嗫嚅道，还好吧。

子安马上明白，这丫头八成是恋爱了。

他嘱咐说，千万别外传啊，这件事事关重大，如果传到当局的耳朵中，好多人会掉脑袋的。

子英马上举着手指郑重地发誓说，肯定不会让第二个人知道，如果传出去，我让天打五雷轰。

子安笑了笑说，你跟吴老师要好，以后可以跟他一起来做这件可能改天换地的大事，具体怎么做，你听吴老师的即可。

子英好奇地问，那么，我是不是你们组织的人了？

子安神情严肃的说，要革命就会有流血牺牲，等你有了思想的觉醒再说，现在为时尚早。

子英的确不明白他说的这个神秘组织是做什么的，也不明白他说的改天换地的事是怎样一件大事，一切都超越了自己的认知。

10

夏末，一场罕见的大雨降落肃州，一连下了好几天，毫不停歇，有时雷鸣电闪，暴雨像鞭子一样抽打着大地；有时如泣如诉，雨水绵绵不绝淅淅沥沥；有时乌云密布，空气中都能挤出水来。路泡成了稀泥塘，低洼处积水成潭，无数人家屋漏墙倾，室内没有立锥之地，沿山地带的村子甚至漂流成河，好多房屋和庄稼被冲毁了，无家可归的人踩着泥泞四处乞讨。天阴沉沉，湿漉漉，到处都是死鼠、烂菜般发霉的味道，仓里的粮食都长芽了，想生火做饭，却找不到一点可生火的干柴禾。庄稼就更不用说了，即将成熟的麦子、谷子和大豆，全都在这场大雨中匍匐到了污泥中，绝收已成定局，毫无希望可言。人们跪在泥水里抢天呼地，苦苦哀告："老天爷，你发发慈悲，给个活路吧！"而回应他们的，依然是淅沥不断的雨水和阴冷的天气。

无数人无家可归。

千家万户无法生火做饭，取暖。

大片的农田颗粒无收。

患病的人成群结队涌进医馆。

"甘之堂"医馆也没能幸免地漏了雨，平顶的泥土房顶，根本经不住雨水的冲刷，混浊的污水漏了一地，来不及收起的药材全泡到泥水中。他们住的后院，更是积水成溏，雨水每天往外舀都舀不起，漏雨淋湿了被褥衣服，困了只能和衣而眠，为了防止生病，天天嚼生姜驱寒。就这样，上了年岁的甘知苦和紫苏还是得了伤寒，一病不起。

求诊的患者络绎不绝，徐长卿和白露忙不过来，甘知苦不得不拖着病躯出诊。一个个穿着湿漉漉衣衫的患者冻得瑟瑟发抖，他们不用看也知道是伤寒症，可是，没有火取暖并烘干衣服，吃多少药都无济于事，当务之急是盼着太阳快点出来，或者解决生火的问题，不然，估计神仙也无奈。甘知苦让人寻来一堆柴草，堆在医馆前，想点一堆火，但柴草都是泡湿的，勉强点燃，却只冒烟不着火，最后，从大户人家求了一瓷罐洋油，浇在柴草上才燃起一堆火，让患者围着火堆烘干了衣服，烤了一阵，病也好了一半。

　　甘子安所在的国立肃州中医院和其他医馆药铺，也同样面对着衣着寒湿的病人，这个情况不是吃药能解决的问题，医家都是束手无策。大家都知道病因就是寒湿，而根本的问题解决不了，谁也无可奈何，只能寄希望天快点晴起来。太阳就是天底下千金难买的良药，也是医治时疫的最实惠办法。

　　看到难民流离失所，甘子安本想成立一个救济难民的收容所，但手里既没钱没粮，又没有遮风挡雨的场所，连燃一堆取暖的火都无法做到，如果把难民集中起来，非但救治不了，还可能会使更多的人冻死、饿死、病死。西北实在太穷了，哪怕一场突如其来的自然灾害，落到每个人头上，都可能是天崩地陷的灭顶之灾。

　　苦苦熬到第八天，天终于转晴了，太阳如浴后重生，新鲜，炽亮，火热，久淫凄风苦雨的人们像脱离水浸的禾苗，一下子迎风见长，很快缓过劲来，但晴朗的天气并没有让人们欢喜多久，很快，个个愁云满面，相互唉声叹气，抱怨老天毁了庄稼，毁了房屋。没有饭吃，没有房住，人还怎么活下去啊，泥泞不堪的路上满是逃难的流民，城里也涌进了大量的难民，围着官府讨粮吃。而官府呢，一边翻晒仓廪中发芽的粮食，一边驱赶着围进城的难民，一群群难民像浑身污垢的牛羊一样，被赶出城外，三三两两在城墙根胡乱搭个草棚卧眠。

　　甘子安渐渐看出了人心的乱象，既有灾后的怨气，也有对官府的怒气，如果趁机发动穷人革命，应该是一个大好时机。于是，他连夜召集培养起来的几个骨干分子，秘密召开会议，部署如何联络群众，如何印发传单，如何打土豪分田地建立革命根据地等事宜。几个骨干分子中有老师，有农民，有乞丐，有手工业者，依据特长各有分工，他们既兴奋，又担忧，兴奋的是终于可以干一件改天换地的大事了，同时，又担忧地方军阀势力太过强大，手无寸铁的百姓恐怕难以对抗。甘子安似乎早就想到了他们的担忧，马上说出了一番鼓舞人心的话："革命从来都是从没有路的地方杀出一条血路。南方的革命十多年前就这样开始了，他们在打土豪分田地中夺取武装，建立农民政权，以星星之火焚燎原野，带动更多的劳苦大众参加到革命的队伍中，最终以武装夺取政权，让穷人从军阀地主恶霸的压迫下解放出来。"

牛得草还是个老光棍，他最期望打倒土豪劣绅得到的实惠，眨巴着眼睛问子安："打倒了土豪是不是分了他的田地房屋，还可以分他的老婆？"

甘子安又气又笑，但还是耐着心讲道："咱们要建立的是穷人的队伍，必须有纪律，不能再拿旧军阀的那一套来反过来欺压百姓，你只要腰杆子硬了，何愁讨不到老婆。"

牛得草嘿嘿笑着，挠了挠头，嘟囔了一句："连个老婆也分不到还革什么命。"

甘子安一时半刻也跟他讲不明白道理，发动穷人革命的事要紧，就没跟他多说，重点就革命的事项强调了一番。

有人又问了联络群众如何起事、何时起事的问题，甘子安跟吴老师商量了一下，确定三天后正式发动起义，首先攻占偏远的太平堡，以太平堡为根据地，迅速拿下相邻的集镇和县城，成立自己的武装政权。

部署完毕，甘子安先期去了太平堡。

白芷的养子东来已经二十出头，成了独当一面的大小伙，使唤着一些长工，种着祖上留下的田地。一场阴雨，摧毁了庄稼，打漏了房屋，甘子安回来的时候，他正忙着使人补种糜子、荞麦之类的秋粮，应付面临的饥荒，同时，差人修补房顶，清理淤泥，忙得不可开交。

甘子安倒也随和，换下长衫，穿着短褂加入到修房的行列。一边干活，一边跟东来聊天，说着打土豪分田地的计划。他知道东来是从穷人的队伍中出来的，没必要隐瞒他什么。可是，东来听完他的话不过一笑，回头瞅瞅干活的众人说，你问问他们愿意分田单干，还是愿意跟着东家干？甘子安很随意地问长工短工，如果把东家的田地分给你们种，你们可愿意？长工短工懒洋洋回答他，开什么玩笑，有了田地种什么？拿什么种？东来咧着嘴笑说，听到了没，老百姓没这个意愿，你就打了土豪，分了田地，也没法种好庄稼。

甘子安深深看了眼东来，惊讶地问，你这还是革命队伍中出来的人吗？

东来也有点恼火地说，我现在就是个种地的，你如果想打土豪，我把土地拱手送给你，你来分一下如何？

甘子安一时语塞，不知说什么好了。说实话，在太平堡打土豪分田地，最大的土豪是阎家，其次是跟他们有亲戚关系的人家，让他跟自己家里革命，他还没想出更好的办法。

11

医馆向来是人员杂集、信息交汇的地方，城中新近发生的事，都是前来看病人的谈料。

一大早，"甘之堂"中求诊的患者就为一件新鲜事议论纷纷。

有个下等军官的女人说，你们听说了没，今天午时三刻，官府要在东校场处决一批"赤化分子"，听说抓了几十号闹事的人呢。另一个女人接话问，这些人为何闹事？下等军官的女人说，还不是闹什么革命。另个的患者便说，闹什么革命，简直吃了熊心豹子胆，跟官府作对能有好事。众人便嚷嚷道，就是，赤手空拳的能斗得过有枪有炮的官兵，这不是找死么。

甘知苦听到心里，忽然略过些许惊慌，转头问那个下等军官的女人："你们听到的闹事者都抓了些啥人？"

那女人说："不清楚，只听说抓了一群穷鬼，什么乞丐地痞流氓什么的，正等着看完病去看看热闹呢。"

知苦心里咯噔了一下，像静水中蓦然投了块石头。又坐诊了一阵子便坐立不安，唤过徐长卿替他坐诊，自己蹒跚着出了医馆。

他径自去县府，找到私交尚可的余县长，见面客气寒暄几句，便小心翼翼问道："听说今天要处决一批犯人，县长可知是什么人吗？"

余县长两手一摊说："这都是军部的事，我这里没有半点消息。"

他还是不放心，说："县长大人可别诓我，能不能帮我打听一二。"

余县长神色为难，摇摇头说道："如今世道复杂，你我还是轻易别涉嫌那些杂事，河西的马家军一方独大，我这个官不过是个傀儡，一旦插手那种麻烦事，恐怕今后也不得安生。"

知苦见他再三推诿，也不便多说什么，闲话两句，只好起身告辞。

走回家中，紫苏看他脸色发青，担心地问他咋了，知苦也没隐瞒，便说了医馆中听到的消息。紫苏知他心系子安，安慰他说，子安回了太平堡，应该没事的。知苦仍旧叹息，如果真出了事，躲到哪都难以安生。

午时，知苦和紫苏心神不安地赶到了东校场，四周已被荷枪的官兵围了起来，太阳毒辣辣地炙烤在头顶，外面的树荫下站着不少群众，三三两两麻雀样围在一起议论着处决犯人的事，有熟识的人跟他们打着招呼。知苦无心闲聊，点点头一掠而过，找个僻静的荫凉处坐下，心里像无数蚂蚁咬噬，一刻也平静不下来。

约过了半个时辰，一队骑马的官兵汹涌而来，后面跟着一群持枪的步兵，押着几十个蒙着头套、捆绑着胳膊的犯人，逶迤而来，乌泱泱一片。

知苦和紫苏站起身，挤过去一眼不眨地瞅着那些犯人。知苦先是认出了骨骼瘦削的牛得草，像一只缚着的大虾一样。紧挨着的是一个身着灰布衫的高个子，身形跟子安差不多，尤其是那灰布衫，分明就是紫苏做给他的夏衣。

知苦顿时瞪大了眼睛，忙指给紫苏看。紫苏一看，一时惊慌失神，紧紧抓住了知苦的胳膊，生怕他不顾一切地冲过去。

围观的群众越来越多，校场外黑压压一片。

官兵把犯人押到指定的位置后，全场肃静，一个黑脸军官走到台前，拿起大喇叭呜哩哇啦讲了一通什么罪罚，逐个念着判决名单，念一个，那边押着犯人的士兵取下一个头套，亮出犯人的面目。观众中有人看到自己的亲人，禁不住轻声恸哭。当念到"甘子安"时，甘知苦不由得身子一颤，软软地跌倒在地，目光呆滞。紫苏早已泪流满面，抱着他的头咬牙轻声哭泣。

黑脸军官宣读完毕，大喊一声"行刑"，另一边荷枪实弹的士兵马上拉开枪栓，照准犯人的脑袋开了枪，"叭叭叭"一阵枪声过后，验尸官一一核验完毕，官兵即刻收兵回营，空荡荡的校场上留下一地尸体，空气中弥漫着浓浓的血腥味。

观众窃窃议论了一阵，渐渐散去，留下的大都是认领尸体的亲属，有的大声呼号，有的嘤嘤哭泣，相继惶恐不安的走向一堆尸体。售卖草席、棺木等丧葬用品的商人和平时靠搬运尸体谋生的搬运工早已候在一旁，有需要的招呼一声，马上会有人上前服务。知苦忍着悲痛，买了草席，招过两个搬运工，领了子安的尸体。又付了钱，雇人将牛得草的尸体进行安葬，来人世间一场，活着孽障，死了就让他安生一点吧。

知苦和紫苏相扶着回到家，刚进门就听到嘤嘤哭泣声，他们还以为家里人已经知道了子安的事，进了门才看到是子英在哭她的同事吴老师，白露在一旁劝慰。知苦无力地坐下，长吁短叹。子英揉着红肿的眼睛问，子安哥哥没事吧？紫苏轻轻推了她一把，她看到甘知苦失魂落魄的样子，马上意识到了不妙，哭得更加伤心。

失而复得的子安彻底失去了，甘知苦悲痛欲绝，回想起与子安在一起的点点滴滴，回想起索维娅，更是锥心的疼，他觉得这一辈子最对不起的就是他们母子了。他们千里追随而来，没能给他们应有的生活，也没有保护好他们，致使母子俩最终却都没有善终。

他守着子安的遗体，枯坐了一夜，直悔恨自己当初没有及时劝阻子安，才有了今天的结果。

事情过后，知苦好长时间缓不过神来，后来陆续才打听到事情的前因后果。

原来，甘子安密谋的穷人革命早被官府盯上了，他前脚刚走，那些骨干分子正要串联群众，就被官兵一个个抓捕起来，随后，电告太平堡的驻军抓捕了甘子安，连夜移送到肃州。当前正是国共两党战争白热化的阶段，肃清"赤化分子"是官府的头等大事，因此，官府快刀斩乱麻，连审都没审，直接把这些人定为"赤化分子"斩立决，以儆效尤。

东去西来的商贩时不时带来战争的消息，仿佛满世界到处都在打仗，哪里都得不到安生。从东边逃难过来的人越来越多，肃州城内的形势越发紧张了，城门关卡、各个路口增加了把守的官兵，对往来行人再三盘查，稍有嫌疑便抓起来送到军营关押。老百姓仓惶不安，有地方可躲的都躲到乡下去了，实在无奈的，只好躲在家里，轻易不敢出门。街道上空空荡荡，像秋收后的庄稼地一样落寞。

越是动荡不安，人的生死存亡越难以自主。甘知苦清楚地知道，自己不过是一个小小的医家，风雨飘摇，阴晦不定，一个小小的不是就能轻而易举让他们翻不了身。医馆和一大家子的性命全在他身上背着，他不敢大意，催促紫苏带着子英、莲心和谷子媳妇去太平堡躲避。紫苏要坚持留下，知苦晓之战争的利害，在生死关头切不可儿女情长，紫苏才泪汪汪答应下来。

甘知苦从子安的身上体悟到了一种使命，他不能只为自己而活着，一个医家的良心必须让自己挺身而出，越是艰难的时候，越要给民众活下去的信心。他不想连累谷子、徐长卿、白露，但几个人抱定了与医馆共存亡的决心，知苦心存感激，越发坚定了自己的本心。

阴云密布的肃州，"甘之堂"依然不避风险，照常营业。

第十二章

1

要打仗的消息传了几个月，人们在惴惴不安的煎熬中，感到战争的步伐越来越近。

肃州城里风云突变，像暴风雨来临时的沉闷一样，乌云和闷雷制造出天塌地陷的压抑气氛。终于，在秋风瑟瑟、阴云密布的一天晚上，肃州城开战了，激烈的枪炮声响了半夜，炮弹不知落在了什么地方，燃着了房子，顿时火光冲天。像往常战事突起一样，老百姓全都关门闭户，躲藏在自认为最安全的地方，胆战心惊地念佛诵经，祈求佛祖保佑。

天亮后，驻守一方的马家军仿佛被火烧着了，慌慌张张开始溃逃，一支以灰色军服为主，又夹杂着各色破旧衣衫的队伍开进了城，清理着战争留下的痕迹。

躲在屋子里担惊受怕了一夜的老百姓鸦雀无声，有胆大的偷偷从门缝里往外看，这支队伍竟然不同于以往的官兵，每个人都和和气气地跟穷人说话，帮穷人做事，没有以往官兵的跋扈嚣张，倒像是一穷穿着军装的老百姓。

一个车马店的小伙计带着两个军人来找"甘之堂"的大夫，甘知苦一脸惶恐地开了门，两个军人齐刷刷向他立正敬礼，把他吓了一跳，赶忙蹒跚着身子阻止。

一个国字脸的汉子笑呵呵地扶着他说："老乡，不用紧张，咱们是穷人的队伍。"

甘知苦拘谨地笑了笑，没敢多说话，对于官兵，他心存畏惧。

那汉子又客气地说："听说你医术高明，我们有一些伤员请你诊治，可否方便？"

甘知苦犹豫了一下，忙说："可以，可以，送过来吧。"

军人又敬礼，道谢，然后去运送伤员。

知苦叫来谷子、徐长卿、白露清扫医馆，准备药材和器具。

不多时，国字脸的汉子带着一队军人送伤员过来，有的用担架抬着，有的搀扶着，约有十多人。到了医馆，全都井然有序地排着队向他们敬礼，这个客气的礼节，让医馆的人全都惶恐不安。

不用医馆安排，伤员们自觉地把受伤较重的人让到前面，依次接受检查。知苦和徐长卿、白露既惊讶，又惶恐，赶忙上手一一检查，个别皮外伤的，知苦直接让白露和谷子清洗伤口后，涂上甘氏血红膏。肢体受伤或枪伤严重的，临时支起病床安排了伤员，开了内服和外敷的药，让谷子抓药煎熬。

这时，有两个兵抬着担架进来，上面躺着一个黑脸膛的汉子，已经昏迷不醒。

一个兵着急慌忙叫："快，救救我们孙营长。"

知苦闻声走过去，一看那人，顿时呆住了，这个人怎么像是大哥的手下孙猴子？只是脸上多了一道刀痕，不敢相认。

一个兵见他迟疑，怕是被孙营长的病情吓住了，忙说："孙营长肩膀受了枪伤，感染化脓，人已发烧昏迷，十分危急，大夫可有办法医治？"

知苦问："他是不是叫孙猴子？"

那个兵笑了笑说："听说他有过一个大号，不过后来改了名，叫孙太平，还是你们本地人呢。"

孙太平？本地人？那就没错了，是孙猴子。

看他的伤势不轻，知苦也来不及细问，就着手施治。

诊断了一会，知苦便眉头紧蹙。这种情形，他确实没有十分把握，外伤倒容易，就怕病邪伤深入内脏。

那个兵看他神色凝重，不由得担心，问道："有没有把握治好？"

知苦模棱两可说："可以试试。"

说罢，开了个药方，只三味药：黄芩、黄柏、大黄炭，让谷子准备止血化脓的药粉。

吩咐一番，他取过针灸夹，拿出五六根长短不一的银针，解开孙营长的衣衫，看到身上留着好多伤疤，有弹伤，也有刀伤，知苦不由得暗生敬佩，真是条汉子啊！

稍定了定神，他便开始用针，在手臂和肩膀上取了几个穴施针，提插捻转一阵，估计达到了麻痹神经的效果后，又取过特制的柳叶刀和一把镊子，右手执柳叶刀迅速割开结痂的伤口。

众人看着，以为孙营长会疼痛地跳起来，结果他非常平静。刀子小心翼翼地往下剥开皮肉，渐渐露出了子弹头，左手的镊子稳稳夹住，左右摇了摇，款款将一颗弹头取了出来。

跟随过来的一位护士认为下步要做伤口缝合了，结果，甘知苦让谷子取过准备好的药粉，直接用黑醋调和，敷在伤口上。

随行的军队护士马上制止说，这样会感染的。

知苦解释道，不要紧，用的是止血化脓的药，还要开一个内服清热解毒的方剂，很快就见效了。

护士不懂中药的用法，不好反驳，到了这里，只能听他的了。

那几个士兵彻底被他一手针灸取弹手术震惊了，顿时对知苦的医术高看一眼，留下配合护士护理，带着治疗过的轻伤员先回营房去了。

服了两剂药，午后，孙营长终于醒了过来，护士十分惊喜，又查看了一下伤口，居然没有出血和发炎，还有点结疤的迹象，她惊奇地叫了一声。

孙营长不解看着她，护士解释释了医馆的大夫用针灸术取弹头的神技，孙营长也大为惊叹，转头就看到笑吟吟望着他的甘知苦，

"啊，知苦？！"他惊讶地叫了一声。

"呵，孙大哥都当了营长了，真没想到还能见到你！"知苦感叹道。

孙太平笑了笑，说："说来话长，等闲下来再跟你聊。"

知苦确实忙，部队又送来了几个重伤员，都需要他出手施治，再次给孙太平检查了一番，确定没啥不妥，又忙着治疗别的伤员去了。

一直忙到晚上，知苦才闲了下来，吃过晚饭，就过来找孙太平聊天。

"孙大哥，你怎么到了这边，还当官了？"知苦不解地问，他记得当初孙猴子可是一直跟着大哥知勇跑到马家军那边去了。

孙太平的伤口止了血，结了疤，人也精神多了，他一气讲了许多往事：当初是跟甘大哥跑到了青海，参加了马家军，后来，他们骑兵团上了抗日战场，打到河南淮阳一带，遇到了日军重兵围剿，部队打散了，弟兄们死的死，伤的伤，十分惨烈，他当时负伤昏迷，被八路军游击队救了下来，伤好了，根本无法联系甘大哥他们，就参加了八路军，一直到打败日寇，又接着跟国民党打，这次进军西北，正好抽调部队，就跟着队

伍一路打了过来，终于打到了老家，倒霉的是又负了伤，差点要了老命。

知苦说："孙大哥威武！那一身的伤，还能抗过来，真是硬汉子啊！"

孙太平不好意思地一笑，说："你大哥可算是扛日英雄呢，战场上杀了那么多鬼子，可有你大哥的消息？"

知苦神情黯然，说道："死了。"

孙太平一脸愕然，他怎么也不相信甘大哥会死了。

知苦把子安曾讲过的事说了一遍，心里颇为大哥惋惜，同样的人生经历，结果却不一样。

孙太平叹息说："唉，如果我能早些过来，说不定能劝大哥迷途知返呢。"

事情过去已久，知苦也算是想开了，劝说道："乱世活人，身不由己，平民百姓不过是无根的草，飘荡到哪里，都是命。"

叹息一阵，两人又说起熟悉的人事，孙太平说罗成子、高娃子都死了，死于战争。知苦也说到苦瓠和尚死了，王世琳死了，母亲宁青梅死了，还有不少熟人或死于疫病，或死于饥饿。几十年光景想起来如同昨日，而许多人已经离开了人世，两人都深感人生无常，感叹唏嘘。

2

阴沉了许久的肃州终于迎来了风停雨歇的大晴天，鲜红的太阳照耀着大地，照耀着祁连雪峰，千年古城一夜之间变了模样，大街上古老的杨柳仿佛一下子鲜亮了许多，看着就让人心生喜悦。

经历了无数次新旧势力的战乱，甘知苦跟众多民众一样，对这场战争带来的影响还没有前瞻的认知，不过，他还是感受到了这支部队不一样的地方。

部队接管了肃州城，迅速发布安民告示，组建以平民百姓为主体的基层政权，动员民众揭发欺压人民的土豪劣绅、土匪恶霸，召开万人大会，当众惩处了一批罪大恶极的恶人，让底层的民众都有了一种扬眉吐气的感觉。

负伤的孙太平需要治疗，又是本地人，被部队留下来担任了新成立的公安局局长。他上手的第一项任务就是肃匪惩霸，沿用其他地方临时政府的经验，先从整顿旧势力开始，清理和镇压黑恶势力，青帮的闻人杰早在清理之前就听到外地传来的消息，无声无息带着家人潜逃了，但他的青帮被彻底清洗，几个有命案在身的骨干被处决了，其余喽罗一哄而散，再也不出头了。

接着，孙太平逐一甄别旧时关押在狱中囚犯，罪大恶极的立即正法，被冤枉的昭雪平反、恢复自由。被关押的甘知愚因祸得福，作为被旧官府迫害的对象释放出狱。旧社会遗留的问题亟待处置，各行各业百废待新，政府正是用人之际，甘知愚有从政经验，被作为可以改造的对象安排到民政部门，做接管档案、户籍登记、社会救助等具体事务。甘知愚一辈子宦海沉浮，最后锒铛入狱，早已对官场心灰意冷，压根没想到自己有重获自由的一天，还能有一份体面的工作，新政府能给他新生，已是十分开恩了。一开始，他谨小慎微，小心翼翼，生怕被人抓着旧时代的尾巴不放，然而，工作中充满了平等、尊重和活力的氛围，六十多岁的他忽然感到，这种没有等级的官府样子，既陌生，又新奇，却又让人无比轻松自在，在这样的环境中工作和生活，才有活人的尊严感和安全感。

相比于那些曾经患得患失的同僚们、相比于起伏跌宕的大哥甘知勇，他劫后余生，实在太幸运了，实在太满足了，他比谁都拥护新政权，拥护这场伟大的革命，拿出十足的干劲投入到社会改造中，融入到新生活中，踏踏实实做一个卑微的小职员，干了一二年，因年老体衰被劝退，领着一份薪水回家养老，算是一个善终。

新政权拨乱反正，甘子安作为秘密战线工作者的身份也得到了确认，被政府追认为烈士，甘知苦作为烈士家属，受到政府嘉奖，但他却高兴不起来，虽然过了很久，失去儿子的伤痛依旧难以抚平。

旧时代遗留下的行业都在进行着新的归整和洗牌，热火朝天的社会改造开始了。

知苦看着许多大家族、大财主的产业都被政府接收，心里有许多想不通，新旧交替的社会变革，他确实把不准脉了。

白府的家业被作为官僚资本没收了，白天鹤一病不起，患上了呆症。知苦过去诊断过，痴痴癫癫地，失忆，认不得人，动辄乱喊乱叫，像割了一刀而逃脱的暴怒公鸡，看谁都是仇人，对谁都歇斯底里地吼叫。知苦心里难过，试着用针灸、用药调理，都没能见效。

回家后，从《青囊诀》中找到一个方子：收呆至神汤。方用人参、柴胡、当归、白芍、半夏、甘草、枣仁、南星、附子、菖蒲、神曲、茯苓、郁金十三味药，专治抑郁不舒、愤怒而成的呆症，他没有更改，原方煎好，亲自去喂药。

白天鹤没有病了的意识，根本不肯喝药。知苦叫过他的家人，让一人揪住他的头发，一个捉住双手，他上前托住白天鹤的下颌，掏出准备好的羊角药筒，强行把药汁灌进口中，白天鹤不停地挣扎，脸涨得彤红，连吐带洒淋出不少，但知苦仍坚持灌完一大碗药。取掉羊角，白天鹤疯了一样，干呕一阵，破口大骂，以为是有人害他。知苦嘱咐众人，放开让他骂，也可用言语激怒他，怒则肝木火起，反能去痰。果然，没过多久，白天鹤满嘴吐着白沫，仍旧叫骂不休。这都在知苦的意料之中，家人看着有点担心。

知苦看到药效已显，再次嘱咐众人，他骂累了，发泄完了心中的郁气就会犯困，任其睡觉，千万别惊醒他，睡到自然醒则痊愈，惊醒则半愈。

知苦走后不久，白天鹤叫骂了一阵，打着呵欠躺在床上睡着了，家人对于知苦的诊断用药无不震惊，悄悄离开房间，各忙各地去了。偏偏这个时候，白天鹤的小孙子来找爷爷，进了门，看爷爷睡觉，过去又摇又叫，把白天鹤惊醒了。

白家人既惊慌又懊悔，急速把知苦请了过来。白天鹤倒是一眼就认出了他，迟疑地叫了一声"甘先生"。知苦再问他什么，他就迷迷糊糊，不知所云。

白天鹤的儿子焦急地问，甘大夫，可有办法治愈？

知苦轻轻摇了摇头。在白天鹤房中待了一会，知苦便把众人叫到了客厅说，此方至神，就是一剂收官，如果患者半途惊醒，以后可能就是时而清醒，时而迷糊，很难施治了。

众人唉声叹气，直后悔没有派人看着。知苦安慰说，人的命，天注定，合该如此。这样也好，往后诸多烦恼，白大哥不往心里去，人也自在。

医馆、药店、药铺都关系民众生活必需，刚开始并没有多大波动，依然各干各的，相安无事。随后，新政府提倡公私联营，推行私营医馆、药铺合并，改造成面向劳苦大众的公立医院和药店。如果说大多店主都是被动的，齐家药店的齐耀天则是积极主动把门店充了公，摇身一变成了公家的干部，每天跟着工作组动员别人改造思想，改造产业。见风使舵，善于钻营，始终是他的本性。

知苦感觉自己被一种无形的洪流挟裹着，身不由己地往前走，如同一个刚学游泳的人，小心翼翼地试探着水的深浅。对于新政权、新政令，他试着理解和接受，可总感到有一种隔阂感，有些东西似乎根本无法接受，比如取消个体私营、成立公办联合体，比如医馆、药铺的合并和充公……

博仁医院新院长是个年轻人，思想激进，热衷政事，很识时务地进行了改造。他率先联合几家西医医院、药店，成立了公立联合医院，自任院长，向新政权献上了第一份投名状，被喻为破旧立新的样板。

在政府倡导和动员下，杨氏医馆的杨悦也顺应时局，联合几个中医诊所成立了公立中医联合医院，东街和西街也有中医联合诊所成立，一切都不可遏止地顺应潮流而动。

对于社会的急遽变革，知苦一片茫然，还是没做好转化的思想准备。自始至终，他都觉得坐堂应诊是医家的天然传统，集中起来行医的只有古代太医院一类的地方。内心深处更强烈的抵触是不愿把《青囊诀》的秘术广而布之，他还想着有朝一日完成母亲重建青囊门的托付呢。

很快，肃州城的革故鼎新如火如荼，私营的店铺大都充了公，渐渐就只剩下"甘之堂"一家私人医馆，孤岛一样存在着。

齐耀天穿一身灰色粗布制服，口袋里别着三支钢笔，跟随工作组巡查出现在了"甘之堂"门口，趾高气扬地大喝一声："甘知苦，领导到了，还不来迎接！"

知苦冷冷看了他一眼，拒人千里的样子。

"你这个瘸子，死皮赖脸与政府作对，就剩你一家了，还不赶快充了公！"齐耀天受了冷眼，没有好声气。

一旁的工作组人员是个学生模样的年轻人，看了齐耀天一眼，转身客气地说："甘大夫，我们来了解一下，对于公私合营，你有啥想法，或者有何需求。"

知苦淡淡说："没啥想法，也没啥需求。"

齐耀天呵斥一声："咋说话呢！"

知苦冷冷说："对不起，我这里的病人怕听狗叫声，请便！"

说罢，拉起一旁放着的拐杖虚空划拉了一下。

年轻的工作人员闹了个大红脸，齐耀天还想说什么，被年轻人制止了。话不投机，只好走人。

此时的子英已是新政府教科文卫部门的干部，整天带着人搞学校、医院的改造，最后却面对三叔这个啃不动的硬骨头。她劝不动，便搬来紫苏劝说。

经历了诸多变故，紫苏虽然对新政令尚难理解，但总觉得个体在庞大的政府面前如危卵击石，看着身边熟悉的人，如甘知愚、齐耀天等人摇身一变为政府干部，对她触动很大，她照着子英教她的说法劝道："大势所趋，别跟政府对抗了吧？再说，你都是响当当的名医，到哪不受尊重啊？每个月领固定工资，不用自己操心，多好啊。"

子英也说："齐耀天之流都能大摇大摆地走到人前，还当了干部呢。二伯作为一个旧时代官员都能看清形势，走到人民的阵营，你一个名医何不光明正大地到人民医院为人民服务呢？"

知苦摇头叹息，不理她们，自顾自坐在医馆里看着医书，偶尔给来看病的人看看病。作为名医，他的影响力不可小觑，仍旧有许多患者上门求医。有时心烦了，便躲进药房，研制药丸，自得其乐。

子英实在没办法了，又请孙太平出面给知苦作思想工作。孙太平苦笑，对于知苦这个固执的人，他不用去说都能想到是啥结果，但职责所在，他只好例行公事地过去跟知苦聊了半天，并没有谈什么政策、形势之类的大话，也没有刻意劝说他怎么做，只是跟他聊甘知愚、甘知勇等人的过往今朝，末了说："三十年河东，三十年河西，人这一辈子啊，该放的还得放下，该委屈的还得委屈，你的悬壶济世的本心，实际与今天政府的倡导是一致的。"

知苦也没作表态，只是突然变得沉默寡言，除了接诊病人，不多说一句话，医馆里十分沉闷。谷子、徐长卿和白露都被他打发到新组合的县立中医联合医院中去了，他不愿把一个人的坚守和执着强加给这些亲人们。

3

其实，知苦的心思，谷子大概能猜到几分。

有一次，他和知苦悄悄去看新成立的县立中医联合医院。这个医院以杨氏医馆为基础，接纳了一些小诊所、小药铺和乡医、社会闲散游医，征用了邻里房舍，建成一个大院落。药房是独立的，诊室分成若干，过去的"坐堂先生"一律改称为"大夫"，两人、三人共处一室。大夫接诊诊断后开了方，患者拿药方到药房取药。在知苦看来，一切都是刻板、单调的流水化程序，似乎少了一些让人心里热乎的东西。知苦看着这一切。悄声对谷子说，医馆应该是一个气场，患者从走进医馆，就无形中接纳这个气场的正气影响，从身体到内心都能有一份安详感和保障感，现在，这个气场没了，剩下的只是徒有其表的形式和程序。谷子当时没想明白，过后再想，就明白了，他的掌柜并不是怕合并，而是放不下"甘之堂"

的百年招牌，放不下传统行医的坐堂方式。

看着掌柜纠结，谷子心里也难过，他不愿看到知苦一把年纪了还与政府对立，恐怕还会发生一些难以预料的事情。想来想去，他还是把自己的想法跟子英和紫苏说了，让她们想个办法劝说知苦放下执念，把"甘之堂"公有化了。

子英一开始没想明白甘知苦的心思，但听紫苏念叨甘知苦一辈子创办"甘之堂"的不易，心里豁然开朗，原来老人守着的不只是一个小小的医馆，而是一份祖业的传承和中医的感情，他已把"甘之堂"看成了生命的一部分，守着它就有了根，有了本，有了活着的依托。而在时代的洪流中，他的坚守注定没有结果。子英劝不了他，但也不愿看到他就此跟不上时代的步伐。

几天后的一个早上，知苦起床去开业，到门口一看，忽然感觉少了什么，一抬头，门楣上空荡荡，一夜之间，"甘之堂"的匾额竟然不翼而飞。

他两眼茫然地望着那一片醒目的空白，突然觉得身体里被抽空似的，一下子头晕目眩，软软地瘫倒在地上。

路人把他抬进医馆，马上有人分头去告知子康和子英。

子康听到消息，大吃一惊，即刻放下手中的活，拿了几支药，飞快地跑到家里，先给父亲注射了安神镇静的肌肉针。他望着父亲日渐苍老的面容，别有一种滋味在心头。

过了一会，知苦缓缓睁开眼睛，看到一家人都围着自己，他一时竟然不知道发生了什么，自己怎么就躺在了床上。

守着他的紫苏抽泣着说他突然晕倒了，吓坏了家人。

他蓦然想起牌匾，大叫一声："甘之堂完了！"

说着，眼里涌出了泪水，无声地啜泣起来。

子英知道是自己闯了祸，却又不敢明言，低着头暗暗自责。她的目标是消灭最后一个私营医馆的钉子户，没料到竟然让老人家的精神支柱，一下子崩溃了。

知苦空洞地望着房梁，有气无力地念叨："甘之堂完了，甘之堂完了。"

子康原以为自己与"甘之堂"已经没有了瓜葛，此时听父亲一念叨，心中一动，有了一种隔断了时空的空寂。原来他一直回避的东西，竟然在心里藏得最深最隐蔽，他只是怕担不起这份责任而已。

他安慰父亲："东西不在了，有精神在。你呢，就是那面不倒的旗帜，走到哪都是甘之堂的形象。"

知苦摇了摇头，然后是闭目养神，不想再说什么。

子康和子英守候了半天，看到知苦气色回转，已无大碍，两人都有公事，便准备回去上班。

紫苏赔着知苦念叨着子女的不易，转述着子英在她面前说过的"大势所趋"之类的话。

知苦有些心烦，他发现现在的紫苏说话越来越啰嗦，一遇点事情总是絮絮叨叨说个不休。

紫苏一边絮叨，一边沏了杯水，让他吃药。

知苦皱着眉头问是什么药。

紫苏说，子康带来的西药片，叫洋地黄，治心脏病的。

知苦摇了摇头，不吃，让紫苏煎一剂六君子汤来。

紫苏心里唉叹一声，马上明白他的心思，他还是不愿认同西医，不愿把中医人的气节输掉。

紫苏去煎药了，知苦仍旧把西药紧紧攥在手里，沉思良久。

知苦过了两天没什么大碍了，起身后便钻进药房，翻腾起了药材。紫苏问他瞎倒腾什么。知苦说，正好你闲着，来帮我炼制点药丸。紫苏又问他咋突然想起做药丸呢。知苦说，西药可以做成片、粒，中药为何不试一试呢。紫苏看他不再纠结医馆的事，也放下心来，莲心已出嫁，家里也没什么可操心的事，她便帮着知苦做起了药丸。

知苦琢磨了几个常用的、急救的药方，想把铃医那种办法用来试试。

第一个方子是"备急丸"，专治腹胀满痛、气急猝死的。用药只有三味：大黄、巴豆、干姜。制作起来也容易，就是把三味药捣成粉，蜜和为丸，他稍稍一提点，紫苏就领会了，独自也能完成。

第二个方子是"痈疽丸"，专治痈疽溃烂、疔疖疼痛之症，有起死回生之效。用药为金银花四两、蒲公英一两、当归二两、元参一两，药料较重，但不能减分毫，否则功效减半。

第三个方子是"透骨丹"，专治跌打损伤、深入骨髓或隐隐作疼，或常年四肢沉重无力等症。药料有闹羊花子、乳香、没药、血竭、麝香，研末贮瓶，用时再加医嘱。

第四个方子是"生肌散"，专治伤口溃烂，去腐肉、生新肌。药料用龙骨、血竭、红粉霜、乳香、没药、海螵蛸、赤石脂、石膏，按配方打成粉末即可。

除了做一些急救的药丸散剂，知苦还为紫苏和子英、莲心做了一个美容的"悦容丹"，用白瓜仁、桃花、白杨皮三味药，按比例研为细末。此方注明，欲白加白瓜仁，欲红加桃花，三十日面白，五十日手足皆白。知苦特意做了两份，一份加重白瓜仁，一份加重桃花，让她们自选试用。

连续几日，知苦试做了一些成药，渐渐没了兴趣，因为没患者试验，他也难以确定药效，与其浪费精力，不如琢磨一些有用的东西。他又找来一本《易经》，琢磨起了命相之术，用来打发无聊的时光，再不去想开医馆的事。

4

没有了"甘之堂"的招牌，就像医馆没有了魂，知苦再也无心独撑残局，便把医馆交了公，随后被结合进县立中医联合医院。徐长卿先期进来，在综合科当科长，谷子进了药房抓药，白露分配到了妇产科当大夫。医院照顾甘知苦年迈且腿脚不便，没有具体安排事务性工作，让他半天上班，半天休息，顺便带一带年轻大夫。

知苦本就是个闲不住的人，突然无所事事，很不习惯。那些年轻的大夫们个个自视甚高，思想新潮，看甘知苦就像看一个被淘汰的废品，对于他的指点不屑一顾。知苦感觉到了年轻人的不友善，也就没了指点的兴趣，整个社会都像患了热症，浮躁不安，气血妄行，想让这些年轻人沉下心是不现实的。

在偌大的医院，他就像一个闲人，仿佛被忽视了。他便去找院长论理："为啥不安排我工作？我要坐诊。"

沈院长是从部队转业的一位军官，叫沈力为，陕北人，四十来岁，当兵前是个游走四方的江湖郎中，后来在部队上当过一段时间军医，再后来带兵打仗，说话粗声大气，办事火急火燎，三句话少不了爆一句粗口，私底下人称"沈大炮"。

沈力为冲他嗬嗬一笑说："老甘，你看你都六十好几的人了，坐什么诊，有空就四处转转，指导指导小年轻，我可不敢把你累坏了，你是咱医院的一宝呢。"

甘知苦并不领情，冲他叫道："屁话！当大夫哪有不坐诊的道理，不诊病谁还当你是大夫？指导小年轻的事，老朽无能为力，你还是另请高明吧。"

沈力为哈哈笑道："好好好，这炮筒子脾气，太对我胃口了，你不服老，我就安排你坐专家门诊。"

沈力为了解了甘知苦的经历，对他格外敬重，时不时找知苦聊天。知苦骂他土匪，不适合当领导，他也嘻哈不恼。两人都是耿直性子，说话十分投机，天南地北、天上地下，一聊就是半天，爽朗的笑声时而从他们的办公室飞出。

有一天，他们正聊着中医的神奇典故，沈力为忽然说到自己的一个隐疾，想请知苦帮忙诊断一下。

知苦看他身体强壮，不像生病的样子，好奇地问："什么症状？"

沈力为欲言又止，悄悄附着知苦的耳朵说："说了你可不许笑话我，也不准对第三个人讲。"

知苦笑了笑说："病不讳医，你知道的，说吧。"

沈力为挠挠头皮，不好意思地说："每天晚上睡不踏实，一闭眼，满屋子都是血淋淋的身子，有问我要头的，有要胳膊要腿的，睡着睡着就被吓醒，白天呢，耳朵和头脑里时常嗡嗡嗡响，会听到一些嘈嘈杂杂的声音，请了好几个大夫都说不出个所以然，你说说这是什么情况？"

知苦听完，神色一凛，拉过他的左手，在食指处把了一下脉，半晌无语。

沈力为看他脸色不好，急切地问："你倒是说句话啊，别吓我。"

知苦一本正经地说："说了你也不信，还是不说为妙。"

沈力为站起身，又敬礼，又求告，就想知道自己患了什么病。

知苦迟疑一会，轻声说："杀戾太重，心神蛊惑——狐邪鬼魅症。"

沈力为当过江湖游医，对于这类特殊病例多少还是听说过，愣了一下，问："真有这病啊？"

知苦说："中医十三科的祝由科就专治这病，你以为古人没事闹着玩，设这么个专科吓唬人呢。"

沈力为急忙说："信信信，我信，可有办法治？"

知苦沉吟一会说："办法倒是有，但我师父嘱咐过不能轻易用，还有，你是政府的人，别让人误解为听信牛鬼蛇神之类。"

沈力为小声说："你知，我知，天知，地知，总可以吧？我信你！"

政府三天两头宣传反封建迷信，打击烧香拜佛、风水命理、搬鬼弄神之类玄虚的东西，庙里的和尚都被赶出去种地了，还抓了好几个风水先生、神婆子做为反面典型游街示众，这些都刺激着知苦的经验和认知，他纠结一阵，觉得自己有治疗的手段却不施治，实在是枉为医家，只好再三嘱咐沈力为守口如瓶，准备出手治疗这个特别的病症。

沈力为也是爽朗之人，自然满口答应。

知苦带来一个深蓝布包，找了一个无人的仓库，把沈力为叫过去，顺手关起门，然后从布包中掏出一本发黄的古书，又从书的夹页中拈出三张黄裱纸，取出朱砂和桃木笔，让沈力为盘坐在一旁，闭目冥想每晚病状。

知苦神情肃穆，面东而立，吐纳一口气，呢喃道："天地方圆，律令九章，捻笔在手，万病除殃，吾奉太上老君急急如令，敕。"

呢喃了三遍，拜了三拜，然后用桃木笔挑沾朱砂，在黄裱纸上画出三道符，拿出一道符，让沈力为点燃烧灰，用清水冲服。另外两道符，嘱他一道贴在门后，一道贴在床上。

沈力为偷偷瞄了眼他搞得这个仪式，心里十分震惊，但毕竟当过游医，听说过这类治病疗疾的特殊手段。他知道遇上了高人，无不遵从照办。

两天后，沈力为笑呵呵地拉着知苦要喝酒。

知苦问，隐疾好了？

沈力为竖起大拇指说，高！实在是高！能这样看病的估计也就你一人了！

沈力为称赞着知苦，还要推荐他当副院长。知苦却不感兴趣，只要求有个独立诊室，能给人看病就行。

沈力为也不强求，随后为他设了一个专家门诊，准许他可以上半天班休息半天，下乡巡诊的工作更是不劳他辛苦。

知苦忙了一辈子，哪里能闲得住，他仍旧像其他人一样正常上班。名医的口碑在那里放着，每天找上门看病的患者络绎不绝。

5

不久，又一项新政策出台，对所有从事中医的人员进行登记审查和执业资格考试，名义上叫作"改造中医"。

医生资格考试，在民国时期，知苦就参加过。考题以《内经》《难经》《伤寒》《本草》等中医基础理论的理解和运用为主，接受过中医传统教育和临床训练的人员，只要用心，大都能通过，考试及格的还颁发一个行医资格证。所以，当医院行政人员通知考试时，他是相当抵触。

有天，他在大院里碰到沈力为，问："这个考试，我就不参加了吧？"

沈力为也是牢骚满腹："奶奶的，不考还不行，不给发行医执照，也就没资格坐诊看病。"

知苦说："我有执照。"

沈力为哈哈一笑说："唉，你个老家伙，那是国民党时期的，人家不认，必须重新考试合格才行。"

知苦赌气地说："考就考，学了一辈子医，还怕个考试。"

沈力为乐道："就是嘛，你这水平，当祖师爷都没问题。"

通知考试那天，知苦碰到谷子也来参加，颇感奇怪，一问才知道，药师也要有资格证才行。全院只有西医不参加考试，直接发给资格证。这个区别对待就让知苦摸不着头脑了，凭啥只改造中医？难道中医是后娘养的？他骂了一声粗话，表达了不满。谷子急忙"嘘"了一声，让他小心口舌之祸。

知苦对于这场所谓的考试不以为意，但一进入考场，结果大出预料之外，所考内容除了本草和古方概要的内容尚可，其余涉及到政治常识、生理解剖学、细菌学、传染病知识的内容占了大部分，与中医毫不靠边，根本没法作答。

知苦出来，就听一群参加考试的医生大发牢骚："什么中医考试？纯粹是用西医的东西为难中医！让这出题的人来考考中医理论，看他能讲通几句！"

大多考试者齐声附和，议论纷纷，感觉被愚弄了一番。也有一些人虽然内心附合，却小心翼翼，不敢多说什么。

有熟人上前问知苦咋看这事。

知苦气咻咻说道："学好政治就能看病了？还是学习西医理论才能治病？哼，这简直是对中医人的侮辱！我看，这哪是改造中医，比民国十八年的废除中医还要糟糕。"

"哎，甘老爷子，可不许乱发议论啊，现在新时代了，要向前看，别死守着过去那套封建落后的东西愚弄人。"一个叫向光明的年轻人怼他说。

向光明是一个干部的儿子，安排到中医院就是为了找一个稳定的工作，本事没多少，官腔学得十足。

"是啊，你这是公然与政府作对，散布谬论，蛊惑人心，现在新社会了，认清形势啊！"又一人附和说。

"你们……"知苦被气得说不出话来。

谷子怕有心人借此上纲上线，上前拉了他一把，知苦愤愤不平地退出人群。

"唉，完了，这是自毁城墙啊。"知苦叹息道。

谷子宽慰他说："你啊，别纠结这些了，不是你能决定的事。"

没过几天，公布了考试成绩。结果，这次资格考试只通过了廖廖几人。既然大都没有通过，资格证就没办法落实，更不可能把所有中医都淘汰，否则，医院就没法办了。

知苦气不顺，找沈力为直发牢骚："让中医人学那些四不靠边的东西，还要中医干啥？干脆直接搞西医不就行了！"

沈力为是直性子，也为考试为难中医而生气，马上气冲冲跑到县政府，闯进县长的办公室，拍着桌子骂娘。

这一骂可把县长得罪死了，县长正愁中医大夫资格考试的事无法交代，沈力为正好撞在枪口上，县长一拍桌子，指着鼻子便骂："你还有点政治觉悟没？在革命队伍里混了这么多年，白混了！跟一个封建余孽一个鼻子出气，你还光荣了？就这水平，哼，马上停职！"

沈力为这一"炮"，打掉了他的院长职务，改写了他的命运：撤职，下放农村卫生院改造。

知苦虽然说过他不适合当领导，但那只是玩笑话。如今沈力为因为他就这么被处理，还是有点惋惜。临走的时候，他专程将沈力为送出大门外，握着他的手道声"珍重"，竟有一种兔死狐悲的悲凉涌上心头。

沈力为依旧是大大咧咧的性子，挥挥手，拎着东西大踏步走了。

副院长杨悦代管了几天医院事务，新的院长便任命了，谁都没想到，新来的院长居然是齐耀天。

齐耀天已经是新政府的干部，原先在教科文部门打杂，却善于巴结领导，整天把分管部长哄得团团转，县立中医院院长一出现空缺，他即刻从分管部长那里得到好处，到医院来任职。

"他一个商人也能领导医院，笑话！"谷子先不服气地叫嚷。

知苦一想到当年齐家人那些年的龌龊事，心里对这个人就反感透顶，连见他面的心思都没有。

人生偏是"不是冤家不聚首"，仇人般的齐耀天偏偏又成了他的顶头上司。

"呵呵，老甘，没想到吧，你以后要在我手里活人了。"齐耀天一见面就趾高气扬地讥讽他。

被一个小年轻奚落，知苦心里很不舒服，不客气地回敬道："疯狗再要乱咬人，小心牙长不住了。"

齐耀天没占到便宜，牙恨得直痒。腹诽道，来日方长，有你好戏看！

正好省里有红头文件，考试不合格，便组织中医进修，分批次轮流培训中医，也算是一次思想改造。齐耀天向来是见风使舵，对政府的决定十分积极，立刻组织中医人一批批参加培训。

徐长卿是第一批参加轮训的，回来后大失所望。他跟同科室的人说，进修的课程除了政治理论学习，全是生理学、解剖学、药理学、细菌寄生虫学、传染病学、诊断学、急救学等西医学内容，与中医业务是驴唇不对马嘴。

知苦听了，打了个形象的比喻说："就是让中医的脚去穿西医的鞋子，这就是所谓的改造。"

大家觉得说得太准，嘻嘻哈哈地笑。徐长卿怕影响不好，赶紧制止了大家。

听到徐长卿这个说法，知苦说啥都不想去进修了，他虽然对政治不热衷，但沈力为组织学习、传达最新政策时还是听明白了一些东西，国家提出"团结中西医"和"中医科学化"，而他总觉得背后有一群人在瞎指挥，瞎胡搞，打着"中医科学化"的旗号，用西医的理论改造中医。

谷子劝他说："要不去装装样子吧，就当是休假而已。"

知苦倔脾气又上来了，气鼓鼓说："不去！几十年了没那个什么证还不照样治病。中医啥时候让西医教着诊病了？中国人的医术啥时候比西洋人差了！这个憋屈法，还不如不干！"

谷子赶忙捂他的嘴，让他小声点，别让有心人听了去大作文章。

这时的子英当上了县政府卫生部门的科长，相当于旧时的医学训科主管。她听到三叔不愿参加培训，便为他着急，回家就劝说他以大局为重，开导他说，形势如此，谁也无法抗拒。

知苦怼她只知道当传声筒，不明白其中的玄机，

子英赶忙让他小声，劝他以后说话把握点分寸，新社会了，可不能信口开河。再说了，下一步中西医要合并，一个县只设一个综合医院，不学习西医你怎么看病啊。

甘知苦撅着胡子说，"六十几的人了，不让干就算求了，还不如回太平堡自己开诊所去，何必受这窝囊气。"

子英说："你以为那里还是你的一亩三分田？太平堡也跟肃州城里一样，全部变成了大集体，卫生所也是公家办的。"

知苦哑口无言，但不管谁来劝说，他都听不进去，说啥也不参加在他看来毫无意义的中医培训。

培训分批次进行，前后持续了半年时间。参加过的，除了感到被灌输了一脑子政策理论，其他所谓现代医学的东西都是雨过地干不着痕迹，实际运用中毫无意义。

但过了一段时间，凡是进修培训过的，都颁发给了盖有政府大红印章的行医资格证，谷子、齐耀天也领到了中药师资格证。唯有甘知苦没参加培训，自然没有这个资格证。

齐耀天想要表现自己的政绩，借机搞了一个简单的颁证仪式，请来了县长、卫生主管部门负责人等官员，子英也邀请之列。县长作了简短讲了话，然后就由齐耀天宣读获得资格证的名单，因为事先都知道人人有证，大家都觉得稀松平常。临了，齐耀天特意点了一句："全院只有甘知苦同志一人没有通过，没有行医资格证。"

说完，意味深长地望了甘知苦一眼。

县长听过这个名字，奇怪地问一旁的子英是怎么回事。子英红着脸，低下了头。

卫生主管部门负责人悄声说，他不愿参加培训。

县长叹了口气，脸上不悦地说："过去是名医，但不代表现在还是名医，时代在前进，人的思想也要跟上时代嘛，还是思想改造不彻底啊。"

甘知苦坐在拐角里，县长的话一字不落地听进了耳朵，刚想争辩几句，身旁的徐长卿拉住了他。知苦可能不关注，但徐长卿早已听过有人议论，这个县长依然是部队上养成的军人习气，谁要冲撞他准没有好结果，"沈大炮"的事就是例证。

颁完证，散了会，回到科室，知苦实在想不通，拍着桌子叫嚷："当了一辈子医家，临了却没有资格当大夫，这是哪门子的规矩？"

徐长卿想安抚他，却又不知如何开口，这是上面的政策规定，谁也无力更改。

恰好齐耀天经过综合科门口，听到了甘知苦的叫嚷，迈着八字步踱进门。

"哟嗬，甘老爷子对上面的政策有意见？要不，你给国家领导人写个意见书，我帮你转呈一下？"他冷讽热嘲地说，"既然没有行医资格证，那就不用他上岗诊病了，去看门房吧。"

知苦看了眼这小人得志的嘴脸，二话不说，收拾起自己的东西就去了门房。

<h1 style="text-align:center">6</h1>

县立中医联合医院保留了杨氏医馆的重檐门楣，前面有两根粗硕的柱子，刷着醒目的红漆，朱色双开门扇足有三寸之厚。进了大门，有个七八步的廊道，两侧的厢房便是今天的办公场所。门房是临时搭建，就设在刚进大门的廊道一侧，低矮、幽暗、阴冷，仅能放下一张床，一张桌子。

次日，人们一上班，看到知苦在门房前立着，都觉得奇怪，一打听，才知道被齐耀天安排看门房来了，大家都为他惋惜。这里上班的大都是肃州城里原先各医馆、药铺的医家，自然熟知甘知苦，进出都客客气气地打着招呼。一些新人不清楚，经老人说起，才知道这位老爷子就是当年防疫抗疫中以身试药、研制了对症方剂的人，不由得心生敬意，再见了面都恭恭敬敬叫着甘大夫。有的大夫诊断用药中遇到疑难，就跑到他的门房里求教。知苦来者不拒，毫无保留地给予求教者解答，把医理药理分析得头头是道，所开药方每每应验见效。

齐耀天的办公室正对着廊道，门房前的一切尽收眼底。看到医院里的大夫对甘知苦恭敬有加的态度，他心里恨得牙痒，每日固定的干部职工学习会上，他念完报纸，特意加了一条纪律：对看门房的不准称大夫，上班期间不准跑门房，否则，送学习班改造思想。

当时把思想保守、顽固不化的落后分子集中起来改造，叫学习班。除了学习文件，还要参加打扫卫生、清理垃圾、植树造林等繁重的劳动。更让人难以接受的是一旦戴上落后分子的帽子，处处受歧视。人们渐渐知道了他跟甘知苦的恩怨，但没想到这人记恨起来竟然不留余地。

副院长杨悦看不惯他的霸道，站起来反驳："不让老甘上岗也就罢了，大夫们请教个难题妨碍什么了？老甘毕竟是一代名医，全院找不出第二个水平比他高的人，让他带带年轻大夫，有何不可？"

齐耀天习惯了高高在上、说一不二的快感，眼里容不得他人非议，桌子一拍，瞪着他说："我说的，就是规矩，不懂规矩我就请他进学习班，谁也不例外！"

杨悦冷哼一声，说一声"不可理喻"，愤然拂袖而去。

从此，人们不得不屈从齐耀天毫无来头的规定，再次见到甘知苦，只能点点头而过，话都不敢多说一句。

知苦也不在乎，每天照常值班、开门、关门，空闲时，提个小马扎，端个紫砂壶哧溜哧溜喝茶，看书，打瞌睡。

虽然睁一眼闭一只眼，知苦还是看出了齐耀天的一个新爱好：时不时约女医生、女护士谈心。有几次下班了，还有女护士从他的办公室出来，脸上红扑扑的，又羞又恼的样子，见了门房坐着的甘知苦，便耷拉下头，像一只惊慌失措的兔子。知苦怕白露被齐耀天纠缠，含蓄地提醒她："姓齐的没安好心，你千万别一个人去他的办公室。"白露却一语道破："他就是个大流氓，跟好几个女人不清不白呢，好多人都知道。"知苦"哦"了一声，心里了然。再见到齐耀天迟迟下班，总是调侃一句："又跟女护士谈心了？"齐耀天做贼一样，左右瞅瞅，小声喝道："闭嘴！再胡说把你下放农村去。"知苦哈哈一笑，不过是一个乐子。

有一天，从乡下送来一个临产的产妇，妇产科的大夫一检查，发现胎位不正，情况危急，如果处理不好，就是一尸两命。面对没有把握的接生，谁也没了主意。白露忽然想起公爹讲过针灸转正胎位的医案，一溜烟跑到门房，上气不接下气地对甘知苦说："爹，快，救人，胎位不正。"

知苦不想因他而连累白露，让她去找徐长卿处理。

白露面露难色，不甘心地走了。

愣怔片刻，他又不放心，紧随着去了妇产科。

徐长卿已先到了，正准备在校正胎位的至阴穴扎针。知苦示意他停下，先贴着腹部听了一下，便知是胎位倒生。再一把脉，立刻明白是气机郁滞导致的症状。可是，对于接生及胎位不正的医案和治疗技术，他并没有经验，只是看到过相关的文献，贸然出手，万一失手怎么办？他一时难以抉择，又不好讲出来，一旦说明情况，估计更没有大夫敢上手了。

白露并没想那么多，一脸期盼地看着公爹。跟随公爹学医的日子，她就觉得公爹无所不能，多么难治的病症，哪怕是狐魅邪鬼症，他都有办法对付。

知苦看着白露期盼的眼神，又看着产妇痛苦万状的样子，心一横，豁出来拼一把。

他让白露扶住孕妇的腰腹。又给徐长卿示范艾灸的手法：用一个小镊子夹住艾柱，在孕妇脚上小趾的至阴穴艾灸。自己腾出手来，分别在三阴交、太冲、期门三对穴位上扎了针。

徐长卿不解地问："师父，书上记载灸至阴即可调整胎位，为何还要扎这几个穴位？"

知苦当众分析病症说："气机郁滞，必须开肝经，疏气散郁。三阴交是女科要穴，辅助转胎效果最好。马上临盆，时间不多了，尽一切可能救吧，哪怕多扎几根无用的针也不要紧。"

徐长卿连连点头称是，越是这种时候，越要胆大心细，师父交给他的道理确是如此。

艾灸十多壮，留针行针一个时辰，产妇终于转正了胎位，保住了母子平安。

知苦擦把汗，长吁了一口气。

白露这才想起齐耀天的"规矩"。刚才如果救治不顺，那得给公爹带来多大的灾难啊。她歉疚地望着甘知苦，不知道说什么好。

甘知苦摆摆手说："别管他那些玩意儿！行医几十年，谁还像今天这么别扭过。神散了，心乱了，唉——"

齐耀天果真等在门前，看到他从妇产科出来，凶势势责问他跑到妇产科干啥事。

知苦反问他："生死之外，还有什么比这更大的事？"

齐耀天被噎得无话可说。

知苦没理他，哼着小调走到门房，谷子正在等他。

这些日子，每天下班后，谷子总是会留下来，陪他下下棋，说说话，解解闷。他知道视医术如珍宝的知苦，让他放下医术肯定比死还难受。他为他抱不平。知苦却说，有钱难买半日闲，挺好。

其实，走到这一步，他也想好了要做的事。甘若望留给他一本《甘氏医通》，一直没时间整理。自己行医几十年的积淀，也需要时间梳理记录。他总觉得，当下医学的热闹只是表面的繁荣，许多人盲目跟风，却难掩内心的浮躁和浅薄，就像一个内虚火旺的人，虽然没有明显症状，其实已经潜伏着大病的先兆。他必须在有生之年把几代人的经验整理出来，托付有志之士发扬光大。这一切，只能偷偷摸摸进行，他生怕走漏风声被齐耀天这个小人知晓，再被他算计，一切计划就泡汤了。所以，这件事他连谷子也瞒得死死的。

进进出出的患者都从大门经过，一些老患者认识甘知苦，一进门看到他，以为他在门口接诊，都停下来请他诊断。知苦解释自己是看门房的，患者不信，仍然缠着他看病。知苦拗不过老患者的再三请求，有时也出手诊治。结果，甘知苦的大名被更多的人知道了，社会上都在流传中医院有个看门房的老汉，绝对是个高手。一传再传，找他看病的人更多了。一些患者宁可在廊道等候知苦诊治，也不愿进去挂号求诊别的大夫。每天，挤在廊道找甘知苦看病的患者甚至超过了其他科室。

这是齐耀天无法容忍的结果，他几次过来呵斥，指责甘知苦是一个没有行医资格证的人，无权看病。

知苦一直忍着，没有发火，对于这个小人，不屑于理他、藐视他就够了。有一天，等候看病的人有点多，围满了整个廊道，齐耀天气势汹汹地从办公室过来指责他，知苦突然抬起头惊讶地说："咦，齐院长，你裤子的大门开了，是不是又约谈了哪个女护士？"

齐耀天慌里慌张伸手去掩裤裆，知苦却笑得前俯后仰，众人也哄堂大笑。齐耀天闹了个大红脸，气得直咬牙，却又说不出什么来，心里暗暗思谋，该给这老杂怂换个地方了。

7

春天来临，国家及时扭转了中医学习西医的风向，提倡西医学习中医，医疗行业又迎来了"发掘中医、提高中医"的新政策。齐耀天名正言顺地给甘知苦找了一个"好差使"：下乡搜集整理民间偏方，为祖国医学事业发展贡献力量。

对于这个差使，甘知苦却没有多少抵触，正好跟他秘密进行的计划不谋而合。

齐耀天倒是很贴心，考虑到甘知苦腿脚不便，还为他配了一个年轻人，正是医生资格证考试后怼了甘知苦的那个向光明。

第二天一早，知苦收拾了一些日用品，背了个背包，就拄着拐杖出了门，在约定的钟鼓楼前等了半天，没见向光明过来。昨天下午，向光明说好的要了公车送他们下乡，可左等右等不见人，知苦有些生气，就不打算再等下去，独自拄着拐杖向要去的方向走去。

刚走到城门口，看到一辆装满杂货的马车停在路边，车夫是个精干的汉子，跑过来恭敬地问："甘大夫，你这是到哪去？"

知苦看了一眼，并不认识，他说了要去离城最近一个公社卫生院。

车夫说："我也在那个公社，在果园村，正好顺路送一下甘大夫。"

知苦客气地说："谢谢你了，小伙子。"

"甘大夫你客气了，要说谢，我应该好好谢你才对，你救的那个难产的女人，就是我婆姨。"车夫说。

"咦，好巧不巧，你婆姨和娃娃都乖吧？"知苦在车夫帮扶下爬上马车，坐稳后问。

"托甘大夫的福，都好着呢。"车夫笑着回答。

一路上，两人有一搭没一搭地聊着天，小伙子姓鲁，读过几天书，是大队的出纳，给生产队拉杂货来了。听说知苦到乡下搜集整理民间偏方，小鲁很兴奋，接连说了几个偏方。一个是治牙痛的，咬一块野蜂房，很快就能止痛。一个是治蚊子咬的，用韭菜、大蒜或葫芦叶子涂擦患处，可止痒。一个是治小便不利的，猪尾巴草连带籽儿熬水喝，即可通小便。一个是治胃疼的，将苦豆子炒黄，胃疼时咬七八粒就能止疼。小鲁滔滔不绝地说了一气，临了忽然想起，面前坐的就是一位大名医，便有些不好意思。知苦认真地听着，见他不说了，便夸他是个有心人。小鲁说，要不，甘大夫到我们那里吧，老百姓没钱看大夫，平常有不少对付小毛病的法子呢。知苦有点心动，便说，等到了公社卫生院，打声招呼再过去。

行了约一个时辰，就到了公社卫生院。知苦下了马车，让小鲁稍等一会，他拄着拐杖进了卫生院，打听到院长办公室，径自找过去，推开门一看，向光明居然跷着二郎腿，坐在院长对面喝茶。院长已经知道了知苦的身份，不紧不慢起身跟知苦打招呼，而向光明屁股都没动一下，还满是怨气地说："甘老头，我跟车等你半天不见人，急死人了，你咋才来！哦，忘了你是个瘸子。"

知苦冷哼一声，没好气地说："你就日鬼吧，缺德事干多了自有报应。"

这个向光明心底并不光明，他跟紧齐耀天，一心想着往上爬。看着齐耀天跟甘知苦不对付，他便有意刁难甘知苦，等着看他狼狈跑来公社卫生院的笑话。

知苦跟院长打了声招呼，说了要到果园村去的打算，转身就要走。向光明嚷嚷道："哎，甘老头，你眼中有没有组织，到了这里就得听人家院长的安排，看把你能的，还以为自己开医馆当馆长呢。"

知苦被这个二愣子气笑了，呵呵一笑道："难道你就是组织？我想到哪还由不得我了？"

院长一看火药味浓，赶紧和稀泥说："甘大夫是大名医，你想到果园去，我这就安排你过去。"

知苦说："不用了，有便车，就在外面等着。"

说罢，转身就走，把向光明晾在一边，没理睬他。向光明纠结地站起来，走也不是，不走也不是。

知苦走出大门，又坐上小鲁的马车，向果园村去了。

向光明纠结了一阵子，转念一想，管球他呢！老子既来之则安之，先在这里混吃混喝玩上两天，再回去给他姓甘的老头抹点黑，交差就行。

知苦从果园村开始，一边为老百姓义诊，一边搜集整理民间偏方，短短一个月，搜集整理了好几本偏方验方，收获极丰。几千年来，老百姓在生活中积累了无数的有用验方，通过口耳相传的形式一代代传了下来，知苦深感民间智慧的力量真是无穷无尽。

八月的一天，他正在村卫生所给百姓诊病，公社卫生院派一个大夫骑着自行车过来找他，告诉他说，肃州县立中医院发了一个通知，要求名老中医无偿奉献医方医典，为庆祝新社会五周年献礼，通知中特意点出要甘知苦献上《青囊诀》，并让他停止目前工作，立即返院。

知苦一听，哪能不明白，现在知道他手中有这个秘笈的只有齐永贵的后人齐耀天了，肯定是他从中日鬼。看来，姓齐的一家贼心不死，既然自己没办法拿到手，就借政府的威压来逼他拿出秘笈。

一段时间，知苦也担心《青囊诀》在自己手里失传，一直想找个合适的传人，却总是碰不到。如今，人家以政府的名义来征收，他还不能藏私，考虑再三，他觉得还是不放心交出去，如果被齐耀天这种用心不良的人先得了，将来会贻害无穷。但如何保住这本秘笈，马上成了头等大事。

在返回城里之前，知苦先回了一趟太平堡。农历七月十五快到了，他借故在返城之前，要给父母、祖父上个坟。

他下乡的村子离太平堡不远，小半天时间就到了。准备了烧纸、香烛等祭品，约上甘知信及几个小辈先去了甘家祖坟，祭祀之后，又独自去了自己的父母坟前祭祀一番，在坟头添土时，悄悄把一个油纸包裹的纸包埋在了父母的坟头上。

在太平堡没多停留，只是在甘知信家吃了顿饭，就急忙拦了个便车往城里，不知道家里会不会有什么意外。

果然，他刚到家，紫苏就告诉他，齐耀天已经来了好几趟，硬逼她拿出《青囊诀》，还说，如果不交，政府要上门搜查呢。知苦听了，十分气愤，这简直是强盗行径！姓齐的，越来越猖狂了，不给他点颜色看看，他还真骑在头上拉屎拉尿呢！

第二天到医院上班，门房已换了人，他没地方可去，就到综合科转了一圈。齐耀天找上门来，假惺惺道声辛苦，话题就扯到了《青囊诀》上："县长大人听说这本奇书，非常重视，要你顾全大局，深明大义，把祖国的瑰宝献给人民。"

知苦淡淡说："我也想顾全大局、深明大义，可要有东西啊，谁的狗眼睛看到我有什么秘笈？"

齐耀天不急不恼，语重心长地说："老甘啊，你就别藏着掖着了，别人不知道，我能不清楚吗？识时务者为俊杰，你要看清形势啊，现在是人民的政府，《青囊诀》也不是你的私有财物，那是老祖宗留下来的宝贝，理应归人民所有，献给国家，是你唯一的选择，组织相信你……"

知苦不耐烦地打断他说："行了，行了，你那经别跟我念，我听不懂。反正我没有什么《青囊诀》，倒是有几个汤头歌诀，想要，我写给你。"

齐耀天看他油盐不进，没了好脸色，恶声恶气说："好！你硬得很，有你哭着求我的一天！"

知苦也冷笑说道："你太自以为是了，我甘知苦再过不去，也不会向一条狗乞求！"

齐耀天占不到什么便宜，便歪曲事实，向县上反映甘知苦目无组织、拒不贡献秘方。新的县长是个一本正经的军人，一直带着部队上的思想，但凡不服从命令都当是顽固分子。于是，对甘知苦这个臭老九也没了好印象，打算杀杀他的傲气。没过几天，甘知苦就被送到学习班去改造思想了。

知苦尽管心里不舒服，但忍着一肚子委屈，老老实实跟着一群落后分子改造思想。

一直忍着学习班结束，甘知苦又回到医院，但他不再是医务人员，直接安排去干清理卫生、修剪花草、打扫厕所之类的杂活了。

齐永耀天皮笑肉不笑看着拖着扫帚扫地的甘知苦说："咋样？这样舒服了吧？我就看着你一天天无所事事地老死在这里。"

知苦呵呵笑说："好啊，姓齐的，你别得意太早，迟早有一天，你会恶有恶报。"

齐耀天也隐约听说了甘知苦会命相之术，怕他这话确有所指，心里一紧，不敢多说什么。出自青囊门的人，他多少清楚些东西，精通命相之术的高人不但会改运改命，也会破运破命，他怕知苦一不高兴，给他悄悄下个咒，不留痕迹地要了他的命。

他气鼓鼓回到办公室，抓起一堆文件狠狠一摔："妈的，我就不信还没办法治你了！"

忽然，一份油印的县政府文件落入眼帘：关于深挖清理残害红军战士的反革命分子的通知。

他眼前一亮，顿时有了主意。

8

朝阳刚露头放出万丈光芒，突然一块乌云就遮挡在了前面，斑斑点点的云朵像得到什么感知似的，全都往一个方向跑，很快遮住了半边天，越积越多，越积越厚，天气随即清凉下来。

甘子英准备下乡检查工作，因天气突变，临时取消了行程，她回到办公室整理各类报表。白露急匆匆过来找她。平常上班各忙各的，嫂子怎么会无缘无故过来？她一看便感到大事不妙。

"公公被公安上的人带走了。"白露拉着她着急地说。

子英知道三叔被齐耀天安排看门房，还准备抽个时间找齐耀天谈一谈，让他重新给父亲安排工作。谁想到，这又是哪门子的官司，居然让公安带去了！

"嫂子，先别急，到底发生了什么事？"她问。

白露摇摇头说："没什么事啊，爹每天按部就班地上班。肯定是姓齐的使得坏。"

"齐耀天怎么了？"

"他啊，一个小人，处处针对你爹，恨不得一脚踩死的坏怂。"白露一想到医院那些破事，就是一肚子气。

子英在机关工作久了，想问题不像白露那么单纯，她猜想这件事的背后，可能有更深的背景，当下要紧的是先把缘由弄清楚。

她打发白露回家告诉哥一声，自己去找人打听情况。

出了门，才发现外面变天了。

一阵狂风刮过，雨来了。先是细如牛毛，淅淅沥沥，渐渐紧密如织，土路上积了水，走过去就是两腿泥巴。

子英顾不得风雨泥泞，蹚着泥水，就往公安局跑去。

孙太平已不担任公安局长，退休回家养老去了。子英找到了中学同学石勇，开门见山问这个刑警大队的大队长："我三叔犯了什么事？"

石大队长对这个作风干练的女同学十分欣赏，当然乐意为她排忧解难，何况甘知苦的事也不是什么机密，迟早要对外公开。他关上门，悄声说："最近不是深挖清理残害红军的反动分子嘛，可能牵涉到一件残害红军的案子，不过还没定论。"

　　子英一听，这可是犯大事了。她在甘知苦眼皮下长大，怎会相信三叔残害红军呢，急忙问："能不能透露一点，残害了什么人？"

　　石勇为难地摇摇头说："现在只能说这么多，下一步调查时，你们就会知道了。"

　　子英知道公安的纪律，也没为难他，点了点头，说："好，我知道了。石大队长，麻烦你关照关照，别让老人家受罪。"

　　说罢，转身就走。

　　一路上，她冒雨走着，出神地想着心事，雨水淋湿了衣服，两脚沾满了泥巴也不顾。一直走到家，还是想不出所以。

　　紫苏和子康、白露都焦急地等她，一见面就问啥情况。她怕惊着紫苏，不敢实说，只是轻描淡写地说了声"可能牵涉到一个案子，需要配合调查"。

　　子康不相信事情会这么简单，却又不好问，看了她一眼，她摇摇头，别过脸去。

　　下午一上班，公安的两个同志就找到她，先是讲了一通政策之类的官话，接着问她："甘知苦认不认识一个叫靳三棱的人？"

　　子英不假思索地说："认识啊，我们一家都认识，我三叔和他关系很好的。"

　　公安又问："靳三棱同志遇害的时候，甘知苦知道吗？"

　　子英对那件事记忆犹新，就如实向公安讲述了当时三叔遭到陷害，差点跟靳三棱一道问斩的往事。

　　公安继续问："甘知苦是否给马家军军官治过病？"

　　子英略一停顿，纠正他们："他作为一个医生，给人看病天经地义，哪怕什么身份，在他面前都是患者。"

　　公安没有在这个问题上继续纠缠，又问："甘知苦曾到高台参加救治马家军伤员的事，你知道多少？"

　　子英一听公安的问话像是把她往深层问题上引，就谨慎起来，说："不清楚，应该是被强迫的。"

　　公安又问："你还有关于甘知苦同志的情况报告吗？"

　　子英平静地说："没了。"

谈话结束，公安例行公事的向她交代了保密纪律，放她离开。

子英回味着刚才的谈话，马上明白，这肯定又是齐耀天告了黑状。因为三叔原本是这件事的受害者，只有别有用心的人才会颠倒黑白，故意制造迷雾。

下班回了家，子英才知道紫苏和子康、白露、谷子等人都被公安"请"去谈了话，问的都是同样的问题，只不过角度不同。紫苏担心这件事对知苦不利，愁得吃不下饭。子英安慰她，没事的，情况都清楚，政府不会随意冤枉好人。子康也说，现在是新社会，政府是讲公平正义的政府，老百姓不会平白无故受冤的。紫苏听了，稍稍心宽。

安抚了紫苏，子英走到院子里，郁闷地仰望长空，恰好一片乌云遮住了月亮，天色顿时暗淡下来。

子康走了过来，站在她旁边，心情沉重地问道："最坏是什么结果？"

子英叹息说："残害红军的事可能扯不上，但要是追究与马匪有关系，估计会有一些麻烦。况且，还有……我爹那档子事，如果深究起来，恐怕也是麻烦。"

"齐耀天这个王八蛋，怎么总是阴魂不散，妈的，真恨不得一刀宰了他！"子康咬牙切齿地说。

"市侩小人，就这德性！"子英说，"量他将来也没有什么好结果。"

一家人惊恐而担忧的一夜过去，到了第二天午时，知苦被放回了家。公安也没有给什么结论，只是让他等候处理结果。

知苦用脚指头都能想到搞鬼的人，他可不想平白无故被人黑了。吃过午饭，他收拾一新，精神抖擞地去了医院。有意走到齐耀天的办公室，刚推开门，看到他跟一个年轻护士面对面坐着喝茶聊天。

"齐大院长好雅兴啊，上班时间还有护士陪伴聊天。"他意味深长地一笑，"睁开你的狗眼看看，我又回来了。"

齐耀天讪笑一下，言不由衷地说："回来好，回来好。"

知苦伸出食指，指着他骂道："你个狗日的，太不要脸了，阴险，贪婪，奸诈，不会有好下场！"

当着小护士的面，齐耀天脸上青一阵红一阵，十分难堪。

同事们得知甘知苦平安回来，好多人悄悄过来看他，围着他问长问短，像阔别多年的友人邂逅一样。有新来年轻人刨根问底地打听那件事的前因后果，知苦不愿多说，但医院里好多老人都经历过集体请愿那件事，多多少少知道些情况。知道了齐耀天的小人行径，大家再看齐耀天时便有了鄙视的眼神，而对于甘知苦却更加崇敬——想想当时万众请愿示威场面，都让人激动。

风平浪静了一些日子，人们以为知苦没事了，突然有一天，一纸通知下达到了中医院：甘知苦同志因历史问题不清白，下放原籍，劳动改造。

齐耀天当众宣读完通知，黑着脸说："还高兴吗？有什么高兴的？"

众人鸦雀无声，全都愣住了，下放原籍，就是意味着甘知苦从此没了公职，回去仍当一个农民。

甘知苦突然放声大笑："哈哈哈哈，仰天大笑出门去，我辈岂是蓬蒿人。"

这笑声荡气回肠，舒展奔放，像云空中白鹤的嘹鸣，像荒原上猎豹的长啸。

这笑声，让齐耀天浑身都不自在，像受了辱似的，再看着他始终不肯低头弯腰的身影，反而没了斗垮他的快感，自己倒像一个失败者。

9

知苦闷闷不乐回到家，笑一阵，哭一阵，整天不吃不喝，即刻就病倒了。这场病来势汹涌，猝不及防，一家人都为他担心。

子康、白露都是医生，稍加诊断，就可以肯定他是七情所伤，愤懑郁结。开了逍遥散，没多大效应；又更方为柴胡疏肝汤，还是没有应验。

知苦悄悄给自己卜了一卦，鬼爻临火，内外伏吟，不吉之兆。一想到天命难违，他更加郁闷，药也不想喝。

心里郁闷，吃啥都没有胃口，只几天时间，知苦就面黄形羸，消瘦得不成样子。

紫苏带着哭音乞求他，俗话说，医不自治，再找别的大夫看看吧。

他摇头叹息说，大劫到了，神仙也无奈。

紫苏哆哆嗦嗦地抚摸着他冻白菜一般苍白的脸，大颗大颗的泪珠掉了下来，几十年相濡以沫，多少的担惊受怕的日子都过来了，多少坎坷劫难都过来了，她不相信知苦过不了这个坎。

"天命难违啊！人这一辈子真不容易，顺活了倒活，倒活了顺活，没几天好日子啊。咱们能从太平堡走出来，磕磕绊绊地活到今天，担惊受怕地过了大半辈子，也算是善终了。唉，只是以后，你一个人咋办呢。"知苦深陷的眼睛直直望着天花板，唉声叹气。

紫苏哽咽着，哭得更伤心了。

"别哭，别哭，一会儿娃们来了吓着他们了。生死就这么回事，阎王让你三更死，不会让你到五更，时辰到了，走就是了，一辈子没做亏心事，就不枉来世间一趟。遗憾的是，一直没把妈的愿望实现，也没找到个合适的传人，这门秘术要断在我的手里了啊，唉！如果……如果有一天我不在了，你告诉子康，他爷爷奶奶的坟头东南方向，埋着一卷东西，他打开就明白了。"

紫苏"嗯嗯啊啊"应着，泪水止不住地流。她怎么也不相信，平常多么有本事的知苦哥怎么会没有办法呢？多少次都能让病人起死回生，难道就对付不了自己的这个病？

两人又说了一会闲话，知苦就有点犯困了，疲倦地闭上眼睛，渐渐睡着了。

紫苏红着眼睛出来，看到谷子蹲在墙角里抹眼泪，又跟着伤心起来。

忽然，谷子掐着指头算计着问："知苦哥是属龙的吧？今年刚好六十五吧？"

紫苏"嗯"了一声。

"你还记得不，当年在昆仑山紫云观，张真人临别时对知苦哥说过一件事，好像是说他六十五岁时会有一次大劫，是吧？"谷子说。

紫苏一愣，忽地惊喜说："嗯，记得呢，当时我们还开玩笑说这是张真人装神仙糊弄人呢。对了，知苦哥还说过，张真人还给了他一个保命的丹方。"

紫苏赶忙返回家屋里，推醒知苦，问起张真人当年为他算卦的事。

知苦睡得迷迷糊糊，忽听紫苏提起这事，想了半天才想起来。

紫苏急忙问，丹方在哪里？

知苦想了想说，好像记在哪本书的背后了，叫"交感丹"。

紫苏喜极而泣，马上抹着眼泪叫了谷子，一起到书房去翻书找丹方。

一本一本地翻出那些书，甚至连知苦平时记事的册子也不放过，两人查找了大半天，翻遍书房，仍然没有找到记录的丹方。

眼看着一线希望成了泡影，紫苏失望极了，不由得伏在桌子上号啕大哭。哭着哭着，一伸手，碰到了桌子上的针灸盒，"啪"地一声掉在了地上。她吓了一跳，急忙起身去捡，除了针，盒子里还掉出一张万年历的纸片，她不经意地看了一眼，顿时瞪圆了眼睛，纸片的背面正好写着"交感丹方"。

"找到了！找到了！"紫苏兴奋地大叫。

谷子急忙跑过来看，果然是那个神方：香附一斤，以长流水浸泡三日，擦去毛，以姜汁、童便、陈酒、米醋四物各炒一次焙干，加茯神四两，研细和匀，密丸，如弹子大，每服一丸，空心嚼服，或白滚汤下。

谷子本就是制药高手，但他不知道这平平常常的几味药能否挽救知苦的性命，而一想到张真人当时就能算出几十年后的事，心里就有些震惊，相信张真人留下的神方肯定不会差到哪里去。他拿着神方一溜风就跑去备料制药了。

按照药方所示，谷子取了药，用了三天时间，制好了"交感丹"，交给紫苏，叮嘱了服药方法。

知苦服用了两次"交感丹"，就感到胸口一宽，闷气顿消大半，也有了胃口，一次吃了大半碗白粥。再服两次，便行动自如，病象全消，子康、白露等人大吃一惊，不敢相信，难道真有传说中的"神方"？

知苦默念着张真人的名号，向西北昆仑方向遥拜了三下。再次感受了张真人的高深莫测，后悔当年没有沉下心来跟张真人多学一点东西。到了这个年纪，他是越来越体会到了山、医、命、相、卜五术相辅相成、融会贯通的妙处，而自己已经没有时间和精力深学那么多东西了。又想到医术传人的事，深深叹了口气，自己是那个时代过来的人，尚且没有弄明白许多深奥的东西，以今天的浮躁年轻人，想学一点真本事实在是万难啊。

听到知苦病重的时候，齐耀天还暗自庆幸，没想到他居然好了。好了更不能放过，便派人来催促他。

知苦在病中早已想开了，尘归尘，土归土，落叶归根，何尝不是善终。

子康、子英、莲心都很担心知苦和紫苏，怕他们难以适应农村的劳动和环境。

知苦却一点也不在意，乐呵呵说："正好，我回太平堡去，整理习医心得，好给你们爷爷奶奶一个交代。你们呢，指靠不上了，历史由谁传承，留给时间去决定吧。"

子康忧愁道："你们这一回去，没有工资，没有物资，咋办呢。"

知苦乐观地说："没有就没有吧，靠自己的双手养活自己，踏实，多少年都是这么过来的。"

子英有点心酸，但又不好说什么。她借口有事，出去了一阵子。回来时带着两个小伙子，抬着一块牌匾。翻到正面，正是前两年不翼而飞的"甘之堂"招牌。她抱歉地讲出事情的原委：她怕三叔太过执拗，与政府僵持下去，最终落个不好的下场，所以找人连夜摘走了牌匾。

知苦上前抚摸着牌匾，心潮起伏。论起来，这块牌匾是四代人的寄托、百余年的医家荣耀啊。想起几十年前，刚进肃州府开医馆时，看着字体张扬，一直想换下来，却又没换，后来看习惯了，倒觉得这样更好，"甘之堂"本就是带着原始古朴的乡野气息走进州城，能留住时光、留住回忆的东西更值得收藏。这块牌匾不仅仅是个招牌，而是像镶嵌在他生命中的部件一样，伴随他走过了几十年行医生涯。他明白子英想保护他的心思，并不抱怨什么。实事上，那天事发后，他也往这个方面想过，只不过没有告诉任何人。现在，要回太平堡了，这个更无法携带。

至于如何处理，将来怎么样，他暂时还没想好，只好让子英暂时存放起来。

10

知苦和紫苏回到太平堡，已是物是人非。老一辈的，死的死了，活着的都已七老八十；小一辈的，大都不认识，颇有点"少小离家老大回"的况味。

农村同样进行了一番天翻地覆的改造，凡是旧时家境富裕、经商开店的，都被划成了地主富农、小手工业者，房产、土地和财产，充公的充公，划分的划分，全都归到了劳动人民手中。甘家的房产也一样被穷人分了，大姐云青已经去世，子女们被划分成地主。甘知信的医馆充了公，名曰村卫生所，有虎姐这个泼辣的老婆，他们家倒是没吃亏，房子照旧住着，甘知信还去了人民公社公立医院工作。村卫生所交由罗丁子守着，还是原来"甘之堂"的位置。白芷被赶出了尼姑庵，因为她识文断字，开始安排到村小当老师，可是阶级成分划分时，被人检举出丈夫当过土匪、当过马家军的官，取消了村小老师的资格，被作为黑五类赶回家劳动改造。老宅被化整为零分给了穷人，白芷仅占了一个偏房。

知苦到老宅看了看，房间里黑咕隆咚，半天才适应过来。扫一眼，就看清了白芷的寒酸家底：正中一张方桌，堆着一些破破烂烂的瓶瓶罐罐；靠山墙一张长条柜，上面摆着锅碗瓢盆之类的家什，还有两个上了锁的红匣子；满间炕上一边铺着毡，一边是光席子，靠墙堆着一床破旧的花被子，补了几个不同颜色的补丁。黑黢黢的墙上，挂着一张水墨菩萨像，让人眼前一亮。

白芷已是满头白发，一脸皱纹，跟乡下老婆婆没什么两样。她抹着眼泪说："甘家没了，房子、土地，啥都充了公。那个老不死的，死了还害活人不安生！"

知苦眼睛酸涩，不知道说什么好。苦苦拼搏了几十年，他现在也是一穷二白，什么都没有，要接受劳动改造，哪有资格同情别人啊。

说着话，白芷时而打个喷嚏，清鼻子直流，一只手拿着手绢不停地擦，鼻子都擦红了还是擦不及。

知苦一看便是鼻渊的症状，问她平时是不是怕冷，易于着凉。

白芷点头说，这个鼻子的病好多年了，看不好。

知苦随口说出一个方子：到了三伏天，熬上三两生姜、二两甘草，每天一副，连喝三天，出一身汗就去了病根。

白芷重复了一下药方，记下了，又怕忘了，找了烧柴棍，把药方画在了泥巴墙上，然后絮絮叨叨说了一堆陈年往事。

知苦都想不起她曾经是大户人家的小姐了，感慨往事如烟，短短几十年，谁都没法活成自己想活的样子，最后，都老了。

倒是紫苏一点也不生分，拉着白芷闲聊了一阵儿女的闲话。白芷嘴里说不想子英，可听紫苏说起子英的事，满脸都是欣慰的神色。

看她们喧得起劲，知苦插不上话，便去找村上的大队长报道。

村里住户依照定居区域划分了生产队，每个队有一个队长，一个副队长；村里设有大队长，主管地方事务。太平堡村的大队长叫侯大方，知苦一到，他就笑吟吟迎上前说，"甘大夫还认是我吗？小时候这儿生了疮，还是甘大夫给我治好的。"

他说着，指了指头顶。

知苦一时没想起来，几十年了，治过的病人不计其数，他哪能记得了那么多。

侯大方说，就是宁神医去世那年，你办完丧事，罗大夫请你给穷人看病那次。

知苦蓦然想起，当时的确治过一个孩子的头疮，用过一个黑醋调蒜泥涂疮口的偏方，那孩子还说过要报答他。

侯大方是个实在人，他一直记着这份情，现在甘知苦落了难，侯大方依然十分谦恭，并不把他当改造对象看待。

他陪着知苦走进老宅子，大嗓门吼了一声："何老六，把你的房子腾出来让给甘大夫，你搬到饲养场去住。"

侯大方威信很高，在村里说话响当当。一个瘦瘦的男人赶忙探出头来应了一声，手忙脚乱地收拾起东西。

知苦自知是来接受改造的，不敢给侯大方多添乱，能有个安身之处便是大吉大安，赶忙出声阻止："别麻烦了，侯大队长，诊所那边可有空房？"

侯大方应声："有，不过，现在是村上的保健所，你要想住，旁边两间杂物房正好腾出来。"

这时，跑过来一个眉清目秀的大小伙，腼腆地笑了笑，叫了声"叔"。

知苦看了半天，才看清是当年救下的那个半大小子，他给取的名字，叫东来。转眼已经二十出头，还娶了一个本村姑娘，成了家。

他们出了老宅子，不远就到了甘家原先的诊所，现在改造成了一个小院落，上面三间土坯房是当时诊病抓药的地方，一边两间厢房是作为库房用的，院子是为了方便晾晒药材。知苦推开虚掩的木板门，走进院子，院子里两排晾晒药材的木架子依旧，院墙上还挂着曾经的草筐、草篓，墙角柱子上吊着的一束束甘草、黄芪、荆芥、薄荷等都是枯萎发白，一切都是旧时模样。一股熟悉而亲切的味道油然而生，他的童年、少年、青年时期都在这里度过，每一寸土地都留存着不灭的记忆。

甘知信和罗丁子从诊室里迎了出来，看到故人，悲喜交集。

甘知信说："回来了啊，回来好，咱老哥俩又能做伴了。"

甘知信鬓角的头发花白，但没多吃过苦，看上去比同龄人要小七八岁呢。

"是啊，几十年了，没想到老了又回老家了，世事弄人啊。"知苦感叹说，又看了看甘知信问，"你不是到公社的医院工作吗？咋又跑到村上来？"

甘知信呵呵笑说："说来话长，不是要开展一场全民参与的爱国卫生运动嘛，我来蹲点的。"

罗丁子也解释说："伟大领袖说了，要让老百姓彻底改变旧习惯，过上新生活。但要让老百姓改变几千年形成的卫生习惯，真不容易呢。"

知苦看他也老了不少，便叫了一声"老罗"。

罗丁子连忙说"岂敢岂敢，我应该叫你一声师父。"

知苦也不纠正，岁月沧桑，许多事也不是一两句话能说得明白的。

乡亲们听到知苦回来了，三三两两过来看他，见了面嘘寒问暖，一遍遍说着宽慰的话、暖心的话，没有人打听那些不愉快的恶心事。看到新收拾好的住处空空荡荡，人们纷纷拿来了生活的器具、烧火的柴禾、必需的米面粮油、瓜果蔬菜等，还有人抬来一块门板，帮他们支起了一张床。

知苦被他们的朴实厚道感动着，再三向乡亲们道谢，望着乡亲朴实的面孔，一种久违的亲切感涌上心头。

回卫生所的路上，侯大方早就谋划好了知苦的安排，打算让他就在大队保健所上班，发挥他名医的作用，让他给群众看看病，守护一村人的健康。知苦觉得这样不妥，自己是接受劳动改造的，哪能享清闲，但乡亲们知道了，异口同声地赞成这个安排。

就这样，知苦开始了太平堡的新生活。

11

罗丁子每天一早就打扫好卫生，烧好茶水，喷点消毒液，等候他上班。后来，知苦说闻不惯福尔马林味道，他便改用艾叶熏，保健室飘出了淡淡的草药香。

东来几乎每天来一趟，看着水缸没水了就挑水，看着院子脏了就扫地，看见啥活干啥活，像亲儿子似的。知苦过意不去，给他钱，他便恼。有一次，知苦问他："现在解放了，你怎么不摆明你的身份，寻找你的组织、你的家人啊？"

东来说："能活下来已经是再造之恩，想想那些死去的战友，想想干妈养活我的不易，我哪有资格向政府要求什么，哪有脸面去找组织和亲人啊。"

知苦见他懂事，心里喜欢。没事的时候，就给他讲讲中草药治病的趣事，他竟然十分欢喜。每听一次趣事，便像得了什么恩赐似的，加倍地卖力帮着知苦干活。白芷曾教过他识字读书，他也读过几本医书，有点基础。

在卫生所相对轻松，每天诊治不了几个病人，大多时间闲着。知苦看到诊所里药材不齐，开方配药都不容易，一闲下来就跟甘知信或老罗提着草筐到河滩、林地采药材。采回来，淘洗干净，一一晾晒、阴干，还有的需要蒸、炒、炮制，他们都作了处理，分门别类地收藏进了百眼柜。平时人们嫌弃的杂草，在他手里都变成了有用的药材，没过多久，保健所的药材就可应付常见疾病了。

老百姓的日子本不宽裕，有了病，能用偏方、验方解决的，知苦决不让乡亲花一分钱，只让乡亲在地埂上、河滩里拔几株草、摘几片叶就解除了病痛。老百姓有个头痛脑热，首先就想到他说的"三片生姜一根葱"，煎一碗汤一喝，捂着被子出一身臭汗就好了。

转眼到了三伏天，白芷想起知苦开的药方，熬着喝了三天，果然治好了鼻渊。村里患有这个病的人，都照着知苦的药方熬药喝，有的治好的，有的缓解，总之是有效的。

有的人家，养的鸡害了鸡瘟、猪害了猪瘟，也来找知苦来看。罗丁子哭笑不得，给他们解释说，甘大夫是人医不是兽医。乡亲嘻笑道，给人都能看病，难道给这些遭瘟的就看不成了，它还比人金贵不成？知苦被他们的话说笑了，答应帮他们看看。乡亲实际也没说错，既然能给人看病，给家禽家畜看病也是一样的原理。好在他在搜集民间偏方验方时，收集过这类偏方，很快给出有用的治疗方：害了鸡瘟的，用巴豆捣碎，香油调灌，入口即愈。猪牛马害瘟的，用大黄、朴硝泡汤一碗灌服，饿半日，用冷水一大盆饮食即好。乡亲领了方子，回去一试，果真应验，对甘知苦的医术愈加敬重，知苦的名声也越传越神。

周边村寨的乡亲羡慕太平堡的老百姓有福气，不用出村就能享受到名医治疗的待遇，还不用花钱，用一些花花草草就能治好病。渐渐，邻近村庄的乡亲有了病，都远道赶来求知苦诊治，有的重症急症患者起不了床，便央人找侯大队长，想请甘知苦出诊。侯大方担心甘知苦的身体不便，又上了年纪，便征求他的意见。甘知苦本就想为老百姓做点实事，满口答应，只是提出需要一头毛驴代步。侯大方当即表态，村里分派一头毛驴专供村保健所使用。

年近古稀的甘知苦便时常骑头小毛驴，奔波在四乡八寨之间。毛驴脖子上挂一个铜铃铛，村中有病家一听到清脆的铃声响，就出来拦道求诊。有时碰到聚到一起闲谝的老汉们，知苦也停下来，跟老汉们唠上一阵，人们都知道他是从肃州来的名医，不失时机地求教一些头痛脑热的治疗，知苦就向他们讲一讲平常保健的民间偏方，大家都很受益。一边巡诊施药，一边传播疾病防治常识，这种时候，他常常感到自己仿佛回到了孙思邈、李时珍等医家悬壶济世的时代，被下放的阴霾顿时化为乌有。

大队保健所渐渐成了最热闹的地方。开始，是一群没事干的老头子、老婆婆跑去找他喧谎，扯些陈芝麻烂谷子、三皇五帝周天子的闲话，无聊的时光在轻松的闲聊中打发过去。后来，娃娃们喜欢跟着爷爷奶奶来听故事，听到了不少太平堡之外的新鲜事，学说给爹妈，娃娃们的爹妈也就跟着过来，闲人就越聚越多，甚至吃饭的时候，男男女女都端上头大的瓷碗，围拢到保健所，一边吃饭，一边闲聊。谁家做了好吃的，还不忘给知苦家也盛上送过去。村上有啥紧要事通知，侯大队长只要跑到保健所吱上一声，不出半个时辰就能传遍全村，比高音喇叭还管用。

在淳朴的乡情中，知苦感受到了一辈子从未有过的轻松、温馨和快乐。

过了一段时间，知苦见甘知信和罗丁子每天忙着填报开展"爱国卫生运动"的报表，就问他们这是一个什么运动。罗丁子如实讲道，就是引导教育群众讲卫生，养成好的生活习惯，改变脏乱差，消灭病虫害，预防疾病。末了，又感叹道，唉，江山易改，秉性难易，乡里人的生活习惯哪能那么容易改变过来。

知苦一听，忽然欣喜地说："政府的这个措施确实好！历朝历代对瘟疫畏之如虎，却没有一个朝代拿出过有效的应对举措，当今时代，举全民之力防疫免灾，的确是利国利民、关系国运民生的大好事。"

他停顿一下，又说："我走了一些村庄，诊病时发现好多疾病都是不良生活习惯造成的。习惯是慢慢改变的，好习惯的养成都需要强制性措施。你看，过去人们吃不饱穿不暖，不洗手就抢东西吃成了习惯，长年不洗澡也不当回事，现在能吃饱肚子了，自然要改变过去的坏习惯。"

甘知信和罗丁子听他一说，不由得笑了。过去，他们只是简单地执行命令，上面让咋干咋干，每天还烦这个那个的报表，真没想到，这样一个运动竟然是涉及国家和民族命运的大事。

次日，知苦又把这道理跟侯大方讲。侯大方一听，还真是这么个理，生活习惯好劣的确牵连着老百姓的健康，这事还真要下点力气抓一下。

于是，全大队发动群众开展清理公共卫生、搞好个人卫生评比。卫生搞得好的，门口贴一张"卫生光荣"的红纸，卫生差的贴张"卫生较差"的白纸。家家户户顾及脸面，自然不愿贴张不好看的白纸条，都尽心尽力地整治自家卫生。大队每过一段时间检查评比一次，村容村貌确实发生了明显改善：家家门前的枯枝烂叶清扫干净了，屋里屋外看不过眼的脏乱收拾整齐了，大人小孩的衣着脸面洗干净了，过去臭气熏天的露天厕所及时覆土填压了，满街乱跑的猪收拢进猪圈了……渐渐地，一个村子整理得干干净净，爱美的人家还在家门口种上了花花草草。太平堡大队因此出了名，受到县上表彰，侯大方又戴着大红花代表县上到专区交流经验，各地前来参观取经的络绎不绝。过了一段时间，外面便流行起一句时髦的太平堡的方言："俺们太平的花儿红得太阳似的。"

太平堡的卫生防疫成了典型，甘知信和罗丁子也跟着出了名，随后，甘知信回到人民公社医院当了院长，罗丁子也被县医院和人民公社卫生院看好，都抢着要他，但罗丁子的意愿是留在公社卫生院，这样可以随时照顾农村的家。

于是，公社卫生院调他去当大夫，他成了端着铁饭碗的公家人。

12

甘子英在专区的表彰会上见到了侯大方，知道他是太平村的大队长，就拉着他问知苦老两口和白芷的情况。侯大方虽然没见过甘子英，但听说过她，便把知苦几人的生活如实说给她听，特别说起这次当典型全靠了知苦的主意，美美把甘知苦夸了一番。甘子英知道他们生活安妥，也就放心多了。临走时，又托侯大方给知苦和白芷捎了些东西，并附了一封信，把身边发生的事情说了个大概。

信转到知苦手里，知苦拆信后，匆匆看了一遍，惊喜地叫了一声："咦，齐耀天这个祸害终于得了报应！"

然后，他把信中内容讲给紫苏和白芷听：齐耀天把一个护士的肚子搞大了，被人家告到上面，一查，这姓齐的真不是个东西，先后祸害过十几个大姑娘小媳妇，还牵扯到挪用公款，被判刑入狱了。县立中医院和西医院合并成立了县人民医院，子康当上了副院长。

子英在信中报告的全都是好消息，几个人心里十分欣慰。

甘知苦的问题虽然还没有得以甄别，但侯大方已从甘子英的口中得知纯属诬陷，对甘知苦更加敬重和呵护，相信他迟早会得以平反。又怕知苦很快就回了肃州，他就求知苦尽快给太平堡带出个好大夫来。

罗丁子调走后，太平堡卫生所便缺少了保健员，虽说有知苦坐堂诊病，但县乡联络、上报报表、学习开会等一系列需要备案保健员做的事，甘知苦却无法替代，大队急需推荐一个保健员。

保健员算是个清闲营生，如果干得好还有希望转成公家的干部，因此好多人争着抢着来干。有大队干部的儿子、公社干部的儿子，还有托关系找人说情的，侯大方不好表态，便征求知苦的意见。知苦自然看好东来，不遮不掩地表明了自己的态度。侯大方问他理由，知苦不假思索地掰着手指列举：流落红军，根红苗正，有文化、基础扎实，善良、勤快、能吃苦等等。侯大方对于东来是流落红军的事还是第一次听说，但相信甘知苦的眼光，如果有这个依据，东来自然是最合适人选，便把东来报了上去。

新社会自有新风气，不久，上级就批复东来为村保健员。

没想到，这件事竟然得罪了人民公社的一个副乡长。他老家就在太平堡，老婆孩子还在老家劳动，副乡长想让儿子当这个保健员没当成，便把坏事的缘由怪罪到侯大方和甘知苦头上，借机向公社书记左天高告了一状：太平堡的侯大方没有立场，把下放劳教人员当客人，不安排劳动却让当大夫，这不是与上级对抗吗？

左天高是出了名的"一根筋"，眼睛长在头顶上，只往上看，凡事唯上级路线方针政策为准，经常把绷紧社会主义的弦挂在嘴上，天天讲，时时讲。他一听太平堡有这事，马上警惕起来，专门找太平堡的侯大方谈了一次话，要他们认清形势，提高警惕，严格按政策办事，坚决改造封建余孽，千万不要混淆阶级敌人和劳苦大众的界线。

那时，政治运动一场接一场，把人都整怕了。侯大队长挨了批，不敢大意，回到大队就取消了知苦在保健所上班的待遇，限制他四处给群众看病，随后安排他跟群众一起下地干活。

群众都不理解，侯大方骂骂咧咧训斥他们："叫花子打更，穷操心，管好你们的鸡巴事就好，莫操闲心！"

不过，侯大方私下里还是有意保护知苦，只让他和紫苏跟一群老头子老太太干些看牛、割草之类不出力气的轻松活。知苦不想给侯大队长添麻烦，主动要求参加生产劳动，侯大队长拗不过，想了半天，又安排他到饲养场喂牲口。其实，饲养场原本就有何老六当饲养员，安排知苦过去，不过是打打下手而已。

左天高大约是对太平堡不放心，亲自到太平堡蹲点抓四类分子的改造落实。一来，就听侯大方的汇报，听说把甘知苦安排当饲养员，十分不满。在生产队里，饲养员也是一种待遇，都是过去最穷最苦的贫农才能担任，因为要把生产队牲口的管理大权交到安全可靠的人手里。

甘知苦安全吗？可靠吗？左天高狠批了侯大方一顿，便把甘知苦作为改造的典型，亲自安排。立即差人叫来甘知苦，当面交给他一个粪筐、一把粪叉，命令他每天至少积够一百斤粪肥。

一百斤啊？侯大方伸了伸舌头。这可不是挖土背沙，随便哪都弄上一百斤，那是要一颗一粒去捡牲畜的粪便、人的粪便，哪能容易攒够啊。

不行吗？要不，修水库去？左天高乜斜了侯大队长一眼。

侯大方赶紧说，行行行，左书记安排得妥当。

修水库是个苦活，他可不能让一个六十多岁的老人去受那个罪。

知苦挺直腰板，高昂着头接过这套行头，正眼都没看他。

左天高本想他若求告一声，还能通融一下，但看到他倔强的傲气，不由得心生厌恶，冷哼一声，这老汉日怪，都这样了，腰杆子还这么硬，真是茅坑里的石头！

那是个"庄稼一枝花，全靠粪当家"的时代，村村社社都有专门捡粪的人员，大人孩子只要捡到粪肥就能记工分，然后靠工分分粮使钱。每天生产队的牲口从赶出圈，后面就跟着一群老汉娃子抢粪捡，牲口前移，人群跟着前移，跑慢了，粪就会被别人抢走。知苦腿脚不利索，也不去抢，只跟在后面，能捡多少是多少。但淳朴的乡亲总是故意留下一些牲畜的粪便让他捡。每天，村里村外的乡路上，都会看到知苦老汉挑着粪筐踽踽独行。

东来怜惜知苦老来受罪，常常偷偷帮衬着他，一有空闲就陪着他捡粪积肥，有时还半夜晚上去捞乌黑的淤泥，晾干也能当肥料。就这样，才勉强能帮他完成每天的定量任务。劳动之余，知苦仍不间断地教东来学中医。东来很有悟性，好多东西一学就会，背会了"汤头歌""脉诀"，知苦就手把手教他临症诊断用药，恨不得把一生的本事都教给他。东来后来能行医看病时，回想起这些往事，竟然是苦难生活中最温馨的记忆。

时隔不久，一场新的运动又将甘知苦推到了风口浪尖——随着反右斗争扩大化，各地分配了右派分子指标，左天高拿到指标，捋了捋公社挂了号的落后分子，自然就想到了像一根刺扎进他眼窝里的甘知苦——这个又臭又硬的老顽固！

"我就不信改造不了你！"

他的一句话就决定了甘知苦的命运——他和一些地主富农充当了右派分子的指标，被发配到偏远的滩尖子农场去劳改。

这个时节，一旦打上右派分子的标签，个人和家人都抬不起头来。

好多人都听说过滩尖子农场，那是个贫苦出了名的地方，一批批劳改犯送到那里，累死的、饿死的不少。

老百姓念着知苦老汉的好处，都为他抱不平，但只能私下里悄声说说，谁也不敢站出来仗义执言。如同同乘一艘风浪中颠簸的船只，人人自危，哪有人敢出头管别人的闲事。

民兵来抓右派那天，东来离得近，看到知苦眼睛里涌流着两行浊泪，无助地念叨着"我冤枉，我无罪"。紫苏不管不顾地扑过去，抱着知苦痛哭不已。

乱糟糟的人群，没有人听他的抗争，也没人敢站出来替他们说句公道话。

这一幕，深深地刺疼了东来的心，他突然有了个大胆的想法，为了救命恩人，哪怕踏遍千山万水、吃尽千辛万苦，他也要为他求来一把尚方宝剑，想方设法救下甘知苦。

知苦被定为右派，紫苏一下子失去了精神支柱，病倒了。她托东来给子康、子英、莲心写封信，让他们想法救救知苦。东来多么希望有人能对甘知苦伸出援手啊，他眼含热泪，把甘知苦的情况写进了信里。

此时，身在肃州城的子康正值春风得意马蹄疾，想要大刀阔斧干一番事业给父亲瞧瞧。忽一日，一纸公文解除他的副院长职务，并让他停止公职，等待安置。他怎么也想不通，自己干得好端端的，一没渎职，二没违纪，这是哪里横飞的祸端？

同一时期，子英也是莫名其妙被免除职务，等待审查。

两人私底下一推敲，便感到事情背后大有文章。

他们毕竟身在职场，政府里多少有点人际关系。很快便打听到了甘知苦被打成右派的消息，想来想去，这大约是影响他们的直接原因。

不久，收到紫苏的来信，确实如此，一切都清楚不过。

兄妹俩开始四处申诉，要为老人讨个公道，为自己讨个公道。那些官员们初见他们还算客气，但只要一听与右派有关，便噤若寒蝉，谁也不愿多说什么。子康逢人就说，他只是个普通的老中医啊，甚至连中医都还不是呢，只是个普通的老农民……对方一概不予理睬，根本不听他的申诉，就连去探望一下甘知苦的小小愿望都难以获批，兄妹俩不由得为甘知苦的安危深深忧心。

曾经风光八面、医术高超的子康突然感到自己的渺小与无奈，那些在医院的日子、被人尊重的日子、救治病患的日子仿佛都是虚幻的一样，熟悉的领导、熟悉的同事一夜之间都变幻了面孔，翻脸比翻书还快。他不怨恨谁，只感到人世的薄凉也跟换季似的，秋风一吹，说凉就凉了。

儿子出了疹子，他给开了西药，让白露带去医院取药，熟识的大夫却像做贼似的取药，生怕被人发现。这个时候，他忽然念及父亲的好来，如果父亲在,即便没有药材,做个推拿、针灸,也同样可以治病,他却无能,如果没有了听诊器、西药片,他都不知道该怎么治病了。

被停职的子康前途未卜,对父亲的事又力不从心,无所事事时,拿起白露的《伤寒杂病论》看了几眼,看着看着,仿佛回到了少年的时光,内心深处渐渐笼上温馨的感觉,一时顿悟,中医不但可以疗疾,还可以治愈内心的伤痛。

第十三章

1

滩尖子农场。一场突如其来的传染病，顿时让数千名劳改犯和管理人员慌恐起来。

来自省中医学院的右派分子李少峰因为参与治疗，也染了重病，陷入绝境。

病的起因还要从二大队第三小队说起。

滩尖子农场的数千名劳改犯按照农村生产队的形式编制，划分为十几个大队，每个大队下面又设若干个小队。大家都住在同一个平房中打通铺，有一天，早上起身上工时，紧挨着华姓老教授睡的人喊了声"老华好像病了"。第三小队的傅队长是从大城市送过来的右派，曾是高级干部，虽然生活上受了打击，但身在此处，该尽的责任还是要尽，他很负责地看了看，摸了摸额头，有点发烧，问他哪里疼痛。老华有气无力地说，全身没劲，哪里都酸痛酸痛的。农场里很多知识分子本就体弱，感染风寒是常有的事，傅队长不以为意，留下老华旁边的人陪着去保健所看大夫，其他人正常上工劳动。

老华被送到农场卫生所，仅有的一个赤脚医生看不出所以然，让他留下继续观察。陪着的人回来说，大夫说了，可能是伤风感冒，需要打针吃药。其他人也没有在意，在滩尖子农场，头痛脑热像家常便饭一样。

没料到，仅仅过了一天，第三小队的劳改犯有一半病倒了，都是浑身酸痛，起不了身，傅队长也是其中之一。但病了也不能影响上工，否则会没有饭吃。副队长留下一人去叫大夫，其他人照常出工。

又过了一天，病倒的人渐渐浑身体出现红斑、浮肿。

卫生所的大夫平常也就是看个头疼脑热，配的也是西药片和针剂。他们诊断是伤风感冒，给患者开了清热解毒的药片，打了针，并没有好转。糟糕的是，这个赤脚医生紧接着也病倒了，症状跟前面的患者非常相似。

更诡异的是，但凡跟患者接触过、在保健室看过病的、次接触者，渐渐都患上了这种病。先期害病的人，有的红斑开始出现溃烂，脓水直流，老华最严重，脸上的肌肉渐渐腐化，血水模糊，鼻梁崩塌，看上去十分骇人。其他患者也是类似的情况，浑身麻木，慢慢起了红色斑块，按着却没有感觉，发展到后期，有的脸上肌肉先溃烂，有的手指僵硬，有的眉毛脱落，有的鼻梁塌陷，还有的浑身溃烂，触目惊心。

农场的管理人员从来没有遇到过如此骇人的疾病，顿时惊慌失措，大感不妙。好在农场里各类人才不少，他们清楚这些劳改犯的底细，很快找出了一些专家前来诊治，李少峰就是其中之一。

这些专家大都来自医院、医学院，因各种原因被打为右派，到滩尖子农场接受劳动改造。农场的管理者多是当兵出身，所有的劳改犯，在他们眼里都是"有问题的人"，所以，所谓的专家，在这里只有一个身份：劳改犯。

专家们诊断了半天，各持己见，有的认为是一种罕见的皮肤病，有的认为是类似于肺结核一样的传染病，还有更离奇的，认为是中毒症，李少峰和两个中医坚持认为是"病风"，就像西医所说的"麻风"，引经据典解释说，《素问·长刺节论》云："病大风，骨节重，须眉坠。"而最大的专家是来自京城的右派郑则之，留过洋，博士头衔，打成右派前是某大医院的副院长。郑则之对于李少峰他们的说辞根本不理会，他更倾向于水土不适引起的皮肤病。他们讨论了半天，一时难以形成统一的意见，最后就按最权威的郑则之的意见，继续用清热解毒的药剂。

用了两天药，病情根本没法控制，好几个专家却染了病，郑则之也没幸免，他顿时害怕了，对照自身的病情再诊断，确实与李少峰说的"病风"相似，又想起在国外留学时看到过的"麻风"病例，马上大惊失色。非洲的"麻风病"感染率很高，一旦患病，几乎没有治愈的可能，即便治好，也会留下终身残疾。他还没有沉冤昭雪，不能轻易去死，必须要活下来，因此，他再也不敢坚持自己的判断，生死攸关，他一个西医解决不了的问题，只能求助中医了，便慌里慌张去求李少峰诊治。

李少峰初步判断是"病风"，虽然还不肯定，但他也不敢大意，知道这种病传染性强，回去就喝了随带来的防瘟药丸，暂时没有大碍。郑则之放下身段来求，他也不好推辞，依据病情，开了一个祛风化湿的方子。可是，方子开好后，又犯愁了，农场没有中药啊，这可咋整？

郑则之愁容满面，在这偏僻荒凉的滩尖子，一时要想弄来治病的中药真是万难，难道这条命就这样稀里糊涂交代到这里了吗？

虽然诊断出了病因，却无药可救，李少峰一筹莫展，深感无力。更可怕的是，因为接触患者，他也不幸染病，浑身乏力，渐渐起了红斑。他仿佛已经触摸到了死神的手。

李少峰简直绝望了，他望着天花板胡思乱想，想着想着，忽然想起前不久经历的一件事。

这件事与他所在小队的"小地主"有关。"小地主"因为是地主的儿子，被乡里划定为"右派"充数，发配到了这里。"小地主"前一阵偶尔在树下面睡了一觉就害了一个怪病，手上、脚上就痒得难受，越抓越痒，皮肤抓破了，里面却又是钻心的痛，他找李少峰看过，李少峰也看不明白什么原因，给他说了一个偏方：用马粪涂抹。结果，涂了几次，毫无作用。李少峰没有药材，也没法子，只能眼睁睁看着他受罪。过了几天，再遇到"小地主"，他兴奋地说，治好了，十一大队二小队有个老汉，是个老中医，他让我把锅底黄土研细，用醋捏成团，在痛痒处搓转，搓着搓着，掉出来许多虫毛，很快就止住了痛痒，那个老人说，我这是毒毛虫放毛所伤。"小地主"还说，这个老汉很有本事，治好了好几个人的怪病，还有他们那个小队养的猪、羊有了病，他也会治。李少峰当时就有些惊讶，敢于出其不意治病的人，很可能是一个民间高手，或者是个兽医，他还想着抽个时间去拜访一下这个高手呢。

如今绝望之际，忽然想到这个老汉，李少峰像溺水的人抓住了一根稻草，顿时燃起了希望。

2

患病的人越来越多，最先得病的老华没扛过去，死了。接连又死了几个身体虚弱的病人，知情的人一下子紧张起来。管理者们更加惊慌，尽管他们极力封锁消息，但病死人的消息还是悄悄传遍了整个农场，恐慌的情绪像乌云一样笼罩在每个人心头。

那些专家们束手无策，而且一个个接连染病，管理者已经没有办法控制了，只能强行把染病的人隔离起来，关在一个相对独立的院子里，加派了人员严加看管，力求不让病源扩散。

郑则之绝望了，傅队长绝望了，所有患了病的人都失去了活下去的希望。隔离区一片死寂，偶尔有几个忍受不了病痛的人痛苦哀嚎，听起来更加瘆人。

管理者一一核实患者时，突然发现少了一个人：李少峰不见了。

这还了得！农场的最高领导大发雷霆，严令全面戒严，搜查李少峰，哪怕掘地三尺，也要把这个胆敢逃跑的祸害找出来。

此时的李少峰裹头掩面，悄悄溜到了十一大队二小队的驻地。这是农场最边缘、靠近沙漠的地方，一批劳改犯在这里养猪、养羊。

他碰到一个拉猪粪的人打问："你们这里有个会治病的老人在哪？"

那人头都没抬，指了指猪圈的方向。

李少峰缓缓走近猪圈，看到一些穿着邋里邋遢的人正在猪圈里起粪，臭烘烘的猪粪味弥漫在空气中。

他斟酌了一下语言，客气地问："请问，哪位是那个治病的高人？"

众人警惕地抬头审视着他，都没有说话。

"老李？"突然一个穿着臃肿棉衣的老汉开口问他。

李少峰揉了揉眼睛，又揉了揉眼睛，看着眼凸腮陷、偏腿侉立的老人，将信将疑地问："你是甘……知苦？"

"老李，是我啊，你咋也在这里？"

"知苦兄，真是你啊！"李少峰激动地搓着手，急忙上前想拥抱他，刚走了两步，又遽然止住。

甘知苦从猪圈里出来，上前去握手，李少峰忙出声说："不不不，你离远些，我身上有病。"

其他人看他们熟识，放下警惕，其中一个人大概是队长，对知苦说："老甘，既然有人来看你，你就缓着去吧。"

知苦向他们拱手行礼后，带着李少峰朝不远处的树荫下走去。

在这样一个环境中，两个老友相逢，都无没处可诉的苦闷和冤屈，一见面就止不住想跟老友倾诉。

李少峰说，去年年初，省中医学院新换了个领导，大刀阔斧进行教育整顿，在学生课程中削弱中医理论、中医基础，大幅增加了政治理论、西医理论，他当时看不惯，在一些公共场合说了些过头话，结果，"反右"运动一开始，这个领导就拿他开刀，给他扣了一顶"思想保守、封建僵化"的帽子，被打成了右派。

知苦说，我更无奈，根本不知道咋就成了右派，到了这里再回想时，大概有人看我不顺眼吧，就安排了一个右派的指标任务。

牵涉到敏感话题，他们也不便多说，毕竟他们是平民百姓，不懂政治，说多了也是一肚子辛酸。话题扯到改造中医，两人又说起当年要传承和弘扬国医的壮志豪情，都苦涩地摇了摇头。

李少峰愤愤不平地说："改造，改造，最后改得中不中、西不西，中医没了中医的样子，年轻人又人心浮躁，像我们一样跟师父循序渐进学医的少之又少，将来培养出来的中医人可能早把中医的精髓都丢了。"

知苦说："大道泛兮，其可左右。没有了适宜的气候和土壤，树苗还能长成参天大树吗？估计，再过几十年，连个正统的中医都找不到，在临床治疗中，以后，中医人说话恐怕就没了底气，腰杆也挺不直了。"

两人忧心忡忡说了一阵中医的现状，李少峰揪心自己的病，马上露出头脸，就让知苦看看。

知苦观察了一会他的症状，也断定是"病风"。分析说，这种病是感染疠气所致，风邪袭人血脉，客于经络，留而不去，与血气相干，致营卫不和，淫邪散溢而发。

李少峰激动地说："果真是病风！看来知苦兄有办法治疗？"

知苦苦笑着摇了摇头说："治这病很麻烦，需要三个内服方，两个外洗方。三个内服方是消风散、追风散、磨风丸，外洗方是苦参汤、生肌散，需要几十种药材呢，现在这个环境，哪里能找到足够的药材啊。"

李少峰自然明白当下的现实，失望地仰天叹息："看来天亡我也，这条命要交代在这里的啊。"

知苦沉默无语，虽然这种病不一定死人，但在劳改农场这个环境中，好多人都虚弱不堪，缺医少药的情况下，稍有点病都不一定能扛过去，何况是这种疠气所伤的传染病。

"看来，只能死马当活马医了。少峰兄，我们就地取材，试验一下如何？"知苦想了想，还是不能放弃老友的生死。

李少峰又燃起了希望，他知道知苦有奇书《青囊诀》，也听过"学透《青囊诀》，生死由我说"的说法。他有点激动地说："知苦兄，你放心施治，我就当你的实验体。还有那么多人等着你来救呢，不然，他们只有等死了。"

知苦轻轻摇了摇头说："说实话，没有药材的情况下，把握不大，我只能根据一个秘方替换一些药来试一下。"

知苦说的这个秘方要用到活穿山甲，可西北根本找不到这味药，他打算用乌梢蛇、土鳖虫、刺猬皮来替代，找不到排毒透脓的皂角刺，就用沙枣刺来替代，现加上当地能找到的蒲公英全草、地骨皮、苍耳子、狼毒、荆芥、苦参等疏风、清热、解毒的药材，可以弄成一个内服方和外洗方。

他将要用到的药材跟李少峰说了一遍，李少峰对药理很熟，一听就觉得高明，可以一试。

于是，两人稍作分工，分头去找药材。

这个小队靠近沙漠，野生动植物丰富，用了大半天时间，两人就找了一堆药材，配伍好后开始在李少峰身上试药。

3

农场管理人员找到李少峰的时候，他已经治疗了三天，身上的红斑渐渐退去，病也好了大半。

几个穿军装的人不由分说，上前就将他铐了起来。

一个稍胖的黑脸中年人，大概是个干部，指着李少峰的鼻子厉声喝问："李少峰，你个驴日的，你胆大包天，竟敢躲藏起来！对抗人民的后果，你晓得么？！还有你们——"他又指了指知苦及二小队的人说，"你们这帮驴日的，故意窝藏逃犯，就是帮凶！"

李少峰嗫嚅道："我不想死啊，找人来看病的，不是躲藏。"

"你还有理了！看病……咦，你这病有治了？啥人治的？"那人刚要怒骂，看李少峰好了许多，惊讶地问。

李少峰不想连累知苦，连忙说："我过来这边找药材，自己胡乱治的。"

"哼！你以为治好了病就能躲过逃跑的企图？带走！先关他十天半月，我就不信治不了这帮驴日的！一个个傲得鼻孔朝天，不杀杀你们的威风，不知道马王爷长几只眼！"那人一脸凶相骂骂咧咧说了一大气，就要把李少峰带去关黑屋子。

这时，甘知苦站出来说话了："这位领导，你来说个公道话。听说这个病传染了不少人，如果我有办法治好这个病，你们能不能放了他。他就是用药的实验体，是拿命来验药效的。"

"你个老东西是谁？你有啥把握治这怪病？"黑脸领导看着瘸了一条腿、衣着邋遢的甘知苦，将信将疑。

"我叫甘知苦，曾经行过医。"甘知苦不卑不亢地说。

"嗯？你胆子不小，还讲起条件了！现在不是旧社会那一套，政府让你干啥你就干啥，跟我讲条件，你有啥资格！"那人黑着脸吼道。

　　最后，甘知苦和李少峰都被他们带走了。李少峰仍然免不了关黑屋子，甘知苦则被带去给患者看病。

　　当甘知苦看到乌泱乌泱一大群病人，他吃了一惊。原先听李少峰说不少人病了，他没怎么在意，现在看到了，远远超过他意料。

　　这么多人患病，用来治疗李少峰的那个方法显然很难奏效了，贫瘠的滩尖子没有那么多的药材可找的，治疗这个病确实麻烦。

　　他对押着他过来的管理人员说："我需要一批药材，否则没办法治病。"

　　管理人员实在是没办法应付越来越严重的病情了，马上让他列出个单子，想办法去外面找。

　　知苦就列了一个四五十味药的单子，还注明了剂量，让他们去准备。

　　然后，他也没闲着，一一看了患病的人，根据病情，把他们分成三批，分别了隔离在不同的房间。

　　郑则之看着这个瘸了一条腿的老汉有板有眼地诊病，凑过去问："你是中医？有多大把握治好这病？"

　　"没有药材，万难。药材齐全的话，应该没问题。"甘知苦看着面相儒雅的郑则之说。

　　郑则之听完，想到药材这个现实的问题，又失望叹息一声。

　　傅队长惶惶不安地围上来问："如果治不了，是不是会死？"

　　甘知苦说："扛不过去就没命了，扛过去的话，可能会落下四肢畸残、毁容等后遗症。"

　　傅队长眼含泪水、鞠躬作揖说："老先生，求你救救我吧！"

　　甘知苦看着一个比他小不了几岁的老人乞求，心里一酸，说："我尽量试试。"

　　一群人一听有希望，都围了上来，"唰"地一下，跪了一地："老先生，求求你了，救救我吧，救救我吧！"

　　甘知苦不忍直视，难过得背过身去。

　　郑则之和傅队长也没想到这一幕，震惊得说不出话来。

　　跟在他后面的管理人员喝了一声："起来，起来，像啥话！跪啥跪！新社会不兴这一套！"

　　性命攸关，谁肯听他吆喝，仍旧跪着乞求。

　　甘知苦转身向他们作揖道："谢谢各位抬举！但凡有一丝希望，老朽当勉为其难，尽力而为！"

郑则之望着这个看起来凸眼陷腮、老弱不堪的老汉，心里翻江倒海，看他一举一动、简简单单几句话，分明是一个涵养很深的高人！他再也拿不起自己的架子了，急忙上前恭恭敬敬地作揖道："老先生，恕我有眼无珠，不识泰山！我曾是京城一个医院的副院长，你有什么需要我打下手的，尽管吩咐。"

甘知苦还了一礼，说："那好，咱们先分头找些药材，我再来配药。"

说着，他把需要的几味药告诉了大家，让他们在附近找找。

一群人有了希望，打起精神四处去找药材。

知苦只能暂时用一些土药材维持着，他要等到外面的药材送过来，但愿没有恶化到难以治疗的程度。

十多天后，管理者送来了一批药材，虽然不齐全，但用来救命有了保证。知苦按照消风散、追风散、磨风丸的配方，配药，按疗程逐一施治，对于有了明显肌肉溃烂的人，用了外洗方苦参汤和生肌散。

甘知苦是这些患者唯一的希望，没有人怀疑这个老汉治病的中药有没有效果，他们都以虔诚的、认真的态度服着苦涩的中药，涂抹着外敷的药，郑则之跟前跟后观察着每个人用药后的状态，一天天看着病友们渐渐好转，他心里无比震惊，尽管他留洋国外，见识过西医的强大，但在这个朴实的老汉面前，曾经的那些见识全都不值一提。

患者治疗了一旬左右，全都脱离了生命危险，除了个别体质虚弱者，大部分人已经痊愈。

郑则之重获新生，拉着知苦的手说："甘先生，如果有一天我能回去，一定把你请到京城坐堂！"

傅队长更是感激涕零："甘先生再造之恩无以为报，等到沉冤昭雪的一天，我傅某亲自前来迎请先生到家做客！"

病愈的众人都喋喋不休地说着感恩的话。

甘知苦向大家作了一揖说："甘某再谢大家的信任！还有一事要给你们交代一下，这个病病气太重，容易复发，请大家把用过的衣物、被褥、手巾、食具、床板等全都烧了吧。"

来这里劳改的人，随身携带的东西本就不多，让他们烧了日常物品，他们基本上就一无所有了，有的甚至连换洗的衣服都没有。

管理人员在这个时候倒是明事理，答应给他们各自置办新的日常用品和衣服，让他们放心处理旧物品。

知苦跟他们告别后，又向跟着他的管理人员打听李少峰的情况。

"他死了。"管理人员淡漠地说。

"死了？"知苦一怔，语气不善地问"怎么死的？"

"关进去没几天，他的手脚就溃烂了，骨头都露了出来，后来疼得受不了，就死了。"管理人员不耐烦地说。

甘知苦呆呆怔在原地，两行浊泪无声地顺着两颊流了下来。

4

落霞满天，群鸟归巢。甘知苦身穿破旧的青棉衣，背着土色的包袱，在一个秋末的黄昏踽踽独行，一步一跛，渐渐走近太平堡。他不知道为什么突然放他回来了，就像不清楚当初为什么被打成右派一样。

在滩尖子农场劳改的时光中，他眼看着身边的一个个所谓"右派"累死、饿死、病死在那里，他们中有知识分子、艺术家、医生，都有让人羡慕的人生。他原本不抱生还的希望，估计自己迟早也会安葬于那片蛮荒的土地上，没想到居然奇迹般地活了下来，又被莫名其妙地送了回来。

一年零两个月里，几乎是与世隔绝的日子，他对太平堡的一切一无所知，对老伴、儿女的情况更是没有一点音讯。

有乡亲看到大路上走来一个跛足的老人，仔细一看，惊喜地喊了一声，"甘大夫回来了——"

劳动的乡亲都迎上前去，搀扶的搀扶，拉手的拉手，簇拥着他慢慢往前走。一年多的劳作，已经夺去了他的健康，腰背佝偻，面黄肌瘦，走起路来步履蹒跚，气喘吁吁。

侯大方改选成了村支书，但还是那么爽朗仗义，远远迎着他，紧紧握住了他的手，传递着一种温暖可靠的力量。然后，陪着他往家里走，边走边告诉他东来是如何为他奔走呼告的事。

原来，东来为了救出知苦，去找政府、找组织证明自己是当年失散的红军，但没有任何记录，哪一级组织都无法认可。无奈之下，他一步一个脚印走到了京城，通过一级级查询，找到了当初跟他一起走散的老连长。见到已经当了某军分区司令员的老连长，各诉离落情，一把英雄泪。司令员听闻当年的恩人被陷落难，万分悲愤，当即给东来开了介绍信，又写了知苦当年营救流落红军的证明，派出专车，送东来回到了家乡。东来又拿着证明，一级级申诉，一级级报批，一年时间，东来磨破了十多双布鞋，人瘦成了麻秆。本来政府要给他安排工作，他偏要在家里等知苦回来，所以不要工作，一直等到现在。

正说着，听到音讯的东来对面迎了过来，干瘦干瘦，眼窝深陷，知苦不细看还认不出来。他一迎上去，就紧抱知苦老汉大哭起来。知苦也是满脸热泪，哽咽着说不出话。东来哭着说：“叔啊，对不住您，我没顾好家，婶子没了。”

“啊……”知苦呆呆地站住，半天说不出话。

侯大方轻轻拍着他的后背劝说：“本来，想告诉您老，可是……不好说啊，我也有愧，对不住您老啊。”

在侯大方和众人的解释下，知苦才听明白，这两年正好遇上千年不遇的大饥荒，粮食没了，人们吃光树皮、草根，村里还是饿死了人，紫苏没挨过饥荒，饿死在了家里。白芷也死了，村里还有不少人家都饿死了人。

知苦沉默无语，在尖子滩农场，他已经死过一次的人了，对于死亡，他麻木了。在东来和侯大方的搀扶下，一步一步走向紫苏的坟墓。在父母坟头下面新添一个坟丘，那定然是紫苏。

他愣愣站了一阵，想起几十年的颠沛流离，几十年的相濡以沫，眼泪不由得流了下来，扑通跪倒，哽咽出声，在场的人无不动容，个个都擦拭着的泪水。

起身后，扫视一眼父母的坟，他的眼里又流下两行浊泪。母亲的期望、祖父的托付，都辜负了他们，尽管他努力了，但这一辈子还是活得很落魄，他实在不知道该如何给先人们诉说今生。

知苦神情黯然，默默回到保健所，看到曾住过屋子，颓败、凄清，知苦不忍对视，倍感凄凉，茫然不知将来。

东来便把他接到自己家里，腾扫出堂屋，让他住下，日日殷勤侍奉。过了月余，知苦的精神渐渐好转过来，仍然没有心思做事，只是断断续续整理着自己的行医心得打发时光。他继续修订《临症笔记》，要把临床验证过的东西补进去，纠偏校正，为后人指明方向。

因为乡村是凭工分吃饭，知苦还得出去混工分。侯大方有意照顾他，借故身体有恙，仍然安排他在保健所上班。

山不转水转，水不转人转。知苦没想到，他竟然还有机会面对那个视他如眼中钉的左天高。

有一天，公社书记左天高到太平堡检查工作，中午在侯大方家吃过饭，喝了一点酒，刚在炕上迷了一会就疼醒了。捂着肚子唉哟呻唤，大汗淋漓，像中了魔怔似的。侯大方看他欲死欲活的样子，心里着急，赶忙差人去保健所请大夫。

东来急忙背起药箱，跟来人到了侯支书家，检查了一下，无法确诊，只好先从药箱里找出去痛药让他吃下。然后如实跟左天高说，这个病我治不了。

左天高疼得翻来覆去，有气无力地说，快，谁能救我快请谁，疼死我了。

侯大方想到了甘知苦，却又为难地犯憷。人们都知道知苦老汉是被这个姓左的诬陷成右派，他愿不愿出手施救真不好说。但侯大方又不愿公社书记在自己家里出事，只好硬着头皮让东来去请甘知苦。

东来带着一腔怨气说，我跑一趟可以，能不能请动另有一说。

到了保健所，东来说了事情始末，幽恨深深地阻拦知苦："不给他看，死了活该！想想当初他做事多么决绝，这种人死了才好。"

知苦半晌沉默不语，在屋子里踱了两圈，才平淡地说："救命要紧，走吧。"

东来不解地望着他。原本，他以为，知苦现在的身份并非医生，就是一个劳改过的农民，为报诬陷之仇，他大可不必出手。

知苦微微一笑说："君子不器。当大夫切不可有怨恨心啊，即便是十恶不赦的坏人，也要先救他一命。你碰到他是你的造化，他碰到你是他的造化。明白吗？"

东来摇摇头，他确实听不明白知苦话里的意思，但能感到有种说不出的力量，让人振气提神。

知苦也不解释，让东来背了急救箱，随他出诊。

到了侯大方家，左天高仍然呻吟不休，吃了去痛药丝毫没有缓解。见到知苦进来，他一眼就认出了是那打成右派的瘸老汉，想打声招呼，但疼得一句话都说不连贯。

知苦俯下身，用手揣摸了一下他的腹部，手指摸到右下腹时，左天高尖声惨叫。他问东来的诊断。东来说可能是急性肠痛吧。知苦说，看疼痛的部位，应该是热毒瘀积壅塞，传导失司，糟粕积滞，先用针灸试试。

东来学过一些西医的急救常识，清楚知苦所说的这个症状对应的是西医所说的急性阑尾炎，这个病症来势凶猛，救治不及时很容易死人，村上就有过先例。

知苦从急救箱里取出银针包，先挑出一根五分的针，扎进眼眶内的胆区穴，又拈了一根三寸长针，绾起他的左腿裤子，找准阑尾穴，猛刺下一针，然后提插捻转，强刺激行针，片刻工夫，左天高不喊不叫了，止住了疼。他一咕噜翻起身，站起来转了几个圈，一切如故，像做了场梦似的。

他一把拉住知苦的手，既惭愧又感激地说："甘大夫……实在对不起！谢谢你不计前嫌，救我一命！"

知苦不卑不亢地说："你遇到我是你的造化啊。"

这时，东来算是听明白了，人和人，遇到了便是造化之缘，谁是谁的缘，谁是谁的孽，还真不一定呢。

东来边收拾东西，边冷冰冰说："左书记，你今天鬼门关上走了一遭，幸亏遇到了我叔，要不然，你就没命了。"

左天高早已知道了东来的身份，虽然话说得不中听，但句句实在，连连点头称是，一脸虔诚看着甘知苦。

知苦说："过去的就让他过去吧，谁眼前还没个看不透的迷障。"

左天高有点超乎寻常地激动，说："过去你们太平堡常说，'三片生姜一根葱'，今天我要加上一句，'不及甘大夫扎一针'。"

"三片生姜一根葱，不及甘大夫扎一针。"侯大方跟着念叨一遍，众人哄堂大笑。

笑过了，知苦告诉他，病的根子还在小肠湿热毒结，需要服中药彻底根治。遂给他开了双花公英大黄汤方，嘱他忌辛辣刺激。

左天高紧紧握着他的手，百感交集。当初怀着嫉恨之心将甘知苦打成右派，相当于旧时构陷人于危难之中，按说，这是要命的死仇，人家可以记恨八辈子，但甘知苦却放下仇恨，救了他一命。人常说"君子以德报怨、小人以怨报德"，他从甘知苦身上，体会到了什么叫君子。

5

初春时节，乍暖还寒，太平堡度过饥荒后开始了新一年的备耕。

知苦拄着拐杖立在门前，无神地望着远处，远山悠悠，树木疏离，旷野上青雾袅袅，像火后的余烬。

这时，一辆吉普车开进太平堡，停在村保健所前。

甘子英从车里走下来，看到苍老羸弱的三叔，紧走几步抱住他，顿时泪如泉涌。这是知苦下放以来第一次见到亲人，他抑制不住满腔的悲怆，失声痛哭。父女俩拥抱着哭了好一阵，才渐渐平息。

子英擦了把泪水，急切地跟三叔说了几句话，就要拉着他回肃州。

知苦石雕般立着未动，一时之间心潮起伏，犹豫不决，尤其刚从鬼门关上走了一圈，此去肃州，心里老大不舒服。

子英理解他的心情，但她肩负的重任却耽搁不起，说了一阵家长里短，子英软磨硬泡，才把他哄上车。

在车上，子英告诉他，肃州城内发生了一种传染性的疫症，所有医生诊断不出是什么病症，有的说是麻疹，有的说是猩红热。一大群孩子被感染住院，中医、西医全力以赴仍不见成效，已经病死了几个孩子，群众议论纷纷，县医院没办法控制病情，因他经历过肃州几次大疫的防治，肃州的中医们联名上书，推荐他来试试，新任院长"沈大炮"更是力荐他出山。

知苦快快说，我一个乡里老汉，哪有资格看病。

子英娇嗔道，三叔，你还纠结啊？你的脾性我能不知道，眼看着大疫当前，你会袖手旁观？

子英还告诉他，这次疫症的主治大夫是子康，他又当上了副院长，主管业务。

知苦冷哼一声，表达了对子康的一丝失望。

一路上，子英告诉他，当他被打成"右派"时，子康和她都被免了职，但子康四处找人活动，想尽一切办要把他救回来，可是人轻言微，又牵涉到政治问题，没人敢出面说话，子康急得上火，却又无可奈何。停职一年后，才让他重新上岗，这一年里，他一直读中医书呢。

知苦嘴里没说什么，心里却存了一份愧疚，子女们因他而受到影响，实在有愧于他们。他原本想埋怨他们没有照顾紫苏，一听此情，也知道了他们经历的艰难和受到的委屈，算是原谅了他们。

汽车载着他们在沙石路上一路飞驰，穿过无数村寨，抵达肃州城，直奔县医院。

下车后，知苦来不及多想有没有资格行医的问题，也来不及喝水、换衣服，就拄着拐杖直奔病房。一进门诊厅，闻到一股浓浓的福尔马林味，他厌恶地皱了皱眉，摇头叹息一声。

几个穿白大褂、戴口罩的迎了出来，其中一个是子康，迎过来递给他一个口罩。他顺手接过，却没戴。子英给他介绍了其中的县长、院长，县长是新面孔，知苦不熟，冲他点点头。院长"沈大炮"，一见面就有力地握紧他的手说："老伙计，这次全靠你了，我是立了军令状的。"甘知苦连忙摇头说："我可不敢打包票，疫病千奇百怪，哪个大夫也没有十足的把握治愈。"

一群穿白大褂的人簇拥着穿粗糙黑土布褂的知苦，往病房中走，他边走边问疫情的发展情况，子康在一旁简要作了介绍。一会儿，走进了病房。看到每个病房里都躺着三五个孩子，有的咳喘，有的呻吟，有的昏迷不醒。他捣着拐杖，厉声问："咋搞的嘛！怎么还在混住混治？想要二次传染吗？"

沈大炮赔着小心说："病房不够，没办法呀。"

他冷哼一声："哼，古代遇上疫情，王公贵族的府邸都能征用，今天你们就没有办法了！"

县长马上转头对另一个穿中山装的人说："快去，马上按甘老说的办，赶快征用政府的办公用房当病房用。"

那人大概是秘书或政府工作人员，恭敬地答应一声，急匆匆走了。

知苦又问病情的发生情况。子康介绍说，先是发现一个孩子发病，身上起红疹，家长和学校也没采取隔离措施，很快传染了全班学生，紧接着又连续传染了接触过患者的孩子，目前有五个孩子……死了。刚发病的孩子都是从颈部、胸部及腋下开始出皮疹，渐渐皮疹变成皮屑，一层层脱落，十分怕人，组织专家会诊，认为是麻疹变异或者是猩红热，用了消炎解毒的药，仅仅是症状减缓，疗效不明显。

他没说什么，俯下身看了几个孩子的病情，一一问诊，大都表现为发烧、咽喉痛、打寒颤、头痛、恶心、浑身起皮疹等症状。

他用手去摸孩子身上的绛红色皮疹。子康赶忙一把拉住他，取下自己的医用手套递给他。

他抬手一挡，没有接，淡淡说："没必要紧张，医生比病人还紧张，孩子会怎么想？"

子康尴尬地缩回手。

他再次俯下身，轻轻抚了抚一个小女孩的皮疹，轻声问疼不疼。

那孩子用稚嫩的声音说："三三不疼，有点痒。"

然后，他又看了看孩子的舌苔，舌头上是典型的"杨莓苔"，扁桃体肿大，有化脓迹象。又把了几个孩子的脉象，郁滑而数。再看舌苔，大都是舌苔薄黄。四诊合参，大体在风热症的范畴。

小女孩怯怯地问："爷爷，三三会不会死？听说有的同学死了。"

甘知苦转过头不满地望了望子康一行人，眼光在问，是谁传播了负面消息。众人很尴尬，实在不好解释。病发突然，他们都没弄明白病机呢，哪敢胡乱断言，应该是孩子自己的揣测吧。

知苦摸摸她的头，和蔼地说："三三没事的，有爷爷在，你们都会好起来。"

小女孩三三，脸上露出甜甜的笑。

他又看了几个重症患者，有的孩子出现咽部严重化脓性炎症，有的恶心呕吐，还有的神志不清，这些孩子属于个体差异，本就身体较弱，免疫力差，病情由外而内，转移到了太阴、阳明、少阴等经络，显然是疫症发生病变的并发症。

"是风热症。"他断然说。"中医上是这么说的，我不知道与西医诊断的麻诊变异或猩红热有没关系。"

这种情况下，对疫症作出断定，那是需要胆气和见识的，一旦判断不准，可能死的孩子更多，担当的就是掉脑袋的责任。

"沈大炮"听他一说，急切地问："确定？"

他没好气地说："废话。"

"沈大炮"来不及计较，忙问："老甘有什么好办法控制？"

知苦现在已忘记了自己没有资格行医的问题，果断地说："从今天起，别再喷洒消毒液，在病房中熏烧苍术、艾叶驱除秽气。停止一切西药，改用中药汤剂。"

子康着急地拉了他一把，悄声说："爹，给自己留点退路……"

他斜了一眼，继续说："留什么退路？医病救人没有退路，一切按我说的做，出了问题拿我是问。如果做不到，谁的问题谁负责。"

县长没想到这个跛腿的老汉是如此敢担当的人，忍不住拍掌叫好，让医院所有人听甘老指挥，一切听从甘老安排。

知苦顾不上跟他客套，接着问，中医科的人在不？

没人吭声。因为一开始，谁都觉得中医是慢郎中，治不了急难杂症，便没有安排中医参与治疗。

他沉默半天，一语不发。在内心深处，他不知道该为中医悲哀，还是为整个医疗系统悲哀。

"沈大炮"没好气地吩咐人快速去请中医科科长。

一个中年人小跑过来，气喘吁吁，原来是他的徒弟徐长卿。他看到师父，一脸惊喜。

知苦来不及跟他闲话，迅速作出安排，让他先用桑菊饮给轻病患者服用，安排人盯紧服药后的反应。针对危重症患者，派几个有经验的中医过来，一人一方，对症下药，盯着患者服药后的反应，适时调整。

徐长卿知道桑菊饮是治疗风温病的名方，嘀咕了一声，对于师父的用方十分不解。

知苦瞪了他一眼，没好气地说："你也跟着西医犯糊涂了！我们治的是病症，不是病名，知犯何逆，对症治之，有是症，用是药，别管西医给它叫了啥病名。"

徐长卿惭愧地低下头，赶忙记下方剂，急匆匆去做准备。

安排完这一切，甘知苦又重新对几个重症患者进行了诊断，边诊断，边开方，用药遣方行云流水，像一个运筹帷幄的大将军。

县长、沈大炮和随行的医生都被他果决的气势和娴熟的医术所震慑，面面相觑，谁也不敢出声。

走着走着，忽然，甘知苦感到头重脚轻，身体晃了几晃，心里一黑，仿佛掉进了深渊中，越飘越远。要不是旁边的子康敏捷地抱住，他就一头栽倒在地了。

6

当他睁开眼睛时，正躺在病床上，左手背上扎着针，输着药液。

周边围着的人都紧张地看着他，见他醒来，护士欣喜了叫出了声。

他抬了抬右手，想拔掉输液的针，可是软弱无力，抬不起臂。子康上前摁了摁他的肩，轻声说："爹，你一天没吃东西，虚脱了。"

他知道父亲不愿使用西药的心病，用手指弹了弹输液管，说："这是补充能量的，盐水、葡萄糖。"

甘知苦一想，早上起来就着急赶路，进了医院就诊病，真是一天没吃没喝。年龄不饶人啊，居然虚脱了。

县长一直在旁边等候，看他醒了过来，摘下口罩，上前握住他的手，真诚地说："甘老，感谢你！让你受累了！"

他平淡地说："谢什么谢，我不过尽了一个……做人的本分罢了。"他本想说"医者"，一想自己没有行医资格证，怕被别有用心的人听了大做文章，临时改了口。

县长听得出他的言外之意，用力地握了握他的手："甘老一身本事，早就应该破例请来当专家。公职的事情，我们会想尽办法落实。"

知苦毫不领情地回绝说，"算了，不用费心了。这里乱糟糟的，也不是我想回来就能回来的，我还是回乡里吧。"

县长的脸上便有些挂不住，尴尬地笑了笑，回头对"沈大炮"说："甘老的事，你盯紧落实吧。"

"沈大炮"赶紧答应，还冲甘知苦挤了挤眼睛。

这时，病情大好的小女孩三三拿着一串纸鹤走了过来，远远看到好多人围着那个大夫爷爷，稚声稚气叫了声"爷爷"，跑过去把纸鹤放在甘知苦苍老的手里说："爷爷，你一定要活着啊，我和小朋友会折一千只纸鹤保佑你！"

众人被这童真的话语感动着，个个热泪盈眶。

这时，病房外面等候的人一拥而入，都是原先中医联合医院的同事。他们闻讯过来，一一向他嘘寒问暖，久违重逢的喜悦洋溢在每个人脸上，尤其是听说了他被打为右派后还能重新振作，又能无所顾忌来医院救治病人，人们更多的是敬重和感激。

徐长卿、白露围着他看个不停。

徐长卿兴奋地说："今天，师父算给我们中医争了口气！"

他摆摆手说："不能这么说，不管中医还是西医，能保护老百姓健康的就是好医术，救治患者还得靠大家齐心协力。"

"沈大炮"呵呵一笑说："哎呀，今天终于可以心安了。老甘啊，你真是我们的英雄。"

知苦缓缓坐起身，摇摇头说："别胡说。我们谁也不是谁的英雄，尽本分而已。我以前行医时常说，瘟疫如影相随，谁也预测不了下一场瘟疫在哪个时间节点上等着，当医生的还是做好该做的事吧。"

"沈大炮"一怔。俗话说，人老成精，经历了风风雨雨的甘知苦果然对世事看得透彻。他马上鼓掌叫好，其他人也跟着鼓掌。

甘知苦瞅了瞅在场的众人，忽然问："谷子呢？"

众人相视一下，默默不语，徐长卿叹息说："几个月前，谷子叔病重，没治好，走了。"

甘知苦愣怔了一下，神情黯然。众人都知道他们几十年的友情，不知道怎么开口安慰他好。

"唉，人生一世，草木一秋，老了，老了啊。"他念叨了一句，便不再多言，但眼底的悲伤却无法掩饰。

第二天，甘知苦起身后，精神恢复如常，他活动活动腰身，跛着腿开始巡视病房。

苍术、艾叶的清香取代了福尔马林的气味，病房里轻烟氤氲，飘散着屡屡好闻的药香，孩子的精神顿时清爽了不少，再也不像昨天一样恶心呕吐。一些护士不明白这个中药味咋这么好闻，跟在甘知苦后面请教。老人边走边说，苍术、艾叶是古代防疫的必备药材，能除一切恶气浊气，气味芳香，宣肺化痰，孩子吸进这些草药香气，疾病自然除了一半，你们闻着，是不是比福尔马林好闻？

护士们听着，嘻嘻笑了，植物的芬芳确实好闻。

征用办公用房改用病房的事也得到落实，基本实现了每一个患者都隔离治疗。医生和护士在病房里穿梭往来，忙忙碌碌。

甘知苦一一查看了每个患者的情况，昨天用药后，轻度症状的患者当晚就开始退烧，皮疹逐渐隐退，大部分孩子都有了明显好转。

护士们看着生病的孩子喝了几剂汤药就开始见好，十分惊奇，叽叽喳喳议论不休。前段日子，这些孩子可是既输液，又吃药，都不见好，没想到中医治急症也有如此神奇的效果。

感触最深的是徐长卿，他一开始被西医诊断的病名牵着走，居然忘了用中医思维去辨证论治，临床诊治大半辈子，到头来还是没有领会中医的精髓。师父说得对，"知犯何逆，对症治之。"中医应当是探索生命内在运行规律的学问，辨证论治永远是中医治病的不二法门。

几个危重患者服了中药，病情基本稳定，虽然效果还不是太明显，但从孩子的反应看，痛苦似乎舒解不少，假以时日，完全可以康复。

随从的中医师们，边走边跟甘知苦探讨着加减用药，虚心求教着临床遇到的疑难杂症。这个七十多岁的老人依然思路清晰，记忆超好，毫无保留地向身边的中医师传授着从医心得，解答着他们提出的一个个问题，不知不觉大半天过去了。"沈大炮"还想着趁机把甘知苦留下来，让他好好带带这些人。

子康全程见识了父亲用中药防治疫症，这已经是他第二次亲历大疫。两次疫情都是依赖中医药攻坚克难，力挽狂澜，在他心里，再次对中医有了新的认知。正如父亲所说，有史以来，疾病与人类如影随形，与所谓鬼神作祟邪斗争的人称为"醫"。历代医家对抗疫病中积累了治病的"术"，然后才合称"医术"。天下疾病层出不穷，再高明的医生不可能包治百病。而前人以阴阳五行为核心，为天下立纲，为后世立证，只要以不变应万变，纵有多少新型病证，万变不离其宗。这是西医学无法认知和解释的精妙世界，也是国人数千年盛传不衰的智慧结晶和伟大创造。

他很想跟父亲畅谈一次，可甘知苦一直忙着诊治病人，根本没给他单独相处的机会。直到父亲再次离开肃州，都没有跟他说上几句话，只是带给他一本手抄本：《临症笔记》。虽然父亲什么都没说，但他知道，这本手记就是父亲心心念念的嘱托，他已经努力去做了，也许达不到父亲期望的高度，但愿不负父亲一片苦心。

<h1 style="text-align:center">7</h1>

一条荒芜的羊肠小路一直向顶儿山延伸，两边是半人高的芦草，路面上散布着稀稀拉拉的羊粪粒。夕阳西下，和风吹拂，一个挂着拐杖的老人跟一个青年缓缓向顶儿山走去。偶尔碰上一群晚归的羊群，驻足待尘埃落定，又继续前行。

放羊人远远看到甘知苦，立刻吆喝他的羊群靠一边走，骂骂咧咧吼叫："你们这群不长眼睛的狗东西，没看到甘大夫过来了，一点眼色没有，麻利点让路！"

羊群似乎不解地发出咩咩的叫声，抗议似的盯着路边的两人。

甘知苦被牧羊人逗笑了，跟他打声招呼，对身旁的东来说："你看，是非永远也躲不了，哪怕是这荒芜小路，我们都会被羊嫌弃。"

东来笑了笑说："师父说过，阴阳消长，互根互立，世间万物生发总有内在的关系。"

"嗯，不错，会用中医思维想问题了！"甘知苦夸赞一声，又说，"中医人要始终记住，阴阳者，天地之道也，万物之纲纪，变化之父母，生杀之本始，神明之府也。我平时让你多观察天地万物的生发变化，你想明白没？"

东来挠挠头，不好意思地说："师父，弟子愚钝，只能悟到阴阳消长互依的关系，更深的东西还难以理解。"

甘知苦微微点了点头说："已经不错了，你还没涉猎易学、相术一类，大的道理一时很难悟到。为什么说阴阳是天地之道？你看太极图就是一阴一阳构成，这就是古人解释天地的直观图示，太极动而生阳，静而生阴，天生于动，地生于静，所有大道都包含阴阳二字。"

东来点头默记，这些深奥的道理，经由师父一讲，他马上清楚了。

甘知苦又说："何谓万物纲纪？大曰纲，小曰纪，总之为纲，周之为纪，物无巨细，莫不由之，也就是说，万事万物都可以用阴阳来解说，天地、日月、四季、水火、雌雄、男女，等等，都是阴阳的概念。何谓变化之父母？天上地下，变变化化，无不本于阴阳，变化虽多，无非阴阳所生。何为生杀之本始？孤阴不生，独阳不长，阳来则物生，阳去则物死，四季变化最是直观，冬至过后，阳气渐长，阴气渐消，万物始生，到了夏天则万物繁盛，而夏至过后，阴气渐长，阳气渐消，万物始凋，到了冬天则消亡，生杀之道，无非就是阴阳消长罢了。何谓神明之府？神者，变化莫测，主宰万物，明者，日月星辰之光，府就是阴阳聚会之所，万物生发、生老病死，都取决于阴阳。我这么说，你可明白？"

东来连连点头说："师父，弟子明白了。可我读内经怎么就读不出这些感悟呢？"

甘知苦望了眼夕阳，说："你每天看到太阳升落，有没想过为什么会这样？因为你天天看、月月看，年年看，习以为常，读书读到习以为常的境界，想不明白的道理也许就马上开悟了。"

东来点头称是，思考着师父的教诲，心里似乎有根弦"嘣"地一声被弹响了。

两人说着话，渐渐登上了顶儿山。

顶儿山的和尚早被遣散，寺庙已经废弃，但洗心亭的亭子仍在，年久失修，已是破烂不堪。

甘知苦伸出枯瘦的手掌，一一抚摸着栏杆、柱子、石凳，心神仿佛回到了六十多年前，他陪爷爷甘草来洗心亭见苦瓠和尚最后一面的场景历历在目，只是物是人非，阴阳相隔，亲人们一个个离他而去，再也无法挽回过去的时光了，他留恋的只有这片熟悉的土地和曾经共苦共乐的亲人们的气息，之所以谢绝沈大炮为其恢复公职的好意回到太平堡，他隐隐感到，身体就像一台年久失修的机器，已经到了油尽灯枯的境地，落叶归根是他最后的心愿，唯有如此，才能与一生最亲近的亲人们彼此守望，生死相依。

他望着落日余晖染红的山川、河流、草木和隐约可见的太平堡，感叹说："东来，太平堡终于名副其实了啊！你们遇上了一个好世道，天朗气清，紫气氤氲，没有匪患，没有战争，能够吃饱穿暖，少有所学，老有所依，病有所医，真是幸福啊！"

东来知道甘知苦会看风水，也许师父从中看出了什么，他也看着红彤彤的大地说："是的，真是一个好时代。"

甘知苦话锋一转，又说："不过呢，这个新世道啊，还没有做好对接过去的准备，可能很长时间处于阳躁之端，阳盛则阴病，阴阳失衡，有扬必有弃，新生事物必然取代旧事物，像改造中医一样，阴阳相搏，很可能出现一个断裂带，要想守住祖先传承下来的好东西，你就要做好忍辱负重的准备。"

东来听得一头雾水，他不明白师父说这番是何意，什么没做好准备？什么断裂带？什么忍辱负重？他又不敢多问，只是心里揣测，也许师父预知了一些事情吧。

"我想静静坐一坐，你到别处转一转吧。"

甘知苦说罢，闭目坐在石凳上，静静感受着山野的气息，老僧入定一般。

静坐中，他仿佛神魂出窍，飘荡在一片白茫茫的世界，天地是白的，周边的空气是白的，草木是白的，像雪后起了雾，但又不觉得寒冷，而是很舒适，很梦幻，身体轻飘飘的，如同一张纸，被白色的薄雾包裹着不断往上飘，飘过隐约可见的村庄，飘过河流，飘过山岗，在这片雾濛濛的世界里，他远远看到了爷爷甘草，看到了大师父苦瓠和尚，看到了母亲宁青梅，看到了王世琳，看到了紫苏和索维娅，看到了知勇……许多熟悉的人都在白茫茫的空气中轻轻飘荡，向他招手，向他微笑，他大声呼唤着他们，努力向他们靠拢，然而，一切都是枉然，他们似乎听不到他的呼唤，他们越飘越远……人间一世，如梦如幻，不论是疾苦、坎坷、卑微，还是欢乐、坦畅、尊贵，上苍安排的一切都过去了，卑贱与尊贵都是命运使然，说不上好与坏，一辈子就那么回事。

他一觉醒悟，睁开眼，夕阳西下，暮色四合，大地一片苍茫。

东来静立一旁，等着他回家。

"日头都落了，是该走了。"他居然想起爷爷当年与苦瓠和尚临别时说过的那句话，向虚空挥了挥手，挂着拐杖下了山。

子康再次见到父亲，已经是弥留之际。一辈子勤勉向医、救苦救难的父亲终究积劳成疾，走到了生命的尽头。

他想把父亲接到肃州或省城去医治，但父亲坚决拒绝手术治疗。他曾在《临症笔记》中看到过一段记录：人若重疾缠身，中医辨证已无转寰余地，纵然开刀剖腹切除病灶亦是枉然，延缓时日，徒增痛苦。

子康明白父亲已经是看透了疾病与生死，超越了世俗的苟延残活，让尘归尘，土归土，回去本原。这大概就是古代医家的澄明境界吧。

子康想给他做个检查，他也不让，口口声声说大限已到。把子康的手拉到他的手腕处，说："看，一把散脉。脉散了，神就不聚，这就是绝脉。你要学好医，切不可让脉法失统，神魂离散啊。"

子康从来没有切准过脉象，这一次，竟然清晰地切出了散脉。

他低声说，"真是一把散脉啊。"

他依稀记得，《濒湖脉学》云："散脉，大而散，有表无里，涣散不收，无统纪，无拘束……"

甘知苦又让他把手伸到背上感觉一下，子康不明所以，但还是搓搓手，将手伸进父亲的脊背，触手冰凉而油腻，他大惊失色，取出手一看，一手的油汗。

"绝汗？！"他惊叫一声。

"这就是绝汗，记住了。"甘知苦平静地说。

子康终于理解了父亲的一番苦心，他这是以身为教，用生命的最后时光教给他鉴别绝脉、绝汗，这种机会，学医者一辈子都很难碰到。

甘知苦拼着最后一点气力沉重地说："你爷爷奶奶的坟头东南向，有我埋下的《青囊诀》，你若有心，把这个传承下去吧。《青囊诀》面世之日，将是中医大道普济天下之时。"

子康哽咽着点点头，答应道："爹，你放心，我决不负你所托。"

尾 声

天雷滚滚，乌云压顶，酝酿了许久的暴雨终于在一天夜里倾盆而下，刷——刷——刷——天河如倾，太平堡瞬时水流成河。

大地震颤，万物惊悸，人们听着急骤的雨声担忧了一夜，旧房子漏雨了，院子里蓄满了雨水，风雨打折了果树……风雨中，一切都虚幻而模糊，难以叵测。

这场百年不遇的暴雨持续了一整夜，人们担心山上的洪水冲下来淹没了整个村庄，老一辈都还记得，前一轮庚子年的秋天，一场暴雨引发山洪，冲毁了半个村庄。那场山洪，如排山倒海之势摧枯拉朽，所经之处，全都夷为平地。幸好村子周围还留着旧时的壕沟，洪水顺着壕沟流进了弱水。

这场雨来势急骤，去也迅速。次日，晴天丽日，碧空万里，而村里村外全是暴雨冲刷留下的泥渍，人们难以上地劳作，只好各清门前淤泥。

留在太平堡守孝的甘子康心里突然莫名其妙地心神不安，他转进转出，瞅哪，哪都不顺心，心里像塞了一把火，焦灼难捺。不经意看到父亲的遗像，冥冥中似乎看到了父亲幽怨的眼神，令他更加不安，他突然想到了坟地，慌忙披件衣服就往外跑。

一气跑到坟地，爷爷奶奶的坟、父母的坟，全都没了。

荒山下，洪水把一切都冲刷干净了，只留下一条条横七竖八的泥沟，像一个个醒目的伤疤。

想起父亲的临终嘱托，他疯了似的在泥渍中扒拉起来，跌倒，爬起来再扒，泪水混合着泥水，在泥渍中寻寻觅觅，整个成了泥人。

甘子康不甘心，跌跌撞撞找了一天又一天，最终还是没能找到《青囊诀》，他伏在祖坟的方向号啕大哭。

后 记

一直想写一部中医的小说，写出中医人应有的样子。

冲动缘于中医情结，缘于我熟知的领域。

少时，穷，看不起病。鸡屁股里抠一颗蛋，乡下只值三五分钱，却能干许多事——能买一支铅笔或两张白纸、三盒火柴，却买不起几片去痛片，诸多疾病，我们只能靠祖祖辈辈口耳相传的便捷偏方治疗。比如牙痛——牙痛不是病、疼起来会要命，一旦犯病，日夜痛击灵魂，生无可恋，愁苦不堪的祖母让我口含刚汲的冰凉井水，或者咬花椒、野蜂巢，止痛。实在止不住，她便掐我的手上虎口和嘴角周边，居然会得到片刻的安宁。后来，自学了中医，自然晓得其中原理，口含冷水，可清热退烧；咬花椒或野蜂巢，可散寒止痛；掐虎口及嘴角周边，相当于合谷、颊车、下关等穴位按摩，都是治疗牙痛要穴。还如，发烧熬生姜、葱白汤降烧，咳嗽熬芦苇根、甘草喝，流鼻血熬茅草根喝，小便不利熬车前草喝，等等，都是土土的保命手段。每当家人得病却没钱医治，恨不得自己马上学成个草泽医，拥有《青囊诀》一样的秘术，随手采一把草药就能医治病痛。

后来有了工作，还是病不起。偶尔，家人突发疾病，半夜煎熬，不知所措，然后看中医、西医，却不明所以，尤其孩子还小时，若发烧咳嗽，久治不愈，那种揪心的痛苦，相信身为父母者都曾有过。倘若年老的父母身患重症，听着他们呻吟、看着他们病痛，却无能为力，身为人子更是锥心之痛，恨不能变身神医，力拔陈疴顽疾。再看到诸多家庭，家人重病，四处求医，耗尽物力人力，最终人去财空，那般无奈，直教人悲戚不已。

无助无奈的时候，不时扣问，那种望而知之、闻而知之、诊而知之的神医到哪里去了？那种凭三根手指、一把草药、一根针会看病的中医哪里去了？那种一剂知、再剂愈的传奇中医到哪里去了？

迷茫，困顿，无解。于是，业余自学了中医。

十数年潜心向学，深感中医是个好东西，诚如医祖张仲景说，"上以疗君亲之疾，下以救贫贱之厄，中以保身长全，以养其生。"对于一个作家，学习中医的过程，更是悟道求真、补偏救弊的另一路径。好中医须上通天文、下通地理、中通人事，对天地万物的体察入微，有时更甚于写作者，况且，中医凭籍的是几千年传承，其理论渊源乃中国传统文化之集大成，在浩瀚的中医典籍中游弋，探索生命的由来、天地的奥秘、阴阳的属性、病理的运数等等，仿佛凭空打开了一扇智慧之窗，发育不良的知识结构一下子得到滋养、补济、培土、重铸，看待事物的眼光便渐渐不同于往昔，这种变化是细小的、微妙的，却又是可知可感的、令人欣喜的，如老话所说："如春园之草，不见其增，日有所长。"

中医是性命攸关的学问，马虎不得，入门即要抱定向大医看齐的心理，只要你上手诊病开方，就得问一问自己有没有拿起、放下的能力。学医者刚开始大都奉行张仲景倡导的"学而知之"和"多闻博识"，而渐入深山，方知歧路甚多，多少人耗尽一生心血，也可能走不出中医理论的迷径。我把在这个理念埋进小说中，用苦弧和尚的话说教甘知苦："慈是善念，悲是拔苦，有善念固然是好，但还得有拔苦的能力，没有能力，仁心善念都是空谈。"数千年的中医正道，留给一代代中医人的精神传承就是四个字：大医精诚。这四个字，便是中医应有的样子吧。

时至今日，中医已不是传统教科书里的中医，医者也不是我们理想中的医者，爷爷辈闲谈聊天中的老中医早已淡出历史，现代医学熏陶下的新几代人更不识中医为何物，中医几度秋凉啊。

于是，边学医，边想象，遂萌生写中医小说的欲望。先后发表了几个中医题材的中篇小说，反响还好。2019年底开始构思一个长篇，完成初稿后，时逢新冠疫情突发，想到历代中医面对瘟疫的作为，更加强烈地想写出中医应有的样子。书稿一改再改，又改了四稿，写到三十万字的时候，渐渐有了新期待。然后出了清样，看着纸质版的手稿，再次失望，总感到没有写出我心中的中医的模样，没写出中医百年的起伏沉落。这个时候，新冠疫情第二个高峰来临，我所在的城市封城一个多月，居家防疫，再看手稿，忽然觉得自己对中医知之肤浅，半路学医，好多东西似是而非，要想写一个专业程度颇高的小说，简直无语。想明白这些，反而不着急了。然后，放下小说，用心读医书，对医理药理的感悟反而精进不少，过去想不明白的地方，似乎突然间就想明白了。冥冥中，我与小说中的主人公有了一种精神的契合，我更理解了他所处的时代、他的成长历程和他的精神世界。动手写六、七稿时，基本是重新架构、重新设计，前面三十万字的手稿仅用了三分之一，新写了近三十万字，越写越接近了我心中想表现的东西，越写越有了底气。五年时间，八易其稿，最终写成了这个样子。

小说以跛足中医人甘知苦的命运起伏为主线，串起他身边亲友、熟人、仇敌及相关联人物的爱恨情仇、悲欢离合，也有意识用了复线结构，交织了江湖恩怨、时代风云、民情风俗，让每一个人物活在故事里，活在他们所处的时代中，让他们各自演绎生命的走向。我能把握的，似乎只是为他们的命运选择找一个符合逻辑的借口而已。

放在清末、民国至二十世纪五十年代的时代背景上来结构这个小说，很有压力，近百年的历史中，有许多历史大事件无法避免，尽管我想极力淡化许多东西，只是通过平民的眼光、平民化的生活客观讲述，但人总是时代的产物，甘知苦、甘知勇、甘知愚、紫苏、宁青梅、王世琳等人不可避免要经历战争、饥荒、瘟疫、狱讼、逃难、死亡等种种苦难，他们的奋争也罢，追求也好，对"太平盛世"的期盼只是吃饱穿暖、安定有序，恰恰，乱世很难满足他们的幸福底线，而他们还得在乱世中努力活着，相当艰难。尽管，甘知苦身怀医门秘笈、甘知勇能拉起数千人的队伍、甘知愚在官场辛苦经营、王世琳懂得风水卜算，他们一样活得不易。这就是他们的命吧，也是一个时代的人的命运吧。

写作中似乎与主人公甘知苦一直较着劲，总想着让他的生命光亮一些，可他时不时纠正我"不是这样的，不是你所想的"，我只能一次次抹去人为的牵强，遵循他主导的命运、他的医术精进、思想演进，尊重他的艺术生命，写出他活着的灵魂。我时不时隔着时空与他对视，一眼百年，阅尽沧桑。他的身上有许多神秘的东西，从身世之谜、人生机遇、医学秘术及遇到的那些高人，都让人满怀好奇的想要解读，但这种解读十分费力，一个从中医传承接续而来的医家，掌握了那么多活人救命的本事，尚且自省道："从那个时代过来，尚且无法深入学习山、医、命、相、卜五术。"时隔百年，文化断层，秘术失传，今天学习中医者尽管费尽九牛二虎之力，也仅得皮毛而已。我原本想借游医高人张三分之手治好他的跛腿，愿望很好，而且也能实现，但最终放弃了这个想法，写到最后，我自己先吃了一惊，原来这个跛腿的"甘知苦"，或许才是中医渐渐式微的样式。

小说的地理背景亦虚亦实，肃州、甘州、高台、太平堡、野水地……全都实有其名，都是古代丝绸之路经过的那些地方，但又不是小说人物生活的那个地方。之所以用偏僻落后的西北边陲之地作背景，因为偏远，时代之风吹过来总是慢几步，这个慢，恰好契合了中医式微的步履。"偏僻落后"也许是贬义词，但对文化传承来说，却虽屈犹荣，占居先天优势。时隔百年，放在大时代背景下审视，这一串地名和它们存留的时代气息依然熠熠闪光。

为了小说的气质与所处时代同步，在写作中一直谨慎地与当下话语保持距离，尽可能克服新华体、公文体的语词进入表述，契合当下的阅读习惯。毕竟是以当代人的身份写作、写给当代人读，我只能努力地寻找符合自我气质的语言，构建一个艺术的气场。因为主题的需要，书中不可避免地运用了不少中医诊病、治疗的专业知识，这也是这本书写作最费神费力的地方，但可以负责任地说，那些医案、医术、药方，都是可靠的，都是一代代中医人实践和智慧的结晶。

也许，随着对中医及传统文化的学习越深入，我可能会对小说的一些东西有新的想法，但到目前为止，修为尚浅，只能写到这个境界。读者诸君见仁见智，请多批评。

2024 年初春